百合心 鸢尾蝶

须弥——著

天津出版传媒集团
百花文艺出版社

图书在版编目（CIP）数据

百合心　鸢尾蝶 / 须弥著. -- 天津 : 百花文艺出版社, 2025. 6. -- ISBN 978-7-5306-9048-2

Ⅰ. I247.5

中国国家版本馆 CIP 数据核字第 202555EU09 号

百合心　鸢尾蝶

BAIHE XIN YUANWEIDIE

须弥　著

出 版 人： 薛印胜　　**责任编辑：** 张　雪

装帧设计： 未来趋势

出版发行： 百花文艺出版社

地址： 天津市和平区西康路 35 号　**邮编：** 300051

电话传真： +86-22-23332651（发行部）
+86-22-23332656（总编室）
+86-22-23332478（邮购部）

网址： http://www.baihuawenyi.com

印刷： 三河市元兴印务有限公司

开本： 660 毫米 ×960 毫米　1/16

字数： 460 千字

印张： 25.75

版次： 2025 年 6 月第 1 版

印次： 2025 年 6 月第 1 次印刷

定价： 89.80 元

如有印装质量问题，请与三河市元兴印务有限公司联系调换
地址：河北省廊坊市三河市黄土庄镇尚庄子村
电话：0316-3180002
邮编：065200

《百合心　鸢尾蝶》序
——困于时代的孤独者

一　文学的继承及发展

小说从诞生到现在，已经跨越千年，自古典主义发展至现实主义和浪漫主义，各支流一直处于不断发展中，无论是从西方小说还是从东方小说来看，所写内容都是从理性向感性，由英雄主义或者是集权阶级向普通个体的发展，古典主义对如今的我们来说过于久远，且限于内容的局限性，所诞生的和所流传至今的作品并不多，自德国歌德、法国雨果、英国拜伦等人推动浪漫主义浪潮开始，小说对于情感和自然的探索，进入了一个全新的天地。随着工业社会的到来，社会的复杂性和矛盾性开始变得突出，过去百年的发展似乎浓缩在十年甚至更短的时间内发生，现实主义小说因此诞生并逐渐占据主流，到了十九世纪、二十世纪，对于浪漫主义和现实主义的批判及反思，逐渐地分化出一些短时间占据社会主流的小说流派，这些流派可以说是小说写法及结构、内容细分的结果，如极致的流动性思想写法演变为意识流，为艺术而艺术追求美的形式而演变为唯美主义，有些小说家甚至试图从画作、建筑设计等方面吸取灵感，追求新的感觉和表现形式，试图在浪漫主义的基础上诞生新的写作方式，然而象征主义最终在诗歌领域绽放光彩，小说中只是有所借鉴，却没形成广泛的影响。

中国小说自“五四运动”后鲁迅写出《狂人日记》开始，才开始摆脱中国传统的小说写作形式，传统的中国小说，无论是神话、唐传奇，还是《西游记》《三国演义》《水浒传》《金瓶梅》《红楼梦》，甚至后来的官场批判小说或者游记小说，都是以故事性和表象描写为主要宗旨。当然，从《金瓶梅》开始，中国小说开始同世界其他国家一样，迈入现实主义和浪漫主义复合发展的阶段，过去中国小说从未如此重视人物内心世界的发展和挖掘，由此开始，中国的小说不仅停留在故事表象阶段，内在也有了灵魂，感受上更为真实和深刻了，《红楼梦》《聊斋志异》《儒林外史》等都是对此的继承，这是同西方不同的文学道路，不像俄罗斯、日本、美国等国家的文学发展，实际上都是受到德、法、英等欧洲文学的影响才陆续发展和推动的。

二十世纪以来，西方的各种文学流派流入中国，中国的作家们对此进行了译介和筛选，许多流派都在中国风靡一时，如早期的浪漫主义（王尔德），现实主义（狄更斯），后来的存在主义（萨特），意识流（卡夫卡、乔伊斯、普鲁斯特、福克纳）、魔幻主义（马尔克斯）。狄更斯影响了老舍等人，至今仍影响着众多作家的写作，至今，现实主义仍是中国小说的主流，至于其他的流派，只是影响了极少数的人，当然意识流和魔幻主义被众多作家吸收后注入现实主义，形成了更广泛的影响。魔幻主义契合了中国自古以来对神话、妖魔鬼怪情有独钟的传统，因而被更多的作家所钟爱，意识流让有些心思跳跃的作家写作变得更为简单，且因为曲高和寡，也被作家们偏爱。不过，中国仍有相当一部分作家仍执着于《金瓶梅》《红楼梦》等传统的写作技巧，但叔本华、尼采、柏格森、胡塞尔、弗洛伊德等哲学观点和精神分析法的引进提升了小说的表现手法和途径。二十一世纪的小说家们，似乎试图摒弃过去先辈们的写作手法，但似乎也未形成新的流派和方式，邻国日本的推理小说被大量地引入到了中国年轻小说作家的写作中，这种被爱伦坡首创的侦探小说，实际上内容的局限性是很强的。我也试图从爱伦坡小说中呈现的另一面——唯美主义和神秘主义当中汲取自己文学当中需要的养分，其实这是经戈蒂耶标榜，经王尔德代言，进而由永井荷风、谷崎润一郎推广的，这种唯美主义蜷缩在很小的范围内，却绽放着异样的光芒。在大学时代，我在学校图书馆翻到唯一一本《细雪》，那是二十世纪七十年代出版的书，纸张很劣质，很轻且已经泛黄，但几乎没有借阅的痕迹，那段时间我大约看了两三遍，偶然的时机，我从同学那里得了一本《源氏物语》，我发现，《细雪》中的唯美主义不仅来源于欧洲的近代，其实是更久远的时代。追寻《源氏物语》可以看出，它是受到中国盛唐的文化影响而诞生的，在李白、白居易那里，在杜牧、李商隐那里，早就隐藏着这样的一股文化源头，只不过表现的形式不同而已。在狄更斯和陀思妥耶夫斯基的小说中，我学到了现实主义的不同表现手法，实际上，作为现实主义来说，我的手法是很拙劣的。但我想，只有传承，方可发展，不仅历史、科学技术是这样，文学也是如此，《金瓶梅》《红楼梦》是我要学习的，《源氏物语》《细雪》也是我要学习的，《大卫·科波菲尔》《卡拉马佐夫兄弟》也是我要学习的，当然，唯有继承是不够的，像狄更斯在《鲁滨逊漂流记》之上得到了更广阔的技艺飞跃，川端康成在《源氏物语》之上展现了更幽深更玄妙的美，无论任何时代的作家，都在寻求更适合自己的写作方式和表现手法，故事是唯一的，且稀缺性随着时代发展是越来越少见的。但帕穆克、石黑一雄、莫迪亚诺的创新性却是我学习的方向，事实上，只要在一个小的领域深耕，最普通的工人也会变成“工匠”的专家，我相信，小说写作也是如此。

二　困于时代的孤独者

《百合心　鸢尾蝶》是我写的第一部长篇小说，写于2005年至2012年间，前半部分写于2005年7月至2006年6月，后半部分写于2008年至2012年。写作时间跨度陆陆续续有八年多，在这八年多的时间里，我由一个大学生变成一个漂泊四方的旅者。我虽然写的是故乡发生的故事，实际上，八年间我在家乡逗留的时间总共也就不超过一年，基本是春节、国庆、工作调休的空隙，对于故乡这种若即若离的感觉，恰是这部小说传达出的感觉，纯美形式下对故乡风情的眷恋，飘忽不定身处朦胧的意境。

小说试图创造一个初涉社会的年轻人尚雨，他对高中同学肖静的未竟之恋贯穿故事始终，他因自卑将爱情理想化，又在现实中寻找替代品（肖雪、容凤），却始终无法直面真实情感。这种自我欺骗导致他不断陷入“得不到”与“已失去”的循环。肖静同样困于遗憾，她的婚姻是对现实的妥协，而丈夫去世后的负罪感与对尚雨的期待，反映了她对情感归属的迷茫。她甚至通过逃避（躲到沂山）和转移（撮合尚雨与肖雪）处理情感，最终却进入无法面对自己命运走向的死胡同。

小说中还描述了上一代人的感情，特别是尚雨的父亲尚年，与尚雨的命运形成镜像：尚年与初恋暮年重逢，恰似尚雨与肖静的重逢倒影；而容凤作为初恋之女与尚雨的结合，则暗合了尚年未竟的情感轨迹。两代人的选择暗示了宿命般的悲剧轮回，同时也展示了代际差异下出现的社会转型期的精神断裂。尚年作为新世纪从农村到城市迁移的典型案例，虽然享受着现代科技和经济发展带来的一切便利，却始终在早已消逝的青春追忆中寻找自己当初的理想，他对在城市中的“坐吃山空”进行反思，终于下定决心返回农村，侧面地反映出这一代人内心传统观念与现代追求的冲突；他在城市化的浪潮中迷失自我，最终只能回归乡土寻求救赎。尚雨在城市中的困惑，比父辈更为深刻，因为他既无法回归传统伦理秩序，又难以融入现代价值体系。这个过程体现了个体在快速变迁的社会中找不到定位的焦虑。他试图追寻自己的道路，却发现自己与时代格格不入。

小说选取了一系列具有象征意义的地方：青云山的石像、石门坊的红叶、古火山口、白浪河沿岸、刚修缮过的十笏园、遥远的沂山、冬季的人民公园。这些地理坐标构成了解读历史与现代文明冲突的线索。城市作为现代性容器，承载着尚雨的职业焦虑与身份困惑；乡村作为精神原乡，却逐渐成为父辈的葬身之地。风筝会的民俗场景与城市的发展建设形成传统与现代的对峙，肖静避居沂山的选择暗示着现代人对精神栖居地的永恒追寻。在接连不断的意外事件中（高岩车祸、尚年之死、肖静之死），通过这些人人都可能会经历的事情试图探讨救赎的可能路径。尚雨最终选择与容凤结合，这个看似妥协的结局实则是最好的选择：当城市新移民遭遇传统伦理解构，唯有通过代际谅解与文化融合方能获得救赎。容凤既是乡土文明的化身，又是新生希望的载体，其“纯洁性”与肖静的“虚无性”形成对照，暗示着重建精神家园的可能方向。

小说中的每个人物都是孤独的囚徒，被过去、社会角色或自我认知所禁锢。尚雨的困惑不仅是个人情感的迷茫，更是一代人在传统与现代夹缝中无所适从的缩影。

容凤的怀孕是希望还是新轮回的开始？尚雨在“梦境般不真实”的喜悦中，或许仍困于自我怀疑。悲剧的重复性提醒人们：唯有直面真实、打破循环，才能找到救赎的可能。容凤腹中的新生命，对于困于时代的孤独者来说或许是一缕微光——即使时代变迁，希望仍在延续。

目录

上篇。百合心

第一章　杏花上的雨珠　003
第二章　风筝都　026
第三章　火山口的蓝宝石　053
第四章　雨季的磨坊　080
第五章　粉红色的合欢花　109
第六章　盛夏的舞会　130
第七章　中秋节　151
第八章　深秋的雨　177
第九章　倒塌的楼房　203
第十章　冬天的风筝　229

下篇。鸢尾蝶 ●

第一章　冬之梦　253
第二章　夏之哀　288
第三章　秋之痕　326
第四章　春之舞　363

上篇 ○ 百合心

第一章　杏花上的雨珠

一

这一天，天空白云浮动，微风习习，阳光柔和，是个难得的好天气。

自从睁开眼的那一刻，尚雨便在思索这个问题。或许在睡梦里他也从未停止过思考呢！

最近一段时间，他老是失眠，夜里难以安睡。白色是纯洁的颜色，无论他走到哪里，总是发觉白色浮现在眼际，大概是前夜睡梦中留下的一种虚无缥缈的幻觉。可他认为这十分真实。白色意味着纯洁，他老梦到它，看来纯洁快从他这里消失了。

他想抓住这白色，可它却灵巧地躲闪开了。任他怎样努力都无济于事。

望着请柬，他越发觉得纯洁要离他而去了。

他已经有好几天没去上班了。这在他工作之后还是第一次。他请了一星期病假。当然，这可以理解为他在逃避现实。只要失去现实感，他就不会再有这淡淡的哀伤了。这也可以视为他为了挽留心中的那份纯洁而做出的挣扎。但这种挣扎是徒劳的。

尚雨就是这样一个人。只要事情不触及自身，无论多么重要，他也不放在眼里。可一旦发生在他的生活中，他却匆忙得不知所措，只有纯洁的本身在抵抗。就像现在一样，他明白自己柔弱的心无法抵抗这巨大的打击，才将自己封锁起来，使痛苦来得小一些。可痛苦却像虫蚁一样，从细缝中钻过去，咬住他的筋骨，令他的身体颤抖而不能自已了。

“真讨厌……”他不禁辱骂自己这毫无抑制的纯朴心灵。

“今天不需要去上班吗？”父亲望着发呆的尚雨，问道。

“身体有些不舒服，我请了假。”

“哦。假使真的不舒服的话，就去医院看看吧！”

“这我知道，爸爸。”

“今天要出去吗？”

“看看吧！”

“哦。晚上你姐姐从婆家回来。如果没事的话,早些回来,大家一起吃个饭。我们一家人很久没有在一起吃过饭了。”

尚雨点了点头。

“我要去见几个旧时的朋友，这些朋友好些年不见了，也不知道都怎么样啦！”父亲说完，消失在了绿漆木门后。

让父亲这么一说，尚雨是问心有愧的。自己参加工作仅两年，可许多朋友已经不知去向了。社交面不是随之扩大，而是越来越窄。此次肖静的婚宴上，一定有许多高中的同学或朋友。自己何不借此机会去会会朋友呢？他这样想，其实是在进行心灵的慰藉。这一点他是知道的。

尚雨已经决定去赴宴了。

“我的心是蜿蜒曲折的呀……”

可是心怎么会是蜿蜒曲折的呢？名山的道路才是蜿蜒曲折的。就说庭院里的梧桐树，虽然有着粗糙的外表，内心说不定是蜿蜒曲折的。人们爱用梧桐树形容人不成器，因为它的树干分叉多，肉质疏松，做木材禁不起风吹雨打。可心是蜿蜒曲折的，莫非也是不成器的柔弱者？而他的心是柔顺的被动者，常被外界诱惑着去干自己毫不知晓的事情。事情过后，才明白是自己的毫无警惕被引诱的结果。

尚雨竟没发现，庭院的梧桐树树叶上蒙着一层水雾，像被雨水润湿了一样。而昨天晚上不曾下过雨，天气甚至有些干燥。

开春的时候，一个同事曾对他说：“今年树叶发芽时，树干、嫩叶上总像被水浸湿了。如此看来，今年定是个多雨之年。”

那位同事是位天文爱好者，熟读《易经》，经常用自然界的一点普通的特征来预测天气。

但是，就目前的状况来看，丝毫不像多雨的季节。

“霉运。……今年倒像是霉运……”

光已照射到对面的玻璃上了。仿佛空寂的幽灵般，闪烁着轻微的色彩。

玻璃上的光是可见光。尚雨的眼睛中闪现出色彩来，大概是由于玻璃折射引起的。不过如果是顺着光的话，他就看不到这一现象。

从这似梦般柔和的光线中，尚雨看了看钟表。

他站起身来，去卧室换了套西装。

衣服上还透着潮气。似乎在衣柜里受了潮，也好像是去年在海边侵入的湿空气。他拿起袖口闻了闻，果然有一种海腥的气味。

透过这腥味，他想起去年去海边散步的情景。

“尚雨哥哥，尚雨哥哥。”

他打开窗户，原来是隔壁家的小润。小润睁着大眼睛，朝上面望着。

“哥哥，你家的报纸……”小润用稚气的声音喊道，手中挥动着报纸。

“你等我，我马上下去。”

尚雨看报纸的习惯，是大学时期养成的。工作之后，他一直订报纸。即使有时候没空看，他也认真地放在橱柜的上面，好似几年之后会拿出来回忆往事一样。

每次的报纸都是由送报员交给小润让他转交的。而今已经过了两年。

“谢谢你啦，小润。”

“哥哥今天没去工作吗？”他用黑亮的大眼睛出神地望着尚雨。

“哥哥今天身体不舒服，所以请了假。小润，你呢？你怎么没去上学啊？”

“学校八点半上课，现在还没到时间呢！”

这样的回答是多么开朗啊！一点也显现不出对于时间的匆忙感。尚雨望着小小的孩子，心中不禁沁入一片温馨和谐。

他摸了摸小润的头，感觉好像触摸童年的自己。

小润和附近的一个小女孩相伴去上学。望着孩子们幼小的身影，他觉得童年的光辉点点闪闪地从旧时的记忆中飘出。在这幅画面里，浮现出另一个人的身影来。那是幼年时期的任思媛。

二

那时候，天气刚刚转凉，可已过了中秋。大自然外表包裹的翠绿，渐渐地被灰暗替代掉。

时下正值秋天，乡村的玉米已收割完毕，播种了小麦。地面松软的泥土翻新成湖面一般。尚雨此时已辞掉刚刚干满一年的工作，可还没找到新工作，所以在家里无所事事。季节的交替，使他鲜明地感觉到外界的变化。而大自然的变化，像是主宰者一样，毫不费力地影响着他的内心和生活，渐渐地把他诱惑进哀愁的天地。而他安心地进入这种天地，毫无抵触。或许他正需要这样的哀愁来应和怅然若失的心情，也或者是他根本丝毫未察觉到自己被诱惑了，还以为是自己产生的正常心理。

一个中学时的同学希民给他打来电话，告知他：青州以南的云门山风景区经过整修后日前免费对游人开放。尚雨已经失去对于自然的真情，并没有做打算。同学又对他说：如果没空的话，那就算了。可是，真的很可惜。经同学这么一说，他对大自然的新奇感又重新荡漾起来。末了同学又添上一句：里面的植被尚未凋零枯萎，山上有你喜欢的佛经、佛像。

其实，尚雨并不喜欢佛经、佛像，只是在大学期间，对佛教做过研究。他把佛典视为分析人类精神变化的著作，认为它们与心理学极为相似，而且更用轮回的无常观，执着产生的痛苦性解释了心理学的不足。弗洛伊德曾对人的精神做过深刻的研究。可尚雨认为，其中梦的解析等等都是由佛经中延伸出来的。他的同学只知道他读过佛经，考察过佛经在人的精神生活中所起的作用，便据此断定他喜欢佛经。不过他从未反驳过。

山上的植被至今还绿着。这倒使尚雨感到惊奇。在他所处的生活环境，楼房四处也好，乡村街道也罢，树叶早已变黄了。即使未变色的，也开始凋落了。

按说山上的温度低，植被也就更容易憔悴。可是同学说它依旧碧绿。或许是为了让尚雨去的说辞吧！

尚雨在树叶飘飞的公路旁，乘上了公共汽车。有几片树叶落在了他的衣服上。

公路两旁的树叶像春天的柳絮一样飞舞。这使得尚雨更加不相信同学希民所说的话。尚雨怪自己太善良，轻易就被人家骗了。望着下落的叶子，尚雨的心境显得更加悲哀了。

尚雨在汽车站下了车。同学早已经在那里等候多时。他坐上同学的车，朝风景区赶去。

在风景区门口，站着一位少女。车停住时，尚雨才辨认出，那个少女原来是他以前中学的同学肖静。

“我邀表妹一起来的，不介意我事先没告诉你吧！”

“哦？没有，当然不会。”尚雨感到一股清风沁入身体，他觉得惊讶，不过惊讶中露出一丝惊喜。

高中毕业以后，尚雨就再没见过肖静。只在刚上大学的第一年冬天，同学聚会的时候见了一面。可当时因为有事提早离开了，连午饭也没一块儿吃。尚雨当然不曾跟她说过一句话。后来偶有联系，也是通过电话。如今在这里见面，毋宁说，尚雨是没想到的。

“想不到多年不见，在这里见面了。”肖静的身体向前倾了倾，似乎要行礼。尚雨吃了一惊。

“好多年没见了，想想恐怕有五年了吧？”

“不对，不是五年，是四年又八个月。我们在大一过年的时候见过面嘛！”肖静笑了。

肖静对于时间记得如此清晰，尚雨是没想到的。

三个人一起进了风景区。

“我没骗你吧！这里的植被还绿着哪。”希民扳着尚雨的肩膀说。

园内平野拔笏，松荫覆足。植被果然绿着。这让尚雨觉得不可思议。别处的树木花草早已颓坏，为何此地还如春夏般欣欣向荣呢？莫非是众多的树木聚集在一起，削减了严寒的进攻，他处的植被松松疏疏，才提早凋零了吗？

“现在干什么工作？”尚雨有些迷茫地问肖静。

“也没干什么工作，只在一家公司帮忙管理账目。”

“管理账目？唉！总比我强，我现在可在家里无事可干哪！”

“别听他瞎说。”希民插话进来，“他嫌弃工作不好刚刚辞职。你以为他找不到工作吗？其实尚雨是不想干罢了。”

“哪是不想干……是……”

“别在别人面前装作这么可怜的样子。”

山上的东西凉亭里坐满了游人。几对情侣在喁喁情话。一个穿着整洁的女孩在照相。亭下多为松树，赤松、油松、落叶松各不相同。

远远地就可以看见山阴处的云门巨“寿”字。字高 7.5 米，宽 3.7 米，仅寿字“寸”部即高 2.3 米。相传“寿”字开凿于明嘉靖年间，为全国摩崖石刻之最。

至于是哪个工匠开凿，多少工匠用了多少年雕刻的，这些都无从考证。可是雕刻技术的娴熟，即使当世的人也难以相比。

刻这个字的工匠早已去世多年。可一代一代的后人在这里观赏、触摸它，好像亲眼见到了雕刻的过程。

“这就是‘寿比南山’，‘人无寸高’的‘寿’字吗？”

看上去，小小的人站在“寿”字下面，果然是“人无寸高”。

就如同泰山石雕刻一样，所有的石刻字都有很深的渊源和与此相对应的故事。

“看上去仿佛是仙人雕刻的一样啊！”

“真叫人觉得舒畅呀。”肖静说。

“舒畅？”尚雨不明白她的意思。

“就是嘛！毕业之后整天忙于工作，一点空也抽不出来。偶尔有放松的时候，也不愿意出来看看景物。如今看到这些，心里觉得好像什么东西一下子放松下来，舒坦多了。”

三人拾级而上。好多树木都已经落在了他们脚下。

因为是秋天，所以山上山下都笼罩了浓密的雾气。在雾气皑皑中，看不清山的高度。游人也看不到。朦朦胧胧地只可以望见四下一片深绿。

在天仙玉女祠附近，希民说：“刚才公司打电话来说有点急事需要回去，你们两个慢慢玩吧！别因为我而影响了兴致。”

“是秀萍姐吧？”肖静问。

“不，不是。”希民闪烁其词，“是公司。”

“秀萍是谁？”尚雨问。

“就是……”

“就是我未来的嫂子呗！”肖静代希民说了出来。

“哦？你……”

“好了，你们在这儿玩吧！我先告辞了。”希民的脸上涨起一片红潮。他溜也似的下了山。

“树叶已经开始飘落了……”

尚雨望着零星飘下的树叶，偶尔落在脚下的石阶上，或身上。

“是啊！秋天嘛……小心脚下。”肖静提醒道。

尚雨险些跌倒。肖静的声音如优美的旋律般传入他的耳中。可是，一股带着凉意的感伤却顺着脊背传了上来。

“被雾气笼罩的云门山……感觉好像是在梦中……”

“听说你喜欢佛像。我们到那边的驼山上去吧！”

肖静面对尚雨这番感情流露，机智地避开了话锋。

“现在吗？”

驼山位于云门山以西，山上植被较云门山更多，有昊天宫、七宝阁、天河、天桥、五龙池、拜佛台等景点。驼山石窟造像群有大小石窟五座，摩崖造像一处，造像六百多尊。造像雕工精美，线条流畅，始于北周，终于盛唐，是中国东部最大的石窟造像群，中国古代艺术中的珍品。

驼山上老年人居多，很少见到年轻人。

“很谢谢你能陪我来……”

“这有什么呢！”肖静爽朗地说，“我小时候也经常来这儿呢！”

“我没想到有一天能与你一起来这儿。”

“难道佛像面前，介意男女相伴吗？”

“那倒不是的。可是，我倒是要感谢这佛像。”

“感谢佛像？感谢佛像什么？”

“感谢佛像……哦，没什么。”

“你这人真是的，净说半截话。”

登上山去，到处散发着香火的味道。上香的人络绎不绝，在里面参拜的人排成了长队。拜佛台像笼罩在神秘的气氛中。和尚在旁边敲打着钟鼓，口念佛经。长长的香已将拜佛的平台插满了。四处弥漫着烟。

拜佛台东南方，有一座长达2500米的山体巨佛头像，神态自若，栩栩如生。

尚雨去旁边买了两把香。肖静点燃香，把香插起来。然后在拜佛台前跪下，双手合十。肖静跪在尚雨的前面。在俯身下拜的时候，从这个角度望去，肖静那洁白的身躯好像浮在半空。

“我们到别处走走吧！”肖静站了起来。

她起身的那一刻，下意识地用手拉了拉衣服下角，蓝色方格子的上衣形成的褶皱里，好像藏匿着什么东西。这种东西是少女的柔和的温情，以及羞怯的无知所流露出来的纯洁。

迎合着太阳照过来的光线，绚美的色彩，徐徐渗进心田里来。

尚雨跟着肖静走。

山下街道上游人如织。车辆来回飞奔。此时已经到了下班时间。

“你很懂得参拜的礼节啊！姿势，神情什么的，都很标准嘛！”

肖静笑了笑，回头对他说：“你过奖了。其实，这都是小时候随大人们学来的。那时候，爷爷奶奶都迷信，经常带我到这种地方。见得多了，自然而然就会了。”

“哦……你也信这种东西吗？”

“从小接触得多，只把它当作好玩的东西。大了之后完全是出于一种习惯才参拜的。”

“出于习惯？”

“是呀。身边老是有人提起它，或是应用它。不成习惯也难啊！虽然大了……可是，心里一想起来还是忍不住要那么做。”

“恐怕总是这样的吧！我们总会不由自主地去做自己不知道的事情。就好比山上的雾气，它们也不知道自己笼罩着群山。而在人类看来，雾气却是再正常不过的。可是从内心讲，这白色的雾气可以使人们充满憧憬，又可以使人们伤感……”

“瞧你说到哪儿去了。扯得太远了。”肖静打断了尚雨的话。

中午时分，雾气渐渐散去，露出了澄澈的天空。秋高气爽的天气，显得清新而闪亮。

两人就近找了家饭店。吃饭期间他们谈起高中的往事，以及各个同学的情况。尚雨安不下心来，肖静却谈得兴致高涨。

她像是在诉说遥远的往事，又像是在讲小说中的故事。她的表情过分认真，尚雨也不得不信服她的话。可她讲到同学婚情的时候，却像极力回避这个话题一样，反复叙说电视剧中的恋情，讲来讲去，总落不到点上。尚雨听得很模糊，但肖静那过分认真的表情给他的心里留下不可辩解的感觉。他想：既然是在谈爱情，肖静干吗老扯到虚构的人物呢！不过她那乌黑的眉毛、洁白的牙齿留在了他的视线中。他也就不去追求别的什么东西啦！

“那你呢？”

“我？我什么呀？”肖静把手放在桌子上，“不过，现在就剩下我们两个了。”

尚雨默不作声。

“你现在在找工作吗？你想找什么样的工作啊？”

“找来找去自己总不满意。所以最近也没想找。”

“找工作嘛！又不是结婚。先找份干着嘛。人不工作哪行呢！”

“现在散了雾，从这个地方望去，云门山竟是这个样子的，刚才一点都没发现啊！”

尚雨站起来，靠到窗边。外面有风，但不是很冷。

山上的树随风摇动着，叶子的背面看得一清二楚。逆风处跟顺风处截然不同。

三

深秋时节，此地最美的风景当属石门坊红叶。

每到深秋，霜打黄栌，漫山红遍，笼林盖山。山上间以翠柏为缀，山峦谷壑挂红嵌黛，娇艳多姿，形似一幅自然油画，吸引游客由四面八方赶来。山间由针叶林、阔叶林和针阔叶混交林组成，从低到高皆有分布。低处有赤松、麻栎、刺槐，高处有油松，黄栌树间还夹杂着胡枝子、野蔷薇，真真切切地让人领略那“霜叶红于二月花”的独特风景。

尚雨很喜欢在山道中行走，享受那难得的安静。

在云门山脚下分手的时候，肖静曾邀尚雨一起去观赏红叶。她告诉他，每年的九月九日是“红叶节”。

肖静这样邀请尚雨，尚雨没有不去之理。可是他越是想去，便越觉得心里难受。他不是天生的伤感之心，更不是没有感情之人。可他越想那么做，便越不敢相信那是事实。他本可以毫不保留地把自己的感情表露出来，可是他觉得没有人能理解。于是他产生这样矛盾的心理。

“到时候去赏红叶吧？”

“好啊，可是，万一……之前来一场暴雨，不就……”

“怎么会那么巧呢？”

“那也说不定啊！我自己去的话，或许不会这样。可是，我是跟你一起去啊！”尚雨一本正经地说。

“跟我一起又怎么样啦？”

“我跟你在一起，就显得逊色多了，即使不是暴雨，也或者来一场风。”

“净瞎说。”肖静看着他的眼睛说。

肖静那时看他眼睛的情景，他到现在还记得很清晰。那眼光像穿透黑暗的光芒一样，看得他心里有些茫然。一股缱绻的柔情油然而生。由侧面照过来的光线，投在她的脸上，对侧映现出她那小巧玲珑的鼻子的影子，半边脸处于暗影中，好像脸也在对面投下了影子。尚雨此刻发现，这显得暗黄的倩影是多么娇美多姿啊！

这次去肖静家，尚雨坐的是火车。

火车向西行进。铁道两旁，有三五个人在劳作。风吹得他们的衣服在上下飞舞。此时这个季节，火车尚未开暖气，可人已经感觉到寒冷。深秋的日头从东方升起来，温柔祥和地照在大地上。尚雨透过车窗望见天上的大雁，结队向南飞去。

其中的一只大雁不知什么缘故，落于雁群之后。差距愈来愈明显。落单的大雁发出低鸣，透着深沉的悲凉气氛。可前面的大雁依旧保持原速，只是回头看了一眼，渐渐地看不见了。只有那只孤寂的大雁，还留在他的视线中。见到这些，尚雨便转过头，不再眺望外面的风景了。

很久没有坐火车了。一坐上火车，尚雨便想起上大学时坐火车的情景。每次都是带着不舍和依恋之情离别故乡，踏上希望之程。可每次到头来收获的都是失落。火车上长途乘车的旅客趴在桌上沉睡。偶然在车上相遇的人为了打发时间交谈，无非是谈各自的家乡以及要去的地方。这平添了他旅途的几缕哀思。渐渐远去的风景使他感到十分难过。

已经到了飞虫产卵的季节。小飞虫还在窗户边扑扑飞个不停。大的黄飞蛾则趴在窗户边一动不动了。用手指轻轻地去触碰，它便如灰尘一样掉下来。原来趴着不动的飞蛾，早已死去多时了。

到了站。只有几个稀疏的乘客下了车。

肖静把尚雨请进客厅。尚雨为了按捺忐忑不安的心，来回不停地走动着。

“你坐下嘛！站着干什么！”

尚雨望着客厅里头。虽然他知道这是不礼貌的，可他还是忍不住朝那边看。因为他无法正视肖静。

肖静的父母出来，该如何打招呼呢？尚雨的心头爬上这个问题。

“上次见面说的话太少，是因为……不好意思，说了那么多无聊的话。”

“你先在这儿坐一会儿，我进去换件衣服。”肖静说着，走进自己的卧室。

这时尚雨才发现，她穿的是一件柔和的黄色外衣，腰上系着斑点的带子。简直就是一只翩翩起舞的黄蝴蝶！不过这随意的衣着打扮，更勾起了他的心。

尚雨记起来了，上次在拜佛台参拜的时候，自己看到肖静跪拜的姿势为什么会感到莫名的哀伤呢？恐怕也是这个缘故。她太高雅了，以至于无意间就伤害了他。而他却痴痴地不知为何，反倒心甘情愿地顺其自然。

在拜佛台参拜的时刻，和刚才看到穿着黄色外衣的时刻，他都觉得自己和肖静是属于不同世界的两个人。

黄蝴蝶在他的眼前飞啊飞，终于飞过窗台，飞向外面了。他只看到它黄色的翅膀和闪动的瞬间露出来的洁白柔滑的肌肤。

“你在想什么呢？”

肖静从卧室里走了出来。尚雨一直看着她。

她依旧穿着一件黄色上衣，可是已换成了厚厚的棉布服装。小巧的嘴唇抹了淡淡的口红，看样子是刚涂上去的。但是头发还是保留着昨晚睡觉时的样子。或许刚才化妆的时候忽略了，可那毫无装饰的头发，却令他感到魂牵梦萦。脸上残留的倦怠和眼角的微红，使人清晰地联想到她富有情趣的睡姿。

尚雨回过头来，点了点头说：“没什么。你爸妈不在家吗？”

“爸爸妈妈早在两年前就搬到市里去住了。妹妹上学也一同住在那里。只有我自己住在这个房子里。”

“哦？一个人住这么大的一栋房子，不感到害怕吗？”

“刚开始住的时候害怕，夜里睡不着觉。可是后来习惯了就好了。”

“习惯……你总爱说习惯……”

“喝杯茶吧！”

肖静给他端上一杯茶水。一股花香味伴随着肖静传过来。

“谢谢。”

在桌子右边放着一个花瓶，里面插有海州常山和天目琼花，花为纯白色。

“这些花……”

“噢，这些全是从沂山采摘的。不过这个季节……应该是在温室大棚里栽育的吧！”

屋子的装饰很奇特。画，杯子，凳子，所有的形状都是蝴蝶样。墙壁正中央挂着只蝴蝶形的大风筝。风筝色彩鲜艳，从远处观望，真如蝴蝶伏在墙上一般。

尚雨感到很意外，他搞不明白为什么所有的东西都装饰成蝴蝶形。大概肖静那令人惊奇的洁白透明的身躯，就是蝴蝶的化身吧！怪不得她的身上总散发着蝶儿般芳香醉人的味道。

肖静坐下来，说道：“我总想把这房子卖掉，一个人在这儿太寂寞了。况且，再过不了几年也就……总之，还有许多具体的问题，使我难以下决心。”

“卖掉房子？这房子挺好的嘛！为什么要卖掉呢？”

“父母又不用它。我一个女孩子家，过不了几年……还不如跟朋友租房住呢！”

“过不了几年……哦……”尚雨突然明白了，可还是忍住默不言声。

“不过这毕竟是父母的心血。房子的装饰及庭院的布置。卖掉总觉得对不起父母。”

“那么再好好想一下吧！”

“好吧！再让我想想。”

“你有个妹妹？”

“是啊！妹妹现在还在上大学。”

“哦……”

尚雨抬起头望着墙上挂的黄蝴蝶风筝，站了起来，说：“这个……”

“这个是爸爸制作的。因为家里经营风筝，所以挂个模型在这儿。进来的客人一眼就明白了。”

风筝模型与电子模型不同，它也可以用来放飞吧！甚至比一般的风筝飞得还要高呢！

“哦，原来你父亲是风筝制造商啊！”

“也谈不上是什么制造商，只是爸爸喜欢做这门生意罢了。刚开始的时候，爸爸是手工制作，一天可以做四五个。现在规模大了，一天可以制作四五百个吧！”

“是你父亲自己制作的吗？颜色，配料，都使人赏心悦目。制作精细，连线条、花纹都十分真实。你父亲真是好手艺啊！”

“你喜欢吗？你喜欢的话就送给你吧！”

“这是你父亲的心血啊！”

“制作出来不就是使用的嘛！既然你这样欣赏爸爸的手艺，理当接受爸爸的这一点心意。这番话语让爸爸听到，不知道有多高兴呢！”

肖静走进里屋，从柜子上拉下一个大箱子，拿了一只相同的风筝，用礼盒包装起来。

“请你收下吧！”

“那多不好意思。怎么能白拿呢？我还是用钱买吧！”

“你这个人真是的。明明是送你的嘛！用钱买的话我就不给你了。”

尚雨接过盒子，小心翼翼地放在桌上。

肖静莞尔一笑。说：“又不是什么贵重礼物。假如是贵重礼物的话，还真要买下来。要不然多可怕呀！”

是啊！接受贵重礼物，或多或少在心里欠上一笔债，不会安心。假如接受了，总觉得要为此做点什么，或答应什么。不然的话，怎么好随意地接受呢？

尚雨虽然神往肖静，可是内心深处却有东西在抵触她。

“天冷了，你不换件厚衣服吗？”

“这样就可以啦。”肖静站起，拉开外衣，露出里面黄色的毛衣。

外衣和毛衣都是黄色的。跟秋天的树叶一样，衬托得肖静的身姿和美貌更加美丽动人。

“你很喜欢穿黄色的衣服……”

“谈不上喜欢，我全是随意穿的呀。”肖静的眼睛一动不动，“现在工作忙了，哪还有心思去在乎这个。”

“毕竟是少女嘛！怎么会不在意呢？”

“偶尔打扮打扮还可以，但也不能时时打扮啊！浪费时间不说……况且，我不希望穿得太娇艳。”

“风格高啊！不过，你不打扮，即使穿着朴素不鲜艳的衣服，也一样是光彩照人的。”

“讨厌。”肖静用手抚住了绯红的脸，“怎么这么说人家。”

“就是嘛！如果再穿上华丽衣裳的话，恐怕……”

“哎呀！别说了，多不好意思啊！”肖静阻止了尚雨的话。

两人面面相觑。

肖静站了起来，对他说：“时间不早了，我们该走啦！”

经她这一提醒，尚雨才记起今天是来赏红叶的。

路经庭院时，尚雨发现摆在庭院里的一个大花盆里放着一块石头，颜色是白色的，并没什么新奇，可为什么要将它放在花盆里呢？

“那是块长石头。”肖静说。

“长石头？”他想拿起来看看，可是石头嵌在花盆中，拿不动，“是自己会生长的那种石头吗？”

肖静点了点头，望着尚雨。

“那不是和植物及人类一样了吗？”

“…………”

“它真的会长吗？”

“当然了。记得我小学时才拳头那么大，现在都跟西瓜一样大了。”

“生长速度很慢啊！什么时候才能长成山那么大呢？！”

四

“什么时候才能长成山呢？”

恐怕一辈子都不能吧！当尚雨看到石门坊的树木时，才肯定了。山不高，可山巅上笔直参天的杉树整整齐齐排列着，抬头不可望及。换了松树，或是柏树，恐怕一辈子也长不了那么高的。

不过，要论长大成材，弯曲也好，瘦弱也罢，只要得到细心栽培，就可以挺拔地成长起来。人嘛，不也是一样吗？耿直也好，狭隘也罢，都是可以成材的。

但是，树木多顽强啊，遇到风雨什么的都不怕，可是人……

尚雨只是这样想而已，并没有将这番话说出来。因为他怕肖静又要说他瞎说。

道路狭窄，而且崎岖。

“需要我扶你吗？”尚雨说出这句话来，自己并不觉得不妥。

肖静回转头望着尚雨。他忙把视线移到树上，刚才这双眼睛一直盯着她的背影。

路虽崎岖，可两人毕竟是年轻人，脚步灵捷，丝毫不费力。

“红叶……真美丽啊！”肖静抬头望着泛红的黄栌树，眼中闪耀着迷人的红颜色。

“咱们上去瞧瞧吧！”

山间覆有雾气，笼罩整个山林。弥漫的雾气将山头隐埋于云海中。虚渺茫然。红叶在渺茫中像绽开的红花一样。劲风一吹，漫山的朝雾整体向西移动。

天气并不好，阴云飘了过来。

晨雾笼罩的山林，是虚无缥缈的，不真实的。介于想象跟现实之间。连近在眼前的肖静，那少女的身躯，也是非现实的东西，属于遥远的世界。尚雨纯朴的心感到吃惊，真恨不得仔细用手触摸一下她这非现实的洁白透明的身躯，那身躯恐怕像冰块一样是冰凉清爽的吧！

这种思想是雅拙古朴的，可是又带有轻蔑的意味。

尚雨控制住了这种想法，可手却因为激动而颤抖了。

此处没有公共汽车站。因为路没有修，自行车也很难通行。

赏红叶的人不多，只有一些情侣，偶尔见穿着薄如蝉翼的衣服的女子在照相。

"赏红叶的人不多嘛。"尚雨有些失望地说。

"许是天气的缘故吧！不过，天晴了，雾散去，人就会多起来的。"肖静爽朗地答道。她的眼睛没有离开火红的叶子。

"是吗？"

"当然。"肖静自信地说，"据说往年举行'红叶节'，都是人山人海。今年也不会例外的。平时各干各的，哪有空聚在一起。现在人的觉悟高了，一有活动，哪怕请假也要参加的。"

"真的这样吗？"

尚雨不大相信肖静的话。人宁愿把工作搁置在一旁也要来赏红叶吗？这话恐怕言过其实。许是在那一尘不染的肖静心里，才会那么想吧！

"或许不是。可是……"尚雨忍不住，笑了出来。

肖静绯红了脸，生气似的问："你笑什么？"

"没笑什么，没笑什么……"尚雨说。

"没笑什么？那干吗笑呢？"肖静追问道。

"我是看到你那过分认真的表情才笑的。这可爱的脸真是让人觉得温馨啊！"

"真是的，讨厌。"肖静一下子迈开步子，独自朝栌树走去。

曾有一段时间，这些树木遭到大面积砍伐。后来政府下令植树造林，山上才又生长起郁郁葱葱的树木。不过，这样确实比荒山好多了。放眼望去，红、绿嵌在一起，简直就是一幅美好的自然油画。而且，美丽的风景不仅给当地带来了旅游收入，而且改变了环境，绿化空气，人走过瞧见也觉得舒心多了。

山两侧悬崖如削，壑谷幽深，令人不禁感到寒意。

据说殷商时期，就有人在这里建立寺庙，或许是为了祭祀之用，但一想到几千年前的人伫立在这里的景象，尚雨就觉得不可思议。自唐开始雕凿的摩崖石刻佛像，在历史上屡遭破坏，不过也有残留下来的，但形象已经不是那么清晰。宋、元、明时建成的佛塔、神龛如今几乎不见了踪迹，若是欣赏佛像、神龛的话，石门坊倒是不如云门山和仰天山了。

但若论起秋天的景致，特别是红叶的美景，那石门坊绝对是冠绝四方的，甚至连北京的香山红叶都可以一比。

红叶层层叠在一起，构思精妙。树干在腰间一般高的地方。再向上，树枝像是孔雀的羽毛一样向四周伸展，越向上倾斜越厉害。伸展开去的树枝占据了很大的空间。树干粗壮，令人生畏。叶子是一片片生长的，不是一簇簇生长的。

到了这个时节，红叶也像花一样，开始凋落了。

肖静用手去触摸红叶，可叶子突然飘落在地上了。

“连红叶也……”她望着脚下的几片红叶，心中涌上伤感的情绪。

“怎么啦，生气了吗？真对不起，刚才……不过，我说的是真的呀。”尚雨走了过来。

“不，一点也不。你的话，我并没在意的。”

“那是因为？”

肖静回过头。她的脸上微红，眼角也红了。尚雨吓了一大跳。

“怎么啦？”尚雨不禁问道。

“没什么……”肖静用手背擦了擦眼角，用双手揉了揉眼睛，“刚才看到红叶凋谢，湿气似乎沁进了眼睛……”

经过揉擦，她的眼睛更红了。

“花色过分鲜艳，反而令人感到索然无味。而黄栌啦，枫树啦，这些树木的叶子却是百看不厌，而且令人感到心情舒畅呢！”

“幸亏有你相伴，要是我一个人的话……”肖静说得断断续续。

其实她哪里知道，如果没有她的陪伴，尚雨说不定会因为秋意而迷失在山间。只因身旁有年轻漂亮的姑娘，他才感到心情愉快而保持意志清醒。

树丛下有翠柏，像星星点缀夜空一样装饰着山间红叶。肖静和尚雨绕开翠柏从旁边穿过。

山间道路被落叶所覆盖，山下有溪水流经，清水潺潺流动，水底的石头看得一清二楚。

溪水中是不是有游动的小鱼呢？这样的深秋时节，小鱼也会感受到水的凉意吧！不过尚雨并没有看到小鱼的踪迹。

肖静脱掉鞋子，拿在手中，又挽起裤腿，露出洁白的小脚和光滑的小腿。她准备穿过溪水。

“深秋的水很凉啊！”

尚雨刚开口，肖静已小心翼翼地下了水，她那柔弱的双腿好像支撑不起整个身体，两腿不停地发颤。

“真凉啊！”肖静的声音都有些变了。

尚雨跟在后面，他望了她一眼：“我背着你吧！”

“哎哟……”肖静踩在一块圆滑的石头上，险些摔倒。

“啊……”尚雨的那双手，差点从背后伸过去。

肖静要跌倒的那一霎，尚雨正想伸手扶住她，可她的身体轻轻一晃，就站了起来，连水面也不曾触碰到。他本来以为她的身体会向后倒去的，可是只是一倾，就像蝴蝶一样飞了起来。她那少女的身躯竟是如此灵巧。尚雨都没看清楚。可是，他却被她的身影动作给迷住了。

肖静被这一惊吓，脸色变红了，连脊背都泛上了可爱的红颜色。这让人想到是不是少女的身躯从脚到头都染红了呢！恐怕连胳肢窝，都染红了吧！

因为两人刚才一直处于雾气中，所以头发都润湿了，像刚洗过一样。

女人的头发是柔软而温顺的。可肖静的头发密密麻麻，发丝像男人头发那样粗。被浸湿过后，便蓬松开来，一束束黏在一起。

尚雨真想抚摸一下她那硬质的乌黑闪亮的头发。他甚至想，是不是应该向肖静要根头发，像线头一样紧紧地缠在手指上呢？

虽然是深秋，可尚雨的额头却渗出了汗水。

他们走完了最后几步，轻轻地上了岸。

“水虽然凉，可是感觉很好啊！真恨不得喝一口，尝一下清凉的溪水到底是什么味道啊！”

“水恐怕不怎么干净吧……”

“怎么会呢！这全是雨水跟泉水嘛。况且你刚刚走过，或许还有你身上的香味呢！”

“瞎说。怎么会有香味？是脚丫子味啊！”

“即使是脚丫子味，可是因为是你的，就成了……”

尚雨惊奇地看到，肖静的脸色有些难看，额头渗着汗水。她用手揉着左脚，刚才那只脚扭到了，此刻红肿起来。

他忙俯下身，问道：“怎么啦？”

“刚才过河时……”肖静的表情有些痛苦。

“疼吗？让我看一下。”

肖静拿开手，尚雨把自己的手放在她那洁白的脚上，轻轻地摸了摸，肖静脸上现出痛苦的样子。

“幸好没伤到骨头，只不过是肌肉拉伤，过几天就好了。”

不知不觉间，下起了小雨。河水被雨点打得咚咚地响。尚雨抬头望了下天，大片的乌云就要过来了。刚才一直沉浸于幸福之中，他竟一点也没觉察到要下雨。不过，眼下雨还没下大。他拿起肖静整洁的袜子，麻利地帮她穿上。

“忘记带雨具了。我们到那边避一下吧！”他指着一棵高大茂密的黄栌树说。

尚雨扶着肖静，把她扶到了树底下。此刻雨渐渐大了。

山峦的雾气逐渐被雨雾所代替，不过，更显得虚无缥缈了。雨点打在红叶上簌簌作响，挺拔的黄栌树，在雨中微微晃动着身体。

过了不久，不仅群山雾霭难辨，失去了轮廓，就连天空是什么颜色都看不清了。许是灰色，又或者是苍白色。真正深秋的雨就是这个样子。地面已经湿了。

对于秋雨，他们并不陌生。可是没想到会在这个地方遇上。

“这次赏红叶，不仅红叶没赏成……麻烦你了，真不好意思。”

尚雨仰头望着天空说：“这雨不知道什么时候才能停。”

肖静缩了缩身子，她记起尚雨在应邀时说的话。

尚雨当时说：“万一来一场暴雨的话……”

虽然来的不是暴雨，可是雨量也不小。天气变得冷冷的了。

“没想到真让你猜准了……”

“什么？”尚雨不明白地问。

“雨啊！你不是那样说过吗，来一场暴雨的话……”

尚雨记起来了。不过他那是随意说的，因为第一次被这么纯真漂亮的女孩子邀请。当时觉得不可思议，心情激动。因为激动说出来的话，没想到……

尚雨想起肖静说的“现在就剩我们两个”的话，一股柔和的温情洋溢到心田。

“衣服都湿透了。”

“没关系，回家再换不就行了。”

“很容易感冒呀！”尚雨说。

这时，雨已经小了。可山峦笼罩的蒙蒙雾气，却更浓了。有什么白色的东西向这边飘过来。

“啊！肚子难受啊……”肖静突然用手按住肚子。脸色很难看。

“怎么啦？肚子难受吗？是不是早上吃了什么东西？”尚雨关心地问。

肖静的脸色苍白。尚雨用手试了试她的额头，冰凉冰凉的，忙脱下衣服披在她身上。

尚雨拿开她的手，轻轻按了按。

“是这儿疼吗？”

“嗯！”肖静道。

尚雨刚才按的地方是胃部。他无意间碰到肖静的手，发现连她的手都凉得吓人。

尚雨端着热水杯走了进来。

“你还好吧？”

“现在感觉好多了，麻烦你了。”

肖静双手支起身子，礼貌地笑了笑。

“喝点水吧！”

“谢谢。”

肖静接过杯子，拘谨地喝了口。下午柔和的光线打在她的身上。她身穿白色棉布病服，嘴唇去了口红略显发白。

倩丽的影子投在肖静身后洁白的墙壁上。墙上的暗影显得婀娜多姿，绽放着青春光彩。从胸部到腹部，因为褶皱而形成的暗影，映衬出肖静少女圆润水灵的身姿。

卸去妆的肖静，不仅不显得庸俗，反倒使人觉得更加娇艳妩媚了。

尚雨感到眼前飞舞着一只白蝴蝶，在阳光里闪动着柔美的身体。

尚雨心头涌起的却不是高兴，而是一种悲伤。这是他心灵的拂逆作用。眼下穿着白色病服的肖静，跟参拜下跪时，以及穿着睡衣时的肖静，都使他有这种感觉。两人中间好像隔着什么东西，这是一种介于梦境跟现实之间的感觉。

“你衣服全湿了。”

尚雨抬起头：“没事，等回家换掉就可以了。”

“你怎么了？脸色不怎么好嘛！”

肖静不知道，是自己在无意间挫伤了尚雨。他此时脸色难看，正是由于这个缘故。

“没什么……或许太累了吧……”尚雨这样回答。

医生走进来，给肖静量了一下体温。临走的时候，医生说：“小姐，你得的是肠胃炎，以后注意别吃过期变质的食物。过几天就可以痊愈了。”

“啊……谢谢。”

待医生走了，肖静脱口说：“我也没吃什么东西嘛！”

“你想吃什么，我去给你买些东西吃。”

“虽然觉得很饿……可是，又不怎么想吃。”

“那喝点汤吧！”

尚雨起身，走出了病房，到楼下买了香蕉和小米汤。

医院里人很多，很多是因为感冒而住院的。

尚雨回去时，发现天空中透着绯红色的霞光，把楼房照得和谐美丽。这也是介于梦境跟现实中的感觉。

五

尚雨喜欢肖静，可是他从来没有说出口。无疑地，肖静也隐隐约约感觉到尚雨爱她，可她也从未做过什么表示。

当时肖静说过“就剩我们两个”的话，如今却只剩尚雨一人了。

他避开热闹的街道，一直向前走。有些醉意的他，已感觉到春天的暖意。不知不觉已走到了汽车站，他在站台旁坐了下来，可还是安不下心来。

春天，天还未黑。西天的落日，将半边天染上了一层淡淡的霞光。

街道两旁，是一栋栋欧式楼房。五金店的金属招牌反射着西照的阳光，闪耀晃眼。有着嫩叶的树木散发着淡淡的芒草味。树枝在上空交织叠在一起，很难分辨哪根枝条是哪棵树上的。

大街上行人多得出奇。刚进春天，热闹异常。人密密麻麻，看不到前方的路。

肖静已经是有家室的人了，尚雨不该再去想她，可他还是无法控制自己的心。

尚雨的心头涌上伤感的情怀。

“姐姐今天要来，现在或者早在家里了……”想到姐姐，他扶着广告牌站了起来。

车一来，站台上的人向前拥挤。尚雨刚想向前走，车已经开动了。

“唉，真倒霉……”他又坐了下来。

尚雨记得早上父亲跟他说过："晚上你姐姐从婆家回来，如果没事的话，早些回来，大家一起吃个饭。我们一家人很久没有在一起吃饭了。"

想想确实如此，可是，看来尚雨又不能吃团圆饭了。

尚雨今天参加肖静的婚礼时，他惊异地发觉，两人中间隔着的东西一下子不见了。那种介于梦境与现实的感觉一下子变得异常真实，继而完全消失了。

由于肖静结婚，尚雨觉得自己的存在真实多了。肖静也因为结婚而变成了现实中的人。

尚雨觉得胃里一阵难受。他回过头去，靠在广告牌上一下子吐了出来。

"你回来了。"

姐姐尚真看到弟弟回来，忙上前扶住他。

"喝酒了？"

尚雨没有说话。

"以后少喝点，看你都满身酒气了。"

"哦……"

"你的外衣呢？"

尚雨看了看，自己只穿着件衬衣，早上穿的西服不见了。大概是落在肖静家了吧。

"哦……"

"好了，你先到屋里换件衣服吧！"

尚雨走进自己的卧室。坐在桌旁，他看到自己颓废的脸，带着酒气，有些泛红。他从桌子上拿起清凉油，倒出来几滴，用双手揉在太阳穴上。

尚雨从衣柜里拿出一件薄衣服，换下了衬衣。

"姐姐，你什么时候来的？"尚雨走了出来。

他的醉意减退，可是脸色却苍白了。

"今天下午……你感觉好点了吗？"

尚真走到弟弟跟前，摸了摸他的额头。

"好多了！爸爸妈妈呢？"尚雨问。

"妈在二楼。爸出去见朋友还没回来。"

正说着，父亲从外面赶回来了。他摘下灰帽子，挂在墙壁上，又脱掉外套，对他们说："晚饭吃了没？"

"还没呢！正等您回来呢！"尚真说。

"哦……"父亲犹豫了一下，"那就开饭吧！虽然不太饿……已经到晚饭时间啦。"

“妈，吃饭了……”尚真大声地喊道。

妈妈应了声，换了身素装，从二楼走了下来。

“回来了，今天去见朋友，还好吧？”母亲向父亲问道。

“都是些多年不见的老朋友了。今天一见，情况大不一样了。每个人都有了出人意料的变化。唉，看到这么多朋友，心里不禁悲伤……”父亲说。

“都一把年纪了，还跟年轻人一样……”母亲针对父亲的感叹说。

尚真趁着父母说话的空儿把饭从厨房端出来。所有的菜都是尚真下厨炒的，时间有些长了，很多已经变凉。不过幸好已是春天，凉着吃比热着吃更有滋味。

“爸，妈，过来吃饭吧！”

四人一一就座。父亲坐在正中间，尚雨、母亲、尚真依次排开。

尚真一一为他们盛上汤。小米汤，散发着慢腾腾的热气。

尚真结婚之后，生活并不好过。整天起早摸黑地干活儿，清扫家里的各个角落，做饭。虽然还没有小孩，可是要照顾两位老人。这老人就像两个孩子。她结婚不到两年，可年纪却似增长了七八岁。恐怕不仅仅是工作方面，精神方面也忍受了更大的痛苦吧？

尚雨不知道姐姐在那家占了多大的分量。可是，还会像在自己家里一样和谐吗？

尚雨由此不禁想到了刚刚结婚的肖静。婚后的她，在新组成的家庭中能否适应呢？

恐怕不好适应吧。可是，白天时，尚雨见到肖静，她却显得异常高兴。

“恭喜你。”

尚雨见到肖静时，只是这么说。可他既不高兴也不悲伤，一种近乎空虚的感觉涌上心间。

肖静看来跟丈夫很幸福，脸上洋溢着消不去的笑容。

“谢谢。谢谢你来参加我的婚礼。”

“尚雨先生，请那边坐。我听肖静提起过你的。”旁边的丈夫说。

“哦……”

尚雨咬了咬牙，想说话但是说不出来。他拿起杯子，用颤音说：“祝福你们——白头偕老。”

尚雨接连喝了几杯冷酒，汗水渗出了额头。

肖静本想说什么，可是旁边过来几个女嘉宾，她便去招呼她们去了。

望着身穿白色婚纱的肖静，尚雨的眼中噙满了泪珠。他转过身，穿过人群，坐在摆在庭院里的椅子上。酒和杯子放满了桌子。尚雨拿起来喝了好几杯。他感到有几分醉意了。

嘉宾陆续赶到，整个庭院都站满了。

与肖静一起去云门山，一起去赏红叶，仿佛都是发生在昨天的事。他至今仍能记起她的每个羞怯的动作。参拜佛像时，赏红叶、过小溪时。这些往事真真切切地在他的眼前晃动，可眼下一切怎么变成了这样。他搞不明白，也没有人回答他。

“或许这一切不是真的，是在做梦吧……”

不，以前才是做梦。他胡思乱想道：我该从梦中清醒过来啦……

没有人走向他。他也没走向任何人。现在就剩他一个人了。几个月前他们还是两个人，可是，现在就剩他自己了。

“不行，太悲伤了……”他擦了擦额头的冷汗，想从椅子上站起来，可是没有成功。

在庭院里，有一棵高大的杏树。在狭窄的院子里，这棵杏树一枝独秀。粗老的树皮，弯曲的枝干，丝毫不影响它的生长，它不仅雅致，而且威武。可在新婚的日子里，有谁会在意这棵古老粗壮的杏树呢？

尚雨的眼睛一眨不眨地盯着杏树。枝头的花瓣，三朵或是五朵，刚刚开放。颜色是粉红色还是白色，酒后的他看不清楚。

他惊奇地发现，在正绽开的杏花花瓣上，有几滴水珠。是早晨形成的露珠，还是雨珠？或者是泪珠吧！它在杏花上来回翻滚。阳光洒在上面，闪耀着七色光彩，晶莹闪亮，像珍珠一样。

究竟是眼睛出了问题，还是思想麻木了？日头把尚雨的脸映红了。

尚雨蓦然觉得，肖静不再是另一个世界的人，只不过她生活在别人的生活中罢了。昔日的美好景象还停留在他的脑际。可渐渐地，模糊不清了。

尚真上楼收拾好了房间，顺便也把尚雨的收拾了。她婚后形成勤劳的习惯，平时总闲不下来。即使没事时，她也整理房间，清扫地面，叠好衣服，把桌子擦得一尘不染。

尚真迈着轻盈的步子走下楼时，尚雨还在沙发里呆坐着。

尚真在尚雨的旁边坐下：“怎么了？有心事？”

“哦……没什么……”尚雨回过神，面对着姐姐说。

“早点睡觉吧！我帮你收拾好房间了。”

“谢谢姐姐。”

“明天还要上班吧？”

"嗯。"

尚雨若有感觉地点了点头。

"听妈说，你有好几天没上班了，到底怎么了？"尚真问。

"没什么……没什么，心情有些不好……"尚雨说着，低下了头。

"人嘛！总有心情不好的一段时间，不过别老沉湎在这种心情中。想想是不是？还有许多事情可干呢！"尚真规劝了尚雨。

尚真拍了拍尚雨的肩膀："好了，早点去睡觉。"

尚雨目送姐姐上楼，直至姐姐进了卧室，关上房门，他才低下头。

"嗯。姐姐说得对。我是该干自己的事情了。"

这样想，尚雨的心情似乎轻松多了。

抬头望了下外面漆黑的夜，他站起来，上了楼。

尚真连被子都帮尚雨铺好了，由此可以感觉到尚真的细心。外面寂静的春夜没有一丝声响。尚雨摸起桌子上的唱片看了看，又放回原处。

当然，尚雨是不会轻易入睡的。一闭上眼，脑中马上就映出肖静那可爱的样子。

后来，尚雨渐渐地进入梦乡。白天时候庭院里那棵杏树，远比结婚的场面清晰。在梦中，他发觉，杏花上濡湿的样子，就像是以前心目中的肖静。这是介于虚幻和现实之间的。

第二章　风筝都

一

肖静走进一个门上涂了黄色染料的店铺。铺子的柜台上放着好些风筝，连四周的墙壁上，也都挂满了各式花样的五彩风筝。

只有一个伙计坐在里面看书。老板肖奉生不在。

“爸爸……”肖静朝店铺后面的起居室喊道。

伙计抬头看了看，把书反扣在柜台上站起身：“小姐，老板不在，您找他有事吗？”

“你知道爸爸去哪儿了吗？”

“老板大概在公司吧！”

虽然是制作风筝，可规模扩大后就改为股份公司了。肖静父亲担任经理，不过买卖全由别人掌管。他只是喜欢制作形式各样的风筝，这是他的乐趣。但是，近几年来风筝生意越来越兴旺了。

肖静父亲没有做生意的心。他整天待在办公室里，描绘各式各样的风筝图案。画得最好的要数蝴蝶，形象逼真，给人的感觉像真的一样。他偶尔用古代常用的布料和外国进口的绸子制作风筝。这样标新立异的举动，虽然好多都以失败告终，可是终究给风筝的发展注入了活力。

“任何东西，只有创新，才能够向前发展。”肖奉生经常这样教导两个女儿。当年，他只是想为风筝行业做点贡献，可是没想到却成了风筝之都最大的风筝批发商。中年的他固执顽强，每年风筝会都去参加，观赏风筝会上展出的风筝，而后做些写生，细心研究花样和色彩搭配给人的视觉变化。如今，风筝会上展出的风筝大多出自肖奉生之手。他也因此成了风筝会上的特邀嘉宾。

眼下，肖奉生已经老了，虽然女儿肖静和肖雪正处于妙龄时期。说他老了，是因为他已经不再像年轻时那样可以不费力气画出新颖图案。年过半百的他，思想已经不灵活了，难以再画出好的风景图案，为此他经常深居简出。

有几个外国妇女走进来。伙计不知怎么打招呼，急得满头大汗。

伙计让客人独自观赏着，自己向肖静靠去，他施了个礼。

“肖静小姐……”

“哦……什么事？”肖静抬起头。

“有几个外国顾客……”伙计指着柜台。

肖静走到柜台前，用流利的英语向她们介绍了风筝的款式和价格。妇女们挑了一会儿，最终一人选中一个。肖静施礼送走了她们。

“麻烦您了，肖静小姐。”伙计一再感谢。

“哎！没什么。”她擦了擦刚才渗出的汗。

“肖静小姐，您英语可真厉害……”

肖静独自走进后面的起居室。起居室里也有各式各样的风筝。肖静从白色手提包里拿出小镜子补了补妆，又用粉红方绸巾擦了擦额头和鼻尖的汗珠。

起居室的后面，是公园的一隅。有一片野蔷薇丛，分布在红茎绿叶的赤松下。窗外的绿色给肖静带来美的感觉。这种美是质感上的，而不是雕刻式的。

肖静沉思似的抬起头来。阳光透过玻璃窗落在她的脸上，圆润的嘴唇和小巧的鼻子反射出亮光，脸颊的毛细孔、白色绒毛也看得一清二楚。肖静虽不曾喝酒，可在太阳的照耀下竟有几分醉意了。

肖静像要打破沉默似的把白色手提包挎在柔窄的肩膀上。白色手提包白得出奇，一点杂色都没有。她急匆匆地走出店去。

肖静赶到父亲的办公室时，父亲正在聚精会神地写毛笔字。

肖奉生的旁边，放了一大沓风筝的设计图案草稿。

“爸爸。”

“哦。女儿来了。”肖奉生停止写字，把毛笔搁在砚台上。

“爸爸也写毛笔字啊。”

“偶尔写写，调剂调剂……”

“爸爸，我帮您研一下墨吧！”

肖静用洁白的手拿起研磨的方木。小方木是用松树制作的，虽黑漆漆的，但表面光滑，侧面还雕刻着绿色的竹子图案。

“什么时候回来的？”

“昨天回来的。”肖静偶尔抬头，看看年过半百的父亲。

肖静昨天刚度完蜜月归来，不过说是“蜜月”，其实仅仅有一周而已。

“我的女儿已经出嫁啦！以后再也不能像公主那样宠爱你啦。”难得一笑的父亲，微微笑了。

“瞧您说的，爸爸。”肖静又肯定了一句，“我依旧是您的女儿啊！”

“爸，您为我和妹妹，受了那么多累……”

“哪有受累啊！即使是受累，可为了我的宝贝女儿，也丝毫不觉得辛苦！”

“爸爸，您辛苦啦。”

肖静情绪激动，她险些覆在父亲身上。

“爸爸，现在我跟妹妹都已经工作，完全有能力独立生存了，您完全不必再这么劳累啦！”

“不是有能力没能力的事，这是我的乐趣啊！”父亲抚摸着女儿的头发，“你也知道，爸爸很少有什么乐趣。这份工作是我心甘情愿的，绝不是为了谁而干的。一旦不能再干自己喜欢的事，我可该怎么办呢！”

肖静望着父亲，没有吱声。

父亲有自己的想法。肖静没能力去干预。可是，倾注了父亲半辈子心血的公司，如今正兴隆起来。

“别为爸爸担心了，你还是想想自己吧！现在你可是有家庭的人啦。别老想着别人，你老公会不高兴的。”

“哪有啊！才不会呢！”

肖静说着，柔媚地低下了头，露出羞怯的神情。

“你和妹妹肖雪都能够幸福，这是爸爸最大的心愿。”

“我和妹妹一定会幸福的。”肖静毫不犹豫地说。

“希望如此。”父亲说着，颤巍巍地站了起来。

肖奉生站起身，用颤抖的左手扶住了桌子边，此时，他已满头大汗。

“打电话叫你妈来，中午一起吃个饭吧！”

“哦？”肖静感到很意外。她望见父亲额头的汗珠，忙从口袋中摸出手绢。

“爸爸，让我帮您擦擦汗吧？”

父亲感到舒心极了，脸上洋溢着微笑。

“肖雪呢？”

“不用叫她了。她马上就大学毕业了，有自己的想法，这很可贵。让她自己好好适应一下吧！我总觉得这个女儿是在爸妈的宠爱下长大的。不像你吃那么多苦，你上学时，正是家里最困难的时候。可是肖雪上学时，想要什么爸妈都会轻易满足她。到现在她还有种娇气的小姐脾气。而你就不同了，爸妈对不起你，那时候你要一架钢琴都不能满足……”

“爸爸，您别说啦，您没有什么对不起我的。”

肖静把手绕过父亲的胳膊，像是搀扶着父亲一样。她把脸贴在父亲身上。

“以后，爸爸要好好地补偿你……”

"不需要，真的不需要，爸爸。"

肖静不知道怎样回答才能表达出心中的感受。她的眼里噙满了泪水。

"都结婚了，还这么爱哭，不怕别人笑话吗？"

"有什么可笑话的，我一点也不在意……"

"这样怎么见人呢？"

"…………"

"算了，我们去吃饭吧！你打电话告诉妈妈在哪个饭店。"

父亲整理好桌上的画稿和字帖，放在一边，然后跟肖静出去了。

"咱们找条清静的路吧，静儿。"肖奉生说。

他们绕开热闹的大街，拐到小路上。只见小路两旁柳树密植，柳叶璀璨着绿，一直垂到离地面半米高的地方，就像少女的秀发一般。高大的树木下的木凳上，坐着几对情侣，还有几位老人。

"绿意盎然，一派春天的景象。我在办公室待太久啦，都忘了季节了。"

父亲停下脚步，去折了根柳条，放在眼前独自欣赏。

"是啊！爸爸，您应该多出来走走的。"

父亲险些跌倒，被肖静扶住了。他感叹道："爸爸老了啊！不中用了……"

"快别这么说，您还年轻呢！"

前面有好些人聚在一起，非常热闹。

"爸爸，好像是在举行舞会呢！我们过去看看吧！"女儿拉着父亲走。

父亲嚷道："爸爸赶不上时代潮流了，这是什么舞蹈？"

"只要看看就行了。"女儿轻轻地说。

"静儿，爸爸总算开了眼，我从来没有看过这样新颖的舞蹈呢！"

父亲的眼光没有放在舞者上面，而是停留在女儿脸上。女儿那张白皙圆润的脸，完全是张美人脸，不说话时，脉脉含情的脸上露出温馨的神情。即使是年过半百的父亲望见她，也被她那传神的表情给打动了。这张脸上有一丝她母亲的影子。父亲觉得珍贵极了。

望着女儿，父亲刚才画风筝图案时的烦恼通通抛到脑后了。

他甚至大胆猜想道：女儿如果做舞者的话，不知道该比台上的少女美丽多少倍呢！

"静儿，你如果跳舞的话，不知该有多美呢！"

"嗯。"

肖静应了声，这次没有反驳。她的注意力好似不在这上面。

围观的人越来越多。肖静回过头来，拉着父亲的手说："爸爸，咱们走吧……”

在肖静看来，刚才的舞蹈是病态的，不健康的美。为什么会有这种感觉呢？或者是她认为跳舞的人穿着和动作不大文雅吧！跟这些妖艳的舞蹈相比，肖静还是喜欢观赏绿叶。

父亲好像意识到了这点，便顺从地跟着女儿走。他发现，女儿的心头正涌上一股忧伤的情绪。肖静想到了深秋的石门坊红叶，还想到了度蜜月时下榻的旅馆旁生长着嫩叶的菩提树。

“人都怎么啦……”肖静嘀咕着。

路旁的槐树和法国梧桐，一片片嫩叶被骄阳照得鲜绿。一丝微风吹来，枝梢和嫩芽轻轻摇曳着。

“爸爸，我喜欢深秋的红叶和春日的菩提树，有空的话，让我陪您去看看春日的菩提树吧！”

“爸爸老啦，没有这份雅致了。你让高岩陪你一起去吧！”

“爸爸。”肖静喊了一声，“您老说老了老了的，到底有多老呢？六十岁才是花甲之年呢！您现在才是知天命的年龄，何必总把自己想成那么老呢？”

爸爸回过头，他并没有责怪女儿的意思。女儿长大了，有自己的想法和视角，再也不是那个受他管教言听计从的小姑娘了。过得可真快啊！一眨眼二十年过去了，想想女儿四五岁的时候，还历历在目。

“静儿啊！爸爸年轻的时候也像你一样，厌恶生活，喜欢别致的大自然……你可别像爸爸啊，一辈子生活在孤独寂寞中。”

“我一点也不觉得孤独寂寞啊！”

肖静虽是这么说，可偶尔也会感觉到空虚的寂寞。在蜜月旅行时，高岩有事外出，她独自坐在旅馆里，围着旅馆附近的小花园走了不知多少圈。那一刻她摸着自己的心想：结了婚怎么还如此寂寞呢……

照这么说，肖静仿佛触动了父亲的伤心往事。可是她因为自身伤春情怀的缘故，并没有在意父亲的心理。父亲从外表上，丝毫看不出悲伤的样子。或者是父亲将一切淡忘了吧！可是，这一切又怎么能忘掉呢？！

父亲并不能忘掉往事。

二

在风筝都，最隆重的节日要属风筝节。每年的四月二十日至月末，整个城市被风筝所装饰。华丽文雅，优美通俗，这是属于风筝都人民的狂欢节。

最近几年，这节日同五一节假日连在一起，规模也变得越来越大，很多国家的风筝爱好者都聚集于此。

伴随着风筝节进行的，还有风筝小姐的选拔。选拔出来的人作为风筝节的形象大使。当然，大部分是少女。

肖奉生的妻子，便是风筝节的风筝小姐。风筝小姐要围着广场绕圈一周，向四周的人招手致意，表示敞开胸怀，共同欢庆。当时，肖奉生便坐在台下。

后来，作为风筝小姐的阿京嫁给了肖奉生。不过，两人时常意见不合，导致矛盾的出现。

“怎么就请这么点儿人，我是风筝小姐呀！”

阿京看到结婚要请人的名单时，这样抱怨道。

“我不喜欢热闹。”

那时，肖奉生相当固执，无论遇到什么事，都不肯低头。妻子跟他闹了一通，最终还是顺从了他的意见。年轻的肖奉生对名望的追逐欲很强，经常出入各种场合，结识众多的人，可最终他还是一事无成。抑郁至极，他躲进了偏僻的农村，开始整夜地研究风筝画稿。

直到后来，妻子阿京生下一个女孩，就是肖静，他才重新回到现实生活中。可是，他并不敢轻易相信妻子。自己长期在外，他不敢相信这孩子是他的。

“这个小孩，说不定是妻子跟别的男人的孩子呢！”他想起来了，在未结婚之前，跟阿京有关系的男人就有好几个。

阿京厌恶丈夫对自己的漠不关心，整天在屋子里哭泣。

“你怎么回事？对孩子一点儿也不关心，难道这不是你的孩子吗？”

阿京想通过小孩子，拉回丈夫不安分的心。

可在肖奉生看来，这句话不仅激怒了自己，而且还侮辱了自己。

“这个小孩，你说她是我的吗？说不定是你跟别人生的吧。”

“胡说。”阿京变了脸色，泪珠从眼眶里滚下来，“你再怎么说也不准侮辱我们的孩子。”

“我们的孩子？恐怕只是你的孩子吧？”

“你凭什么瞎说，没有证据，你……”阿京伏在孩子旁边抽泣着。

“证据？这就是证据。”肖奉生指着小孩子说。

如果在平时，肖奉生不会说这样的话。本来可以静心相谈的问题，却要在这种场合提出来，结果不仅解决不了问题，还加深了彼此间的误会。

但肖奉生不会就这样妥协的。他幸亏没有说出“你不就是个风筝小姐吗？你还会干些什么”的话来。

心情烦躁的肖奉生坐上汽车去向远方。他经常出入酒吧，跟路边偶遇的女人相处。他甚至认为：阿京的乳房不如酒吧女的圆润光滑，嘴唇也没有诱人的光泽，曲线也随着小孩的降生而臃肿了。

过了几个月，肖奉生对这样的生活厌烦了。他开始想起阿京，想起那个小孩子。或者那个孩子真是自己的呢？那自己岂不是做了一件很对不起妻子和女儿的事？

整天惶恐的肖奉生难以静下心神。想起这几个月的做法，不禁厌恶起自己来，对与女人身体的拥抱，产生一种心理的讨厌；而妻子温顺的柔情，却像波浪一股一股涌上来，使他感到从未有过的温馨。他没想到爱情会有如此力量，竟能抚平伤口，润湿心胃，把他从罪恶中唤醒。

可他并不能立刻面对现实，反而进行了一番长途旅行。由此，他喜欢上了别致的大自然。大自然，广阔而美丽，不会诱惑人去干错事。即使干了错事，它也会以宽广的胸襟加以包容。特别是绿色，多像是大自然在人类心灵的映象啊！

当肖奉生回家时，阿京已经瘦了一圈，看到丈夫回来，她从里屋拿出一张纸给他。

那是亲子鉴定的鉴定报告。报告证明：肖静是肖奉生的女儿。

肖奉生搂住瘦弱的妻子，不知该怎样惩罚自己。

“对不起，阿京，真的对不起……”

“都是过去的事了，别再提它了。”

阿京自己泪流满面，却用手去帮肖奉生擦眼泪。

阿京原谅了肖奉生，他自己却不能原谅自己。事后，他努力工作，想好好弥补妻子跟女儿。直到女儿长大结婚的今天，他还觉得自己欠女儿很多。还好，那时候的肖静，还没有任何记忆。

当他看到女儿那漂亮的脸颊，娇美的身躯，心里才好受了些。

“阿京，不如我们再生一个孩子吧！那样我的罪过也就减轻了。”

肖奉生曾经对妻子阿京这么说过。

果然，阿京后来又生了个女儿。随着岁月的流逝，肖奉生也就不再为自己的过失而感到烦恼。那颗心，整个儿扑到了两个女儿身上。

肖奉生推开玻璃门，走进饭店。

雅致的饭店，建在植物园的后边，富有风筝的风采，是一家别致的小饭店。

肖静扶着爸爸坐下。而后，母亲阿京赶到了。

“干吗这么突然地叫我出来呢？”

母亲那张白皙的脸动了动，话语中略带抱怨，这抱怨具有甜美的感觉。

“出来陪女儿吃顿饭嘛！”肖奉生瞧着妻子说，“女儿出嫁了，以后再想一块儿吃饭也困难啦。”

“爸，瞧您说的，只要您想……我随时可以陪您的。”

“那怎么行？有家室的人，以后该多用心在自己的家庭中才对嘛！”

“家庭？”肖静想了一会儿，“你们就放心吧！”

“静儿从小就是个坚强的孩子，不像我……”母亲阿京说。

“京，饿了吧！想吃什么东西，你自己看看。”

“还是让静儿点吧！”阿京望着丈夫说，“我们都老了，哪知道有什么新鲜菜啊！”

“哈哈，也对……”父亲笑了。

肖静柔和地一笑，叫过服务员点了菜。

“‘蜜月’期间去哪儿了？”母亲阿京问。

“丽江。”女儿毫不含糊地说，“比起古色古香的房子来，我更喜欢那儿的树木。”

“挺好的呀！”

“好是好，可是，年轻人嘛，喜欢繁华才对……”

肖静转过脸，望着前面的公园，就这样看了好一会儿。

她是想起了旅行期间丽江的风景，还是红漫山野的石门坊红叶？

服务员将菜依次端上来。

“爸，妈，这是女儿特意为你们点的汤，请多喝点。”

“哦……”母亲应道。

“爸，有什么事情吗？”

“啊？没什么事，没什么事。”

父亲刚才一直在想女儿肖静的事情。

“你多吃点，爸。”女儿为父亲搛了菜放在父亲面前的碟子里。

饭后，时间还早。父亲本想多陪一下女儿，可公司打电话来要他回去。母亲也说有家务事而提早回了家。有些复杂心理的肖静，把目光投向饭店前面的植物园。游客不多，大部分为情侣，可她还是走了进去。

植物园的大道宽广，一眼可以从这头望到那头。

两旁的郁金香开满了园子。可是，菊花却没开花。

在风筝都，最广泛栽植的是菊花。风筝都人民酷爱菊花，不仅仅是因为它的千年历史，更是因为它“宁可抱香枝上老，不随黄叶舞秋风”的高雅气质。

有几个年轻人坐在小亭子里喝酒，扔得地面满是纸袋，空酒瓶倒在一旁。

“真是的，喝酒不去酒吧，干吗在公园里，讨厌。”

肖静有点扫兴地向前走。她想起父亲刚才的话，年轻人该喜欢繁华，这到底是说什么呢？为什么父亲提到时，她反倒想起了旅行期间的绿叶和深秋时节的红叶，而且，在心灵深处，深秋的红叶反而比丽江的绿叶更加清晰。这是为什么呢？

她意识到这是一个危险的念头，便不再去想了。

在喷泉旁边，肖静把手轻轻伸过去，四处飞溅的小水珠，溅在她的脸上，像珍珠在闪动一样，暮日的颜色虽不明亮但色泽鲜艳，把她那张忧郁的脸映得通红。

“姐姐。”有人朝这边喊道。这声音很熟悉。

肖雪从左边的小路上踏着草坪走了过来。她穿着一身素白的衣服。

“姐姐，你怎么在这儿？”

“哦！闲着没事出来走走。”她没有提及中午跟父母一起吃饭的事。

“你什么时候回来的啊？”

“昨天晚上刚刚回来。”

肖雪从地面的草坪上摘了一朵小紫花，把它插在肖静的头上。

“姐姐可真漂亮。怪不得有那么多男人喜欢呢！”

“瞧你，越来越调皮了。”

肖静用手拿下头上的花，在手心里玩弄着。

“我可没有瞎说啊！瞧，这是人家送给你的唱片。”

肖雪从自己的包中拿出一盒碟片。

肖静用颤抖的手把碟片拿过来。碟片封皮上有歌唱家的签名，她不晓得尚雨是通过什么途径做到的。她将碟片塞进自己的包中，背对着肖雪闭上了双眼。她没有忘记，这是去年赏红叶时尚雨答应帮她买的。

“你喜欢谁唱的歌曲呢？”

肖静想了一会儿，说了出来。

“那好，到时候我买来送给你吧！”

肖静没想到，时隔半年，尚雨还记得如此清晰。或许碟片已经买了半年了，直到今天才有机会交给她吧！

结婚那天，尚雨似乎想对肖静说什么，可最终没能说出来。

“你怎么拿到这碟片的？”肖静盯着妹妹问。

“我刚刚从尚雨先生家回来，是他让我带给姐姐的。”

“你去尚雨家……”

“是啊。你结婚那天他把西服外套落在我们家了，我去给他送衣服了。”

“哦……”肖静那细腻的心更加凌乱了。

肖静和肖雪绕过池子，走进林荫小道。两个少女这样一路走来，引来不少人的观望。毕竟是姐妹，两人有许多相同之处。大眼睛，小鼻子，可爱的小嘴。可两人的心思却迥然不同。

树枝旁有少女睁着水灵的大眼睛，在为什么杂志作封面人物，摆各种拍摄的姿势。

肖静走在前头，肖雪随后。过了小道，有个荷花池，只有水泥板能通行，四周全是池水。肖静从上面踏过去，显得毫不费力。肖雪则提着衣服角儿，晃晃悠悠走着。

肖静回过头，说：“你不回家吗？”

“哦？待会儿。”肖雪摇着头，“怎么，你有事啊？”

“没事……哦……有事。我是有一点点事。”

“有什么事呀？”

“有关你姐夫的事。”

“有关姐夫的事？那算了，我不感兴趣。那再见了啊！姐姐。”

“再见。”

目送妹妹远去，肖静松了一口气。她忙穿过花丛，走出植物园，坐车回了家。

肖静回家时，天已经差不多黑了。丈夫高岩还没有回家。

肖静把唱片放在桌子上，用手轻轻地打开，又把它放回桌角。可是一想，她马上把它放进了抽屉，而且锁了起来。她明知丈夫是不会问的，可还是紧紧锁了起来，锁住了抽屉，也好像锁住了她的心扉。

三

通往村里的小汽车很多，稀稀落落地都停在村子不同的民宿门口。车停靠在一家叫“江南之春”的旅馆旁，等肖静和高岩将行李箱搬下来，车又像虫子一样弯弯曲曲朝外面开去了。

他们下榻的旅馆，是专门为情侣设置的。从走廊通过，可以望见旅馆后花园的情侣在拥抱接吻。

招待把他们的箱子拿了进去，两个人跟着进去。旅馆掌柜说：“先生，夫人，你们预订好房间了吗？”

“是的。”

高岩把单子递了过去。掌柜的看了看，查了查房间，将单子收了进去，热情地说：“招待会带你们去的。”

提箱子的招待将他们领进去，把箱子放在门后，施了个礼问：“先生，夫人，箱子放在这儿可以吗？”

“好的，我们自己收拾就可以了。”

“有什么需要的话，叫我一声就可以了。”

招待走后，他们将房间收拾了一番。望着打扫地面的肖静，高岩问道：“感觉有点不安吗？”

“嗯。”肖静低着头，没有抬起头来过。

高岩走过来，抱住肖静。肖静本能地颤抖了一下。

“我是不会让你感觉到不安的。”

被高岩搂抱住的肖静，此刻想挣脱高岩的怀抱。她对丈夫的搂抱感到无限抵触。她跟尚雨没有过如此亲密的举动，可是她认为两人之间从不会因为什么而使她感到压抑，甚至可以感觉到尚雨特殊的温情。可是眼下的高岩却让她觉得极不适应。对于男人的搂抱，肖静觉得心里很不舒服。

但是此时，她的心情又是极其复杂的。自己被丈夫搂抱着，心里却在想另外一个男人，她对于自己的这种思想感到不可思议。诚然，她只能这样认为：自己跟尚雨的感情，已经渡过了爱情的浅滩。

“哦，你口渴了吧？我去找招待烧点水。”

肖静找了个借口，摆脱了丈夫的怀抱。

肖静去要水时，顺便围着旅馆转了一圈。当她返回时，丈夫早已经拿水来了。

“怎么这么久才回来？”

“哦……旅馆里用水的人太多，所以……”

“我已经叫过水了。”高岩说。

“啊？”肖静走到暖瓶边，用玻璃杯倒了些水，走到高岩身边，“你喝水吧？”

“不，我还不渴，先放那儿吧！”

肖静将杯子放下，背过身去，望着外面的风景。

“我跟你到外面去逛逛吧！”高岩顺着肖静的目光说。

“啊？”肖静露出了喜悦的神情。

肖静拉着高岩的胳膊出了旅馆。

丽江的春天跟北方明显不一样。花草都生长得相当茂盛，似乎在这里永远都是春天，没有其他季节的踪影。处处芳香扑鼻，光线很柔和，照在树木花草上感觉很好。

高岩抚摸着肖静的头发，她一直望着叶片鲜绿的高耸的云杉。

这一头乌黑闪亮的秀发是尚雨一心想抚摸的。不过他没有过这样的奢望，他只希望肖静能给他一根头发让他缠在手指上。大概这样，他就可以感受她的体温和心情吧？

有一片橡胶树大概是刚移种来的。旁边的土都是新的，没有杂草，树叶也不怎么繁多。

不远处传来了鸟叫的声音和小溪流淌的声音。

肖静一个人冒冒失失地跑到了河边。她脱掉鞋，将脚伸进水里面。水很清凉，透着一股沁人心脾的滋味。

“你很喜欢水吗？”

“是呀！”肖静回头望着高岩。

上游有妇女在河边洗衣服。

肖静瞬间把脚从河里抽出来。这是为什么呢？当然是因为她蓦然想到了去年赏红叶时蹚过山下溪水时的情景。那时她摔了一跤，险些跌倒在水中。她感觉到了背后的那双手，虽然不曾碰到她，可那双手却很形象地在她脑际浮现出来。那双手那时没碰到她，现在却仿佛碰到了她的身体。

肖静反常的动作，自然没能躲过高岩的眼睛。

高岩走过来，俯下身问：“怎么回事？水里有什么东西吗？”

“……水有点凉……”

高岩将手伸进河里试了试：“也不是很凉嘛！”

此刻高岩明白，他的新娘子肖静正有心事躲着他呢！

心事重重的肖静不能安定下心神。她躲躲闪闪地避开高岩的问话，抬头望着澄净的天空。

然而高岩没有责怪肖静。他反倒有些怜爱肖静。肖静本身的抵触使他感到了从未有过的温馨。肖静的身体是清凉透彻的，连身旁的高岩也感觉到了这一点。

肖静的身体，向外散发着芳香的气味。女人的身上总留着余香，是平时用香水和化妆品留下的。

不过，肖静倒是很少用化妆品，只在衣服上喷了一点香水。

“春天真美啊。透着无限希望和憧憬的颜色……”

“你带风筝来了吗？”高岩将肖静从地上拉起来。

“风筝？没有呀！”

“在旅行的前一天，你不是将一只黄色风筝叠好放在小盒子里了吗？我还以为是旅行期间带着的。怎么，没有带来吗？”

“本来想带着的，可是后来一忙全给忘记了。”

“丽江的春天是放风筝的好时机啊……一定会飞得很高。”高岩仰望着天空，感叹道。

“是啊！”肖静一脸郑重地说，“将烦恼什么的一股脑儿写在风筝上，让它放飞到高空……”

将自己的不顺心写在风筝上，之后将风筝高飞，寓意自身的苦恼已被风筝带走，剩下的净是顺心如意的好运。

傍晚时分，高岩和肖静一起去饭店用餐。小小的饭店用餐的人很多，将小饭店都挤满了。高岩要的是一间单独为两人准备的小房间。

“干吗非要订小房间，在外面不也一样吗？”肖静脱口问。

“小房间本来就是专门留给情侣的呀！况且，你总不希望吃饭时周围叽叽喳喳的吧！”

“…………”

“或许，我有什么悄悄话要对你说呢！我想两个人单独多待些时间。”

高岩低声回答。轻度不安侵袭肖静，她的脸颊泛红了，连眼皮也都染成了可爱的红颜色。

高岩关上电灯，点燃红蜡烛。房间里透着微弱的光。

“这样，脸再红，也看不清楚了。”高岩把手放在她的手上说。

“快别这样，外人还以为……”

肖静说着抬起头来。她的眼睛活像夜空闪动的星星一样。洁白的牙齿和涂了淡淡口红的嘴唇反射出柔和的烛光。肖静那黑黑的眼眸里，有无数红烛在燃烧。高岩感到肖静身上透着一股不可思议的魅力。他恨不得上前搂抱肖静，可肖静那矜持的感觉制止了他。

“你的手很凉啊！是不是身体也这么凉呢？”

肖静面红耳赤。她没有接高岩的话。

从相识到结婚，已经有一年时间了。当时，肖静坐在对面吃饭，高岩无法理解作为少女的肖静。现在，肖静坐在自己的身边，自己还是不能理解作为自己妻子的肖静。

因为肖静的结婚，尚雨觉得肖静的存在真实多了。而在高岩眼里却截然相反，肖静好像成了远在彼岸的人。

吃完饭后，高岩提议在河岸边走一走，肖静顺从地跟着，她欣赏着这与北方截然不同的风景，心想这个世界真是奇妙，在同样的时节两个城市竟然这样不同，简直不像是在同一个世界，那个北方的世界对于她来说却是如此的清晰，而眼下的景象却恍若沦陷在梦中一般。

还没走几步，天上就落下了雨点，啪嗒啪嗒地落在河面上，恍若飞虫坠落在上面。

“我们快回去吧！”肖静朝高岩说道。

“好的。”高岩将他的外套脱下来，披在肖静的身上，搂着她的身子飞快地走着。

这时雨中的景象，让肖静恍惚感觉身在风筝都，沂山的景象在她的眼前浮现了出来。

通过走廊时，地板发出清晰的声音。走廊狭窄悠长像隧道一样，只有一盏电灯，好多角落都黑乎乎的，给人幽静昏暗的感觉。黄色灯光晃来晃去，亮纹也随之波动。高岩搭着肖静的胳膊。走廊上只有他们两人。

外面的暴雨声更大了。

“刚才没淋着吧？”

“嗯。”

肖静应着，打了个寒战。

“瞧你，衣服都湿成这样了，还说没淋着。”

“你不是也一样吗？”

此时，高岩感到被爱情包围的气氛。在拐角处，他推开门。

“去洗澡吧，然后换身衣服。”

肖静一边说着，一边将高岩披在她身上的外套递给他。

“静儿也进来一起洗怎么样？”

肖静低下头，走到镜子旁，梳了一下头发，她的脸上一片红潮。

“你先洗吧！我过会儿再洗。”

窗外的雨打在玻璃上，雨珠摔得粉碎，顺着玻璃向下流淌。

云杉绿色的叶子被雨点打得像姑娘施礼一样轻柔美丽。

肖静向右走进自己的卧室，其实也就是高岩的卧室。她从衣柜里拿出几件衣服，换掉身上的湿衣服。桌子上放着各式各样的化妆品。她不由得拿起来，正想补补妆，可又放了回去。刚才突然来的暴雨，把她的妆全部洗去了。

晚上两人吃过饭在街上散步时，肖静突然想到自己已经结婚了，作为妻子不该这样抵触丈夫。夫妻之间不能推心置腹，那怎么称之为婚姻呢！于是她便温顺地靠在他的身上。

“你的脸真热，像是一团火，我还以为是冰凉的呢！”

肖静凝视着高岩，暧昧地说：“我本来就是这样的呀！”

肖静头一回像妻子一样，把床上的被子铺开，放好枕头。

可是旅馆中，因为下雨，有一股土腥味。肖静便从桌上拿起香水瓶，在床上滴了几滴。

肖静脑子里浮现出刚才跟丈夫在走廊里的情景——为什么那一刻，她会觉得莫名的寂寞呢？难道是昏暗的光线照射在她的心灵中产生的反应？

高岩从浴室里出来，走进卧室。

他的身上只披了块浴巾，没有穿睡衣。他坐在床上，温柔地看着肖静，这把肖静吓了一跳。

在床角的一头安放着白色木纹柜子。上面放着个花瓶，里面插着一束百合花。花是鲜艳的，看样子是今天刚插上的。

“你去洗吧！水正好热，洗完澡挺舒服的。”

肖静站起身，正想往外走，可是被高岩勾住了腰。她没有防备，一下子倒在了他的身上。

触碰到高岩身体的那一刻，肖静感觉到了一股强有力的男人力量。

“放开我嘛！”肖静嚷道。她柔弱的力量与这股力量相差太大了。

高岩松开了手，在她脸上亲了一下，说：“房间里这么香，你洒香水了。”

“是的，房间里有股腥味，我就……”

“到哪儿都可以闻到这香味儿，我感到真幸福，万一哪天我再也闻不到这味道，你说我该怎么办呢？”

“瞧你说的……”

“不过说实话，刚进来时，我还以为是花瓶里的百合花的香味呢！”

“百合花？”肖静走到花瓶前，用鼻子嗅了嗅，“怎么是百合花呢？百合花一点香味也没有啊！或许是季节的原因，即使有香味，可是跟香水味一比……我只是感觉这百合花很纯净，白色的花瓣，一点杂质都没有。人们所向往的不就是这样的东西吗？”

“静儿，你就是一朵美丽的百合花啊！有一颗百合般的心。”

肖静将插有百合花的花瓶拿在手中，朝浴室走去。

“我顺便将花瓶里的水换一下，这花一定会好好开放的。”

肖静大概不好意思说自己吧！既然高岩说她像一朵百合花，她才坚定地说这花一定会好好开放的。

浴室传来热水倾泻的声音，不过外面的雨声很大，所以消减了倾泻的声音。

浴室的背面是扇花色玻璃窗。窗子未关紧，从外面灌进来一丝冷风。肖静用手把窗子拉上，闭得紧紧的。

雨水顺着花色玻璃一直流到下面。远处好像有闪光掠过地面，瞬间照亮了四周黝黑的树木。

卧室里传来高岩用打火机点烟的声音。

肖静在浴室里站了良久，才开始洗浴。

她望着自己娇美洁白的胸脯，不时用手抚摸着，眼睛里闪露着羞怯娇媚的神态。

肖静就这样光着身子，赤着足拿着花瓶去接水，可是她的手却颤抖起来，花瓶没拿稳，“砰”的一声掉在地上。

“啊？”肖静大惊失色，喊出了声。

肖静本想去拿花瓶的碎片，却被碎片划伤了手。肖静手上的血，顺着水流流下，滴到地面上。浴室里变得一片殷红。

血像从掉落在地上的百合花中流出的。那洁白的花瓣就像是肖静的身躯一样，脉络曲线展示得淋漓尽致。肖静的秀发，像是培育花朵生长的根须一样浓密。像是少女的血，还散发着青春的气息，在地面活泼地跳动着。白色与红色之间，是刚刚被热水洗过的少女肌肤的肤色，也是悲哀的颜色。这悲哀的色彩，将肖静那少女的魅力全部展示了出来。她觉得自己神志模糊了。

四

高岩怜爱地亲吻了肖静洁白的胸脯，将她抱到了卧室的床上。

他去外面要了药水跟纱布，将白色的纱布缠在肖静的手上。

对于刚才的一幕，肖静也好，高岩也罢，想起来都心有余悸。

当高岩听到肖静喊“啊”的声音时，就跑进了浴室。他看到地面上的水是红的，不禁吓了一跳。地上的花瓶碎片到处都是，那束白色的百合花也平躺在血色的水中。肖静的脚下还踏着一块碎瓷片。他忙将肖静横抱起来，放到床上，用浴巾裹了起来。

“疼吗？”高岩拿着肖静的手指问。

“刚才还疼，不过现在不疼了。”

“怎么那么不小心呢……”

“…………”

“好了，这样的事以后交给我干吧！”

肖静还没从刚才的惊吓中回过神来。

“早点睡觉吧！”

高岩比肖静先进入了梦乡。肖静却无法入眠。

外面的雨还在下，不过小了很多。

听到高岩平稳有节奏的呼吸声，肖静到底欣慰些了。她觉得自己在浴室里的举动不可思议。自己为什么会突然全身颤抖，手脚都不稳了，莫非是由于刚刚结婚而疲劳至此？但恐怕不可能吧！还是她在那一霎间想到了什么才那样呢？

高岩在睡梦中都握着肖静的手，不时地还用些力。

平时，肖静只能闻到自己的气味。如今，这个男人的气味跟她的气味混在了一块。这样的气味以后也成了她自己的东西，将与她同在。虽然没有特殊的亲密感，可是肖静感觉到，无论自己的气味也好，身体也罢，甚至她所穿的衣服，仿佛都成了高岩的东西。

肖静想打开灯欣赏一下躺在自己身边男人的脸庞，可她没有勇气开灯。望了一会儿窗外，她把枕头放倒，安心地躺下了。

过了半夜，肖静才睡熟。早晨八点，她被窗外树枝上的鸟叫声吵醒。

高岩已经不在了，或许是清早出去跑步了。可床上还留有他昨夜的体温。

身边没有一个人，肖静感到很孤寂。在不安和焦虑中她起了床。和煦的阳光已经把走廊照得很明亮。

肖静正想去问一下高岩去哪儿了，却见桌子中间摆着一瓶百合花。花瓶和花都是新的。

花瓶旁边有张字条，上面写着：我有事出去一会儿，中午再回来。你自己吃早饭吧！

肖静吃过早饭，去浴室洗澡，浴室里的血和碎瓷片早就不见了。只是那束已经枯萎的百合花还放在香皂旁边，有几片花瓣贴在香皂上。

肖静感受到了高岩的良苦用心。

肖静环视了面对古镇的庭园，她觉得很不自在，很想出去散散心。

远方有高耸的群山，彼此交叠在一起。一边连到充满雾气的天边，一边连着古色古香的小镇。有好些高大挺拔的树木茂盛地生长着。

当肖静走出旅馆时，又有两辆小汽车停在旅馆门口，又有两对新人下榻在此。

有飞机从头顶掠过。她抬着头惊奇地想：在这个地方还能看到飞机呀！

春天的天空显得雾霭朦胧。肖静围着附近的小花园走来走去，在菩提树下四处张望。不多时，刚才那两辆小汽车开走了。白色的云向远处的天际慢慢移动着。

肖静心想：结了婚怎么还如此寂寞……

等高岩回来时，肖静已经有四五个小时没有跟人说话了。见到高岩，她显得特别热情。

“我帮你提着吧！”

“不用了。”

高岩虽这么说，可肖静还是抢过包，帮他提进了旅馆。

“你今天去哪儿了？”

“怎么，感觉到寂寞了？”

肖静把包放在地上，柔媚地坐下来，用手将她被风吹乱的头发绕到脑后。今天她用发卡把头发束了起来，一头乌黑发亮的秀发，全束在了脑后。

“我帮你买了这个，看看喜欢吗？”

高岩将一条钻石项链从小红盒里拿出来。项链在阳光下闪闪发光。

其实，在这之前，高岩已经送了肖静一条蓝宝石项链。

看着闪烁着光芒的项链，肖静的眼睛湿润了。

“让我帮你戴上吧！”

高岩走到肖静的身后，将项链挂在她细长的脖子上。他爱抚着肖静的头，并亲吻了她流出的泪珠。所有困扰肖静的心事此时瞬间消失了。

她张开胳膊，搂抱住了高岩。

在那家旅馆待了两天，他们便换了家新的旅馆。春天风和日丽，他们并不感到劳累。

不过，新住的这家旅馆住客较多，况且他们赶到的时候正好傍晚，只剩几间不带浴室的客房了。旁边不远处有个公共浴池，但高岩不愿意去那里。

收拾好房间，他们去用餐。晚餐很晚才做出来。他们坐在窗户边等了好一会儿。这间餐厅很大，可是人并不多。后来才知道，这间餐厅的晚饭分两次用，一次是下午六点钟，一次是八点钟。高岩来的时候已过了六点半，所以吃的是八点的那次，怪不得人极少，原来大部分人都在六点时用过饭了。

餐厅里摆着许多盆栽植物，枝藤都顺着玻璃爬到了天花板房顶上。

这个餐厅依山而建，与宾馆连在一起。不远处有瀑布，在用餐时可以听到瀑布的声音。

吃过饭后，两人都累了，便回了旅馆。

房间是个单间，肖静只好在丈夫面前换了衣服。

“你要洗澡吗？我陪你到对面洗。”

“不用了，我有些困了，明天再洗吧！”

“让你受委屈了。”

“有什么可委屈的，我是你的妻子嘛！”

房间里只有一个简易的梳妆台。肖静的东西，诸如化妆品之类的，都没拿出来。她松开卡着的头发，头发像瀑布一样垂下来。她揉了揉眼睛，搽了一点护肤霜。然后，铺好了床铺。

躺在床上，可以听到瀑布流淌的声音，可能是由于前天的那场雨，瀑布的流水才更具气魄了吧。

房间里的梳妆台反射着远处的灯光，不能停下来。

高岩伸出手，将白棉布窗帘拉上了。而后他叫醒肖静：“感到闷得慌吗？我去打开房门。”

肖静翻过身子，低声回答：“好的。”

高岩从床上轻轻走下去，用手将房门拉开了一尺多的缝隙。这间房处在旅馆的最里面，靠近山体，周围的几间房都没有人住。

回到床上，高岩将手放在肖静的头发上，一只胳膊搂住她的脖子。

“还记得我们第一次见面吗？”

“嗯？”

肖静动了动身子，尽量显得温存些。

“不过，要谢谢菊香才对，没有她，你我也不会相识。你更不会成为我的新娘。”

菊香是肖静大学时的舍友，肖静和高岩的相识，正是由于她的介绍和说和，才得以发展到今天这个地步。

那是一年前的事了。工作一年后，大学同学举行老乡聚会。菊香把自己的表弟高岩带了去，并介绍给当时单身的肖静。大家都是同乡，所以之后高岩经常邀肖静出去。久而久之，不仅连她身边的人，甚至她自己也认为，自己跟他在频繁交往。

几个月后，肖静遇到了尚雨，偶遇中学时代的尚雨使她很高兴。那期间，她借口有事推掉了高岩的邀请。可是，后来的时候，正当她等着尚雨来倾诉衷肠的时候，尚雨却一下子消失了，她也没有再打电话联系尚雨。此时，高岩经常出现在她的门前，她便自然地接受了他。那年冬天，她答应了高岩的求婚。

直到结婚后的旅行期间，肖静的心还是觉得很别扭。

不过，她的身体也好，心理也罢，都在不自觉地抵触高岩。当时，她也是这样抵触尚雨的。

高岩将手放在肖静的胸口，可她却心不在焉，想着外面的菩提树叶子。

第二天是个热天。这个地方的温度达到了二十八度。吃过早饭，他们已满头大汗了。

肖静收拾好床铺，将叠好的衣服整齐地放在床头。

"等我们旅行回去，是不是该邀请父母来吃顿饭呢？"

肖静指的是她的父母肖奉生和阿京。

"那当然。找个星期天，大家一起……"

其实肖静是为了让父母看一下她的幸福生活，让他们不为女儿担心。

"今天天气很热呀！"高岩说。

"是啊！南方的天气跟北方明显不同。不过，再过两天我们就回去了。"

"到时候去看你的父母吧！"

"嗯。"肖静开心地点了点头。

"回去要先收拾一下房子。"

"不必的。女儿嫁出去的地方，即使再不好，父母也不会说什么的。"

只是，经过这次旅行，肖静能作为一个妻子适应这样的生活吗？深秋的红叶，已经深印她的心中，去除不掉了。她自己作为妻子都安不下心神，又怎样去面对现在家里的父母呢？到现在为止，她完全忘掉了高岩的父母和亲戚。她简单地认为，自己嫁的是高岩，跟任何人没有关系。可是，一回家，她便要面对所有的问题。她的心理陷入了这样矛盾的境地。

高岩和肖静从小镇中出去，坐上汽车，到城里转了一圈。处处在建高楼，工人密密麻麻在建筑物上工作。看到这些，他们觉得自己好像刚从旧电影中走出来一样。多日不见楼房，一下子竟觉得它增添了几分威严。人在下面显得更渺小了。

坐上汽车往回走时，大楼的上空已经出来一弯明月，把天空照得分外亮。

肖静和高岩坐在车厢后段的一个长座椅上。车行走着，路旁的路灯一个个照着肖静那张脸，一闪一闪的，一会儿黑暗，一会儿光明。就像乌云后面的明月一样，时隐时现，展示风姿。而肖静的表情是自然的，一点做作都没有。

可是，她的眉头却不是伸展开的。

在靠近繁华街道的一站时，高岩将肖静拉下了车。

肖静觉得奇怪，反问道："在这儿停下干吗？晚上不回旅馆了吗？"

"是呀！今天是个特殊的日子，就不用回旅馆了。"

"特殊的日子？什么特殊的日子？"

"你的生日啊！还有两天就十五了嘛！"

肖静大吃一惊，她已忘掉今天是自己的生日了。照这么说，她和高岩已经出来五天啦！

高岩拉肖静去了游乐园。

他们玩了摩天轮、跳伞、太空飞行、环园列车等游乐项目。两人累得精疲力竭。

"去游会儿泳吧！"

游泳池里满是人。池水中闪耀着从四面八方照射来的光线。

有几个穿着灰色服装的中年人坐在木椅上休息，旁边放着高尔夫球袋。大概刚开始这些人在后面场地上打高尔夫球，后来累了才走过来休息的吧！

在樟树底下，有一男一女在谈话。两人看上去都不大，也就十八九岁吧！女孩子的衣服胸前画的是草莓，男孩子是苹果，两人穿的是情侣装。

游乐园的镁光灯将微弱的黄紫光打在树下。女孩子的头发还是湿的，看来是刚从泳池里爬上去的。由于他们所在的地方靠近泳池，而且或许因为方位的缘故，从池中折射出的光线柔和地照在女孩和男孩的胸前。两人倚着树木，站在同一高度上，这不经意的姿势将他们胸前的草莓和苹果在水中的影子叠在了一起。而经过水面的反射，女孩胸前的草莓全都映在了男孩胸前的苹果上。女孩子的胸前也映有男孩子的苹果。极富浪漫色彩的柔光，不仅将男孩跟女孩的心在水中交织，而且在彼此的胸前，都交叠了对方的心。这种心相叠的感觉一定很真切吧！恐怕比两个人抱在一起心贴心的距离还近吧！

光线从下巴到脸，一直到乌黑的双眼，照得很清楚。而下巴处则笼罩着浓重的暗影。女孩子胸脯中间的褶皱，也充满了阴影。鼻子的一侧是闪亮发光的，而另一侧则在脸上投下了阴影。

肖静头一次有这样真实的感觉。那一刻竟像是雕刻出来特意设计好的，仿佛是用放大镜放大了的结果。

她抬起头，仰望着天空。天空中嵌着许多闪闪发亮的星星。

星星闪啊闪，将肖静比衬得眼看就要消失了。

"唉！"

肖静叹了口气。她那深切的悲哀和纯洁的余情，消融在闪耀的星空中了。

五

尚雨在参加肖静婚礼的一星期后，接受了肖静的妹妹肖雪的拜访。

尚雨本想去上班。可他打开门时，门外的肖雪已经等候多时了。她在门口踱来踱去，似乎不太确定这是尚雨的家。

“请进吧！站在外面怎么不进来呀？”

尚雨将肖雪请进房里。她抬脚进去，望了下四周的布置。房间的装修还是尚雨上高中时候做的，近十年过去，墙壁的颜色已经显得有些暗淡。墙上挂着一幅毛泽东《沁园春·雪》的毛笔字，落款是不知名的人，也许是风筝都的某位书法家。事实上，这样的书法家在风筝都比比皆是，肖雪的家中墙壁上不仅挂有书法，还有很多国画、水彩画，大部分都是风筝都的艺术家创作的，当然也有外地的艺术家，毕竟肖奉生是商人，总有外地的客商带来一些外地的礼物。

“请坐！”

尚雨忙到厨房沏了杯咖啡进来。

“刚才想进来该怎么开口，可正想着的时候你却开了门。”肖雪就刚才尚雨的提问做了回答。

“事先没有说明就来打扰，请你别在意。”肖雪低着头说。

“没事。你能来，我很高兴啊！”

尚雨把她当作了肖静，本来镇静的心也凌乱了。

“对了，这是你上次去参加姐姐婚礼时落下的衣服。”

肖雪从背后拿出一个包装整齐的盒子，恭敬地递了过来，她仍低着头。

“哦？”尚雨有些意外，但还是说，“谢谢你了。”

尚雨感到意外，不是因为肖雪送来的衣服，而是此时才发现眼前的人不是肖静。

不过，这位妹妹跟姐姐肖静极为相像，都遗传了母亲的基因。可是，同姐姐相比，妹妹的鼻子更加灵巧，眼睛也更大一些。

“你知道自己衣服丢在了姐姐家，干吗不去取呢？”

尚雨不敢正视她，越过肖雪走到了直通的阳台上。

“您知道自己的衣服丢在姐姐家吧？那干吗不去取呢？”

肖雪站起身，跟过来，又确切地问了一遍。

尚雨正想拿绳子上的衣服的手停住了。他想到肖静的眼神，这刺痛了他的心。

尚雨把手扶在栏杆上，忧郁地望着对面的阳台。肖雪的话也伤到了毫无抵抗的尚雨。

“你是怕见到姐姐吧？”

“不，不是的。”尚雨赶忙抬起头来。

在婚礼的时候，肖静曾想过对尚雨说些什么，可是最终未能说出来。

尚雨苦苦思索了一周，还是未能想清楚。到底肖静是想劝阻他别为自己太伤心，还是想说别的？尚雨不知道，只是肖静身上散发的体香，还使尚雨处于她温馨的触感中。

尚雨知道佛经中提到，人最忌讳的是太执着，一切痛苦的起源皆因于太执着。做人，行事，对物的追求，万万不能太执着，否则各种烦恼会慢慢积聚过来，压得透不过气来。尚雨明白这个道理，可本身却无法做到。

他还曾经这样安慰过自己：自己如果如愿以偿得到肖静，每天定会生活在惶恐之中。自己占有的只是她的身体，可她的心在想什么，谁又知道呢！倘若她真心爱自己的话，自己何必去拥有她的身体。她虽然嫁给了别人，可终究还是属于他的。

在生的立场上没有得到她，可在死的延续上，他真实地永远地拥有肖静。

最近一段时间，尚雨临睡觉前总要吃安眠药。尽管如此，有时他还难以成眠。

“那一天，你看上去很痛苦，难道不是吗？”

自己好像不容易忘掉的事情，被肖雪一件一件说了出来。

“是有些痛苦，可那是因为……”

“不是因为姐姐吗？”肖雪进一步问。

“是的。”尚雨没有再否认，他用手捂住了眼睛，不让肖雪看到他的眼泪。

“那天，我看到你一个人坐在那儿喝闷酒，本想过去劝劝你，可是没能脱开身。”

“哦？谢谢你。”尚雨放下手，回过了头，眼睛微红。

“请到屋里坐吧！怎么能让你陪我吹风。”

“我没有劝成你，干吗要谢我呢！”

“只要是有那样的想法，就应该谢谢你。”

“尚雨先生，你太客气了。”

“不是我客气，是真的要谢谢你。在那样的一个环境里，有谁会注意一个满面愁容的人。你不但注意到，而且还想劝我，你说我该不该谢谢你？”

“细心的人一看就明白啦！”肖雪抬起头说。

“至少，你是一个细心的人。”

“你真的喜欢姐姐吗？尚雨先生。”

尚雨露出了难堪的神情。

“其实，我第一眼见到你时，就知道你喜欢姐姐。但是，你为什么不告诉她呢？”

肖雪第一眼见到尚雨时是她来给他送姐姐请柬的时候。那时他很疑惑，盯着她看了好一会儿。

“肖静现在怎么样？”

尚雨没有回答肖雪的问题，而是转移了话题。

“不知道。姐姐去度蜜月了，大概今天回来。”

肖静不仅仅是心灵，连身体，恐怕全身各个部位，都已经属于别的男人所有了。

尚雨的心头涌上一股伤感的情绪，他悲哀到了极点，甚至连话都不愿意说了。

尚雨走到电视边的组合家具旁，像欣赏人一样望着花瓶中的花。

“花瓶中是水仙花与石竹花吧？”

“是的。插在这里面真让人觉得悲伤啊……”

尚雨轻轻地将花从瓶子里拿出来，掸了掸水，掠过阳台，像扔掉烦恼一样把花扔得远远的。

肖雪感受到了尚雨那份真挚的感情。当她看到尚雨那副忧伤的样子时，这忧伤也仿佛传给了她。

作为肖静的妹妹，肖雪的体态、面容与姐姐极其相像。肖静结婚之后，所有未了的余情仿佛都传到了肖雪的身上。尚雨也在肖雪的体态中看到了肖静的影子。尚雨无法对她说什么。因为此刻那种遥远的感觉又浮现出来，仿佛面对肖静的时候。

“姐姐一定会幸福的。”肖雪相当肯定地说。

尚雨痛苦的表情蓦然放松下来。

“你姐姐的事，你都很清楚嘛！”

“我想，我的思想跟姐姐是相通的。”肖雪淡淡地说。

“啊？”

尚雨也有这种感觉，但他终究没能说出来。

“天气不怎么好吗？”肖雪望了望外面的天说。

“是呀！就像是我的心情一样。”

“早上还是晴天啊！或许过会儿天就晴朗起来了。”

一看到肖雪那单薄的身躯，尚雨便觉得不能与她反驳。

“据说，今年是个多雨的季节……”

“怎么看也不像嘛！开春之后还没下过雨呢！”

“未来的事谁也不知道呀！”

“即使不知道，也隐隐约约能感觉得到啊！”

“谢谢你。”尚雨施礼说。

尚雨不再发出悲伤的叹息声，他把话题岔开，说：“你现在在哪儿工作？”

“我到夏天才毕业，还没找工作，暂时在爸爸的店里帮忙。”

“哦，在风筝批发店……”

“是的。有空多去玩啊！在那儿没有说话的人，太寂寞了。”

“你这么年轻，也会感觉到寂寞吗？”

“寂寞无时无处不在嘛！”肖雪柔媚地笑了。

难怪尚雨会从肖雪身上感受到肖静那种温馨的感觉，原来肖雪也探索过寂寞的心境。

通过这番谈话，尚雨觉得同肖雪认识好像很久了。这种感觉，大概是因为肖静的缘故。

“来了很久了，我该走了。”肖雪站起来，行了个意想不到的礼。

“请你再坐会儿吧！”尚雨低着头，俯着身子说。

“为什么？”肖雪对尚雨的挽留感到很吃惊。

“我很久没有这么高兴了。请你让我多沉浸在这温馨的感觉中，待会儿，好吗？”

肖雪又重坐回去。她的身影是脉脉含情的。

阳光照在地板上，好像地板既成了一面镜子，又成了光源。它把肖雪的身影清晰地映在地板上，像在微微晃动的湖面上一样，身姿飘浮不定。反射的柔光，却把肖雪的倩影投在沙发后面的墙壁上。影子要比实际身影长些，可是却模糊不清，只有一个朦胧的影像。

前面的身姿和后面的影子，一个是真实的，一个是模糊的。可两个都是虚幻的东西。

而它带给尚雨的感觉却是真实的，仿佛触手可及。

眼前的身姿映在尚雨的脚下。尚雨低头便可看清。他跟肖雪说话时脸向肖雪侧着，他的嘴唇处碰到了地板上肖雪身姿的嘴唇。

尚雨保持那个动作好一会儿，他好似不舍得离开肖雪的身姿。

当尚雨意识到这一点时，便羞怯地低下了头。他觉得自己好像侵犯了肖雪，而且刚才还含有特意的意思。

肖雪并没有意识到尚雨的这番动作。她看到他突然低下了头，还以为是自己挫伤了尚雨。

“今天，提到了你的伤心事，我不是故意的，请你原谅。”

“啊？”尚雨抬起头，“我不会在意的。”

“店员还在铺子等我，今天就此告辞了。”

“啊？那好吧！”尚雨站起来，又说，“请你等一下。”

尚雨走进二楼的卧室，从桌子上拿起那盒碟片，他随手把领带拿下来，扔在床上，换了身随意的长袖上衣。过了一会儿，他轻快地从二楼跑下来。

肖雪站在客厅中央。

“请你将这个交给你姐姐。这是我曾答应帮她买的，到现在一直没有机会给她。”

肖雪迟疑了一会儿，接过碟片，放在随身的小包中，拉上拉链。

“我会交给姐姐的。”

“谢谢你了。”

尚雨将肖雪送到门口。肖雪回过头说：“请你忘掉姐姐吧！姐姐现在已经结婚了。这样对姐姐，对你，都不好，只能加重彼此的伤害。”

“什么？”

肖雪没有回答，行了个礼，说：“请留步吧！”便迈开步子走了。

尚雨回过头，仰望了一下天空。

“街道和树木都染上了夕阳的霞光……真是美丽。往事很快就像春天一样逝去了。”

尚雨喃喃自语。

对面的楼房也洒上了夕阳的余晖。有一个白色的东西从楼上飘了下来，落在地上时，尚雨才发现，原来是束枯萎了的白玫瑰。

他想起了刚才从楼上扔下来的花。“花在哪儿呢？”他俯下身子，一点一点地找。可是找遍了草丛和街道也没找到。

“怎么找不到呢？”

尚雨站在楼下，望着自家的阳台。他想象花被扔出来时是怎样下落的，落在了哪个方位。

花也许是划了一个美丽抛物线，才落到地面的吧。还是由于花太轻，被风吹到别的地方去了？

尚雨像个小孩子一样在墙边找寻扔下的花。可是直到天擦黑，他还是未能找到。

太小孩子气了，尚雨站起身子，顿了顿，这样做岂不是太傻了。况且，自己为何要找寻被扔掉的花呢？这个他都不知道。

“尚雨，是尚雨吗？你在干什么呀？”

天黑了，人的面相都看不清了。

“哦！没干什么。没干什么。”

刚才跟尚雨说话的，是他青梅竹马的朋友任思媛。自从初中毕业后，他们就很少见面了。工作之后虽然同在一个城市，可是从未遇见过。

不仅尚雨感到很意外，连任思媛也感到很意外。

“多年不见了，你还好吧？”任思媛问。

“哦。你比以前更漂亮了。请到屋里坐会儿吧！”

“不了，我还有点事。下次吧！下次一定拜访。”

任思媛亭亭玉立，语气还是像多年前一样没有丝毫改变。

“那好吧！”

“再见。”

任思媛回过头，朝黑暗中匆匆走去了。

第三章　火山口的蓝宝石

一

肖静穿了一身黄色带有蝴蝶图案的休闲装。在脖颈处，露出里面棕色的薄毛衣。脖颈上，系了条白色的小绸巾，当她侧脸时，偶尔会露出洁白娇嫩的脖颈。

她走进厨房,看用具收拾好了没。可她不知道这些餐具原先放在什么地方。

昨天，父母跟妹妹来拜访。没有采购过东西的肖静一人外出采购，买了水果，还随意带回一束百合花。没做过饭的肖静感到很为难，后来还是母亲来到厨房帮忙，才做成了晚餐。

据说，母亲阿京跟父亲结婚的时候也不会做饭，而是后来学的。如今，母亲已经做得一手好饭。

肖静昨夜打扫厨房至深夜。当回到床上时，高岩早已睡熟了。

肖静回到卧室，就着梳妆台打扮，她发觉自己的眼圈有些黑。

结婚弄得她疲惫不堪，连面容也都憔悴了。

“该下雨了吧！”

昨天吃饭时，妹妹曾对姐姐说：“今年要多雨呢……”

接着，妹妹又明确地说：“是尚雨先生告诉我的。”

去年深秋，暴雨骤至，肖静和尚雨躲在红叶下避雨。在这之前，尚雨曾说过要下雨。开春之后，还不曾下过雨。可肖静相信总会来一场大雨的。即使不是多雨之年，哪怕来一场雨也好嘛！

“真的，哪怕来一场雨也好嘛。即使是毛毛细雨。”

自从妹妹昨天说出尚雨的话后，她希冀下雨的心更强了。仿佛这雨并不是真正的雨，而是抚平她愁容的甜美汁液。连尚雨的形象，也蕴藏在雨水中吧！她的矛盾因此而扩大了，而自己在这矛盾后面苦苦挣扎。

妹妹为什么会提到尚雨的话，这个肖静不太懂，似乎连肖雪本身都似懂非懂。肖静在内心的某个角落与肖雪的思想联系在一起。她隐约发觉：尚雨是喜欢肖静的，可是肖静结了婚，他遂想把自己的爱转给各方面都像肖静的肖雪，来缓和他自身受的压力，慰藉一心想得到肖静的痛苦心情。如果真的是这样，这岂不是太可怕了？尚雨，肖静，肖雪，仨人好像都喝了罪恶的毒酒，无法自拔。肖静内心的余情，似乎正以微妙的感觉传给肖雪，让身心自由的肖雪释放出来。

虽然这种思想从肖静的心底掠过，可是肖静未能意识到事情的丑恶带来的后果。

肖静拿起香水，往镜上的人喷了几下，镜中的自己变模糊了。

父母昨天问肖静："生活得怎么样？还适应吧？"

那时肖静大概很勉强地点了点头："还好吧。"

肖静凝视着镜中满面香水的自己。在婚前一个人发呆是稀罕事儿。可是，自从结婚后，她经常一个人坐着发呆。

晚饭过后，肖静曾挽留父母多坐会儿，可是父母说："你已经结婚了，我们哪还能久坐呢……"

"不用说久坐，即使是留宿，也没问题的……"肖静悲伤地说。

父母终究没有留下，只是妹妹又坐了一会儿。

高岩借口自己累了，便先回了房间。

"刚才我说错了什么吗？爸妈为什么……"

肖雪望着姐姐，说："姐姐似乎没做错。"

肖静拿起肖雪的手，压低声音说："妹妹，你说我结婚是正确，还是错误呢？"

"正确？错误？或许是正确的，又是错误的吧！"

肖静蹊跷地望着肖雪。

到现在，肖静还疑心昨天自己跟妹妹说的话是不是被隔壁的高岩听到了。假若这番话真被丈夫听到了，那他该怎么想呢。

房间里昏黄，只有窗口处的帘子上透着亮光，她走过去，双手"哗啦"一声拉开了窗帘。

房间突然变得耀眼了。

肖静探出脑袋向窗外看了看。原来的嫩叶都长成绿叶了，已经快到四月份了。

肖静走到日历前，双手翻动着，细细地数了数日子，数了好几遍，还没有数清楚。

结婚之后，她整个人变得心不在焉了，连日子也数不出来了。

“床铺还没有整理呢！”

肖静有些沮丧，不想动弹。

“唉！越来越懒了……”

肖静心里烦恼，心情有些沉重。她在沙发里躺了一会儿，就站了起来。

肖静将被子叠好，放在床尾。然后将睡衣叠好，放进衣柜里。

睡衣上还带有昨夜的余温。肖静突然感觉到了高岩的体温。

肖静像要拂去什么似的，突然坐回桌前。

太阳的光线在房间里渐渐缩小了。

打开小抽屉，拿出那碟片。肖静用手指轻轻触摸着，她的手变得颤抖了。

尚雨的温馨像香水味一样围过来，她没有躲避，反而沉浸在这种温馨中。

肖静明白：自己不该沉浸其中。这种拂逆的心理，使她更加痛苦了。

高岩给肖静打来电话。

“我的一份文件忘在家里了，现在脱不开身，你帮我拿来吧！”

“送到公司去？”

“是啊。文件在书柜的第二个抽屉中。”

“你等等，我看看。”

肖静放下电话，走到书柜前拿出了文件。

“哎。我找到了，现在送过去吗？”

“好的，谢谢。”

结婚快一个月了，两个人还是很客气。

肖静乘上公共汽车，转了两班车才到目的地。

在经过尚雨家门口时，肖静一直盯着尚雨家的门口，她想尚雨会不会恰好开门走出来，遇到一起。可最终没见尚雨出来。“他在干什么呢？”她甚至这样想。可过了天桥，她便把头靠在窗子上，不再瞎想了。

从枫叶的边缘，流下一滴带着阳光的水珠。肖静觉得这滴水好像滴进了自己的心窝里，凉凉的。

也许因为偏远的缘故，转过一班车，人就很稀少了。

“小姐，我觉得你好面熟啊！”坐在肖静后面的一个姑娘说。

肖静回过头看了看，她不大认识那个人。

“你是肖静吧？我是祁红啊！”

“啊？祁红，是你啊！”

祁红是肖静的中学同学。她留着一头短发，身着一件单调的浅蓝色衣服。

“你现在生活得怎么样？看起来挺幸福的嘛！”

"哦……"肖静羞怯地低下了头。她没有提及自己结婚的事。

"不像我，现在一边要工作，一边还要照顾小孩，整天忙得不可开交。"

祁红羡慕地望着肖静的额头。肖静的额头是光滑细嫩的。

"你有孩子了？"肖静吃惊地问。

"是呀！是个男孩，都两岁啦！"

"你父母大概希望你嫁给更阔绰的人家吧？"肖静推断说。

"嗯。"她诚实地点了点头，"可是，那有什么办法呢！"

在菜市场门口，祁红下了车。看样子她是来买菜的。肖静想多看她一眼，祁红已经融入人群中不见了。

比起肖静的生活来，祁红幸福多了。虽然生活艰辛，可毕竟是相互扶持，维护家庭。而肖静虽不必为金钱而奔波劳累，可是这样扭曲的家庭关系和麻木的结合方式，令肖静觉得难堪无比。

在山附近，没有汽车在这儿停留。

高岩在通向路口的采石场门口等待着，肖静一来，他就迎了上来。

"你来了。"

"我把东西带来了。"肖静从小白包里拿出文件交给了高岩。

"麻烦你了，跑到荒无人烟的山地来。"

"什么山地，我正好散散心，看看你的工作地方嘛。"肖静笑了。

"等我把文件拿到办公室去，就带你四处逛逛。"

肖静跟着高岩走。山地崎岖不平，全是小石子。肖静穿着一双黑色小皮鞋，走起山路来相当费劲。她小跑跟着高岩，可还是跟不上他的脚步。

高岩听到身后鞋擦小石头的声音，回过头看了看肖静的脚。她竟穿了一双皮鞋。于是，他放慢了步子。

肖静来到山地却穿了一双皮鞋，这是她没意识到的。或者可以说是她对丈夫工作地点不熟悉的缘故。不过高岩大部分时间在城里的公司里，很少待在采石场。这次是因为负责采石场工作的技术人员出差，高岩才来这儿的。

但是，去年去赏红叶时，肖静倒没穿皮鞋，而是穿了一双乳白色运动鞋。

"请这边走吧。山路不好走。"

"谢谢。"

"我扶着你吧。"

"不用了。我自己……"

高岩不等肖静把话说完，就走到肖静身旁，扶住了她。

山上的小石子在阳光下闪闪发光，闪耀得像人的梦境一样。肖静感觉自己的头眩晕了。

七彩光芒像闪电一样掠过。荒芜的山上虽没有高大的树木，可空气很好。

“我带你去远山的五角枫和黄栌林看看吧！”高岩说。

“不，我想在这儿走走，看看你工作的地方。”

“工人干活的地方，没什么好看的。”

“毕竟是自己丈夫工作的地方，我想更多地了解你。”

肖静的眼睛中露出了光芒。高岩没理由反对了。

二

拥有蓝宝石采石场、蓝宝石加工厂以及蓝宝石镶嵌公司的高岩家，在宝石城家境算是不错的。在高岩父辈掌权的时候，高家仅仅停留在采石场采出蓝宝石后加工出售，而现在，早已发展成为集采集、加工、饰品出售于一体的综合性产业。父亲早在两年前，便将工作交给了两个儿子，自己算是年老隐退了。哥哥高岩一心致力于父亲交予的工作，拼命工作。而弟弟高杉好像不太喜欢这样的工作，比起蓝宝石加工，他更喜欢园林设计的工作。

任何时代都面临这个处境：即使父辈的工作再优秀，也不一定能传给后代；儿女即使具备干好这份工作的能力，也不见得喜欢这份工作而加以发展。那样，纵然父亲把自己的心血交给儿女，儿女也不一定能维持下去。事实上，自二战之后迅速发展起来的中国，越来越多的企业面临着如何稳定交班和持续发展的问题。

高岩的弟弟高杉就是这样的人。他的心细腻温柔，不太喜欢与一成不变的蓝宝石打交道，而是热衷于充满生命气息的花草树木和古代的造景艺术，所以他常游览各大园林及风景区，一心想做一个园艺家。

高岩扶着肖静走到了团子山火山口附近。这是一座已有百万年历史的死火山。据说，在那次喷发之后，再也没有喷过第二次。宝石城的蓝宝石便是在火山喷发时形成的矿石。

下面点点星星地分布着些人，他们在采集矿石。深坑里还有劳作的机器。

“小心点儿。”高岩提醒道。

肖静俯下身，独自慢慢地走到火山口，从地上捡了块小石头。

“真热啊！”

小石头有轻微热量，并不是很热，是由于太阳照射而变热的。

“为什么这些小石头不能成为蓝宝石呢？”肖静傻傻地问。

“随便什么石头都能变成蓝宝石，那自然界岂不乱了吗？”高岩的回答也不着头脑。

“两者之间都闪烁着光芒，有什么实质性的区别呢！”

肖静拿着小石头对着太阳光看了又看，她的眼睛都模糊不清了。

“这也正是天才跟普通人的区别嘛。区别不大，都是同样的人，可论起来又有天壤之别。”

肖静点了点头。她很赞同高岩的回答。

肖静摇摇晃晃地走到高岩的身边。她没站稳身子，一把抓住了高岩。

高岩把摇晃的肖静抱住，接着又紧紧地抱了抱，好似不舍得把肖静放开。

肖静喘不过气来似的从高岩的怀里挣脱出来，她刚才脸色苍白，此时却变红了。

当肖静的脸色正常后，她问：“你以前送我的蓝宝石项链，就是从这儿出产的吗？还记得吗？就是那条链子是银质的，下面垂了一个心形的坠子，那块蓝宝石镶嵌在心里。”肖静说着，比了比那个心形。

“是啊。就是在这附近出产的一块色泽鲜艳的蓝宝石。”高岩指着一处说。

“是在团子山火山口出产的蓝宝石啊？”

“是呀。”

“是火山口的蓝宝石呀？！”肖静又说了一遍。

高岩疑惑地看着肖静。

肖静的脸上露出了欢快的表情。她接着说：“原来是火山口的蓝宝石啊！怪不得我每次戴在脖颈上，都觉得心窝暖烘烘的。原来是这么回事啊！那是一块火山口的蓝宝石，所以到现在还存着温度……虽说这不大现实，都过去百万年了，哪还能有火山的炙热啊！可是，我真真切切感受到了火山的温度，好像火在心里燃烧一样。”

“送你的时候我倒没发觉。”高岩回答，“我只认为，它是一块很普通的宝石。没想到这些……不过，你喜欢，就行了。”

“谢谢你了，送我一条这样的项链。”

肖静对高岩施了一个意想不到的礼。这是感激之礼。

高岩感到很局促。他认为，夫妻之间是不该这样客气的。肖静这么客气，让他没法靠近她，他感到愁苦极了。

“你去看过爸爸妈妈吗？”高岩问。

“还没有。”肖静低下头说。

“爸妈叫我们晚上去他们那儿吃饭。爸说：‘虽然我们不在一起住，但也不能疏远关系，我们需要这份温情呀！’是啊，爸妈老了，劳累了一辈子的他们，也该休息一下，安享晚年了。我们去看他们也是尽一份孝心。”

高岩无法责怪肖静。

天上的乌云掠过天空。

看到肖静那明亮变暗淡，又变为明亮的脸，高岩心中充满了无限爱怜。

“跟我到远山的五角枫和黄栌林中去看看吧！你不是喜欢红叶吗？”

“不是红叶，而是红叶透出的凄凉……”肖静本想说出来，可最终还是忍住了。

他们默默地走了好长一段路，才到山脚下。

五角枫和黄栌密密麻麻，因为栽得较密，所以细而高大。北风吹得簌簌作响，好像流水的声音。

肖静轻轻地闭上眼睛。她很留恋这份感觉。

黄栌是肖静见到的这片树木中最好的，高大威猛，枝梢很好，是用作木材的好品种。

“岩，你喜欢现在的工作吗？我说的是整天跟蓝宝石打交道。”

“喔。”高岩的回答很含糊。

“也不是很需要钱，你不用那么努力的。”

“……”高岩一声也不言语。

“既然不喜欢，就不必勉强下去。找份自己喜欢的工作，可以维持家庭就可以，那样不是很好吗？”

“我很喜欢这份工作的。”高岩低着头说。

“我总觉得你是为了我过得更好些才干这份工作的。整天这样劳累奔波。其实，我并不需要更好的生活，实在不行的话，我可以再出去找份工作。”

“……”高岩吃惊地望着肖静。

“真的。你不必为我牺牲这么多。干自己不喜欢做的工作，那样我总觉得自己好像欠你很多。”

“别这么说。”高岩凝视着肖静，语气激烈地说，“我干这份工作不仅是为了你，更大的原因是为了爸爸的心血，你也看出来了，弟弟根本就没有打理爸爸公司的心思。如果我再不接手的话，爸爸这一辈子的心血不就白费了吗？再说，作为一个丈夫，我有责任让你过上更好的日子……”

“我不需要过什么好日子，即使再清贫，我也不在乎的。”肖静打断高岩的话，用悲哀的语气说。

“你不在乎，可我在乎。”高岩变得更加激动了，“作为一个男人，如果不能让自己心爱的女人过上好日子，他还配爱这个女人吗？你能让我眼睁睁地看着你起早摸黑为生计而劳累吗？不能。你能让我眼睁睁地看着你为了那几毛钱在菜市场而斤斤计较吗？不能。你能让我眼睁睁地看着你穿着朴素的衣服在别的女人面前自惭形秽吗？不能。我不能看到你受这些苦，所以最好的办法，就是让我来受这些苦。如果我不能让你过上好日子，那我宁愿放手，让你去寻找更幸福美好的生活。”

肖静用手捂住脸，蹲在地上哭泣着。

她既是为高岩为了让自己幸福而努力感动哭泣，又是为高岩不理解自己而悲哀痛哭。

其实，问题的本质不在于这，恐怕是因为肖静还眷恋着别的事情，才无法松手的吧！

对面的山峦已经黑漆漆一片，眼前还明亮闪耀。相比之下，显得无限的悲哀。也许是因为光线的衬托，人显得越加凄凉了。

肖静悲伤似的低着头，后衣领向上翘着，轻微的光线可以透过去，在脊背处形成一道清新的界限，界限以下是昏暗的影子，以上是袒露着的白色肌肤。由于四周的颜色是深绿的，衬托着她赤裸的脊背更加白净。高岩大吃一惊，他是头一次看到如此洁白无瑕的肌肤。

高岩转过头去看远山，山体也变得更加清晰了。

雨水像珠子一样落了下来。

天骤然暗淡无光了，雨敲打着黄栌的叶子。

高岩抬头瞧了瞧天，急速跑到肖静身边，将衣服脱下来，覆在了她的头上。

“真没想到，这样的天也会下雨。”

高岩搂着肖静，将她扶到了树底下。

肖静抬起头用红肿的眼睛看了高岩一眼，又俯下身子。

“幸好不是夏天，没有可怕的雷声。”

肖静的脑海中印着深秋的红叶下尚雨用衣服覆住她身体的形象。

“太谢谢你了。”

肖静将高岩跟尚雨的形象重叠在一起了。

“没什么可谢的。”高岩用手轻轻抱住肖静，他感觉她的身体在颤抖，“怎么了，不舒服吗？”

“啊，没有。”肖静抬头回答。她的嘴唇发紫，妆全都掉了。

高岩从她的脸上拿过她的双手：“好凉啊！你冷吗？”

“不冷。”肖静说。

“对不起。让你伤心了。”高岩盯着肖静的脸，爱怜地说。

“今年是个多雨之年……”肖静望着敲打地面的雨珠，喃喃地说。

“或许是吧！虽然这是开春以来第一场雨，以后，雨或许会多起来的。”

“万一来一场暴雨的话……”

肖静的目光呆滞，停留在黄栌树上。

“放心。无论是暴雨也好，狂风也罢，我都不会让你受到伤害的。”

肖静转过脸望着高岩，她险些落下泪来。

高岩轻轻吻了吻肖静的额头，望着她这副无限怜爱的模样，他的心坠落到了谷底。

“以后，我也应该多关心一下你的工作。”肖静擦了擦眼睛说。

“静儿，你能快乐就是对我工作最大的帮助。”

“…………”

“静儿，我会让你幸福的。”

“嗯。”肖静点了点头。

雨下得更紧了，雨珠都透过树叶落到了树底下。

高岩将肖静抱紧，躲在树下一动不动。

“你的衣服全湿了。”肖静触到高岩的衣服，都湿得贴到肌肤上了，“冷吗？”

肖静正想把高岩的衣服给他披上，可她的手却被他抓住了。

“我一点也不冷，我的全身是滚烫的呢，不信你摸摸。”

肖静转过头，背对着高岩。她竭力想忘掉印在心中的那个形象。

春天的雨，威力并不大。然而温度还是迅速降了下来，吹来的风感觉有些凉意了。远山的形象在雨后更加清晰，一草一树都很清楚，连白色的岩石都可以看得到。高岩的体温，还在源源不断地传递给肖静。肖静突然觉得温暖多了。

“我不愿离开这个地方。”肖静还是保持那个姿势。

“为什么？那好吧！我们就在这儿多待会儿。”

一股泥土的土腥味传过来。继而黄栌的清新味也扑鼻而来。

“坐在这里，别的地方一点也看不到，而且一点杂音都没有。”

“我也喜欢安静的。”高岩坦然说。

“安静会生寂寞的呀！”

“…………”

“世界万物是相通的，人偶尔会寂寞，而这里的黄栌却是永远寂寞的。

即使它被砍伐，做了房屋的建材，或是衣柜、床，离开了生长的地方，只会更加寂寞。不过只有一个事物牺牲了，另一个事物才会萌生。但牺牲并不是真的牺牲，而是生的开始。”

“哦？照你这样说，你的前世或许是蝴蝶呢！”

肖静半天真地说：“我觉得自己是前世的百合，后世的蝴蝶。我死后，或许会化为一只漂亮的黄蝴蝶呢！”

“那我就做你后世的梦吧！”高岩加重语气，认真地说。

“…………”

“真的，就让我做你后世的梦吧！那样我就能与你同在了。”

肖静无法言语了。

“岩，我们回去吧！”

“回去？哦，好吧。”高岩站起来，将肖静扶起来。

两人向回去的路慢慢走着，一句话也不说。

“晚上还去爸妈那儿吗？如果你不愿意去的话，我们就不去了。”

“不，不。”肖静突然说。

即使为高岩着想，她也应该去一趟的。蜜月回来之后，她还没去向高岩父母打过招呼呢！

“等过会儿我去给爸妈买点东西。”肖静说。

“不用了。”高岩回过头看了看肖静，又接着说，“我已经准备好了东西，你只要去就行了。”

火山口已经没有人在采石。刚才下了一场雨，工人都到厂子里避雨了。机器也都停止了运转。

远山黄栌林上空的天际，出现了一弯彩虹。色彩鲜艳，边缘处好像是水彩浸在水中的颜色。整个儿形成了一个半弓形。抬头仰望，彩虹好像在空中慢慢飘荡。

“好美丽的彩虹啊……”肖静望了一会儿转过了头。

高岩搂着肖静的腰，眼神中透着无奈。

肖静先坐公共汽车回了家，然后去了高岩父母家。高岩则直接从采石场去的。

去高岩父母家的时候，肖静脖颈上戴的是那条产自于火山口的蓝宝石项链。

三

在市里的展厅里，有场汽车展览会。会期持续三天。头一天下过一场雨，所以观众不多。第二天嘛，人倒是多起来。尚年想借这个机会去看看新出的汽车花样，可他觉得自己老了，一个人去看汽车展览没意思，便叫上了儿子尚雨同去。

尚雨大概很勉强地陪同父亲前去。他对汽车是不感兴趣的。

“听说近来推出了专门用电的新能源汽车，汽车工业自诞生到现在，可谓是人类科技发展的见证品。”

“在美国一百年前就有这种汽车呢，不是什么新鲜事物。”尚雨说。他记得曾在菲茨杰拉德的小说中看过美国人开电动汽车出行的场景。

“那时候的工业怎么能和现在相提并论呢！那还是原始形态，据说现在的汽车都能自动驾驶了呢！就是说一句想去哪里，它自己就能载着人去往目的地。”尚年感叹地说。

“是吗？”尚雨怀疑地问道。他都不知道科技已经发展到了在车中看电影、听音乐的地步。

“年轻人嘛！该和社会接轨，像是出来什么新事物了，该有着满怀的兴趣。你这工作没多久，都不如我这个老头子对新事物敏感了。”

“呵呵……”尚雨苦笑了一下，不过情况确实如此，也许他过分地在意内心的感受了，从而忽略了外部世界发生的变化。

“你怎么不叫妈一起去看呢？”尚雨问。

“你妈？”尚年很吃惊，他大概不曾想象过要邀妻子同去，压根儿不曾有过这样的念头。

“女人家……对汽车之类的怎么会感兴趣，什么都不懂……”尚年不耐烦地说。

“那你陪妈出去散散步也好嘛。”

“散步一个人才有意思啊。有女人在耳边絮叨，散步也不会舒服的。”

父亲跟儿子尚雨虽性格上有点相似，可思想却有明显不同。两人都优柔寡断，犹豫不决。但儿子顽固执着，父亲则随遇而安。就比如父亲现在已年过半百，可每逢展览，他都会来参加，看看又出了哪些新技术，社会发展到了什么地步。他想了解现实社会，可现实社会却不了解他。回到家后，他还是按原来的方式生活。尚雨对花花绿绿的现代科技并不感兴趣，虽说在无形之中应用它，可他更喜欢柔和的东西。

尚雨没有吱声，他温顺地服从了父亲。

“尚雨，我想把现在的房子卖掉，跟你妈住到磨坊里去。”

“那怎么行呢？”

“爸爸和妈妈都老了，不想再在城市里跑来跑去。搬到磨坊里去，在后面盖间小房子。听那磨坊‘嗡嗡’的声音，还可以解闷呢！”

虽然家庭并不富裕，可尚雨家还是有三处住所。父母住的，是早些年在城里买的二层小楼。尚雨工作后住的是一处闹市区的房子。房子不大，是尚雨毕业之后刚买的。还有磨坊，那是尚雨小时候住过的房子。房子过去一直是一个亲戚居住着，不过近几年亲戚也搬到城市居住了，磨坊那房子就空闲了下来。父亲说要卖掉现在的房子，搬回老家去，大概是由于年纪大了，不想再过有波动的生活吧！可是，磨坊的房子年代久了，很多地方都漏雨了，维修也需要一笔很大的费用。

作为年轻人的尚雨，是无法理解父亲的想法的。

不过说到磨坊，使尚雨勾忆起了童年的往事。父亲的童年和青年，也是在那儿度过的。

“我也很久没回老家了呢！”尚雨坦诚地说。

“是啊！”父亲像是回忆往事一样沉默了一会儿，“家门口的那棵柿子树，现在又该绿葱葱的了。”

“我小时候还经常爬上去摘柿子呢。”

“可你老糟蹋柿子。”父亲笑了笑，“你不喜欢吃柿子，摘下来就扔了。”

“那时候还小嘛。不懂事。”

“是呀！一眨眼二十年过去了。那个地方一年也就回去一两次。我好怀念村前那条幽森的小道啊……”

“那条路大概修成柏油路了吧？小时候还同朋友在路上散步呢。现在，人都销声匿迹了，回去也恐怕连一个熟人都没有了。”

“…………”

“瞧爸爸，越老越伤感了。”父亲悄悄地用衣角擦了擦眼睛。

车展上人很多，多数为年轻人。一个品牌的在一个展区，有人专门介绍着汽车的各方面情况。不过，比起解说员的介绍来，人们倒是更喜欢看那些站在汽车旁的年轻女模特。

“中国的汽车多起来了。在十几年前，中国还净是外国的进口汽车。”父亲说着向前走了。

各个展区都差不多。不过参观的人数倒不一样。名牌汽车旁的人明显居多。不过，有一点是相同的，介绍的比实际好。

父亲在一款白色的汽车前停下了。

“尚雨，爸爸卖掉房子，你正好可以用这笔钱买辆车。”

“那怎么行。我不能用爸爸的钱。”

“瞧你说的，你用我的钱不是天经地义的嘛！”

“我不愿意用爸爸的钱。”尚雨俯下身子说。

“那好……”父亲的脸色多少有些变化，“但你总要有辆车啊！不然将来怎么约女朋友呢！”

“车并不是非买不可。”尚雨说得很认真，“爸爸，我不需要的，真的不需要。”

父亲没有再强求尚雨。但他说：“女孩子嘛，都是爱面子的，有哪个女孩子……”

尚雨打断父亲的话，说：“爸爸，请您放心。”

“现在这个社会，卖衣服可以夹带化妆品，卖房子可以夹带卖汽车，形形色色的……我已经老了，适应不了这个社会就算了，可你……”父亲试图说服儿子。

“爸爸，我明白的。这一切我全明白。”

没等父亲回答，尚雨看了一下四周，说：“爸爸，请你放心吧！不用担心我，我自己会明白怎么做的。”

父亲脸上露出了无奈的神色。

旁边的展厅里，是平日一直在展的房产模型。包括楼房高度，周围环境，设计方案看上去都很明白，连建在哪个地方，都可以辨识得出。房子的风格都是仿西方建筑的，一点也看不出东方的派头。

“连房子也都西化了……”尚年望着楼房感叹道。

大户人家购买的楼房下，还植有花草树木，散发着花香味。但大部分平民房，四周都光秃秃的，不仅空气不好，连街道也狭窄得难以行车。

尚雨家的房子是多年前购买的，所以各方面都很好，交通也很便利。

“不过楼房住起来不太方便。”父亲说。

“可是，没办法啊！现在房子的式样越来越一体化，完全成一样的啦。”

“连衣服的式样都越来越少了。传入了西装，花样反倒少了。还不如中国古代穿的花样多。”

“爸爸，你要去服装店看看吗？”尚雨以为父亲要去看服装，便这样问道。

“哦？”尚年抬起头，“不……我只不过说说而已。”

“爸爸，我们到别处逛逛吧！”

当尚雨和父亲快要出展厅时，突然后面有个声音喊道：“尚雨……”

“尚雨，你怎么在这儿？”任思媛从人群中走了出来，“这是伯父吧！伯父，您好。”

“我来跟爸爸看车展。你也一样吗？”

“不。我爸爸是来为刚完工的楼房参展的。爸爸是建筑商，我来帮忙照看一下。爸爸在那边呢！”

“哦？你爸爸是任为正吧？”父亲望着眼前的少女问。

“是呀！”思媛点了点头。

“我跟你爸爸以前是同事！我们原先是老乡呢！”

“爸爸在那边，我叫他过来一下。”

“不用了。他忙他的吧！等有空的时候再找他聊天吧！”

父亲记起来了，在老家的时候，尚雨曾经跟一个小女孩结伴去上学，那个小女孩便是眼前的少女。

“你跟尚雨是从小相识吧？”

思媛点了点头。

“真是青梅竹马啊！”父亲随口说道。

思媛羞怯地低下了头，脸上飞起一片红潮。

“尚雨，你陪思媛聊一下吧！我先到别处走走。”父亲说罢，独自走开了。

“尚雨，我们出去走走吧！”

思媛转过身，朝她爸爸那边喊道：“爸爸，我跟朋友出去一下。”

思媛的父亲向这边看了看。尚雨就地朝那边行了个注目礼。

尚雨跟思媛走进了植物园，踏着柔软的地毯——苔藓，沿着台阶一级一级走上去。

在通往山坡的小园子里，花草繁茂生长着，肆无忌惮。小鸟也放声鸣叫着，在空中传荡着清澈的声音，园子里的花多为东方花，不像西方的花那样娇艳。在半山腰，栽种了一大片竹子，竹叶细长而脉络清晰，仿佛近在咫尺地生长着，那一片深绿将半壁山坡映得翠绿翠绿的。

思媛像菊花般，令尚雨感到惊奇。她的脸灿烂而美丽，周边闪耀着随风而动的气势，显得生机勃勃，可又透出一股悲凉的气氛。这像极了菊花。

面对思媛，尚雨有种思想松弛无力的感觉。

“我们相识是几岁来着？”尚雨侧脸说。

“六岁吧。我记得是上幼儿园的那年。”

“小的时候我觉得你有点傻……”

“你才傻呢。”思媛打断尚雨的话，非常认真地反驳。

“思媛？”

“嗯？”思媛望着尚雨的鼻子，好似就他的鼻子才有看头。

“你说我们小时候不认识的话，现在会不会结婚了呢？”

尚雨思想松弛，并没有在意自己的话。可思媛目瞪口呆，停止了脚步。

这是为了慰藉自己疲惫的心而随意间说的话，可又像是为了掩饰自身的伤痛，面对思媛身上透出的那股悲凉而微妙的感情发泄。

“对不起，我也不知道为何说出这样的话来。”尚雨解释道。他觉得这样戏谑的话可能在无形之中伤害了思媛。

“傻瓜。”

“不过我觉得与你不会的。我们相识太久啦。”尚雨轻轻叹了口气。

“为什么？”思媛问。

尚雨没有回答，沿着园子边，走到了大片的竹子旁。

竹子是多年生植物，每年都会凋落枯萎的叶子。公园的街道虽清扫得干干净净，可竹子下面的土地上，却常年铺着往年凋落的竹叶。掀开这些竹叶，地面大概是湿润的。

竹子中夹杂着些石竹，不过细看很容易辨别。石竹的叶子更为狭窄，主干也不如竹子粗壮。到了夏天，就更明显了，石竹会开出鲜红色、白色或者粉红色的花朵。

“竹子的绿不像树叶那样深，又不似池水那样淡，令人百看不厌哪。你也喜欢竹子吧？”

“…………”

“这样细看上去，仿佛蕴藏着巨大的力量一样，令人生畏。”尚雨俯下身子，用手摸了摸竹叶。

“才不呢！”思媛在路边站着，说了这么一句。

“竹子的脉络都是向下延伸的啊！”

“人的感情线是向上伸展的。”

“人的感情线？”尚雨觉得思媛说的风马牛不相及，“我是说竹子嘛，瞧你说哪儿去了。”

尚雨从竹丛里站起来，举起自己的手掌看了看，人的感情线真是向上伸展的。

莫非人的感情是随年龄的增长而增多的？不过，尚雨不敢确信。

尚雨站起来的空当，竹丛里突然飞出一只带着白色斑点的黄蝴蝶。蝴蝶在竹丛里飞来飞去，尚雨本以为蝴蝶会落下来的，可蝴蝶在竹丛里转了几圈，就翩翩飞向远处了。

尚雨仔细一看，原来竹子下有一棵小小的野菊花。

原来蝴蝶是栖息在野菊花身上的呀！但飞翔的蝴蝶令尚雨的脑中晃过肖静的形象。想到这，尚雨吃了一惊。

“你说得对。人的感情线是向上伸展的。”

尚雨离开竹丛，来到了思媛身旁。他指着刚才那只黄蝴蝶飞去的地方，问：“那是沂山吧？”

“怎么会是沂山呢？在这儿不可能看到沂山的。”思媛肯定地说。

有几个学生模样的人，相伴从大道上走过。下过一场雨后，树木生长得更加快了。有些老人将园子的树木摄入了摄像机。一对情侣在垂着枝丫的樱花树后接吻。

中午已至，太阳已经悬在了半空。

两人渐渐向外走去。思媛说：“我请你吃饭吧！”

任思媛带尚雨来到一家西餐厅。餐厅的地板与天花板相互交映，如明镜般。餐桌是小巧的六角形状。尚雨没来过这样的餐厅，他一般在中式餐厅里就餐。

服务小姐都穿着白色衬衣、超短裙，即使天气还没热到那个地步。因为地板是反光的，所以，许多客人都盯着地板看。

“请坐吧！”思媛说。

“谢谢。”

尚雨坐下，他环视了一下四周。无论是墙壁，还是服务小姐，都有一种很干净的感觉。

“你经常来这样的餐厅？”

“是呀。不过，大多是陪爸爸来见客商。”

尚雨很意外。他以为思媛生活在一种怀旧柔和的环境下，没想到她会陪父亲会见客人。

“哦。不过，我不喜欢吃西餐。”

“来西餐厅也不一定要吃西餐啊！”思媛笑着说。

“你跟以前有很大的变化！”

“有吗？我怎么不觉得。”

“自己当然感觉不到了。”尚雨说，“也或者，是我变了吧！”

尚雨望着思媛的脸。她那张半闭半张的小嘴，是她全身最美的地方。她的嘴唇，散发着诱人的花香味，还反射着来自各处的光线。尚雨看久了，甚至想扑上去吻一下。

“嘿嘿。无论怎样变，只要你还认得我就行。”

尚雨点了点头。他脑子里又浮现出幼年时期的思媛——身穿花纹带着白色小斑点的咖啡色裙子，腰间用黄绸缎系着，头发也没型，零乱地散在额前，同别的小孩子们一起玩剪纸花……

四

尚年独自离开展厅,乘上公交车。他想去道路幽静深远的范公亭公园看看。

范公亭公园古朴典雅，古建筑与苍松翠柏相映成趣。一条石头砌成的路左右弯曲向前一直延伸。里面有很多棵古树，其中有两棵楸树、三棵槐树，树冠硕大，树干遒劲，使小院平添了几分神秘感。

生长了千年的楸树和槐树不知如今长得怎么样了。尚年坐在车上想。“那些高大的树木，生长了那么多年，一定会很好的吧。”尚年这样对自己说。

尚年注意到一个中年妇女。这个中年妇女一直在旁边望着他的侧面。

“你这是要去哪儿呢？”妇女问。

“想去看一下范公亭幽远的小道。”尚年如实回答。

“还是老样子，一点都没变，还是那么多愁善感。”

尚年仔细看了看妇女，有点难为情地低下头说：“原来是你啊！”

“总算想起来了,真薄情……人家都说初恋情人是最难忘记的。可你……”

“真抱歉，都快四十年不见了。没想到……你过得还好吗？”

“瞧你这话，都一大把年纪了，还谈什么好不好呢？”

这个妇女是尚年青年时期的初恋情人阿洁。那时，他们正处于妙龄阶段，两人彼此很谈得来。可是，过了两年，阿洁的父母便带阿洁去了南方，没想到阿洁后来一直生活在这儿，并早已成了婚。

到了范公亭，阿洁跟尚年一起下了车。

“干吗跟我一起下车呢？”

“反正也没事，我想与你好好谈谈。”

尚年跟阿洁走在一起，尚年轻轻地牵了牵阿洁的手。

“多难为情啊！”阿洁涨红了脸，羞怯地低下了头。

“你的手还是那样温暖，跟四十年前一样。”

阿洁也拉住了尚年的手，两人默默在小道上走着。

“你不是去南方了吗？怎么……”尚年望着阿洁说。

“是去南方了，但两年后就回来了。回来之后听说你结了婚便没去打扰你。没想到一眨眼四十年过去了。”

阿洁一边不停地哭着，一边用手擦着眼泪。

“你为什么不联系我呢？真傻。”尚年的眼也红了。

“都那样了还怎么联系……”

“你在之后也嫁人了吗？”

“嗯。”阿洁点了点头。

“是个有钱人吧？”尚年问。

“不。”阿洁擦干眼泪，眼睛还有些微红，“丈夫一生穷困潦倒，什么作为也没有。十几年前的时候因病去世了……”

“对不起。”尚年抱歉似的低着头说。

“都是过去的事了，甭提了。”阿洁说，“你现在很幸福吧？”

尚年迟疑了一会儿，说：“还好吧！有一个女儿一个儿子，女儿结婚两年了，儿子大学毕业两年还未成婚……”

“听起来蛮幸福的。我只有一个女儿……”

“你有个女儿？”

“是呀！有一个女儿，今年二十五岁，还未成婚。”

“跟我儿子同岁啊！”

“嗯。”阿洁笑了笑，“那会儿，竟有人认为这孩子是我跟你的呢！”

尚年没有说话，爽朗地笑了。

在古寺庙前，尚年跟阿洁买了香，点燃供在神面前。寺内的泥塑神像，石刻文字，都在战后修葺过。虽然竭力保持古代的样子，但还是可以看出整修过的痕迹。不是有重大的活动，连主持法事的长老都没有，只有善男信女模样的人进进出出。尚年和阿洁曾在多年前拜祭过月老，可后来两人失散后，便再也没来参拜过。

等轮到两人时，两人把蒲团拉到身下，双手合十，眼睛微闭，然后叩拜祷告，在地上趴着停留了好一会儿。

祭神的时候，眼睛是要微微闭上的，以表示对众神的尊敬。可尚年祭拜时却是睁着眼睛的，他侧着脸，望着身边的阿洁。阿洁祷告很认真。

在下拜的时候，尚年蓦然觉得自己虽然没有跟阿洁结合，可自己并没有失去阿洁。

参拜完毕。两人刚踏出寺门，便哈哈大笑起来。

“你刚刚祷告什么了？”阿洁问尚年。

“什么也没祷告。”尚年说，“年轻时我跟你来参拜月老，可后来祷告的没有实现，我便不再相信祷告了。”

“话是那么说，可毕竟是一种希望啊！”

“哈哈……”尚年露出了难得的笑容。

“年轻的时候你很要强，现在还那样吗？”

“你记得真清楚……现在心有余而力不足了，越来越安于现状啦！得过且过呗。”

“那样才能过上好日子啊！”

“…………”

“整天固执顽强，争强好胜，是不会过上好日子的。”

“春天即将逝去……天很快就热起来了。”

尚年望着蓝天上的几片云彩，心里不住地感叹。他觉得不仅现在的生活不如以前美好，连天也不像以前那么蓝了。

“你是说春天？”阿洁感觉很突然。

“春天……我们的青春。可现在，我们已经处于深秋时期了。”

“很快就进严冬了……”阿洁喃喃地说。

“我还是喜欢菊花，不随黄叶舞秋风。”

“暮年……一切都身不由己了……”

春天的西天上，飘着薄暮的彩云，把范公亭照得金光闪闪。

有个小孩子从亭外的石头路上跑过，年轻的母亲在后边一边喊一边追赶。

尚年望着跑过的小孩子，不禁心情复杂。他想，哪怕跟阿洁生个孩子也好啊！当年即使不能在一块儿，有一个属于两人的小孩子也好嘛！爱不就可以顺着两人传到孩子身上？即使两人以后都不在了，两人的爱还可以通过孩子传播开来。

“你刚才祈祷什么来着？”尚年突然问。

“祈祷女儿幸福。”

“哦？”

当阿洁提到女儿时，尚年觉得很温馨。料想这个女孩也是有复杂而深情的爱的，母亲已经把自己的爱，通通传给从自己身体里生出来的女儿身上了。

“我有一种感觉，你女儿一定会幸福的。”

“谢谢。”阿洁说，“但愿如此。”

尚年突然有种急切想见她女儿的强烈渴望。在他年过半百的身体里，那股平息的热情又迸发了出来。

“女儿一定长得很漂亮吧？”

“嗯。容凤倒是个美人儿，不过不太像我。还有人说，她长得像你呢！”

“胡说。”尚年涨红了脸说，“这怎么可能。”

其实，阿洁也知道不可能，生这个女儿的时候，两人分手已经好多年了。可是在阿洁的眼里，总觉得女儿有点像尚年，或许是她将自己的爱倾注到了女儿身上的缘故吧？

“你女儿叫容凤？”尚年恢复平静后问道。

“嗯。”阿洁点了点头。

“哦……你生的女儿一定不会差的。”尚年仿佛对自己说。

“哪天可以去家里拜访拜访你吗？见见你女儿。”尚年抬起头，有些激动地说。

“当然可以。随时都可以，现在家里只有我跟容凤，不过，家里实在糟糕，你去……”

“没关系。我丝毫不在意，或许我还会伤心呢！”

“你可别伤心。”阿洁说。

“为什么？”

“我不想让女儿知道我们的事，不想我们的事影响女儿的幸福。只要女儿幸福，哪怕我付出再多，我也愿意。”阿洁说着说着突然激动起来。

“哦？”

尚年为阿洁的激动心情感到很不可思议。

难道阿洁怕自己的感情往事影响到女儿，还是怕自己在女儿身上植下的爱见到尚年会重新复燃？

尚年什么也不知道，他只觉得，这个女儿，渗透了多情母亲的所有心血。

在繁茂的映山红和月季丛中，飞舞着两只白蝴蝶，它们缓慢地，飞到了荒芜的烂木头桩附近。

蝴蝶的翅膀白而松弛，像是没有力气，楚楚可怜。可身上的白色是令人生厌的苍白。

“啊！”尚年突然间喊出了声。

原来是两只老蝴蝶，它们柔弱而困难地在空中飞舞。一束薄暮的霞光照在白蝴蝶身上，令人觉得这是回光返照之象。

尚年感觉自己的生涯还没开始，便已结束了。他无力地颤抖，突然间很想抓住什么，如果身边有棵竹子，他会粗暴地把它折成一节一节的。他的脑海中闪过年轻姑娘丰满隆起的胸的形象，他突然有种想抓住柔软而白嫩的少女乳房的欲望。

尚年的额头渗出了汗水。他用手笨拙地擦着，可汗还是止不住地出。

“你这是怎么了？天气并不热啊！”阿洁从怀里掏出手绢来，探到尚年的额头，帮他擦了擦汗。

“谢谢。”尚年接过阿洁的手绢，擦了擦脸，把手绢还给了阿洁。

尚年额头的汗不再流出，可脸色更难看了。

阿洁当年丰满光滑的乳房，如今已经干瘪了吧？即使当年那样白皙娇嫩，可是随着岁月的流逝，再也无法同少女相比了，这干瘪的乳房，如今早已松弛而布满了皱纹。眼见生命力也这样衰落下去了……

虽然受过不同的苦，享受过不同的幸福，但是，在不同的环境生活的他们，都不可避免地苍老了。恐怕连心灵也都衰老得无法动弹了吧。

尚年拉着阿洁，绕过小亭子，朝刚萌发新芽的赤松走去。

连低洼水湿的地方都长满了苔藓、灯心草、麦娘、千屈菜。尚年觉得很悲伤。无论什么地方，都可以长满绿油油的植物，而人类，则不能这样顽强而随意地生存下去。

“还是松树最好，无论什么时候，都是这样焕发着生命的活力。”尚年羡慕地说。

“别发这些忧伤的感慨了……”阿洁说。

“忧伤的感慨？对，是忧伤的感慨。”尚年这样重复了好几遍。

“你老发这些忧伤的感慨……在无形之中，也渐渐地传给我了。”

“忧伤的感慨？传给你了？难道悲伤和痛苦也是可以传染的？”尚年感到很意外。

“春天的夕阳，照在人安详的脸上……多么幸福啊！”

尚年呆呆地望着阿洁。阿洁一点也不悲伤，神情中现出对未来的憧憬。可是难道她不知道，进入暮年的他们，就像枯萎的狗尾草，被风一吹就无踪无影了？

或许是女儿的意志，纯洁的心灵，在支撑着这位苍老的母亲。母亲身上所展示的，是来自女儿的那种青春热情。从这位母亲身上，尚年感觉到这位年轻貌美的女儿身上所洋溢着的无限热情。

“真想看一下容凤那张白皙可爱的脸……你看上去这样幸福，全是因为女儿吧？”

阿洁点了点头："容凤是我现在生活下去的唯一动力，如果没有了容凤，我真不知道自己该怎么办好。"

通过母亲，女儿传出了她的魅力。这份魅力，连尚年也清晰而真实地感触到了。

尚年刚才升起来的热情，此刻还没有平复下来。他抓住阿洁的肩膀，仿佛使尽了全身的力气般拖着阿洁走。

尚年的神情激动，连双手都是一直颤抖的。

五

肖雪将摊开的风筝整理好。此时，帮忙的伙计也已经下班回家了。

夕阳落在黄色的风筝铺门子上，泛着柔和真切的黄光。肖雪将一个紫风筝拿起来在手中扬了扬，空气把风筝弄得微微飘动。她放下风筝，用扫帚扫了一遍地，然后，对着小镜子化了化妆。

她在等待父亲下班开车来接她回家。

望着淡淡的太阳光，她想到了上次去拜访尚雨的情景。

自己上次对尚雨说的那番话，是不是有点不合适，伤了尚雨的心？而且她还在最后加了句：请你忘掉姐姐吧！姐姐已经结婚了，这样对姐姐对你都不好，只能加重彼此的伤害。

想到这些，她感觉有些后悔。她一直想找个机会约尚雨出来正式地向他道歉。可是最近风筝铺比较忙，她一直没空出时间来。

父亲肖奉生在天擦黑的时候才来接她。

"爸爸，怎么这么晚了才来啊？"肖雪抱怨道。

"今天有个客户要订一大批风筝，谈到现在才谈完。对不起啦，宝贝女儿。"

肖雪走出风筝铺，关上木门，然后拉下铁门来，用脚踩了踩，抱着胳膊走了过来。

肖奉生的风筝铺晚上是不营业的，全市有五十多个连锁店，除了风筝节前后，他都规定晚上一律关门。

"好啦，我们走吧！"肖雪扑到父亲的怀里撒娇。

"送你回自己的房子，还是跟爸爸回去？"

肖雪现在住的房子，便是肖静以前的房子，肖静曾对尚雨说要把房子卖掉，可最终没卖，结婚之后，妹妹肖雪就住进去了。

"回自己的房子，一个人都没有，也没个说话的人。今天我就跟爸爸回去吧！”

“那好。”

肖雪跟父亲一起回了家。母亲阿京正在准备晚餐，她从厨房里走了出来，身上还围着做饭的蓝格子布。

“雪儿回来啦。”

“妈妈，是我回来了，让您一个人做饭，妈妈辛苦了。”肖雪跑到母亲身边说。

“你个小丫头，越来越不像话了，我身上有油，别弄脏了你的衣服。你去二楼换一下衣服。我们准备吃饭。”

肖雪快速地上到二楼，回到自己的房间换了身印着玫瑰花的白衣服。她将自己的头发披散下来，对着镜子用纸巾擦了擦嘴唇的口红，又拿起香水往身上喷了几下，才慢慢地下了楼。

“今天晚上做的鲜鱼汤，还有小白菜、竹笋……”母亲端上来说。

“你身上喷香水了？”

“嗯。”

“晚上还喷什么香水，是吃饭还是出去见人？”

“静儿是不喷香水身上也香，雪儿是整天喷香水还不如姐姐身上香。”父亲吃了几口鱼，轻轻地笑了。

“爸爸，你老是偏袒姐姐。”

“什么偏袒？对于你们姐妹我可是一视同仁的。”

肖雪低下头不说话了，她大口大口地吃着竹笋。

“我们家雪儿真是个大熊猫，只喜欢吃竹笋。”妈妈把鱼搛给肖雪说。

晚饭后，肖雪想帮妈妈收拾餐具，可妈妈说东西少，很快就收拾完了。肖雪便回了自己的卧室。

在自己的卧室里，肖雪换上睡衣，然后看着墙壁上那幅两边栽满枫树长满小草的小道的风景画，她没有睡意，眼睛一眨不眨，渐渐地好像融进了画中。后来肖雪睡着了，可是半夜的时候她又醒了过来。

她记得白天的时候，一个追求她的大学同学陈洁告诉她：还有半个月就是风筝会了。

“你自己去看就行了。我爸爸经营的就是风筝，那个时候正是忙的时候，我怕脱不开身。”肖雪在电话中婉言拒绝了同学的邀请。

还有半个月就是风筝会了。肖雪翻腾着身子，漫天飞舞的风筝，多漂亮呀。绸缎羽衣，年轻的小姐，小伙子，洋溢的微笑，欢腾的海洋，每年的风筝会都是这幅景象。

到那一天，邀尚雨去赏风筝吧！肖雪坐起来，打开电灯，拿起电话正想打，可又放下了。此时，已经过半夜了。

“雪儿，干什么呢？有什么事吗？”隔壁传来了母亲的呼喊声。

肖雪忙关上灯说：“没事，没事。刚才做噩梦啦。”

肖雪轻轻地躺回床上，拉上被子，心情畅快了很多。

不过在后来，肖雪果真做了个噩梦。

她梦到姐姐肖静躺在一张病床上，发出虚弱的声音。姐姐轻轻地牵着她的手，似乎说了些什么，可她又没听清。就在她迟钝的片刻，姐姐一下子倒在床上不动了。她大声地呼喊姐姐的时候，就醒了过来。

肖奉生的房子，影映在高大的枫树、低矮的灌木丛中，具有古色古香的气质，从二楼的阳台，可以眺望到街道上来往的小汽车。院子里栽有一大片郁金香，黄且大的郁金香开得很好，娇艳无比，好比年轻少女的悠悠风韵。还未让人碰过的黄花，虽有些娇艳，但却让人觉得很洁净。

在肖雪的窗口，可以望见孤山。平缓覆有绿草的孤山，早已被开发成陡峭的山崖，幽谷深不见底。

大部分房子都换了铝合金玻璃拉窗，肖雪家的房子却还是格子推窗。

清早的时候，肖雪看到草丛里闪闪发亮，耀得她眼睛明晃晃的。

是什么东西在发光呢？这样顺着发光的地方看去，根本看不清楚的。

肖雪从楼上下去，通过后院，找到了发光的地方。找来找去没见什么东西发光，待她准备离开时，却又见到了亮光，走近一看，原来是块碎玻璃。

肖雪突然很失望。

最近天气不好，肖奉生担心会下雨。他早晨很早就出了公司，去视察了一下铺子，对一个伙计吩咐道：“下雨的话，就把风筝收起来，湿气会打湿风筝的。”

越来越临近风筝会，天气却下起了雨。四月十二日的时候，下了一整天的雨，地面都积了水。

“整天下雨，真讨厌……”肖雪望着从屋上流下的雨水，皱着眉头说。

她突然想起尚雨说的“今年是多雨之年”，便站了起来，仿佛拂灰尘一样掸了掸衣服，上了二楼的寝室。

正当肖雪想换上衣服出门时，肖静走进了客厅。

“你想去哪儿？”

“啊……不去哪儿。”肖雪回答。

“去二楼聊吧！”

肖静拉着肖雪走进肖雪的寝室，肖静脱下外衣，用手拂了拂头发，落下些小小的雨滴。

“坐吧！”肖静对肖雪说。

“妹妹，我感到很难过。”肖静用手摸着胸口，仿佛很悲伤的样子。

“姐姐，怎么了？”肖雪吃惊地望着姐姐，“……你看上去好像很悲伤的样子。”

“我不知如何是好，我真的好难过。”肖静低下了头。

从肖静的喉咙到胸脯的凹陷处好像蕴藏了极大的痛苦。她的眼泪由眼角向喉咙流去。

“怎么了，姐姐？”肖雪也低下了头，同姐姐处在一个高度。

“前几天的时候，我去过那边的父母家，他们问到女人家的事情，我感到很尴尬。”

“…………”

“因为我们还不是真正的夫妻……”

肖雪很吃惊，连一句话也讲不出。

因为不是真正的夫妻，所以肖静才觉得十分尴尬。刚开始是她竭力抵制丈夫，可到了后来，她后悔自己这样做，却也不好去取悦丈夫，虽然自己知道自己做错了，可她还是觉得不道歉为好。丈夫以为她那股抵触的心理仍然强烈，一直不敢触碰肖静。而现在，陷入这样一种莫名其妙的境地，她也不好说什么了。

“姐姐，你说的是真的吗？”

“……”肖静的泪珠大颗大颗地挂满了脸颊。

“直到现在，你……”

“是的。”肖静扬了扬那白皙的脸说，“因为陷入这样尴尬的境地，我也不知道该怎么办。”

“姐姐，是姐夫……”

“不，不是高岩。虽然到了现在我们都没有像真正的夫妻那样结合，可他丝毫没说什么，他一直很体贴我，关心我，很爱我。”

“那……”

“是我不对。”肖静的头像失去了重量一样垂着。

“现在还没有人知道这个秘密。”肖静抬起了头。

“那你打算怎么办？”肖雪问。

“…………”

肖静这样沮丧的样子，就好像一只受了伤的蝴蝶。她那洁白透明的身躯仍是没有一丝瑕疵。

肖雪一想到姐姐至今仍然纯洁无瑕的身体，就感到不可思议。结婚一个月了，姐姐是怎么熬过来的？竟仍像一束羞怯的百合花一样，没有绽放开她的花瓣？而丈夫竟然也肯这样顺从姐姐，莫非肖静身上散发着令男人觉得不可思议的味道？哪怕是天天能看到她，也觉得心里起伏着汹涌的感情。

肖雪想起这样一段往事：两年前跟肖静一起洗澡，望着姐姐白嫩丰满的乳房和玲珑有致的光滑小腹，在升起的水雾中，若隐若现，那景象美极了。她想伸手去触摸姐姐的胸脯，可是摸不到，像透明的东西一样抓不住。

莫非肖静真是非现实世界的人，连身躯都是透明摸不到的？

肖雪一把抓住姐姐的手，肖静的手是冰凉的。

“妹妹，你看这项链……”肖静伸长了脖颈，在她白皙而修长的脖颈上戴着那条蓝宝石项链。

“哦？”

“我总觉得，这条项链好像有种束缚人的能量。”

“这是姐夫送你的那条产自火山口的蓝宝石项链？”肖雪问。

“嗯。从见到它的第一眼起，我就被它控制了。再也摆脱不了。”

“姐姐，你说的话有点玄……”肖雪不相信项链会束缚人，大概是姐姐精神太紧张了吧！

“真的，我之所以陷入今天的境地，全是因为它，它有种不可思议的能量，我真想把它扔到深山老林或是汹涌的大海中。”肖静情绪激动，热泪盈眶。

肖静憔悴不堪，像个病人，整个身体都在颤抖。

“我时时这么想，该让这条项链永远消失。那样的话，我就可以过幸福的生活了。”

“姐姐，别这么幻想了……”肖雪喊道。

“雪儿，如果你喜欢的话，就将这条项链拿去吧！不过，我怕你会像我一样痛苦。”

肖静将手伸到脑后，麻利地将项链摘了下来。

“不喜欢的话，就让它不知去向吧！”肖静又重复了一句。

“我很喜欢。”

“无论如何，请你将它藏起来，否则，我仍不能摆脱它的束缚。”

即使憔悴不堪，肖静身上还透着一份让人感觉无力反抗的柔情。

高岩正是受了这份毫无反抗的柔情的驱使，才一直那样深爱着肖静吧。

“姐姐，你口渴吗？我给你倒点水喝。”

“不必了，我再坐一会儿就走。”

肖静使劲地抓住肖雪的手，像要把自己的全部感情都传给肖雪一样。

“姐姐，你还好吧？”肖雪看着肖静这副样子，忍不住问。她为姐姐的这份纯情感到痛苦。

“没事，我这就走了。回家还要做家务呢，还要准备晚饭。”

“姐姐，今天你还是别回去了吧！我给姐夫打个电话。”

“不用了，我这就走。”

“让姐夫来接你吧，一个人能回得去吗？”

“能，我这就走。”

“姐姐，我送你吧！”

刚才肖雪抓住肖静手的时候，发现姐姐的脉搏有点乱。

“雪儿，不要将今天的事告诉父母，他们会担心的。还有尚雨。”

肖雪迟疑了一会儿，说：“这我知道的。”

“那好，我走了。”

肖静从床上拿起外衣穿上，擦了擦眼睛，对着肖雪的梳妆台补了妆，可眼角还透着一丝微红。

肖静刚要走，就打了个趔趄。

第四章　雨季的磨坊

一

在七个月前，尚雨曾这样认为：肖静永远是身在非现实中的人。

坐在石头砌成的方座位上，尚雨瞧着磨坊门口那棵柿子树。树生长得很旺盛，树丫都粗壮得像人的胳膊了，树冠处铺展开的叶子层层叠在一起，像少女的裙摆一样，绽放着青春光芒。柿子树的西侧生长过快，把墙壁都压塌了，因此被锯掉了很大的枝子，无论从墙壁的石头还是树枝的缺口都可以看出这一点。

柿子在秋季成熟，尚雨还记得以前摘柿子的情景。他不喜欢柿子，因为柿子有股涩味。据说用热水烫上一会儿，或是加点白糖上去，可以去掉涩味。可尚雨总觉得，自己刚出生就注定了不喜欢柿子。

虽然尚雨劝父母留在城市里，可父母还是搬回了磨坊居住。

诚然，这也是一个很好的住所，时隔十几年，左邻右舍仍热情不减。这让尚年夫妇觉得，自己好像从未离开过这个地方。

初夏的斜光柔和地照在磨坊的木门上，给人一种幸福的感觉。木门上的绿漆都褪得露出了木材的颜色。尚雨好像又听到了磨坊“嗡嗡”的声音。

“在家里也安不下心来。”

尚雨站起身，扫了扫身上的尘土，到大道上去了。

他走的这条道，就是父亲曾经提到的幽径，眼下已铺满了沥青，直通国道，可看上去给人很空寂的感觉。路旁的白杨树都砍伐干净了，稀稀疏疏地分布着些国槐。意境明显不如以前了。

柏油路上汽车很多，熙来攘往，可从南到北，没有一个步行的人。

他在折回磨坊的时候，遇到了一个小学同学。这个同学一直待在村子里，没有离开过。

“你好，刚回来吗？”

“是啊！”遇到这样一个熟人，他非常高兴，“请这边走。没有急事吧？

让我们好好聊聊吧！”

“嗯！好吧！”那人跟了上来。

“你刚才去哪儿了？”

“看孩子去了。孩子住在奶奶家里。”

“…………”

“这么多年一直在外面，过得还好吧！”

“还可以吧！”尚雨勉强笑了笑，“爸妈卖掉房子搬回磨坊住，我顺便来看看。”

“能遇到你，太好了。”同学说。

“以后我会常回来的。村子里还有相熟的人吗？”

“都受不住贫穷出去打工了，没几个在家的了。”

“哦……你怎么没出去呢？”

“种种原因吧……现在，在城市找工作也不容易。”同学低着头回答，“况且，父母的身体不好。”

“妻子，儿女，一家人能好好地生活在一起是最幸福的。”

“是啊！我也是这么想的……”

走到了家门口，尚雨将门推开，回过头对同学说：“进来坐坐吧！”

“不了，下次吧！”同学为难地说，“家里还有活儿没做完。”

他的手中拿着一个纺线的木梭，身上穿的是工作的衣服。他从事的是室内装修的工作。

虽然是同学，可是同学也不想把自己的窘况告诉尚雨。看着艰辛的同学，尚雨也不好意思再问什么，即便问了，同学也不肯说的。

父亲不在家，只有母亲一个人坐在桌前用针缝东西。

尚雨本来想离开，可却走进了卧室。有个书橱，上面摆着他上小学时看的外国小说和童话。多年已过，房子已搁置很久无人管理，书还这样好好保存着，他感到很意外。

“算了，还是走吧！”

尚雨面对这些往事的痕迹，愁苦不已。他向母亲打了个招呼，说“我走了”。母亲回过头应了声，仍旧回过身去缝东西。

天色渐渐蒙上了一层淡黑。尚雨漫不经心地走在街道上。城市里比农村要热闹得多，但树木却明显偏少，空气中总像有尘沙一样。高楼的对面亮起了明灯，一闪一闪地，像可爱的鬼火一样闪动着，游弋着。天空中开始出现点点星星了。

尚雨走进前段时间与任思媛一同吃过饭的那家西餐厅。西餐厅不像中餐厅那样，越到晚上生意越好，尚雨找了个靠窗的座位坐下。他所在的位置，从外面看得一清二楚。

坐在这里，更是为了思寻任思媛的面容。

望着光洁而闪烁着白灯光的地板，任思媛的微笑恍惚闯进他的视线。继而，那微笑变成了肖静的，淡淡的微笑中透露着纤细的哀愁。尚雨的表情变得不自然了。

婚后的肖静生活得怎么样？自从参加肖静的婚礼之后，尚雨就再没见过肖静。表面上他还可以作为朋友去看她，可因为肖静结婚，尚雨一下子变得懦弱了。他再也不敢去看肖静，哪怕一眼也罢。他怕自己忧伤而烦躁的心燃起无法压制的痛苦之火。纵使生活在一个城市，可他丝毫没有再遇到过肖静的打算。也许这辈子再也不见面了呢！尚雨甚至这样绝情地想。

尚雨拿起冒着热气的小杯子。杯中的水经过喉咙时像洋油一样充满了愤怒的火苗。他放下杯子不肯再喝了。连水都渗透着令人无法接触的哀愁。

尚雨尽快结束了晚餐，匆匆忙忙回到了家中。

在尚雨洗完澡，正要睡觉时，任思媛给尚雨打来了电话。

“尚雨吗？明天有空吗？”思媛在电话中说，“如果有空的话，我去看望你。”

“看望我？……我随时都有空的。不过，明天可能有雨……”

“有雨……雨算得了什么呢！也不一定非要出门啊！”

“那好吧！随时欢迎你来。我在家中苦闷得很，你来我当然非常高兴。”

“苦闷……”

“因为是一个人……”尚雨说，“最近心情有些不好。”

“心情不好？”思媛在电话中问道，“发生了什么事情吗？”

“没发生什么事，现在已经好多了。”

“那明天去看望你，不会打扰你吧？”

“怎么会呢？你能来，我是求之不得啊！”

“是吗？那就这么说定吧！明天我带些东西去，中午就不用出去吃了，你不是说明天有雨吗？我尽量在下雨之前赶过去，不过看今晚的天，明天好像不会下雨的。好了，天不早了，不聊了，明天见。”

“明天见，晚安。”

“晚安。”

尚雨挂断电话，他不晓得任思媛为何突然打电话来拜访，不过顾不得多想，沉重的睡意压上头顶。

翌日，果然是个雨天。雨是从早晨六点钟左右下的，哗哗下个不停。任思媛还没有来。

下这样大的雨，她或许不会来了吧！尚雨走进卧室，把衣柜打开，将一件件衣服拿了出来。雨季来临，衣服会发霉的。于是他一件件拿出来，挂在了阳台内侧的白绳上，这些衣服上都有股樟脑球味。衣柜里是放有樟脑球，可早已消失不见了，只留下了这种难以去除的味道。

尚雨走到阳台边，用手扶着阳台的栏杆。有些雨点落在手上。他探出头去望了望街道。宽广的道路很安静，一个行人都没有，只有汽车偶尔飞驰而过。

雨水顺着楼房向下哗哗流着，全都流到了街道上。

“看来这雨又要下一整天了。”

尚雨失望地从外面缩回脖颈，走进了客厅。

坐在沙发上，一股肖静身上的香味蓦然闯进他的鼻中。这带有余情的香味使他想起了昨晚做的梦：

在什么东西的吸引下，尚雨走进了一个黑暗、潮湿的小房子，开门的瞬间，小房子里闪动着微弱的光线。门像是小动物的嘴受到了什么刺激，紧紧地闭了起来。尚雨有股乱窜的想法。他觉得自己的血流加快，心跳变得不合节奏。黑暗的小房子后面有流水声。他被流水声吸引住，轻轻地走到了窗户边，在黑夜中他发现窗外有个小花园，花园中有布满花纹的岩石，茂密而身躯柔软的森林，森林的腹地有小溪流出。刚才尚雨所听到的流水声便是小溪流经岩石发出的。两侧的树木草丛也都像濡湿了一样，覆满了晶莹闪耀的小水珠。尚雨的呼吸越来越不平稳，远处的山地里种着一大片花卉，花朵都没开放，在微风中轻轻晃动。尚雨看不清楚，因为这一切是朦胧而虚幻的，可是他又觉得无比真实，好像大片花卉就在自己的脚下一样，他突然有俯下身子亲吻一下这清纯芬芳的花朵的冲动。他坐在桌子旁，觉得浑身无力，可他已出了小房间。桌子放在空旷的田野上，这时他才发现有什么东西向他靠拢过来。尚雨转过身，跑上了楼梯，躺在被窝里，心里像吃了糖果一样甜。

后来，尚雨开大了水龙头在洗澡，从没关的洗澡间房门处，他发现有两个小女孩在奔跑。两个小女孩穿着带山茶花图案的白色衣服，脸像假面具一样纯真，尚雨恨不得凑上去仔细看一下这张假面具似的脸。尚雨惊异地发现，两个小女孩的身躯都是透明的，宛如两只低飞的小蝴蝶。两个小女孩像是双胞胎姐妹，又像是一个人。两个小女孩走到门口时，一下子变成了一个。客厅里的钟表正嘀嗒走动。尚雨觉得不可思议，他想去追女孩时，却见女孩拿着一个光滑丰盈的苹果远去了，女孩用力咬了一口苹果，苹果没有发出声音，而是像棉花一样柔软。女孩在吃苹果的时候，露出了可爱的小牙齿。小牙齿上挂着苹果汁，在洁白的牙齿上，小苹果珠快乐地跳动着。尚雨完全陶醉在那两排光亮的小牙齿中，突然，他被什么击中了似的，一下子倒在了地上。在他倒下的时候，瞥见了女孩那头柔美乌黑的秀发，他觉得这一切清晰而熟悉无比，可却记不起在什么地方见过。

在阳台处，有棵大雪松，枝丫伸到了楼房旁。雨点打得松叶微微颤动，尚雨发现，伸展着针似的松叶似乎蕴涵着巨大的力量。他觉得松叶格外的绿，好像是完全摆脱了大自然规律的那种绿。

时隔一个多月，尚雨竟盲目觉得，肖雪好像坐在沙发上从未离开过。

当时，洒来的阳光将肖雪的身影真实地显映在地板上和墙壁上，暗影反射出柔光。尚雨的嘴唇在镜子般的地板上投下的黑影，同肖雪的影像中的嘴唇叠在了一起。他觉得自己好像真切地触到了肖雪那清凉光盈的嘴唇。他为自己的这一感觉而惊奇。可是，他没有离开她的嘴唇，反而留恋似的把动作停留在她的身影上。肖雪似乎没有留意到这点。而尚雨意识到自己冒犯了肖雪，便低下了头，他为自己无法摆脱肖静的身影而痛苦不已。

尚雨贴在墙壁上，用手轻轻地抚摩着光滑洁白的墙壁。

尚雨被自己的举动吓了一跳。莫非自己认为肖雪还坐在那里，才这样冲动的？

在告别的时候，肖雪曾对尚雨说："请你忘掉姐姐吧！这样下去，对姐姐也好，你自己也好，都是有伤害的。"

这句话是当时肖雪说的。尚雨本想问一下是什么意思。可肖雪不回答便匆匆离开了。那么，这句话到底是什么意思呢？

梦中的两个小女孩长得一模一样。这两个小女孩，便是幼年时期的肖静和肖雪吧！两个小女孩最后变成了一个，这岂不是说明肖静与肖雪本来就是一体的？尚雨这样胡乱地推想。

纯真得如假面具一样的脸浮现在尚雨的脑际。从这幅影像中，尚雨感受到了无限的温情。

墙壁是洁白而清凉的，尚雨凭感觉去看它，觉得它渐渐变得透明了。

在梦中，尚雨有种压抑的感觉，处处都潮乎乎的，令人生厌。想到那间阴暗潮湿的小房子，尚雨更向往这白色墙壁透明的美丽。

同肖雪相识后，尚雨渐渐地分不出肖雪和肖静了。他的爱似乎又慢慢开始流动，流向肖雪了。或者可以说，是流向了跟姐姐一样的作为姐姐替身的肖雪。想到这一层，尚雨不禁矛盾万分，他感觉到一股丑恶而扭曲的龌龊思想把自己围住了。

尚雨觉得自己的这种思想可能已被肖雪感觉到。于是他仿佛遭到了雷击一样，惊愕得不知所措。

“或许，有必要找个时间跟她好好谈一下的。”

尚雨这样想，可又下不了决心。

尚雨怪自己太懦弱。这时他才发现这样一个自己，一直退缩的自己。他一方面为这样的自己而抱怨，另一方面又为这样一个自己而痛苦不已。

“无论怎样变，只要你还能认识我就行。”

尚雨记得任思媛在西餐厅说了这样的话，此刻回想起来，他才发现，思媛的身体里似乎隐隐约约地包含着一丝偏向尚雨的爱。纵使不是男女之间的爱情，可至少也是自小一起玩耍时微妙感情的延续。因为是青梅竹马的朋友，所以他并没有在意思媛说的这句话。当然，由于是青梅竹马，即使说出再暧昧的话来，两人也不会感觉到不自在。

雨点仍旧打得窗外的松树微微颔首。乌云一层一层覆盖了过来。传来雨点急速敲打雨伞的声音，由远及近。

门一下子被推开。任思媛放下雨伞走了进来。

尚雨离开墙壁，迎了上去：“请屋里坐吧！下这么大的雨，我还以为你不来了呢！”

“本来可以早到的。坐车把时间给耽搁了，真抱歉。”

思媛抖了抖衣服上的水珠。她的身影投在昏暗的地板上，尚雨产生错觉，竟以为身影是肖雪的。

尚雨为自己的错觉而羞愧不已。可是他觉得还是不道歉为好。

尚雨尽量保持平和的脸色，抬起了头。

思媛穿着一件黄色毛衣，这令尚雨很意外。或许思媛是随意穿的，可是身穿黄色毛衣的思媛使尚雨想到了肖静。

由于身上穿的是黄色毛衣，映在墙壁上的身影显得更加幽深了。尚雨顺着亮光望去，被昏黄的身影吸引住，痴迷地望着对面的墙壁。

二

“虽然认为我不会来了，可是你还是希望我来的，是吧？”思媛暧昧地说了句并眨了眨黑黑的眼睫毛。

“呃？”尚雨感到很吃惊，他抬起头，看了思媛一眼。

“还特意给我留了门，从这一点就可以看出来。”

思媛微微一笑，朝没关紧门的卧室看了看，接着说：“如果一个人生活得很孤单，这样的生活还是适可而止吧！”

“不，我一点也不觉得孤单。”

望着思媛那张圆圆的小脸，尚雨觉得思媛身上有种母性的感觉。望着她，好像有种被母亲抚摩的感觉。尚雨一直认为思媛的小嘴是她全身最美的地方。小时候玩过家家的时候，轮到尚雨跟思媛扮新婚夫妇，尚雨曾吻过那张小嘴。直到现在，那种亲吻的触感还清晰地浮在他的心头。

在默默无言的时候，思媛的嘴唇也有种动感。尚雨明白“极静生动，极动存静”这个道理。黑黑的眼睫毛下面那双带着柔光的眼睛，时常含有倦怠的神情，令人怜爱。特别是在光线暗的环境下，这双带有柔光的眼睛使人感觉四周笼罩了暗淡的光芒。

思媛提到“孤单生活”，尚雨认为她在暗示自己的单身生活，便巧妙地避开了她的暗示。

“一个人，何必想那么多呢？”

“不是多想，是必须那么想。”尚雨柔声反驳道。

“我可没你想得那么多，我只要以后能要什么有什么就行了。工作，婚姻……”

尚雨想道：生活没有这么简单吧！

“我也想那么做，可是，毕竟，我们还有活下去的理由吧？”

“理由？什么理由呢？”

“…………”

“生活是不需要理由的吧？”

“是的。”这次尚雨没有反驳，肯定地应答了。

他们两人就这样坐着。时间一久，气氛便不协调了。

天渐渐亮起来，乌云散去，雨也变小了。

“在电话中，你说今天有雨，我还以为不可能呢！因为昨天还是大晴天……”

“雨水嘛！就是这么不可思议，谁知道它什么时候来什么时候不来。”

“也是，不过，幸好你提醒了我，我才做好了准备。”

“大自然总是以它自己的节奏前进，它才不管我们人类在干什么呢！人类没有了，它还是照样前进。”

“在电话中，你说最近心情不好，到底是怎么回事？”

“没什么，没什么的。”

尚雨突然从沙发上站起来，靠到了一片绿色的窗口，望着外面。

“真怪，有什么事不能告诉我吗？”

“这些事，我不想说出来。”

尚雨把身子俯在了栏杆上，半个身子探在外面。

尚雨呼吸着新鲜空气。气温降低了些，他回过头说：“今天你能来，我非常高兴。真的，不过，有些事情是很难说出口的。”

“有什么事情说不出口呢？除非你不把我当作朋友。”

“不是朋友不朋友的问题。在人的心底里，总有一些没法说出，不知如何表达的感情吧！”

“不知如何表达的感情？”思媛重复着，朝这边走来，“照这么说，你是因为某个年轻的小姐才这样烦恼的！”

“瞧你说的，不是因为这个原因。”尚雨不自然地笑了。

“既然这样，那为什么不肯说呢？即使是再离谱、难以启齿的事，我也会相信的。”

尚雨侧过脸望着思媛。她的表情是严肃而认真的，丝毫没有恶作剧的苗头。他一看到她玲珑有致的鼻子，脑海中又浮现出肖静的形象来。

“我没有隐瞒你什么。总之，是因为头脑不怎么清醒我才这样愁苦的，干起工作来也无法提起精神。我也曾想找一个人来倾诉一下，当然，除了你之外，我也没有可以倾诉的对象，不过，我觉得把自身的烦恼跟悲愁转移到你的身上是不妥的。喜悦可以一同分享，但是悲哀，是永远无法让人分担，与别人共享的。”

“是因为工作吗？我可以拜托爸爸给你换一份好的工作的。”

尚雨沉思着不说话，两人都靠在阳台上的栏杆处，身影交叠。雨停了，还有雨滴从树叶上滴下。雨水把松树、悬铃木的叶子都冲刷干净了，在眼前呈现一片深绿。

“谢谢你的心意。不过，我不能接受。”

“为什么呢？”思媛望着尚雨。

“你我虽是青梅竹马，可我现在还未窘迫到要你帮我找工作。”

思媛转过身，用手整了整肩上的头发。她说：“不好意思。昨天说好带东西来中午一起吃的。可是，早上走得太匆忙，东西忘带了……”

“没关系，我们可以出去吃嘛！天气变晴朗了啊！”

“是啊！幸好天气晴朗起来了。雨后的空气好清新啊！”思媛的眼睛里充满了金黄的光芒。

不太宽阔的街道上，汽车和行人渐渐地多了起来。中午的阳光照在积水的街道上，金黄一片，积水仿佛形成了一面黄昏的小镜。

尚雨和思媛走在路旁的松树下。树的下方枝干都修剪了，离地两米才有伸展的枝丫。

“树叶上还滴着雨水呢！小心点。”尚雨提醒道。

“好凉啊！”

一滴雨水落在思媛的脖颈上，顺着脊背流了下去。她颤抖地缩了缩脖颈，但很快就镇定下来。

“雨虽然停了，可雨的影响还在嘛！”

“是啊！虽然停住了，可它还会影响以后的生活。或许，它的影响会这样延续下去，一辈子都不会改变呢！”

“恐怕不会这样长久吧！”思媛不明确地说。

“怎么不会呢！它可以影响人的思想。或许不止一生，下辈子，或许还会受它的影响呢！”尚雨反复说了两遍，轻轻呼了口长气。

思媛将视线移向旁边的小公园里。

小公园树木郁郁葱葱。虽然占地很小，可小巧玲珑的公园，就好像建造的假山一样，使人感到虚幻的美丽。仿佛它已随空间一起远去了，只留下影像浮在空旷的地面上。看久了，使人觉出一种悲哀。

当然，小公园里没有人，好似是安置在路旁的道具，无人靠近。

尚雨抬头望了望天，雨后的天空透亮得让人难以置信。

“快中午了，我们找个地方去吃饭吧！”

“可是，我一点都不想吃。”思媛说完，像是生气似的低下了头。

“怎么了？”

“我们去公园看看吧！”思媛望着小公园，眼中闪耀着泪光。

远远望去，公园像虚幻的镜像。可身入其中，却令人觉得无比真实，甚至每片叶子都是细腻而纤细的，这更使人感到一种无端的悲哀。这样悲哀的美，是无法形容的。

“尚雨……”

“哦？”尚雨抬头望着思媛的脸，显得很迷惑。

“虽然我并不认为你能帮助我什么，可是，我还是要把这件事向你讲出来……”

“哦？”

“前天上午，一位大学时的学长到我家，突然提出求婚……”

“哦！？”尚雨吓了一跳，可是很快恢复常态说，“你说来拜访我，就是为了这件事，对不对？”

“他这样冒昧地来到我家，当着父母的面，我感到很为难。”思媛说着，从脖颈到胸部透露出羞怯的姿态。

“有什么可为难的，这不是你自己的事情吗？”

“可是，父母很喜欢这位学长。这位学长的父亲跟我爸爸是旧时的朋友。”思媛面露难色，低下了头。

“既然不喜欢，那又能怎样呢？”

“我毕竟是父母的女儿啊！”

“现在，自己的事情自己可以做决定的。再说，是你嫁人嘛，又不是你父母嫁人。”

“说的也对，但是……”

“你还说我顾及这顾及那，你自己不也是这样吗？”

“当然要有所顾虑啊！这毕竟事关自己相伴一生的选择。”思媛说着，走到一棵大松树下。

“这样的事，你干吗要对我说呢？”

“我觉得有必要对你讲，才告诉你的。”

思媛大概是因为羞愧，脖子都变红了。她的眼中闪着泪花，泪珠似乎要一滴一滴滚落下来。这个样子，令人怜爱无比。

刚才思媛说的话，把尚雨吓了一跳。思媛是随意说的，还是故意这么说的？可尚雨觉得还是不问为好。

尚雨把小公园环视一圈，东西方向各有一个可以出去的小门。但门的附近，反而没有一棵树木。好似积极向上的心中存在一种倾向堕落的思想。在这片土地上，什么花草都没种。尚雨不禁觉得好奇。可是他更为自己的好奇而感到好奇。公园是什么形状的，他不清楚。是方形的，还是圆形的，或者是狭长的椭圆形，这只有从空中俯瞰才能辨识。地面的草坪像海绵那样柔软，因为光线的缘故，草坪上笼罩了昏黄的暗影。

“我对你说这样的事，你吓了一跳吧？”

思媛从松树下走过来。脸上的泪擦干了，但还可以看出痕迹。

“刚开始的时候是把我吓了一跳，跟我一起长大的思媛小姐要嫁人了。不过，我惊奇之后，便不再吃惊了。也到了该结婚的年龄了，我应该感到高兴才对啊！”

“真讨厌，我这样心烦，你却说感到高兴。”思媛铁青了脸，生气地说。

“我们的思媛小姐有人追求了，这难道不是一件高兴的事吗？我可不希望思媛小姐是个孤独的守望者。”

“你不也是一个人吗？”

“我啊，我是习惯了独居生活的单身汉嘛！”

“什么习惯了独居。净瞎说，所以我才这样说，这样独居的生活，还是适可而止吧！”

尚雨不再言语。他像要摆脱什么似的，从东面的门口出去了。

傍晚时分，天上又下起了毛毛雨。

柿子树在灯光的照耀下闪耀着柔和的光线。叶子被雨水濡湿了，看着日渐变绿的嫩叶，让人恨不得将它含在嘴里。

对面的门口处，有四五个年轻人在打牌。吆喝声在雨夜里回荡。

尽管已经远离了思媛，可尚雨还不时想起她哭泣时柔弱的样子。思媛突然跑到这里来倾诉这番衷肠，使尚雨觉得不知所措。连思媛也要结婚了。他感到的更多是痛苦，但痛苦之余，他细细思索这些事情。或许由于跟思媛太熟悉的缘故，他听到思媛说一个年轻男子向她求婚时，并没有很大的惊异，他只不过一惊，但很快恢复了常态。这是为什么呢？恐怕是因为他想起了遥远的往事，以至于将眼前的一切也等同起来了。随着他心境的凄凉，往事和眼下的事，都杳然远去了。

在雨停后的阳台处，不知从哪儿飞来一群蜻蜓，像是被什么东西追逐着，四下乱飞。蜻蜓的后面，是一排翠绿的松树，在这翠绿景色的映衬下，蜻蜓那扇动的翅膀显得若虚若幻。连它暗黄的身躯也像上了色，如梦中的幻觉一样不真实。

那时，思媛的眼睛里充满了金黄的光芒。尚雨以为是眼白的缘故，原来却是泪珠。

“小小的蜻蜓这是要飞向哪儿啊？”

“西方吧。西边的天空澄澈明亮，它们应该是要往那边去吧！”

“这么弱小的生命，干吗要活下来呢？这么柔弱，它们靠什么活着呢？”

“美好的幻想，或是憧憬吧！”

蜻蜓果真掠过松树，朝西边飞去了。只看到薄得透明的翅膀闪啊闪。

思媛将大半个身子探在栏杆外，像是快要掉下去一样。她的样子显得很怯弱，可又隐约透出一股坚强。尚雨突然被她慑服了。

“前一次，我就是在这儿遇到你的吧！那时，你正在阳台下找东西。”

“呃……”

尚雨已经想起，可却无法回答。那天，正是肖雪小姐来拜访他的时候，在谈话期间，尚雨觉得花瓶里的花太悲哀了，便拿出来扔到了阳台下。待肖雪走后，他却又神经质地去寻找这些遗弃的花儿。

“那时，你在找什么呢？找得那么认真。”

“没找什么。”

“那结果是没找到喽？”

“是啊！没办法啊！”

尚雨淡淡地笑了。

“遗失的东西，是最珍贵的。所以，表面上虽然遗失了，可是在心里，永远不会遗失掉的。”

思媛以压倒一切的气势望着尚雨。

阳光沐浴下的楼房，好像是幻景。尚雨不禁伤感起来。

尚雨陡然回过了身，他觉得身旁的思媛是真实的，而自己，则是空有其形的虚幻景象。

三

肖静刚要离开肖雪的房间，就打了个趔趄。

肖雪劝姐姐不要走了，晚上留在家里，明天再回去。可肖静却坚持要回去。

肖静的手扶着墙壁，额头渗出了汗珠。她神情恍惚，全身都在颤抖。

“还是让我回去吧，好吗？就让我回去吧！”

“姐姐，你可不能回去。”

“让我回去吧！不回去不行啊！高岩还以为我发生了什么事呢！”

“我这就给姐夫打个电话。”

肖雪刚拿起电话，就被肖静抢了过去。她站立不稳，伏在了床上，泪珠滴到了床单上。

“姐姐，你别这样。你这样，我真的不知该怎么办啊！”

“这是我的自由，请让我回去吧。父母回来就坏了。”

肖静觉得眼前一片模糊。

“什么就坏了？”

“妹妹，就让我回去吧！”

“你这样怎么回去呢？”

“无论如何，我都是要回去的。”

“那好吧！我送你回去吧！”

“不用了，我自己能回去的，不用你送。你送我回去，高岩还以为我发生了什么事呢！”

“那我把你送到门口，这样我才放心啊！”

肖静没有再坚持。肖雪将肖静扶下楼。下楼梯的时候，肖静险些摔倒。

肖雪叫了汽车，将姐姐扶进去，自己也坐在姐姐身旁。

肖静脸色苍白，头靠在肖雪的肩上，仿佛没有了生息。那无依无靠的姿态，使肖雪担心不已。

“姐姐这样下去不会有事吧？”

望着疲倦的姐姐，肖雪不禁这样想。

肖静是由于跟高岩尴尬的关系才搞得这样精疲力竭的，可导致这样尴尬关系的却是尚雨。或者不能这么说，可尚雨对这件事，无疑有至关重要的影响。

从肖静痛苦的面容上，肖雪感受到了姐姐的苦恼。

肖雪把姐姐扶下车。她摸到姐姐冰凉的手，不禁吓了一跳。

这时，高岩正巧下班回来，望见她们，走了过去。

“你好。”高岩向肖雪打了个招呼。

“啊？”肖静吃了一惊。她的脸色更加难看了。

“你好。我是来送姐姐回家的。”

“肖静？发生什么事了吗？脸色不大好嘛！”

高岩伸过手来摸肖静的额头，可肖静痛苦地躲开了。

“没事，没事的。可能是下雨的缘故吧！”

周围的雨声没有停止，反而大了起来，打得街道哗哗作响。

“别在这儿站着了，进去再说吧！”

“我就不进去了，爸妈还在家等我吃晚饭呢！姐姐送到了，我也就放心了，改天再来拜访吧！”

“那好吧！再见。”

“再见。”肖雪说。

高岩把一句话也未说的肖静搂到自己的伞下，摇摇晃晃进去了。

肖雪轻轻松了口气，抬头望了望下着雨的天。

闪电像灯光一样把街道照亮了。路上的水向东流着。

整个四月似乎都是在雨中度过的。到了四月中旬，雨已经下了十几场了。

四月二十日就是风筝节。整个风筝都都开始忙碌起来。可是由于下雨，人的心情并不怎么清爽。

肖奉生刚回到家，便对妻子抱怨：“真讨厌，雨下了十几天了还不停。再这样下去，风筝全都销售不出去了。”

“放心吧！天总会好起来的。”妻子一边说着一边把菜端上来。

“雪儿，下来吃饭了。”肖奉生向二楼喊道。

“雪儿还没回来呢！”妻子说，“最近雪儿有点怪，经常一个人坐在房间里发呆。”

“年纪轻轻就会发呆……真令人担心啊！”

肖奉生一脸灰气。他把西服外套脱下来，放在沙发上。

“年轻人的事，让她们自己去忙吧！我们老了，不了解年轻人的想法了。”

“你最近见过静儿吗？不知她生活得怎么样。”肖奉生突然岔开话题，问了一句。

“你啊！静儿都结婚了你还担什么心，没出嫁时为她担心，现在结婚了还为她担心。难道你一辈子都担心她啊！”

“我有一种奇怪的感觉，静儿的生活并不幸福。”

“静儿已经是个大人了，不用你再为她担心了。”

“她再大，也是我的女儿啊！”继而他又问了一句，“最近她没有回来吗？”

“没有啊！”阿京端完菜，坐下来，“不用你担心了，静儿会幸福的。”

“希望如此。”

肖奉生低下头吃起饭来。跟阿京一个人吃饭，他觉得有些别扭。

肖雪在半夜才回到家。

白天的时候，在风筝铺里，她也安不下心，老是想到姐姐的事。渐渐地，姐姐的悲伤也传给她了。她突然觉得姐姐的心思覆到了她的身上。

望着滴滴答答的小雨，肖雪站起来对伙计说：“看来今天生意不会太忙，我有事出去一趟。”

肖雪没有化妆，便走上了大街。她随意地走着。

从音像店传出轻柔的音乐声。

肖雪心烦意乱。四周的街道还是冷冷清清。要在没下雨的往年，这个时候，街道两旁早已挂满了各式各样的风筝饰品，有绘有风筝图案的灯笼，也有风筝图案的广告牌。这条街道，两边的路灯也是风筝形的。到了晚上，一盏盏路灯亮起来，好像在空中飞舞着一群带着光亮的小风筝。肖雪来观看过多次风筝会，她经常迷恋于这风筝形的路灯。

可如今的凄凉，使肖雪感受到寂寞的气氛。

肖雪本想邀尚雨一起去看风筝会，可此时她踌躇不决了。一方面是天气的缘故，另一方面，是尚雨才使姐姐肖静这样痛苦的，她瞒着姐姐去见尚雨，总觉得对不起姐姐。甚至，她觉得她代姐姐见了尚雨，姐姐也许会更痛苦的。

走到新华路与东风街的路口时，肖雪突然见到从公共汽车里探出头的尚雨。他也看到了肖雪，并喊道："肖雪，肖雪。"

无疑，这个声音响彻了整个车厢。想到这么多人用奇异的眼光看着自己，肖雪羞愧地低下了头。

尚雨在前面一站下了车，等待肖雪走过来。

"感觉真意外，没想到会在这儿遇到你。"

"是啊！我也很意外，你这是去哪儿了？"

"回了趟家，去看了看父母。你怎么一个人在大街上走？"

"哦？"

肖雪抬起了头，可视线却放在远处的高楼上。

"我刚刚从风筝铺出来，因为下雨，生意不好，所以……"

"对了，上次分别的时候你叫我去风筝铺看你的。最近一直很忙，所以没有空出时间，希望你能谅解。"

肖雪柔声笑了，"即使今天不会遇到你，我也打算去找你的。"

"是吗？"尚雨感到很吃惊。

"是要好好谈一下的，自从上次拜访你后，便再也没有见过你。"

"是啊！"尚雨坦诚地说。

"但是，我一直想找个机会与你谈一下。"

"…………"

"尚雨先生，请往这边走。我请你吃晚饭吧。"

尚雨随肖雪走进饭店。他一直希望肖雪说一下关于肖静的事情，可是她却一句话也不说。尚雨陷入了沉思，肖雪对于姐姐的事情为什么一句也不说呢？她一直在讲述自己小时候的事，她还坦然说到自己中学的恋情。可说到的几个人名都很模糊，不像是具体人的名字。然而，尚雨听起来却有些熟悉，好像是自己的同学。她说的似乎是自己，又好像是肖静。连尚雨也模糊了。

“你还记得上次分别时说的那句话吗？肖雪小姐。”

“很抱歉，我已经忘记了。”肖雪明确地说。

尚雨犹犹豫豫，他不知道该问肖静的事情还是不该问。可他还是觉得不问为好。

“我真幸运，又一次遇到尚雨先生。”

“大概是缘分吧！”

“什么？”

“没什么，能遇到你，我很高兴啊！”

继而她又问：“最近还好吧？”

“不是很好，有时候会一个人发呆，觉得异常悲伤。”

“那该去医院看看才好呀！”

“谢谢。不过，你应该明白，这不是什么东西可以医治的。”

尚雨蓦然感觉到了肖雪心中的悲哀。

“可是，我不能帮助你什么的。”肖雪低下了头，不再言语。

吃过饭后，肖雪抢着去付了钱，尚雨则徒劳地站在门口等着。肖雪过来后，两个人一起走出了饭店。

走过刚停雨的停车厂，是块草坪。

空中闪着星光。可因为附近灯光极亮，星光便显得微不足道了。

“再过几天就是风筝会了，到时候一起去观赏吧，好吗？”肖雪真挚而深情地说。

“…………”

“你曾陪姐姐去山间。这次就让我邀请你，可以吗？”

“啊？”尚雨一惊，心情越发不平静了。

“我虽然要负责照看风筝铺，可总能空出时间来的。那时候，你也有空的吧？”

“是啊！”尚雨回答。

“雨一停，天气很快就变热了……到时候，我可以穿裙子吗？”

“当然，这是你的自由嘛！”

“上次你曾说过，今年是个多雨之年，没想到不幸被你言中了。”

“我感到很惭愧。雨季使人的心情变沉重了。”

“不过，我相信，再过几天，天一定会晴朗起来的。”

肖雪的眼睛里闪着亮光。她显得信心十足。

他们来到桥边。河边风很大，把肖雪的头发吹乱了。她走到桥头上，在避风处将发卡拿下来，然后一手拿着发卡一手卡上去，还有一大部分没有卡住。她索性把发卡放进口袋，将头发全放了下来。

肖雪看到尚雨在看她，脸颊泛起了淡淡的红晕。她低着头走了过来："真失礼呀！在你面前出丑了。"

"没事，你这样比刚才漂亮多了。"

尚雨避开目光，双手扶在桥栏杆上，望着随风而动的流水。远处，灯光照射着水面，水面笼罩着闪耀的黄晕。

尚雨心想：肖雪不会注意到悲伤的自己吧。这样想着，他僵硬的面容一下子放松了下来。

在以后几天里，天气渐渐晴朗，潮气也散去了。

风筝都恢复了往年的繁荣。肖奉生家的铺子生意异常兴隆。

肖雪一直在铺子忙活，直到十九日晚上才回家，回家后，连洗漱也懒得去做，便睡着了。

风筝都上空飘荡的音乐，传进肖雪的房子。她仿佛拉着风筝，飞到了空中……

肖雪翻了翻身子，闭上眼睛。她想到了自己的姐姐肖静。

"姐姐为什么那么悲伤呢？而我又是怎么回事？莫非姐姐的悲伤也传给我了吗？"

那么，姐姐的爱，也一定传给我了吧。肖雪这样想着。可是这预示着什么呢？莫非姐姐是要让作为妹妹的肖雪，代替自己去接受尚雨的那份爱吗？

四

时令正值初夏，正是樱花绽放的时节。晴空的高处飘浮着几朵带有淡淡颜色的彩云。

国道两旁的杨柳树被国槐代替，无比凄凉了。尚年自从上次从范公亭回来后，便时常靠在小树旁，想象小时候在这儿散步的景象。

小时候都是几人成群结伴，而现在，一般都是独自漫步。

尚年很喜欢以前的林荫道。当时，小道狭窄，也并不太长，只有行人走这条小道，偶尔也有自行车穿行。在那些散步的伙伴中，还有扎着可爱辫子的小姑娘呢！

范公亭上染着夕阳洒下的美丽光芒。尚年记得很清楚。

虽然年纪已有五十多岁，可尚年却觉得重回到了三十多。他仿佛搂抱着一个二十多岁的年轻姑娘。在这理应憎恨的时刻，他不仅不感到讨厌，反而沉浸在这美好的身体波浪中，随之而来的女人情感使他想到了母亲的乳房。顿时，身心充满了一种母爱的感觉。

尚年的母亲在二十年前就去世了。也就是说，尚年已经有二十年没有感受到母爱了。母亲去世的时候，尚年在外面，也没有见到母亲最后一面。

时隔二十年，他的心中又重新荡漾出这样的感觉，是值得惊异的。

在那之后，阿洁像难为情似的抱怨道："这样不好吧！"

她的话语充满了无限的柔情，不带一点严肃。

尚年按住她的肩膀，小声说："你还是如此温顺，犹如一个没有生育过的姑娘。"

"真讨厌。"

阿洁羞红了脸，连脖根都涨红了。她像是躲闪尚年的眼睛，蓦然低下了头。

"恐怕只有在此时，才没有心事吧？"

"呃？"阿洁感觉很惊愕。

"如果在这时候还有心事的话，那就没有清静的时候了。"

"怎么会呢？"

"令嫒也像你吧？"

"你是说容凤？"

"容凤继承了你的基因，应该会像你的。"尚年像是自言自语，又重复说了一遍。

"这样恐怕不好吧？"

"有什么不好呢！"

"我们都已经不再年轻了……"

"…………"

"让容凤知道就坏了。"

"她不会知道的。"尚年提高了声音说。

"不应该啊！我们做了件错事……"

没等阿洁把话说完，尚年就粗暴地搂住她的胸部，把她柔软的身体拉了过来。

停歇多年的磨坊，现在又开始运转了。

听到这“嗡嗡”的声音，尚年不禁感叹道：唉！磨坊里机器的声音，真令人怀念呢！

在年轻的时候，磨坊是尚年经营的，这是祖上留下的唯一财产。尚年作为独生子，自然要挑起这个担子。年轻的他曾经出去闯荡，在外面待了很多年，可后来想到这是父亲遗留的东西，便收回杂念安心经营磨坊。机器也由三台增加到十几台。每天听着“嗡嗡”的声音,早已形成习惯了。一时听不到,他会产生一种不平衡的心理。夕阳的霞光映在漆了绿漆的木门子上,美丽极了。

后来,尚年一家人搬到城市。他经常想起磨坊里的机器。虽然距离并不远,但每年也就回来一两趟，毕竟没有逗留的理由。

现在，听到这“嗡嗡”的声音，又使他忆起了往事。

近日来，连连下雨。他觉得讨厌极了。磨坊里都产生了一股怪味，他整天在磨坊里扫地，擦拭机器，像对待自己的孩子那样细心。他这一生与磨坊结缘，似乎是偶然的，可又是必然的。

尚雨来向父亲打招呼。

“爸，今天是风筝会，有人邀我去看风筝。晚上就不回来了。”

“风筝会？啊。”父亲恍然大悟，他完全忘记这个节日了。

“你今天不是要上班吗？还不到周末嘛！”

“爸爸，我请假了。”

“年轻人，别老顾着贪玩，对工作要尽心才对啊！”

“知道的，爸爸。”尚雨朝父亲问道，“爸爸，你不去看风筝吗？”

“我就不去了。爸爸已经老了，对这些东西不感兴趣了。”

“正是因为老了，才要去看啊！看风筝可以陶冶人的情操呢！”尚雨说。

“陶冶人的情操？”尚年淡淡地笑了，“你去吧！爸爸要去见朋友。”

“时间不早了，我先走了，爸爸。”

尚雨披上外套，向汽车穿梭的大道走去。

这天天气晴朗，万里无云，只有远处有一丝霞光。看来是个热天。

风筝会在风筝都是最隆重的节庆，仅有新年可以相比。大街小巷都挤满了人，风筝饰品随处可见。小河中，也漂浮着风筝形的小灯笼呢！

有几家风筝铺的门口挂着长长的风铃。风一吹，声音格外清脆。

在十字路口处，竖着一个大大的广告牌。一个睁着大眼睛、面带微笑的漂亮小姐手拿五彩风筝注视着行人。那是上一届的风筝小姐。

在多年之前，肖静的母亲阿京还作为风筝小姐在那儿展示！

尚雨的母亲仍旧坐在桌旁织什么东西。在她的生活中，这是唯一的乐趣。

尚年推门走进了光线很暗的房子。

“在织什么呢？”尚年问。

“快秋天了，我为你和尚雨织件毛衣。”

“瞧你说的，还没到夏天呢，就说到秋天了。”

“反正也闲着没事嘛！”

“干吗不去找别的妇女聊天呢，整天闷在家里干吗？”

“这是我的乐趣嘛！”妻子回应了声，依旧不停手。

望着一日日老下去的妻子，尚年觉得悲哀极了。妻子没什么爱好，不喜欢出门，更不喜欢看电视、电影，连逛街也不感兴趣。对于女人喜好的化妆品、衣服她也兴致索然。他觉得妻子好像是燃在风中的火苗一样，就这样一点一点熄灭……

“今天我要出去见一位朋友，可能晚一点回来。”

“哦！”

尚年摇了摇头，失望地拉开门子，向外面走去。

“你好，没有打招呼就冒昧来拜访，希望你不会介意。”

阿洁打开门，见是尚年，吓了一跳。

毋庸说，尚年的到来是她不曾想到的。

“上次分别的时候你给我留了地址，我就照地址过来了。”

“哦？”阿洁应着，将尚年迎进屋子里。

“家里只有我跟容凤……”

“容凤在家吗？”

“是的。”

“我也正想见一见您女儿呢！”

“啊！”尚年忽然喊了一声。

原来是容凤出来了。她提着一个粉红色的小皮包，从房间里走出来。

尚年竟以为是年轻时的阿洁，才忍不住喊出了声。

阿洁跟容凤都听到了尚年的声音，可是她们没有说什么。

阿洁示意容凤打招呼。容凤不知如何回应，脸上泛起一阵红潮。她低头施了个礼，说：“您好。”

“这是我年轻时候认识的伯伯。”阿洁向容凤解释道。

尚年望着容凤，竟然一句话都说不出。他被容凤那娇美的身影给吸引住了，痴痴地望着木门。光线由南面射来，将容凤的身影投在卧室的黄漆木门上。

由于有黄漆木门做背景，容凤的身影显得更加幽深昏暗了。她身上洋溢着清泉般的凉气，渗进了尚年的心肺。

容凤觉得眼前的伯伯真失礼，一直盯着她。有母亲在身边，她也不好意思说什么。她用牙齿反咬着下嘴唇，眼光躲闪着尚年。

老年的尚年身上，有种老人的丑恶。可他自己并不知道，反而显出男人的无耻相来。

“真漂亮啊！”尚年并没有意识到自己不该说这样的话。

尚年这样说，反而使自己洋溢出热情。他多年没有过这样美丽的心情。

“请坐吧！”阿洁招呼道。

“哦。”尚年向四周看了一圈，一间厨房、一间客厅及空间很小的洗澡间。对于两个人生活的阿洁和女儿来说，房子不宽阔，可也并不拥挤。窗台上摆着一盆菊花。容凤卧室门的玻璃上贴满了粉红色的塑料泡沫，映得客厅里都成了粉红色，可爱极了。

“家里没有准备什么东西，怠慢你了。”阿洁一边给尚年沏上一杯茶，一边道歉。

“哦，没什么的。”

容凤仍站在那儿。

“妈妈，我出去了。”容凤小声说道。

“出去？去见朋友吗？”

“不是去见朋友。今天是风筝会，朋友约我一起去看。”容凤用明朗的声音说。

“好吧！早点回家。”

容凤迈开轻快的脚步，转眼间就消失了。

容凤的脚步快得惊人，尚年还没发觉就看不见容凤的踪影了。他感到不可思议。

尚年抬头看着阿洁。容凤跟阿洁年轻的时候极为相似，白皙修长的脖颈，圆润的肩膀，单薄的嘴唇。尤其是那单薄的嘴唇，非常招人喜欢，看了有种极美的感觉。

可是，尚年感觉到，在骨子里，容凤明显地不同于阿洁。容凤明显地继承了母亲的现实，可也表现出青春期少女天真的幻想。与母亲眼睛的澄澈相比，容凤的眼睛似乎带着几分哀愁。

女儿走后，阿洁便坐到了尚年的身旁。

“我们相见得太晚了。”尚年说。

“能在有生之年见到你，我已经很高兴了。”阿洁的想法与尚年明显不同。

“可是，我们都老了。”

“我们这把年纪，还不到说这个的时候。”

“最近回到磨坊，一听到机器的声音，我便想到往事，心情平静不下来。”

“磨坊？你是说你搬回磨坊了？”

“是啊！年纪大了，总觉得在城市里不舒服。”

“你真是身在福中不知福啊！”

“如果这是福的话，我宁愿不要福气。”

“真是个顽固的人，这么多年了，还是冥顽不灵。”

在客厅的正对面，一个红色方木桌上，还放着阿洁丈夫的照片。他的眼睛正注视着尚年和阿洁，或许他觉得两个人老而不知羞，才这样看的吧！

尚年向那边瞧去时，把他吓了一跳。那双眼睛炯然有光，像是活人的。

把照片安放在这里的阿洁是怎么想的呢？她甘心让丈夫看到自己跟尚年的暧昧关系，难道她一点都不在意吗？还是认为丈夫已死去多年，已形神俱消，才这样毫不在意的？

可看那双眼睛，乌黑的眼珠，镶嵌在白眼珠中央，有一丝动的迹象，令人感到它是真实的，而不仅是照片。

尚年想到了明末佛僧袾宏在出家之前留给夫人的歌诀：

> 君不见，东家妇，健如虎，腹盈常将年月数，昨宵犹自倚门闾，今朝命已归黄土。又不见，西家子，猛如龙，黄昏饱饭睡正浓，游魂一去不复返，五更命已属阎翁。目前人，尚如此，远地他方那可指，闲将亲友细推寻，年去月来多少死……昨日街头犹走马，今朝棺里已眠尸……

或许是阿洁的丈夫不再执着于痛苦，为了摆脱尘世的一切束缚才抛弃阿洁跟女儿而西归了吧！

但是，来世，后世，他又能像今世这样舍弃妄念的生命吗？无论在过去的世界，现在的世界，还是未来的世界，人始终在六道中受生死轮回无穷流转之苦，无法超脱。

“这张照片是年轻时候照的。因为他后来得癌症，样子很难看，怕放在这儿不妥，便放了年轻时候的照片。”

“…………”

“可是，这样总不好，不知道的人还以为我有个如此年轻的丈夫呢！”

“哈哈哈哈……”尚年轻声笑了。

“有人还骂我是狐狸精呢，说我长得太漂亮把丈夫给克死了。”

“那种感觉不好受吧？我是说，你被人冤枉一定很难过吧？”

“不，丝毫也不。”阿洁挺了挺胸脯，说，“为死去的人挨骂，那又有什么呢！我是不会在意的，只要死去的人能得到安息。”

尚年突然感觉到阿洁的伟大。为了丈夫，即使遭到流言蜚语她也毫不在乎。阿洁跟丈夫之间，虽无本质的爱恋，却生出一种超脱男女生死之爱的力量。

阿洁的做法，同时使尚年感到一种无言的凄凉。

诚然，是因为妻子的冰冷，尚年才这样悲哀的。此刻，尚年好像跟阿洁处在了一个世界中，远离了妻子所在的冰冷、空寂的世界。

尚年恍然发现自己的周身环绕了喜悦的光芒，他融化在这闪耀的光环中了。

五

肖雪穿了一件浅白色的长裙。虽然素色的裙子有点单调，可因为正值妙龄，朴素的色彩并没有遮盖住肖雪的光彩。

父亲肖奉生看到女儿这副打扮，有点意外。

“是要去铺子吗？”

“不，今天我约了人去看风筝。”肖雪笑着回答。

“喔！”肖奉生蓦然抬起头，“你今天的打扮……”

“怎么了？爸爸。”肖雪羞怯地低下头来，脸上绽开了红晕。

“年轻的姑娘，应该穿得花一些才对嘛！”

“花一些……”肖雪抬起了头，“我觉得现在已经够花了。”

“你上大学的时候不是经常买一些华丽的衣服吗？怎么现在不喜欢了？”

“那是在校园嘛！还不怎么懂事。”

肖奉生疑惑地看着肖雪，他思忖道：肖雪什么时候变得同肖静一样了呢。即使是肖雪的父亲，眼下也很难分清肖雪与肖静。

肖雪作为肖静的妹妹，大概延续了肖静结婚前的美丽与纯洁吧！

肖奉生先于女儿离开了家。因为他作为风筝会的特邀嘉宾，要出席风筝会的开幕仪式。

肖雪待父亲走后，又折回房间，化了化妆。

她在长裙上洒了几滴香水，将嘴伸到镜前，用柔软的口红轻轻描上去。可因为口红太艳，她的小嘴唇成了血红色。望着镜中的自己，她的脸涨红了，忙用纸巾擦去了口红。

“这样就好了。”

肖雪离开镜子。什么也没带便出了门。

因为近半个月来连连下雨，所以晴天后的天气格外热。天空万里无云，在出门口的时候，肖雪发觉，东边的天空飞着一只黄色的蝴蝶风筝。她走得更加快了。

到了风筝都，街市上人群拥挤。肖雪这时才记起来，上次分别时忘记跟尚雨说相会的地点了。她给尚雨打了几次电话，都是无人接听的状态。

肖雪在街道上随意行走。她希望这样可以遇到尚雨。

街道两旁摆的全是风筝饰品。因为天气热，已经处处可见卖冷饮的柜台。

尚雨在人群中挤来挤去，身上的汗水把衣服洇湿了。

“肖雪在哪儿呢？”尚雨的心情因天气炎热而更加烦躁了。他拿起手机，发现有几个肖雪打来的未接电话，正想回过去的时候，发现肖雪早已经给他发了相会的地点。

走到四平路的超市门口时，风筝会已经开始了。天上飞起了大风筝，十几米长的龙风筝、蜈蚣风筝都飞上了天空。

“真大啊！”

尚雨望着天空。他朝街道上看了看，并没有发现肖雪的身影。街上更加热闹了，尚雨完全是在被行人推着走。

当尚雨退到十字路口的楼房下时，撞到了一个年轻的少女。

“对不起，真对不起。”尚雨低头施礼，连声道歉。

“没事的，没事的。”

年轻的少女这样说着。她的身旁还站着两个少女。

这个年轻的少女便是阿洁的女儿容凤。虽然尚雨的父亲跟容凤的母亲彼此相熟，可尚雨和容凤并不认识。恐怕他们谁也不知道上辈人的事情吧！

当尚雨抬起头时，容凤惊讶地喊了一声：“啊！”

是什么原因使容凤感到如此惊讶呢？是因为容凤发现眼前的男子跟早上在家里见到的伯伯如此相像。可是，那个伯伯已进入暮年，而眼前的男子也就二十多岁。他们之间究竟存在什么关系呢？

容凤的心头笼罩了迷惑的疑团。接下来的观赏，她也心不在焉了。

尚雨靠在林荫处休息了一下。墙壁的清凉顺着他的脊背传到全身，清爽无比。他恋恋不舍，不肯站起来向前走了。

“尚雨，尚雨，我在这儿！”肖雪在人群中喊道。

尚雨没想到在他下决心独自一人去观赏风筝时，肖雪在人群中找到了他。

肖雪拿来两瓶冷饮，递给尚雨一瓶。

“真抱歉，让你久等了，上次忘记说地点了。”

尚雨这才发现，肖雪穿着长裙。天气变热，大街上很多年轻小姐已换上了夏装。可尚雨没见过肖雪穿裙子的样子，才觉得有些惊奇。肖静和肖雪的身影融合在一起了，这是多么奇妙的事情啊！连肖雪的一颦一笑，都成了肖静的。尚雨蓦然觉得心里充满了凉气，他被肖雪穿裙子的样子陶醉了。

作为一个少女，穿裙子展示出了肖雪柔美的身体曲线。

“我这样子看上去很奇怪吗？”肖雪低头望着身上的裙子。

“没有。你穿着这种颜色的裙子，看上去很自然。”

“那干吗盯着人家看呢！真讨厌。”继而她又说，“上次分别的时候，我不是说过要穿裙子来吗？我说过就真的穿裙子来了。”

“是啊！你上次说过的。”

尚雨记得很清楚。当时，肖雪望着尚雨，说：“雨一停，天气很快就变热了……到时候，我可以穿裙子吗？”肖雪的表情是木偶式的，可看上去却使人痴迷。他还记得，在桥上时，风吹乱了肖雪的头发，她在桥头用发卡卡头发时的样子。她脸颊泛起了淡淡的红晕，宛如一只红苹果，尚雨甚至想向前咬一口，尝一下这红苹果是什么滋味呢！

“就你自己来的吗？”

“是啊！”尚雨这样问，肖雪还以为尚雨还约了别人来，“怎么？你还有朋友要来吗？”

“没有，没有。”

尚雨虽这么说，可还是有些失望。他还以为肖静也来了呢！

“前几天我见过高杉，你也认识他吧？”

尚雨干吗要说高杉呢？可肖雪还是不假思索地回答道：“不太熟悉，只见过几面。他是我姐夫的弟弟。”

“哦……我们两个志趣相投，跟他谈话有种知己的感觉呢！”

“那很好呀！”

肖雪虽这么说，可心中却疑惑了。在风筝会的这天，他干吗说到别的事情呢？

“瞧，大风筝飞向天空了。”

尚雨没顾得上肖雪，便向那边跑去。肖雪也小跑跟在后面。

肖雪穿着裙子，跑起来动作很不协调。裙子的裙摆整个儿浮在身后，裙子紧贴在她的身上，隆起的胸脯也显露了出来。尚雨回头看她时，便停了下来。

“哎呀！你跑得太快了。我跟不上啊！”肖雪用双手扶着膝盖，急速喘着气。

“瞧你，你干吗要跟我跑呢！”

“说什么嘛！如果我不跟上来，就找不到你了啊！”

独自生活习惯了的尚雨确实忘了这一点。他低下头，抱歉地说：“对不起。”

尚雨和肖雪跟上了人群，随着人群向前走。

礼炮的声音在天空中响起。在主席台上，肖雪的父亲坐在一旁，眉头紧蹙，一字不言。

因为今年风筝会没有采纳他提出的建议，他设计的风筝也被修改得乱七八糟。他知道这一情况时，恨不得马上逃回家，坐在台上也感到非常生气。

“那是我爸爸呢！你瞧，就在那儿。”肖雪用异常激昂的声音喊道。

“喔！”尚雨应道，“伯父的脸色不怎么好嘛！”

肖雪回过头望着尚雨，尚雨严肃的脸上没有一点表情。

“我妈妈还做过风筝小姐呢！”

“是吗？”

“那时我还没有出生。不过，听爸爸说，当时，妈妈是以绝对的优势选上风筝小姐的。妈妈的相片还曾经挂在那边的十字路口上呢！”

挂在十字路口上，那岂不像十字架上被钉的耶稣吗？可尚雨没有说出来。

“我虽没见过伯母，可我可以感觉到伯母的美。怪不得有你和你姐这样一对姐妹呢！你这样一说，我也就不感到奇怪了。”

“我们去白浪河那边吧！”肖雪说。

来到白浪河，尚雨跟肖雪走到了泛着波浪的河岸边。

“尚雨，尚雨……”肖雪在那边的石凳旁为尚雨占了位子。

“之前那对情侣刚走……”肖雪说。

“说来惭愧。虽然生在风筝都，今年却是第一次来看……连宝石城的宝石节也从未去过……”

“既然是第一次来看，对什么东西都该感到惊奇才对，可你，好像对什么东西都不感兴趣的样子。”

尚雨远远地望着白浪河。

河岸边也新安置了风筝图案的红灯笼，以备晚上的时候用。有两个小孩子围着花坛跑来跑去。

"以后，只要你愿意，我都会陪你来看的。"肖雪提高了声音说。

尚雨为肖雪能说出这样的话大吃一惊。他望着肖雪的时候，她的眼睛正闪着亮光。

"在所有的风筝中，我最喜欢蝴蝶风筝。"

尚雨还记得，去年的时候，肖静曾送他一只黄色的蝴蝶风筝。当时，肖静还没有结婚。

那只风筝压在衣柜里，尚雨再也没有拿出来过。前几天因为下雨，整理衣服时他发现了这只风筝，他没有将它拿出来，反而用衣服将它埋了起来。

"是吗？我家里有好多蝴蝶风筝呢！都是爸爸年轻时候设计的。你喜欢的话，我可以拿来送给你。"

"不用了，现在这么大了，哪还有心情放风筝。况且，我已经有一只了。这样的风筝，有一只就够了。"

"有一只了？"

"那是肖静以前送的。"

"原来是姐姐送你的啊！怪不得呢！"

肖雪躲开尚雨的眼光，陡然站起身，朝广场走去。

西天柔和的夕阳，将风筝都的半边天染上了一层淡淡的霞光。风筝都也隐映其中了。

尚雨和肖雪到小饭店吃了点东西。两人都吃得很少，一小碗米饭都没吃完。尚雨偶尔也看一下肖雪，他觉得肖雪好像陷在自己缥缈的梦中，恍然间什么都看不清。他慌忙用手揉了揉眼睛。肖雪还稳稳地坐在对面，他这才发现是自己的幻觉。

华灯初上，路上的车渐渐少了。

天空中放起了烟花。美丽的色彩把肖雪的眼睛映得可爱极了。两人寻找到了什么似的，猛地跑出了小饭店。

"啊！真美啊！"肖雪感叹道。

"是啊！真美呀！"

"烟花的光芒真是让人充满了幻想啊！"

"我说的是……烟花照在你的脸上，真美啊！"

"真讨厌。"肖雪对着天空说。

"看烟花的同时，我也偶尔看看你，年轻小姐的美真是热烈似火啊！连我都被感染了。"

“…………”

肖雪低下了头，眼睫毛下薄薄的眼皮都被染红了。

到了晚上，活动才算真正开始。放完烟花后，市内的霓虹灯和广告牌一同熄灭，大街小巷都燃起了绘有风筝图案的灯笼。

通向市里的车在郊区全部停下不再运行。风筝会场地也因为街道上人群众多不准汽车出入了。所以外地来的客人，往往在二十日之前就赶到风筝都，下榻在旅馆里。

专门来放风筝的游客来得晚一些。因为风筝会要持续到四月末五月初。在四月下旬的风筝会期间，天天都有风筝可放。风筝博物馆此时也对游客开放。

游乐园、公园，也都装饰了众多风筝，来招揽顾客。

如今的风筝会，已经完全简化了。不像以前那样烦琐，游行就要好几天。不过，比起现在的风筝会，尚年还是喜欢以前的仪式跟风俗。所以，他才不愿意来参加风筝会。

悬挂在街道两旁的灯笼，把街道照得一片通明。风吹过时，红色的灯笼摇摇晃晃，在地面投下斑驳晃动的影子。肖雪的脸本来已经泛上了红颜色，又被红光映着脸颊，显得更加红殷了。

真奇妙啊！肖雪的脸好像成了透明的，从脸到脊背，都着了可爱的红光，这把尚雨吓了一跳。他抬头望着对面大楼的时候，发现大楼也染红了。

人群都朝白浪河边拥去。声音也渐渐远去了，尚雨觉得眼前蓦然一片漆黑。

他想伸过手去拉住肖雪，不知不觉地将手伸了过去。

“啊！”尚雨喊出了声音。

因为他发现，在白浪河岸边的桥上站着一个少女，就是肖静。

肖静站在桥上,双手抓着桥上的栏杆,凝望着水面。水面映着浮动的灯光。

肖静看上去很悲伤的样子，额头好像在流汗。

望着肖静苍白的面容，尚雨追了过去。

走到桥中央，肖静已经不见了。尚雨在人群中寻找肖静的身影，结果没有发现。他被拥挤的人群挤到了桥头。

“或许是我看错了吧？”

尚雨抑制住翻腾的感情。

“怎么了，尚雨？”

尚雨回过头，原来是肖雪。

“没事，没事。”

尚雨的额头渗出了冷汗，他转过身去，俯在栏杆上，凝望着水面。

“刚才我看到姐姐了。”

“什么？”尚雨惊愕了，刚才看到的并不是幻觉。

“姐姐和我说了几句话。姐姐的脸色很难看，她说身体不舒服先回家了。不过，我没有提到是跟你一起来的。”

“没提到我就好，没提到我就好。”

尚雨茫然重复道，在希望与失望中反复来回，他觉得矛盾极了。

肖静看上去并不怎么喜悦，这是怎么一回事呢！在结婚的时候，肖静不是很幸福吗？今天见到的肖静，却那么憔悴，这是什么原因呢？

尚雨的冷汗消去，脸却苍白起来。

风筝会的游行达到了高潮，四下里传来了演奏声。

“瞧，那边有演奏会呢！我们过去看看吧！”

尚雨被肖雪拉走了。

第五章　粉红色的合欢花

一

肖静在结婚后变得寡言少语了，经常望着什么东西发呆，但回过神来的时候，又不记得自己想了些什么。

这一点，作为丈夫的高岩早看出来了。不过，他没有说出来。

已经进入五月份了，初夏的天渐渐变热起来。樱花都一片片凋落了。樱花树开始长出翠绿的叶子。合欢树，也开始长出纤柔细密的小叶子。在枝头成排成行，像整齐的小牙齿。

西天映成了绯红色。肖静已经开始准备晚饭了。

高岩抱着一束玫瑰花回来。肖静上前接过来，将花插在花瓶中。

“前几天风筝会，你没有去看吗？”

“哦……”肖静抬起头，眼神很呆滞，“去过的。觉得没意思，就在那儿待了一会儿。”

“你整天待在家里，好像很寂寞的样子。”

“寂寞？没有啊！”肖静慌忙说。

“我给你买了架钢琴，过会儿厂商会派人送来。在无聊的时候，你可以弹弹钢琴解闷。”

“你买了架钢琴？这样太不值得了，况且我也没有弹钢琴的心。”

“为你做的事，每一件都是值得的。即使买来你不会碰它一下，我也不觉得浪费。”

“哦……”

肖静不再言语。她用轻柔的动作帮高岩脱去外套。

“饿了吧？可以吃晚饭了。”

“嗯。”

高岩笑了笑，跟肖静走进了房间。

晚饭后，肖静给高岩沏了杯绿茶端上来。高岩正在浴室里刮胡子，浴室里传出放水的声音。肖静正想换上睡衣时，门外响起了敲门声。

肖静小碎步跑过去。她打开了房门。

“高岩，是送钢琴的。你能出来一下嘛！”肖静用清澈的声音喊道。

“你先招呼一下工人，我马上就来。”高岩在浴室喊道。

肖静让工人坐下，沏上一杯热咖啡。工人向她施了个礼致谢。

不一会儿，高岩走了出去。他只穿了一件黄衬衣。刚刮过胡子的脸显得很白，许是涂了护肤霜的缘故。

“您好，这么晚打扰您跟夫人，太抱歉了。”

“没事。我还以为今天送不来了呢。贵公司真讲信用。”

“公司效益不好，再没有信用，那不就完蛋了吗？不过，跟您的珠宝公司比起来，我们的公司不值一提。”

“您太客气了。”

“这架钢琴放哪儿呢？”

“放夫人的房里去吧！”

“夫人的房间？”

“是啊！在那边。搬的时候小心点，别碰了夫人的东西。”

“哦！”那人恍然大悟似的应了声。

工人将钢琴搬进肖静的房间。将钢琴安装好,然后试了试音色,帮忙调好。

“谢谢您了。”肖静说。

“这样就行了。这么晚打扰您，太抱歉了。如果以后有需要的话，可以随时给我打电话。”

高岩将工人送到门口，而后折回了客厅。

肖静不在房间。床上整整齐齐摆着睡衣。

梳妆台的镜中映现出对面的楼房。镜中的晨阳，活泼明亮。

“这么早就起来了？”

“我梦见自己坠落在地上，就醒过来了。”

肖静没有说出来，她是梦到尚雨得了绝症，样子很难看。她赶到尚雨的病房时，尚雨已经病危，她用手晃动尚雨时，便醒了过来。

待高岩走后，她又记起了尚雨疼痛的样子。

“该见个面了吧！”

肖静清楚妹妹最近与尚雨交往频繁，但她把这视为幻境中的自己跟尚雨，可一旦镜子消失，幻境也就失去了它应有的魅力。如同梦醒之后，留有的仅剩失望，但是，她还是打电话拜托妹妹约尚雨出来见一面。

“小雪，你最近忙吗？姐姐有点事请你帮忙。”

“还好吧！风筝会过后店铺已经不是那么忙了。姐姐有什么事情需要我帮忙呢？”

“你可不可以帮我约一下尚雨？我找他有点事。”

“尚雨先生？你干吗不打电话和他亲自说呢？”肖雪干脆地说。

“恐怕不太方便……这个忙，你可以帮我吗？”肖静支支吾吾地说。

“我抽个机会问问尚雨先生吧！”

肖雪接到姐姐的电话很吃惊。姐姐已经结婚了，约尚雨先生有什么事呢？恐怕姐姐是瞒着姐夫的吧！难道姐姐不明白这是个危险的举动吗？

天气变热，也变得不可捉摸了。中午的时候下过一场雨，但下午却更热了。

肖静乘车去超市购买了蔬菜跟鸡蛋。望着繁忙的超市，她的心里升起一种现实感。长茎的芹菜，绿皮的萝卜，白色的白菜，都在阳光下闪着可爱的光芒。而肖静的面容，却变得不自然了。

她的脑海中浮现出深秋时节尚雨覆在她身上的情景。

穿过隧道的时候，山坡上正有火车轰鸣而过。火车高于周围的田地。田地旁栽有小树苗，一望无际的田地里，是即将成熟的麦子。

肖静回到家时，意外地看到父亲在门口等她。

“去超市了？”

“是啊！爸爸，你来找我，是有什么事吗？”

“哦……”父亲似乎有难言之隐。

“经过这里，我顺道来看看你……”

“爸爸忙的话就不必来这边。我也正打算过几天回家看您和妈呢！”

“其实……”话到嘴边，父亲又说不出来了。

“到底怎么了，爸爸？”

“你已经不是个小姑娘啦！爸爸再也不能抱着你玩啦！”

“爸爸。”肖静深情地呼喊了一声。

“我想你应该明白爸爸的心思，爸爸丝毫没有打算借你的婚姻而获取什么。所以，静儿，你一定要过得幸福才行。”

“爸爸，您这是怎么啦？干吗说这样的话呢！”

“因为，我觉得，你现在并不幸福。”

“爸爸，您要喝茶吗？我去给您沏杯茶。”

肖静陡然站起来，去沏了杯茶。她端茶过来的时候，手颤颤抖抖，茶碗差点掉到地上。

茶水洒到了桌上，肖静慌忙用布擦干净。她茫然地说：“我再去沏一杯吧！”

“不用了，静儿。”父亲阻止了肖静，“我不渴，你坐下吧！”

“如果真的是这样的话，那么趁现在年轻，反悔还来得及。”父亲望着肖静说。

“爸爸……”肖静的声音显得异常悲伤。

“我说真的，即使无法再面对亲家，那也没关系。即使影响到我的声誉，那也不要紧。只要静儿你能得到幸福，哪怕是爸爸下地狱，我也愿意的。”父亲以激烈的口吻说。

望着父亲那张苍老的脸，肖静蓦然低下了头。

肖静不知道父亲是怎么知道自己的事情的。对这种情况，父亲又知道多少，这些肖静一概不知。可是，一想到操劳了一辈子的父亲，肖静便不知道该怎么办了。

父亲又坐了一会儿，他看了看挂在墙上的表，意识到高岩快回家了，便站起来说：“静儿，那我就先走了。总之，你要过得开心幸福才行。”

肖静点了点头，说：“爸爸，我会幸福的。您干吗这么着急走呢，留在这里吃晚饭吧！”

“还是不了吧！你妈已经做好了饭在家等着我呢！”

父亲起身告辞，肖静跟随着一直目送父亲开车离开，才返回家中。

父亲干吗突然来说这番话呢？肖静搞不清楚，莫非是外人的闲言闲语，觉得肖静和高岩的婚姻是生意的牺牲品？论起生意来，自己家似乎并不需要高岩家的帮衬，再说，两家从事的是截然不同的两个行业。不过，可能外人不管这些，而只是喜欢他们的臆想吧！

夏季的天空一片澄澈，傍晚时半边天还飘浮着霞光。天渐渐变长，而路灯还是按以前的时间亮灯。所以天上还有晚霞时，街道上已是灯火一片了。

肖静在房间里待了一会儿，便出了门。晚饭也没有做。

霞光照在肖静的脸上，将她的脸映得绯红。

“多美丽的霞光啊……大自然总这么美丽、坚强……”

肖静低下头，靠在了路灯旁。

“所有的一切，都会如同暴风雨那样过去的吧！”

肖静抬头时，天空中已经出现了星星的光点。她仰头望了会儿天空，忙转身回了家。

五月份，风筝都没有什么特殊的活动。所以整个五月都是在安静中度过的。当然，说是什么事也没有，那是不可能的。五月份要收割小麦。不过，现在都换了机器，不再用原始的手工收割，一天之内就可以收割完毕。但是，风筝都所处的地理位置，夏季有强热风和冰雹。人们要察言观色，保证高质量地收割，万一割的时机不对，来一场冰雹的话，那损失就惨重了。不过此时，麦地已经变成了一片空地，只望见离地十公分的麦秆儿还在土地里。

对于没有田地的人家来说，真的是无事可做。

尚雨自从风筝会回来之后，总是心不在焉。回到磨坊也无事可做，因为家里的田地早在五年前就卖掉了。

“如果再回不到现实中来，那就完蛋了。”尚雨有时这么想。

在风筝会后，他将肖静送他的风筝从衣柜里拿了出来，挂在卧室的墙壁上。白色的墙壁上，黄色的风筝显得很耀眼。

如果肖静知道尚雨把她送的风筝一直压在衣柜的话，一定会伤心的吧？

“既然是身在彼岸的人，我又何必去想她呢？”

不过，尚雨明白，他不应该这样认为。即便是不可能的，他们也是身在此岸，而非彼岸。只有此岸，才是他们的现实世界。

在上班的时候，尚雨也总想从周围的少女中找出一张如肖静般的脸。可寻觅来寻觅去，结果总是失望的。他甚至望着酷似肖静的身影而无法自拔，痴痴地凝视着这身影。

等到清醒过来，他不禁黯然失色，甚至产生了一种害怕的心理。

尚雨很少再回自己的房子，而是回到父母现在居住的磨坊。门口的柿子树更加旺盛了，枝叶间开出了白色的小花，小花很小，尚雨甚至认为，这样的小花不可能长成那样大的柿子。

尚雨小的时候很喜欢劳动，可长大之后越来越懒惰。或许是多了心事的缘故。

吃过晚饭，尚雨刚回到房间，便听到在厨房的母亲喊道：“尚雨，你的电话，是思媛打来的。”

思媛给尚雨打来电话，在他无依无靠、怅然若失的时刻，仿佛带来了温馨。

“尚雨，风筝节的时候跟那位小姐玩得还好吧？”

“你看到了……”尚雨停住了话语。

“只不过擦肩而过而已。”

“你叫我一声就好了，我也正想约你去看风筝呢！”

“是吗？可是，既然擦肩而过都没看见，我又怎么好意思叫你呢！再说，看你跟那位小姐玩得那么高兴……”

思媛肯定把肖雪误认作尚雨的女朋友了。可尚雨并没有辩解。

尚雨也希望可以把肖雪当作“意中人”。可两人的心无论如何也合拢不来。

尚雨温馨感顿失，脸上现出了愁容。

“一个男人，不要因为什么改变自己才好。”

“…………”

“改天我也想见一见那位小姐呢！”

“……”尚雨无法言语。

“你怎么了？听起来声音有些不对劲嘛！”

“一定不会的。”尚雨这才回答了思媛刚才的话。

“父母说是要跟那位学长的父母见面……”

“已经进展到这样的程度了吗？”尚雨压低了嗓音，喃喃自语。

“因为我没有确切地回复，他们还以为我答应了呢！”

“什么？”尚雨问了一句。

“因为我没法做出答复啊！你说我该如何回复好呢！”思媛激动地说。

二

火车拐过一段弯路，便进了青岛的地界。

从车窗射进来的月亮柔光，温和地投在尚雨的身上，脖颈上的咽喉凸露得很高，在侧面投下了影子。不知哪个地方传来小昆虫的鸣叫声，火车渐渐前行，虫鸣也听不见了。尚雨将头靠在窗玻璃上，用体贴、哀愁、纤细的感情眷恋着月光。再没有东西比月亮更美了。它如女性一般美，少女的舞姿是展示自然美的最好方式，即使裸体也无法与之相比。

唐代诗人李白曾说过：“举杯邀明月，对影成三人。”这是一种什么样的感情呢？莫非李白奔放狂妄的心底隐藏着空寂的悲哀？尚雨也感受到了这种孤单的寂寥。

火车的行速不是很快。假若很快的话，就失去了欣赏窗外景象的魅力。天边涌过的黑暗把大地掩盖了起来。对面显露着黑色影子的高楼，都茫然向后退去。

星光也变微弱了。

车厢里的一个小女孩用纯真的声音唱着儿歌。声音在沉静的车厢里流动，给旅行的游客带来了一丝安慰。尚雨凝视着这个小姑娘，他很难想象世间竟有如此清澈纯真的声音。

尚雨很明白这一点，此时迷惘的生，是为了将来获得更广阔的生。可他还是选择一个人默默出门旅行。

不知什么时候，从广播里传出一段曲子。

“这不是莫扎特的《安魂曲》吗？”

尚雨大吃一惊。而车厢里的人，仍在沉睡之中。在静谧之夜，听到《安魂曲》,这使尚雨感到格外激动。恐怕无论活着的人,还是死去的人,都需要《安魂曲》来安慰吧！连创作《安魂曲》的莫扎特，也得到了这一安慰。

下车后，尚雨以为外面细雨朦胧，原来是白色的雾气。

无形的雾气将整个城市笼罩起来。高大的楼房原本是具有阳刚之气的，可黑夜中被白雾笼罩的城市，却呈现着阴柔之美，气息如女子般缓慢、平稳。气凝则颜色愈白，像无血色的女人的肌肤。这肌肤的触感让尚雨觉得不可思议。空气中，甚至还飘浮着香水的气味呢！

尚雨下榻在一家离海不远的旅馆里。不过，旅馆周围几乎没有什么景色。进去的时候，尚雨没有注意到这一点。

半夜，尚雨到隔壁的洗浴中心去洗澡。雾气更浓了。深雾中有男女结伴行走，许是刚刚从洗浴中心出来的。可当男女走到路灯下时，却蓦然现出了原样。黄色的灯光下几乎没有雾气，尚雨惊异地发现女子那白得异常的肌肤突然变成了小麦色，女子的身形也因此变得柔和了。

青岛是个山城。第二天早晨，尚雨才清晰地意识到他昨夜下榻的旅馆建在小山坡上，后面不远处靠着山崖。昨夜他听到涌动的声音，原来是海水撞击岩石的声音。山上种着山茶花，杂草也都被铲除了，一排排的山茶花整齐地生长着，宛如刚梳理过的女子的头发。

尚雨吃过早饭去退了房间。他打算当天晚上回风筝都。

青岛，有的是海水跟山地。海水浴场在五月份之后便向游人开放了。生活在海边的女人，嘴唇显得湿润而生动。脚心经受潮水和沙子的洗刷，反而磨炼得更加白了。海滩上处处可见穿着泳衣打着赤脚走过的女子。据说久经海水洗浴的女子，体形会变得苗条美丽。

五月份，青岛盛开的鲜花有合欢花、月季花，至于那些种植的樱花、合欢花、蔷薇、蜡梅等木本植物，花期各有不同，所以一年四季，都可以看到盛开的鲜花。还有些草本植物,栽种在木本植物下面。种类繁多,依季节开放,映衬木本花。

当天下午，尚雨就返回了风筝都。

白天的时候，肖雪给尚雨打过电话。

尚雨不知道肖雪打电话有什么事。可他没有给肖雪回电话。

昨天晚上思媛说“一个男人，不要因为什么改变自己才好”，这句话，令尚雨愁苦不已。

在睡梦中，尚雨忆起了在青岛见过的合欢花。

五月份有山会，但肖静没有去。山会上人群拥挤是个原因，但更主要的原因是肖静拜托妹妹肖雪约尚雨出来见面，妹妹始终没有给她回电话。

五月中旬的时候，肖雪来到了肖静的家中。

美丽的阳光一直伴随着肖雪。

肖静的丈夫高岩不在家。

肖静本来要比肖雪早开口说话，但口张到一半，便停住了。

肖雪问道：“姐夫不在家吗？”

“高岩一大早就出去了……对了，你今天来，有什么事情吗？”

“没什么事。我是特意来看姐姐的。”

“…………”

肖静低下头，脑袋的影子投在胸前。

“因为上次姐姐看上去那么悲伤，我担心姐姐的身体。”

“我没事。”肖静突然抬起头，望着肖雪，心想：莫非妹妹忘记了自己让她约尚雨的事情吗？

肖雪转过身，走进了肖静的房间。

房间的桌子上放着一瓶百合花。这让肖雪感到很惊奇。

肖静把百合花摆在梳妆台前。莫非她还想让这样尴尬的生活继续下去吗？

“姐姐，瓶中的百合花真漂亮啊！”

“哦！那是昨天晚上高岩带回来的。”

肖雪吃了一惊。作为丈夫的高岩，竟然为肖静买如此抵触自己心灵的鲜花，那是一种什么样的心情呢？

高岩不但不劝阻肖静，反而这样顺从她。这种爱使肖雪不能理解。

“这架钢琴……”肖雪抚摩着窗前的钢琴。其实不用问她也知道这是高岩买给肖静的。

“喔！这也是前几天刚买的。”

“姐姐真幸福啊！姐夫对姐姐太好了。”

“正因为如此，我才觉得自己对不起高岩……”

肖静痴痴地望着窗外的阳光。她的眼睛变红了。

肖雪用手指轻轻按了按钢琴的键盘。

“声音很好嘛！比爸爸给我买的那架好多了。”

“是吗？自从买来之后，它一直放在这儿。我还没触碰一下呢！”

“烦心的时候可以用它来解闷嘛！”

“心中的烦闷恐怕不是它可以消除的吧？”

“这毕竟是姐夫对姐姐的一片真心啊！姐姐哪能这样果断地拒绝呢？”

“也不是拒绝，可是……”肖静泣不成声。

肖雪望见落泪的姐姐，心里一片凄凉。

肖静为什么会落泪呢，莫非她跟高岩的关系真的没法改变了吗？此时，肖雪想起了第一次见到尚雨时的样子。当时，尚雨也是这样落泪的。

肖雪猛地吸了一口气，仿佛明白了姐姐的苦痛。

“姐姐，前几天你打电话让我约尚雨先生……”

未等肖雪把话说完，肖静便抬起头呆呆地望着妹妹。

“但尚雨先生不在家。他的母亲说他外出了。不知道他是否知道这件事。”

“唔？”

“改天我再给尚雨先生打一次吧！”

“不用了，不用了。”肖静抓住妹妹的手，慌张地说。

肖雪看到姐姐这样孤零零的样子，不禁低下了头。

“雪儿，风筝节的时候你跟尚雨去赏风筝……”

“你都看到了？”肖雪抬起头，惊诧地望着姐姐。

“灯光照着白浪河的河面……河水恍若梦境，真漂亮啊！”

“是我邀尚雨先生去的。那晚人可真多啊！我差点找不到尚雨先生。”肖雪说着轻轻地笑了，好像想起了风筝会当晚的情景。

“因为，在上次约会的时候，我忘记说地点了。”

但肖雪用“约会”这个词，刺痛了肖静的心。

这或许是肖雪无意间说的，可一想到去年深秋时节，尚雨覆在她身上的景象，她便无比悲伤。

“那晚我之所以没有跟姐姐说是跟尚雨先生一起的，是因为……”

“你没有向他提到我吧？”

“喔？”

“没有提到我就好，没有提到我就好。”

肖静的神情好似安静了下来，实则隐藏着更大的悲哀。

不过，肖雪觉得异常惊奇。为什么自己提到姐姐和尚雨时，对方都是这样茫然无措，而且还说了同样的话呢？

那天晚上，尚雨曾说，烟花照在肖雪小姐的脸上真美啊！不过，肖雪觉得尚雨更在意的是黑色的夜空跟绚丽的烟花。而且，当她拉着尚雨去看演奏会的时候，他也心不在焉。

“不过，我也好久没见到尚雨先生了。”

“…………”

“自从风筝会一别后，我就再也没见过尚雨先生。”

“是吗？”

“嗯。”肖雪点了点头，“最近铺子的生意逐渐恢复到了以前的状态，我也想找份工作做呢！”

“是吗？我也想出去找份工作呢！”

“姐姐想出去工作？姐夫不会同意的吧！要不然他也不会让姐姐在结婚时辞掉以前的工作了。”

“一个人待在家里太闷了……”

“不过，姐夫这样爱姐姐，只要姐姐开口，他或许会同意姐姐出去工作的。”

“…………”

“姐姐？”

“嗯？”肖静望着肖雪。

肖雪的身后是一幅风景画，覆盖了大半个墙壁。肖静以前也曾想过要将它取下来，换幅字画。可最近太愁苦了，什么事都忘却了。肖静这样看上去，还以为妹妹是嵌在画中的呢！

“姐姐，你怎么了？”

“哦。没什么。”

原来，刚才是由于阳光照射的缘故，才使肖雪与墙壁上的画看起来合成了一体。正当肖静认为妹妹是在画中时，肖雪的身影却渐渐清晰了，面容也从阳光中显露出来。

“姐姐，你还记得尚雨先生让我带给姐姐的那盘碟片吗？”

“喔，怎么了？”

“我也想听一听呢！还在姐姐这儿吧？”

“啊？”肖静喊出了声。

“难道没有了吗？”

“一次旅行的时候我忘在旅馆里了，后来去找寻也没有找到。”

"是吗？那就算了。"

肖静有意无意地偷看了肖雪一眼，便茫然望着窗外。

肖雪要听一听尚雨送给肖静的碟片，这或许是肖雪的好奇心理，但更重要的原因恐怕是她想更深入地了解尚雨吧！

肖静的心灵仿佛受到了莫大的冲击。她失神般喊出了声音，眼神也游离不定了。

待送走了肖雪后，肖静还是没有平静下来。她一直坐在阳光中。

突然，她想到什么似的在抽屉中乱翻着。当她用翻出的钥匙打开桌柜时，发现尚雨送的那盘碟片仍在里面放着。她顺势倒在了床上。

三

尚雨在公司里去茶水间的时间试着给肖雪打电话。

"对不起，我刚回来。前几天你给我打过电话吗？"

"是的。"

"有什么要紧的事吗？"

"其实……"

"有什么事情难以说清楚吗？"

"不是。"

"不如这样吧！下班后我去拜会你吧！到时候再详谈。"

"…………"

"可以告诉我地址吗？"

"哦，对不起。就是姐姐以前住过的那栋房子。"

尚雨还记得当时肖静曾说过：我总想把这房子卖掉，一个人在这儿太寂寞了……

最终，肖静也没有将房子卖掉，而是将房子让给了妹妹肖雪。

可以说，这一点也不使人觉得奇怪，而尚雨却觉得不可思议。

当时，身躯透明的肖静栖息在挂满蝴蝶模型、令人感到冰一样透明清凉的房子里。现在，肖静的妹妹又住进这神奇的房子。一想到这些，尚雨便觉得不可思议。

"你知道路吧？"肖雪轻轻地问。

"哎！"

当时，尚雨见到穿着黄色外衣的肖静，仿佛看到了美丽的黄蝴蝶。可是，他却觉得自己和肖静是属于不同世界的人。诚然，他明白，肖静在无意间挫伤了他，但他反倒心甘情愿地接受肖静带给他的伤害。

结婚之后，肖静变得真实了。可这也让尚雨看到了肖静痛苦的一面。

风筝节的那天，他看到肖静站在桥上，双手扶着栏杆，凝望着水面，显得很悲伤的样子。

“我马上就赶过去。”尚雨用悲伤的语调说。

尚雨对自己居然打电话提出去拜会肖雪感到吃惊。莫非这是想见肖静的那种心理在作怪吗？

下班之后，尚雨便赶去了肖雪的房子，也就是肖静以前的房子。

途经宝石城的时候，尚雨将头俯在窗口望着街道两旁的树木。

夕阳柔和地照着他，他也很温柔地迎合着夕阳。夕阳的余晖照在街道两旁的树叶上，叶子闪闪发光，好像在他的梦中闪耀一样。

绿色的树叶，在夕阳下变成了金黄色。这使尚雨感到很温馨。

公交车却是异常拥挤。此时正好是下班高峰期。尚雨觉得，无论车上的乘客也好，坐在窗口俯视大路两旁树叶的自己也罢，在黄昏这段奇妙的时间里，似乎都变成了一体。

乘客上上下下，一两站便换了全新的面孔。望着这幅景象，尚雨的心里不禁生出一股悲愁。

当尚雨赶到时，肖雪已在门口等待了。

尚雨还以为站着的人是肖静，这把他吓了一跳。

“下班了？”

尚雨点了点头，说：“你怎么在这儿站着，干吗不进去呢？”

“因为尚雨先生打电话说要来拜访，我就在外面等待了。”

“天已经快黑了。瞧，人的脸都看不清楚了。我还以为站在门口的人是肖静小姐呢！”

肖雪低下头，说道：“请进吧！”

夕阳的几缕光线洒在肖雪低垂的脸上。这样层次分明的轮廓好像蕴涵着孤寂的气息。在进门的时候，尚雨望着肖雪呆呆地停了好一段时间。

“这栋房子你以前来过吧？”

“哦？就来过一次。”

“你还记得很清楚嘛！”

尚雨第一次来这间房子的时候，是在跟肖静赏红叶的那天。

那时候的肖静，眼神澄澈，动作可爱。而现在，尚雨见到的肖静，却……

“你给我打电话，有什么事情呢？”

“没什么事。”

“我觉得你有什么事情要告诉我，有什么话不能直说呢？”

“是吗？你都知道了？”

肖雪抬头望着尚雨，一动不动。

外面的天空渐渐暗下来，路灯渐渐亮了起来。甚至传来了虫鸣声。

“什么？”

“哦？尚雨先生，你口渴吧？我刚烧了热水，去给你沏杯咖啡吧！”

“还是来杯茶吧！”

“喔！”

肖雪站起来，走进了里屋。

对面的墙壁上，仍然挂着那只黄蝴蝶风筝。当时，尚雨也是坐在这个角度去看风筝的。

一切的陈设都没变。尚雨还以为回到了八个月前呢。当时肖静送给尚雨一只一模一样的风筝，此时，那只风筝挂在尚雨的卧室里。

从黄蝴蝶风筝中，尚雨看到了肖静站在白浪河的桥上孤零零的样子。

“尚雨先生，你的茶水。”

“谢谢。”

尚雨接过茶杯，低头喝着。可他一直没有抬头。或许，坐在这里的尚雨又把对面坐的人盲目当成了肖静。

“最近的工作还好吧？”

“哦？”尚雨不知道肖雪为什么突然间问到这个，只是含糊地应答。

“我也想出去找份工作干呢！”

“是吗？那很好啊！年轻的时候出去锻炼锻炼也好。”

“姐姐也同意我的想法呢！”

“肖静？”

尚雨险些喊出来，他惊奇地抬起头，望着肖雪那张绽放着青春光彩的脸。

“是啊！前天我去看姐姐，对姐姐说了出去找工作的想法。”

“是吗？”

“姐姐不仅同意我的想法，她自己也想找份工作做呢！”

“是吗？”

此时的尚雨，呆呆地望着肖雪，几乎说不出第二句话。

“对了，尚雨先生，姐姐曾打电话给我，让我约你出来见面……”

“什么时候的事？”

“就是上次我给你打电话你不在的时候。我打电话就是为了这件事。”

尚雨对肖雪的话感到震惊。

肖静要见自己，莫非是有什么重要的事情要告诉自己吗？他担心地想。

“当时你不在家，我便没有告诉你的家人。”肖雪说，“前天，我去看姐姐的时候，对她说了你不在家。我对姐姐说改天再邀请你，可姐姐说不用了。”

肖雪的目光一直放在尚雨的身上。尚雨望到肖雪那乌黑的眼睛时，却麻利地扭开了头。他将视线放在黑色夜空中，因为他无法面对那样锐利的目光。

刚才，他隐隐约约感到一种焦虑和惊喜，可此时却完全消失了，变成了无端的忧伤。

“尚雨先生，你的茶水喝完了。我再给你倒一杯吧？”

尚雨慌忙低下头，将空茶碗放在桌上。刚才茶水喝完了，他一点也不知道，反倒将有些茶叶也喝进了嘴里。可这时他不好吐出来，便含在嘴中，闭上了嘴唇。

“尚雨先生，你怎么了？有什么心事吗？”

“没什么。”

尚雨强压住心中翻腾的感情。

他站起身，走到窗口，打开了玻璃窗，安心地闭上了眼睛。

“路灯都亮起来了……真美丽啊！”

肖雪也来到了窗户边。

尚雨睁开了眼睛，可他不能马上适应这样的光线。在他短暂的迷离视线中，路两旁的灯光好像是闪烁的星光一样。四周一片漆黑，只有一排模糊闪动的亮光。

“道路一点都看不清楚嘛！”尚雨怅然若失地说。

“距离太远的缘故吧！近了就可以看清楚了。”

“美，无论什么时候，都不会改变的吧？”尚雨突然回过头，追问似的对肖雪说。

“一个人对着这样的灯光，是会感觉到孤单的。”

“无论活着的人，或是死去的人，他的美恐怕都是不可磨灭的吧？”

尚雨的眼中噙着泪珠，他不理会肖雪说的是什么，自己坚定地说了这么多。

“至少，那种美是存在于我们心中的东西。”

说出这番话后，尚雨觉得心情舒畅多了。

“对不起。不该对你说这些的。天不早了，今天就此告辞了。”

尚雨施了个礼，像后悔自己刚才说的话似的，向肖雪道歉。

“其实，姐姐……”

尚雨转过了身。

“姐姐……到现在为止，还是纯洁的。无论是心灵，还是身体。”

尚雨张大了嘴巴，他不敢相信肖雪说的话。

“这是真的。我本来不想告诉尚雨先生，可看你痛苦的样子……姐姐一直坚持着自己心中的信念。因此，无论姐姐的身体也好，心灵也罢，都在不自然地抵触姐夫。直到现在，姐姐跟姐夫都不是真正的夫妻……”

“什么？”

尚雨不敢相信这是真的。听到肖雪的这番话，他感到的不是意外和吃惊，而是无限的悲伤。肖静为了心中的信念一直在抵触自己的丈夫。一想到那个场景，他便觉得肖静异常悲哀。

尚雨用手捂住了泪流满面的脸。

四

肖静去看自己的父母，是在快到六月份的时候。

父亲肖奉生还没有回家。

“妈，我回来了。”肖静对着二楼喊道。

“喔，静儿来了，上来吧！”母亲将头探在窗口喊道。

肖静轻轻地上了楼。她不自觉地望了肖雪的卧室一眼。之前，肖静来向肖雪倾诉自己的衷肠时，正是在那间房间里。

“肖雪呢？她不在家吗？”

“雪儿自从找到工作之后就很少来了，大概工作太忙吧。”

“哦……”

肖静喃喃低语，肖雪上次去看她的时候，曾说要出去找份工作。如今，肖雪已经找到工作而且努力地工作着。可肖静，却还是跟以前一样。

想到这里，肖静便羞愧地低下了头。

“爸爸呢？”肖静突然抬起头问。

“也该回来了，应该在回家的路上了吧。”

“妈，这是高岩让我带给您跟爸的。”肖静一边说着，一边将东西从身后拿了出来。

母亲接过去，将东西放在桌子上，又抬头从窗口看了看天，站起来说：“天快黑了，也该做饭了，你在这儿坐会儿，妈去做饭。”

“妈，让我做吧！”

“不用了，菜已经切好了，一会儿就做完了。”母亲说罢便下到一楼，去了厨房。

趁着母亲做饭的空儿，肖静踏过走廊，走进了肖雪的卧室。看样子肖雪真的有一段时间没来了。屋子的气味丝毫没有少女身体散发的芬芳。

肖静茫然地坐在肖雪的床上。

当时，肖静也是这样坐着的。可她刚要站起身准备离开，便打了个趔趄。

肖静走到梳妆台前，望着镜中的自己。她的额头流下了汗水。她从口袋里拿出白手绢擦着，可汗却流得更厉害了。于是，她拿起香水，在镜子上喷了几下。那样子就看不清自己的脸了。

肖静俯在窗口朝外面看了一会儿，可黑暗一片，什么也看不清。

肖静掀开肖雪的被子躺了进去，虽然身体觉得很热，她还是盖得严严实实的。

她仿佛看到了夕阳照耀下生长着绿树的群山。

可令她惊奇的是，在这些高大的树木中，竟有一棵柔弱的合欢树，枝头开着粉红色的小花。

“回来了，刚准备好晚饭，要现在吃吗？”

阿京接过丈夫的外衣，挂在衣架上。

“对了，静儿来了。”阿京转过身子说。

“是吗？”肖奉生突然变得认真了。

“她在二楼，我去叫她下来吃饭。”

肖奉生应了一声，便坐了下来。他不知道肖静是有什么心事才来的，还是为看望父母而来的。

阿京走进房间，发现肖静不在。正当阿京认为肖静走了时，却发觉肖雪卧室的房门开着，于是她便走了过去。

肖静一点儿也不知道母亲进来了。她刚才闭上眼睛便迷迷糊糊地睡了过去。

“静儿，吃饭了。你爸回来了。”

阿京走到床头，见枕头都被濡湿了，她忙过去问道：“怎么了？身体不舒服吗？”

“唔？”肖静应了声，睁开了眼睛。

阿京将手放在肖静的头上试了试：“没感冒嘛！大热天，干吗盖这么厚呢！”

阿京以为枕头是被汗水濡湿的，其实是泪水。

肖静用双手支撑着，扶着床铺坐了起来。她为自己刚才做的一切感到惊讶。自己为什么钻进了被窝里呢？或许，这是她进入另一个世界的一种方式吧！

她甚至分不清楚刚才的一切是梦境还是现实了。

“看上去身体很虚弱……最近吃得不好吗？”

“…………”

“晚饭准备好了，下去吃饭吧。你爸爸在下面等我们呢！”

“哦？”肖静应了声，可还是一动不动。

她好似不愿从刚才的梦幻世界回到现实。不过，她这富有情趣的睡姿，却令人怜爱无比。这时候，窗外汽车的声音和蝉鸣声传了进来。

肖静慢慢地下了楼。

“爸爸，您回来了，辛苦了。”肖静充满感情地说。

“饭都准备好了，快过来吃饭吧！”

“嗯。”

肖奉生今天看起来相当高兴，吃饭的时候兴高采烈地喝了半斤酒。白天在铺子里的时候，他还想到女儿肖静。上午去跟商家谈了一笔生意，精神还不怎么清爽，可现在见到女儿，不怎么清爽的心立刻舒畅了。

“看起来身体有些虚弱，以后要多吃才对嘛！”

肖静点了点头。

“爸爸。”

“哦？有什么事吗？”肖奉生警觉地抬起了头。

“我想请您帮个忙……”

“什么忙？”

“可以帮我制作一只黄色的蝴蝶风筝吗？”

“什么？”肖奉生对女儿的话感到吃惊。

“制作一只黄色的蝴蝶风筝。爸爸亲手制作的。以前在我的房子里不是有好些那样的风筝吗？”

“当然可以，即使是十只一百只也没问题。”

“我要爸爸亲手制作的，一个就够了。”

“好吧！”

虽然肖奉生不明白女儿的想法，可他还是答应了女儿的要求。

晚饭过后，肖静正帮母亲收拾餐具，高岩便打来了电话。

“肖静在您那儿吗？爸爸。”高岩客气地说。

“在啊！你等等。”父亲挥着电话筒，朝厨房喊道，“静儿，你的电话。

是高岩打来的。”

肖静应着从厨房里走了出来。她用毛巾擦干了手，接过电话。

“静儿，是你吗？”

“嗯。”

“你在父母家，这我便放心了。”高岩似乎松了一口气，不过他的声音还有些颤抖。

“今天晚上我想睡在父母家，你不会反对吧？”

“当然，”高岩爽朗地笑了，“明早我去接你吧！”

“不用了，我坐车回去就行了。况且……你不是还要工作吗？”

“工作算什么呢？不过，那好吧！回来的时候给我来个电话。”

“好的。”

在一边听着的父亲，对女儿的话语感到很担心。肖静要住在这里，莫非是为了躲避丈夫吗？陷入沉思的父亲，没有注意到女儿走过来。

肖静对父亲说：“今天晚上我想待在这儿。”

“当然可以，这是你的家嘛！可是，你……”父亲犹豫起来。

“爸爸，请您放心，我很好的。”肖静以严肃的语气说道。

父亲抬头时，肖静已经返回了二楼的卧室里。

因为过了风筝节，肖奉生铺子的生意渐渐平淡下来。但是树木却更加茂盛了。

每次肖静经过尚雨的家门时，都不禁向那边张望，虽然一次都没看到过尚雨。自从跟高岩结婚后，她便再没见过尚雨。她心里越是想见他，内心就越悲伤，可内心深处那种逆向的思想，却又矛盾地使她不敢见尚雨。

人都有七情六欲，爱欲情虑，即使重生也无法摆脱。如果由于情感而有报应，那么，人的自然需求又何以实现呢？

肖静时常这么想。

妹妹在传播公司工作。肖静一直想去看她，但始终没有去，或许是心里的那种拂逆在起作用吧！

以前，肖静认为肖雪是自己的幻影。而经过这么久孤单的生活，她仿佛突然真实起来。

天气炎热起来，时尚的少女已经穿裙子打阳伞了。

在大街上，处处可见曲线毕露的女子。肖静也换上了裙装。

晚霞映在空中，肖静觉得格外美丽。望着绯红的霞光，她不禁有一种幸福的感觉。

到了夏季，食物留存不久。所以，隔两三天肖静便要去一次超市。

这天，肖静整理好头发，刚要出门，只见一个长相像高岩的男子迎了上来。

“请问，哥哥在家吗？”

五

白浪河发源于宝石城，流经风筝都市区，向北由央子港注入莱州湾。由于地下水位大幅度下降，河流的补给来源大减，所以河流经常在冬春断流。但现在正处于夏季，雨水颇多，河流的水位升高了不少，经常可以看到河流潺潺地流动着。

白浪河岸边栽种着倒垂柳，如温柔的少女一样，随风轻轻拂动枝梢。

在工作之余，尚雨经常沿着白浪河散步。

“还不如离开这个城市呢！”

自从那次从肖雪的住处回来，他便经常这样胡思乱想。可是离开这个城市又该去哪儿呢？对于他而言，他是不愿意离开这片熟悉的土地的，况且，为了躲避什么事情或什么人的话，到哪个城市不都是相同的吗？就算躲到国外去也不能解决任何问题。

肖雪说肖静结婚之后还是纯洁的。这一点是尚雨无法理解的。

既然选择了结婚，她为什么还要维持这份纯洁呢？肖静还在处处抵触作为丈夫的高岩。一想到这些，尚雨便痛苦不堪。

当时尚雨用手捂住脸，匆匆向肖雪告了别。

走到庭院的时候，他记起第一次去肖静的住处见到那盆长石头，身子不自觉地朝那边走去。可天太黑了，什么也看不清。

尚雨在大桥边停了下来。下班高峰刚过，人似乎变得稀少了。

一个穿着粉红色上衣，下身着白色裙子的少女停在了尚雨的身后。

尚雨刚好回头，吓了一跳。

“真是你啊！我还以为认错人了呢！”

尚雨觉得眼前的少女似曾相识，原来就是在风筝节时撞到的那个女子。

“原来是你啊！”尚雨记起来了。

“在看什么呢？风景吗？”女子也探过身子，试着朝白浪河望去。

湖面平静，没有一丝涟漪。有一块白色塑料泡沫，顺着河水流动。如果没有白色塑料泡沫作参照物的话，完全意识不到河水在流动。

“不是风景，是在照镜子。”

“照镜子？”

“湖面如镜子一样，难道不是在照镜子吗？”

“那从镜子中看到了什么呢？”少女笑着问。

“我，周围的树木、建筑，还有富有青春气息的漂亮小姐你。”说这话的尚雨，心里却觉得一片凄凉。

“我叫容凤。先生你呢？”

“尚雨。”

“尚雨？”

容凤刚要说什么，她的手机便响了。是母亲叫她回家吃饭。

容凤回过头对尚雨施了一个礼，说：“妈妈叫我回家，再见了。”

尚雨明白了什么似的应道：“哦！再见。”

可望着远去的容凤，尚雨的心里充满了一种奇怪的感觉。

尚雨转过身，沿着街道走进了黑暗中。

尚雨回到家时，父亲不在家，母亲一个人坐在屋里缝东西。门前的柿子树，树叶更加鲜绿了，一大片一大片的叶子，将整棵柿子树覆盖了起来。夕阳照在上面非常美丽。

夏季白天渐渐变长。即使夕阳晚照，也要过好久才会天黑。天上飘浮着浓艳的彤云，将尚雨的脸映成了红色。

“望着寂寞的彤云……夏季也即将逝去了。”尚雨抬头望着霞光，看得出神。

思媛跌跌撞撞地跑来，险些扑在尚雨身上。

“瞧你，有什么事这么着急呢？都气喘吁吁了。”

“哦，没什么。”

思媛掏出手绢擦了擦脸，将手绢塞进怀里。

尚雨认真地看了思媛一眼。思媛也换上裙装了。下身是咖啡色，上身穿着黄色的短袖衫。

“你也穿裙子了？看来真到夏天了啊！”

“是啊！晚上睡觉已经不需要盖被子了。”

尚雨很少见思媛穿裙子。即使是青梅竹马，可思媛以前是不常穿裙装的。或许是年龄大了的缘故吧，思媛或多或少已经改变了原来的生活习惯。不过，尚雨没见过思媛穿得这样绚丽多彩。

“请到那边去聊，好吗？”思媛指着无人的栽有果树的小园子说。

“这样站在大街上，太难为情了。”

小园子栽有苹果树、桃树、杏树，地面胡乱地生长着杂草和野花。或许是近几年来水果销量不好的缘故，园主连杂草都没有清除，倒显出一派自然的景象。

苹果、桃、杏，已经挂满枝头，枝头落有几只长着黄色绒毛的小鸟。水果即使没有人去管理、栽培，也可以这样茂盛地生长，而且结出满树的果子。可是，人一旦失去可以依托的社会，却不能很好地生存。

“我是偷偷跑出来的。”思媛边走边说。

“什么？你偷偷跑出来的？”尚雨诧异地望着思媛。

“是呀！”思媛望着尚雨说，“妈妈让我换上衣服一起去见那位学长跟他的父母。我趁妈妈换衣服的时候，就偷偷地跑出来了。”

“你可真大胆呀！”

“跑出来之后，我不知道去哪儿，便跑来找你，没想到在路上遇到了你。”

“不过，你干吗要跑出来呢？”

“因为我不想去见那位学长。”

“那也不用偷跑出来嘛！跟妈妈说不愿意去不就行了嘛。”

“你不知道我妈妈的性格，她一定会想方设法让我去的。”

“思媛，你真考虑结婚吗？”

“偶尔会考虑……不过……”思媛转过脸，将视线放在了枝头的水果上。

“找一个真心相爱的人早点结婚吧！我真心希望你能够幸福。”

思媛吓了一跳。

“真想回到童年无忧无虑的时期啊！”

“可是，我们再也回不到那样的童年时期了。”尚雨悲伤地说。

尚雨望着思媛的那张脸。实际上，最熟悉最亲密的人往往不清楚对方的容貌。因为界限越亲近，对彼此的印象就越深。只凭印象记住的人，往往就忽略了对方的容貌。

思媛的脸很温柔，在霞光中好像戴上了一层假面具。尚雨突然记起了童年时期思媛可爱的样子。但这种温柔的样子，落在尚雨的眼中却成了无端的悲哀。

“别人给爸爸几张舞会的门票，你到时候可以去吗？”

“舞会？我对跳舞一点也不感兴趣的。”

“是假面舞会。就是戴着面具跳的那种。我没去过，不过，据说挺有意思的。”

假面舞会，不就像是阳光照在思媛的脸上一样吗？四周的人全都是木偶似的脸，那该是一副怎样的场景呢？

第六章　盛夏的舞会

一

朋友从远方给尚年寄来了新茶，是上等的绿茶。

“比起绿茶来，我还是喜欢喝普通的茉莉花茶。绿茶一点味道都没有，也没有茉莉花纯正。”尚年拿到茶叶时这样说。

“爸爸，改天我给你买盒竹叶茶喝，怎么样？”

“竹叶茶？

“是呀！”尚雨说。

“人喝了竹叶茶，一定也会像竹子那样生长成材吧！”

父亲的话浸染出悲伤的情绪。尚雨感受到了，可他并没有什么表示。

夏季的天变幻莫测，经常一会儿晴天，一会儿下雨，人完全没有防备。多雨造成的洪灾，每年都会有，甚至还会来狂烈的台风呢！去年刮过一场大的台风，不仅树木折断，还刮倒了几间平房，压死居民一人。

台风过后，树木的叶子也被风吹去了。尚年还以为到了深秋时节呢！

尚年傍晚回家时，在家门口停住了。因为他看到低空中飞舞着许多昆虫，其中还有蜻蜓。在夕阳的照耀下，无论是小昆虫，还是蜻蜓，都变成了金黄色。

这些昆虫原来是什么颜色的呢？尚年很好奇。可是昆虫本身的颜色完全被夕阳的光芒遮盖住了。人在这夕阳底下，是不是也可以遮盖自己本身的颜色呢？

昆虫们在空中飞来飞去。莫非它们在打架吗？

尚年细看才发现，小昆虫和蜻蜓是在不同的高度飞舞的。虽然看这副场景的尚年认为它们处在一个地方，可小昆虫与蜻蜓，或许彼此都不相识呢！

不用说是台风，就算是一场小雨小风，这些小昆虫能承受得了吗？

尚年一边想着一边走进了家门。

“回来的路上，我见对面又开了一家服装店，以后买衣服方便了。”尚年对妻子说。

“嗯。”妻子抬头望着尚年，“昨夜我做噩梦了。改天我想去趟佛堂。”

“那就去吧！”

“尚真怀孕了，你知道吗？”

“是吗？尚真来过吗？”

“没有。她打电话过来告诉我的。”

尚年走进寝室，脑袋还“嗡嗡”的。

“你怎么了？”妻子问。

“头有点晕，给我拿点清凉油来。”

妻子到桌子边拿清凉油递给尚年。尚年倒出几滴，在额头上抹了抹。

“不要紧吧，需要去医院看看吗？”

“不用了。”

尚年躺在床上，闭上眼睛，用手揉了揉太阳穴。

他听到蝉鸣的声音。

不过，这声音更像是有人在呼喊。他大吃一惊，什么人在喊叫呢？可当他再仔细听时，才发现不是人的声音。

耳朵出了问题吗？尚年从床上爬起来，走到窗口，好像有山轰鸣的声音，莫非是风掠过山谷的声音吗？

月光皎洁，四周的云都好像被月光穿透了，即使云将月亮遮盖起来也可以看到亮光。空气清新得令人难以置信，有几只小昆虫在鸣叫，三只或五只，不过声音低得听不清。

尚年返回床铺，在床上摸索着。当他摸到妻子的肌肤时，心才平静下来。

“把我那件咖啡色的衣服拿过来啊！”一大早，尚年便向妻子喊道。

“哪件衣服？”

“就是我年轻的时候穿的那件嘛！每当穿上那件衣服，我都觉得有青春的活力。”

“恐怕找不到了吧？”

“你找找看嘛！”

妻子走到衣柜前。过了一会儿，她拿着找到的衣服走了过来。

“不合适了吧？”

“体态没有多大变化，应该还可以吧！”

“可是天太热了，这是春秋穿的衣服嘛！”

尚年还是穿上了衣服，在房间里踱着步。他变得异常有活力，围着院子走来走去。

妻子叫他坐下休息一会儿，他也不肯。他就这样穿着出门了。

公交车上人群拥挤，把老年的尚年挤得汗水淋淋。

“伯伯，你干吗穿这么厚呢？”坐在旁边的一个小姑娘问尚年。

“伯伯感冒了。”尚年说。

小姑娘七八岁左右，梳着两条可爱的辫子，穿一身夏季单衣，肤色洁白，的确可爱。

经过一片池塘时，尚年从车窗看到了满池塘开放的莲花。

莲花是佛教推崇的花，经常被插在佛堂前为祭拜佛祖之用。莲花纯洁，毫无瑕疵，就像是坐在身旁的那个小姑娘一样。

尚年小时候看过有荷花、莲子的童话，从莲花中生出一个美丽可爱的姑娘，或从莲子中生出一个肌肤洁白的婴儿。尚年那时常常想抱一抱这样的小孩，说不定小孩的身上还散发着莲花的清香呢！尚年明白，自己向往莲花般纯洁无瑕的少女，就如同青春期的时候幻想美好的爱情一样。可是，岁月流逝，尚年已进入暮年。当年的幻想和憧憬此时回想起来全部变成了悔恨。

佛祖释迦牟尼经历千万磨难，最终才成正果。基督耶稣也是受尽千辛万苦，生死往复，才得到正果。莫非，要想过上好日子，必须经历艰辛磨难才可以吗？

“不过，佛祖是女性的话，就有可能不会受那么多苦。”

是女性的话，尚年甚至想亲吻那座雕像。

回家时，尚年从海鲜店买了几只大蛤蜊。蛤蜊的贝壳色泽很浅，但给人的印象却很鲜明。据说沙子嵌进蛤蜊里，经过几十年甚至几百年血与肉的摩擦，可以生成闪着光芒的珍珠。

蛤蜊本身的价值十分渺小，可是它却创造出了比本身高百倍价值的珍珠，不禁让人觉得它是了不起的。

“要怎么做呢？热炒呢，还是做汤？”

“做汤吧！”尚年说。

“在路上，我见到好些花都开放了……真想找个时间去看看啊！”

“快到花卉节了吧？”妻子说，“那时候去看，一定能看到各式各样的花的。”

“我最喜欢石竹花了。花朵大而美丽，不像西方的花那样娇艳。可是，这种花大部分生长在沂山，太远了。”

“让尚雨陪你去就可以啊！”

“老了，爬不动了。有时候，我常常这样悲伤地想：还没见过各地风景，没爬过四大名山，没到过香格里拉，自己便老了……”

“世界这么大，人的寿命才几十年，无论如何也不能全部欣赏一遍啊！”

"话是这么说，可是，年轻时该干的事一件也没干成，到现在想干也干不了了。"

锅里热腾腾地冒出了水蒸气，传出了蛤蜊的鲜味。

妻子上前将锅端了下来。

"对了，今天我去佛堂了。"妻子回过头说。

"是吗？佛堂前供神的花是莲花吧？"

"不是莲花。是刚刚采摘的夏菊花。"

"菊花？怎么会是菊花呢？"

尚年的脑海中浮现出了白天经过那片池塘时，池塘盛开的粉色和白色的夏荷花。

"风筝都的主花是菊花嘛！或许是由于风筝都的人民喜好菊花，才特意将供神的莲花换成了夏菊花吧！"

"你去佛堂，祈祷什么了？"

"祈祷你跟尚雨身体健康，尚真能顺利生产。"

"哦？你不是做了噩梦才去佛堂的吗？没有为自己祈祷什么吗？"

"是的。我是做了噩梦才去佛堂的。但是，我梦到的是你跟邻居张吉在一起谈话……据说，梦到跟死人谈话不吉利，所以……"妻子说着低下了头。

"哦，原来你是特意为我去祈祷啊！"

邻居张吉是在去年的台风中去世的。台风来的时候张吉家的房子被刮倒，屋顶都被刮到了尚年的家中。当时尚年一家还没有搬回来，所以并不知道当时的情况。他只听说台风把房屋刮倒，张吉被砸在底下去世了。后来，张吉的妻子带着女儿回了娘家。屋子也没修葺，直到现在都保持着当时的样子。

刚回到老家的时候，尚年曾进入过张家的房子。中间的房间塌陷了，露着天。旁边的小屋子上着锁，锁都生锈了。庭院里杂草丛生，地面潮湿，好似什么时候都不会干掉。在小屋子前，栽着一棵石榴树，每年都会结满红色的石榴。石榴树下用砖头围成的圆形已经损坏了。不过，还可以看出当时的样子。

在屋子的角落里，尚年发现有块地方黑红一片，好像是血。恐怕是张吉被压在石头下流出的血吧！张吉已经不在了，可他流出的血还在。这让尚年觉得张吉好像没有去世。

妻子说天气太热，于是将饭桌搬到了庭院里。但庭院飞舞着许多蚊子。端午节刚过，家里还留存着些艾蒿。于是，妻子将艾蒿在庭院里点燃了。

从艾蒿中飘出的白烟一直向上飘去，飘得很远。

“噢！艾蒿味闻起来真清爽啊！”

尚年从房间里走了出来，抬头望着西方的火烧云。

“盛夏时节，一切东西都变得生机勃勃了。”

尚年的眼睛中闪烁着光芒。

二

“请进吧！”

肖静望着这位相貌像高岩的人，心里突然很轻松了。

肖静只在结婚时见过高杉，此时高杉来到这里很令她意外。

“刚回来吗？”

肖静走到阳台上打开窗户，而后折回客厅，为高杉沏了一杯绿茶。

“谢谢。”

“高岩上班还没回家，你找他有什么要紧的事吗？要不我给他打个电话？”

“不用了。我刚刚从外边回来，所以来看一看哥哥跟您。”

“唔，刚刚旅行回来吗？”

“是的。”

高杉低下了头，沉默了好一会儿。趁沉默的空儿，肖静瞥了高杉一眼。她发觉，坐在这里的高杉像极了尚雨。

刚才她见到高杉突然觉得轻松多了，恐怕也是由于这个缘故吧？

“刚刚您是要去超市吗？”

“是呀！”

“我的到来不会打扰您吧！”

“不会的。家里的蔬菜还可以吃上两天的。我只是觉得在家里太闷了，才准备去超市的。”

“您跟哥哥最近还好吧？”

“哦？”肖静大吃一惊。她又把高杉误认成了尚雨。

“哥哥比我强多了，是一个对事情负责的人……”

“…………”

“而我，却没有做事情的心。所以，公司的事让哥哥费心了。”

“做自己喜欢的事，那没有什么错的。”

“是吗？您也这样认为？”

“我也想做自己喜欢的事，可有时却受到外界限制。”

“哥哥能娶到您，是哥哥的福气。”

肖静羞愧地低下头，她不敢抬起头望着高杉。高杉这样说，她感到无地自容。

肖静像要战胜羞愧似的抬起了头。

在肖静跟高杉谈话的这段时间，卧室里的电话响了。

“你先坐着,我去接一下电话。”肖静说罢走进卧室，电话是从医院打来的。

“您是肖静小姐吗？”

“是啊！”

“您好，您丈夫出了车祸，现在正在急救，请您马上赶到医院。”

肖静一句话也说不出。电话一下子掉在了地上。她站立不稳，险些摔倒。

高杉听到“咣当”的声音，便闯进了卧室里。

“怎么了？脸色这么难看？”

“高岩他……出了车祸……现在，在医院里抢救。”

肖静心想：莫非高岩在路上还想着她，才精神恍惚以至于撞车的？

可是，在这个场景中，她的脑海中却浮出了深秋时节尚雨将身体覆在她身上为她遮雨的情景。

高杉叫了车，将肖静扶进车内。

“您放心，哥哥一定不会有事的。”高杉安慰肖静说。

望着西方那一抹寂寞的天色，肖静感到很悲伤。

跟高岩结婚，或许本身就是错误的吧？在不知不觉间，肖静如此深地伤害了高岩。

高岩为了她买的钢琴，到现在她都没触碰一下。

当时，她认为自己、肖雪、尚雨都喝了命运的毒药。可当时她并未意识到危险。

相比而言，高岩的爱是那样无私、纯洁，在旅行期间，高岩曾说肖静是一朵美丽的百合花，说这话的高岩，自己难道没有一颗百合花似的心吗？

肖静突然开始想念深夜时自己感到寂寞时触摸到的高岩的体温。

肖静觉得，此时此刻，自己才爱上了高岩。可当她感受到这份爱的时候，高岩却无法再感受到。

到医院的时候，护士告诉肖静：“病人已经去世了。他在来的时候一直喊着您的名字，您一定是他的妻子吧？”

肖静痛苦地闭上了眼睛。

医院的消毒液气味传进她的眼鼻中，她忍不住流下眼泪来。

当她看到高岩的脸时，她的心灵受到了强烈的震撼。此时，她才意识到，眼前躺在床上的人是她的丈夫。

高岩的眼睛没有合上，嘴巴也张着，好像在呼喊肖静，等待肖静来见最后一面时停止了呼吸。

肖静趴在床头，用手抚摩着高岩的脸。抚摩着死者的脸，她感觉自己好像爱上了这个已去往另一个世界的人。

高岩的眼睛渐渐合上，嘴巴也闭紧了。

啊！哥哥死的时候那么痛苦，可在嫂子手的抚摩下，哥哥的容颜变得美丽了，好像荣升天堂了一样。站在一旁的高杉想到。

高岩的死给肖静以莫大的打击。

每每想起高岩已死的事实，肖静不禁觉得自己也已经死了。

肖静本就身体虚弱，此时又病倒了，昏迷了好几天。幸好有高杉在，才操持完葬礼以及其他的后事。

肖静从高杉的身姿面容上，深切地感受到了高岩对自己浓厚的爱。

“哥哥已经去世了，您要注意自己的身体啊！”高杉忧伤地望着窗外茂盛的树木。

天气越来越炎热，而高岩却在盛夏时节去世。以前，尚雨认为春天不是结婚的时节，其中蕴藏着危险的结果，莫非这便是那“危险的结果”吗？

可是，高岩是因为思念肖静才精神恍惚而撞车的。也就是说，高岩的死，还是与肖静认为的命运毒酒有关。

肖奉生来看望女儿，望着床上虚弱的肖静，他一句话也说不出来。

肖静入夜时难以成眠，便坐在床头一直哀叹到天明。

眺望外面朦胧的山峦，山麓被晨雾笼罩着。

肖静时常觉得高岩在白色的晨雾之中。可她细看时，那里却没有任何姿影，只有郁郁葱葱的树木，坚强挺拔地生长着。

肖静想起自己以前同高岩在一起时的场景，可由于悲伤，脑子中一片空白，对往事竟一点记忆也没了。

庭院里的花草，自从高岩去世之后，便一直无人照管，几天便杂草丛生，密密麻麻地将整个院子都覆盖了，花也多彩多姿地开了满院。

肖静茫然望着那些花草，不知所措。在盛夏时节，所有的植物都达到了生机勃勃的时期，而高岩却意外地在这样的时节去世，肖静想着，眼泪不禁流了出来。

无人照料的花开得这么旺盛，这与高岩的去世形成强烈的反差。莫非大自然在用这种方式嘲笑人类的懦弱吗？

在不经意间，高岩的身姿面容常常出现在肖静的眼前。这是高岩用过的牙膏，那是高岩坐过的椅子，高岩给她买的钢琴、百合花……这些日常的东西，都会突然使肖静想到高岩。高岩去世了，可他的气息还伴随着这些东西留在屋子里，时不时地从哪个地方跳出来，出现在肖静的眼前。

以前，她曾梦到尚雨得了绝症。而现在高岩的死，让肖静明白了，自己梦到的人其实应该是高岩，只不过她身心在抵触高岩，所以在梦中才用尚雨代替了。

在高岩去世后，肖静做了许多梦。

她梦到一个七重护栏、七行宝树、七重罗网环绕，坚固无比，到处闪光的地方。那地方闪着耀眼的金、银、琉璃、水晶四种宝石和珊瑚、玛瑙、琥珀砌成的水池，池子中荡漾着清净甘美的水，里面的荷花闪耀出青、黄、赤、紫、蓝、红、白等华光。殿堂、楼阁、房舍也是七宝建成的。庄严而华贵，神秘而不妖艳。天上飞着各种颜色的小鸟，啾啾而鸣，发出清脆的声音。地上树木随风摇曳，发出美妙的沙沙声……

肖静在中间的池水中洗了澡，她身上的污垢全被洗去了。肖静后来想起这个梦时，不由得吓了一跳。自己梦到的不就是佛教所描绘的“极乐世界”吗？中间的池水不就是功德水吗？自己在池子中洗去了自身的尘垢，而且在高岩去世的时候梦到它，难道高岩的死让肖静洗净了自身的尘垢，而达到了圣洁的境界？

可肖静却觉得，自己还裹在丑恶的帷幕之中。

供奉在高岩遗像前的花是百合花，是肖静从花店订的。

肖静一大早起来打扫屋子，发现放在遗像前的百合花有些枯萎了，便将花插进花瓶里，并倒上了水。

花瓶摆在遗像前面相当不合适。不过，肖静没有意识到这一点。

肖静跪坐在地上向遗像前进了香，双手合十，微微闭上了眼睛。

肖静祈求高岩能原谅自己。可是，她明白，高岩是不会怪罪她的。也正因为如此，她才更需要得到高岩的原谅。

“但愿你能安稳地进入天国。”

她温顺地俯下身子，将头贴在地上。

她想起以前自己曾说过，自己是前世的百合，后世的蝴蝶，那时高岩坚定地说，那就让我做你后世的梦吧！那样我就可以永远和你在一起了。

“那你就做我后世的梦吧！”肖静自言自语道。

肖静返回房间，一会儿又折回客厅。她将高岩的遗像拿起来走进了卧室，放在钢琴上。

“现在就让我用这架钢琴为你弹奏一首曲子吧！”

这着实有些滑稽。高岩活着的时候，肖静甚至不愿意触碰一下钢琴，而现在，高岩死去了，肖静却为他弹奏曲子。

这样阴阳相隔的局面令人很尴尬。

肖静弹奏的是莫扎特的遗作《安魂曲》，声音绕过房子，传到了街道上。

肖静高中的时候学过钢琴，到高中毕业，她已经弹得相当好了。可自从离开校园之后，她便再没碰过钢琴，高岩为她买来钢琴，也一直在屋子里放着，没有动过。

弹钢琴的时候，肖静看到高岩的遗照上有块斑点，这块斑点，只有在阳光下才可以看得清楚。

是高岩身上的，还是后来染上去的呢？肖静分不清楚。

肖静拿手绢去擦，而斑点不但没被擦掉，反而更清晰了。

三

尚年望着手中的念珠，让它在阳光下闪光。

当时，尚年看到桌上的念珠，便问妻子："这串念珠……"

"哦，那个啊！是我去佛堂时买的。"

"挂着它能祷告吗？"

"应该可以让人吉祥吧！"

"珠子是用竹子做成的吧？"

"…………"

念珠是由二十一个珠子组成的。中间一个椭圆形的，是最大的一个，颜色是透明的黄色。

在大珠两侧各有十个小珠子，其中有两个是红色的，其余皆为黑色。望着这串念珠，尚年甚至想用火烧掉它。

这是一种很微妙的感情，是既想拥有，又不想让别人看透的思想。

念珠是人对佛教信仰的体现。尚年是不信佛的。

中午，尚雨来了。

尚年慌忙将念珠收了起来。

"爸爸，你在看什么呢？"

"院子里的无花果今年结的果实好像格外多。"

"大概是多雨的缘故吧……"

"我总觉得法国梧桐比不上中国梧桐高大。"

"是吗？"尚雨明白父亲的性格，很明白怎么应对。

"连蝉都不会落在法国梧桐上，从这一点就看出来了。"

厨房里传来切菜的声音。母亲在厨房里准备午餐。

"快到花卉节了吧？"

"是啊……"尚雨想了一会儿，说，"好像是在下周五吧！"

"展出的全是风筝都的花吗？"

"各种各样都会有的。不过，应该是在温室大棚里培育的居多。"

"我还是喜欢野花，像沂山的紫荆花、石竹花，虽然并不妖艳，可是却百看不厌。"

大概是尚年那颗向往大自然的心作祟，才这样说的吧！

"就拿竹林来说，再也没有比竹子更好的植物了。竹子不用人细心栽培，也是一样长得挺拔直立。"

"是啊！"尚雨说，"现在对什么东西都不感到新奇了。"

"来的路上，池塘里的夏荷花开得郁郁葱葱，真美丽啊！"

"是吗？"

尚雨没见到池塘里的夏荷花。乘车的时候他虽朝着外面看，可注意力并不在看的东西上，所以即使夏荷花从他的眼前掠过，他也不一定能看得到。

厨房里传来母亲喊他们吃饭的声音。

庭院的梧桐树下面，一直潮乎乎的。尚年每次看它都会涌上一种厌烦的情绪，可又有一种龌龊的思想盘踞脑中。

妻子的睡衣挂在庭院的杆子上。白色的睡衣，显出妻子老年的神态。白色的睡衣在风中飘荡着，就像幽灵一般。

吃过午饭后，妻子撤去餐具，端上一盘西瓜。

"天气太热了，吃点西瓜吧！"

阳光从南面的玻璃窗照进来，将尚年黑漆漆的身影投在墙壁上。身影比实际体形要短些，随着太阳西移，影子好像更短了。他半白半黑的胡子下是一片暗影。额头绷紧的血管呈现青色。尚雨觉得幽暗的影子透露出了父亲的悲伤。

"天气预报说，最近几天会有台风。"妻子说。

“是吗？”

“据说台风已经在南方登陆了……”

“是台风吗？”尚年抬起头，好像此时才听到妻子的话。

“电视上预报这次台风影响范围会很大，所以各个部门都加强了防范。”

“真的吗？”

尚年站起来，走到了庭院里。

尚年这个年龄，还不到对什么都漠不关心的时候。可他此时听到台风来临，竟一点反应也没有。

在庭院的角落里，尚年发现了一盆开着红色小花的海棠花。

这盆花原先是放在屋子里面的，后来不知怎的枯萎了，尚年便将它放在了庭院里，没想到它不但没死，反而开出了绚丽的花朵。

眼前的这盆海棠花让尚年感到很吃惊。

一日后，台风没有来。两日后，台风还没有来。

正当尚年认为台风不会再来时，台风却在第三天来了。

尚年望着庭院的梧桐树时，雷声打响了。

雷声由远及近，而且声音也越来越响了。

闪电掠过庭院，照亮了尚年忧郁的脸庞。

暴雨来临，雨势非常凶猛。地面泥土飞溅，空中充满了泥土腥味。

这样想着，他记起了很久不见的阿洁。

狂风暴雨不会将阿洁的房子吹跑吧？尚年突然想打伞过去看看，可雨势太大了。

路上车也很少了。世间的一切都被暴雨给覆盖住了。

他还记得上次处于阿洁的世界中感触到的温馨，这在他的生活中是不常有的。

尚年回到房间给阿洁打电话。

“喂，您好。”接电话的是容凤。

“啊？”尚年喊了一声，继而用平静的声音说。“是容凤吧？你母亲在家吗？”

“在，妈妈在厨房呢！您等一下。”

尚年在等电话的空儿，突然觉得很寂寞，感觉好像在等待死亡的到来。

“让您久等了。”

“我是尚年。”

“尚年吗？”阿洁有点意外。

“那边下暴雨了吗？”

“是啊！下得真大，从电话中听不到吗？”

“哦，我担心你会发生什么事，你没事吧？”

“呵呵，担心什么呢！我很好啊！”阿洁爽朗地笑了。

“小姐呢？”

“你是说容凤？”

“既然没事，那我就放心了。”

“放心什么啊！你打电话就为这个吗？”

“自从上次一别……改天我去看你吧！”

“还是不要了吧！”

“为什么？”

“让容凤知道就坏了，你上次来的时候不是见过她吗？事后她好像对我们有疑心，虽然她不曾亲口那样问，可我感觉得到。现在我唯一的希望是女儿可以获得幸福，至于其他……所以，请你再也不要来看我了。”

“那就约个地方吧，好吗？”

“什么？约个地方？”阿洁吓了一跳。

傍晚时分，暴雨停了。

天空一片澄澈，好像刚洗过的女人肌肤一样。

妻子将潮湿的衣服通通挂到了院子里。

门前洼地处已经积满了水。水色是泥土色，原先开放的花和小草什么也看不到了。有几只青蛙在快活地鸣叫，夕阳下，可以看到小飞虫在水面上飞舞。柿子树上的叶子被台风吹去一大半。单这样看，尚年还以为到了落叶时节呢！

有几只半青不熟的柿子，躺在泥水中。尚年走过去，将柿子捡起来，用手擦了擦，狠狠地咬了一口。

“啊！真涩啊！”尚年半张着嘴，脸上的表情极不协调。

一个小孩从门口走过。

“伯伯，您好啊！”

“哦？”尚年感到很突然，“怎么这么早就放学了？”

“不是有台风吗？学校怕再来台风，雨一停，便提前放学了。”

“是这样子啊！”尚年喃喃自语道。

尚年在街道上走着，两旁落了一地绿叶。盛夏时节，绿叶这样被打落，不是有点可惜吗？

不过，树木还会重新长出新的叶子吧？

尚年突然感觉到，这些叶子的凋落是为了萌生更好更绿的叶子。

想到这些，尚年轻松多了。上午给阿洁打电话的时候，接电话的是容凤。容凤放下电话叫母亲来接电话时，他突然觉得自己好像在等待死亡。莫非是容凤的青春光彩映衬得尚年黯然失色了吗？跟她这样朝气蓬勃的少女一比，尚年感受到了自身年老的悲哀。

尚年绕着村子走了一圈，便回了家。

“狂风暴雨把树上的绿叶都打落了。”

“据说，好几个地方的铁路都塌陷了，运送旅客的火车在站前停了好几个小时才通行呢！”

“是吗？没造成洪灾吧？”

“庄稼地里都积满了雨水，排也排不掉，电视上说有百分之三十的庄稼要绝产呢！”

“那太不好了。”尚年惋惜地说。

“是呀！城里人觉不出什么。可对农民来说，他们的经济来源主要是农作物，台风一来，真是苦了农民啊！”

“对了。”妻子想起了什么，抬起头说，“院里那棵无花果树也被台风刮倒了。”

“是吗？刚才出去的时候我倒没注意。”

吃过晚饭后，妻子便收了院子里的衣服。她说：“或许台风还会再来呢！”

尚年找了把锯子，在庭院里锯木头。年龄大了，锯东西也锯不动了，他累得满头大汗。

此时，尚雨刚刚回家。他看到父亲在锯木头，便上前问：“爸爸，您在干什么呢？”

“无花果树被风吹倒了，我想用木头把它撑起来。”

“哦，爸爸，让我来锯吧！”

尚雨脱去外套。年轻人动作麻利，一会儿就将木头锯开了。

尚雨扶起刮倒的无花果树，撑上木头，用绳子绑起来。

尚年望着动作娴熟的儿子，额头的汗还止不住地流。

尚年回头的时候，突然发现了角落里那棵海棠花。

红色的海棠花依旧开放着，经历了台风，好像丝毫没受到影响，如以前一样很好地生长着。

四

尚雨从来没有参加过舞会，这还是头一遭。

持续的暴雨让人像被蒙在另一个世界里。所言，所为，好像一直在梦中一样，既相信又不敢确信。尚雨除了工作便是回家睡觉，夜里经常多梦，好像夜里的梦是白天的延伸，这让人想来不可思议。

据说，风筝都的火车站刚刚翻修完，尚雨便去看了看。去的时候，刚建成的火车站还没有正式使用，乘客在临时搭建的屋子里等待火车到来。

一直以来，尚雨始终不清楚火车站是什么形状的，此时撤去了四周的帷幕，尚雨才发现，原来火车站是蝴蝶形的。

“啊！简直就是一只俯在地面上的蝴蝶嘛！”

尚雨觉得火车站的模型便是肖静送给他的蝴蝶风筝。这样想着，他不禁吓了一大跳。

照尚雨的思想，那只蝴蝶不就是肖静吗？尚雨盲目认为，眼前的火车站不就是肖静的化身吗，她不会就这样飞走吧？

尚雨一直向前走，可眼睛却从未离开过火车站。

“尚雨，尚雨。”有人从后面喊尚雨的名字。

那是他的一位高中同学。

“你是来坐车的吗？还是刚下车？”

“不，只不过随便走走。”尚雨说。

“对了，肖静丈夫头七的时候怎么没见你去啊！”

“什么？”

尚雨像遭到了突然袭击，他停住了脚步。

“你还不知道吗？肖静的丈夫在回家的路上出了车祸。”

“高岩，你是说高岩吗？”

“高岩？哦，就是他。他不是肖静的丈夫吗？”

“哦……我不太清楚。”尚雨茫然地说。他觉得闪电从头顶上闪过。

由于声音颤抖，他连话也说不出了，最后他只说：“那么，再见了。”

“哦？再见。”

望着同学远去，他险些跌倒在堆满小石子的路上。

刚才同学说话的时候，他的脑子中浮现出肖静在家哭倒的身影。

高岩去世了。这一消息让尚雨很吃惊。可是他的第一想法，是肖静怎么样了。一直以来，肖静都在抵触丈夫，而高岩的死，肖静会不会认为是自己害死高岩的呢？

尚雨总觉得高岩的死与自己似乎也有关系。

尚雨如临深渊。不过，他更担心的是肖静。

第二天，尚雨便去花店订了花让人送去了肖静家。可自己并没有去。

当时，尚雨答应思媛去参加舞会的时候，是在他心情愉悦的情况下。可眼下，高岩已经去世，他还能这样若无其事地去参加舞会吗？

肖静不会自杀吧？尚雨担心道。高岩将自己无私的爱全部献给了肖静，肖静会不会为这样的爱感到自责而自杀呢？

尚雨甚至想过去看肖静，可是那种痛苦感使他的身心麻木了。

尚雨在房间里踱来踱去。静不下心来，他打开窗户，可汗还止不住地流。

这时候，思媛来了。

“请进吧！尚雨在屋子里。”母亲招呼思媛进了屋。

“尚雨，你怎么了？出了这么多汗。”

“天气太闷热了，大概又快下暴雨了吧！”

“是吗？”思媛走过来，坐在沙发上。

“你没有请那位小姐吗？”

“什么小姐？”尚雨问。

“就是我在风筝节看到的那位小姐啊！”

尚雨痛苦地闭上了眼睛。

“怎么不邀请那位小姐一起去呢！要不然你可没有舞伴啊！”

尚雨走到窗口，望着窗外。天上白云浮浮，阳光柔和地照在大地上，一点风也没有。

院里那棵无花果树竟然又长出了新芽，发黄的叶子上有水珠在闪动。

即使遭受了台风的袭击，无花果树还是顽强地活了下来，而且萌发了新芽。难道人就不可以吗？人一旦遭受致命的打击，还可以像无花果树一样顽强地活着，并且重新充满希望吗？

“你不可以做我的舞伴吗？”尚雨回过头，望着思媛说。

思媛显得很吃惊。她的脸渐渐变红了。

“即使遭受再大的打击，再大的痛苦，人也一样可以顽强地活着，不是吗？只要一个人有解决问题的想法，有什么问题不可以解决呢？可是，人太懦弱了，人真的是太懦弱了，根本承受不起外界太大的变故。”

尚雨坐回床上，垂下了头。

思媛纳闷地望着尚雨，她不明白是什么使尚雨如此痛苦。

她从来没见过尚雨这么伤心。这样看上去，尚雨显得很凄凉。他的身后，在身体投下的阴影中，好像隐藏了无限的悲哀。即使坐在阳光之中，也令人感觉到无限凉意。

“是那位小姐……”思媛问。

“请不要提那位小姐了，好吗？”

“喔。”思媛明白了什么似的应道。

“你从家里直接来的吗？”尚雨恢复常态问道。

“嗯。”思媛点了点头。

“昨天去机场接姐姐了，姐姐刚从日本回来。”

尚雨的脑子里浮现出姐妹众多，一派热闹的思媛家里的情景。

“最近你有去见过那位学长吗？”

“没有，最近一直下雨，我待在家里，哪儿都没去。”

“只要找到合适的对象，就赶紧结婚吧，拖得越久，就越难找了。”

“那你呢？你不是也一样吗？”

“我跟你不一样。”尚雨闪烁其词道。

“怎么不一样啊！”

“我是个男人嘛！男人跟女人怎么能一样呢？”

“有什么不一样呢？不都同样是人吗！”

思媛站了起来。

尚雨跟思媛同岁，前后相差不过五十天左右。

当时，他们在一起玩耍，丝毫不会有羞怯感，玩的游戏再过分，充其量也只是游戏。可是年龄大了，多了心事和忧愁，再也不能像以前那样推心置腹地讲话了。虽然是青梅竹马长大的朋友，可是，思媛却越来越不明白尚雨了。

思媛突然感觉很伤心。

也许，真像她想的那样，结婚之后，各人过各人的生活，以后再也没有干系了。

“我以前对你说，一个男人，不要因为什么改变自己才好。其实，一个女人也不应因为什么而改变自己的。”思媛说着，一股莫名的痛楚涌上了心头。

“当时，你对我说这句话的时候，我感觉到很愁苦。”尚雨坦然说了出来。

“是吗？我不知道。”思媛抱歉地低下了头。

“其实，你说的很对嘛！只不过我做不到才感觉到愁苦的。”

“……”思媛仍然低着头。

“无论古代的人，还是现在的人，恐怕都难以做到这一点的。”

“我说得严重了。”

“不过，就是应该这样的。一个人，不具备这样的气质就不是一个优秀的人。”

“瞧你说的……”思媛微微笑了。

在大簇的荷花塘边，尚雨被吸引住，径直走了过去。

荷花塘被篱笆围着。不过，与其说是篱笆，倒不如说是树。因为树长得太高了，树上还缠绕着牵牛花，紫色的小花非常鲜艳，仿佛一个小姑娘穿的裙子一样。尚雨凑近一看，还果真如此呢！

尚雨用手将树篱笆向两边拨开，小心翼翼地走了进去。他完全忘记了身边的思媛。

荷花直挺挺地生长着，据说支撑它的茎是空心的，那养分该怎样运送上来呢？没有风，但荷花却轻轻摇曳着。

尚雨细看才知道，原来是有鱼在荷花旁游动，甚至还聚在荷茎上，怪不得荷花会晃动呢！

鱼吻荷茎，这是一种什么心态呢！莫非鱼儿也有这样的天之邪恋吗？

荷花出淤泥而不染，鱼儿大概是怀着对纯洁的向往，才亲吻荷茎的吧？这样的话，不就像是人去亲吻鲜花一样了吗？

尚雨也受到鱼儿的影响，突然探过头去亲吻了荷花。

“啊，真清香啊！”

在尚雨亲吻荷花的时候，鱼儿已经飞快地游走了。有三五片荷花瓣漂在水面上，随水流而流动。

思媛这时才走过来。

“你在干什么呢？”

“荷花凋落的花瓣漂荡在水面，真是让人感动啊！”

“荷花看起来真像个年轻的少女啊！”

尚雨记起来了，父亲曾对他说：来的路上，池塘里的夏荷花开得郁郁葱葱，真美丽啊！

“我觉得荷花跟百合花一样，都让人觉得那样纯洁。”

“是吗？”

“这样的花，无论是开放，还是凋零，都是美丽的。”

“舞会的时间快到了，我们赶紧去吧！”思媛匆匆地说。

“哦？”

尚雨好像刚记起似的，转过了身。

五

“这个给你。”

思媛从一堆假面具中找了一个年轻女子的递给尚雨。

“这个是女的嘛！我是男的哎！”

“假面舞会上就是男的戴女的面具，女的戴男的面具啊！”

说着思媛把手中的假面具戴在脸上。

“还能看得见吗？”

“当然看得见啊！眼睛还露着嘛！”

“我够不着带子，你帮我系上吧！”

思媛说着转过头，双手将头发挽上去。尚雨小心翼翼地帮思媛系上带子。

“这样可以吗？不会太紧吧？”

“没事，只要别太松了掉下来就行。”

思媛将头转过来，放下头发。她只露着两只眼睛。

“这样看上去，你真是个美男子啊！”

思媛笑了。

可是，尚雨看不清思媛的表情。他觉得这张面具很奇怪。

人躲在后面不是可以伪装一切的表情吗？

不过，心上的表情，恐怕无论如何伪装都伪装不了吧！

望见自己手中少女的面具，尚雨有种想亲吻少女嘴唇的冲动。

“来，我给你戴上吧！”思媛说。

尚雨把面具交给思媛，让她帮自己戴上。

当尚雨回头时，两人都哈哈地笑了。

满屋子全是面具脸，谁也不知道谁的表情。尚雨想象如果戴面具的人是肖静的话，她的泪一定会沿着面颊流进脖颈里的。

屋子里的光线比外面暗许多，所以开着电灯。闪动的灯光或多或少地照在人的脸上。那张脸上没有丝毫表情。只有黑色的眼睛中闪动着小电灯。望到这幅景象，尚雨的心里突然充满了恐惧，他险些跌倒。

“你怎么了？”思媛扶住了尚雨。

“望着这一张张木偶似的脸，我突然觉得很悲哀，好像这一副小小的假面具折射出了人类的灵魂。”

“怎么会呢？你想得太多了。”

“或许是吧！”

尚雨安下心来，站稳了身体。

屋里响起了轻柔的音乐，还有人从外面进来，开门的瞬间，里面的人可以看到门口的亮光。

戴面具的人一一进入舞池，伴着音乐开始跳舞。

“我们也去跳吧！”思媛说。

“一旦上了舞台，人不是都变得一个样子了吗？”

“对啊！”

“那样的话我就分不清你和别人了，万一走丢了怎么办？”

“放心吧！不会走丢的。”

思媛拉尚雨上了舞台。

虽然说是假面舞会，其实跟平时的舞会没什么区别，可尚雨总觉得很别扭。这样戴着面具跳来跳去，不像是在演木偶剧一样吗？人的手脚全部用绳子控制着，做出各种动作。在整个人生的水平线上，人类不是一样也被外界这样牵引着做各种丑陋的动作吗？

人类是不是本身就是悲哀的呢？刚出生时便注定了悲哀的一生，日后无论怎样摆脱，悲哀都时时相伴。

即使尚雨跟思媛是青梅竹马，尚雨还是竭力保持两人的距离。他这样躬着身子跳，一会儿便累了。

“我到那边休息一下，你先跳着。”

尚雨离开舞池，靠在柱子上。柱子的清凉顺着他的肌肤传了上来。

尚雨用手扶在柱子上，好像在抚摩一棵树一样。他的身影被浓重地映在柱子上。

此时的肖静在干什么呢？是在大厅里望着丈夫的遗照，还是在楼上眺望远方呢？

尚雨的眼前浮现出深秋时节自己覆在肖静身上的情景。

那时的肖静，无论眼神还是身体，都透明澄澈得跟蝉翼一样。可现在呢？肖静那双眼睛，不知充满了多少焦虑和伤心呢！

该不该联系肖静呢，还是联系肖雪，从她口中了解肖静现在的情况？尚雨不知道如何是好，他做不了决定。

不知不觉地，尚雨将头靠在了柱子上，眼中充满了泪水。

“尚雨先生，是你吗？你好啊！”一个戴男面具的人俯下身子问道。

“你是？”

那个人将面具摘了下来，原来是容凤。

“是你啊！我戴着面具你怎么认出我的？”

尚雨将泪悄悄咽了回去，他站了起来。

“一看到你的身影我就知道了，不用看正面的。”

“我的体形是很普通的体形嘛！怎么会这么容易辨别？”

“我也不知道。不过，一看你的背面，我就能认出你来。”

容凤自己也不知道，自己是遗传了母亲的爱，才如此准确地辨别出尚雨的。尚雨是尚年的儿子，容凤的母亲阿洁对尚年的那种感情微妙地传给了容凤，而尚年的爱也或多或少地遗传给了尚雨，所以，容凤对尚雨那种天生的辨识感或许便是母亲对尚年的爱的延伸。

“对了，你怎么在这儿啊？”尚雨问。

“朋友拉我来的，我本不想来……可今天见到尚雨先生，太高兴了。”

“我也不想来的，是朋友给的票。”

“不过，不来的话，就遇不到尚雨先生了。”

容凤这样直接的话语让尚雨无从回答。

“你的父亲是叫尚年吧？”

“你怎么知道的？”尚雨吃惊地抬起了头。

“你父亲跟家母是旧相识，你父亲还曾到过我家呢！但我不知道你父亲有个儿子，可我一见到你的时候，便知道你是那位伯伯的儿子。”

“我跟父亲长得很像吗？”

“也说不上来像。不过，那样的父子关系，一眼就看出来了。”

这时台上有人呼喊：“容凤，容凤。”

台上呼喊的人同样戴着男面具。

容凤向台上喊道：“我马上就来。”

她回过头对尚雨施了个礼，说：“下次再聊吧！”

尚雨的心头又产生了很奇怪的感觉。为什么每次见到容凤，都会产生这样奇怪的感觉呢？尚雨搞不明白。

正当尚雨抬头时，思媛从台上走了下来。

“刚才那位，是那位小姐吗？”

“瞧你想到哪儿去了，她的母亲跟爸爸是旧相识。”

思媛将面具从头上摘下来，用手绢擦了擦脸。

“天气可真热啊！身上止不住地出汗。”

“是啊，我叫你别来的嘛！”

可尚雨身上出的却是冷汗。

“跳舞真累啊！”

“你躬着身子当然累了。”

“…………”

“不是吗？如果你放轻松跳，一定不会那么累的。”

尚雨将面具摘下来，穿过舞池，走到了外面。

思媛也忙追了出去。

“月光真美啊！”尚雨抬头望着天空说。

相比刚才屋子里混浊不清的灯光来说，天空中照下的月光清亮多了。外面的空气，也比里面好多了。

“这样的舞会令我终生难忘。”

“是吗？”

“我们到白浪河河边上去看看吧！”

白浪河岸边的垂柳下，有情侣在休憩。

桥上有人在叫卖刻满名字的饰品。行人如织。

“如果说河面是一面镜子的话……人类恐怕便是镜子中的景象。”

流水边上，有小孩子将脚伸进河水中嬉戏。

“小时候，我们也是这样散步的吧？”尚雨说。

“嗯，不过，那时候不是在这儿，话也没这么少。”

思媛的话给尚雨莫名的打击。他好像此时才发现两人之间的变化，这让他觉得很惭愧。

“人长大后，一旦独立生活，便会发现，孤单是长久的，幸福却是短暂的。”

“…………”

“一直以来，我们过的都是寄居生活，在家里寄居在父母旁，上学时寄居在学校里。而一旦结束这样的寄居生活，孤单便显现出来了。”

“…………”

“不知道像我这样的人，还能不能过上幸福生活。”

“只要有爱就可以过上幸福生活的。”

“不是幸福生活，是痛苦的生活啊！有爱会使人感到悲伤啊！”

尚雨突然抓住桥上的栏杆，凝望着映在水面上的夕阳，他的眼睛中闪烁着亮光。

第七章　中秋节

一

“姐姐，姐姐。”

肖雪来叫姐姐肖静一起去市场逛逛。

然而，肖静还是坐在梳妆台前一动不动。她好像没有听到妹妹的喊叫。不过，是因为她在思考心事，才没听到妹妹的喊叫吧？

高岩死后，肖静很少出门。她从陶瓷店买来了水罐、花瓶，作为祭拜之用，她还买来了各种法器，摆放在高岩的灵前。

肖雪来看到时，便奉劝姐姐说：“将法器摆在家里不吉利，会死人的。”

“那就让我死吧！就让我去死吧！”

肖静双手捂住脸，身子俯在了地板上。

肖静觉得，自己在高岩死后突然爱上了他。这是一种很微妙的感情。但是是由歉意而转化的爱，还是自然无任何牵绊的爱，这个她分不清楚。

高岩已经去世一个半月了。可肖静仍想起在头七时站在花丛中，寻找尚雨身影的情景。事实上，她没有将高岩去世的消息告诉尚雨。

直到傍晚时分，客人纷纷离去，还没有见到尚雨的身影。

肖静在高岩死后，既没有去高岩的父母家，也没有去亲戚家。即使在高岩的灵前，肖静还是沉陷在凌乱的思绪当中。肖雪来拜祭的时候，肖静只是直勾勾地望着她，也许她寄希望于妹妹能将这个消息传达给尚雨吧！

正当她愁闷的时候，尚雨送来了鲜花。但尚雨本人并没有来。

或许尚雨不想看到肖静痛苦的样子，才不肯相见的吧？不过，另一方面，也是因为尚雨不想在高岩的灵前与肖静见面。

肖静将视线投在高岩的照片上。

诚然，高岩不会责怪肖静。不过，肖静却觉得自己好像被死者诅咒了一样。

深夜，她常常被噩梦惊醒。她认为自己喝的命运毒酒，已在体内起作用了。她受到道德的谴责，内心始终无法平静。每每噩梦之后，她都想逃离这个世界。

“我是一个罪恶深重的人啊！”

不过，因为高岩的死，肖静变得真实了。她的身躯好像嵌在这个世界上，无论走到哪里，都会留下她的足迹。

肖雪进门时，肖静还端坐在梳妆台前。她那散乱的头发铺在肩头，袜子也没穿上。肖静这样失魂落魄的样子，使肖雪觉得姐姐好像要摆脱尘世飞向天国一样。

肖雪跑过去，握住肖静的手。

“姐姐，姐姐，你不要走，好吗？”

“哦？”肖静回过神来，无力地应了一声。

“姐姐，你别这样。再这样下去，你会承受不了的。”

肖静缓慢抬起头，望了肖雪一眼。

“真的，姐姐，你这样下去。痛苦的不仅是你，连尚雨先生也会痛苦的。”

“什么？”肖静好像被什么击中了。

“所以说嘛！即使你不为自己着想，可为了爸爸妈妈，为了尚雨先生，也该好好地活下去啊！”

“我不认为是这样的。”肖静喃喃地说。

“…………”

“是我不好。如果死的人是我，那样就好了。”

“姐姐，这不是你的错。人生本来就是不可预料的嘛！”

“是吗？不过，在高岩死后，我好像渐渐爱上了他。因为他的死，我的爱好似才突然苏醒了。”

肖雪好像听懂了肖静的话，肯定地点了点头。但是，肖雪却这样想：用一个人的死来启发这样的爱，代价未免太大了。

肖静噙着眼泪。她大概不想再说任何话语了吧。

十月份市场上人很多。买菜人的砍价声及商贩的回价声在空气中此起彼伏。

无论是活生生的鲜虾、螃蟹，还是刚上市的青椒、油菜，都好像刚出现似的跳进肖静的视线。以前，无论是海鲜也好，青菜也罢，相比眼前市场上的东西，都好像是虚幻的。

肖静觉得很突然。她才想起高岩去世一个多月的事实。

青椒、油菜在阳光下闪烁着可人的光线。肖静看到青椒、油菜上的水珠，感到心里凉凉的。

“风筝都也变得繁荣起来了。”肖静望着青菜形成的暗影，对妹妹说。

“照这样发展下去，用不了多久，市区内便找不到一处安静的地方了。”

“真美呀！”肖静感叹道。

“什么？”肖雪问。

“夕阳啊！初秋的天空，看起来格外澄澈。”肖静仰头望着充满霞光的西天。

“是啊！就像是姐姐的眼睛一样，美丽澄澈。”

“……”肖静像是躲避似的说，“这个时节，还有什么花盛开着呢！”

“月季、菊花都还没有凋谢吧！在来的路上，我发现路边的菊花和路中央的月季开得正旺盛呢！”

“再过不了多久，恐怕就没有花再开放了吧？”

“怎么会没有呢！在温室大棚里培育的花，一年四季都可以开放的。”

“是吗？如果人也像花这样细心培育，一年四季也不会凋谢吧？”

“姐姐，瞧你说的，花怎么能跟人相比呢！”

“花怎么不可以跟人相比呢？”

“人是活的啊！”肖雪干脆地说。

“难道花不是活的吗？再说，花比人类要坚强多了，折断枝条什么的插在地里就可以长成新的生命，人类却不能。”

“……”肖雪突然不知怎么回答，低下了头。她被姐姐的气势给压住了。

“姐姐，那边有卖字画的，我们过去看看吧！”

肖雪将肖静拉了过去。

在路中央，肖雪跟肖静遇到了高杉。高杉就地站住，行了个礼。

“你们好，是出来买东西吗？”

“嗯。”肖静点了点头。

她一直望着高杉。高杉的面容有点像哥哥，可什么地方像，她却说不清楚。肖静这样瞅着高杉，是把他当成高岩了吧？

“我刚下班，顺便给父母买了点东西。”说着高杉扬了扬手中的东西。

自从高岩去世后，高杉便接替了哥哥的工作。虽然说不喜欢干，可为了父母，为了哥哥，他还是忍耐着做下去。他的理想是做一名园艺家，可现实状况又将他逼到了这条路上。所以说，人的一生中，固然有自己的理想，可是太难实现了。现实逼迫人们为了生活做各种调整。

“最近工作还好吧？”肖静问。

她还记得，当时高杉跟她谈话的时候，曾说自己没有做事情的心。

“还可以吧！宝石这个行业，入手很快，虽然我并不怎么喜欢，但干起来还蛮有兴趣的。”

“是吗？那就好。我还担心你不适应呢！”

“在这样的环境中，不适应也不行了。不过，现在我才体会到，无论干的是什么工作，只要用心，都会给人带来快乐的。”

“不过，离你最初的理想——差很远了吧？”

“其实——”高杉笑了笑，“任何工作都是相通的，我偶尔也会在宝石上刻些东西，树叶、松竹等等，借着阳光看，竟如幻灯片一样呢！改天有时间的话我拿给你看。而且，公司有想法将业务扩展到黄金首饰行业，用黄金制作各种各样的饰品，就更有艺术性了。”

“那真的是太好了。”

高杉看了看表，抬头说：“时间不早了，我还要去看父母，就此告辞了。”

“代我向父母问好。”肖静低着头，羞愧地说。

“知道，对了——”高杉望着肖静说。

“什么事？”肖静抬起了头。

肖静的脸色还微微泛红。不过，只有在这时候，才使人不感觉到她贫血。

“星期日的时候你有空吗？”

“有的。”

“我想请你去十笏园走走，可以吗？”

“可以。”肖静说。

“到时候我给你打电话吧！再见。”

“哦，再见。”

高杉转眼间消失在了拥挤的人群中。

肖静贪婪地望着高杉的背影离去。

或许，是因为高杉的长相像高岩，而性格却像尚雨的缘故，肖静才毫不犹豫地答应的吧！

然而，这一切在肖雪的眼中，却觉得万分尴尬。莫非姐姐的身上果真透着让男人沉醉的气息吗？无论是高岩，还是尚雨，都这样痴迷地爱恋着姐姐。姐姐自身的悲哀表现在外界好像成了无端的纯洁，疲倦得让人怜爱。

肖静转过身，望着一丝霞光照耀的楼房玻璃。街道上的车渐渐多了起来，路灯也亮了。从对面的玻璃上，肖静恍然间看到了去年深秋时节跟尚雨去赏红叶的情景。逐渐地，随着夕阳西落，玻璃上只剩下了一丝狭长的彩光。没过多久，便消失不见了。

肖静心想，往昔的暮景随着霞光远去了。可是，苍穹之中，会出现那轮明月吗？

肖静抬头寻找，始终没有找到明月。只有几颗闪耀的星星挂在空中。

二

尚雨从公司回来，给父亲带来了玉露茶跟竹叶茶。尚雨虽不怎么懂茶，但相比西湖龙井、普洱、黄山毛峰、安溪铁观音那样的茶而言，尚雨还是更喜欢玉露茶,或许是因为销售员跟他说玉露茶是最接近陆羽《茶经》描写的茶，无论是工艺的古老性或复杂性，还是外观，或者是泡茶后的香气，都很独特，所以尚雨才特意买的这种茶。

父亲喜欢喝茶。无论是好茶或是次茶，他都一一品尝过。但父亲喜欢喝浓茶，而尚雨则喜欢喝淡茶。

喝茶作为父亲生活的一部分，是必不可少的。特别是吃完晚饭后，父亲总会泡上一壶浓茶，喝完了才会睡觉。

“爸爸，我给你买了玉露茶跟竹叶茶。以前曾经说过的，不过每次都忘记了。今天经过茶博城才想起来。”

“哦。”尚年抬头望着尚雨，好似才发现儿子回来一样。

刚才尚年一直沉浸在昨晚的梦中。

昨天晚上他梦到了生长在市郊的那棵银杏树。银杏树低垂着粗大的树枝，远看像圣女一样。他曾经路过那个地方一次，可他没有细细看过那棵树，甚至走过的时候没有抬一下头。但昨天梦到的时候，他不仅看到了银杏树的全貌，而且连树叶的脉络，都看得一清二楚。他甚至试图爬上那棵银杏树，但年龄大了，他没能爬上去。

站在树下时，他突然嗅到一股花香味，但银杏树上早已没有花朵了。好像是女人身上的香味，他不敢确认。

尚雨给爸爸沏了壶茶上来。

“爸爸，请喝茶吧！”

“是竹叶茶吗？”

“嗯。”

尚年拿起茶杯喝了一口，然后将茶杯放回桌上。

“喝竹叶茶，仿佛自身都变成了竹子。味道真醇啊！”

“我知道爸爸喜欢喝浓茶，所以多放了些。”

“是吗？我再尝一下。”说着尚年又拿起茶杯大口大口喝了几口。

尚年觉得，如果倒茶的是个年轻小姐的话，那就更好了。

“尚雨。”

“喔？怎么？爸爸。”

“你下班回家的时候，有没有看到市郊的那棵银杏树？”

“是从那个地方走的。怎么了？爸爸。”

“银杏在这个季节还会长出新芽吗？”

尚雨感到有些意外。

“我不太清楚。或许银杏在秋天的时候还真会长出新芽吧！”

“在别的树木落叶的时候银杏却顽强地长出新芽，这种力量难道不是震撼人心的吗？”

尚雨当然不知道父亲是做了这样的怪梦才这样追问尚雨的。

尚年昨天晚上做这样的梦并不是随意的，而是因为睡觉的时候他从妻子的身上嗅出了死亡的气息。

妻子苍白的睡衣挂在院子里，看起来好像一个没有脉搏的人。他大吃一惊，慌慌张张将手放在妻子的胸口处，发现妻子还有呼吸，这才平静下来。

可是，一躺到床上，他便听到“嗡嗡”的声音。是风声呢，还是地震？但尚年认为这是死神的声音。

“爸爸，你是不是做噩梦了。”

“唔，没有。”尚年慌忙说道。

吃完晚饭后，尚年对尚雨说：“今天晚上陪我去看场戏剧吧！你以前没看过戏剧吧？”

“只看过两次。”尚雨答道。

“那一起去吧！”尚年转身朝厨房喊道，“老婆子，碗筷先不用刷了。陪我和尚雨去看场戏剧，回来再刷吧！”

演出的戏剧是《霸王别姬》。不过，好像加进了现代的元素，演了三个小时才结束。

看演出期间，尚年说：“我前前后后看过十次《霸王别姬》了，第一次是在三十年前。”

“每次演的都一样吗？”

“都是同样的故事情节。”

“同样的故事情节看十遍，那岂不是太没意思了。”

“每次都是不同的人演，所以即使是同样的故事情节，表达的效果、韵味都有所不同。”

即便是对戏剧不感兴趣的妻子，也陪同尚年看过四次《霸王别姬》了。

出了剧院门口，尚年仰望着飞舞着落叶的白杨树。

月亮出来了，天上却满是乌云。是月亮的力量大，还是乌云的力量小呢？

月光竟这样亮。

月亮在乌云中行走。天上好像有风。

繁华的街灯将夜照得白茫茫的。

天空中已显现出秋天的样子。尚年低下头，急匆匆地穿过了人行道。

翌日清晨，尚年坐在桌前，望着尚雨昨天带回的那束百合花发呆。

百合花是白色的，花的底色是紫褐色，蜜腺两旁长有小乳头状的凸起，花丝上有柔毛。

尚年觉得很突然。蜜腺上小乳头状的凸起，不就像前天晚上梦中低垂着枝干的银杏树吗？不过，蜜腺上的凸起是向上的，而梦中的银杏树枝干却是低垂的。如果把蜜腺上的凸起看成是年轻女子的乳房，那么，梦中的银杏树枝干便是年老的妇女袒露的胸部。

尚年梦到银杏树在秋天还顽强地长出新芽，难道不是说年老的妇女恢复了青春的光彩吗？

那个人不正是阿洁吗？尚年吓了一跳。

百合花的香味顺着空气飘了过来，尚年贪婪地嗅着清香的气味。他将头凑到百合花跟前看了看。他觉得花丝上的柔毛很熟悉。

不就是女人身上的绒毛吗？尚年用粗糙、笨拙的手触碰了一下花丝，但立刻缩回了手，他觉得自己好像触摸到了年轻女人的身体。

“我老了。”尚年喃喃自语。

妻子将被子拿到了庭院里，铺展开，放在阳光能照到的地方。

在妻子折回客厅时，尚年叫住了她。

“怎么了？”妻子问。

“听说女人的寿命比男人要长，这是真的吗？”

“是吗？我没听说过。”

“大概是因为男人忙于工作，还要顾及家庭，心事多的缘故吧！”

“你一点都不了解女人的心理。虽说女人待在家里，可心事比男人多得多，男人只要拼命工作为家庭赚足够的钱就可以。可女人就不同了，吃住以及孩子的事业、婚姻都要操心，另外还有许多琐事导致的心事。”

“那为什么男人的寿命会短呢？”尚年自言自语道。

“院子里的菊花开了。”妻子说。

其实尚年早就看到了，只不过他没说出来罢了。

当时，他站在庭院里，站在菊花丛中。有两三只小蝴蝶从外面飞进来，落在了菊花上。尚年突然意识到只要还有花盛开，就会有蝴蝶存在。

尚年没注意那两三只蝴蝶是什么时候飞走的。他细看时，蝴蝶已经不在了。

“有蝴蝶落在上面吗？”尚年问。

“蝴蝶？你是说蝴蝶？这个我倒没在意。”妻子感到很突然。

“搬几盆到卧室去吧！卧室里温度高，或许花能开到新年的时候呢！”尚年激昂地说。

“哦！”

妻子到庭院里搬菊花了。而尚年又回头看那束百合花。

尚年站在客厅里，欣赏墙壁上挂的竹石画。

竹石画的下面还写着郑板桥的名句：咬定青山不放松，立根原在破岩中，千磨万击还坚劲，任尔东西南北风。风筝都留有郑板桥的许多墨宝，他人生当官励志兴致高昂的那段时期就是在这里度过的。当然，墙上的画是近代的人根据郑板桥的风格绘制的。

这是尚年喜欢的水墨画。每当忧郁的时候，他都会抬头看绿色的竹叶。

“难得糊涂，真是难得糊涂啊！”

尚年自言自语道。画将他的脸映绿了，好像戏剧中人物的脸谱。

在阳光的照耀下，从远处可以发觉，他下巴的胡子已经半白了，在阳光下闪着白光。

尚年垂眼向下看时，看到了自己发白的胡子。于是他到院子里，将胡子剃掉了。

“这样就行了吧！”

尚年用手抚摩着光滑的脸面，看了看甩在地上的胡子屑。

尚年的手上有点血迹，好像刚才刮胡子时不小心刮破了皮。他用手摸了摸下巴，果然见手上又多了点血迹。

他穿过客厅，到卧室里找了点棉布按在伤口上。

这时，远处传来钟声。

好像是寺庙的声音。“当当……”声音悠扬地传播着。

最近，他时常听到这种声音，今天，他又听到了。

钟声是从哪儿传来的呢？尚年竖起耳朵仔细去倾听，好像是从东面传来的，又好像是从南面传来的。

尚年知道，方圆几十里之内没有寺庙。可是，钟声是从哪儿传来的呢？

尚年隐隐约约听到古老的梵乐。

“难道是天籁之音吗？”

尚年摇了摇头。他还听得到梵乐的声音。

就在这时候，妻子回来了，尚年好像抓住了什么似的迎了上去。

“你的下巴怎么了？”妻子看到丈夫贴着棉布的下巴问。

“刚才刮胡子的时候不小心刮破了皮。”

妻子的眉头紧锁，一脸灰气，似乎有什么不高兴的事。

但尚年没有注意到妻子的表情，他问道：“你刚才听到钟声了吗？”

“钟声？什么钟声啊？”

“就是寺庙敲钟的声音啊！我刚才好像听到几声响亮的钟声。”

“哪有这种声音啊！恐怕是钟表报时的声音吧！”

尚年看了看手腕上的表，已经十点五分了。

莫非真的是钟表的声音吗？那古老的梵乐又是什么呢？尚年百思不得其解。

“我觉得我应该会比你早死。”

“你说什么？”妻子大吃一惊。

“如果刚才真的是钟表声的话，就证明我真的老了，不服老不行了，都产生幻觉了。”

“刚才，我去了趟尚真家。”妻子说。

“喔！”

“尚真她流产了。”妻子竭力保持平静的心情说。

“是不小心动了胎气吗？”尚年听到这个消息没有感到震惊，他的脸色仍然如刚才一样。

“有可能是这方面的原因。但另一方面，一个怀了孕的女子如果受到丈夫细心的呵护，怎么会流产呢？”

妻子的话语折射出了尚真的婚姻现状：怀了孕的尚真每天还要做家务，为丈夫准备晚饭时，一不小心跌在了地上。

“不知道我还能不能见到自己的孙子。”尚年突然说。

三

“请等一下。”

尚雨挤上了公交车。他坐在靠前的窗前。

天空秋高气爽，一片片澄净的云飘在高处，犹如幽美的峡谷一样。光线充裕地洒在半焦半绿的白杨树叶子上，闪闪发光。

尚雨看到了一个女孩，她看上去像是风景画中的人物，却是一个真实的售票女孩。

尚雨甚至怀疑起自己的眼睛来，她不是风景画中的模特，也不是戴着假面具的玩偶，更不是风花雪月场里娇艳的伪女人。

女孩子的眼睛望着窗外，从她的眼睛里，尚雨看到闪耀着活泼阳光的叶子，美丽极了。

女孩留着长发，在微风拂动长发的时候，可以朦胧看清她的面容。太美了。尚雨不禁感叹道，恐怕世界上再难找出第二个这样的人。她的美是具有艺术性的，这一点她自己并不知道，所以在她的身上才展示出了这样惊人的美。如果换了别人，那就不是艺术，而是单纯的美了。这样的美是令人陶醉的。阳光从她的背面射过来，头发上金光闪闪。她的面容处于背光的阴影中，只有鼻子上闪着光亮，是处在阳光中的。她用手指拢头发时，手指仿佛反射了光亮，把她的脸慢慢映了出来。女孩的身形边缘，因为身后树木的映衬，现出憔悴的焦黄色。

尚雨认为，女孩的美是永久性的，向周围散发着美。一般人的美是自身的，不能通过时间和空间传给别人，而这个女孩子的美，却是无限延伸开来的。知道的，不知道的，看到的，没看到她的人，都感受到了这种美的魅力。

《圣经》中这样讲述关于人类的起源：男人和女人原本是一体的，上帝将男人身体中温馨、柔软、丰满的部分取出来，便成了女人。

每当下雨的时候，尚雨都会联想到女人的乳汁。阳光和雨水，恐怕都是女人的象征吧！

尚雨极希望这个女孩去做舞女。因为只有舞蹈才能将一个女人的美完全展示出来。尚雨还记得小时候曾被大人们带着看过一场临时搭建棚子里跑街艺人的表演，其中一个十几岁女孩的舞蹈简直让他惊为天人，倒不是舞蹈有多么高明，而是她那纯粹的目光、可爱的表情及那吉卜赛女郎般的无所谓感，让他深深地为此着迷。

诚然，这个女孩不可能去做舞女。即便她做了舞女，她展示的恐怕不是美，而是悲哀吧！尚雨常常回想起当初见过的那个舞女，恐怕她现在已经三十多岁，成为好几个孩子的母亲了吧！

当然，如果肖静去做舞女的话，一定是一流的。她甚至可以像蝴蝶一样翩翩起舞呢！尚雨这样想着，已经到家门口了。

“爸爸，我回来了。”尚雨这样招呼道。

“你妈到后面的街上买豆腐了，过会儿再开饭。”

尚年坐在沙发上，戴着老花镜在看报纸。

“爸爸……”尚雨靠近父亲坐了下来，“爸，你前几天不是问过我郊区的那棵银杏树吗？”

尚年将报纸放在膝盖上，询问似的抬起了头。

“今天从那儿走的时候，我特意下车看了看。”尚雨继续说，“树枝上好像真的长出了新芽。不过，新芽已经泛黄了，好像要凋谢一样。”

“刚长出来就已经泛黄了？大概是天气的缘故吧！”尚年说。

“是在不合适的季节，银杏无论怎么顽强，都无法长满整树叶子的。”

“是呀……”尚年将报纸合上，放在桌上，“天气越来越冷了，马上就要到中秋节了。”

“中秋节？”

是呀！中秋节马上就要到了。已经到了落叶时节，再过不久岂不就到了“红叶节”？石门坊的红叶又该将整个山头染成通红的颜色了。尚雨第一次见红叶树时，还以为是西天飘浮的彩云呢！

红叶留给尚雨的印象是鲜明的雨季。

因为尚雨跟肖静去看红叶时恰巧遇上雨天，所以，雨天的红叶深深地印在了尚雨的心中。

尚雨用身体覆住肖静为她遮雨的情景，是他这辈子不会忘记的。

中秋节是团圆节，别的家庭都高高兴兴地团聚在一起吃饭，而刚刚失去丈夫的肖静在中秋节来临的时候该是什么滋味呢？

尚雨的脑海中浮现出肖静孤零零又凄惨的样子。

“爸爸，你独自一个人过过中秋节吗？”尚雨用哀伤的语调问。

“当然，年轻的时候经常在外面过啊！”

“不，我不是这个意思。我是问，爸你独自一个人过中秋节时，有感觉到心灵孤独的时刻吗？”

“这很正常嘛！一家人或者和朋友团聚在一起，哪怕闹哄哄的，都偶然会有孤独的时刻，更别说一个人的时候了。”

“过这样的中秋节恐怕充满了对现实无助的悲哀吧！”尚雨喃喃地说，痴迷地望着窗外尚有一丝霞光的天空。

母亲买回了豆腐，很快就将饭菜端了上来。

母亲摘下自己的围裙，对坐在客厅里的尚年父子俩说：“好了，过来吃饭吧！”

在吃饭的时候，尚雨向母亲问道：“妈，在你的朋友中，有没有刚结婚就失去丈夫的？”

“你问这个干吗？”母亲感到很意外。

“我有一个朋友刚刚失去丈夫，我不知道该怎么安慰她，想问问你该怎样安慰她才好。”

“我有一个初中同学就在结婚之后不到一个月失去了丈夫。丈夫刚死的那段时间，她险些做傻事，在朋友的劝说下好不容易才放弃了死的念头。可她整天把自己锁在屋子里，不肯出门，也不见朋友，最后还是割腕自杀了。”母亲惋惜地说。

“有什么可想不开的呢？年纪轻轻的，何必执着于一个死去的人呢！既然活着，就应该去寻找新的幸福，这才是明智之举。”尚年说。

“这样的人不好安慰，安慰不好还会招人埋怨的。”母亲说。

“是你哪个朋友的丈夫去世了？”尚年问。

“一个高中同学。”

尚雨低头吃着晚饭，他强压制住，没有将不安的心情吐露出来。他尽快结束了晚餐。

尚雨站起来对父母说：“我吃饱了，先上去睡觉了。”

“天还早着呢！”尚年说。

“今天工作有点累，我想早点睡觉。”

尚雨扶着楼梯上了二楼。他觉得眼睛模糊不清，楼梯也看不清楚了。

下面传来父母的说话声。继而，尚年打开了电视看连续剧，妻子到厨房洗刷餐具了。

“中秋节那天尚真会不会来家里？”尚年回头问妻子。

“不清楚，应该会回来吧！过会儿我打电话去问问她。”

“尚真的身子没事了吧？”

“恢复得还可以吧。丈夫一直在伺候。怀孕的时候那么不在乎，现在流产了才这样照顾妻子，这真是个怪人。”

“或许他忙于工作，一直没时间顾及家里吧？”

“那怎么可能呢！再忙也要分轻重啊！工作跟孩子相比，哪个更重要呢？”

“只要大人没事就可以，孩子以后还可以再生嘛！”

“恐怕难喽。”妻子说罢，拿起拖把拖了拖地面。

“为什么？”

“你难道没有听说那个人的事吗？他是因为外面有了喜欢的女人才懒得回家的。现在妻子流产了，他才后悔似的跑回家安慰，恐怕是害怕自己有外遇的丑事暴露才这样做的吧？”

尚年愣住了。他不知道这件事情。

尚真的丈夫被外面的女人迷住，才不肯回家。让妻子一个人在家独自生活，而自己在外面鬼混。比起年轻人这种混乱的爱情，尚年觉得自己与阿洁的爱情格外纯洁。

可是，他不知道。他这样的行为，比年轻人混乱的行为更让人觉得丑恶。

“这样的事，尚真知道吗？”

“应该知道吧！可表面上她还竭力保持着自己很幸福的样子。”

“或许尚真真的喜欢那个人吧！她还想着那个人回心转意。”

“回心转意？你觉得这有可能吗？”

“男人有外遇只不过是贪恋女人的美貌。过一段时间，就会发现，最爱的人还是自己的妻子。如果不是真的爱妻子，这个男人绝不会这样草率结婚的。”

“看上去你好像很懂，难道你经历过？”妻子用反驳的语气问。

“当然没有。”尚年压低了声音，“不过，男人一般都是这样的。”

尚雨躺在床铺上，父母谈话的内容他听得一清二楚。

他翻了翻身子，虽然是处于半睡眠状态，可父母的话语还是传了进来。

连姐姐都处于这样艰难的境地了，这该怎么办才好呢！不过，肖静的事已经将姐姐的事情压了下去。姐姐虽然孤零零的，可是丈夫还在，说不定什么时候会回心转意的。而肖静就不同了，丈夫去世，也就意味着失去了希望。没了希望，肖静该怎样活下去呢？

尚雨听到钟表报时的声音。他睁开眼睛，朝窗外看了看，外面的夜漆黑一片，什么也看不到。

“我此刻就处于这样的黑暗中了吧？”

尚雨望着对面墙壁上的画。画中是一个半悬的铜壶，好像被人提着，但没有手的踪影。当初，尚雨买这幅画的时候，完全是为了装饰空间，而不是图什么美感。

“哎呀！”

尚雨觉得画中的铜壶好像流出了滚烫的热水。他看向地面，发现那里果真有一片湿的地方。

尚雨抬头时，他吓了一跳。

自己以前挂在画上面的蝴蝶风筝哪儿去了？就是以前肖静送他的那只黄色蝴蝶风筝。

是母亲觉得季节不合适帮他收了，还是它化作蝴蝶自己飞走了呢？

尚雨躺回床上时，发现风筝挂在床头正上方的墙壁上。

“尚雨，你的电话。”母亲在下面喊道。

“哦。”尚雨犹豫地应了一声。

“谁打来的？”尚年问。

“好像是一位叫容凤的小姐。”妻子拿着话筒回答。

“容凤，叫容凤吗？”

“是呀！”

尚年像被什么突然击中了一样，一下子坐回了沙发上。

容凤是怎么认识尚雨的呢？现在打电话找尚雨有什么事呢？该不会是她发现了母亲跟自己的关系吧！但那样的话，她该找自己而不应该是尚雨啊！

这些问题，一一爬上了尚年的心头。

尚年走过去，从妻子的手中接过了电话。

“你好。”尚年压低了嗓音说。

“您好，您是那位伯伯吧？”

“喔，你找……”

“我打电话是找尚雨先生的。”

尚年的脸上布满了皱纹，他的神情很窘迫。

“爸爸，谁来的电话？”尚雨穿着拖鞋下来了。

“是容凤小姐。”尚年将电话交给尚雨。

“容凤？她找我有什么事呢？”尚雨自言自语道。

“尚雨先生，你好，好久不见了。”

“哦……”

“你干吗不说话呢？”

“没有啊！”

“尚雨先生，周末的时候有空吗？我有点事……”

这让尚雨想起了肖静邀他去石门坊看红叶时说的话。

“好啊，可是，万一……之前来一场暴雨，不就……”

那时，肖静的眼光像穿透黑暗的光芒一样，使尚雨觉得心里一片茫然。

这次去赴约，会不会下暴雨呢？

尚雨的手好像碰到了即将倒下去的肖静。

“我在人民公园的门口等你。”

“好的，到时候我一定去。”

尚雨挂了电话，父亲立即问道：“那位小姐找你，是有什么事吗？”

“不知道，她说周末见面的时候再详谈。”

“哎……”

没等父亲再开口问话，尚雨便迈开沉重的步子上了二楼。

四

十笏园是清代文人首富丁善宝所建，因此又称为丁家花园。

既然是花园，绝不能与公园相比。但十笏园内水木清华，布局新巧，是公园所不能及的。

十笏园占地甚小，建筑布局犹如十个笏板，因而得名。

园内建有楼台、亭榭、书斋、客房、曲桥、回廊连接、鱼池假山等。建筑小巧玲珑，均匀紧凑。壁上镶嵌着“扬州八怪”等人的真人石刻。另外还辟有陈列室，展出扬州画派的绘画书法真迹。十笏园集中国南北园林之美于一体，虽由人工建造，但犹如自然。徜徉其中使人怡以养静，流连忘返。

曾有清代诗人这样赞誉过十笏园：

赤横桥畔水亭西，亭下微风杨钓丝。
荷叶染衣花照服，令人错认铁公祠。

鱼池中水很清澈，红色的金鱼聚在一根枯木枝旁。池中漂浮着几片树叶。

高杉将鱼食撒进池子里，金鱼立刻游了过来。

高杉站在假山旁等待肖静。因为修缮期间十笏园不对游人开放，所以园内人并不多，只有一两个清洁工在清扫地面的落叶。

假山下也有水池，池水并不清澈，但给人一种特殊的感觉。水池东临半壁假山，是依东轴线上院落的房屋山墙以太湖石而建。拾级登山，山径崎岖，怪石嶙峋，路随峰转，其势巍峨。间有水池、山洞、瀑布、山门之设，山间杂植松柏草木，四时常青，经冬不凋。

“十笏茅斋，一方天井。修竹数竿，石笋数尺，其地不多，其费亦无多也。而风中雨中有声，日中月中有影，诗中酒中有情，闲中闷中有伴……”

高杉想起郑板桥在十笏园咏叹的这句话。

郑板桥描述的丝竹之美，正是高杉所向往的，不是自己独爱竹石，而是竹石也爱自己，才使他感受到园林景象的美丽。

在有限的空间里，十笏园呈现出自然山水之美，含蓄曲折，引人入胜。园中假山池塘、曲桥回廊、亭榭书房等建筑紧凑而不拥挤，身临其境，如在画中，给人一种布局严谨、一步一景的感觉，尤为突出地体现出北方建筑的特色，可以说是中国古典造园艺术中的奇葩。

阳光洒在水池中，池中好像笼上了一层黄金的铺盖。可爱的金鱼游来游去，仿佛一个个小小的精灵。水面因为阳光的照射，奇妙般地成了一面闪着金黄光线的镜子，抖动的亮光在对面的假山上晃来晃去，给原本处于背光处的岩石着上了鲜明的色彩。

“哎呀！”

高杉清晰地发现，有一滴血落到了池子里，“啪嗒”一声打碎了那面完整的镜子。血液顺着池水扩散开来，小鱼迅速游了过来。

对面假山上闪烁的光线中多了一丝红光。

又一滴血落到了池塘里。高杉这才知道，血是从自己的鼻中流出的。他忙用手堵住鼻子，仰起了头。

他感觉血液顺着鼻子流了进来。

他这样仰着头，被明亮的太阳光耀着，看不清天空，也看不见周围的建筑。

“对不起，来晚了，你等很久了吧？”肖静从门口处走了过来。

“哦！”

高杉转过身来。由于眼睛受到阳光的照耀，此时眼前一片模糊，他只隐约看到肖静的轮廓。

不过，他所看到的肖静，好像处于另一个世界中。这让他感到很意外。

渐渐地，肖静变得面貌清晰了。

如果不是刚才看过阳光的话，那就看不到肖静的这种形态。高杉想。

“刚才仰着头，在看什么呢？”肖静也抬起头看了看天空，但并没发现什么特殊的东西。

“这样柔和的阳光，是富有幻想的嘛！”

“阳光？阳光吗？”肖静感到很突然。

“在这样的园林中，会使人感到心情舒畅的。”

肖静没有来过十笏园。她向四周看了看。

倒垂柳的枝条一直垂到水面。水面上漂浮着几片柳叶。

无论是楼台、亭榭、书斋、客房，还是曲桥、回廊连接都染了绿漆，给人耳目清新的感觉。

阳光将回廊连接的格子围栏的影子投在路中央。肖静和高杉就踏着地面的格子走过。

“即使是夏天，周围的建筑、布局也会使人觉得很清爽。”

“可现在是秋天啊！”肖静说。

肖静和高杉走过回廊连接来到了曲桥上。肖静将身子俯在栏杆上。

“水面好像泛着红光啊！”

“什么？”

高杉也凑了过来。莫非自己的血液顺着水流流到这边了吗？

“你喜欢园林，是因为富有幻想吧！站在这里，我也会产生一些以前没有过的幻想。”

“是啊！美的幻想。”高杉坚定地说。

他将头转向一旁，透过假山，他看到后面栽着一棵合欢树。树上已经结满了豆角状的果实。

“美的幻想？什么是美的幻想呢？”

“就是人去寻觅美的幻想啊！无论什么东西，都会有美的幻想的。”

“你去石门坊看过红叶吗？”肖静问。

“我看过许多地方的红叶，至于石门坊，虽然离得这么近……”高杉顿了顿，说，“这倒没有。”

“红叶那样的东西，一定会有更美丽的幻想吧？”

“或许是吧！”高杉应道，他们一起迈步向前走着。

“不过，我曾听一位朋友讲起过石门坊的红叶很有特色。”高杉说，“可惜我一直没机会去。”

“今年的红叶时节还没到呢！到时候你可以去看看。”

“在石门坊吗？”

“是啊！”

“听你这么说。我真想现在就去观赏啊！”

“现在红叶还没红呢！到时候，我也想去看看呢！”

“是吗？那就一起去吧！”

“好的。”肖静望着高杉的侧面说。她的心情平缓、柔和，然而，等到她意识到自己答应高杉的邀请时，内心顿时又觉得后悔不已。就目前的处境而言，她是没有那样的闲情逸致的。

园子里已经现出一派秋景，树叶也不那么绿了，秋竹萧瑟，一片灰淡。

“那边的陈列室里有‘扬州八怪’的书法真迹。我们过去看看吧！”高杉提议道。

脚踏在木板上，传出“咚咚”的声音。地面也震得微微发颤。

陈列室只挂了一部分绘画书法，大部分都收藏了起来。不是遇到什么重大的节日，这些真迹是不会轻易展出的。

郑板桥专题陈列室除文字、实物外，还有郑板桥画像及塑像，手迹以及文字图表，当代纪念和研究郑板桥的论文专著，以及郑板桥在潍县遗留的碑刻，其中有郑氏撰文并书写的“城隍庙碑”原碑。院中还有一方石刻，是郑板桥所书“润格”，真隶相参，杂以行草，是其书法代表作之一。

高杉在一幅竹墨画面前停住了。

“无论什么时候，竹子都是这样的。”

肖静站在高杉的身后，痴痴地看着高杉的背影。

她觉得这个身影好熟悉。好像有一分为二的趋势，又有合二为一的迹象。

这两个人不正是尚雨和高岩吗？

当肖静意识到这一点时，她好像被什么绊了一脚，差点摔倒。

高杉刚回头，就见肖静要跌倒，忙上前扶住了她。

这一次，肖静没有神奇般地站起身体，反而依偎在了高杉的怀里。

高杉将她扶起来，她好似不舍得离开高杉的怀抱。待站稳身子后，她的脸变红了。

“怎么了？身体不舒服吗？”

“没有，刚才没有站稳。”

“哦！你要注意身体啊！要健健康康的才好啊！”

高杉从肖静的眼中看到了墙壁上的竹墨画。

两人出了陈列室，沿着回廊走着。回廊很短而且狭窄，曲曲折折地通到各个角落，即使不从回廊上下去，也可以看到园内的各个角落。

肖静的眼中忽地露出了忧愁的神色。

“瞧，那边有蝴蝶在飞舞呢！”高杉指着园中的竹丛说。

竹丛中飞舞着几只颜色不同的蝴蝶，像空中飘飞的彩纸一样。

原来在竹丛的后面，有一大片菊花。

肖静以前曾让父亲特意给她做了一只蝴蝶风筝。她在之前也曾经送了尚雨一只蝴蝶风筝。这是一种什么样的感情呢？

难道肖静想通过一模一样的风筝与尚雨发生点什么关系吗？尚雨拥有一只那样的风筝，所以她才拜托父亲给她也做一只？

这件事谁也不知道。大概连肖静自己也没想到这一层。

“这个季节还会有蝴蝶飞舞吗？真是顽强的生命。”

蝴蝶落在了菊花丛中。从肖静这个角度，就看不见蝴蝶的踪影了。

她还以为蝴蝶是虚幻的景象，在她的眼前飞过，就消失了呢！

肖静一直向前走着，仿佛忘记了陪伴在她身边的高杉。

高杉快步赶上了肖静。

“虽然过了这么多年，我还是可以感受到文人在这里咏叹诗歌时的情景。”肖静望着书斋说。

“十笏园虽全是人工建成，却犹如自然。无论是假山、荷花、楼台、亭榭、书斋、客房，还是曲桥，都是高低错落，从对称之中求其高低变化，从玲珑奇丽中求其高雅别致，所以显得特别自然。”

“如果人的心也可以这样保持自然状态的话就好了。”肖静轻轻地说。

“夕阳照射下的十笏园，一定会更美丽的。”

已经快到夕阳西照了。外面的街道上传来了汽车声。

“真想看一看风筝都夕阳西照下的景象啊！”

“要鸟瞰风筝都的话必须到高的建筑上，从这边赶过去天也已经黑了。”

“也不一定非要去看啊！你不是说过嘛，只要有美的幻想就可以感受到这幅景象的，并非要亲眼看到才行。”

肖静背对着高杉。秋天天黑得特别快，天边只残留着一抹淡淡的霞光了。

“其实，今天我邀你到这儿来是因为我发现你很痛苦。哥哥去世后，你一直沉浸在悲伤的气氛中，那怎么行呢？所以我才邀你到这儿来舒缓一下不痛快的心情。”

“本来我是不想来的。可是……我实在没脸再见你。站在这里，让我觉得无地自容。”

肖静没有回头，她的眼中闪着光芒。

高杉感到很吃惊。望见肖静颤抖的肩膀，他沉重地闭上了眼睛。

“一看到你，我就会非常伤心……”

“是因为想到了哥哥吗？”高杉也噙上了泪水。

“假如死的是我就好了。”

肖静用手捂住脸，失声地说。

“您快别这么说。哥哥也不会希望这样的。生命，有谁会轻易放弃呢？可是，厄运的到来，又有谁会知道呢？”

“你明白我的意思吗？”

肖静回过头望着高杉，她已泪流满面。

“如果死的是我的话，高岩或许就不会死了。”

“我明白您思念哥哥的心情。可是，如果死的是您的话，哥哥一定会更痛苦的。”

“…………”

“这都是命运的安排，我们谁也改变不了。还不如就这样顺其自然地接受呢！”

“顺其自然地接受？这怎么可能呢！还不如就此下地狱呢！”

“您不要这样想。人的一生，难免会遇到一两次大的打击。如果就这样消沉下去的话，那怎么行呢？要是让哥哥知道了，哥哥也不会赞同您这么做的。”

肖静抹了把脸，刚才那股子劲渐渐过去，心渐渐平静下来。

“上次，我拜托你向父母问好，你说了吗？”

“说了。”

“父母有什么反应呢？他们没有责骂我这个无情无义的儿媳妇吧？”

“怎么会是无情无义呢！再没有比您更适合做我大嫂的了。虽然哥哥早逝，可我还是认为，哥哥娶了您是哥哥的福气。”

“…………”

“俗话说：好人无长寿。大概哥哥做人太好了吧！所以才这样短命。”

“天空中也显出秋天的色彩了。”肖静望着灯火照耀的夜空说。

在灯光下，肖静脸上的泪还可以看得很清楚。

“过了七夕节，银河渐渐看不清楚了。”

“…………”

肖静感觉到一股沉重而阴暗的气氛逼将过来。

黑夜犹如一张巨大的网，向肖静和高杉撒了过来。

五

在容风给尚雨打电话之后，尚年就给阿洁打了电话。

“你知道了吗？”尚年直接问道。

“知道什么？”

“容风给我的儿子打过电话。”

“什么？”从电话中也可以听出阿洁的吃惊，“他们怎么会认识的？”

“我也不知道，我担心容风大概知道了我们之间的事。”

“就算知道了，她为什么给你儿子打电话呢？”

“我也不知道。”

两人都沉默不语。继而阿洁说：“我们找个时间见一面吧！”

早上，妻子收拾完早饭的餐具，走出来说：“我去市场买点菜回来。”

“那就去吧！”

“我给尚真去过电话，她说今天晚上会过来。”

尚真是因为独守空房，才回家的吧？尚年想。

妻子出了门。市场上人很多,从东头到西头都挤满了人。很多菜都卖完了。

路边的杂货商店，门口前都摆出了各式各样的月饼。

对于中国人来说，传统节日里面除了春节最重要的就当属中秋节。这天放假，很多公司都会发放各种过节礼品，比如月饼、苹果、葡萄、面粉、栗子、花生、啤酒、花生油，甚至有的还发鱼虾。街道上很多员工都这样拎着公司的福利往家走，公交车上也比比皆是。

明知家里有月饼，妻子还是去商店买了几盒。

“月饼越多越好吧！”

因为市场上没肉了，所以妻子又坐车去了超市。

门口的那棵柿子树上的柿子已经泛黄了，但叶子却不如以前多了。

“今年的柿子结得好像格外少。”

尚年用手抚摩着这棵树粗大的树干。他认为是夏天那场台风的原因。当时台风将柿子树的几个枝干都吹断了，青色的柿子也落了一地，尚年甚至品尝了那青涩的柿子。不过，如今金黄的柿子应该好吃多了。

一个穿着粉红色衣服的少女打门口走过。

尚年抬起头。他一直望着那个少女离去，但他没有恶意，只是单纯为了欣赏她的倩影。

在阳光下的少女显得很明亮。如果没有阳光的话就不会有这种感觉。

磨坊门口的绿漆有些已经褪色，地面落着些绿漆屑。阳光下的木门给人一种寂寞的感觉。

“应该找个时间再刷一遍了。”

尚年虽这么想，但他知道，自己并不是没有时间，而是没有做事的心。

他回房间换了身衣服，决定去见阿洁。

在门口时,他遇到了思媛。思媛向他打招呼说:“伯父,您好,要出门吗？”

“嗯，想出去溜达溜达。”

“尚雨在家吗？”

“他去上班了。晚上回来吧！”

“噢……爸爸在家里等我，我先走了。”

“哦！”

“这次回来是特意为了过中秋节的。”

思媛施了个礼，手里拿着小皮包，上面绘制着菊花的图案。

思媛的身影要比刚才那位少女的倩丽多了。

阿洁在废弃的楼房下等待尚年。

楼房已经破旧不堪，表层的涂料都褪去了。这是一座很古老的楼房，周围没有任何建筑，树木、花草胡乱地生长着，没人修整。看来这座楼在多年之前是某个富贵人家的别墅吧？可此时破旧颓废的样子，一点也无法让人想象出从前的豪华。

再过不久，这座楼或许就被拆掉，重新翻新了。

楼房从平地上建起，再拆掉重建，永远重复着这种“孤独”。

照这样看来，人类不是也在重复同样的孤独吗？从出生到长大成人，再到死亡，似乎又回到原点。人的一生好似一个圆圈，从一点开始，再重新会合到这一点上来。

即使在路上，尚年也未曾停止过思考。

虚幻的阳光透过车窗照进车厢。尚年痴迷地望着晃动的光亮。

人从来就跟他想象中的自己不一样。从梦中，尚年认识到了这一点。

一想到尚雨曾经跟容凤见过面，尚年的脑海中便浮现出年轻时的自己和阿洁。

当年自己与阿洁的事，在今天，又在尚雨和容凤的身上重新上演。这使尚年不禁这样认为：不仅是往事，好像所有的一切都在重复。

阿洁的感情在这么多年来全部传给了她的女儿，而自己的感情也或多或少地遗传给了儿子。阿洁跟自己的事已经成了往事，但容凤和尚雨又在多年之后巧妙地相识。无论他们的结果如何，仅就这点，尚年觉得人的命运也够蹊跷的了。

尚年心底里隐隐约约希望儿子尚雨可以跟容凤结合。

车开到郊区时，尚年听到了敲钟的声音。如同以前的那个上午一样。断断续续地，他又听到了优美的梵乐。

既然活着，就应该寻求新的幸福，尚年以前曾这样说。可此时的他却认为：生和死仅仅是一个状态而已，无论是活着，还是死了，人都是一样孤独的。

尚年已经将近六十岁了。不过论起来，这个年龄并不算大。现在的他是中年和老年的中间体，头脑中有向往年轻人那份激情的心理，同时又有老年人那样对生活的无依无靠感。

在银杏树的梦之后，尚年曾对一个大学同学提起过这件事。

“明明是棵银杏树，我却感觉到好像是个年轻的女子一样，真奇怪。”

“真叫人羡慕啊！我想做也做不来这样的梦了。”

到尚年这个年龄，做这样的梦，确实令人不可理解。

在梦中，尚年最终没有爬上那棵树，反而累得气喘吁吁。从这一点上，也看出尚年已经老了。

但尚年为什么会把它理解成年轻的女子呢？恐怕只是一种美好的愿望。对年轻的他的向往。他想用年轻女子激起他的青春，可是最终他还是无奈地清醒过来。即使在梦中，他也回不到年轻时候了。

尚年认为那个年轻女子是年轻时候的阿洁。或许就是她的女儿容凤。

尚年一直望着窗外。在小山坡上的枯草中，一朵小小的菊花，黄得那样娇艳，甚至比家里的开得更好。

菊花从眼前一掠而过，可却印在了尚年的脑海中。

家里的菊花，是成簇长在庭院里的。即使花瓣凋谢，人也不会感到凄凉，而是首先会让人感到季节变化。小山坡上孤零零的菊花，却像散发着最后的美丽一样，令人觉得震撼。

尚年看到楼房下等待的阿洁，心里突然升起一股哀愁。

阿洁在楼底下，无依无靠的样子，宛若漂浮不定的浮萍。她站在那里，简直就是一朵秋菊花。

尚年在树后调整了一下神色，走了过去。

尚年望着阿洁的身影。他的耳中突然听到了梵乐。阿洁的身影朦胧间成了光源，散发出万道金光。

尚年觉得不可思议，他曾认为如果佛祖是女性的话，会拥有更多的信徒的。如果佛祖是女的，他或许会毫不犹豫地去拥抱佛祖。

阿洁的光彩照到了尚年身上。

一副反季节的景象出现在尚年的眼中。那是春天的景象。

尚年没有反抗，顺着这种景象走着。

阿洁看到尚年到来，忙走了过去。她刚才的孤独感一下子消失了。

“对不起，来晚了，等候多时了吧？”

“没事。最近忙于中秋过节，觉得精力都不够用了。”

“容凤知道了吗？”尚年问。

“我也不知道。不过，我很担心。”

“如果容凤知道的话，那就坏了。”

“是啊……”阿洁低着头望着地面的枯草，枯草在风中一动一动的。

“容风是怎么认识我儿子的？不会是容风上次发现了疑点，跟踪我到了家门口，故意去接近尚雨的吧？”

“瞧你说的，那怎么可能呢！”阿洁抬起头，可并没有生气。

“如果容风能跟我儿子结婚的话，那就好了。”

“什么？”阿洁望着尚年。

“如果容风跟我儿子结婚的话，那么，我们之间的丑恶也就消失了。”

“我从来没有通过女儿来摆脱自身丑恶的想法。我也不能这么做，如果下地狱能让容风获得幸福的话，我宁愿下地狱。”阿洁激动地说。

“…………”

“我不希望自己的任何事情干扰到容风……”说到这里，阿洁捂住了脸，停住了后面的话语。

“怎么会是干扰……缘分这种东西真奇怪。我一直在想，容风跟尚雨的相识，或许正是命运的安排。他们延续了我们的爱，能够在一起也是很正常的事。”

阿洁抬起头，呆呆地望着尚年。她自言自语道：“莫非爱真的可以遗传吗？”

既然爱可以遗传，那么，爱究竟是感情里面一种什么样的特殊感情呢？在潜意识里，爱可以透过时间、空间交织在一起吗？

如果真的是这样的话，爱的潜意识里的特殊情感，是怎样控制人类的呢？

尚年想上前搂抱阿洁，可他像被什么绊了一脚，险些跌倒在地。

“你怎么了？”阿洁将尚年扶住了。

“没事，刚才眼前一片漆黑，好像缺氧一样。”

尚年依偎着阿洁，没有站起来。可他的手不停地哆嗦。

“我们不要猜测年轻人的想法了，还是珍惜眼下时日不多的生命吧！”

“…………”

“这么多年来，我没能为你做什么，这使我感到很遗憾。”

“为我做什么！只要有那份心就行了。况且，我也没有要你帮忙的事情。”阿洁柔声笑了。

走了一段时间，尚年依偎着阿洁的身体站直了。

“在这里，只有我们两个，真想永远地生活在这样的世界中啊！”

“嗯。”阿洁突然含混地答道。

“一花一草一世界，即使这个世界没有任何东西，我也不觉得孤独。”

尚年粗暴地将阿洁拖了过来。他自己也为自己的行为吓了一跳。

“现在真的要到深秋时节了。”尚年望着西天的余晖说。

他还记得范公亭的夕阳。当时，他发现空中飞舞着两只老蝴蝶，在薄暮的霞光中，好像是回光返照之象。

“你去过西藏吗？”尚年问。

“哦，没有。”阿洁回答。

“中国的四大名山呢？”

“只去过泰山。”

“没去过西藏，没爬过四大名山，没观赏过各个地区的自然风光……我们就已经老了。”

“能去的话固然好。不过，不去我也不觉得遗憾。”

“是吗？”

“哎哟……”

阿洁突然俯下身子，双手扶着膝盖。

“怎么了？”

“关节炎又犯了，一到潮湿的季节就这样。”

“没去医院看看吗？”

“都是年轻时候落下的老毛病了。没事的，让我坐一会儿就好了。”

尚年突然有种想搂住阿洁的欲望。

可是，这样望着阿洁，他觉得很悲哀，甚至是怜爱。

“好了。”阿洁站了起来，对着尚年说。

尚年一直盯着阿洁，他怕阿洁的两腿支撑不住而倒下去。

“对不起。”尚年内疚似的说。

“天气冷了，我该给容凤织件毛衣了。”

阿洁是因为关节炎犯了，才察觉到天冷了。

连废弃的楼房上剥落的石灰，都让人觉得天气已经变冷。

尚年突然看到了容凤，容凤站在阳光底下，阳光柔和地照着她。她很轻松地微笑着，这微笑是音乐式的，顺着阳光传播开来。

尚年蹙缩起来。容凤的光彩将他反衬得处在黑暗中。他仿佛看到了布满皱纹，白发苍苍的自己。

尚年颤抖一下，他觉得很愕然。继而眼前的幻影消失了。

尚年跟阿洁走进了一家附近的饭店。虽然是晚餐，可两人都只吃了一点。或许是觉得今天是中秋节，回家会被发现吧！他们并没有重要的话讲，可两人还是一直坐着，丝毫没有站起来的意思。

黑暗渐渐靠了过来。外面的广告牌和霓虹灯闪闪发亮，小汽车的灯也都亮了起来。

黑暗将阿洁的身影显映得更加幽深了，尚年痴迷地望着，身心陷了进去。

他感觉到了阿洁的柔情和焦虑。

阿洁疲倦地抬起头来。她的眼眸中现出怠倦。

尚年觉得很温馨。这份温馨将他心中的黑暗压了下去。

“天不早了，我该回去了。”阿洁站起来说。

“容凤在家等着吗？”

“嗯。”阿洁点了点头。

尚年望见阿洁站起身时，身影一直延伸到了饭店门口。

在尚年离开的这段时间，妻子准备好了晚餐，还买回了两瓶葡萄酒。

尚真是傍晚来的，她帮母亲一起准备晚餐，把月饼放在盘子里。她将屋子里清扫得很干净。

尚真笑了笑：“放心吧！妈妈，我很好。”

“如果那个人再那样下去的话，你就搬回家里来住吧！”

“……”尚真低着头。

“我也不怕邻居说闲话。但是，你别再受到委屈才好啊！”

“妈妈，您放心。”

尚真含着泪，慌忙走进了厨房。

可是，母亲已经看到了她的神色。

庭院里有秋虫鸣叫，不知道藏身何处。它这样鸣叫，不会被秋露打湿发声的翅膀吧？

月亮皎洁明亮，连周围的云也都被月光照得透明了。

月亮周围有一个大大的彩晕，彩虹一般，但颜色掺和在一起，看不太清楚。

尚年望了望天空，正要迈进家门，这时，后面传来尚雨的声音：“爸爸，你刚回来啊？”

“哦！”尚年回头看了看，可是黑暗之中他看不清尚雨。

尚年等尚雨赶上来，然后下了很大的决定似的迈进了家门。望着庭院里亮着的灯，他像驱散黑暗似的朝屋子里喊道：“我回来了。”

第八章　深秋的雨

一

尚雨一回到家，便走进了卧室。

回家的路上，在公交车里，有一个小姑娘拿着一片大的红叶，像是刚采摘下来的。

在拥挤的人群中，尚雨望着小姑娘手中的红叶，红叶反射的阳光将小姑娘的脸映得红彤彤的。

是石门坊的红叶吧？看叶子的颜色、形状，尚雨都这样觉得。

小姑娘的旁边坐着一位年轻妇女，大概是小姑娘的母亲。

过了百货商店，尚雨坐到了妇女的身后。

“小姑娘长得真漂亮啊！是您的女儿吧？”

“是的。”妇女侧着脸，瞧了尚雨一眼。

“请问，您女儿手中的红叶，是刚刚采摘的吗？”

“这个……是今天去石门坊时她从树下捡的。”

“哦……”

尚雨没有开口要红叶。虽然他觉得红叶很美，但那样是不合适的。

“今天是九月初九的‘红叶节’吗？”尚雨问。

“是的。山上人可真多，游客将整个石门坊都挤满了。”

尚雨侧过头朝向窗外，深秋的街道两旁落叶纷飞。地面潮乎乎的，像洒了水一样。

山上的胡枝子花白花花一片随风飘荡，像老人的胡须在空中拂动。

尚雨的脑中显现出这一幕。

看来今年的红叶红得相当好，色泽很鲜艳。在山脚下的流水中，鱼儿一定在亲吻火红的红叶吧！

不过，令尚雨惊奇的是，深秋夕阳下的景象，像是在梦中一样，对面的楼房也朦胧不清了。

尚雨觉得拿着红叶的小姑娘特别漂亮。手中的红叶是一方面原因，另一方面恐怕是深秋的夕阳的缘故吧！

白天的时候，尚雨去拜访了一个友人。因为友人的妻子生了孩子，所以他去做礼节上的问候。尚雨很喜欢小孩，可并没有见过刚出生的小孩，因此觉得特别惊讶。

小孩子的眼睛紧闭着，头也向后仰着。如果不是胸口在跳动，尚雨还真以为是玩偶呢！

“小孩子长得真好，像爸爸呢，还是像妈妈呢？”尚雨寒暄说。

“像妈妈吧！据说男孩子长得特别像妈妈，女孩子则像爸爸。”

“像妈妈好呀！将来可以受到众人的宠爱。”

“希望他长大了有妈妈的容貌，爸爸的性格。”友人笑着说。

“小孩子叫什么名字？”尚雨说。

“康竹。”

“哦……”

“因为小孩子老喜欢盯着墙上的竹林画看，所以给他起名叫康竹，希望他可以像竹子那样健健康康地成长。”

“小孩子如果像竹子那样成长的话，一定会成材的。”

友人夫妇有了孩子，一切变得以孩子为中心，只顾照看婴儿，两人之间的小矛盾也消除了。这使尚雨觉得不可理解，如果因为有了孩子而消除了夫妻之间的不愉快，那孩子在充当一个什么样的角色呢？改变家庭关系的缓和剂，还是使夫妻重新回到爱的起点的平衡木？

尚雨将外衣挂在衣架上时，脑际浮现出友人妻子高兴的面容，以及兴奋地抱着婴儿的身影。

到了深秋，天气更冷了。尚雨到窗边将开着缝隙的窗子闭紧。

从窗外茫茫的黑夜中，尚雨似乎看到一张无生气的憔悴的面容和呆呆地抱着婴儿的纤柔的身影。

如果生孩子的母亲本身焦虑痛苦的话,那生下的孩子也一定会一世悲哀。

突然间,挂在墙上的风筝掉了下来,尚雨慌忙将它从地上捡起来挂回原处。

刚才他的手触摸到了风筝，他一点都不知道。

“如果是由红叶制作的风筝，一定会更美丽的。”尚雨这样想。

可是,红叶制作的风筝,更是悲哀的。它是一只永远无法飞上天空的风筝。

如果一个人老想着一件事，这件事就比不去想它更有可能发生，不想的事情，发生的可能性就不大。尚雨也有这种感觉。虽然在现实中好像是不科学的，可从心理学方面讲却是这样的。

尚年将一盆盆花从院子里搬进卧室，而后，又一盆盆搬了出来。

妻子看见了，问道："你在干什么呢？"

"深秋的夜晚太安静了。所以我想搬几盆花放里面解闷。"

"那干吗又搬出来呢？"

"在院子里的花无比萧瑟，可一旦搬到卧室里，却生长得过分旺盛，把屋子里的氧气都用完了。"

"身体没什么不适吧？"

"刚才有点胸闷，现在好多了。"

妻子说："刚才我出门时，见到为正秀生孩子的那个女人了。"

"瞧你说的，女人是因为爱男人才嫁给他的，也只有爱这个人，才肯为他生孩子啊！"

"那倒不一定。"妻子毫不犹豫地说。

继而妻子压低声音说："你没听说吗？如果那个女人再不为正秀生个儿子的话，正秀就另觅新欢了。"

"是你瞎想的吧？那怎么可能呢！"

"怎么不可能？那个女人前五胎都是女孩，这一胎再不是男孩的话……不过，幸好这一胎是个男孩。"

"男孩女孩都一样吧！"尚年自语道，"把孩子当作丈夫外遇的理由，这似乎很牵强。"

无花果树的叶子不知何时掉光了，只剩光秃的树干。尚年出去看时，柿子树上也空荡荡的了。

在经过柳树林时，尚年驻足观望了一会儿。

这是一片嫁接的柳树，枝条没有倒垂柳的柔和，也没有倒垂柳的长。这样的柳树，即使到了冬季，叶子也挂在枝头，不会掉落。但看那焦黄的叶子，好像被火烧过一样。叶子的边缘卷缩着，犹如姑娘受到惊吓蜷起的身子。

"说不定明年开春，这些柳树就要被移走了。"

尚年望了望西方澄澈的天空，向路边走去了。

尚年去喝茶，受到茶馆老板娘的热情招待。

"请用茶吧！"老板娘施了个礼，温柔地说。

"有新茶吗？"尚年问。

每次他来到这里，都要问一下有没有新茶。有的话就品尝一下。

"您来的真是时候，昨天店里刚从南方运来一批新茶，您等着，我去给您沏。”

尚年望了一眼楼上，只见楼上的半空中挂着五彩的蝴蝶风筝，风筝在清风中微微拂动着，柔美极了。

尚年顿时觉得心里一阵清爽。他看风筝的眼中也闪烁着美丽的光。

“您的茶。”

“哦，谢谢。”

尚年回转过目光，视线落在茶碗上。茶碗很小，但曲线很美，特别是把手那地方，形成一道很好的弧线，跟碗身连在一起，不愧是艺术的精品。茶的香味飘到了半空，弥漫了整个屋子。

尚年喝了口茶，觉得心里舒畅多了。

尚年听到对面坐着的两个人的谈话。

“昨天晚上，在对面的旅馆里，发现了两具尸体，一男一女，像是情侣。”其中一个说。

“真的假的？是怎么死的？”

“一大早老板去送热水，结果敲了半天都没人开门。老板感觉不对劲，忙报了警。警察、法医都来了，发现一男一女赤裸地躺在床上。法医上前检验了男女的尸体，好像是服毒自杀的。”

“服毒自杀的？”

“是啊，服的是马钱子。”

“马钱子？那可是剧毒的药啊！”

“好像是男的得阑尾炎时开的药，结果成了致命的毒药。”

“是自杀？”

“大概是由于爱情吧！男的无法忍受女方的爱，或是女的无法忍受男方的爱，于是给对方的热水中下了毒，而后自己也服毒自杀了。”

“不过也说不定，或许是殉情自杀呢？”

尚年听到这番话，好像中了邪一样，肩膀颤抖不已。

是爱情使两个人走向绝望的吗？那对这两人而言，爱情是比马钱子更毒的毒药。

尚年无意识中也有这种感觉，他有时候有种想杀死阿洁的欲望。

杀死阿洁，然后自杀，这样两个人都不必再受苦了。

“哎呀！您的茶洒了。”老板娘说着忙拿块干布来擦着，茶水流了一桌子，连尚年的裤子上都流了些许。

尚年从椅子上站起来，用手拍了拍裤子，他的动作笨拙极了。

肖雪已经好久没回家了。

如果说高岩的死使肖静感觉内疚的话，那么，肖雪也感受到了内疚。

肖雪下班之后去了姐姐的住处，但姐姐不在，她便回了家。

母亲阿京在厨房里做饭。

肖雪一直望到屋子里头，她发现，自从高岩去世后，家里的气氛便不协调了。屋子里冷冷清清的。

难道全家人都背负了对高岩的歉意吗？连一向不信佛的父亲也经常出入佛堂了。

肖雪来到母亲身边："妈妈，爸爸呢？"

"你爸去佛堂了，每次下班后，他都会去趟佛堂。"

"爸爸原来不是从不进佛堂的吗？"

"是啊！但是现在不一样了，自从你姐夫去世后，你爸就变了。"

"爸爸是去替姐姐祈祷吧！"肖雪自言自语道。

"什么？"母亲问。

"没什么。我先上楼了。"肖雪扶着扶手上了二楼。

不一会儿，肖奉生就回家了。

"在回来的路上，我发现佛堂附近的平房都拆了，那边也要建楼房了吗？"肖奉生对妻子说。

"也许吧！听说那边要建个花园式的居民区。"

"花园式的居民区？"肖奉生又重复了一遍，"花园式的居民区吗？"

"这样看来，整个风筝都可能用不了多久就像上海、青岛那样，盖起高大的楼房啦……很快也就变成工业区了吧？原来的时候，郊区的空气还很新鲜，现在也都充满硫酸味了。连佛堂附近都盖起了时兴的楼房，指不定哪一天那附近也会变成工业区的……"

肖奉生将衣服挂好，沉重地叹了口气。

"我叫雪儿下来吃饭。"阿京回过头说。

"雪儿来了吗？"肖奉生提高了声音。

过了一会儿，肖雪从楼上走了下来。

望着肖雪从楼上下来的身影，肖奉生想到了肖静。

肖静在肖雪这个年龄的时候也同肖雪一样纯真、可爱，可现在，肖静似乎因为婚姻而变得忧郁了。

"爸爸回来了……好久没回来了，真有点想念爸爸啊！"肖雪说。

"那以后就常来。等你结婚后，想常回来也不可能了。"

肖奉生一直望着女儿。

阿京将饭端了出来，一一摆在桌上。

席间，肖奉生对肖雪说："外面好像有秋虫在鸣叫，我老了，耳朵听不大清楚，你听听是不是？"

肖雪侧耳听了听，说："好像是蟋蟀的声音。"

"是吗？这么冷的天还有蟋蟀吗？真了不起。"肖奉生感叹地说。

"爸爸，今天我去姐姐的住处了，但姐姐不在家，爸爸知道姐姐去哪儿了吗？"

"哦？"肖奉生将头转向窗外，望着对面闪烁的广告灯。

"我向附近的邻居打听过，他们说姐姐已经有好几天没回家了。"

"你姐姐她——去沂山你姑妈家了。"肖奉生说着低下了头，他的脑中涌出别的思绪。

窗外的秋虫"吱吱"地叫了起来，声音传进了大厅。

二

下个星期就进入十一月份了。

天空照旧是阴郁的苍白色。多日未下过雨水了，不过，看样子，说不定哪天就会来一场阵雨的。

从路旁树梢的细枝上，也可以看到深秋的景象。

在墙角下悄悄生长的海棠花，叶子也已经凋谢了，但枝头依旧挂着的枯萎的花，倒是更引人注目。

尚雨透过没有树叶的树梢看着东边刚出的日头。绯红的晨光燃烧着天空。

地上零散的树叶吹到尚雨的脚下便停止了。尚雨抬起脚，树叶又继续被风吹着向前走了。

尚雨刚要出门就被父亲叫住了。

"我也要出门，就结伴同行吧！"

公交车刚到，尚雨便爬上了汽车，也帮父亲占了一个座位。

"爸爸，坐这儿。"

父亲抓着头顶的扶手走了过来，身子晃晃悠悠的。

即使是父子，尚雨跟父亲坐在一起，也是各想各的事。

父亲从尚雨的下巴与脖颈处看到了东方的晨光。晨光照在尚雨的脸上，熠熠生辉，尚年看得痴迷了。

“前几天的时候，我看见过思媛，她还问起过你呢！”父亲望着尚雨，尚雨的脸上没有表情。

“是吗？”

“你们不是青梅竹马的朋友吗？照这样发展下去，会不会……”

“我想这不可能。”尚雨打断了父亲的话。

“为什么呢？”

“具体原因我也说不清楚。不过，我觉得这是不太可能的。”尚雨转过脸，面对着父亲。

“那个……”父亲顿了一下，后面的话没有继续说下去。

“那个……”父亲又重复了一遍，“上次你跟容凤见面都谈了些什么？”

“也没谈什么，就随便聊了聊。”

“是吗？容凤倒是个好姑娘。”

“好是好……爸爸跟她妈妈是旧相识吗？”

“可以这么说吧！我们在很小的时候就认识了。”

“对了，”父亲又问道，“你们是什么时候认识的？”

“风筝节的时候。”

父亲吓了一跳。风筝节的时候，不就是他去阿洁家第一次见到容凤的时候吗？

父子二人在同一时间遇到容凤，这使尚年感到不可思议。

父亲在半路下了车。尚雨则坐到终点，然后转车去上班。

尚雨到了公司。公司对面便是肖静的父亲肖奉生的风筝铺子。

尚雨以前曾想过要换工作。因为抬头就可以看到那些五彩风筝，这总会让他想起肖静。他想从这种丑恶的帷幕中挣脱出来。可因为多种原因，他的工作一直没换。

此时看到铺子门口在风中舞动的风筝，他又想起了肖静。

时至深秋，风筝铺的生意很冷淡，卖风筝的伙计坐在门口嗑瓜子。

中午下班时，尚雨给肖雪打了个电话，但没接通。尚雨突然感到身心的寂寞，好像一下子世界上只剩下了他一个人。

傍晚下班，尚雨本来想回家，但想了想却去了肖雪的住处。

尚雨走近，发现门锁着，肖雪不在家。尚雨心里突然很失望。他回过头正想转身离开，却在夜色中出现了肖雪的身影。

“我去父母家了，不知道你要来，真是不好意思。”

“白天我已经打过电话了，但没有接通，就冒昧地来了。”尚雨说。

“请进吧！”肖雪打开门回头说。

屋子里的香味好浓郁。但深秋的香味跟夏季浓烈的香味是不同的，好像缺少了什么。

这种香味跟肖静身上的香味是不一样的。它是属于肖雪的香味。

不过，由于这香味的刺激，尚雨感受到了肖静的芬芳。他仿佛看到了一个冰一样纯洁透明的世界。

“这么久没联系你，真是不好意思。”肖雪说。

尚雨仓促地就了座，但他并没意识到自己的行为反常。 每一次来到这房子，尚雨总有种被什么慑住心神的感觉。

“不好意思的该是我。”尚雨低垂着头，宛如面对的就是丧夫的肖静。

“因为工作之后比较忙，几乎没有空暇时间，所以……”

“这倒是真的。劳累的工作之后几乎没有什么心情干别的。”尚雨说。

“你看上去好像很疲惫。”

“是呀！不过，总比以前好多了。”

“你喝咖啡还是绿茶？”肖雪问。

“绿茶吧！”

肖雪到厨房去沏茶，从尚雨坐的地方可以看到肖雪的背影，那背影上衣服的褶皱随着她的姿势而微微变化着，令他仿佛嗅到那褶皱后面少女的肌肤的香气。

肖雪将茶端上来的时候，尚雨还沉浸在刚才她沏茶的身姿中。

“谢谢！”尚雨说着将热茶的茶碗放在手中抚摸着。

“你刚下班吗？”

“是啊！我一下班就赶过来了。”

尚雨望着地面上肖雪的影子，他的神情显得很迷茫。

“这么着急来是有什么事情吗？”

“…………”

尚雨突然抬起了头，他的眼中好像蒙着一层水珠。

“怎么了？”肖雪柔声问道。

“即使我与你这样相对而坐，也会感到悲哀，这真是一件可怕的事情。”

“为什么呢？”肖雪侧了侧脸，脖子上露出姐姐送她的蓝宝石项链。

尚雨感到很突然，他指着肖雪脖颈上的项链问：“那个……”

肖雪低头看了看，回答说：“这条项链是姐姐送给我的。”

“是吗？”

“姐姐说这条项链好像有种束缚人的能量，便送给了我，姐姐送给我的时候还说：‘就让这条项链不知去向吧！’”

“不知去向？”

“姐姐让我把它扔到深山老林或是汹涌的大海中。”

将项链扔到深山老林或是汹涌的大海中，这是一种什么样的心情和思绪呢？莫非肖静当真认为这条项链有束缚人的能量吗？尚雨竭力抑制住自己激动的情绪。

“你可以让我看一下这条项链吗？”

“当然可以。”

肖雪将手探到颈后，取下项链放在了桌上。

深秋的雾与春雾不同，在春雾中物体渐渐会失去轮廓，而秋雾中，物体则好像庞大了起来。

四周都起了雾，暮夜中灯光下的雾气竟然变成了黄色的。

越向前走，道路似乎越狭窄了，尚雨便穿过丛林小道拐到了大道上。

街道上都是行驶的汽车。尚雨一边漫步在街边，一边回想刚才在肖雪住处的场景。

肖雪将项链放在桌上，尚雨伸过手去触摸了一下，可是他的手像触电一样麻利地闪开了。

“怎么了，尚雨先生？”

“上面还留有你身上的体温，所以……”尚雨变了脸色，望着肖雪。

此时回想起来，尚雨觉得自己不是因为触摸到了项链上的体温，而是好像感受到了一颗跳动的心，才慌忙将手拿开的。

在回去的汽车上，尚雨从车窗上好像看到一双充满疲倦、微微发红的眼睛。

“尚雨先生，您的报纸。”

一大早，送报纸的人便在外面喊道。

尚雨打开窗户看了看。送报纸的人不是小润，而是一个不认识的年轻人。

尚雨出去将报纸接过来，对那人说了声：“谢谢。”

“爸爸，隔壁的小润去哪儿了？”尚雨看着报纸，朝刚走进客厅的父亲说。

“上个月小润转学去别的学校了，听说他的父母换了工作，所以小润也跟着一起走了。”

“是吗？这事我怎么一点都不知道？”尚雨又低下头去看报纸。

“最近有什么新闻吗？”

“没什么，全是经济、政治、娱乐之类的新闻。娱乐的还好，再怎么虚假也顶多使人笑一笑，可政治、经济好像隐藏着人们看不到的危机。”

“呵呵，只要没发生经济危机，没发生政变就没事。”

“说不定什么时候真的会来呢！再怎么样的社会也不会安定啊！”

“昨天晚上你回来得很晚吗？”父亲转了话题问。

“是啊！”

“有什么事情吗？那么晚回来。”

“我去一个朋友家，聊了一会儿，没想到时间就不早了。”

“哦，以后多注意休息。昨晚没休息好吧？眼中还布着血丝呢！”

“嗯！知道了。”

父亲拿起牙刷牙膏装了水，到庭院去刷牙了。

父亲在柔和的阳光下刷牙，他将白色泡沫甩在光秃秃的无花果枝子上。

尚雨看报的过程中觉得头很沉重，便将报纸叠好放在了桌子上。走到镜子前，他看到自己的眼睛中果真布满了血丝。

昨天晚上，他去肖雪的住处本来是要问肖静的住处的，可最终他也没有说出口。不知道肖静的住处令他感到忧虑。可一旦知道了肖静的住处，他会更加不安的。

看到庭院里的树木，尚雨觉得这些树木该修整一下了，有树叶的时候看不清缠在一起的树枝，深秋树叶落光，显出了弯曲的枝子，乱七八糟的。

不过，这些梧桐树即使不修整，也会有序地生长。况且，梧桐树是一般不做修整的。

颓败的树枝虽没有叶子，但给人的感觉很明快，不似杂乱无序的枝叶，使人感到憋闷。

“我真没用，我真懦弱啊！”尚雨在心里骂自己。

无论是从周围的景物上，还是从过路行人的装束上，都已经觉出是秋末了。

豆腐坊在一条土沟边沿。原先土沟中有小河流经的，不知什么时候早已断流。在土沟中，密密麻麻生长着槐树、杨树、紫荆花丛和一些灌木丛，此时虽凋谢衰败了，但从地面落满的叶子上可以想象到盛夏时节的茂盛。

“这是您的豆腐，请拿好。”

这是一间破旧的豆腐坊，由一对老夫妇经营着，房顶的木柱都被熏黑了。

“因为是手工制作的豆腐，所以口感好，才有这么多人来买。”老头儿对尚雨说。

“人多的时候会忙不过来吧？”

“是啊！特别是临近过年，来定豆腐的人络绎不绝，通宵达旦地做也供应不上呢！”

尚雨记得小时候过年家里经常买不到豆腐，原来是这么回事。

尚雨用手指触碰了一下豆腐，豆腐软软的，像放松下来的女人肌肤。

看到老夫妇弓着的背，尚雨觉得一股凉意顺着手指传了上来，许是刚才触碰到豆腐的缘故。

尚雨走出店门,由于光线的缘故,他觉得眼前一片漆黑,险些掉进土沟里。

“天越来越短了……”

待眼睛适应外面的光线后，尚雨踏过厚厚的落叶走了过去。

尚雨掸了掸裤子上的尘土,上了二楼。窗子被外面的风吹得“咯噔咯噔”的，墙上的风筝也好像在晃动。

尚雨望着墙上的风筝。他想，是不是该将风筝收起来呢？到了寒冬，再在墙壁上挂这样的装饰品，会使人感到心里不明快的。即使让送风筝给他的肖静看到，也一定会觉得太怠慢了。

尚雨觉得此时风筝跟房间里的其他物件极不协调。或许是风筝的格调太高了吧！别的东西摆在它的面前显得暗淡无光。再说，风筝的色彩太鲜艳了，走进房间的人很自然地会看到它。而尚雨不希望别人看到这只风筝。

该将风筝放到天空中，那么它就不再是饰品，而更像展翅飞舞的蝴蝶了。能在空中这样优美地飞舞，不禁让人猜想：它会不会是舞女的化身呢？

尚雨想着风筝，给肖雪打了电话。

“不好意思，打扰了……”尚雨压低声音说。

“没关系。我正闲着呢！”

“我想问一下……”尚雨停顿了一下，继而坚定地说，“你可以安排我跟肖静见一面吗？”

“你说什么？”肖雪似乎有点惊讶，“你要见姐姐吗？”

“是的，哪怕见一面也好啊！”尚雨怀着激动的心情说。

“可是，我不能帮你这个忙。”

“为什么呢？”

“姐姐去了沂山的姑妈家，我联系不上她。不过，我可以告诉你地址。”

“那太谢谢你了。”

尚雨挂断电话，走到了窗前，一下子拉开了窗户。风呼呼地吹了进来。

他将身子探在窗外。天空一片灰蒙蒙，街道上都亮起了路灯。但除了路灯的点点光亮外，苍穹中一片黑漆漆的。

尚雨在冷风中倒吸一口气，抬头仰望着漆黑的天空。

三

对于大自然的变化，植物是最为敏感的。

沂山上植被繁多，从各种各样的花草树木上，最能看出这种变化。

在沂山脚下，分布着些凌乱的房子。房子虽全是平房，可在山中错落有致，形成一道蜿蜒的风景带。看上去像是农村，可它与农村又有明显的不同。这或许是“不变的环境”的缘故吧！

深秋时节，别处的树叶早已凋零。但尚雨看到沂山时，却发现山上还是一片苍绿。

难道生长在“不变的环境”中的植物一直都是这样翠绿的吗？

待到尚雨上了山，才发现，树叶已不再像夏季那样鲜绿，而是呈现出淡淡的芒草色。这种色彩是悲哀的颜色，距离越近，体会得越真切。

沂山的道路有水泥路和沙石路，一直修砌到山顶。这样的道路又分为步行林道和游览步道。林道和步道上行人都很少。

尚雨按照地址走上了山，山上只有十几户凌乱分布着的房子。

尚雨在门口遇到了这家的女主人。

“您好。”尚雨轻轻地施了个礼，“请问肖静小姐在这儿吗？”

“静儿啊！你找她吗？她在那边摘山楂呢！”妇女指着山上的一处低洼处对尚雨说。

妇女的头上围着毛巾，完全是一副农村妇女的打扮。尚雨的脑海中突然浮现出肖静这副打扮的样子。

“谢谢您。”

尚雨回转身朝肖静那边走了过去,妇女则拿起一个袋子走到阳台上去了。

没有叶子的山楂树上挂满了通红的山楂，山楂树下有小溪流过，可以听到潺潺的水声，不过水声很微弱，已经快到溪水断流的时节了。

山楂树生长在石头缝隙中。不过，这儿的山楂结得特别大特别多。

肖静用手麻利地摘着枝头的山楂，然后放在斜系在身上的布包中。

远远望去，树上的山楂仿佛一颗颗闪动的红宝石。尚雨望着这荫翳的山楂林，默默地走了过去。

肖静侧身时，看见了尚雨。她慌忙站起身来，神情显得很局促。

“你怎么到这儿来了？”她的声音有些颤抖。

“…………”

尚雨向肖静身后望去。山上是一片古老的松树。

在尚雨的眼中，那仿佛一个郁绿的深渊。深渊在无限延伸着。

“哦！我实在没想到，你会到这儿来……”面对着无语的尚雨，肖静说。

她摘下头顶上的毛巾，放在地上的篮子里，用手将头发放了下来。如瀑布般的头发倾泻了下来，淹没了尚雨的视线。

“没有事先通知一声就来了，请原谅。”尚雨说。

“没关系的。”

肖静躲开尚雨的眼光，望着山坡上的胡枝子花。

白花花的胡枝子花被风吹得轻轻拂动，景象无比美丽。

“干完活儿了吗？我帮你一起摘吧！”

“不用了，这样就可以了，已经摘了一篮子了。”

肖静踩着一块大石头，从低洼处走了上来。

“咱们到上面去谈吧！”肖静说。

“山楂呢？”

“回来的时候再取吧！”

尚雨和肖静顺着游览步道向山上走去。

两人默默地走了一段路，在一个山谷边停住了脚步。

山谷的边上种的是高大的槐树。树下有紫荆花、胡枝子花、野菊花。

尚雨一脚踩在路边的野菊花上，从他的脚下飞出了一只黄蝴蝶，在梦境般的阳光下飞舞，慢慢地向西边的山头飞去了。

尚雨的视线一直跟随着飞舞的蝴蝶。

尚雨看了一眼肖静的身影。肖静该不会像刚才的黄蝴蝶一样飞走吧？

“打春天以来就再没见面，没想到再次见面会在这个地方。”

“我也没想到。”肖静低着头说。

“已经是深秋时节了……”

“…………”

“最近还好吧？”

“还好。”

“本来我想早一点来看你的。可是，一直又做不了决定。”

肖静抬起头，呆呆地望着尚雨。

“你的事情，我好像全都知道。”

“是吗？是妹妹告诉你的吧？”

“我好像在旁边亲眼看着发生一样，并不是肖雪告诉我的，她甚至不愿意提到你的事。”

“是吗？”肖静应着，一个人独自向前走着。

尚雨也加快脚步赶了上来。

尚雨望着闪光的岩石。在石头间隙里，常有从高处溢出的水。岩石上像涂了油一样，无论何时都油光闪闪的。

在这里见到肖静，尚雨一点也不觉得高兴，反而有些忧伤。他的情绪也是激动的。

望到肖静洁白的脖颈上闪光的项链，尚雨觉得心里一片凄凉。这条项链跟肖静的打扮一点都不相配。

“今年风筝节的时候，你跟妹妹去看风筝了？”

“喔，是肖雪邀我去的……”

“妹妹跟我说过了，她说跟你玩得很高兴。”

“…………”

“你难道不觉得高兴吗？”

“哦……”

“那天我也去了。不过，我一个人去的，就在那儿待了一小会儿，也没有遇到你们两个。”

尚雨的脑海中浮现出了那天晚上肖静俯身在河栏杆上的情景。但他上前去找她时，她却消失在人群中，只剩下一抹从河桥下照出的灯光。

“妹妹说你一直盯着天空闪耀的星星，是真的吗？”

“主要是看风筝，偶尔也看看天空中的星星……”

肖静想起这么一件事：自己和高岩度蜜月的最后一天夜晚，她看到天空中的星星，觉得自己好像消融在星光之中了。

“其实，每天不用为什么事犯愁，简简单单地过日子，这样挺好的。”

“是呀！这样是挺好的。我也希望过这样的生活。”

“真的吗？我以为你不会向往这样的生活呢！”

“怎么会呢！无论什么人，都希望自己可以过上这样平淡长久的生活的。”

“人是寂寞的啊！”

“是啊！人从精神境界上来说，都是寂寞的。”

“松树真雄伟啊！相比而言，人真的是太寂寞了。”肖静望着古老的松树感叹道。

阳光从正面照射过来，透过松树林在地面投下斑驳的光亮，看上去有种“黄昏依旧”的感觉。不过，只有迎着阳光才有这种感觉，如果背着阳光，那就不会有这种感觉。

“山上的胡枝子花真美丽，这样的美一直能维持到寒冬吧？”

“或者不会。来一场大风大雨，它就消失得无踪无影了。”

“可能吧！但胡枝子花那种‘不灭的美’会永远印在我的心中的。”

“不灭的美？”

尚雨和高杉都提到了美。可是，美究竟是什么东西呢？

肖静从尚雨的身上看到了高杉的身影，又感觉高杉的身影中折射出了高岩的影子。肖静朦胧地分不清三人的界限了。

但无论是高岩、高杉还是尚雨，离肖静好像都是遥远的。

尚雨似乎忘却了肖静作为女人的身份，更忘记了她作为高岩妻子的身份。在这天然的环境中，她的目光澄澈，即使略带忧愁，也使人觉得这是自然而然的。这种自然的美仿佛使尚雨看到了美的幻影。群山、古松、杉树、流水，好像一切外界的物体，跟他的心完全融合在了一起。

林间一直有水流声，从山下一路走来，都可以听到水声。落差较大之处，便有山泉水积聚成的池子。

池水澄澈见底，微风吹拂，波纹滚动。有几片落叶在慢慢飘动。

肖静好像正在思索什么，险些走进碎石堆里。

当她意识到这一点时，她的脸上飞上了可爱的红色，那红一直蔓延到了雪白的脖颈下沿。

“你什么时候搬到这个地方来的？”

“快半个月了吧！”

“在这深山老林里不会感到寂寞吗？”

“习惯了就好了。”

“习惯……你总喜欢说习惯……”

肖静低下头，说不出话来。

“为什么不住在家里呢？”

“我害怕……”肖静说到这里，后面的话隐没了。

尚雨望着肖静憔悴的身影，好像明白了什么。

“干吗不找肖雪陪你一起住呢？既然害怕，还是找肖雪跟你一起住吧！”

“不。”肖静坚决地说，好像是下了很大的决心，“妹妹跟我不一样。我们虽是姐妹，可毕竟还是有不同之处的。看上去，妹妹比我强多了。”

“当然。即使是双胞胎姐妹，也不可能完全一样的。”

“不，不是这样的。”肖静加重了语气，“我们的心是不一样的啊！”

肖静的这句话使尚雨感到意外。

“每个人的心都不一样啊！你干吗要这么想呢！”

“不是我要这么想，事实本来就是这个样子的呀！”

“我明白，可是……”

尚雨不知如何劝说肖静好。

山体蜿蜒，坳谷幽深之处，有气势磅礴的瀑布。瀑布从高处流下，打在岩石上，溅起层层水花。

瀑布声将两人的声音淹没了。两人默默地望着飞溅的瀑布。

溪水冲着沙石向前流动。水底有黄色的落叶，将水映成了昏黄色。

肖静环顾了一下两边的古松和杨树，转过头对尚雨说：“古松和杨树在山顶上整整齐齐地排列着，像一件件艺术品一样，使人充满美的幻想。从树干上，可以感受到它们历经岁月的样子，真令人吃惊啊！”

尚雨一句也不言语。他的脸上泛起了愁容。他发现两个肖静在自己的眼中晃动：一个是过去的肖静，一个是现在的肖静。

如果把一棵棵树木看作是人的话，那么，整山的树木耸立该是什么景象呢？人也这样不会移动的话，是不是就不会增添烦恼和忧愁呢？

树木有净化空气的作用，人却没有。假如人跟树木一样的话，整个世界就如冰一样透明了。

尚雨不理解这样的肖静。莫非高岩的死让肖静失去了对现实的感觉吗？还是肖静被高岩的死紧紧揪住，感染上了这种无端的感伤？

肖静婚后，尚雨觉得她变真实了。可此时，肖静好像又介于梦幻跟现实之间了。

尚雨从肖静的身上感受到了少女似的单纯的感伤。这让他感到不可理解。

尚雨觉得肖静的身体好像匿藏着什么东西，一种使他感到莫名的哀伤的东西。而肖静身上浸透出来的悲哀，远远大于她本身的悲哀。

可这样的悲哀，却使尚雨感受到一股柔情。一看到肖静那小巧微闭的嘴唇，尚雨就无法自已了。

“谢谢你送来的花。”肖静说完，轻轻地咬着嘴唇。

“哦……不客气。我正为这事担心呢！花到人不到，会被认作是一种失礼吧！”

“恐怕没有人会这样想的。”

当时，尚雨订了花让花店送去的，为了避免与肖静见面，他没有亲自去。

“那天我去花店订了花送去，可刚回到家就后悔了，我打电话到花店，可花已经送过去了……真不好意思，本来想亲自去的……”

“其实，你也可以亲自来嘛！那天，来了好多高中的同学。”

“我怕见到你痛苦伤心的样子，所以就没去。再说，我也害怕见高中的同学。”

“为什么害怕见高中的同学呢？”

“……怕岁月把他们变成我不想见的样子。”

“再怎么变毕竟也是同学啊！”

“所以我才怕，我更怕自己的心无法承受这岁月的磨砺在人身上留下的痕迹。”

“你的话真怪……”

“前前后后我只与高岩先生见过一面，本来我还想以后有机会与高岩先生切磋一下棋艺，没想到……”

肖静垂下眼帘，不让尚雨看到她发红的眼睛。可是，尚雨哪能看不到呢？

“本来死的该是我……”

肖静露出了难过的神情，可更像是羞怯。

“不，死的应该是我。”尚雨望着肖静说。

肖静惊讶地抬起头来，目不转睛地望着尚雨，她的眼皮因为刚才抽泣而变红了。

“假使我先死了的话，高岩先生或许就不会……”

“生和死仅仅是一个生活状态而已，生死又有什么区别呢？”

尚雨望着肖静寻思：肖静真能摆脱掉高岩的死带给她的悲伤吗？生就是死，死就是生，这样或许能减轻死者留给生者的负担吧！

肖静将视线放在古松群下面的圣水湖上。

四

古松和杨树林层峦叠嶂，漫空笼山，宛如飘浮在山头的云层一样。人很容易被这种景象所吸引，惆怅地远望山头的碧绿，汪洋一片，在山间起伏不定，优美无比，在这有节奏的起伏间，仿佛传来了悠扬清亮的林音。

山下的房子在半山腰看上去好像是建在山坡上的。四周有高大的松树，只能从树叶的缝隙中看到房顶的红瓦。

山脚的湖本来是被一圈密密的树木遮盖着的，此时才现出了它的全貌。

尚雨心头荡漾着柔情。

尚雨来到这个地方见肖静，可来到之后他却认为自己此举是徒劳的。没见面的时候他甚至这样想：哪怕见一面也好啊！但此时见了面，他却陷入了往事的忧伤中，反而更加忧愁了。

两人来到位于山顶的法云寺门口，拾级而上，进了寺门。与其说是寺庙，倒不如说是间祭拜的小屋。寺中年久失修，已经破旧不堪，几棵古树已经枯死了。中间的小亭子里，有一口黄铜铸造的钟，钟倒是新的。有善男信女模样的年轻人用木槌敲着钟，发出清脆的声音，但声音不怎么大。小亭子上方挂着的喇叭中播放着古老的梵乐，声音纯净，听上去既清晰，又模糊，使人恍若进入一个超离现实的境界。

闻到幽香的沉香味，尚雨的心像被洗涤了一样，洋溢出单纯浓郁的感情。

进来的时候，肖静擦干了脸上的泪。幸好是深秋时节，不易被人察觉。

尚雨的脑海中浮现出去年驼山上的情景。

寺庙中的野草都已经枯萎。松树的树干，粗糙而且弯曲，但枝头的松叶很粗，这使人觉得这不愧是百年的松树。它的年轮也许早已密密麻麻，无法数清了。

透过古松斑驳空余的缝隙，尚雨看见了天空。

天空不知什么时候暗了下来，云低压压地朝山上涌来。

小亭子后面，有一大片竹林，虽不很鲜绿，可赏心悦目，竹林的景象柔美温和，使人觉得温馨。竹林葱郁，又使人感觉寂寞。也许竹林本身就是寂寞的。

“竹子真好，像我这样的人见了也会觉得心里舒畅。”

“是挺好的。不过，竹叶看上去也快凋落了。”

乌云掠过头顶，连竹叶都暗了下来，呈现出一片灰绿色。

如果竹叶也凋落的话，只剩下笔直的枝干，那跟别的树木又有什么区别呢？

“不要紧的。明年它还会长出新的叶子的。”

“如果竹子的根死掉的话，它还会萌发新的叶子吗？”肖静自言自语道。

“什么？”尚雨像遭到了突然袭击，他茫然地望着肖静。

“没什么。”肖静柔声笑了。尚雨很久没见到这样的微笑了。

“尚雨……”肖静说。

“怎么了？”

“这个世界上，要是没有感情的话，那会是什么样子的呢？”

“没有感情？那不就乱了吗？如果人人都冷酷无情，该是多么可怕的事情啊！”

“世间万物的心都是相通的吗？无论是树木花草，还是动物，跟人的心都是相通的。可是，我为什么不明白眼前的竹子在想什么呢？”

“肖静，你在考虑这样的问题吗？”

“喔，不是。我只不过胡乱说的。”肖静慌乱地讲。

“如果一个人明白竹子在想什么的话，那么这个人的心一定和竹子一样，是柔美而悲哀的。”

尚雨抬头望了望天空。云积了过来，正在慢慢下降。

“我们回去吧！好像快下雨了。”

“喔。”肖静低着头应道。

山间不知何时蒙上了一层雾气。白蒙蒙的雾气渐渐向上涌来。

“会下雨吗？”肖静问。

“或许会吧！”

“或许会下雪呢！”

“下雪？”尚雨眺望了一下山脚下泛绿的树木，树叶好像变潮湿了。

“应该不会下雪。不过，这或许是深秋时节的最后一场雨。”

“还是下雪好。洁白的雪花，多么晶莹剔透啊！”肖静仰望着天空说。

虽然秋雨将至，可两人还是犹犹豫豫，站在水泥路上。

“下去吧！”

尚雨正要去拉肖静的衣服，肖静却猛地躲闪开了。

“不要碰我。”

“为什么？”

“我会给你带来不幸的。所以，请你以后再也不要理我了。”

“什么不幸？我才不信这一套。再说，即使真的会带来不幸的话，我也愿意。”

“我说真的，请你以后再也不要理我了。”肖静又重复了一遍。

“我宁愿把这种不幸当作是一种幸福。”

“你不明白这种不幸给你带来的后果，它会让你……”

“纵使让我死也没什么可怕的。你刚才不是也说了吗，生和死仅仅是个生活状态而已，生死又有什么区别呢？如果这样的不幸让我就此死去，我也绝不会有什么怨言。”

“…………”

“我真是这么想的。”

“妹妹看上去比我强多了，而且工作也很认真……”

“这我知道。”

“妹妹是个很现实的人，也是个很好的结婚对象。”

尚雨突然明白了什么，他摇了摇头，凝望着肖静。

“比起美的幻影来，还是一个现实的结婚对象好。”

“怎么会是美的幻影呢？你是实实在在存在的人啊！”

尚雨将双手放在肖静肩上，用力地摇晃着她的身体。

“看，明明是实实在在的人嘛！干吗要说成是幻影呢！”

“不，仅限于你才是幻影呀！”

“怎么会呢！莫非我看到的你是彼岸的你吗？”

“比起永久地在一起，还是将这视为美的幻影比较好。”

白色的雾霭渐渐笼罩了两人的身体，而且颜色越来越浓。尚雨的手感觉到了一丝寒意，可他攥紧拳头，却什么也抓不住。

“趁还没下雨之前，咱们赶紧下山吧！”

刚走了几步，肖静就被什么绊了一跤，差点摔倒。

在白茫茫的雾气中尚雨伸出了手。这一次他扶住了肖静，他感到很意外。肖静没有像上次一样身体微微一倾就站了起来，而是倒在了尚雨的身上。

那次肖静跌倒的一霎间，尚雨正想伸手扶住她，可她的身体却像蝴蝶一样飞了起来。直到现在，尚雨都清晰地记得她的身影动作。

尚雨将摇摇晃晃的肖静抱住，肖静的手抓着尚雨的衣服。

肖静没有立刻远离尚雨的身体，反而依偎在尚雨的怀里。当肖静意识到这一点时，自己也吓了一跳。她忙从尚雨的怀里站了起来。

“谢谢你了……”肖静低着头说。

“已经开始下雨了……”

在肖静依偎在尚雨身上的那一刻，天上落下了雨点，不是毛毛雨，而是冷飕飕的小雨。

尚雨抬头望了望天，忙脱下外套披在肖静的头上。

“跟我来。”

尚雨拉着肖静跑到了圣水湖旁的古松群下。

古松高大健壮，枝干都交织在一起，没有空隙，雨点落不进来。

无论是肖静，还是尚雨，此时脑海中都印着深秋的红叶下尚雨用衣服覆住肖静身体的情景。

“衣服给你吧！天这么冷，别感冒了。”肖静从肩上拿下衣服递给尚雨。

尚雨没有接肖静递来的衣服，他还处在美好的想象中。

“今年是个多雨之年……”肖静望着顺着松叶滴下来的雨滴。

“哦,是吗？”尚雨回过神来,看到眼前肖静举着的手,忙将衣服接了过来。

“这不是你说的吗？”

“啊！是呀！”尚雨应了声。他的思想麻木了。

“今年的雨水确实不少啊！”

“也并不多呀！只比去年多一点点。”

“深秋时节下雨不会打雷吧？”

“应该不会吧！不过，即使打雷，也不会打到我们头顶上的。”

“这是在哪儿？”尚雨突然问。

“沂山啊！你不知道吗？”

“哦。”尚雨还以为自己在石门坊呢！

刚才陷入沉思的时候，尚雨还以为自己和肖静站在红叶下面呢！

尚雨在汽车展时遇到思媛。在竹丛旁边，他指着黄蝴蝶飞去的地方问：那是沂山吧？

如今尚雨真的来到沂山，反而忘却了自己身在沂山的事实。只有那只蝴蝶让他感觉到这是沂山。或许沂山便是蝴蝶的栖息地吧！漫山遍野的彩色蝴蝶栖息在沂山的花丛中，人一点也看不见。但现在花丛早已经枯萎了，蝴蝶那柔弱的身体又该栖息在什么地方呢？

不，或许不是这样的，尚雨想。蝴蝶或许早已经变成了蛹，躺在柔和温暖的丝蛹内，等待来年破茧成蝶。

肖静那不可思议的身体，就是裹在透明的丝蛹中的吧？尚雨也希望自己可以栖息在这样的丝蛹中。

想到这些，尚雨的额头渗出了汗水。

肖静却以为是落在他脸上的雨水，忙从怀里掏出手绢递给尚雨。

“雨水落到你的脸上了。”

“谢谢。”

尚雨接过手绢,使劲地擦了擦脸。手绢都浸湿了,他的手心也冒出了汗水。

尚雨攥住手绢,险些塞进怀里。当他发现这一点时,忙把手绢还给了肖静。

“真不好意思，把你的手绢弄湿了。”

“没事的，回去洗干净就行。你的脸色很苍白，是刚才着凉了吗？”肖静瞧了瞧尚雨的脸。

“可能是最近食欲不佳的缘故吧！”

尚雨的双腿打战。为了不让肖静看出来，他的脚在地面不停移动着。

“瞧，雨停了。”肖静说。

“哦，雨真的停了。该回去了吧？或许过会儿还会再下呢！”

群山上笼罩的乌云还没有散去。耸立在山顶的白杨树，因为刚才的雨水，看得更加清楚了。

尚雨眺望山脚，山脚下被雾气笼罩着，什么也看不见。冷飕飕的风吹过来,雾气也随之移动着。地面也都被雨水淋湿了。杨树上的叶子簌簌下落着。这场雨加快了杨树叶子凋零的速度。

“对了，你的山楂还在山下呢！恐怕都淋湿了吧？”

“毛巾还在上面放着呢！”肖静好像突然想起了什么似的望着山下，“姑妈这么久不见我回去会担心的呀！”

肖静目光焦灼，手脚无措。她本来就没怎么化妆，只是在嘴唇上涂了淡淡的口红，此时全被雨水打掉了。

肖静今天的打扮有些像农村妇女，穿着粗布衣服。可这种朴素，让尚雨感受到一种自然之美。

“我上山的时候遇到你姑妈了，她应该知道你上山了。”

肖静和尚雨沿近路下了山。山脚下隐约可以听到流水的声音。山脚下的雨似乎比山上下得要大。雾气中掺和着白色的东西，渐渐多了起来。

山楂树下的篮子已经不在了。或许在下雨前被肖静的姑妈提前拿回了家。

山楂树的姿影在雾霭中显得更加雄壮了。虽没了叶子，可枝头红色的山楂越加明显了。

“快点回去吧……”尚雨仰望着天空，“你姑妈或许正在四处找你呢！”

“我送送你吧！”肖静说。

“不用了。我自己下山就可以，天色也不早了。”

“那好吧！下山要小心呀！再见。”

“再见。对了，你还要在这儿住多久？”

“我也不知道。在这儿打扰姑妈家我真觉得过意不去，可是……”

“就这样吧！回去的时候，你可以打电话通知我一声吗？”

“好的。”

“那再见了。”

“再见。”

肖静转过身，走进了附近的小房子里。

小房子此时也难以看清了。尚雨分不清肖静住在房子的哪个地方。

尚雨回过头，望着山下冷冷的雾气，慢慢地下了山。

在沂山见到肖静，对尚雨来说，不见得是幸福或喜悦，但尚雨从肖静的身上感受到了一股温暖的爱。

看上去肖静比想象中要坚强，在失去丈夫后，并没有被痛苦击倒。但是肖静悄悄地躲到沂山上，这是一种什么心绪呢？难道不正是说明肖静在躲避现实吗？

尚雨问肖静什么时候下山，她犹豫不决。莫非肖静要在山上长住吗？

“不过，山上的风景也美，又安静，住在那里倒挺好的。”尚雨这样想。

在山上见到树叶飘落，不禁让尚雨想起了万物是怎样在自然的美妙力量下生生不息，变化不已的。

站在沂山上的肖静，使尚雨的心中产生了一种糅合着幸福的忧郁之感。

一闭上眼睛，尚雨的脑海中马上浮现出沂山的郁绿和从高处泻下的相当有气魄的瀑布。连在工作中，尚雨也时常陷入遐想。

“下班之后直接回家吗？”同事问。

“是呀！”尚雨答道。他抬起头来，向窗外眺望了一下。

“回家没什么要紧的事吧？不如一起去 KTV 放松放放松吧！”

尚雨被什么吸引住，来到了窗前。

“对面的风筝铺……”

“什么？”

“我是说，对面的风筝铺什么时候关门了呢？”

“哦，你才发现吗？已经关门好几天了。据说风筝铺转让给一个卖衣服的了，新老板过几天就搬过来。”

“为什么？”

“你问我为什么，这我哪知道，或许是因为冬天的生意太冷淡，风筝铺老板觉得将房子租出去更好吧！”

“真是这样的吗？”

尚雨踮起脚，朝风筝铺前面的街道看了看。

五

温泉里的客人已经很少了。尚年一个人在温泉里尽情浸泡着。他老年的肌肤在灯光下显得过分苍白，毫无生气，宛如流尽血液的僵尸。但他的胸膛四周不断冒着泡泡，使人觉得水是很热的。他打了个哈欠，伸了伸又细又瘦的双腿。他的皮肤松弛，好似干瘪的核桃般，在表面形成了一道道褶皱。

老龙湾的泉水清洁，是造酒的好原料。尚年在温泉中似乎嗅到了美妙的酒香。他顺着香味朝窗口望去，酒气好像就是顺着那个缝隙飘进来的。但造酒的池子离温泉至少有几里路，酒香是一路飘过来的吗？

“看来风向变了……”尚年睁了睁发困的眼睛，尽量使自己打起精神来。

外面的风好像变大了，吹得屋顶的小侧窗一晃一晃的。温泉的水面也似乎起了波纹。

尚年还待在池子里不肯起身。灯光打在他的身上，脖子和手腕上的青筋鼓得老高。最近他没有剃胡子，下巴上的胡子在灯光下形成的暗影投在他的胸前，原本稀疏、柔软的胡须经过光线好像无限地扩大了，在胸前映得黑乎乎一片。

温泉水看起来相当清洁。尚年的思想麻木，盲目地认为酒就是这样的温泉水制成的。想到从酒瓶中倒出的晶莹黏稠的白酒，他恨不得俯下身子尝一下这用来酿酒的温泉是什么味道。

阿洁已经上了年纪，皮肤也不如年轻时光滑细腻了。尚年瞎想道：如果阿洁在这样的温泉中浸泡一段时间，肌肤或许会恢复青春的光彩的。

尚年恍惚之间看到对面的池子里站着一个赤裸着身子的年轻少女。在冒着腾腾热气的池子里，少女的身子好像是在虚无缥缈的梦境中。

尚年望着少女洁白如雪的乳房，顿时惊住了。他觉得自己的手好像托住了女子那丰腴有弹性的胸脯。尚年的胸口急促地起伏着，而且越来越快。

当尚年抬头看到女子的面容时，他“啊”了一声，猛地从温泉池里站了起来。

尚年的脸一下子涨红了，像喝醉了酒一样。

他扶着岸边的木质座椅，站稳了身子，用一条大的浴巾包住了身体。他朝池中望去时，突然发现池子里的水是黑的。 莫非是因为他思想的不洁净，才将池水染黑了吗？他吓了一跳。

因为刚才他看到女子的面容时，才发现少女原来是阿洁的女儿容凤。已经这把年纪了，还会产生这样的幻想，他觉得实在丢人，而且幻想的对象，竟然是他喜欢的人的女儿。一想到这些，他觉得自己龌龊不堪，脸一下子涨红了，浑身也出了一阵冷汗，好像自己的想法被别人发现了一样羞愧无比。

这时候，屋子里的老钟表敲响了十一下。

尚年抬头瞧了一下钟表，转过身，又看了一眼冒着热气的温泉。池中的水还是如先前那样澄澈。

屋顶的小侧窗被风吹得一晃一晃的。透过小侧窗，尚年看到了天空中那轮皎洁的明月，月儿周围有云在走动。

“伯伯，给您搓搓背吧？”

这声音使尚年有些意外。他回过身，只见对面站着一个少女。少女身穿一件黄色的短上衣，衣角挽着，看上去有些褶皱，不过给人一种干净利落的感觉。她的小腿裸露着，洁白晶亮。她显然是刚从对面的温泉屋里过来的，头发梢上还有一层水蒸气形成的水珠。她远远地站着，眼神有些胆怯。

眼前的小姑娘给尚年一种奇妙的感觉。或许是由于少女那样羞怯的神态的缘故吧！

“伯伯，这样可以吗？还需要再用些劲儿吗？”

“这样就可以。”

尚年本来是要走的，却又安心地躺了回去。他听到这个少女的声音，一下子轻松多了，刚才身上的丑恶好像全被少女身上的单纯给洗刷掉了。他感觉自己的心灵像被清泉洗涤了一样。他的心头涌起一种既非情欲又非爱的思绪，是一种推着他的心飞向远方的毫无感觉的陶醉之情。他感觉自己仿佛越过了烦恼和苦闷，进入了一个非常圣洁的世外仙境。

少女双膝跪在地上，用雪白的手指麻利地揉搓着尚年的背。尚年感觉舒服极了。他侧过身子看着少女，她的额前留着长长的刘海儿，像门帘一样悬在半空。她的小腿紧密地贴在地板上，沾着几滴从毛巾上溅出的水珠，在灯光下闪烁着亮晶晶的光。

灯悬在池子中间正上方的屋顶上，被风吹得一闪一闪的。晃动的灯光照在少女的脸上，非但没有削减少女的光彩，反而因为暗影的叠加显得愈发具有魅力了，好像形成了一面昏暗的影像，在漆黑的夜里闪动。尚年被这幅景象迷住了，痴痴地望着少女。当少女意识到这点时，她羞怯地低下了头，昏黄的脸染成了红色，可她的手依旧没有停下来。

尚年没有意识到自己这样做是不礼貌的。他大概被这样“美的镜像”的虚幻力量吸引住了，以至忘掉了自己的身份。但很快，尚年意识到了，就低下头转过了身子。

“你为什么要做这样的工作呢？”

“其实，我也……总之，有许多难以说清的原因。”

“噢，你多大了？”

“十五了。”

少女用力拧了拧毛巾，轻轻地擦着尚年的背。

“这难以说清的理由，是家庭的呢，还是社会的呢？或许都有吧！一个这么小的女孩子在这样一个残酷的社会还能做些什么呢？”尚年心想。

少女的胸脯拢起来了，尚年还以为她十八九了呢！原来她才十五岁，还是个孩子呢！想到这些，尚年觉得心里流过一阵清爽的气息。他深深地呼了一口气，哧哧地笑了起来。

“伯伯，您笑什么？有什么事情那么好笑吗？”

“没事，没什么事。”尚年恢复常态，他打了个寒战，“真冷啊！”

少女回过头看了看，说：“真对不起，我忘记关门了。”她双手扶地站起身，走过去关上了门。

“伯伯，您快起来穿上衣服吧！外面好像下雨了。”少女走过来说。

“下雨了吗？”尚年刚才看天的时候，天上还有月亮呢！

“是啊！好像是雨，又好像是雪……”

“是雨夹雪啊！”

“嗯！”少女认真地点了点头。

屋顶的侧窗缝隙处飘进来一粒雪花，落在温泉池里便融化了。尚年抬头看了看。这时，站在一旁的少女那裸露的雪白的小腿闪进了他的视线。

第九章　倒塌的楼房

一

肖雪端着盘子走进客厅。

盘子里放着苹果、葡萄和香蕉，上面湿漉漉的，还有水珠。肖雪刚刚用水洗过了。她将盘子放在父亲的面前。

“爸爸，吃水果吧！”

肖奉生抬起头来。肖雪无意间用洁白的小牙齿咬了咬下嘴唇。

这让肖奉生想起了肖静。

“喔！”他这样说着，从盘子里拿出了一个苹果。

“妈妈呢？妈妈哪儿去了？”

“你妈去美容院做头发去了。”

看起来，肖静丈夫的去世并没有给阿京带来任何不快。连女儿肖静的心事，她似乎也没有在意。

作为一个女人，特别是一个作为母亲的女人，难道应该是这个样子的吗？肖奉生无法理解这样的女人。

看到肖雪白皙修长的脖颈，肖奉生的脑海中蓦地浮起了肖静的愁容。

“雪儿，你最近跟你姐姐联系过吗？”

“姐姐吗？”肖雪将吃到一半的香蕉放在盘子里，“姐姐不是还在姑妈家吗？”

“哦！我还以为她回来了呢！”

“自从姐姐去姑妈家，我就再没见过姐姐了。”

“我是担心肖静会打扰到你姑妈，你也知道，你姑妈家是很忙的……”

“忙是忙，可姑妈的女儿在外面工作，常年不在家。姐姐住在那里，姑妈说不定很高兴呢！有个女儿般的人在身边，姑妈和姑父也不会太寂寞的。”

“这样啊……”

其实，肖奉生担心的是，肖静住在深山老林里不会想不开而自杀吧？

“爸爸，你在想什么呢？是在担心姐姐吗？”肖雪望着父亲的脸。

“嗯……”肖奉生猛然抬起头，他觉得万分尴尬。

“姐姐不会有事的。”肖雪肯定地说。

“当然，静儿是不会让我操心的，倒是你……”

“我也没让爸爸操心啊！”肖雪反驳道。

“爸爸，你是在担心姐姐的婚姻问题吧？”

“…………”

“其实，我也了解姐姐的处境，只是……”

“只是什么？”

“姐夫刚去世不久，姐姐或许还沉浸在失去姐夫的悲痛之中，再谈别的，恐怕……”

肖雪误会了父亲的意思。她以为父亲在考虑为肖静安排另一门亲事。

“你不用管静儿的事，还是管管你自己的事情吧！”父亲像是生气似的说。

“我只不过随便说说嘛！再说，姐姐是有自己的想法的。”

肖雪拉住父亲的手臂，依偎在父亲身边。

“静儿是有自己的想法的，静儿是有自己的想法的……”肖奉生喃喃自语道。

肖雪一会儿便上楼收拾东西出了门。

“要出门吗？”

“是啊！”

父亲没有问什么，只是看着肖雪的身影离去。

窗外的庭院里，枫叶落了一地。枫树枝稀疏的影子，正好落在大厅中间。

肖奉生将视线放在院子里。

肖静的婚姻悲剧，是太轻率导致的吗？年轻人做事，总是这么草率。可同时，肖静草率结婚，难道不是迫于父母的压力吗？在肖奉生过去看来，这是桩门当户对的婚事，他还为此在朋友面前吹嘘女儿的眼光好呢！

肖奉生多年之前就从罪恶的黑暗中挣脱了出来。如今因为肖静的事，他仿佛又陷入了罪恶的黑暗之中。

望着院子里杂乱生长的树木，肖奉生的心更烦恼了。他想，树木长得这样乱，应该找个花匠来修剪一下了。

在秋末将杂乱的枝子剪掉，让树木整齐划一，明年开春也许生长得会更好。这些事情，年轻时都是他自己动手做的。现在，他已经修剪不了大枝子了。

肖奉生开车去了公司。当然，坐在桌边他也安不下心来。肖奉生无意间发现，屋子的墙壁上挂了一幅新画。以前翠绿的竹林画已经撤去了。

是一幅枫叶落叶画。画面是由深浅不一的黄色组成，甚至连枫叶的脉络都可以看得清。

肖奉生蓦然想起了今早朝庭院观望时的景象。

从感觉上，画中的枫叶更使人感到暧昧之情。夕阳的光辉仿佛直射到肖奉生的内心深处。

肖奉生叫来管理的人问了问：“怎么换成了这幅画？以前的那幅呢？”

“我看那幅画已经旧了，颜色也不怎么清晰，便换了这幅……如果您不同意，我马上就换回来。”那人低着头，一动不动地站着。

“哦，原来是这么回事……”

那人见肖奉生没有生气之意，便抬起头用平和的声音说：“我觉得这幅画跟这个季节正好相合，才换上的。”

“你下去吧！”肖奉生说着，又独自欣赏起画来。

要说跟季节相合，更不应该挂满是落叶的画，而应该是生长茂密的树木。那样看上去，才会有荫翳之美。这样与大自然一个颜色的画，在同一个季节会使人感到无比悲凉。

不仅是树木，连土地、房屋的颜色，都因季节而显得更为荫翳了。

蓦然地，肖奉生想起了肖雪说的话：“姐姐是有自己的想法的。”

“当然，静儿是有自己的想法。雪儿说得似乎也没错。”

肖奉生不能劝肖静去寻找自己的幸福，为此他感到万分羞愧。

肖雪的话似乎还有另外一种含义。

肖奉生拿起桌上的电话给沂山肖静的姑妈家去了电话。

“唔，你好，你最近还好吧？肖静在吗？”

肖静的姑妈招呼道：“还好。你也知道，这时节也没什么值得忙的。你那边的生意最近怎么样？”

“还好，一切都还顺利。冬季生意也不那么忙，正好可以闲下来做别的事情。”

“唔，你等一下，我去叫静儿。”

“好的。”

继而听到那边呼叫肖静的声音。

“我是肖静，让您久等了。”

“是静儿吗？”

“哦，是爸爸啊！”肖静的声音略显颤抖。

“在那边还好吗？”

“挺好的，请您放心，爸爸。”

“…………”

“爸爸，您打电话来是有什么事情吗？”

“没什么事。这些日子来没见到你……”

“放心吧！爸爸。”肖静轻柔地笑了起来。

“什么时候会回来？”

“如果不是怕打扰到姑妈家，我真想就这样……”不过，肖静立即变了语调，“过几天或许就会回去。”

“还是拿不定主意吗？”

“哦？”

“既然自己拿不定主意，就让爸爸给你拿主意吧！”

“不用了，爸爸。”肖静呜呜咽咽，伏在电话机旁哭了起来。

“哭了吗？静儿……”

“我……没事……”肖静竭力保持自己的心情，压低声音回答道。

“前几天这边下雨了，那边呢？”

“也下了。树叶落了一地，看上去非常凄凉。”

“我在公司里还可以想象得到沂山下雨时雨水顺岩石流下的声音……这声音真叫人怀念啊！”

“山下的池子里都积满了水，看上去很清澈。”

“是吗？这边下雨的时候还下过一阵雨夹雪呢！不过很快就化了。”

“这边倒是没下。或许是在山里的缘故吧！”

“你姑妈家的山楂应该都采摘完了吧？”

“在一周前就采完了。”

“等你回家的时候带点儿来。我真想尝一尝沂山的山楂啊！”

“我一定会带回去的。”

“不过，我这个年纪，吃不了几个就会倒牙的……”肖奉生柔声笑了。

“瞧您说的，爸爸……”

肖奉生站起来，在画前面仔细观察着。

肖奉生的心似乎轻松多了。听到女儿肖静的声音，他的疲惫仿佛一下子全消失了。但是，他还是没能说出要说的话，为此他感到非常愁苦。

怎么开口对肖静讲呢？或许本来就不应该对肖静说吧？

他看到日上半空，阳光从对面的大楼旁射过来，直射在枫叶画上，宛如真正的金黄的世界。

肖奉生穿上外套，到铺子里视察了一下。铺子的生意很冷清。进入初冬，风筝铺进入了彻彻底底的淡季。

看到这种景象，肖奉生将铺子租了出去。而且，他打算，最近再租出几个铺子去。

一方面是因为生意冷淡。可另一方面，是因为肖奉生身心疲倦，无暇再顾及铺子。

中午刚过，肖奉生便回了家。

一路上，他发现路两边无比萧瑟，树干灰暗而且湿乎乎的。公交车上的人似乎都穿上了厚衣服。

他还记得春天时肖静跟他一同在路边散步时的情景。现在，已是初冬的景象了。

穿过火车桥洞时，他望见田野上的胡枝子花。在风中，白色的胡枝子花四下飘摇，连茎都白得如雪了。初冬的天空，一点生机都没有。

“这么早就回来了。”阿京说着接过丈夫的衣服挂在衣架上。

“铺子里没事，就提前回来了。”

肖奉生突然回头说：“今天我给静儿去电话了。”

“是吗？她说什么了？”

“也没说什么，随便聊了聊。”

“静儿说什么时候回来？”

“过几天吧！”

“静儿住在那种地方，身体一定消瘦了不少，等回来给她买点好吃的补补。”

“京……”肖奉生欲言又止。

“怎么了？”阿京回过头望着肖奉生的脸。

“你的朋友之中有没有信得过的人？”

“瞧你说的，我的朋友都是信得过的啊！”

“我的意思是……你朋友当中……朋友的儿子，有没有人品可靠的？”

“什么？”阿京诧异地望着丈夫。

“没什么。中午我还没吃饭呢！给我准备点吃的吧！”

肖奉生望着庭院光秃的树枝，转移了话题。

二

午后的阳光透过白杨树枝子，照在肖雪的身上。

肖雪拿着一个黄色的小包。她刚刚参加完朋友的婚礼。说是朋友，其实是肖静的朋友——一位高中时的女同学，今天举行婚礼。因为请柬已经发到家里，不去也不行，而肖静又不在家，所以肖雪才替姐姐去参加婚礼。

仪式刚结束，肖雪便离开了。不是因为她有什么急事，而是因为周围没有一个熟悉的人。

肖雪走在路上，脑海中偶尔浮现出婚礼的场景。由于举行的是西式婚礼，所以礼节较少。听说是男方嫌中式婚礼烦琐才要求举行西式婚礼的，女方也只能勉强地答应。两人都不是基督教徒。

男方竭力要求举行西式婚礼，说不定是因为他讨厌结婚，不过，也说不定他向往西式婚礼才这样要求的。也许还存在其他原因。中式婚礼新娘总要被人恶作剧一番，男方也许是出于保护新娘不受到任何伤害才这样安排的。

肖静结婚举行的是中式婚礼。衣服装饰什么的也都是按照中国古典婚礼做的，但是明显受到西方现代服饰的影响。

“我将来结婚才不办西式婚礼。”

肖雪这样想着。她还想起教堂里新娘子的样子。长袖婚纱洁白如雪，因为新娘身材矮小，婚纱的裙摆都垂在地上。看上去新娘的胸脯鼓鼓的，跟她的身形不大相称，也许是塞进了什么东西。

肖雪走到公交站牌下等待公交车。

她看到身边有个熟悉的面孔。

“啊！尚雨先生，是你啊！”肖雪相当意外。

“什么时候过来的？”相反，尚雨的脸上没有一丝意外，反而有些失望。

“刚刚。替姐姐去参加她朋友的婚礼了，周围没个认识的人，便提前出来了。”

“是吗？我也刚刚从那边过来。”

“真的吗？你也去参加那位朋友的婚礼了？”

“是的。”

“在那儿我怎么没见到你呢？”

“我压根儿就没进去。”

“没进去？不是去了吗？干吗不进去呢？”

“是去了。但走到门口，想想没有进去的必要，便折回来了。”

“哦！”

“你没想到我会去吧？”肖雪望着尚雨的脸。

而尚雨的目光，则停留在对面广场上巨大的雕像上。

“其实，我是替姐姐去的。本来去的应该是姐姐……”

事实上，尚雨走到教堂的门口还在想：肖静是不是也会来参加婚礼呢？因为这个女同学是高中时期跟肖静比较要好的朋友。

尚雨既恐惧在这种场合见肖静，可同时内心又希冀见到肖静。

“算了，还是回去吧！”

于是，尚雨转身离开了教堂。

“我想象得到。”尚雨对肖雪说。

“想象得到？你知道我会去？”肖雪的脸上露出更为吃惊的神情。

两人走进超市对面的一家饭店，一起吃了一餐饭。实际上，时间还远远不到吃晚饭的时候。两人中午饭都没有好好吃，但尚雨不禁对自己要邀请肖雪一同吃饭的做法感到吃惊。

尚雨心里似乎还有些话想对肖雪讲，但这些话并不是非讲不可的。

由于光线的缘故，肖雪咽喉到胸部的凹陷处，蒙上了一层淡黄的色调。看到肖雪那淡淡的暗影，尚雨着实感受到了她身上散发出的香味。

肖雪伸着长长的脖颈，跟衣服上的暗影相比，脖颈白得出奇，仿佛闪着亮光。她穿着白色的丝织毛衣，外面套着一件青色的马甲，看上去洁净得令人惊奇，仿佛初次穿上似的。白色丝织毛衣的袖口露着她的手臂，白里透青，白皙丰腴。她跟肖静的体形几乎是一样的。

“最近还好吧？”

“唔！”肖雪不知道尚雨是问她还是问姐姐，便这样应了声。

“今天举行的婚礼，是西式婚礼吧？”尚雨突然问了这么一句。

肖雪感到很纳闷，可还是回答：“嗯。”

“上次我参加婚礼便是你姐姐结婚的那次，那次举行的是中式婚礼吧？”

“嗯，我将来……也要举行中式婚礼……”肖雪说完了，低垂下了头。她的脸似乎变红了。

“据说，本来是在春天举行婚礼的，一直拖到秋天才举行……”

肖雪像是摆脱羞愧似的抬起了头。但尚雨的眼睛一直在望着她。

“是吗？可是现在已经进入冬季了啊！”

“也是。”

肖雪的目光在空中与尚雨相遇，又低垂下了头。

“对了，你见到姐姐了吗？”肖雪问。
“见到了。”
尚雨将头转向窗外，望着西天的夕阳。
西天的夕阳边有些许云彩，边缘是橘红色的，看上去就要消失了。
“姐姐还好吧？”肖雪试问道。
“看上去似乎很坚强，又好像很憔悴。”
“我爸爸想让姐姐回来。”
“是吗？”
“爸爸担心姐姐在那里会打扰到姑妈，所以想让姐姐回来……”
“哦……原来是这样……”尚雨轻轻地呼了口气。
“总之，谢谢你。”尚雨向肖雪施了个礼。
“谢我？谢我什么啊？”
“谢谢你告诉我肖静的住址，要不然，恐怕我这辈子再也见不到肖静了。”
“瞧你说的。”肖雪温柔地笑了。
“其实，对我来说，见面不见面又有什么区别呢？不见面反而更好，见了面，或许会更伤心的。”
“…………”
“所以，我经常对自己说：‘这一辈子再也不要相见了。’这样反而更好。”
“尚雨先生……”
“嗯？”
“今天你去参加婚礼，走到门口而不进去，是害怕见到姐姐吧？”肖雪说着，身体还那样端坐着。
“呃？”尚雨惊诧地望着肖雪。
“不是这样的。是因为……”尚雨辩解道。
尚雨没想到，连这一点，都被肖雪说了出来。他感到很愕然。
纵然已经被肖雪发现了，他也还是竭力否认着。
刚才，他的脑子如电光一闪，可他很快就平静下来。他内心深处的思想，每次都被肖雪点出来，这让他在肖雪的面前觉得很尴尬。
莫非肖雪是自己内心思想的化身吗？望着窗外，他闭上了眼睛。
肖静盯着尚雨的脸说：“尚雨先生……”
“……”尚雨本来想开口说话，可只是抬起了头。
“你难道没有考虑一下结婚，成家立业吗？”
“这个……暂时没有考虑……等以后……”

尚雨拿起茶壶给肖雪倒茶，向前稍微推了推：“请喝茶吧！”

“谢谢。”

肖雪拿起茶碗喝着茶。她端茶碗的姿势很端庄，表情也很自然。

“下周外面公司有个晚会，到时候你也一起来吧！”

“什么？”

“晚上应该会有时间吧？”

“舞会吗？”尚雨问。

“就是个晚会，大家聚在一起吃顿饭。不过，也许会有舞会。”

“我还是不去为好。”

“为什么？”

“跟你这样一个富有活力、青春美丽的女孩儿在一起，我会自惭形秽的。”

“胡说。”肖雪放下茶碗，反驳道。

“谢谢你的好意，我真的不能去。”

“为什么呢？”

“我不是说了嘛！”

“你是不是讨厌太热闹的地方才拒绝的？”

“讨厌太热闹的地方？你怎么会知道？”尚雨吃惊地问。

“我看你的性格就是不喜欢热闹的地方，因为从来没见过你参加节日活动、逛商场什么的。”

“有吗？这个我倒没有在意。”

“还说没有？一到喧嚣的地方就见你皱着眉头，一脸厌倦的样子。”

“也许吧！我讨厌事物，因为没了追逐的物质欲……”

“就我们两个人，这样可以吧？”

“…………”

“吃过晚饭一同去看白浪河的夜景也好啊！”

“初冬的白浪河，恐怕没什么风景可言吧！”

“怎么会呢？”

“结了冰的河水有什么看头。再说，河面落了一层焦黄的柳叶……”

“夜晚的白浪河，在灯光之下一定会很美丽的，即使是飘落的柳叶，在霓虹灯下也别有一番滋味。”

天渐渐暗了下来，房间里都亮起了灯。来饭店吃饭的人也越来越多了。

这个饭店提供烛光晚餐。在小房间里，专门设置了这样的桌子。墙壁两面挂着大幅彩画，一般为墨竹和菊花，正对房间门口的一面挂着观音菩萨像。

烛光映照着桌子旁双方的脸，宛如舞台上表演的木偶剧一样。

外面的光线越暗，就显得房间的光线越亮，对面肖雪的身影更加黝黑了。

尚雨一直盯着肖雪的身影看，他喜欢看这样的影像，如同看一场没有情景、没有对白的电影，甚至连人的面貌也没有，所有的一切任他想象。

尚雨总觉得，肖雪在那儿坐着，仿佛用了很大的劲儿似的。这或许是她倾着身子的缘故。

“转眼间又到冬季了，我们相识快有一年了吧？”肖雪说。

“真不可思议。”

“什么不可思议？”

“我这一年到底是怎么活过来的，竟然一点印象都没有。”

“连我也没有印象吗？”

“那倒不是……不过，感觉一切都好像很虚幻。”

“连我也觉得虚幻吗？”

“…………”

“即使真是虚幻的，也应该如现实般对待啊！”

尚雨忙转移话题说：“我发现我公司对面那家风筝铺子关门了，那是你家的吗？”

“是啊！怎么了？”

“我看到风筝铺子关门了，后来又见换成了服装店。是将铺子租出去了吗？”

“这个我不大清楚。”

“风筝铺发生什么事情了吗？”

“没有啊！”肖雪说，“这都是爸爸的意见，我也不知道是什么原因。”

难道真如同事说的那样，是因为冬天风筝铺生意太冷淡，才将房子租出去的？不过，尚雨总觉得还有别的什么原因。

他看了看钟表，发现时间已经不早了，于是便站起身说：“父母还在家里等着吧？”

“没事的。”肖雪说。

“时间不早了，我也该走了。”

“那好吧！”

两人一同走出饭店。街上已经灯火通明，对面的百货大楼看起来如怪兽一般。

此时，街市上正值人流高峰。奎文门前的桥面上行人如织，有从泰华城往西走的，也有从西边穿越奎文门往东去的。

尚雨站住，施了个礼，说：“那么，再见了。”

“我也要往那边走，顺道一起吧！”

“你不是要回家吗？”

“我今天跟爸妈说了，回自己的房子睡觉。”

“哦！”尚雨应了声。

此时，公交车从远处开了过来。车灯的光照在肖雪的脸上，看上去似真似幻。

这张脸难道不是比在烛光下更有魅力吗？尚雨从她的黑眼珠中看到了闪烁的光。

车刚停下，尚雨便和肖雪一同上了车。

三

每次乘车，尚雨总觉得好像能和肖静相遇在一辆车上。所以无论在车站，还是在车厢里，他都会寻觅一番。但他一次也没有遇到肖静。

去年跟肖静去云门山，回来时也约莫是傍晚时分。在颠簸的车厢里，肖静柔弱的身体晃过来晃过去，手仿佛把不住横杆一样。

尚雨想上前扶住肖静。可他终究没这么做。

他在后面，只是那样看着她。如同毫无贪欲的叫花子，呆呆地望着昏黄灯光下她的脸。

注视良久，尚雨似乎忘却了自己身在车上，更忘却了周围的人。他的眼中只有栩栩如生的肖静。她随车颠簸而晃动的身子使人感到这是真实而非“画像”。这是肖静，是任何人都无法替代的。他这么想着，她的表情、动作，都是属于她的而非别人。即使有个跟她同样容貌的人也丝毫不会影响到她，她微笑乃至哭泣的样子，都是这个世界上唯一的绝妙倩影。

尚雨还觉得,她那皮肤的颜色也是独一无二的,从里往外放出耀人的光彩。

这次乘车，又让尚雨忆起了在明暗交织的车厢里肖静的样子。

回到家时，已经十点一刻了。父母都已经睡了。

尚雨第二天还是按时去上班。

他没有吃早饭便去了公司，空暇时间吃了点面包。因为早上走的时候，父母似乎还在睡梦中。

他发现桌上放着一封信。

有谁会给他来信呢？他翻过来看了看，署名是任思媛。

她给我来信有什么事吗？那干吗不用电子邮件而要用信寄过来呢？
该不会是结婚请柬吧？尚雨不禁心头一跳。
尚雨刚要拆信，这时候，电话响了。
“我是思媛。”电话里的声音好像很匆忙。
“我是尚雨……”
“嗯，我知道。”
“这么早打电话来，有什么要紧的事吗？”
“你是不是收到了一封我写的信？”
“是啊！怎么了？”
“你打开看了没有？”
“还没呢！正打算看，你就来电话了。”
“哦，那就好……”思媛好像呼了口长长的气。
“怎么了？”尚雨问。
“没怎么。那封信本来不该寄给你的。昨天写收信人的时候顺手写成你了，请你原谅。”
“是吗？这没什么。”
“真对不起啊！”思媛内疚地说。
“没事。我还以为是你的结婚请柬呢！”
“什么？结婚请柬？”
“我还以为是你的结婚请柬，通知我去参加你的婚礼呢！”
“怎么可能呢！”
“你现在在哪儿？”
“在公司里。”
“哦。”
“什么时候下班？”
“下午五点钟。”
“那好，到时候我去你公司找你吧！”
“还是我给你送过去吧！”
“不用了，还是我去拿吧！”
“那好吧！下班之后我在公司等你。要不，约个地方见面吧！”
“那也行，约在什么地方呢？”
“公司附近有个咖啡馆，我们就约在那儿吧！”
“好的。”

尚雨用手指夹起那封信看了看，信封上贴着两张八毛的邮票。摸上去纸也厚厚的。这是思媛给谁写的信呢，会有这样厚的一沓？

但是，既然是给别人的信，怎么会写成了他的名字？难道真的如她所说，是顺手写错了吗？

因为公司没什么重要的事，所以尚雨提前下了班。 一下班，尚雨便赶到了咖啡馆。

尚雨要了杯咖啡。其实他并不喜欢喝咖啡。

每次都得违背自己的意愿,面对自己的弱点。尚雨真是一点办法都没有。

咖啡馆的玻璃上还留着一道落日余晖，但只剩下个小小的圆点了。尚雨看了看钟表，已经五点半了。

想起思媛小时候的样子，他忍不住要笑。想到这些，也使他的心头为之一振。

咖啡馆的门开着，思媛匆忙走了进来。

“真对不起，有点事情耽搁了……”

她的手中拿着一个镶着菊花的小包。黄菊花格外醒目。

“没关系，请坐吧！”

“让你久等了……”

思媛坐在靠门口的一侧。

黑暗袭来，可思媛却明艳照人。仿佛幽暗的大厅也被照亮了。

思媛抿着嘴，跟她小时候生气的样子一样。尚雨感觉有些好笑。

“这是你要的信。”

尚雨侧过身，从上衣口袋里拿出信放在桌上。

“真不好意思啊！”思媛低垂着头。

与往日不同，她明亮的眸子似乎带着几分悲哀。

“要寄给谁的信呀？”

“…………”

“我也许不该问的。”

“没关系。”

“脸色看起来不怎么好嘛！不舒服吗？”

“没事，或许是天气的缘故吧！”

思媛落落大方地坐着，抬头望着尚雨。

“你跟那位学长最近关系怎样？”

“别提这个了。一提到这个，我老觉得好像自己是一件礼物要送给别人一样。”

“怎么会是礼物？是你多虑了。”

“即使是礼物，也应该给适合这件礼物的人，难道不是吗？”

“这倒也是。”

“再说，只有最好的东西才能送人，否则总有一天会后悔的。”

“…………”

尚雨望着思媛。

思媛将自己视为一件礼物，这让尚雨感到不可思议。要是思媛真是一件礼物的话，当然是最好的，她说只有最好的东西才能送人，不是暗指她自己吗？

尚雨从正面看上去，思媛浑圆的肩膀向前倾着，脖颈修长，怎么也无法令人联想到礼物。

以前尚雨见到思媛，她都戴着首饰。而现在，她不仅脖颈上没戴任何东西，连耳垂也毫无装饰。

这样看上去，思媛显得楚楚可怜。

尚雨想闭上眼睛，不忍看她，同时又感到一种美的诱惑，心驰神往。

思媛这样悲哀的样子，尚雨反倒认为是美的，因而没有产生半点怜悯之情。

桌子上的花瓶中，插着新鲜的石竹花和杜鹃花。花色很鲜艳。尚雨仿佛忘记了冬天的景象，痴迷地望着花瓶中的花。

花瓶不是瓷质的，而是嵌银漆器。无论是冬天新鲜的花，还是嵌银漆器，都给人的视觉带来强烈的冲击。而且，它们都是静穆端庄的，不使人联想到任何病态的东西。

思媛也顺着尚雨的视线看向了花瓶中的花。

“冬天还能有这样鲜艳的花，真是好……”

“今日不同往时了，无论什么季节，哪种品种的花都有。”

“萧条的冬季看到这样的花固然好，然而，却好像感觉到一种不协调。”

“…………”

思媛又抿了抿嘴，看上去闭得更紧了。

“还是合适的季节看到这样的花舒服。不是合适的季节，开得再好，再鲜艳的花，也使人感到不舒服。”

思媛点了点头，似乎很赞同尚雨的说法。她用手指触碰一下绽放的花朵，花朵陡然动了一下，身子仿佛人一样敏感。

尚雨的脑海中浮现出一大片荷花来。那是夏天时池塘里的景色。

思媛将视线转向窗外，注视着一片萧瑟的天地。

“我准备出去旅行。”

“旅行？现在吗？”

“嗯。”

思媛看着自己的手，垂下头一动不动。她头发上的蝴蝶结在灯光下闪着微弱的光。

“冬天出去旅行，恐怕不怎么合适吧？”

“反正就是旅行，有什么合适不合适的。而且，我打算长期旅行。”

“长期旅行？准备去什么地方？”

“还没想好。不过，既然是旅行，当然是去比较远的地方。”

“一个人吗？”

“是的。因为要出去散散心，所以只能一个人。”

“家里人同意吗？”

“我自己的事情，只要自己想清楚就行了。”

“不过，现在已是冬季，再过不了多久就是新年了，你何必要出去旅行呢？”

“我已经决定了。”思媛低垂着头，眼中似乎涌出了泪水。

尚雨觉得思媛有点古怪。而且，她的手也在不停哆嗦。

“会去有雪的地方吗？”

“也许会去。不过，南方是没有雪的。”

“你打算去南方？”

“也不一定，也许会往西走。”

“去西藏？”

“我也不知道。”

服务员上来添了茶水。水蒸气升到了半空。

“那么，希望你旅行愉快。”

“谢谢。”思媛仿佛很痛苦的样子。

尚雨嚯地站了起来，一下子靠到了窗口。原来外面的天，不知什么时候飘起了雪花。

“真美啊！”尚雨自言自语道。

雪沸沸扬扬，悄无声息，在黑夜里下着。

思媛的眼睛，一直瞅着尚雨的背。

她扶着桌子要站起来，可能坐的时间太长，双腿麻了，身子一晃，险些摔倒在地。

四

尚年穿着一件灰毛衣，在庭院里给菊花分根。

他本不是文雅人，却爱摆弄花草。一方面是为了打发空闲时间，另一方面是试图借此麻痹他那罪恶的思想。从花草之中，他希望可以看到自己纯洁无瑕的一面。

菊花的分根是在冬季的十一月底至翌年二月下旬进行。本来过完年后再分根也不迟，但尚年觉得要在天气尚未变寒冷之前将菊花分根完毕，只有这样他才会觉得心安理得。

可是，他干了一会儿，便累得满头大汗了。

妻子最近迷上了刺绣跟剪纸。在一位民间艺人的鼓动下，不仅尚年的妻子，很多中年妇女都迷上了刺绣和剪纸。民间艺人抓住中年妇女心里空虚的弱点，大力推广刺绣和剪纸，让中年妇女在家闲着无事时就用它消遣时光。另外，民间艺人又用极低的价格将这些工艺品收回去，稍作加工，拿到市场上去卖。听说，下一步，民间艺人将向这些中年妇女推广泥塑和核雕，让她们充分地利用空余时间，而且还感觉乐趣无穷。

目光所及之处，家里的窗子、墙壁上，甚至连供奉的神像前，都贴上了“福”“年年有余”的红色剪纸。

昨天晚上，女儿尚真打来了电话。通过电话之后，妻子出其不意地说:“尚真好像又怀孕了。”

“哦。”

尚年望了妻子一眼。他的脑中掠过一个柔弱娇嫩的婴儿的形象。

那是刚出生时的尚雨形象，此时悄然爬上了他的心头。

“没想到我这把年纪还可以见到自己的孙辈。”尚年喃喃说道。

尚真的孩子会像谁呢？像孩子的父亲还是母亲，不过说不定会像尚雨，而且还有可能像自己呢！

不过，首先让尚年想到的，却是自己儿子尚雨的形象。

说不定生个女孩会像阿洁的女儿容凤呢！尚年甚至这样放肆地想。

吃过晚饭，洗刷完用具后，妻子从厨房里走出来说：“从明天开始，我就搬到尚真家去照顾她。”

“唔！”

“要不然再出什么意外怎么办？我可不希望女儿再出什么意外。”

“那好吧！”

“晚上我回来晚的话，你就自己做饭吃吧！出去吃也行。”

第二天一大早，妻子便去了女儿尚真家。

为菊花分完根，已经到了中午时分。尚年挽起袖口，去洗了洗手。他甩了甩湿淋淋的手，看了一眼菊花丛。

枯萎的菊花挂在枝头，让尚年这一分根，弄得满地都是。叶子倒是没有几片了。

菊花之上，不会再有蝴蝶飞舞了吧？

尚年擦干手，想了一下，给阿洁打了电话。

“你好……”对方说。话筒里传来“吱啦”的声音。

“我是尚年。”

“哦，是你啊！”

“吃中午饭了吗？”

“还没呢！正准备做。”

“我也没吃。一起出来吃吧，怎么样？”

“你妻子呢？”

“她去女儿家了。家里只有我一个人。”

“那挺寂寞吧？”

“是呀！女儿怀孕，她过去照顾，只剩我一个人在家。她让我自己做饭，可是我根本不会啊！”

尚年也觉得奇怪，自己为什么要说出女儿怀孕的事呢！

他尤其没有料到，自己在用这样的话来暗示她跟他之间的罪孽之深。

莫不是在暗暗指她的女儿容凤吧？他感到大吃一惊。

“女儿怀孕了吗？那恭喜你了。”

“对我来说，这倒不是什么重要的事。我只不过想见一下自己的孙辈。”

“儿子也快结婚了吧？”

“尚雨？瞧你说的，他还不知道什么时候才肯结婚呢！”

尚年本来想问：“那容凤呢？”可是他没有开口这样问。

“你真幸福啊！”

“我可不这样认为。”尚年直接说。

“…………”

“容凤中午不回家吃饭吧？”

“容凤？她下班后才回家。”

“既然这样，那就出来嘛！”

“不大方便吧？”

“怎么会不方便呢？我知道有个地方的饭非常好吃，我们一起去吃朝天锅吧！”

“…………”

“况且，我们也很久没有见面了，就来一趟吧。我也想见见你……”尚年接着说，“我在家里等着你，来了之后我们一同去。”

“…………”

“放心吧！家里没人。”

“…………”

尚年算了算阿洁到达的时间，回房间换了身衣服。

他用手摸了摸下巴，发觉胡子没有刮。于是匆忙准备了热水，麻利地刮去了胡子。当他将肥皂沫洗去时，发现其中有些血丝。

他将手伸进水里想抓住红血丝。可突然心生一股嫌恶，忙拿出手用清水冲干净。

外面传来敲门声。尚年以为阿洁赶到了，忙赶到门口开门。来人却是他的妻子。

尚年感到大吃一惊，他紧蹙眉头，看着妻子：“怎么这么早就回来了？”

“回来拿点东西，马上就回去。”

“哦……”

妻子钻进屋子里，尚年还失神地站着。

阿洁不会在此刻赶过来吧？这样想着，他的额头不禁渗出了汗水。

“年，我前些天买的胃药放哪儿了？”

尚年走进屋子里。妻子在挨个抽屉翻东西。

“你找胃药吗？”

“尚真昨天晚上不知道吃了什么东西，今天上午突然肚子疼……年轻人就是年轻人，吃东西总这么马虎。”

“那怎么不赶紧送医院呢？”

“我有经验。这只不过是食物的缘故，吃点药就没事了。你知道放哪儿了吗？”

“在电视机后面吧！你找找看。”

尚年想起来了，当年妻子怀尚真时也曾吃坏了肚子，但最终尚真还是平安出生了。

“啊！找到了。”

妻子从电视机后面翻出药，拿在手中看了看。

“你还没吃饭吧？过会儿你自己出去吃吧！”

“哦，我约了个朋友一同出去吃。”

尚年怕阿洁在这时赶到，跟妻子遇见，才这样说。

“我先走了。”

妻子拉开门走了出去。

望着妻子消失在庭院里的身影，尚年长长地吁了一口气。

妻子刚出门，阿洁便走进了庭院。尚年忙出门迎了过去。

“刚才出去的人，是你的妻子吧？”

“你看到了？”

“嗯。看起来匆匆忙忙的，好像有什么急事。”

“她刚才回来拿胃药了，女儿的胃有些不舒服。”

“哦……”阿洁似乎还想问什么，但她没有再问下去。

“请屋里坐吧！”尚年说。

阿洁抬起头，望着尚年的脸。

“你出汗了……”

“哦。”

“大冬天的……”

“刚才为菊花分根了，兴许是那时出的汗。”

尚年不仅是额头，连身上也汗津津的。其实，是因为刚才妻子的归来使他吓了一跳而出的冷汗。

“哦，真勤快啊！我家里倒是没有菊花，全是白玉兰。”

“白玉兰也挺漂亮的。我见路两边种的花，好像就是这种花。”

“我也想种菊花，不过，总觉得不太合适。”

“为什么呢？”

“因为我觉得菊花看上去宛如男子，恐怕不好培育……再说，家里也没有男子。”

“照这么说，白玉兰看上去倒像女子了……”

尚年觉得，阿洁的话似乎有点奇怪，而自己却也顺着她的话说出了这样奇怪的话。

阿洁说菊花宛如男子一样不好培育，难道她是这样考虑才生了个女儿的？还是有了女儿之后发现男子不好养活的？

将花视作男人或女人，这是尚年以前不曾意识到的。这样被阿洁一说，他才察觉到自己的思想倾向。而无论是视作男人的花还是视为女人的花，本质上都是美的。

怪不得人们会用“梅兰竹菊”来形容人的品质。“梅兰竹菊”都是充满生机并且纯洁无瑕的。

“请进吧！”

尚年指引着阿洁，走进充满荫翳气息的房间里。

阿洁看到墙壁上郑板桥的竹石画，心想：还是老样子，一点都没变。

“有很多年没进来过了吧？”

“嗯，自从断了联系后就再也没来过。再说，前前后后来过也不超过五次。”

“那时候父母还在世呢！现在，我们也到了当年父母的年纪。”尚年笑着说。

“想想真快啊……”阿洁感叹道。

“一想到父母当年居住在这儿，多年之后自己又居住在这儿，就觉得挺不可思议的。”

“可不是嘛！”

“父母在这房子里走向死亡。如今，我也在这儿走向死亡……想想挺有意思的。”

“别这样说。”

阿洁望着尚年的脸。暗光之下，尚年的下巴洁白光滑，一点青茬都看不见。

“你刚刚刮了胡子了？”

“是呀！胡子长得太乱了，不刮无法见人了。”

“看上去下巴画了个优美的圈……”

尚年走到厨房，给阿洁倒了杯茶。

阿洁低垂下头，接过茶杯。刚才她的眼睛一直望着尚年的背影，头发的暗影映在她拿茶杯的双手上，她的双手静静地放在双腿上。

阿洁的眼窝凹陷，眼角边布满了皱纹。然而她的眼神在尚年看来却蕴藏着说不尽的温柔。

看上去阿洁的体态显得温柔可人，可举止行动上却显出上了年纪的人的憔悴困顿。

尚年正是受了她眼神的诱惑，从而陷入她莫名其妙的柔情中的。

两人面面相觑了一会儿。尚年抬起头说：“自从上次见过容凤后已经过去许久了。容凤最近还好吧？”

“挺好的。”

“容凤是个很好的女孩子。”尚年由衷地说。

“你过奖了。”

尚年站起身走向阿洁，将手放在她的肩膀上。

阿洁拿茶杯的手颤抖了一下，茶水险些倒在身上。

当时，尚年见到容凤，感觉容凤的光芒直射向他的心房。而此时的阿洁，却显得黯淡无光，甚至连女人的气味都没有了。

尚年恍惚听到对面的山上传来敲钟的声音，他忙松开了搭在阿洁肩膀上的手。在不断传荡的钟声中，尚年感觉自己老年的丑态更加难堪了。

他哆嗦地抽回自己的手，扶在桌子上。他仿佛被什么东西附了体似的，连站都站不稳了。

五

“你怎么了？你怎么了？”阿洁使劲地摇晃着尚年，着急地问。

尚年渐渐坐回椅子上，疲惫不堪地说：“没事，不用担心。”

“刚才……”

“刚才我觉得眼前一片漆黑，也许是血液流通不畅吧！”

“要注意自己的身体啊！”

“不过，要让我选择的话，我宁愿选择安乐死。”

“别胡说了。”

“我说真的。以前，我曾想自然地死去，体验一下死时的心情。但现在我已受不了那样的疼痛了，所以还不如采取安乐死的方式去死。”

“儿子还没结婚，这样死去你会安心吗？”

“这是我唯一的遗憾了。”

“那就别带着遗憾走，要等到儿子结婚才行。”

尚年没有再接话。

“生来的时候没有遗憾，走的时候怎么能带着遗憾呢，对不对？”

“…………”

“今天就不必出去吃饭了吧？”

“没关系。”尚年站了起来，倔强地说。

他仿佛故意违背自己本心似的说了这番话。或许是为了换取阿洁的关心，但获得阿洁的关心后，他又不由得嫌恶起自己来。

青春时的热情已不复存在，他好像要唤回自己已失去的青春才这样说的。但结果是，青春不仅没有唤回来，而且还使他发现了自己丑恶的嘴脸。

他的内心深处，存在着一种既想伤害自己，又想伤害对方的思想。这种思想使他有种自我厌恶的感觉。

想到自己的妻子有可能知道自己和阿洁的关系，尚年便觉得万分羞愧。不过，现如今，他已经无法摆脱阿洁了。

两人走进了饭店。这是间位于白浪河附近的饭店，从窗口可以看到冬天结了冰的河面。

前段时间下的雪还没有融化完。特别是河面上，跟刚刚下过雪一样。

尚年望着河面的雪。有小孩子在上面滑冰。

“你认识不认识合适的女孩子？”

“什么合适的女孩子？”阿洁惊诧地望着尚年。

“就是合适的女孩子。我想让我的儿子尚雨去相亲。”

“相亲？他恐怕不会赞同吧？”

“如果这样下去，他可能一辈子也找不到女孩子的，所以我才想安排他去相亲。”

“年轻人是有自己想法的。”

“到底有没有呢？”尚年问。

“有是有。不过我不知道您儿子要找一个什么样性格的女孩子。”

“这个我也不太清楚。尚雨跟容凤差不多大，她应该知道他要找什么样子的女孩子吧！”

“你的意思是——让容凤给他介绍个女孩子？”

“有困难吗？”

“不是。只不过，容凤自己还没有……我回家跟她说一下吧！兴许在她的朋友中有适合你儿子的女孩子。”

“如果可能的话，找一个跟容凤差不多的女孩子就行。”

“哦？！”

“你也担心女儿的婚事吧？”

“是啊……再说就这么一个女儿……”

“女儿出嫁，最痛苦的要属新娘子的父母了，养活了这么多年一下子就到别家去了，没有哪一家的新娘子离开家不是大哭一场的……当年我的女儿出嫁时便是这样的。不过，我还好，毕竟还有个儿子在身边，你就这么一个女儿，恐怕不舍得女儿出嫁吧？”

“话虽如此，但是没办法啊！女儿毕竟还是要出嫁的。她该有她自己的幸福。”

“做父母的都是这样希望。仿佛只有儿女幸福了自己才能安下心来。”

“算是做父母的对儿女尽的一份心吧……”

“现在好多了，即使女儿出嫁了也还是会常回家看看的。只不过，成了两家的女儿，而且还多了层妻子的身份，将来生下孩子后再添上一层做母亲的身份……”

“女儿结婚真是件残忍的事情啊！”

阿洁闭上眼睛，一动不动。

阿洁和尚年虽然嘴上这么说，但他们不也是这样经历结婚一路走过来的吗？

尚年直勾勾地凝望着河岸边的倒垂柳，上面一片叶子也没有。外面一派冬天的景象，看上去灰蒙蒙的。

怎样才能表示一下自己对于季节的抗争呢？

白皑皑的雪，纯洁无瑕，仿佛要唤醒尚年那麻木病态的思想。

吃过午饭，两人在大街上走着。

白色的雪花，在阳光下闪着亮光，看上去让人觉得不可思议。

“我想去看一下以前约会时的那座废楼。”

“真是奇怪的要求。”

“上次去的时候是中秋。那时候周围的景象还很好。不知道那儿现在是什么景象了。”

实则，尚年是为了去寻觅那种“一花一草一世界”的感觉。但这时，恐怕花草也看不见了，只剩下了白色的积雪。

“就是为看这个才去的吗？”

“是呀！”

两人上了公交车，过了半个多小时才到站。当车停靠在站牌后，两人下来慢慢地朝那边的废楼走去。

“小心，地面有雪。”阿洁在身后提醒说。

肖雪的眼神和容貌，在尚雨的记忆里是很清晰的。可是，肖静的样子，却像虚幻的影像一样，无论如何也记不住。

“这到底是怎么回事？”

尚雨朝公司对面的大楼望过去。大楼的玻璃窗正好晃着他的眼睛。

他转过头来时，连近在眼前的文件也难于辨别了。

肖静结婚快满一年了。想到这些尚雨便觉得不可思议。自己还是一个单身汉，依旧过着独身的日子。

在这一年里，他仅与肖静见过两次面。一次是在肖静的婚礼上，另一次是在沂山上，在肖静的丈夫去世之后。而春天杏花上的雨珠和深秋沂山的景象给他的印象都是鲜明的。仿佛他们不是只见过两面，而是经常见面，因为肖静似乎已经移到尚雨的心里了。

肖静的苦痛，似乎超过了尚雨。为此他感到极其悲哀。

既然喝了命运的毒酒，就只有自蹈死路。尚雨这样想道。

上次见到肖雪，肖雪对他说：爸爸想让姐姐回来。连肖静的父亲都意识到了这一层吗？所以才要求肖静回家。她父亲将风筝铺一个个租出去，这恐怕与肖静不无关系。

夜晚的路灯灯光照在肖雪的脸上，光艳照人，尚雨还清晰地记着。

“思媛到底怎么了？为什么无缘无故要出去旅行呢？”而且看上去，思媛好像充满了忧愁。

思媛的身体丰腴，一点都不像是贫血的样子。可当尚雨观望窗外飘落的雪花时，思媛刚要站起来，突然身体一晃，险些摔倒。

“啊！怎么了？”尚雨忙奔过去扶住了思媛。

思媛双手抓着尚雨的衣服，好像要朝尚雨倒过来。

思媛眼泪潸潸不止。尚雨刚从外面转回视线，没有看到她在哭。

“不小心摔了一跤……”

思媛的眼角还泛着泪珠，上眼皮微微泛红。

尚雨没有再说什么，将思媛扶着坐在椅子上，给她倒了杯茶。

“喝点茶吧！暖和暖和身子，外面似乎很冷。”

思媛一边喝茶一边落泪。闪亮的泪珠似乎滴到了茶水中。

当时思媛为什么落泪，这个尚雨一点也不知道。

如今想起来，思媛那柔弱的身体似乎充满了无限的柔情，不过是悲哀的柔情。女人为何如此喜欢落泪呢？莫非女人倦怠的柔情和光滑白皙的肌肤都是由眼泪雕琢而成的？

至高无上的精品，都是经过长时间雕琢而成的。女人经过一代代的雕琢，才具备了大自然中浑然天成、形状娇美的形体。

尚雨暗自期待这样的精品。不过，既然是精品，就不会使人联想到任何龌龊的思想。

尚雨突然意识到那天思媛哭泣是个危险的兆头。于是他给思媛打了个电话。

接电话的是她的母亲，她说思媛上班去了，老早就出门了。

尚雨将电话打到公司，公司的人告诉尚雨，思媛没去上班。尚雨向同事打听她的去向，可是，没有一个知道的。

思媛该不会是真去旅行了吧?

连父母她似乎都没有说，这让尚雨更加担心了。

下午尚雨又往公司打了一个电话，思媛仍然没有上班。

“该不会出什么事了吧？”

“思媛是个性格开朗的女孩子，应该不会出什么事的。”

尚雨这样安慰自己。

尚雨下班后，没有马上回家，顺着白浪河欣赏这冬天的风景。

路上情侣很少，偶尔见一对，也紧紧搂抱在一起。

不太高大的倒垂柳在白浪河边一排排立着。树梢在风中轻轻晃动，一片叶子也没有。柳树底下，有个圆形的区域，雪被很好地保存着。

尚雨还记得，在白浪河附近遇到容凤时的情景。

第一眼见到容凤，尚雨便觉得很熟悉，无须介绍，好像已经在他的记忆中存在一样。

一阵疾风吹过来，尚雨感觉到身上凉飕飕的。他没有背过身子，一直向前走着。风吹动他的衣服向后飘。

在寒风的刺激下,尚雨的眼睛流出了热泪。朦胧之中,路灯渐渐亮了起来。

有几个小孩子在白浪河上溜冰。望着这些瘦小的身躯，他不禁充满了怜悯之情。这些小孩子一点也未意识到自己的举动是危险的。他们更不知道他们的人生之路是充满了磨砺的。

灯光照亮了街道两边的大楼。楼顶上喷泉组合的灯光看得一清二楚。超市的门口进进出出。不过，人们都穿得很厚。

在十字路口上，尚雨看到一个等待过马路的女孩子。她穿着黄色的羽绒服，抬头望着对面。那双眼睛，在尚雨看来，如清泉般澄澈。昏黄的灯光照在她的脸上,极具艺术魅力,仿佛一尊古铜像一样,嘴唇半闭半张,非常诱人。而在黄光的包裹下,她显得相当高雅。当尚雨回过神来时,女孩子已经不见了,只剩路上匆匆忙忙走过的人群。

在百货大楼那一站，尚雨坐上了公交车。车上人很多，拥挤在一起。

从车上几乎看不到窗外的景象，只看到街道两旁高耸的树木。其他都一片模糊。

尚雨依稀看到春天的杏花和深秋的黄栌，洁白的雪花也浮现了出来，并且越来越清晰。

走到郊区附近时，突然听到车外面喊："救命啊！救命啊！这里的楼房倒塌了，下面还有人呢！"

拐角的空地上聚着一群人，看上去好像是楼房倒塌了，是栋废弃的楼房。

尚雨倾过身子借着车厢的灯光朝那边看了看。

倒塌的楼房旁停着好几辆警车和救护车。警灯在黑夜里闪着，格外醒目。

第十章　冬天的风筝

一

阿洁跟女儿容凤来到尚雨家拜谒，是在尚雨的父亲尚年去世后的头七那天。

尚年的妻子热情地招待了她们。

“您好，夫人……”阿洁低着头说。

“您来了。”尚年的妻子虽然不熟识她，还是这么说。

“真不好意思，本来应该早点来的。”

“就是，葬礼的那天也可以来嘛！”

“考虑到那天会有许多亲戚，所以就没来。”阿洁不敢正视尚年的妻子，躲躲闪闪的。

“您请坐吧！我去给您沏茶。”尚年的妻子走进了厨房。

阿洁走到了客厅里。

灵位前，摆放着尚年的遗像。大厅左边挂着一幅大的翠竹画。阳光照进来，将尚年的脸映得翠绿。她竟忘记了尚年死去的事实，麻木地走了过去。

她用手指抚摸着画中的人，手指都变得颤抖了。她还清晰地记着尚年被砸在废墟下的情景。

“洁，天不早了，我们走吧！”

阿洁在前面，尚年跟在后面。

楼房突然倒塌，阿洁只觉得自己被推了一把。她回过头看时，楼房已经倒掉了，而尚年却被压在了下面。

阿洁坐在灵位前点上香，然后合掌闭目，叩拜了一番。

女儿容凤一直站在那儿，一动不动，直勾勾地看着母亲。

“您请喝茶。”

“哦，谢谢。”阿洁仓促地站起来，背着身擦了擦眼角的泪。

“这位是？”尚年的妻子指着容凤问。

“这是我的女儿，容凤。”

“听说你跟阿年年轻的时候就认识了。”

“曾经在一所中学念过书……”

“那应该很熟悉了。”

“也不是很熟悉……”阿洁斜视着尚年的灵位。

灵位两侧摆着两瓶花。插的是小花瓣的菊花，花瓣是淡黄色的。

“本来打算带花来的，出门太匆忙，一时给忘记了。”

“不必在意，您能来，阿年已经很高兴了。”

“花瓶中的是菊花吧？”阿洁抬起头问。

“嗯。因为阿年生前喜欢菊花，所以才摆放的菊花。”

“哦！”阿洁应了声，她的眼睛又湿润了。

尚年曾经多次对她说过自己喜欢菊花。当时他还说：“不知不觉我们就进入暮年了……”

阿洁想到尚年生前的样子，闭上了眼睛。

容凤在母亲的身后扶住了母亲，因为她看到母亲几乎要哭出来。

“妈妈的身体最近有些虚弱……”容凤轻轻地说。

庭院里传来开门的声音，来者原来是尚雨。

父亲去世后，尚雨请了两天假。但即使他去上班，也是一样安不下心，加上公司里没有什么事，下午尚雨就回来了。

“啊！”

看到尚雨，阿洁几乎叫了出来，她摆脱了女儿的搀扶。

她用红红的眼睛近似渴望地看着尚雨。

一见到尚雨，仿佛见到了年轻的尚年，所以阿洁才反常地喊了出来。

“这是我的儿子，尚雨。”母亲介绍道。

“是吗？这么早就回来了。”

“公司里没什么事，所以提前下班了。”

容凤低着头，一动不动，看上去楚楚可怜。

“您是容凤的母亲吗？”

“你很清楚啊！”

“曾听容凤提到过您的。”

“是吗？我跟你父亲是旧时的朋友。”

“请等一下，我去换件衣服。”

“哦。”

阿洁目送着尚雨走进里屋。

同时，刚才低着头的容凤也将视线转向了尚雨。而且，她还看到了母亲的眼神。

“请坐吧！别这样老站着。”母亲说。

“哦，谢谢。”

尚雨脱去西服，换了件休闲外套，里面套着件青白相间的毛衣。

容凤一直坐在那儿没动，母亲阿洁却差点站起来。

“你跟你父亲年轻的时候真像。”阿洁说着，似乎要靠近尚雨。

她的眼睛看着他，似乎有千言万语要说。她好像忘却了尚年的去世，而痴迷地望着尚雨。仿佛她的目光一离开尚雨，自己就会倒掉一般。

“是吗？别人都说我长得像母亲。”尚雨说着，望了容凤一眼。

容凤坐在那里，仿佛心事重重。

“这是小女容凤，你们见过面吧？”

“哦，见过几面。”

尚雨很疑惑，自己跟容凤相识，这是自然的，自己刚才也说了，而此时她又像初次见面一样给尚雨介绍容凤，这使他无法理解。

本来是由容凤而知道她的母亲，如今却让人觉得，仿佛认识她母亲在先，容凤是经过母亲介绍才认识的。

阿洁拉了拉女儿的衣袖，示意她赶紧打个招呼。

“您好，好久不见了……”容凤似乎刚回过神，涨红了脸，低垂下头。

“嗯。”尚雨看到容凤的样子，不知说什么，只这样低声应道。

阿洁似乎忘记了尚雨母亲的存在，直接对尚雨说：“你父亲死得太早了。”

“…………”

“他的身体一直很好，真是让人觉得可惜。”

“世事是不可预料的啊！”

“要是我死的话就好了，你父亲或许……”

“妈妈。”容凤阻止了母亲的话，“天不早了，我们也该走了。”

“天还早嘛！”阿洁望了望外面的天。

“听说今天下午有雪，一旦下起雪来，就不好走了。”容凤轻轻地说。

“外面是大太阳啊！”阿洁说。

“正因为还晴着天才走，一旦下起雪……”

“那么，我们先走了。”

阿洁站起来，仍旧依依不舍。容凤走到母亲身边，搀扶着母亲。

“等下回再来拜访吧！”阿洁施了个礼说。

容凤扶着母亲。在阳光下，尚雨看到容凤穿着的黄毛衣，闪着和煦的光芒。眼前仿佛飞舞着千只蝴蝶，他觉得脑子鲜明清丽。

寒风从屋后吹来，将院子里枯萎的菊花吹得微微晃动。父亲虽然去世了，而他生前栽种的菊花却意外地存活了下来。说不定明年开春，菊花还会长出鲜绿的嫩芽，开满黄色的鲜花呢！

尚雨觉得人的生命太脆弱了，似乎还不如菊花坚强。

望着容凤以及离去的母亲，尚雨的母亲自言自语道："这母女俩有点奇怪……"

"那个人对你似乎过分热情。"母亲又说。

"兴许是上了年纪的缘故吧！一个上了年纪的人，见到年轻人都会这个样子。"尚雨回答。

"对了，今天来了一封你的信。"

"谁来的？"

"署名是思媛。"

"思媛？"

"嗯。一大早信就送过来了。"

"是她本人送过来的吗？"

"不是，是邮差送来的。"

母亲走到里屋，拿了一封信出来。

这不还是上次那封信吗？信封上写的字几乎也没变。莫非思媛又将信寄错人了吗？

信还是厚厚的，尚雨更确定这就是上次他收到的信。

如果真是寄给自己的信，上次她又何必要回去呢？而且还说写错了收信人的名字。

这些疑问一一爬上他的心头。他本来想拆信的手停下了。

"恐怕又寄错人了，还是问问她再说吧！"

尚雨将信放回书桌上，正好放在阳光处。因为他觉得，他和思媛之间有事完全可以明说，根本没有写信的必要。而且，经过父亲的事情后，他更没兴趣去拆那封信了。

傍晚，尚真从婆家回来了。

父亲去世的那天，尚真回来过，在家里待了三天。关于父亲葬礼的事，都是尚真一一处理的。因为母亲的年纪也大了，有些事已经不能做，而尚雨完全不明白礼节什么的。至于请人帮忙、守夜之类的事，都是尚真回来解决的。

但她还是不放心，头七这天，处理完家里的事情便回来了。

“真儿，你怎么又回来了？注意自己的身体要紧。”母亲说。

“没关系的，趁现在身子还能动多做些事，要不以后就干不了了。”

“真儿，让你受苦了。”母亲内疚地低下头。

“瞧你说的，妈妈。”

尚真微微一笑，便到厨房去做饭了。

二

“姐姐……”

尚雨抬头望着姐姐。看上去，尚真比以前瘦多了。

“最近一段时间还好吧？”尚真问。

“还好……”尚雨低声回答，几乎没有声音。

尚真在自己的家庭出现问题时，还这样致力于家中的事。一个如此瘦弱的女人，竟是这样坚强。

尚雨一方面佩服姐姐，同时又为姐姐而感到悲哀。

傍晚时分天上飘起了雪花，尚真正是在这时候赶回来的。

下午还是艳阳天，傍晚就下起了雪。天气的变化实在令人不可捉摸。

容凤坐在大厅里曾说:“听说今天下午有雪，一旦下起雪来，就不好走了。”

尚雨以为，这是为了告辞而故意说的婉辞，没想到天倒真下雪了。

“雪下得这么大，干吗要回来呢！”

“在家反正也没事，就回来了。”尚真说。

“路不好走吧？”

“还可以，公交车上人不多，看上去外面一片凄凉。”

“还有半个月就到新年了吧？”

“是啊！公司什么时候放假？”

“快了吧！这一年好像什么也没干。”

“以后用点心就行了。”尚真接着说，“放假之后去置办点过年用的东西，不能光让妈妈一个人忙活。”

“知道。”

突然，屋子里的电灯熄灭了。尚雨抬头看了看外面，周围似乎也停了电，也许是大雪造成的吧!

在黑暗中，尚雨隐约可以看见姐姐的面庞。

第二天一大早，尚真就起床了，将厚厚的积雪扫出一条道来。

尚雨醒后，看到庭院里的姐姐，一起上前帮忙清扫了积雪。

尚真已经准备好了早饭。吃过早饭，尚雨辞别姐姐和母亲去了公司。

一路上全是积雪。公路上，一辆辆扫雪车在工作。楼房上，也铺了白白的一层。公路两旁的树枝上，挂满了雪花，看上去像是白色的花。

雪映在尚雨的眼中，使他觉得眼前一亮。

下了一场雪，世界仿佛明亮多了。昨天，无论是楼房还是旷野都还灰蒙蒙一片，显得相当萧条。

刚到办公室，尚雨的电话正好响起。

“我是肖雪。”对方的声音很低，也许是信号不好。

听到这个名字，尚雨的脑海中立即浮现出一片雪的世界。

“嗯。”

“上次的约会没有去，真不好意思。”尚雨接着说，“因为遇到了某些事情……”

“真对不起，我刚刚听到这个消息。”

“哦？”

“你的父亲去世，我刚刚知道这件事。你最近还好吗？”

“嗯。”

“请你原谅……”

“原谅什么，我很好啊！”

“是吗？请你节哀顺变。”

“谢谢。”

“我的公司今天放假，我还以为你也放了呢！所以打到公司问问。”

“我还要再过几天才放。”

“昨天晚上下的雪真大啊！”肖雪突然说。

“是呀！后来都停了电，漆黑一片……”

“今天早上一睁眼，街道、楼房全是雪了，真让人吃惊。”

“幸好没影响到交通。”

“你一大早就去上班了吗？”

“我刚刚到呢！你来电话的时候。”

“下了雪，外面的天空很清爽吧？”

“是呀！你还没出门吗？”

“嗯。昨天晚上睡得太晚了。”

“那么喜欢看雪吗？”

“看雪？哪儿啊！不是因为看雪。”

尚雨沉思了一会儿，低声问道：“肖静回来了吗？”

“姐姐还没有回来。”

“哦。”

“爸爸上次打电话让姐姐回来，但姐姐一直没有回来。”

“…………”

“前几天的时候，姐姐从沂山寄来了姑妈家的山楂。”

尚雨没有说话。

“姐姐说回来的时候顺便带些山楂来，可是山楂寄回来了，姐姐却没回来……”

肖静果真想住在沂山，再也不回来了吗？尚雨闭上了眼睛。

“喂，你还在听电话吗？”肖雪听到对面没了声音，忙试问了一句。

“我还在。”

没等尚雨的话结束，肖雪又说：“听起来忧心忡忡的，你是有什么心事吧？”

“哦……”

“怎么不告诉我呢？”

“我没事。”

“你这个人真是的，难道不能告诉我吗？”

“不是。本来就没什么事嘛！”

“我想把现在的房子卖掉。”

“卖掉房子？为什么？”

“我想跟朋友一起租房子住，空闲时间回父母家住就可以了。”

“就是以前你姐姐住过的那所房子吗？”

“嗯。一个人住在里面太寂寞了，所以我才有这样的想法。”

尚雨还记得，当时肖静也是这么说的。但是房子直到现在都没卖。

“在新年之前我想找好买主，将房子处理掉。”

“这么快，你想清楚了吗？”

“想清楚了。父母也同意。”肖雪仿佛清了清嗓子，又说，“我说，过几天放假可不可以帮我处理掉房子呢？”

“让我帮你处理房子？这恐怕不太妥当吧？”

“有什么不妥呢？”

“对处理房子之类的事我一点也不通啊！”

“这些事在电话里说不清楚，哪天见个面好吗？”

“好吧！”

“哪天有空给我打电话就行。”

“行。”

肖雪要卖掉房子，莫非她也有那样的想法，才这样下定决心的？

肖静在说过这样的话后不久便结了婚，肖雪现在也打算结婚了吗？尚雨陡然变得悲伤起来。

“你是要结婚了吗？”尚雨声音略带苦涩。

“什么？结婚？你听谁说的？”肖雪很吃惊。

“你要卖掉房子，不是说明你要结婚了吗？结婚之后房子就空闲了，所以才将它卖掉。”

“你误会了，不是这么回事。”

“那是怎么回事？”

“反正不是这样就是了……”

“好了，先不聊了，爸爸好像在叫我。下回见面再说吧！”

肖雪最后好像是离开了话筒，声音断断续续的。

跟肖雪通完电话，尚雨的心情更糟糕了。

父亲的死，完全是尚雨没想到的。当时公交车走到那儿时，他压根儿没想到倒塌的楼房与自己有什么关系。

据说，救护人员将尚年从废墟里救出来时，他早已经没了呼吸。

人以他自己的方式去死，这似乎是对短暂人生的一种慰藉。然而尚雨还是没能想到，父亲会以这种方式死去。

那夜醒目的警灯，蓦然地掠过尚雨的脑海。

自从父亲去世后，再坐公交车见到老者，尚雨都会认真去看几眼，仿佛在寻求父亲生前的样子。

死者已长逝，再无所求，可是留存下来的人，却还要面对现实。

“父亲的死太突然了，甚至都没来得及和家人告别，也不知道父亲还有什么遗憾没有。”望着自己的身影，尚雨喃喃地说。

想着，尚雨站了起来。

三

公司已经放假了，今天去公司，尚雨只不过是为了捎回自己的几件衣服而已。

临近年底，整个风筝都已经开始弥漫新年的气息了。

一路上，尚雨看到周围小摊已经开始卖木版年画、对联。布玩具，剪纸，泥塑，仿古铜，核雕，刺绣也摆上了街头。街头上人头攒动，特别是多了学生和小孩子。

从公司回来时，尚雨特意去杨家埠买了几张木版年画，连姐姐家的也一起买了。

顺道回来时，他还到民俗博物馆看了看。看到供奉神灵的灵位，尚雨还以为见到了父亲的灵位。

民间工艺室陈列着民间工艺品，如剪纸、刺绣、年画，这些东西每年家里都会置购。民间文娱室陈列着民间节日流传盛行的龙灯、高跷、旱船以及其他游戏娱乐器具。剩余的农事用具和农家纺织室他只是略微看了一下，便出来了。

天色又变得灰蒙蒙的，好像要下雪了。

衣服店、布料店的生意格外红火。似乎越是寒冷，人们就越是试图用热闹驱赶寒意。

如果从空中俯瞰风筝都，该是什么样子呢？尚雨路过人民公园的时候想。

夏天的时候，一个朋友曾带尚雨到最高点的楼房上看过这番景象，人民公园只有庭院那么大。

覆了一层雪花的风筝都会有什么样的魅力，尚雨已经不想去看了。

尚雨上了大桥，桥下的白浪河白茫茫一片。

冬天的雪，深秋的雨，以及春天的雾一起闯进尚雨的脑海。他心绪纷乱至极。

回到家里时，母亲已经吃过晚饭了。

“还没吃饭吧？我这就去厨房给你做。”

“不用了，妈妈，我已经吃过了。”尚雨说，“这是回来时顺道买的年画跟对联，蔬菜我改天再去买。”

“哦。”母亲将东西接过来，收进屋子里。

“我已经用电褥子帮你热了被窝，你早点睡觉吧！”

“嗯。”

“妈妈……”

“嗯？”母亲停住脚步回过身。

“姐姐呢？”

“她回去了。”

“我一起帮姐姐家买了年画和对联。在那里面放着，等姐姐下次来的时候你交给她吧！”

“好的。”

“妈妈，爸爸去世之后，您觉得很寂寞吧？”

“…………”

母亲回过头背着尚雨，她的肩头微微颤抖。

在父亲去世后，尚雨还没有跟母亲正面谈起父亲。看到母亲忍受了极大的痛苦，尚雨才想起父亲健在时的美好往事。然而没有起到应有的效果，母亲反而更悲伤了。

“妈妈，您上楼睡觉吧！”

尚雨发觉，外面的天又飘起了雪花。

回到房间，尚雨摸了摸床铺，果然热烘烘的。

脱掉衣服，尚雨正想睡觉，突然电话响了。

“喂，你好，我是思媛……”对方声音压得很低。

“真对不起，打扰你睡觉了吧？”

“没有，我刚刚准备睡呢！”

“那就好。”

“你现在在哪儿？”

“在外面。”从话筒中似乎可以听到风声。

“用的公用电话吗？”

“是呀！我到楼下打的电话，因为房间里没有电话，这边信号又不好……”

“你真的去旅行了吗？”

“嗯。”

“前几天我给你家去过电话，你连父母都没告知吗？”

“我不想告诉他们。”

“傻瓜，他们会担心你的啊！”

“不会，他们才不会担心我呢！”

“那你现在在哪个地方呢？”

“在西藏。”

“西藏？”尚雨吓了一跳。

“你真去那个地方了？”

“你最近还好吧？”思媛说。

“哦，我听到电话中有风声，那边风很大吧？”

“嗯，这边温度比家里低多了。”

“穿的衣服够吗？高原反应不厉害吧？”

“请放心，我很好。”思媛简短地回答。

“什么时候回来？”

“还不知道。”继而思媛又说，“我给你去的那封信，你收到了吗？”

“收到了。那真是寄给我的吗？”

“你看了没有？”

“这不是上次你要回去的那封信吗？怎么又寄过来了？”

“你看出来了？”

“是啊！一拿到我就发现还是那一封，我以为你又寄错人了呢！现在还放在那儿呢！”

“这么说你还没有看？”

“是啊！我正准备问你这封信到底写给谁的呢！”

“信封上不是写着嘛！”

“那上次你干吗要回去呢？”

“因为……”思媛说，“那时候我还没有下定决心寄给你，所以又要了回来，经过一番考虑后，我才决定寄给你的。”

“那么说这封信是寄给我的？”

“嗯。”

“我们之间有什么不能明说呢？在信中写了些什么？”

“你自己看看就知道了。如果不想看的话，就扔到垃圾桶里吧！”

“那你到底什么时候回来呢？”

“还不知道。”

思媛这样对尚雨说，尚雨有点意外。很明显，思媛在故意躲避尚雨的问话。

“哦！那回来的时候通知我一声。”尚雨望着窗外的黑夜说。

“你那边下雪了吗？”思媛又问了一句。

“是啊！现在正在下，飘飘洒洒的……”

“哦，请你不要把我给你打电话的事告诉我父母。”

“为什么呢？”尚雨正要问，对方已经挂了电话。

尚雨打开窗子，飘进好些雪花，他忙闭上了窗子。窗台上，也落了一层雪花。屋子里水迹斑斑。

尚雨躺在床上辗转难眠，于是掀开被子，坐了起来。

方才思媛说到那封信，那封信里究竟说了些什么呢？

尚雨披上外套，到大厅的抽屉中找出了那封信。

借着灯光，尚雨看完了信。他蓦然闭上了眼睛。

信中写了这样的话：

我在幸福的环境中长大，然而，哀伤、忧愁的思绪，不绝如缕，从未间断。

而且还写道：

初恋般的感情，是永远不会消失的。在二十岁之前的爱是懵懂的，并不能称之为爱。然而，二十岁之后竟然连爱也没有了。在感情的全部生涯中，我一直受这样初恋般感情的影响，无论是岁月流逝，还是结婚、死亡什么缘故，它始终是人世间最美的爱的抒情歌。

尚雨第一次看到一个女人对爱的揭示。

然而，我对肖静初恋般的感情，不是也影响了我的整个感情生涯吗？尚雨想。

“事到如今，越发不能触碰了……”

思媛的话，既可以看作是爱的揭示，又可以视为对爱的抗争。

尚雨关上电灯。可是他怎么也睡不着。

夜间他似乎做了梦。不过，他认为那不是梦，而是幻觉，因为醒来还是记忆清晰。梦做到最后，他见到一个女孩子。她既不是肖静、肖雪，也不是思媛，而是一个介乎于她们之间的少女。

少女穿着轻柔的衣服。衣服上绘着的百合花花纹，却真实地印在了他的心里。

四

尚雨在人民公园那一站下了车。路面的积雪被清扫后堆在路边的人行道上，堆积起来的雪堆上有些不干净的尘土。未被清扫的绿化带中的雪倒是没有被污染。

他走进人民公园的门口，便见枝头白雪点缀，洁白一片。顿时心里像被水洗过一样清爽。

“啊！公园里的雪一点都没融化啊！”

他伫立着，凝视着枝头的“白花”。

雪之所以没有融化，也许是没有人践踏之故。公园的入口处只有一溜儿小脚印。尚雨顺着看过去，但没有发现容凤。

一大早，容凤便打电话邀他到人民公园一趟，说有点事相告。尚雨是吃了一惊的。上次见到容凤，她似乎很羞涩的样子。

尚雨顺着雪地的小脚印向前走。但找了半天，还是没见到容凤。

走到公园中心，已经看不到外面街道上的汽车。

尚雨正要转身沿原路返回，只见容凤一阵风似的跑了过来。

“你早来了？”容凤施了个礼，呼吸还没有平静下来。

“刚来，我还以为这排脚印是你的，正顺着它寻找你呢！”

“我也是顺着你的脚印追过来的。”

“那看来这些脚印是别的女孩子留下的了，怪不得没找到你。”

尚雨看了看容凤的鞋子，也许是由于奔跑的缘故，鞋子上沾满了雪。

“上次真对不起……”容凤低垂着目光，白皙的脖颈似乎泛红了。

“哦。”尚雨不知道什么事，随便应了一声。

“上次妈妈对你说的话，请你不要在意。”容凤的头垂得更低了。

“没什么，我了解老年人的心理。”

“哦？那谢谢你了。”

“我们到那边看看，好吗？”尚雨指着那边的枫林广场说。

夏天繁盛的枫林广场，在冬季已经被雪覆盖得难以辨识了。

容凤跟在尚雨后面，一直低垂着头。

“你最近都在干些什么？”

“没什么，偶尔帮妈妈做做家务。”

“你母亲还好吧？”

“嗯，谢谢你的关心。”

“枫树上一片叶子也没了，看来真到冬天了。”

“冬天真美啊！”

“冬天是美，可是总让人觉得好像缺少了点什么。”

“是吗？”

“白雪之后隐藏着大自然的另一番景象。”

“你不去想它也就不会这样的。”

“也许这是藏匿在我内心深处的思想……”

“你千万别这么说。”

两人的身影映在雪上，黑漆漆一片。

两人过了木拱桥，来到叠瀑区。不仅瀑布停流，水都结成了冰，石块也裸露了出来。

在小溪旁边，有好些大石头。不过据说是特意安置上的，为了能产生流水声。他们小心翼翼地走过，生怕脚下打滑。

“在喧嚣的城市还有这样一个安静的地方，真好。”尚雨感叹道。

“是呀！下班之后我经常钻进公园里来静心。”

“可惜太小了。在这里还可以听到外面的汽车声。”

“没办法啊！两边都已经到大道了，没法再扩了。”

“似乎建错了地方，建在郊区就好了。”尚雨喃喃自语道。

“与树木相比，人的生命真是太短暂了。”

“是吗？”

“人仅仅有几十年可活，可树却可以存活上千年，甚至更长，等到哪一天，我们都已去世，这些树木或许还存在呢！”

“怎么能拿人跟树木做比较呢！”

“当然，人跟树木是没法比的，人拥有光滑的肌肤，而树皮又硬又糙，确实无可比拟。”

从街道上，开过一辆举行婚礼的汽车。车前面挂着红绸子。

“冬天还有人结婚吗？”尚雨问道。

“当然了，而且还不少呢！”

“我以为冬天不会有人结婚呢！”

在夏初之际，尚雨跟朋友来人民公园时，曾经见到一对在公园里结婚的新人。将婚礼选在公园，恐怕没有比这更惬意的婚礼了。

新娘左右各有一个可爱的小孩子，一个拿着鲜花，一个拿着糖果。新娘走在新郎之后，路经小溪边的行人时，新娘的脸上泛出了可爱的红色。

当时，尚雨觉得那个新娘子格外美。

尚雨下意识地看了看容凤，容凤穿上婚纱该是什么样子的呢？

容凤穿着白色的羽绒服。羽绒服上绘有绽放的百合花。

尚雨吓了一跳，自己曾经在梦中梦到过一个身穿绘有百合花图案衣服的少女，这是他没想到的。而且他还发现，衣服上的百合花有一朵是没有绽放的。

含苞待放的百合花花蕾上似乎还带着露水。

“你很喜欢百合花吗？”尚雨问。

“哦？”容凤有些意外，抬头看着尚雨。

“我见你衣服上绘有百合花，心想你一定很喜欢这种花吧？”

“不是。这衣服是随意买的。我并没有在意上面的花纹。”容凤有些难为情地说，“而且，家里种的花全是白玉兰。”

尚雨想起来了，在梦中，那个少女的衣服是轻柔的，似虚似幻。而容凤的衣服却是坚硬有形的，而且让人感觉到很真实。

“不过，最近我找了份短期工作，在一个花店帮忙卖花。”

“哦。”

“是朋友介绍我去的，反正我在家闲着也没事。”

“快到情人节了啊！”尚雨想起来说。

“就是因为快到情人节了，花店才需要人帮忙。”

“那挺好的。”

“您喜欢百合花吗？到时候我给您送几束过去。”

“不用了。”

“别客气。是黑的，还是白的？”

“白的。”

“白的，看上去轻柔美丽，似梦一般……”

“不过，拿它做插花用的话，必须是含苞待放没有开放的花。”

“您是要亲眼看着它开了吗？”

“能亲眼看着它开固然好，可是花往往不作美。”

“那是为了让它保持更长的开放时间。”

“没开放的花纯洁无瑕，温婉可人，如——白雪一样美丽。”

“是这样啊！”

容凤赶了上来。她一直都跟在尚雨后面，此时才并排走路了。

“现在家里就你跟你母亲吗？”

“嗯。”

“没有兄弟姐妹吗？”

“没有。这些你不知道吗？”

容凤还以为尚雨都听他父亲说了呢！原来他什么都不知道。

“哦！我还以为你还有个妹妹呢！”

“妹妹？”

“是啊！在我的印象中，总觉得你有个跟你长得很像的妹妹。”

“可惜我妈就生了我自己。”容凤惋惜似的说。

“每次见到你，我都不敢确认是你，因为印象中还有一个与你相像的人，总怕认错人。”

“我是独生女，既没有姐姐，也没有妹妹。”

两人向西式庭园走去。

西式园东西两侧为一层建筑，设有房顶花园。但覆盖着积雪，什么都看不见。西式园仿佛一座下沉广场。广场内植有模型式的植物与花卉，广场外围是宝瓶栏杆，栏杆旁为对称式的六座古典人物雕像。雕像的样式仿佛是古罗马的。一想到古罗马的繁华，尚雨觉得眼前的西式园格外寂寥。

古罗马的繁华之梦，也许是人类历史上飘浮存在的虚幻景象而已。

广场中心有圆形水池跌水喷泉，水自池中雕塑涌出，逐级跌落，一直流进下面的圆形围池中。水池中的雕塑是很出名的一尊，但尚雨想了很久也没有想出是谁的作品。

这是夏季的景象，此刻已经看不到半点喷泉的样子。池中的雕塑颜色仿佛褪尽了。

两人沿着台阶向下走去。容凤走在前面。

下台阶的时候，容凤的脚没有站稳，向后面倒去。就在容凤的秀发碰到尚雨的衣服时，他一把扶住了容凤。不过，尚雨自己也没有站稳，险些摔倒。

尚雨本以为容凤的身体也像肖静的一样轻柔，只是在他的身上一碰，便会站起来。所以他是怀着既想扶她又不敢去扶她的心情伸出双手的。在容凤的头发触到尚雨的衣服的那一霎间，他顿时浑身紧张，却没料到容凤的身体直接倒了过来。于是他的脚下一滑，也险些摔倒。

容凤的身体跟肖静的明显不同。肖静的身体轻轻一碰尚雨便闪开了，灵巧得仿佛幽灵一般，让尚雨觉得不胜温柔。而容凤的身体，却是实实在在的女人身体，尚雨感受到了她肌肤的丰腴，而且她的体温也顺着他的胳膊传了过来。

容凤从他的臂弯里站稳身体。

不过，无论是肖静，还是容凤，他都从她们的身体上嗅到一阵温馨的香气。

“这或许便是少女身上散发的香味吧！”尚雨这么认为。

容凤用手拢了拢弄乱的秀发。

“谢谢您了。”容凤施了个礼，说。

刚才她的脸白白的，毫无血色，此时却满脸绯红了。

五

“如果在无拘无束的条件下，可以不在乎任何事地畅谈一番该有多好。”容凤伸长脖颈，望着尚雨。

“难道我们现在不可以无拘无束地畅谈吗？”

“因为我母亲跟你父亲相识……”

“上一辈子的事情难道会影响下一代吗？”

“这倒不是。”

“即使上一辈人可以影响到下一代，影响也是短暂的。”

“就是这样，就是这样的。”尚雨重复了好几遍。

随着上一代人的去世，他们带给下一代人的影响也会消失的。

“说不定死后还会变成幽灵影响着下一代人呢！”

尚雨的心中产生了这种与自己思想相悖的理论。

“一想到我跟你是通过双方父母认识的，便感到有所拘束。”

“我们不是在白浪河上认识的吗？那是在这之前啊！”

“不对。我们是在风筝会上第一次见面。”容凤反驳道。她还记得风筝会上遇到尚雨时的情景。

当时，尚年正好去找她的母亲。在家里她见到了尚年，在风筝会上又遇到了跟尚年差不多模样的尚雨，她一直望着他消失在人群中。

从那时候起，她就知道尚年有个这样的儿子了。

尚雨疑惑地看着容凤，他不知道容凤对第一次见面为什么这么较真儿，那次见面他一点也不记得了。

不过，风筝会那天在桥上看到肖静的情景倒历历在目。而且，街上的灯笼将肖雪的脸乃至脖颈映得通红的场景他也记得。

容凤从白色小包中拿出一个东西，递了过来。

“这是你父亲的遗物，是妈妈让我带给你的。”

“哦？”尚雨感到很惊愕。

原来容凤说见面有事就是这么一回事。

尚雨将东西接过来，托在自己手中，借着亮光看着。

那是父亲生前戴在手腕上的念珠，没事的时候他就拿在手中把玩。有几颗仿佛掉了漆，在亮光下显得透明无瑕，仿佛冰一样。

怪不得父亲想用牙咬破这念珠。原来它的内部是纯洁无瑕的。

尚雨总觉得，父亲的死好像与这念珠之间存在着某种难以说清的关系。

“因为你父亲去世的时候，母亲也在身边，念珠便攥在你父亲的手里……”

父亲去世，不是自己的妻子陪在身边，反而是另外一个女人。这使尚雨感到不可理解。

“我听母亲说，你父亲对母亲说：‘您让容凤给尚雨介绍个合适的人吧！’你父亲说让你去相亲。”

“是吗？相亲？”尚雨感到太惊诧了。

“嗯。不过我知道，我哪能给你介绍……”

“这倒是个好主意。你给我介绍个合适的结婚对象也行啊！”尚雨一点不像开玩笑的样子。

“尚雨先生……”

“我说真的，既然爸爸这么说，就请你给我介绍个结婚对象吧！”

“我没能力给你介绍的。”容凤低着头说。

“没关系。只要是合适，我立即会考虑结婚的。”

“…………”

容凤猛地抬起头，用一双大眼睛望着尚雨。她的眼睛仿佛蒙着一层雾。她的眼睫毛乌黑细长，在微风中颤动，非常动人。

“你……”

容凤还没察觉到，天不知什么时候阴了下来，飘起了小雪。这一点，连尚雨恐怕也没有察觉到。

“下雪了。”

听容凤这么说，尚雨放眼向四周看了看。雪花果然在飘落。雪松伸着绿枝子，绿色在白色的天地里很鲜明。

“看上去好像是雾。”尚雨自言自语道。

“没关系。我带雨伞了。”说着容凤从小包里拿出了折叠伞。

“下得这么小，应该没事的。再说，雪再大，也不要紧的。”

“雪花落满了肩头。”

容凤撑着伞，望着尚雨。

“不要紧，随它吧！”

“我给你弄一下吧！”说着，容凤用空着的手帮尚雨拍了拍肩头，雪花簌簌飘落。

“谢谢。”

尚雨低头一看，地面的脚印越来越模糊了。

“冬天真是变幻莫测，说不定什么时候就飘起了雪花。”

容凤痴迷地望着远方。

“今年的雪似乎格外多。”

“是啊！上一场雪都盖过停车场的栏杆了。听说好些车都因为看不到栏杆撞到了上面。今年不仅雪多，而且雨水也很多。”

尚雨蓦地想起来那位同事的话：今年是多雨的一年。

看来是真的，无论是雨水还是雪比往年都多很多。

“世界看起来越来越朦胧了。”

容凤收回目光，仰脸看着尚雨的脸。

“天和地越来越难分了，好像合到了一块。”尚雨以悲哀的语调说。

容凤的眼里露出激动的神色，但她仍那样望着尚雨。

“风似乎变大了，你冷不冷？”

就在尚雨低头的那一霎间，容凤也慌忙转回了视线。

“一点都不冷。”

有一股暖流，正从她的身体里流出来。

沂山是不是也下雪了呢？还有思媛所在的西藏，又是怎样的天气呢？

“正月十五我们去赏花灯吧？”容凤欣喜地说。

“正月十五？不是还早吗？”

“先约定好嘛！新年的时候还不一定有机会见面。”

正月十五的赏花灯节，尚雨已经有好些年都没去了。虽然一出门口就可以看到，但尚雨往往待在家里。

那一天，各条街道，无论是大街还是小巷，两侧都挂满了红灯笼。有的挂在商店门口，有的挂在树枝上。灯笼下面系着大小不一的中国结。节日里外出看热闹的人特别多。无论十笏园也好，杨家埠也罢，青州古城也罢，所有能展出花灯的地方，都是人满为患。

其间还会燃放烟花，从傍晚一直到深夜，都有美丽的烟花燃放。

在冷冷的大街上走一圈，到饭馆里或者露天小摊上吃上一碗汤圆，身体就会暖和了。

哪一条街上有花灯，有什么式样的花灯，尚雨最清楚不过了。不过，近几年没去，花灯式样或许有了很大的变化，甚至挂花灯的地方也说不定换到别处了。

一想到灯笼，尚雨又想到了红灯笼照耀之下肖雪似虚似幻的脸。

远处好像传来了鞭炮声。那地方似乎是郊区。

走到雪松下时，从高大的雪松上掉下一撮雪花，正好落在尚雨的额头上。

“哦！”

容凤用胳膊夹着伞，伸手从包里拿手绢。

“我帮你擦擦。”

“我自己来吧！”

容凤将手绢递给尚雨，又用手拉上了小包的拉链。

雨伞蓦然在她的身上形成一道暗影，尚雨的心无端地跳了一下。

两人向北走进了归真园。那是个仿古的园子，与十笏园的风格有异曲同工之妙，但设计布局又有很大的不同，特别是四周的回廊，使人觉得这仅仅是个公园而非私宅。

池子里覆满了白雪，池中的鲤鱼不见踪影，但底下的冰层并不厚实，有小鸟竟然落在上面觅食。

走到假山尽头的时候，两人有些迟疑，没有再向前走，而是按原路返回了门口。

雪花仍旧飘落着，公园里已见不到人影，地上只有他们两人留下的脚印。

走到西门口，尚雨停住，对容凤说：“趁道路还好走，就此告辞吧！”

“哦！”容凤施了个礼，“雨伞你拿着吧！我家离这儿近。”

“不用了。”尚雨朝着容凤笑了笑。

两人又默默地走了一段路。

车站上等车的人不多。兴许在下雪之前人都走光了。

“那么，再见了。”

“再见。”

容凤转过身上了车，在车门口，她收起了伞。不过，尚雨看到，容凤的眼中似乎噙着泪珠。

在雪天里，她眼角的泪珠似乎闪着亮光。

汽车消失在他的视线中，可容凤的身影却显现出来了。

尚雨仰起头看了看天，自言自语道：“恐怕一切都要幻灭了，消失得无影无踪。”

尚雨的脑海中闪现出归真园的景象：春天，樱花随风飘落，池中的鱼三五成群结伴而游；夏天，蝉声鸣鸣，白杨树闪着亮光；秋天，萧瑟的风戏耍着落叶，夕阳落在仿古的亭子和建筑上；冬天，假山上白雪皑皑，仿佛梦境一般。

尚雨已经很久没进归真园了。在他看来，那样古朴典雅的园子，只有肖静的美才能与之相配。恐怕那些木台阶和亭榭之下，如今也都被落满的雪花浸染得冷冰冰的了吧！

偶然间，他见西天放飞着一只风筝。

是只黄色的蝴蝶风筝，在雪天里飞翔着。他不明白，雪天风筝是怎样飞在天空中的。

“那不是肖静送给自己的风筝吗？”

“该不会是幻觉吧？”

然而，这并不是幻觉。风筝越飞越高了。

“在雪天里还可以看到蝴蝶飞翔……”

尚雨突然变得心情激动。

“冬天的风筝哪！冬天的风筝哪！”尚雨反复重复道。

肖静似乎还没有从沂山回家，莫非她真的打算一辈子再也不回来了吗？

“生死又有什么区别呢？”想起肖静在沂山说的这句话，尚雨的额头冒出了冷汗。

而思媛，似乎还在遥远的西藏。

尚雨拿起手绢来擦脸，可是越擦汗却越多了，脖颈上也冒出了汗。

他猛然想起这块手绢是容凤的，忙塞进了口袋里。可是身上也在这时冒出了汗。

从西边的天空中，他望到一个女人的形象。但不是肖静、肖雪，也不是思媛、容凤，而是一个绝对的女人形象。

下篇　鸢尾蝶

第一章　冬之梦

一

外面飘起了雪花。雪花很大，纷纷扬扬地落下。

无论是从建筑上，还是从周围人的装束上，都可以看出冬季的寒冷。

“冬季以整个世界的沉寂为代价迎接雪的到来。这对人生来说确实是件不可思议的事情。”尚雨想起以前看过的某部小说中的这句话。

冬季以它的寒冷和晶莹剔透笼罩着这个世界。远远看去，天空迷茫一片，什么也看不清楚。

转眼间已到除夕了。尚雨还一点感觉都没有。

他还记得小时候的新年。许多小孩子聚在一起，打牌，在雪地里跑。现在，这些朋友不是离开了故乡便是去世了。这让二十六岁的尚雨感到很难堪。

再过不久自己就二十七岁了。想着，他停顿在雪中，望着飘飞的雪花。

父亲的死也是他不曾想到的。现在，他却要承受这个现实。以前的二十五年，都是父亲作为家庭的主导过新年的。现在父亲去世，姐姐也早已出嫁，而兴趣寡然的母亲更对这失去了热忱。尚雨犹豫是不是要回家，因为即使回家，他也只能面对母亲的愁容。

在一个站牌下，他看到一个少女在等车，脚下大包小包放了很多东西。尚雨很吃惊，这个身子柔弱的少女是如何拿动这些东西的。

他想起去年差不多这个时候在人民公园跟容凤分别时的情景。

上车的时候，容凤的眼中似乎含着泪水。至于为什么，尚雨自然不知道。

“或许看到雪花才哭泣的吧！”尚雨只能这样解释。

当时，容凤邀请尚雨正月十五去赏花灯。尚雨没有去。回到家后看到母亲的愁容是一方面原因，可另一方面，是他怕看到容凤那靓丽的身姿，她使他感到很痛苦，正如肖静给他的痛苦那样。

后来，他打电话去道歉，容凤很轻松地回答：“没关系。一个人欣赏也没什么。”

“是吗？那很好。”

“对了，我搬家了。”

“搬家了？搬到什么地方去了。”

“……总之，是个很偏僻的地方，一般人很难找到。”

“为什么搬家呢？”尚雨问。

“……不知道，母亲一味这样要求，我也只好听从她的建议。”

尚雨总感觉，她们是为了躲避什么才搬家的。

在大街上徘徊了一阵子，尚雨返回了等车的站牌。雪似乎变小了，但小的雪花瓣，显得更加凄楚。

汽车到来后，尚雨便随同人群挤上了公交车。车门处有些打滑，似是结了冰。

就在尚雨刚要下车的时候，一个少女从后面推开尚雨先跑下了车。尚雨因为在想事情险些没站稳。当他走到小道上时，见刚才那个冲撞他的少女站在不远处朝他施了个礼:“真对不起啦！我有点急事！”说完匆匆忙忙跑掉了。

尚雨还没领会怎么一回事。他愣了一下，根据身影判断，那大约是个十六七岁的少女，身子灵巧得令人吃惊。尚雨还没有回过神来，就已经看不到她的身影了。

“少女真是奇妙的灵魂。”

不知怎么的，尚雨的脑海中浮现出这么一句话。

十年前，尚雨也处于这样的少年时期。毋庸置疑，那是个经常犯错误的时期,但是很奇怪,这个时期的少男少女只要说句“对不起”或者“我不知道”就可以被人轻易原谅。人们总是会为少男少女那种说一句简短的话便羞怯得满脸通红的情景而心软。固然他们犯了错误，可是一见到这样的场景，人们就会认为这是天使般的玩笑，也就一笑而过了。

直到今天，尚雨对肖静还是怀着最初的爱恋，这令他非常烦恼。每当深夜从梦中惊醒，他都会对着窗外漆黑的夜晚静静发呆，而玻璃窗上总会不自觉地浮现出肖静的面容来。

每当此时，面对睡在自己身边的容凤，他都觉得万分羞愧。跟容凤结婚后,他还是不能摆脱肖静的面容,这令他很尴尬。诚如肖静结婚后尴尬的处境，他现在同容凤的关系也陷入了一种尴尬的局面。

容凤是个性格开朗又爽快的人，虽然表面上看起来很成熟，可是内心深处却是纯洁无比的。这一点尚雨是知道的，也正是因为这点，尚雨才毫不犹豫地选择和容凤结婚。

不过，自己对于肖静的爱，容凤应该可以感觉得到吧？虽然容凤并不知道这个人是谁。但是，容凤从来没有表示过自己的疑虑。

尚雨看到身边的人已经裹在了雪花之中，这确实是一场纷飞的大雪。

“我回来了。”

为了摆脱家中凝重的气氛，尚雨朝房间里喊道。

“哦！回来了。”容凤拉开了笨重的门。

“外面的雪这么大啊！”容凤说着，用手帮尚雨打扫了身上的雪。

尚雨突然用手握住了容凤因为刚才打扫雪花冰凉的手。

容凤很惊讶地望着尚雨。在这一霎间，尚雨一下子想起了去年冬天在人民公园见面时容凤的样子。

当时尚雨看到容凤身上百合花图案的衣服，心里感到有些意外，因为在梦中他曾梦到一个身穿百合花衣服的少女。虽然看不清面容，但他毫不怀疑地认为那是肖静，然而，在现实中，它却出现在了容凤的身上，对于尚雨来说，这是猝不及防的。

也正是因为如此，尚雨才问出了容凤是不是还有个姐妹的话。那一刻他恐怕真的将容凤当成肖静了吧！

在他们谈话的时候，雪花轻飘飘地落满了尚雨的肩头，容凤看到后说：“雪花落满肩头了。我给你弄一下吧！”

尚雨说：“不要紧，随它吧！”

可容凤还是伸出手帮尚雨拂去了肩头的雪花。雪花簌簌下落。

当时，尚雨感到眼前一阵清新，他似乎摆脱了肖静的束缚。

不过，与其说是因为雪地里青翠的雪松使他感到明朗，倒不如说因为眼前站着这么一个艳丽的少女使他从幻想中解脱了出来。

所以，那一刻他笑了出来。

“你怎么了？”容凤慌忙地问。

“没怎么，没怎么的。”尚雨回答。

“可是，你的手在颤抖啊！”

“兴许是冻的吧！真对不起了。”

面对尚雨的这句话，容凤感到困惑。她感觉到这句话似乎不是对她说的。

“好了，赶紧进屋换件衣服吧！这件衣服都湿了。”

尚雨进去的时候，只见床上已经放好了更换的衣服。

那是尚雨和容凤结婚时穿的衣服。他们结婚的时节是深秋。

“原来我结婚已经快三个月了。”尚雨想道。

但尚雨还是察觉到了容凤的细心举动。这似乎是在提醒他什么东西。

这时，容凤在外面喊道：“我准备好了洗澡水，你洗一下吧！”

“还是吃了饭再洗吧！”

“你还是先洗完了我们再吃饭吧！刚从外面回来一定很冷的。洗个澡会很暖和的。”

“好的，我听你的。”

这栋房子是父亲去世之后买的，也是母亲的建议。毋庸赘言，他们这么做是为了忘记过去，淡化失去父亲的伤痛。母亲之所以这样做也是考虑了尚雨的婚姻的，她希望尚雨能过上全新的生活。

论地理位置的话，这栋房子离市中心有点远。可是，这里很幽静。晚上除了公交车外，很少有车和人从这里经过。

“容凤，水很热乎，你要一起洗吗？”

“不用了。我还是吃完饭再洗吧！”

容凤的语气中透出一股可爱的不安。这也许是少女的羞怯吧！

尚雨感到心里舒坦极了。他想象容凤那洁白无瑕的身子在热水中的样子，这种感情似乎是属于初恋的。

但是——直到今天，结婚已经快三个月了，尚雨还不曾触碰过容凤的身子。

他们正是在这种尴尬的局面中生活了三个月。尚雨感觉自己对容凤充满了歉意。尚雨直到今天，还沉浸在往事和肖静的身影中，这是导致他无法和容凤结合的最主要原因。因为他一想到肖静，就会想保留那份无瑕的纯洁。

尚雨听到容凤在外面的桌子上摆碗筷的声音，于是加快了速度。

“洗完了？赶紧吃饭吧！”

“妈妈呢？”

“去姐姐家了。一个小时前妈妈来电话说今天晚上不回来了。”

“哦！”

容凤说的姐姐，其实就是尚雨的姐姐尚真。事实上，即使母亲在家，也经常不下来吃饭。她经常坐在桌子旁发呆，一坐就是一天。

尚雨虽然了解母亲这种情感，可是他也无能为力。

他蓦然为自己这一家的凄凉感到悲哀。且不说自己，就说姐姐尚真吧！带着一个还不到一岁的孩子，还要工作。想到姐姐的丈夫，尚雨恨不得找到他揍他一顿。

在一年前，姐姐还对这样的男人存在着某种幻想。甚至有了孩子以后，姐姐还幻想，只要他还在意这个家，哪怕整天夜不归宿她也可以忍耐，可以继续这样过下去。

姐姐太懦弱了。尚雨一直这样想。也许，女人在结婚后都这么懦弱吧！

但是，最终姐姐还是跟那个男人离了婚。因为那个男人不仅在外面花天酒地，而且还频繁带不同的女人回家，就当着尚真的面和别的女人在一起。离婚手续什么的都是尚雨帮忙办的。

尚雨感到姐姐和母亲都是极为可怜的女人。可是自己呢？他从来没有想过自己，自己不也是可怜的吗？

“明天还要上班吗？”容凤问。

“是啊！不过上班也没什么事可做。”

记得以前姐姐对他说，以后工作的时候上点心。可是过了一年，尚雨对待工作仍旧如此。毋宁说他对这样没有感情的烦琐工作感到了厌烦。

“家里过年需要的东西还没买吧？”尚雨问。

“也买了一点点。不过，大部分还没买。”

“后天是周末，到时候我和你一起去买吧！”

“好的。”

“快过新年了。虽然说家里就只有我们两个，但也应该过得像点样子。”

尚雨也许还没有意识到，自从父亲去世，自己买了这栋房子后，家里的资金已经不宽裕。虽然说尚雨暂时根本没想到自己会有孩子，但是容凤在这段时间没有工作，家里的开支全靠尚雨一个人的工资。而尚雨在工作上没什么兴趣，也不上心，所以经济上出现困难是在所难免的。尚雨也许没有注意到这一点，可是容凤很清楚这些。也许是出于这样的考虑，她才没去购置年货的吧！

上班路经风筝铺的时候，尚雨总会想起肖静的那双眼睛来。似乎她就站在离他不远处，可是每当他仔细观看的时候，街道上只有来回穿行的路人。

近几年，风筝铺成倍地增加，不再像前几年根本没有几家经营风筝的商铺，所以肖奉生家的风筝铺已经衰落了很多。兴起的这些风筝商铺根本不讲究什么艺术追求，都是一些常见的款式，可是来这里观光的顾客，也根本不需要什么艺术追求，只是贪图风筝的新鲜感。见到世风日下的这种情况，肖奉生常常哀叹，风筝已经变成商人们挣钱的商品，而不再是艺术品。本来他还有心去制作一些新式样的风筝，可是如今那些东西都摆在商铺后面的仓库里，对他来说，没有艺术品的风筝是不存在灵魂的。即使是肖奉生的风筝铺，也开始卖起了大批量生产的简陋风筝饰品，最后他干脆不再制作新颖的风筝了。一方面是因为没有心情，另一方面也是因为年龄大了，视力越来越糟糕了，而且他已经很长时间隐居在乡下，不再过问生意上的事情了。

同事都说尚雨不像是结了婚的样子，每天出去和同事吃饭都像是一个少年的模样，神情显得若有所思。他平静地说："结婚与不结婚是没有任何区别的。婚姻是无法改变一个人的。"

二

尚雨时常回到磨坊发呆。这天他从车上下来的时候，发现整个村子都变得喜气一片，准备迎接春节了。

磨坊的门上竟然早早地贴好了红色的对联。也许是母亲抽空来贴上的。

自从父亲去世后，尚雨在城里的那套小房子已经卖掉，又因为和容凤结婚而买了新的房子。坐在屋子里，他似乎看到父亲在庭院里走动的身影。

尚雨过去从未想过自己的妻子会是容凤，但是他觉得除此之外，似乎没有更好的选择。

正月十五那天，尚雨没有赴约。他还认为自己从此之后再也不会与容凤有任何联系，可是春天的时候，他接到了容凤母亲的电话，说要来拜访他，虽然他不知道该说什么，但还是在电话中说："那就来吧！"

容凤的母亲来的时候是个雪天，尚雨的母亲到姐姐尚真那边照顾怀孕的女儿，只有尚雨一个人在家。他痴迷地望着对面的墙壁，仿佛还是两年前见到肖静的样子，然而，他的心境却和当时是截然不同的。

传来了敲门声，尚雨说道："请进吧！门没关。"

容凤的母亲走进来，在门口看了看四周是否换鞋，尚雨说："不用客气了。"

容凤的母亲落座在一边，尚雨去倒茶，当他把茶端过来说"请喝茶"的时候，她似乎很激动，也许是把尚雨当成尚年了吧！

"今天来这里，真是打扰了。"

"没什么的，反正我在家也是闲着没事。"

"你母亲不在家吗？"

"是的。妈妈到姐姐那边去了，姐姐怀孕了。"

"原来是这样啊……"

容凤的母亲说话犹犹豫豫，尚雨不知道她要说些什么。

"关于你父亲的死，我一直觉得很内疚……"容凤的母亲低着头说。

"夫人，您说得太严重了。我觉得这也许就是爸爸的命运吧！爸爸还没去世的时候，就经常发一些无端的感慨，也许他已经预感到自己会死的吧！”

“嗯，你说得对，命运这东西太难捉摸了。当时我和你父亲……”她犹豫了一下，“前一天刚见了面，没想到第二天就发生这样的事情。”

她说话的时候一直小心地看着尚雨的表情。她在想：作为一个儿子，是不是对父亲的死产生了什么怀疑呢？尚年为什么一个人孤零零地去一个荒废的楼房里呢？

但是尚雨的表情上什么异样都没有。她的心稍微放松了一些。

“对了，我和容凤搬家了。”

“我知道。前不久的时候容凤给我打过电话。”

“容凤给你打过电话吗？”

“因为去年年底的时候，容凤和我约好去看正月十五的灯会。可是因为有事我没能去。后来我想打电话过去说明，可是电话已经打不通了。后来容凤打过电话来，我才知道你们搬家了。是搬到郊区去了吗？”

“是的。那个地方很偏的。”

“干吗要搬到那么偏的地方去呢？容凤上班应该不方便了吧？”

“不方便是不方便，不过，容凤已经为此换了一份工作。”

“不在花店帮朋友了吗？”

“是的。我对容凤说，你也不小了，该找个稳定点的工作，虽说不指望为家庭出多少力，但是结婚后总还是要工作的，所以她就找了个企业工作。”

“哦……”尚雨倒是从来没从这方面去考虑问题。

“尚雨先生……”夫人开口，但到一半又停住了。

看到这副模样，尚雨说：“夫人，有什么话您尽管说。”

夫人望着尚雨，仿佛在看年轻时期的尚年，她的表情显得很复杂。

“在你父亲去世的前天，他曾和我聊了很多年轻时的事情。”

“哦……”

“你父亲当时对我说，要容凤帮你介绍一个女朋友。”

“哦……”

“你父亲总是担心你的婚事，哪怕在死前的最后一刻。”

“也许吧！在这方面我确实对不起爸爸。没能让他看到我结婚。”

“你父亲说，如果任凭你自己走下去，这辈子可能都找不到女孩子的，所以才想方设法安排你去相亲。”

针对这句话，尚雨感到很吃惊。莫非父亲已经看透了自己的心理吗？若是没看透，父亲怎么能说出这样的话呢！

“尚雨先生……”

“呃……”尚雨抬起了头。

“你觉得容凤如何？”

“您是说容凤？”尚雨吃了一惊。

“是的。这就是我此次拜访你的目的。虽然我不知道你的想法，也害怕看到被你拒绝了的后果，可是我还是想冒一下险。虽然容凤在没有父亲的环境中长大，可是你放心，容凤是非常独立的一个女孩。”

“容凤知道这件事吗？”

“我还没有告诉她。但是，我觉得对于这门亲事她是不会反对的。所以我才对你提出这番要求的。”

尚雨根本没有做任何回答，但容凤妈妈用“要求”这个词，似乎是下定了决心要把容凤托付给尚雨。

“而且，这也是您父亲临死前的遗愿。”

尚雨不知道该说什么。两个人就这样沉默了几分钟，容凤妈妈用慌乱的手拿起杯子，喝了口茶，然后站起来朝尚雨施了个礼说:“请你好好考虑考虑，我先告辞了。”

直到容凤妈妈离开后，尚雨还没明白怎么回事。回想起刚才说过的话，她们搬家和容凤换工作，不就是为了和尚雨结婚做准备的吗？这么想的时候，连尚雨自己都感觉不可思议。

母亲回家的时候，尚雨和母亲说了下午的事情。

母亲从厨房里走出来。

“那个小姐倒是不错。不过我不喜欢那位夫人，她的眼神中似乎透着一股莫名其妙的神态。”

“妈妈，是您多想了，人家也许天生就是那样的呢！”

“反正我看着她就是不顺眼。”母亲说，“不过，尚雨，对于这门婚事，你真的考虑过吗？”

“还没有呢！”尚雨背过身去，故意躲避母亲的话。

“尚雨，如果真的合适的话，就和这位小姐结婚吧！我想你爸爸也会很乐见这样的结果的。”

“妈妈，这件事我会考虑的。”尚雨岔开话题，“姐姐最近怎么样了？”

“妊娠反应很厉害，幸好我在那边照顾，要不你姐姐什么经验都没有，还不知道该怎么办呢！”

“那个男人呢？”

“还是和以前一样。我估计小孩没出生之前就会离婚了。本来我还以为尚真怀孕以后他会有所改变的，可是没想到他压根儿就不在乎家庭，当初尚真嫁给他的时候真是瞎了眼了。”

从母亲的身形上，倒是没看出父亲去世的影响，她仍是走进厨房，在里面打扫着卫生。

尚雨一直以为容凤妈妈是随口说的，但是没想到容凤在三月份的一个傍晚给他打了电话。

“今天没有其他的约会吗？”容凤问。

尚雨想了想，说道：“没有，下班了如果没有特殊的事情应该直接回家。”

“哦，这样啊！尚雨先生，下了班你可以出来一趟吗？”

“是有什么事情吗？”

“也没什么特殊的事情，总之，还是到时见面了再说吧！”

尚雨拿着话筒没有说话。

“喂，尚雨先生，你还在吗？”容凤听到话筒没有声音问道。

“还在的。”尚雨回答。

“那我们就说定在人民公园见面，好吗？”

“还是上次见面的那个地方吗？”

“是的，六点半可以吗？”

尚雨看了看表，时钟已经指向五点多了，他想了想，说：“好吧！”

“那么，尚雨先生，我就先挂了，等到时候见面再说吧！”

正当容凤要挂电话的时候，尚雨又问：“你到人民公园方便吗？”

“这个……还算方便吧！我换工作了，这个你还不知道吧？”

“我已经知道了，上次听令堂说过了。”

“什么？尚雨先生你见过我妈妈？”容凤似乎感到特别吃惊。

“是的，好像是在二月份的时候吧！我记得那天正好下雪。”

“妈妈找你有什么事情吗？”

“这个……还是见面再说吧！”

“……那好吧！尚雨先生，我先挂断了，马上要下班了。”

“再见。”

尚雨挂断电话，坐在桌边思索：原来容凤妈妈来的时候是瞒着容凤的啊！

尚雨看了看表，差不多五点半，还不到说定的时间，他从公司出发，差不多二十分钟就可以到人民公园，于是他呆呆地望着对面墙壁上的一幅画。

那是公司用来装饰的画，好像是晋朝某位画家画的，不过挂在光滑的瓷砖墙壁上，显得很不和谐。

即使在图书馆，挂的也是这种画，上次尚雨看到过时下一切的装饰总是不那么让人感到舒畅，好像与环境不协调。

他将办公桌上文件夹中的两张地图拿出来。那是他去北京和南京买回的地图，他将这两张地图平铺在桌子上，对比着北京和南京这两座城市的不同。不过，他感觉这是毫无意义的，自己生活在风筝都，离北京和南京都有上千里路，于是，看了没多久他就将地图放在了一边。

他身处的办公楼在五层，从玻璃窗上，他看到外面的天空中已经开始出现了零星的风筝。不愧是风筝都，无论什么季节都可以看到风筝的身影。

对面楼上原来卖衣服的店铺又重新换成了风筝店铺。尚雨心想，大概是生意不好的原因吧！不过，也可能是到了卖风筝的旺季，肖奉生才将风筝店铺收回来重新开张了吧！

自从上次在沂山见到肖静，尚雨就再没有过她的消息，从那之后，他与肖雪的联系也少了很多。因为见过了肖静，他反而再也找不到见肖雪的理由，肖雪也许最近一直忙于工作吧！他这样想。

肖静有没有回家呢？按理说应该早回家了。不过，若是肖静愿意在沂山待下去的话，那当然也很好。肖静失去了丈夫，她的父亲是不是考虑给女儿寻找新的幸福呢？但是按照肖静的性格，应该是不会同意的。他还记得上次见到肖静的时候，肖静似乎很伤心，也许她内心深处是爱着高岩的吧！

前不久，同事还邀请尚雨春天到沂山旅游。同事说沂山已经开始大力发展旅游了，山上已经开通了上下的旅游车。上次尚雨去的时候，还没有开通，他是沿着崎岖的山路一直步行上去的。不过也奇怪，那么远的路，尚雨走起来竟然没有一点劳累感，许是想见肖静的心情导致的吧！

开通了旅游车也好，至少肖静上下山方便了些。尚雨担心的是，即使有了旅游车，肖静也不会下山。

尚雨这样思索着，很容易就陷入了往事当中。他记起那时候同事对他说过的话：今年是多雨的一年。如今那个同事已经不知去向了。

去年雨水是不少，今年倒是没下多少雨。尚雨想。当他再次看表的时候，发现已经六点十五分了，于是他从座位上拿起外套，收拾了一下东西。公司里已经没有什么人了，走到门口的时候，那个服务生给他打开门，他朝服务生微笑了一下，其实，他每天上下班都要从这里走，但是从来没仔细看过这个服务生，也许是刚换的吧！因为他看上去有点面生。

路上有点堵车，等尚雨到了人民公园的时候，已经六点五十分了，天色刚刚有点黑。他急匆匆地跑到上次和容凤见面的地方。容凤早已站在那里等候了。

“真对不起，路上有点堵车。”尚雨说。

“没关系，”容凤说，“我们去白浪河那边吧！”

尚雨看到容凤的手里拎了一个带着蝴蝶图案的小包，他觉得心情舒畅极了。

“尚雨先生，真抱歉还要把你叫出来。”

“没事的，反正我回家也没什么事。”

“你母亲身体还好吧？”

“还好，妈妈最近一直在姐姐家。因为即使在家，我与妈妈也没话可说。”

“你看上去跟上次见面的时候一点变化都没有。”

“当然了，才几个月嘛！”

“我以为尚雨先生你在这段时间早就结婚了呢！”

“结婚？”尚雨说，“怎么可能呢！我连结婚对象都没有呢！也没人可以结婚的啊！”

“哦。当时我和你在这里约定正月十五去看花灯，你没有去，我还以为你和哪位中意的小姐去约会了呢！”

“没有的事，那天我在家待了一天，哪里也没去。”

“既然没事，干吗没去呢？”很明显容凤知道不该问这句，但是她还是说了出来，说完她用手捂着嘴，似乎后悔自己的问话。

“这个与你无关。我是心情不好，所以才没去的。”尚雨回答。

他或许没觉察到容凤的心情。实际上，他的脑中盘旋着那次没能赴约的原因。

他很希望在灯会上遇到肖静，但是他一想到在风筝会上见到肖静时的心情，就恐惧了。他虽然想见她，但是又不知道见了面该说些什么，这样犹豫不决的时候，他发现时间已经晚上八点多了，最后就没有去赴约。

他们沿着白浪河边走着，走到一处建有木栈道的地方，脚步发出咚咚的声音，左侧的超市边上有很多年轻人进进出出。

三月的风筝都，已经完全脱离了冬天的阴霾。有些树木都已发出了新芽。上次见面的时候，整个风筝都还处于萧条之中，可是眼下的景象，好像与之前不是同一个城市似的。

“尚雨先生，你会不会放风筝呢？”

容凤的眼睛望着风筝广场上空的几只风筝问。

“小时候放过，但是有二十几年没放了。”

“为什么呢？”

“为什么？”尚雨做了一个耸肩的表情，“我也不知道是因为什么。总之就没放过了。”

又走了一段路，容凤突然停住了。尚雨还没意识到，一直在向前走，当尚雨意识到的时候，发现容凤已经落下了很长的一段路。

他在原地站着，等待着容凤走过来。他仿佛还看到上次她穿着的百合花的衣服，不过这种衣服在梦中显得更为漂亮。

“怎么了？”尚雨问。

容凤用两只手拎着包，双手垂着放在自己的身前。她笑了笑，说：“没什么。”

“尚雨先生，”她迟疑了一下，“刚才在通话的时候，你说我妈妈去拜访你，是有什么事情吗？”

“她没有跟你说过吗？”

“没有。”容凤说，“我记得有一个傍晚，妈妈回来的时候，好像很伤心一样，我问妈妈发生了什么事情，她没有回答，那天晚上，妈妈还罕见地拿出了一瓶酒喝了好几杯，我从来没见过妈妈喝酒。”

“哦……也许令堂有什么难过的事情吧！”

“喔？难道尚雨先生不知道吗？”

“我不知道啊！令堂来和我见面，也没说什么事情。只是和我说了年轻时候父亲的旧事。”

“哦，这样啊！”

容凤想：也许母亲是想到同自己一起长大的朋友去世了才感到伤怀的吧！

“不过，后来令堂对我说，父亲在世的时候委托她让你给我介绍结婚对象，我记得上次见面的时候你已经和我说了。”

“嗯，这点是妈妈和我说的。”

“可是令堂又对我说：‘您觉得容凤怎么样？’”

“什么？”容凤吃了一惊。她的视线从其他事物上收回来，盯着尚雨的脸。

“难道回去之后令堂没有和你说过吗？她的意思是让我和你……”

“妈妈什么也没说过。”容凤说。

她的眼中显出惊慌失措，不过一股羞涩的表情也上了脸，连脖颈上似乎都像涂了粉一样。

容凤像要摆脱自己的羞涩似的猛地抬起了头，她说道：“天色有些黑了。”

尚雨看了看，确实，天色已经暗了下来，周围的路灯已经亮了起来。

“你要回去吗？”

“没事的，最晚的一班车是八点半的。”

尚雨看了看表，才七点一刻。

“晚一点回家不要紧吗？”

“不要紧的。”

“令堂不在家等着你吃饭吗？”

“不会的。我一般七点不回去，妈妈就不会做我的饭，况且在来的路上，我已经向妈妈打过电话了，说今天晚上要见个朋友，晚点回去。”

“哦，那我们一起去吃个饭吧！”

“…………”

“反正也闲着没事嘛！即使回家也是闲得慌。”

“那好吧！”容凤似乎下了决心，才这样回答。

于是，两个人朝一家四川风味的餐馆走去。

三

吃完饭后，尚雨和容凤又沿着白浪河走了一段路。自从去年白浪河整修之后，河水就清多了。他们坐在边缘的石头上，容凤将鞋袜脱了，小心翼翼地将脚伸进水中。她的脚在路灯下白得发光。水上的波纹朝远处荡漾，那边的喷泉隔几分钟就喷射一次，有时候水珠还能溅到他们的身上，感觉很清凉。

“水不凉吗？”尚雨问。

“有点凉，不过感觉很好的。你也可以把脚伸进来感受一下。”

尚雨没有脱鞋，反倒将手伸进水中试了试，水温确实很低。

“不要着凉了。”尚雨说。

“没事的，我从小就喜欢玩水，那时候妈妈总是说我，她说一个女孩子家，成什么体统。我还经常用凉水洗头，妈妈说女孩子家用凉水洗头对身体不好，可是我从来不听妈妈的话，即使到了冬天，有时候我还用凉水洗头呢！”

“你小时候一定没让你妈妈担心。”

“也许吧！”容凤笑着说，从水中收回脚，然后从一侧岩石上的小包中拿出手帕擦了擦，将袜子和鞋子穿上。

“我一直觉得妈妈跟了爸爸这一辈子受了很多罪。妈妈应该找个更好的男人的，不过这也许就是人的命运吧！妈妈总给我一种印象，跟了爸爸后她的人生再没什么希望了。”

“也许你妈妈觉得很幸福呢！”

“不是这样的。”容凤坚决地说。

尚雨望着容凤的脸，他从未见过容凤这样认真的表情。

“妈妈经常对我说，她喜欢的是另外一个男人，而不是爸爸，但是因为某些原因未能和那个男人结婚。那时妈妈对爸爸的态度很不好，经常对爸爸发火，我其实是知道这一点的。爸爸也总是迁就妈妈，不说什么话，任妈妈指责，因为爸爸知道，他没什么能力，不能给妈妈想要的那种幸福，他对妈妈的要求就是妈妈不要离开这个家。因为这点，有时候我是很讨厌妈妈的，有些时候我故意做些和妈妈作对的事情，也许就是因为这种心理。但是自从爸爸去世后，我看到妈妈一日日衰老的身躯，突然觉得妈妈很可怜。作为一个女人，是有权利去追求一辈子的幸福的。可是因为我，妈妈放弃了自己追求幸福的权利。”

“也许这只是你的个人观点呢！”尚雨劝说道。

“妈妈是有过外遇的，这点爸爸也知道，但是他装作什么事情都没发生……”

尚雨看到容凤的眼中盘旋着泪珠，他不知道该说些什么。

“尚雨先生，很高兴今天能见到你。就此告辞吧！”容凤突然说。

尚雨看了看表，已经八点一刻了，他还没意识到时间过得这么快。

“那么，我把你送到车站吧！”

“不用了，还是在这里告辞吧！”

最后，尚雨还是把容凤送到了车站，车开走的时候，尚雨看到在车厢灯光下的容凤朝他挥手告别。他蓦然觉得这种流逝的景象把他抛向了过去。

送走容凤后，他才意识到，也许容凤的母亲觉得这么长时间自己没给她回复，才没有和容凤说这件事的吧！她作为母亲，也许不想让女儿受到半点伤害。这么想的时候，他也上了公交车。

回到家的时候，尚雨竟然从房间里找出了那只藏起来的风筝，他又将它重新挂回到墙上。

母亲看到尚雨乒乒乓乓地翻东西，问尚雨在做什么，尚雨从箱子底下拿出风筝来说：“终于找到了。”

这只风筝，在春节整理房子的时候，尚雨将它收了起来。一方面，它的色泽和春节太不相称了。另一方面，他也想让自己竭力遗忘肖静吧！

这时再拿出来，他竟然神经质地拿着风筝半夜到外面去放，可是放了几次都没成功，风筝只是在空中盘旋几下，就扎在了地上。

也许是技巧不对吧！尚雨将风筝拿回了家，再次挂在墙上，像过去那样。

尚雨常坐在磨坊想小时候的事情，虽然他觉得有些事情是不该回忆的。他走到磨坊里面，本来想让机器转起来，可是面对这陌生的机器，他感到害怕，他从小就没摸过这些东西，虽然每天都可以看到，但却不知怎么操作。他小时候最喜欢做的事情就是望着父亲操作这些机器。如今这些机器已经完全报废，成了一堆没有用的破铁，有些朋友劝说尚雨卖掉这套房子，包括这些机器，但尚雨无一例外地拒绝。在他看来，这是承载父亲一生的博物馆。如果没有了这些东西，他真不知道父亲还有什么东西能让他用来纪念。

不过，让人感到吃惊的是，有一次尚雨回到磨坊，竟然有一个人推着小麦来磨面。那个老头儿上前问道："这个地方还磨面吗？"

尚雨回答："十几年前就不磨了。"

那个老头儿感到很意外："这些东西不还在吗？"

"东西是还在，不过已经不做了。"

"不做了吗？我记得上次来的时候还磨面的啊！"

"上次？那是什么时候啊？"

"大概二十年前吧！"

"二十年前……"

"我就二十年前来过，因为家里磨面之类的都是老太婆来的，最近老太婆去世了，我才来的。"

"可是这里已经不再做生意了。"

"…………"

老头儿不知该说什么，失落地望了磨坊一眼，然后推起车子，到其他地方去磨面。尚雨看到老头儿的背影，心里一阵难受。

去年岁末的时候，尚雨做了好些梦。

他梦到了父亲还在世的时候，他和父亲在院子里坐着，父亲牵着他的手说着什么，似乎在交代他的一生，他记得那好像是在台风之后的事情。不过，现实中并没有发生这样的事情。台风可以吹到这个地方来，还是最近几年的事情。过去台风一般在中国南方登陆，一般到了这个地方就没什么影响了，只是下上几天雨，可是近几年天气发生了变化，据海洋专家说，全球气温变化导致了台风的北移。日本那边的好多台风都沿着东海岸登上了中国大陆。父亲在院子里将一株株菊花分开，栽种在一个个花盆中。尚雨看到其中一盆花上落着一只黄色的蝴蝶，但尚雨要走过去的时候，蝴蝶从花中翩翩飞去，朝西面空中飞去了。他看到蝴蝶落在那棵小时候经常玩耍的杏树上，但它停留了没几分钟，就掠过了墙头，离开了尚雨的视线。尚雨还担心台风来了它在外面能否安稳地活下去。他还看到小时候的思媛从他家门口走过，他则和几个差不多大的孩子在玩着一种现在已经被遗忘的游戏。当他在梦中想到思媛在西藏的时候，思媛的身影马上从他的视线中消失了，他身边的朋友也失去了踪迹，他看到自己一下子变大了，仿佛站在一个极不协调的世界里。

这个梦他做过好几次，即使上班的时候，他也会想起某些片段。他认为那只黄色的蝴蝶，就是肖静曾送给他的蝴蝶风筝。但是他不无担心地想：那难道不是肖静的化身吗？她的丈夫去世后，她是怎么过的呢？莫不是像梦中所见的那样，形单影只地在这个世界上孤单地生活着？

他望着桌子上的百合花发呆。

那是他从一个朋友那儿拿来的，朋友家中栽种着好几个大棚的百合花。据朋友说，再过几天，百合花就可以大范围上市了。朋友给他的这几棵，是早熟的。尚雨本来想拒绝，可是朋友对他说：“早熟的和晚熟的都没法卖的，我不可能去花店单独卖几株百合花的。”

于是，他就接受了，上班的时候顺便带到了公司里。当他去洗手间换花瓶里的水时，一个女同事看到了，问道：“那是百合花吧？”

“是啊！”

“现在已经上市了吗？”

“这是朋友送给我的。好像是在最近上市吧！”

“我在市场上没看到。”

“这是早熟的几棵，再过几天，大批的百合就可以摆放在花店里出售了。”

尚雨从花瓶中拿出一棵：“这棵送给您吧！”

女同事犹豫了一下，双手接过去，说了声谢谢。

尚雨返回座位上。望着百合花，他想起了容凤。

上次和容凤告别的时候，她闪动的眼神还印在他的脑海中。他从来没见过容凤这么认真的表情。不过，容凤的这番表情使她更为漂亮动人了。

想着，尚雨用公司的电话给容凤打了过去。

电话响了好久都没人接听。尚雨想，也许她在公司忙着工作吧！

正当他要挂断电话的时候，对面的话筒中传来了容凤的声音：“您好，我是容凤。”听上去像是跑过来的，声音中还带着明显喘息。

“我是尚雨。”尚雨说。

“对不起，尚雨先生……”

“你在上班吗？”

“没有。我在家中。”

“怎么？没有去上班吗？”

“因为妈妈病了，我在家照顾妈妈。”

“哦……”尚雨顿了一下，“不要紧吧？”

“应该没什么事的。”

“需不需要我去看望一下？”

“啊？”容凤忙说，“不用了，这点小事，不劳烦尚雨先生，况且路途遥远……”

“没事，我不在乎有多远的。你就说嘛！”

虽然容凤说不让尚雨来，但还是说了地址。

“明天是周六了吧？”尚雨问。

容凤看了看挂在墙上的日历，说：“是的，明天是周末。”

“那我就明天去吧！”

“其实你根本不必来的……”

“我自己愿意去的嘛，再说令堂是爸爸的朋友，爸爸去世了，我也有照顾爸爸朋友的义务。”

“尚雨先生，您说的太……”

“令堂喜欢什么样的花？百合？康乃馨？”

“花？”容凤反问道。

“是啊！我去看望，总不能不带花的啊！”

“你人到了，我和妈妈就非常高兴了，至于其他的……”

还未等容凤说完，尚雨就像对自己说一样：“那怎么行呢？至少礼数上得周到啊！你就说吧，是什么样的花？”

容凤想了一下：“要说花的话，妈妈喜欢的好像是荷花。”

“荷花？”

“是啊！夏荷花。她们那一辈的人和我们这辈人的爱好也许不同吧！”

“可是现在这个时节还没有荷花呢！固然现在很多花都在大棚中栽种，哪个季节都可以有，但是我还没有听说专门种植荷花的。”

“妈妈还喜欢菊花的。”当容凤说出后，又改口说，“尚雨先生，还是不要麻烦了。你人到了就是最好的礼物。”

“礼物？”

“对不起，我不是说你……”

“是啊！我倒是把这一点忘记了，令堂生病了，该买点保健品的啊！”

容凤为自己的话引起的误解感到很自责，她在电话中说：“尚雨先生，太对不起了。”

“没什么的。”

尚雨没有意识到容凤是为何道歉。他自言自语地说：“那就这么着吧！到时候我会去的。”

因为没有多少事，尚雨在下午四点的时候就提前下班了。当他在大街上走着的时候，想起容凤说她妈妈喜欢菊花，竟然同父亲一个爱好，他记起那个朋友栽种的大棚就在郊区，于是他坐上了公交车。

他那里会有菊花的吧？尚雨这样想。

尚雨赶到那里的时候，只是凭印象找朋友的所在地。当他看到一大片大棚的时候，就走了过去，有一个女人刚从大棚中走出来，只穿着衬衣和衬裤。尚雨想：难道天气已经有这么热了吗？

他走上前去问路，那个女人告诉他朋友所在的大棚，于是他穿过了好多大棚，才找到了朋友的大棚。

周围这片建的都是这种大棚，尚雨简直很难想象，中国人竟然能消费如此多的鲜花。但是他又自言自语道：“中国十四亿人的嘛！当然用得了这么多花。”

朋友不在，只有他的妻子在大棚里。尚雨喊了几遍后，大棚的帘子揭开，走出一个二十五六岁的女子，只穿着粉红色的秋衣秋裤，看到尚雨，她施了个礼，尚雨仓促地回礼。

那个女子告诉他，丈夫出去了，尚雨说明自己的来意，女子说道：“你想要几棵菊花吗？”

“是的。”

“这个季节没有种植菊花的，周围这一片这个季节种的都是百合啦、康乃馨啦、玫瑰啦！”

“这个季节菊花存活不了吗？”

女子笑了笑：“不是存活不了，是市场需求量很少，怎么着也得五一左右，菊花才会上市的。”

“哦，”尚雨为自己的不懂感到不好意思，“那就算了，我本想送给一个朋友的。”

“那再会了。”尚雨说。

尚雨刚要走，女子突然喊住了他，他折回身子。

女子说：“去年我们这个棚里种过菊花，在角落里可能还扔着几盆，你随我进来看看有没有可以用的。”

尚雨的脸上露出了喜悦的表情。他随女子走进棚里，温度骤然上升到了三十几度，他感觉仿佛突然进入了夏天，还不是夏天那种热，一点风都没有，这时他才明白那些人为什么都穿得很少。

“瞧，就在那儿。”女子指着一个角落说。

尚雨看到其中的几棵竟然已经绽放了花朵。

他走过去，拿起其中的一盆。

“这个季节还会有鲜花的啊！”

“是的啊！在这里面，只要好好培养，有足够的水分、光照和温度，任何时候鲜花都会开放的。”

“真的吗？”

“是的。”

“我可以拿几棵吗？”

“当然了，那些你都拿去也没事。”

于是，尚雨小心翼翼地用手折了几棵，差不多有七八棵的样子。他站起来，对女子说：“谢谢您了。”

女子将他送到门口，他感觉温度一下子又降到了十度左右。望着满棚的百合，他觉得手中的菊花既瘦弱又不起眼。

同是鲜花，无论是颜色，还是格调，却是千差万别的。不过说起来，人不也是如此吗？

他走到很远回头看的时候，发现女子还站在那里目送他。看到他在回头看，她又朝他施了个礼。

朋友找了个很好的妻子。尚雨想。

作为妻子，容凤不是一个很好的选择吗？尚雨的脑海中突然冒出了这个念头。

望着这几棵菊花，尚雨的脸上现出了愁容。在自己的生命中，肖静似乎永远地消失了，就连肖雪也失去了踪迹。可是去年他们明明来往还那么频繁。眼下的尚雨，觉得自己好像与去年相比截然变成了另外一种人。但是，他除了感叹，没有其他任何办法。

回到家中，尚雨把花插在了花瓶中，倒满了水，以免明天菊花失去色泽。

母亲看到了，问道：“那是菊花吧？”

“是的。”尚雨回答。

母亲说：“我前几天回磨坊的时候，发现你父亲栽种的菊花连叶子都还没长呢，还是去年冬天的枯萎样。这是大棚里生长的吧？”

“是的。”

“真令人吃惊啊！”母亲说，“同样是菊花，在不同的环境中竟然能显示出两种截然不同的形态。好像它们根本不是生活在同一个世界中的啊！”

“…………”尚雨不知道母亲说的是什么。

“你爸爸和现在的我，不就像是菊花一样吗？生活在不同的世界里。”

尚雨突然明白了，对母亲说道：“妈妈，你这说的什么理论啊！人和植物是不同的。”

“怎么不一样？都是生老病死。只不过人死了真的是再也活不过来，植物嘛，到了来年还会发芽开花。唉！看上去人似乎连植物都不如呢！”

“妈妈还在思念爸爸吧？”

“……”母亲没有说话。

“我知道，纵使时间再长，妈妈也很难适应爸爸不在的生活，哪怕接受了现实，可是身边确确实实少了一个人，还是与自己生活了几十年的人。但是，这也许就是自然规律吧！任何事物都有终结的一刻。所以，妈妈，你就不要伤心了，乐观地生活下去。”

“你爸爸去世前，我完全没意识到……”

尚雨想：难道妈妈在为没意识到爸爸会去世而感到内疚吗？但是作为人来说，死的时候不都是出其不意的吗？

“尚雨……”

“喔？”

“上次你不是说那位夫人把她的女儿介绍给你吗？如果你觉得合适的话，就尽快结婚吧！”

“…………”

母亲的脸上不知什么时候落下了泪水。

“有股什么味道……”母亲望了厨房一眼，“啊！还煮着东西呢！”

母亲急匆匆地走进了厨房，尚雨看到母亲用手擦眼泪的姿态。

尚雨望着桌上的菊花，将它搬到了自己的卧室里。关于要去拜访容凤母亲的事情，他一句也没和母亲说。

母亲让他结婚。望着墙上的蝴蝶风筝，尚雨心想：自己真的做好结婚的准备了吗？

四

翌日是个雨天，尚雨还没起床的时候，就听到母亲的喊叫声。

“尚雨，你的电话。是那位小姐打来的。”

“哪位啊？容凤吗？”母亲没有回答。

尚雨一边穿衣服一边走出去，母亲把话筒递给他。

“喂，您好。”

“啊！尚雨先生，你还没出门啊！真是太好了。”

“怎么了？发生什么事情了吗？”

“没什么。今天下雨了。可能要下一天呢！尚雨先生不方便的话就不要来了吧！”

“下雨了吗？”尚雨将话筒远离自己的耳朵，他朝外面看了看，果然淅淅沥沥地下着小雨，“这样的小雨，没事的。”

“真的没事吗？要是感冒的话就不好了。”

“瞧你说的，我可以多穿件衣服嘛！”

“也是。”容凤顿了一下，“那尚雨先生你还来吗？”

“嗯。现在几点了？”

“已经七点了。”

“哦……还这么早啊……那我九点半到那边，可以吗？”

“嗯。”

“你这么早打电话过来，就是为了这件事吗？”

“是啊，昨天我和妈妈说你今天要来拜访的事，妈妈今天早上六点就起来了，我还在睡梦中的时候，就听到妈妈喊我，我还以为怎么了，结果妈妈对我说：‘今天下雨了，你给尚雨先生打个电话，不方便的话就不要让他来了，况且路途遥远……’”

“真是多虑了。我没事的。”尚雨说道。

“哦……”容凤应着，她突然说道，“那先这样吧！一会儿见！妈妈在叫我了。”

“好的，那么再见。”

尚雨挂断电话，刚要返回屋子里，母亲出现在眼前。

“尚雨，你是要和那位小姐去约会吗？”

"妈妈，瞧你说的，什么约会啊！就是有点事需要见一下。"

"哦……"

尚雨返回卧室，又躺了一会儿。不知什么时候，传来了敲门声，听到母亲在外面说："我去你姐姐家了。"

尚雨"嗯"了一声，当他再次醒来的时候，发现已经八点多了。于是他马上起身洗漱。

刷牙的时候，尚雨看到桌上的菊花似乎比昨天枯萎了一点。

大棚里长出来的菊花就是没有露天的坚强。尚雨想着。

他走到墙边，将挂着的风筝拿下来，对着菊花比了一下，他以为都是黄颜色，却原来相差这么多。

当他把风筝重新挂回原处的时候，蓦然发现风筝的一角似乎有几个小字。他靠近看了看，原来上面写着：肖奉生制作。

过去他从来没看到过风筝上有任何字，也许是太粗心了吧！他似乎看到风筝上显出肖静的面容来。

大概是下雨的缘故，虽然是星期天，街道上反倒十分安静。

尚雨打开伞，走出了家门。

风筝都毕竟是个小城市，虽然这些年在不断发展，但是路边一排排昏暗的小房子，还是有点陈旧的感觉。

路过一间风筝店铺的时候，尚雨似乎发现肖雪在那间店铺里面。但是车子开得过快，他没看清楚面容就过去了。

他记得去年肖雪和他说过，自己打算进企业工作。也许她早已经不在父亲的风筝铺里帮忙了！不过，作为风筝都较大的风筝制作批发商，肖奉生的两个女儿都不肯继承家业，也许他会为此而担忧吧！

"他也许会帮肖雪招个上门女婿,然后让那人帮忙打理公司吧！"尚雨想。但是他又觉得这种想法有点离谱。

当尚雨走到容凤说的地址时，他刚要敲门，门就开了。

"您一走近，我就听到脚步声和雨点敲打雨伞的声音了。"

"哦！原来是这样啊！"尚雨应道。

"这个地方本来就很偏僻，一般没有路人的，听到脚步声，我一想就知道是尚雨先生。"

尚雨望着容凤，她似乎比上次见的时候消瘦了些，脸色没那么丰润。

"请进来吧！"容凤说。

尚雨意识到自己还在门外，于是抬起了脚。

尚雨在敲打雨伞上的雨珠时，听到里面容凤妈妈的声音："是尚雨先生到了吗？"

容凤朝里面喊道："是的，尚雨先生到了。"

尚雨发现这是一套极简单的房子，只有两个小卧室，小的厨房，小的客厅。兴许容凤刚才出来得太急，她的卧室没有关门。墙上挂着一幅缩印的《清明上河图》，不过质量不怎么样，有些地方都模糊了，看不清楚。

看到尚雨在看那幅画，容凤说："这是过去的房主挂在这里的，我觉得没什么不好，就没有摘下来。"

尚雨想，过去的房主也许是个文雅的儒士吧！

"啊！尚雨先生，您真的带菊花了啊！"

容凤似乎才发现尚雨手中拿着的菊花。

"是的，我在电话中不是说过要带的吗？"

"可是这个季节……"

"我认识一个朋友，家里就是栽培鲜花的，我去的时候，里面竟然还真有几棵菊花，而且正好盛开了，我就带过来了。"

"太谢谢了，妈妈看到不知道该多么高兴呢！"

这时从里屋传来容凤妈妈的话："容凤，你和尚雨先生在说什么呢？"

"没什么。"容凤回头朝母亲的卧室喊，"妈妈，尚雨先生给你带了菊花。"

尚雨随容凤走进房间。尚雨朝躺在床上的容凤妈妈施礼："您好！"

"真抱歉，竟然让你亲自来一趟。"容凤妈妈说。

"没什么的。反正我在家也是闲着没事嘛！"

容凤找了一个花瓶，然后灌上了水，将它放在母亲屋子的桌子上，然后拿着一把剪刀在垃圾桶旁边将菊花的末端剪齐，又用双手将菊花放在花瓶中。

尚雨一直望着容凤的身影，他突然意识到自己竟然没有将菊花修整一下。更让他感到吃惊的是，容凤的手法是那么地娴熟，似乎她经常做这样的事情。尚雨想起来了，容凤曾经在花店中帮朋友做过这样的工作，不过，刚才容凤的姿势实在是太美了，简直让尚雨觉得是在欣赏花道。

"妈妈，这是尚雨先生给你带的菊花。"

"我看到了，"她没有朝向容凤，而是正视着尚雨，"谢谢你了，尚雨先生。"

"夫人，您太客气了。"

容凤妈妈在这一刻，把尚雨当成了他的父亲尚年。但是她不曾见过这个年龄的尚年。

容凤妈妈痛苦地闭上了眼睛。

“夫人，您怎么啦？”

“没事。”容凤妈妈仍旧没睁开眼睛，“最近有点心绞痛，许是年龄大了的缘故吧！”

尚雨看着容凤妈妈的面容，她和容凤的脸形是相同的，哪怕在相貌上，也有那么一点点相似。

“尚雨先生，你坐下吧！”容凤说。

容凤麻利地转到座位前面，拿去座位上的杂物。

“尚雨先生，你和妈妈聊一会儿，我去给你沏杯茶。”

“好的。”尚雨答道。

尚雨一直望着容凤的身影走出房间。当他回过头的时候，发现容凤妈妈已睁开了眼睛。

“尚雨先生，关于上次的事情，真对不起，是我自作多情了。”

“哦？”尚雨没明白容凤妈妈说的是什么，当他意识到是说容凤的事时，马上说，“夫人，说对不起的应该是我。”

“尚雨先生现在快要结婚了吧？”

“没有，您听谁说的？”

“没有听谁说，是我自己猜想的。既然你没有回复，我很自然地认为尚雨先生对这桩婚事不满意，那不是明摆着，尚雨先生已经另有其他喜欢的人了吗？”

尚雨想起去年在沂山见到肖静的情景，痛苦地闭上了眼睛。

“是吗？尚雨先生。”

“不是这样的。”尚雨说，“我只是没做好结婚的准备。”

“尚雨先生，前些日子的时候，我梦到你结婚了，是和容凤的婚礼。我去参加的时候，竟然发现你父亲还在世……当然，仅仅是梦而已，但是竟然十分真切。”

“哦……”

“自那之后我就生病了，不断地心绞痛。容凤听到我在房间里尖叫，还以为我发生了什么事情。”

“哦……”尚雨不知道该说什么。

“也许活不久了。我只是担心容凤……”容凤妈妈说着脸上落下了泪珠。

“夫人，听您这么一说，我才知道自己对您造成了伤害，不过，您完全用不着这样的。”

“梦到不在世的人，难道不是一种不好的征兆吗？抱歉……”容凤妈妈断续地说。

“夫人，您多虑了。您这个样子，容凤会担心的，不是吗？”

“我也知道容凤担心我，可是没有办法啊！”

“…………”

“你可以帮我照看容凤吗？”容凤妈妈似乎是哀求道。

尚雨只是望着容凤妈妈的面容。房间外传来了容凤的脚步声。看到容凤进来，容凤妈妈停止了说话。

容凤将茶杯放在桌子上：“尚雨先生，请喝茶。”

“谢谢。”

尚雨拿起杯子来刚要往嘴边放，可是杯子太热，他一下子打翻在桌子上。

“啊！”容凤惊愕地问，“怎么样？没烫着吧？”

“没事的。”尚雨说，“真不好意思。”

尚雨说着要去拿杯子，当他刚要拿到杯子的时候，容凤竟然提前把杯子拿了起来，她动作之麻利，尚雨都没看清楚。

“不好意思的该是我，水有点热，我忘记和尚雨先生说了。”

“没事的。”尚雨说，“是我喝得太急了。”

“尚雨先生，您在这儿坐着吧！我去拿抹布擦擦地。”

容凤把茶杯放在桌子上，然后去厨房拿了块抹布，半蹲在地上擦着地面的茶水，她小心地将茶叶夹在抹布里面，拿了出去。

地面上只显出一道水的痕迹。令尚雨很吃惊的是，容凤妈妈这段时间竟然一动未动，连眼神也没朝这边看。

容凤把新沏的一杯茶端过来，重新放在桌子上。这时她才发现，尚雨的裤子，已经被茶水弄湿了。

“尚雨先生，您的裤子……”

尚雨朝自己的裤子看了看，说：“没事的，只是点水而已。”

尚雨又在屋子里坐了一会儿，容凤妈妈没再说任何话。

十点半左右，尚雨站起来说：“夫人，您在家安心养病吧！我就此告别了。”

“什么？你要走吗？”容凤妈妈似乎才醒悟过来，她险些从床上起来。

“是的，已经不早了。夫人您也好好休息吧！”

“中午就在这里留下吃午饭吧！虽然没什么好菜……”容凤说。

“是啊！尚雨先生，你难得来一趟。我还想让你尝尝我的厨艺呢！”容凤妈妈有气无力地说，“可惜我现在是个病人。”

“这个……还是不打扰了。”尚雨说。

尚雨往外面走的时候，容凤妈妈竟然从床上坐了起来，她麻利地穿上鞋子，然后追了上来。

“尚雨先生，请你留下来吃顿饭吧！”

面对容凤妈妈突如其来的举动，尚雨很吃惊。

“我想为尚雨先生亲自做顿饭。”

容凤扶着虚弱的母亲。尚雨望着两人，不知道该如何做。

但是，尚雨还是留了下来。

“你和容凤先聊聊天。我去做饭。”容凤妈妈说着就走进了厨房。容凤也跟了进去。

“妈妈，还是我来吧！你的身体……”

“我的身体没事，容凤，你还是去陪着尚雨先生吧！”

“妈妈……”

“容凤，你不知道，这顿饭我一定要做的，所以你就让我做吧！”

容凤虽然不知道母亲说的什么意思，但是她还是松开了拉着母亲的手。

“啊！菜不多了嘛！我去超市买点菜。”

尚雨走进来，说：“夫人，不要去买了，随便做几个菜就可以了。”

“我怎么也要做几道尚雨先生喜欢吃的菜啊！尚雨先生，你喜欢吃什么菜呢？”

“这个……我真的说不上来，我吃什么都行。”

“那至少也得做几个我拿手的菜啊！”

“夫人，等下次我再来的时候，您身体好了，那时候您再给我做也不迟，这次就算了。”

容凤妈妈没有再坚持，容凤想留在厨房帮她，可是她坚持不让容凤帮忙。

容凤回到客厅，尚雨还在望着对面的那幅画。

“尚雨先生，真对不起，我也不知道今天妈妈是怎么了。”

其实，两个人都可以感觉到，容凤的母亲这样的举动，肯定是受了尚雨父亲尚年的影响。也许她年轻的时候没有给尚年做过饭，所以才让他儿子尚雨来品尝作为补偿，因为一个人一旦去世，再做任何事情就没有意义了。

“你住在这里还习惯吗？”尚雨问。

“哦？”容凤似乎不明白尚雨问什么，但她还是回答，“还可以吧！就是离工作的地方有点远。”

“这么幽静的地方，恐怕寂寞的时候会很多吧？”

“虽说会寂寞，但我还是蛮喜欢待在这样的环境中的，这也许跟我天生的性格有关吧！”

“容凤小姐，你说人为什么会寂寞呢？”

“寂寞？也许是人人都有的一种状态吧！即使处在再繁华的地方，同再多的人在一起，还是会寂寞的吧？”容凤回答。

“夫妻也会这样吗？”

“啊！”容凤望着尚雨，“也许夫妻不会这样吧！这个我也不知道。”

“应该是一样的。即使是夫妻，生活在一起，精神上也经常交流，可毕竟还是有不同的观点啊！兴趣爱好，以及想的东西，每个人的心本来就是不同的！哪怕是夫妻，也不可能完全没有寂寞的时候。”

“尚雨先生，您问这个干吗呢？”容凤疑问地望着尚雨。

“啊！没什么，我只是想到了。”尚雨低下了头，若有所思。

“容凤小姐……”

“喔……”

“你还没有考虑过结婚吗？”

“结婚？”

“是啊！像你这样年轻漂亮的小姐，追求者一定很多吧？”

“虽然是有，但是不像您想的那样。再说了，现在我也没有结婚的心，我现在最担心的就是妈妈。”

“因为担心妈妈所以不结婚？是害怕结婚后妈妈觉得孤单了？”

“尚雨先生你不明白，妈妈现在的情况有多糟糕。”

“哦……”

从外表来看，尚雨觉得容凤妈妈的病顶多是心情不好导致的。难道真如容凤说的这样，她母亲的病非常严重吗？

尚雨发现容凤似乎哭了。她仓促地对尚雨说：“尚雨先生，茶水凉了，我去给你换一下。”

“不用了。”

虽然尚雨这样说，但容凤还是拿起茶杯，朝院子里走去。

容凤回来的时候，心情似乎好了些。她坐下来，说：“雨停了。”

“哦，是吗？”尚雨从玻璃窗上看了看外面，果然雨停了，雨滴还从屋檐上滴落下来。

“尚雨先生……”

“呃？”

“你父亲和妈妈是老相识吧？”

“应该是这样吧！据说十几岁甚至更早的时候就认识。”

“这是一种幸福呢，还是不幸呢？”

“人与人相识当然是种幸福了。好比我和容凤小姐你的相识，当然是件幸福的事。”

“有时候，我觉得……”容凤欲言又止。

尚雨没有接话，等待着容凤把话说完。

“有时候，我觉得，”容凤说，“假如妈妈和你父亲结婚就好了。”

“什么？”尚雨大吃一惊，他没想到容凤竟然能说出这样的话来。

“如果那样的话，我和尚雨先生就是兄妹了，不过，若是那样，说不定世界上就不会有我们两个了。”

“可事实是不可更改的。”

“对于这样的话，真对不起。”容凤愧疚地朝尚雨低下头，“不过，假如妈妈感到幸福的话，我可以牺牲一切，哪怕我压根儿就不存在于这个世界上。”

“容凤小姐，你多虑了，你妈妈会幸福的，能有你这么一个女儿，她一定会感到很幸福的。”

“可是我什么也不能为妈妈做，我甚至不知道妈妈想要什么。”

“这个……她也许不要你为她做任何事，在她的眼中，也许她要为你做任何事。”

“世间的感情就是这样的。尚雨先生，您有想过为谁可以做任何事，不计任何后果的吗？”

尚雨摇了摇头，脑海中却浮现出肖静的影子。他觉得头脑有点沉重。

正当两个人面面相觑的时候，突然厨房里传来了东西落地的声音。

“啊！”

容凤喊了一声，匆忙朝厨房跑去。尚雨也跟了过去。

只见容凤妈妈躺在地上，几个碗在地上打碎了。

容凤摇晃着母亲：“妈妈，你怎么了？”

夫人躺在地上一动不动。

容凤妈妈的泪落在地板上。尚雨拨打了急救电话。容凤泪汪汪地望着尚雨，眼珠上仿佛蒙了一层雨露。

尚雨吸了一口气，从地板上抱起容凤妈妈，容凤忙跑到前面给他开门。

五

当时，尚雨记得容凤妈妈很明确地说：“我想为尚雨先生亲自做顿饭。”

事后，尚雨才知道容凤妈妈似乎是用尽了所有的力气。

尚雨帮容凤一起把容凤妈妈送到了医院，当医生说没什么事的时候，容凤才松了口气。

容凤走到尚雨的身前，施礼说：“谢谢你了，尚雨先生。”

“没什么的。”尚雨说。

“在尚雨先生看来也许没什么，但是，假如尚雨先生不在，发生这样的事情就坏了。”

尚雨知道容凤说的是房子离医院太远，假如尚雨不在，等着救护车到那里，说不定会耽误病情的。

尚雨故作轻松地说：“反正夫人没什么事情就好了。”

“尚雨先生……”容凤说着又落下了泪水。

尚雨木然地望着容凤，医生说不碍事了，她为什么还落泪呢？不过，在尚雨看来，容凤落泪的表情要比平时显得更生动美丽。

“尚雨先生，你先回家吧！妈妈有我照看就可以了。”

“哦……”尚雨看了看天色，差不多已经下午三四点钟了，“需要进去和夫人打声招呼吗？”

“不用了。等妈妈醒来后，我会和妈妈说的。”

“那好吧！”

尚雨走出三四米的时候，听到容凤在后面喊：“尚雨先生……”

尚雨回过头，只见容凤的脸上充满了羞涩的表情。

“怎么了？”尚雨问。

容凤像鼓起了勇气，说道：“尚雨先生，我知道妈妈曾经去拜访过你，而且还说过什么喜结良缘的话，请尚雨先生原谅妈妈，你不要把妈妈的话放在心上，还是和中意的女孩子结婚吧！”

“什么？”

容凤没有回答，折回了病房。

尚雨回到家后，望着空空的花瓶，不知道该往里面摆放什么花好。

尚雨觉得，在容凤剪菊花放在花瓶中那一刻，自己似乎爱上了容凤。

他一直在思考临别前容凤跟他说的话，有几次在公司想拿起电话给容凤打过去，但是又不知道该说什么就挂断了。

一周后的一个下午，尚雨刚拿起衣服要下班，突然电话响了。

“喂，您好。”

电话中没有任何回答，不过似乎有抽泣的声音。

“喂……”尚雨又试着喊了一声。

“尚雨先生，我是容凤。”

“怎么了？你在哭吗？”

尚雨的脑海中显现出上次容凤哭泣的表情，就像一束百合花。

“尚雨先生，”容凤顿了一下，“妈妈去世了。”

“啊！什么？”尚雨几乎喊了出来，马上他压低声音问，“在医院的时候，医生不是说没事吗？”

“妈妈不是身体上生病了，而是精神上生病了……”

“…………”

“尚雨先生，您说人死了之后还有灵魂吗？”

“灵魂？”尚雨难以回答。

“人一旦死了，是不是灵魂还会在这个世界上存在呢？或者转变为另外一种我们根本不知道的存在方式？”

“容凤，你在思考这样的问题吗？”

尚雨听到容凤又在抽泣，过了一会儿才说：“尚雨先生，也许我不该给你打电话。”

“怎么了？”

“在我心中觉得悲伤的事情，也许尚雨先生只感到可笑。”

“怎么可能呢？”尚雨明确地说，“夫人的去世，我也感到很悲痛。”

“是怜悯吧？”

“不是怜悯……”尚雨不知说什么，但还是说，“容凤，既然现在……还是请节哀顺变吧！”

“嗯。妈妈已经安葬了。”

“什么时候的事情？”尚雨很吃惊。

“昨天的事情。”

“你为什么没有打电话通知一声呢？我可以去帮帮忙的。”

“我本来也想打电话来，可是一想尚雨先生你也要忙其他的事情，况且……这是我自己的事情，别人帮忙也是无济于事的，虽然我什么也不懂，不过最终还都按照规矩办完了。”

“就你自己？没其他亲戚朋友帮忙吗？”

“嗯。妈妈走的时候对我说不要通知亲戚朋友，等事情都结束了之后再通知，而且，亲戚朋友都在老家。”

尚雨的脑中出现容凤忙前忙后的情景，她的身体也许更瘦弱了吧！

“你最近没有上班吗？”

“嗯，有很长一段时间没上班了，自从妈妈生病后就没去过了。”

“今天晚上我去你家一趟，方便吗？”

“哦……”容凤既没说可以，也没反对。

尚雨觉得这样在电话中说话太别扭，就说：“我一会儿就到了。待会儿见吧！”

“您真的要来吗？”容凤反问道。

尚雨正要说什么，只听容凤在电话中说：“那好吧！”

到容凤家的时候，天色已经黑了。尚雨通过那条泥土小道，两侧都是树木，那影子显得有些庞大，尚雨远远地就看到容凤在门口等待。

她的身形比上次见面的时候又消瘦了些，不过她内在带给尚雨的感觉竟然同肖静一模一样。

尚雨感到很突然，但他还是装作若无其事地走了过去。

尚雨走进屋子，容凤在后面带上门。他的目光无处停留，只能落在那幅画上面。

尚雨还记得容凤妈妈在厨房跌倒的情景，就连容凤落泪的表情，他都觉得好像发生在刚刚似的。

“尚雨先生，请喝茶。”容凤端来了茶水。

这次尚雨拿起杯子的时候，做了一个尝试茶水热不热的举动。

“尚雨先生，你在这儿等一会儿，还有几个菜就可以吃饭了。”

容凤走进了厨房，尚雨很愕然，难道容凤妈妈没做完的菜要通过容凤的手来做完吗？但是容凤的动作很麻利，一会儿就将一盘盘菜端了上来。

墙的对面挂了容凤妈妈的遗照，尚雨的眼睛落在上面。

尚雨想：作为上一辈的旧相识，如今父亲和容凤妈妈都去世了，而作为下一辈，却因为上一代的相识坐在一起。这让尚雨感到有点悲愁。

“一个人住在这里，很寂寞吧？”尚雨问。

“嗯。”容凤点了点头，“在这样冷清的地方，连汽车声都难以听到。有时候睡觉的时候会醒两三次，老是会做噩梦，无论在哪个角落，我似乎都感觉到妈妈还在的样子，可是……”

容凤低下了头，尚雨知道，她又落泪了。

“你可以考虑搬去朋友那里，有朋友陪着，心情也会变好的。”

“我会考虑你的建议的。”

尚雨看到放在一边的花瓶，里面的菊花竟然还没有凋谢。他感到很吃惊。

“这是我上次送来的菊花吗？”

“是的。”

“还没有凋谢吗？”

“嗯。”

“我还以为早凋谢了呢！也许是容凤小姐你照顾得好吧！”

“不是我照顾得好，是因为它本来就会开放那么长时间的。不过，尚雨先生您带了菊花来，妈妈非常高兴。”

“是吗？”

“妈妈出院后常望着这些菊花出神，她对我说，自己还能看到菊花，这辈子已经没有什么遗憾了。”

“哦……”尚雨应着。

“尚雨先生，你一定觉得我很可怜吧？”

尚雨突然抬起头，说：“怎么会呢？”

“虽然你表面上这么说，可是在内心深处还是可怜我的吧？”

“不是这样的……”

“有时候我觉得命运真奇妙，我还记得去年冬天在人民公园和尚雨先生你见面的情景，如今想起来好像就是昨天的事情。可是眼下……一切都已发生了变化。”

“嗯，一想起我的眼前好像还是一片雪的景象。”

“我记得当时从公园走出的时候，发现天空中有一只飞着的风筝……”

还没等容凤说完，尚雨就激动地问：“你也看到了吗？”

“当然了，它在天空中太明显了。可是我弄不明白，下着雪它是怎么飞翔的。”

“是啊！就像真的蝴蝶一样，而不是风筝。”

“尚雨先生，您喜欢风筝吧？”

“也算不上喜欢。”

容凤起身走进屋子里，过了一会儿拿出一只风筝。

是只黄色的蝴蝶风筝，和肖静给他的一模一样。

“这是妈妈三个月前买的。现在妈妈已经不在了，我也不怎么放风筝，就将它送给尚雨先生吧！”

“这可是夫人的遗物……”尚雨意识到自己说了一句不合适的话。

“我想，妈妈也会这样认为吧！她希望这只风筝可以有个好的归宿。”

“就像容凤小姐你？”

“什么？我？”容凤领悟了，“不是说我。”

“夫人也许希望你替她好好保存这只风筝呢！”

“尚雨先生……”容凤的话语显得有点激动，“你还记得你父亲去世的时候，我和妈妈去过你家吧？”

“嗯？”

“当时，我和妈妈回来的时候，在路上妈妈对我说，她看到屋里的墙上挂着一只黄色的蝴蝶风筝，就像是只真的蝴蝶伏在墙上一样。路过一个风筝铺的时候，妈妈就问有没有黄色的蝴蝶风筝，之后妈妈就将它买了下来。”

尚雨这才知道，原来容凤妈妈买这只风筝是受到自己的影响。

“我上次来的时候，它就挂在夫人的屋子里吗？”

“是的，一直挂在那里，就在床头的正上方。”

“哦……”

尚雨上次却没有看到，也许是他没抬头向上看的缘故吧！

“所以，尚雨先生，就请您收下吧！凑一对不是正好吗？”

“家里那只已经不见了。或许春节打扫卫生的时候弄丢了。”

“哦……”容凤抿着嘴，“那也可以啊！原来那个地方也是挂着风筝的，如今空缺了，总像缺少什么东西一样，您就把它带回去挂在同样的位置嘛！”

“那我就收下吧！”

尚雨没有意识到，这是一个危险的念头。虽然他不知道容凤妈妈为什么买这只风筝，但是他将这只风筝挂在原来那个位置，不是将肖静的位置取而代之了吗？

他接过风筝的时候，有意识地看了看下面的落款，名字不是肖奉生，而是一个不认识的人。

看了一下表，已经九点多了，他站了起来，说道：“已经不早了，那么告辞了。”

容凤也跟着站了起来。

“这个时间已经没有公交车了。”

“我可以打车回家。”

“这个地方，恐怕晚上连出租车也没有的。”

“啊！”尚雨才意识到容凤家在一个很偏僻的地方。

“尚雨先生，若是你觉得可以，就在这儿留宿一晚吧！妈妈的房间空着。”

“哦……”尚雨面露难色。

容凤似乎明白了尚雨的担心，说：“尚雨先生，您放心吧！屋子里的一切东西我都换过了，包括被子、床单。”

当尚雨坐在床上望着容凤妈妈的梳妆台发呆的时候，传来了敲门声。

“门没关。”尚雨说。

容凤打开门，将洗脚盆拿了进来，还冒着热气。

“尚雨先生，你洗下脚吧！走了这么多路，洗一下会舒服很多的。”

“这，太谢谢了……”尚雨尴尬地说，过去除了母亲，还从未有任何女人为他做过这样的事情。

毋宁说，在容凤离开房间的那一刻，尚雨差点把她当成自己的妻子了。

没多久，容凤又敲了门来取洗脚盆。尚雨正拿着书架上的一本小说看。

“那是妈妈生前看的书。”容凤说。

“夫人很喜欢看书的嘛！”

“是啊！妈妈是很喜欢看书，搬过好几次家，妈妈都带着这些书，丢了一本，妈妈都会着急半天呢！”

尚雨想：容凤妈妈到了另一个世界，也许还会在无聊的时候看书吧！

“尚雨先生，外面下雪了。”

“什么？”尚雨很吃惊，不是已经四月份了吗？难道冬天还没有结束吗？

下午来的时候，他就感到温度降了下来，还以为会下雨呢，没想到竟然下雪了。

他放下书，穿上拖鞋，走到了窗子前，只见外面轻柔地飘着雪花，但是大部分雪花落到地面就融化了。

“真想到外面去放风筝啊！”容凤说。

“可是风筝在这样的天气是飞不起来的。”

“哦……即使想想也好啊！”

容凤缩了缩脖子，似乎感觉到冷意。

“尚雨先生，你早点休息吧！”容凤说着走了出去。

尚雨想到刚才容凤的表情，那一瞬她不像刚刚失去母亲的样子，而是显出一股女人天生的美丽，像雪花飘过他的心头。

因为睡在容凤妈妈的床上，他没睡多久就醒了。他似乎闻到容凤妈妈身上的味道，还看到容凤妈妈躺在床上的情景。好不容易睡着了，却做乱七八糟的梦。

他梦到去年冬天和容凤在人民公园见面的情景，可是当他在雪地里走着的时候，突然从雪地里钻出一条蛇来，颜色是青色的，就顺着白雪向前爬，他和容凤都吓了一跳，但是蛇倒是不慌不忙地向前爬着，一会儿就钻到雪下面不见了。

他还看到雪地里有一大片百合花盛开了，和雪一个颜色，他都分不出哪些是雪，哪些是百合花了。他走过去的时候，百合花竟然耸了耸身子，将身上的白雪给拂掉了。他很吃惊，想更近点看清楚百合花，他把鼻子凑过去的时候，闻到一股薄荷的香味，这会儿，没想到有一只黄色的蝴蝶从百合花里飞了出来，怎么飞出来的他都没看见。蝴蝶翩翩起舞，在雪地里慢慢飞着，他一直跟随着它的踪影，最后它落在一棵雪松上面。他正要走过去，蝴蝶却突然变成了松鼠，他还以为是老鼠，吓了一跳，松鼠朝着他吱吱叫了几声，一下子跳到丛林中不见了。

第二天醒来的时候，容凤已经在厨房里忙着做早饭了。看到他醒了，忙说："早安。"

"哦。"尚雨应了一声，拉开门走了出去。

他发现地面上一点雪都没有，完全不像下过雪的样子。难道昨天见到的都是在做梦吗？

"容凤，昨天晚上有下过雪吗？"尚雨问道。

"哦……"容凤在厨房里，没听清尚雨的问话。

第二章　夏之哀

一

四月中旬，整个风筝都已摆脱了冬天的痕迹，树叶都生长出来了。这种生长的过程甚至有点让人难以置信，昨天似乎还干枯的树木，今天就发出了新芽，在不经意间整条街道都是这种绿色的景象了。

汽车仿佛也多了起来，在宽阔的街道上，更多新的楼房出现了。

幸好风筝都的道路宽敞，要不随着汽车的增多，连风筝都这样的小都市都会感受到汽车带来的交通拥挤。

天上的风筝也多了起来。

肖雪从公司下班后，直接回了家。父亲不在家，只有母亲在家。

“你爸爸现在也许在忙风筝节的事情吧！”母亲对肖雪说。

“是啊！又一年的风筝节到了。”肖雪自言自语道，她还记得去年和尚雨去参加风筝会的场景。

“房子已经卖掉了吗？”母亲问。

母亲指的是过去肖静和肖雪先后住过的那栋房子。

“还没呢，最近有个朋友正好要住……”

肖雪一边说着一边走进房间，她看到自己的房间里放着一架钢琴，这不是高岩买给姐姐肖静的吗？肖雪去姐姐家的时候曾经见过。

她露出惊喜的神色，快步走出房间，向母亲问道：“姐姐来过了吗？”

“什么？”母亲不明白她的问话。

“我看房间里放着姐姐的钢琴。”

“哦，”母亲平静地说，“那架钢琴确实是静儿的，不过她人没到，只是在今天早上打过电话来说，今天让人把钢琴搬到这边来。”

“姐姐为什么把钢琴搬到这边来呢？”肖雪疑惑地想，难道姐姐不准备回高岩为她买下的房子生活了吗？

不过说的也是，既然高岩已经去世，姐姐只作为那边表面上的儿媳妇，而且姐姐这么长时间不去那边的父母家，也许关系不会那么融洽的。

“是啊！”母亲拿扫帚扫着地面，“我在电话中也跟静儿说，不用搬到这边来了，你留着自己用就可以了。可是静儿似乎哭了，她说自己已经放弃弹钢琴了,所以把这架钢琴送给你。既然这是你姐姐的一番心意,你就收下吧！”

“钢琴是什么时候送过来的呢？”

“上午十点钟左右吧！我当时正在阳台上浇花，就传来了敲门声，过去一看，原来搬运工人已经将钢琴运送过来了，这架钢琴太大，费了好大劲儿才搬到你的房间里，不过放上这架钢琴，你的房间就显得很小了。”

“没事的，妈妈。”

“小雪……”母亲喊道。

“嗯。”

“有空的话，你就去沂山看看静儿吧！”

“姐姐还不肯回来吗？”

“是啊！无论我和你爸爸怎么讲都不管用，我们当年对你姐姐有愧，也不能命令她回来，再说，你姐姐已经大了，作为妹妹，你的话她也许会听吧！”

“姐姐才不会听我的话呢！”

“至少你去劝说一下静儿，别让她做傻事。”

难道母亲也在担心这样的事情吗？肖雪应了一声，说：“我会去看姐姐的。”

肖雪走进屋子里，她的手放在钢琴上。从这钢琴上，她似乎可以感受到高岩对姐姐的爱。

她的手轻轻地触摸着几个键盘。虽然很早就学过钢琴，但是她弹奏的技术不如肖静。

曲谱在钢琴的下面，于是肖雪拿了起来，想试着弹奏一首曲子。

从曲谱中滑落出一张碟片。肖雪从地上捡起来，她发现这是过去尚雨让她交给姐姐的那张碟片。

她记得有一次去姐姐那里，她对姐姐说想听一下这张碟片，结果姐姐说碟片已经遗失了，没想到碟片就夹在曲谱中。

姐姐是故意那么说的吧！肖雪想。

她将碟片拆开，拿出来看了看。

既然姐姐不想给自己听，可是为什么如今又送了过来呢！她觉得这是一个不好的征兆。

上次见到尚雨已经是半年前的事情了。那次肖雪代肖静去参加同学的婚礼，在仪式结束后遇到了尚雨，但是，从尚雨的脸上可以看出，他还惦念着肖静。

其后，本来肖雪想和尚雨见面，可是遇到了尚雨父亲的去世。她觉得作为朋友，应该去悼念，可是一想不合适，就没有去。之后就再没有任何联系了，也许她是不知道见面该说什么才避免联系的，而这半年来，尚雨也从没来过电话。

正当肖雪陷入遐想的时候，听到母亲在外面喊她的名字。

她走到楼下，原来是父亲回来了。

“小雪，你到这边来，爸爸有话要对你说。”

“哦。”肖雪温顺地坐到了父亲的身边。

“今天我去会见了几个年轻时一起做风筝的老朋友，其中一个朋友对我说，他有个儿子，品行很好，工作也很好……”

“你是想让姐姐……”肖雪感到非常吃惊。

“静儿也该从过去的生活中走出来了。”

“可是……”肖雪不知道该说什么。

“人生嘛！就是这样，过去只是人生的一个投影而已，虽然事情过去很久，还会影响一个人，但是人生还在继续，还是需要迎风破浪的。”父亲激昂地说道。

“爸爸还是不要干涉姐姐的事情了，让姐姐自己做决定吧！”肖雪认真地说。

肖奉生直勾勾地望着肖雪，他没想到肖雪能说出这样的话来。

然而，还没等他说话，肖雪又说：“爸爸，我会劝说姐姐的。”

肖雪站起来朝二楼走去，肖奉生望着她的背影，若有所思。

看到肖雪进了房间，妻子对肖奉生说道：“小雪说的也不错。静儿的脾气你又不是不知道。什么事情，还是让她自己做决定吧。”

继而她又说：“你对两个女儿应该一视同仁嘛！虽说你喜欢静儿……”

“我一直……”他后面的话隐没了。

被妻子这么一说，肖奉生突然意识到，虽然肖雪比肖静小三岁，可是肖雪也工作两年了，也应该考虑结婚了。毋庸说，肖奉生只认为肖静长大了，肖雪还是个小孩子呢！

肖雪在床上坐着正犹豫要不要给尚雨打电话的时候，突然母亲从外面喊道：“小雪，下来吃饭了。”

虽说肖雪刚刚进公司不到一年，可是对工作流程之类的已经非常熟悉。

她和同事的关系都很好。

下班之前，她从窗子上望着外面的风筝，心想没几天就是风筝节了。

下班之后，她沿着白浪河散着步，刚要过桥的时候，突然听到背后有人喊："肖雪，肖雪。"

她回过头在人群中寻找，发现原来是高杉。她几乎已经把高岩有这么一个弟弟给忘了。

"大老远我就看见是你，可是喊你你没听见，追到这里才追上你。"

"哦，对不起，我没听到。"

"你还没吃饭吧？"

"刚下班呢！"

"哦，那我们一起吃个饭吧！好吗？"

肖雪想，回家和父母坐在一起也没话可说，便说道："那好吧！我给父母打个电话说一下。"

肖雪从手提包中拿出手机，背着高杉给母亲打了个电话。

"哦，小雪，不回来吃饭了？那好吧！"母亲在电话中说。

肖雪挂断电话，将手机放进包里，她和高杉沿着白浪河一直向前走。

在餐馆的包厢坐下来的时候，高杉怀着喜悦的心情说："好久不见了。"

"嗯。"肖雪只是应道。

"您现在还在风筝铺帮忙吗？"

"没了。现在就职于一家传播公司。"

"哦，太可惜了。"高杉说道。

"太可惜了？什么东西太可惜了？"

"您父亲是专门的风筝制作批发商，也许用在风筝上的心已经超过四十年了吧！可是，却没有人能将他的手艺传承下去。"

"即使没有我，爸爸还是可以将企业交给其他人打理的。再说，这是小作坊，不能和人家的大公司相比的。"

"因为我们生在风筝都嘛！能为传承风筝都的文化而工作，这本来就是一种幸运。那些个化工厂，固然发展很快，可却令人讨厌，近些年来风筝都的空气越来越差了。"

肖雪望着高杉富有感情的脸，她觉得虽然是兄弟，但是高杉和哥哥高岩明显不同，她甚至还想，假如姐姐嫁的是弟弟高杉的话，说不定就不会到现在这个处境的。

"肖雪小姐……"高杉在叫她。

他又反复叫了好几声，肖雪才回过神来。

“好像有心事嘛！”高杉问。

肖雪勉强地笑了笑，说：“没什么的。”

“肖雪小姐，您姐姐最近还好吧？”

“嗯？”肖雪应道，除此之外，她不知该如何回答。

“我觉得哥哥能娶到您姐姐真是哥哥的幸运，虽然哥哥遭遇不幸，可是在哥哥短短二十几年的生命中，能娶到这样的妻子，实在不易。”

“其实，姐姐……”肖雪喝着茶。

“我知道您姐姐因为哥哥的去世很难过，也许哥哥没有福气吧！我希望，以后的日子里，您姐姐也幸福才好。”

“姐姐一定会幸福的。”

“我知道。”高杉说，“我们家里人，虽然我们成为亲戚刚不久，但是……我认为，倘若您姐姐去寻找属于她自己的幸福，我们家里人都不会阻拦的。”

“这是您爸妈的意思吗？”肖雪放下茶杯。

“不是。他们从来不提这件事。是我这么认为的。像您姐姐这样好的女人，不应该因为哥哥的去世而影响了一辈子的幸福。”

“也许您爸妈很怨恨姐姐的吧？”

“不会的，怎么会呢！”

“我知道，这也是很正常的事情，若是要我站在那个角度上……”

“肖雪小姐，请不要这样讲。我们家人是衷心希望您姐姐能幸福的。”

“不过，姐姐是有自己的打算的。”

“打算？什么打算？”高杉吃惊地问道。

“我也不知道什么打算。不过，无论怎样，这都是姐姐自己的事情。我们其他人都只是希望而已，具体怎么做还得看姐姐自己。”

高杉点了点头，说：“嗯，说的也是。”

高杉看到肖雪的脖子上戴着一条蓝宝石的项链。

他指着肖雪的项链问道：“您的项链……”

“哦，”肖雪低下头看了看自己的胸前，过去她从没有戴过这条项链，因为最近天气热了起来，她正好梳妆的时候看到了这条项链，于是戴了出来。

“这是姐姐的。”肖雪说。

“哦。”高杉应道。

肖雪知道高杉肯定误解了，他肯定认为高岩死后姐姐因为痛苦才将这条项链送给自己的。

“这条项链我记得很清楚的。”

“哦……”

“因为这颗蓝宝石是我从地里面挖掘出来的，这是近些年来少见的大宝石，后来我自己到公司去打磨好，然后制作成了项链，上面还有我刻绘的菊花呢！哥哥结婚的时候，跟我说，要送给自己最心爱的人一件礼物，我就把这条项链给了哥哥。想来，现在能戴在你的身上，真是一种奇妙的缘分。不过，你戴着真的很美。”

“真抱歉……”肖雪说道。

肖雪并不知道这条项链的来历，她只知道是高岩送给姐姐的，而后姐姐送给她，还让她把这条项链处理掉。

也许肖静并不知道，这条项链包含了高岩对她的多少爱吧！

她还记得姐姐当时说这条项链好像有束缚人的能量，经高杉这么一说，她似乎真的觉得脖子上流过一阵热流。

“这是产自火山口的宝石吗？”肖雪问。

“是的，那个火山口有接近两千万年的历史了呢！”

“两千万年？”肖雪瞪大了眼睛，“太久远了吧！”

“是很久远了，但是从地球的演化来说，两千万年也许就像我们经历的几十年那么长吧！”

“人的生命真是显得太脆弱了。”

肖雪说着将手伸到脖子后面，把项链摘了下来，放在桌子上。她很惊讶于自己戴着的这个东西竟然是两千万年前的东西。她这时发现了上面绘制的菊花图案，原来她一直没有注意，她以为上面什么东西都没有呢！

“你雕刻的菊花太美了。”肖雪望着蓝宝石说。

“过奖了，这本来就是我的工作嘛！”

“您现在还在做这样的工作吗？”

“是呀！虽然哥哥不在了，可是企业又不能丢下不管，父母的年龄也大了。不过，近几年蓝宝石的出产量已经明显减少了。说不定企业会朝着其他方向转型呢！”

“像蓝宝石这种东西，挖没了还可以再生成吗？”肖雪问。

高杉笑了笑：“当然不可能了，它就和石油、煤炭是一样的啊！而且比那些资源更稀少，它的形成本来就是很巧合的火山喷发。那一带的火山，少说也有几百万年没有喷发了。所以说，即使蓝宝石可以形成，也是几百几千万年后了。”

肖雪羞愧地点着头，她为自己的知识浅薄而感到不好意思。

“那你的意思是，这颗蓝宝石是独一无二的吗？”

“可以这么说吧！反正最近的几年我再也没见过这么大、品质这么好的蓝宝石。”

“哦……”肖雪吞吞吐吐地说，“那姐夫送给姐姐这么珍贵的礼物……”

“在我看来，哥哥对你姐姐的爱，是比这颗蓝宝石更为珍贵的。”

当服务员把菜端上来的时候，肖雪慌忙将项链收在了手中。

吃过晚饭，肖雪和高杉沿着白浪河散步，在风筝广场停了下来。

因为风筝节临近，晚上在风筝广场活动的人格外多。喷泉伴随着灯光喷射着，如同彩虹一般。

在黑暗处，肖雪的表情才放松了下来。她想：若是没有姐姐和高岩之间的关系，她这样与高杉好好地散散步该多好啊！

“肖雪小姐，你周末有没有时间呢？”

“哦？”

“如果有时间的话，到时候可以一起来看风筝节嘛！”

肖雪本来还打算借风筝会之际邀请一下尚雨，要不然说不定就这样真断了联系。

不过她一想到上次见到尚雨的情景，就对高杉说：“好的。”

然而，她似乎看到在白浪河的桥上，站着一个人，像极了尚雨。

他在那儿干吗呢？她想着走了过去。

但是当她走过去的时候，发现已经没人了，究竟那个人是不是尚雨，她也不得而知。但是她的心情却不能平复了。

她发现身边的高杉气喘吁吁，原来自己刚才过来的时候，没有跟高杉打招呼，高杉还以为肖雪就在身边呢！可是回头一看，发现肖雪在朝刚才走来的地方走去。

“怎么了？发生什么事情了吗？”高杉问道。

“没事的。刚才真对不起了。”肖雪施礼说。

“你对我不用这么客气的。”

“刚才我似乎看到了一个熟人，可是到了这里的时候……也许我看错了吧！”

“哦，是朋友吗？”

肖雪想了想，点了点头。

之后的散步中，她更加心不在焉了。

风筝广场的右侧摆放着几尊雕像，是关于制作木版年画的过程。

其实，正月十四的时候，肖雪在风筝广场看到过尚雨。那时候肖雪和同事在风筝广场上赏花灯，猜字谜。可是在人群之中，她发现了失魂落魄走着的尚雨。当她犹豫是不是要过去打招呼的时候，尚雨已经不见了踪影，这也是这么长时间她不和尚雨联系的原因。在她看来，尚雨的表情好像在患着某种绝症一样，所以她一直害怕见他。

然而，刚刚在桥上看到类似尚雨的人，她的心还是猛烈地跳动了起来。她也不知道是怎么回事。高杉在一边和她说着木版年画制作的过程，他的脸上眉飞色舞，似乎很热衷于这种风筝都的传统工艺。

与她擦肩而过的少女中，好几个已经穿上了裙装。她的视线跟随着少女们的步伐。

已经到了穿裙装的季节吗？去年肖雪只穿过一次裙子，是那次和尚雨在风筝会上见面的时候。

周围响起了鞭炮声，许是有人结婚。肖雪和高杉跨过了木栈道。

肖雪望着满天闪耀的星星，心想：天上的星星要比蓝宝石更为久远吧！

二

尚雨在公司试着给容凤打电话，可是手机已停机，往她家中打，也总是无人接听。

下班后，他干脆坐车去了一趟，可是走近的时候发现门锁着。

等到七点半，容凤还没有回来。他望了一眼房子，坐上最后一班公交车离开了。

到了第二天，尚雨仍旧给容凤打电话，可是情况仍是一样。

尚雨心想：是不是容凤又搬家了呢？如果她真的想消失的话，那任何人都找不到她在哪个地方。尚雨又想：也许她搬去和同事住一起了。

下了班，他独自一人在白浪河边上走着。就在桥上的时候，他发现了在前面走着的肖雪和高杉。他痛苦地闭上了眼睛。但他没有上前和他们打招呼，在桥上逗留了一段时间后，就折回了家中。

他本来还想风筝会的时候约肖雪一起去，看来几乎是徒劳了。他想自己这个单身汉只能独自欣赏风筝了。

坐在床上，他望着墙上挂着的两只一模一样的风筝。当时，他从容凤家拿回这只风筝的时候，母亲问他干吗又买了一模一样的风筝，尚雨没有回答，直接走进了房间里。

如此看来，两只风筝竟然代表着两个截然不同的人，虽然风筝是相同的，可是带给尚雨的感觉是明显不同的。

母亲还是时常出入尚真家。母亲对尚雨说，尚真的预产期在七月份。

突然有一天，母亲对尚雨说："尚雨，我考虑着是不是该把这栋房子卖掉。"

"什么？卖掉房子？"尚雨对母亲的说法很吃惊。

"是啊！我是这么打算的。将这栋小房子卖掉，然后买一栋新房子。假如钱不够的话，可以把老家的磨坊也卖了。"

"妈妈，干吗要买新房子呢！这个房子住着不是挺好的嘛！"

"尚雨，你也该结婚了，总不能在这样的旧房子里结婚。另一方面，这个房子有点小，万一将来尚真带孩子回家，也没有地方可以住。"

"哦，"尚雨明白了母亲的用心，"既然这样，那就由妈妈来决定吧！不过，我的手头还有些钱，买新房子只要把这栋旧房子卖掉就应该可以。老家的磨坊就不要卖了。对我来说，磨坊就像博物馆一样珍贵。"

尚雨从似梦非梦中醒过来的时候，发现桌子上摆放着早饭，母亲不在，不用说就知道又去尚真家了。

尚雨的头脑仿佛被初夏的天气浸润着，望着外面树上叽叽喳喳的小鸟，他笑了。

尚雨刚想出门，电话铃响了。

"您好，我是尚雨。"

"尚雨先生，我是肖雪。"

"啊！"尚雨惊愕地应道，他没想到肖雪会给他打电话。

"这么久不联系了，真是抱歉，工作有点忙……"

"该抱歉的是我，最近一段时间还好吧？"

"还好，不过已经是夏天了。"

"是啊！不知不觉间什么事情都发生了变化。"

"尚雨先生，今天有空吗？"

"我本来打算今天出去看房子。"

"看房子？"

"是啊！妈妈希望买一栋新房子，然后把住的这栋旧房子卖掉。"

"哦，"肖雪迟疑了一会儿，"那算了吧！"

"怎么了？有什么事情吗？"

"也没什么事，我只是觉得很长时间不见了，想见尚雨先生一面。"

“哦……”

“前段时间我在白浪河边上的时候，看到一个人，我还误认错是你呢！”

“其实，”尚雨顿了顿，“那就是我。”

“啊？真的吗？”

“嗯。当时我看到肖雪小姐和一个男子在一起，那是高杉吧？我就没有走过去。”

“你看到我们了吗？”

“嗯。”

“那干吗不打个招呼呢？”

“因为我看到……”

“跟谁在一起也无所谓的啊！况且高杉先生你也认识的。他和我是在街头偶遇的，就一起吃了顿饭，然后就近逛了逛。”

“哦……”

“高杉先生问了姐姐的近况，其他的也没说什么。”

“肖静吗？”

尚雨望着墙上的两只风筝，它们似乎要飞起来一样。

“是啊！”肖雪的话语显得很平常，“几乎所有的人都认为，姐姐该获得幸福。”

“……”尚雨不知道该说什么。

“当然了，姐姐的幸福是掌握在姐姐自己手中的，虽然所有人都想劝姐姐寻找新的幸福，可是，我认为姐姐还没有从姐夫去世的阴影中走出来。”

尚雨晓得肖雪的意思，一说到肖静的事，他马上不知道该说什么了。

肖雪停顿了一会儿，在电话中说：“尚雨先生，假如姐姐从姐夫去世的阴影中走出来，又想寻找新的幸福，你会考虑吗？”

“什么？”一股惊慌感爬上尚雨的心头：难道肖静真的打算再嫁吗？

“假如是尚雨先生你的话，我相信姐姐会获得幸福的。”

“可是，我从来没想过这样的事情。”

尚雨的额头上落下了冷汗。天气还没热到可以流汗的地步。

“尚雨先生，我只不过随口说说。具体怎么做，还是看姐姐的打算。”

“哦……”

“尚雨先生，你买新房，是准备结婚了吧？”

“没有的事，为什么买新房就意味着结婚呢？”

“通常都是这样的，而且，这是我从你那里得到的理论。”说着肖雪笑了。

“肖雪小姐，你也该考虑自己的幸福了。”

针对尚雨的问题肖雪没有回答，反而问道：“那尚雨先生你的幸福呢？”

尚雨不知道该怎么回答，他摇晃着话筒：“若是没什么事情，我就挂了。”

尚雨听到肖雪在电话那头说：“我也许会结婚的。”

“什么？”尚雨没有听清。

“那么，再见吧！等什么时候有空，我们可以找个地方见一面。”

“好的。”

尚雨对肖雪的来电感到相当吃惊。若是肖雪不来电话的话，他可能与肖雪再没有任何直接的联系。当然了，风筝都是个不大的城市，即使在街头，说不定也会偶遇的。但是，就像上次一样，尚雨说不定见到了肖雪，还会故意躲避呢！

从肖雪的话语中，尚雨似乎觉得肖静已经从沂山回到了家中，然而，他又不敢确认。

但他还是出了门，到了售楼中心的时候，他发现这几年房价涨了很多，许多售楼小姐在给顾客讲解，但是那些人看得多，并没有几个下决心买的。

他只是心不在焉地听售楼小姐介绍，没多久，他就走了出去。

“还不如外面的空气舒畅呢！”尚雨心想。

马上就要风筝节了。可是尚雨不怎么想去看风筝，去年看过一次，他就觉得没劲了。比起隆重的风筝节，他倒是更喜欢看此时盛开的樱花。

是啊！樱花再没几天就要绽放了，它的花期很短，如果那几天不去，今年就再也看不到了。尚雨本想邀请肖雪一起去，可是转念一想，还是自己单独去的好。

毋宁说，尚雨十分嫌恶自己的生活。本来想计划得清清楚楚，可是眼下却是乱七八糟。

尚雨走进房间的时候，母亲正在望着对面的花瓶发呆，看到他回来了，忙说：“我已经做好饭了。”

“妈妈，房子我已经看好了。在风筝广场的东边不远处。改天抽个时间我和你一起去看看。”

“不用了，只要你看着合适就行。”母亲说。

尚雨没想到母亲对房子的事情这么不在乎，他还以为母亲肯定要偷偷地去那边考察几次才做决定呢！

吃过饭，尚雨对在厨房中洗碗的母亲说：“妈妈，明天我去趟青岛。”

“哦……”母亲应道，“什么时候回来？”

“快的话明天晚上就能回来，慢一点的话，在那儿住一晚，后天早上回来。”

尚雨在房间里收拾衣服的时候，母亲走了进来。

“尚雨，你说花瓶里我该放什么花好呢？”

“花？随便什么花都可以啊！”尚雨回答。

母亲又追问道：“你说我放玫瑰没什么事情吧？”

“玫瑰？”尚雨不知道母亲怎么会想起来放玫瑰，过去，母亲对花是截然不感兴趣的。

尚雨望着母亲的表情，心想，莫不是母亲想通过这种方式，展示自己对逝去父亲的爱？

“当然可以了。”尚雨说着。

“我知道了。”母亲说着走了出去。

收拾好行李，尚雨看到了墙上挂着的两只风筝，他拿下肖静送给他的那只，想了想又挂回原处，最后他拿下容凤送给他的风筝，叠好放在行李箱中。他想，假如明天天气好的话，就在海边放风筝。

第二天早上走的时候，母亲已经去了尚真家，桌子上摆着做好的早饭。桌子中央的花瓶中插着一株水仙花。

尚雨还是喜欢坐电车。那是他在大学期间养成的习惯。在青岛待过的四年，他总觉得，乘坐柴油机动力的车总是不如电车好，他特别喜欢电车行驶在路上间歇发出的“吱呀”声。

海边有很多人，但因为海水还很凉，所以没有下海游泳的人，但是有许多人乘着汽艇在上面驰骋着，就像漂浮在海上的花朵。

不远处，有一艘商船静静地从海面驶过。

来到中山公园，尚雨发现樱花竟然大部分都还没有盛开。他想起今年的气温较往年低一点，也许这些樱花到了五月份才会绽放得很美丽吧！但他看到一株绽放开了的樱花，他想认清楚这是什么品种的樱花，但是却认不出。不过，能有这么一株绽放的樱花，已经让他非常高兴了，虽然早樱还显不出一边飘落一边绽放的情景，但是尚雨看樱花就像在看一个纯洁无瑕的少女一样。

他将自己的行李放在一边，从里面拿出那只蝴蝶风筝。他试了试风向，然后一只手往上一抛，没想到风筝很快就飞了起来，他将线越放越长，没多久，风筝的高度就超过了山上电视塔的高度。

尚雨没想到它能飞起来，上次拿着肖静送的那只放飞的时候，竟然放了好多次都没成功。

尚雨记得昨天晚上挑选风筝的时候，犹豫不决，他本来想拿肖静送的风筝，但最终还是选择了容风送的风筝。

现在他突然意识到这种选择的含义。难道他不是通过风筝在选择自己的人生吗？

“是的，容风是个好姑娘，可是，肖静……”

突然一个小孩对着尚雨喊：“叔叔，你的风筝挂在树上了。”

尚雨这时才抬头，他看到风筝的线已经断了，风筝挂在了山顶上的一棵树上。

“哦，谢谢你了，小朋友。”尚雨说着将断掉的线收了起来。但是在接下来的走路中，他有些心不在焉了。

离开中山公园的时候，他还望着那只风筝。它在风中飘着，似乎很轻易就可以从树上摆脱飞起来，但是尚雨看了好久，它却始终在树上飘摇。

尚雨本想早早地离开青岛，可是一个定居青岛的同学非要叫他去家里吃饭。那是栋很小的房子，只有一室一厅。尚雨坐在客厅里，显得很局促。同学一边抱着不满一岁的孩子，一边对尚雨说她丈夫再过几分钟就回来。

“孩子有多大了？”尚雨看不出孩子的年龄。

“八个月了。”

“父母不在吗？”

“嗯，他们都在老家。最近我没有上班，一直照看孩子呢！”

“哦，很辛苦啊！”

同学笑着说：“没事的，再过几个月就好了，等小孩可以走路了，我就可以带着他出去做点轻松的工作。”

尚雨一想到这种情景，感觉很奇妙。这种处境是他所不能理解的。

这时，小孩在她的怀里哇哇地哭了，她对尚雨说：“对不起，也许饿了吧！”就将孩子抱进了卧室中。

尚雨犹豫该不该离开，但门口走进来一个男人。同学的丈夫已经回来了。

“你是尚雨先生吧？小蕾跟我说过你今天要来的。”

“真不好意思，打扰你们了。”

“没有的事，我和小蕾还希望能有人经常到家里来坐坐呢！要不回家就我们两人面对着哭闹的孩子。尚雨先生，你还没有结婚吧？”

“嗯，还没有。”

“呵呵，”他笑着，“到时候你可就深有体会了。”

小蕾喂完奶走了出来，她说道：“孩子已经睡下了。”

小蕾将摆放在厨房做好的饭菜一个个端上桌子。

吃饭的时候，小蕾和尚雨回顾了大学时期的事情。当然也没什么具体的事情，可他们都沉浸在那种喜悦的感觉中。

“可是看看眼下的处境……”小蕾说。

“恐怕每个人都是这样的吧！”尚雨说。

“尚雨，你怎么到现在还没有结婚呢？”小蕾问。

这样的问话让尚雨不知如何回答，幸好一边的小蕾丈夫解围说：“尚雨先生肯定是没遇到合适的女孩子。”

尚雨点了点头。

“尚雨，实话说，从大学那会儿，我就知道你是个独特的人。”

“没有啊！我没什么独特的。”

“也许在现实面前你会这样故意狡辩，但是我明白。不过，从你的身上，总是可以让人看到更多的风景。”

“风景？”

“每个人都在生活，诸如结婚生子，可是大部分人都不懂怎么生活，所以他们的生活枯燥而乏味，日复一日，可是他们根本没办法也没心思去改变。因为这就是他们的灵魂。是的，有些人的灵魂天生就是屈从的，而有些人的灵魂却指引着他们走向自己想去的地方，就好比尚雨你。”

“小蕾，你说得太玄了。这根本就不是我。”尚雨辩解道。

旁边的丈夫说：“小蕾，同学见面，干吗说这样的话呢！”

小蕾没有再说什么，但是从她的表情上，尚雨看得出她还想说什么。

尚雨意识到自己逗留得太久了，便站起来说：“打扰得太久了，我也该回去了。”

“还很早呢！”小蕾丈夫说。

尚雨也许是想离开这种环境吧！另一方面，尚雨也不想让同学觉得局促，因为只有一个卧室，他们也许会尴尬的。

小蕾问：“你是要回家？”

“是的，回风筝都。”

“连夜赶回去吗？”

“也不是，再说了，不到两个小时就到家了。”

“哦。”

小蕾的丈夫走向前，说：“那这次就不留你了。等到八月份的时候，你再来啊！到时候我们一起去啤酒节喝啤酒。”

"好的。最近正好是风筝节呢！如果你们有时间去的话，请到我家里来玩。"

"好的。"小蕾说。

小蕾的丈夫让小蕾送送尚雨，可是刚走到门口，卧室里的孩子哭了起来，也许是刚睡醒了。

尚雨对小蕾说："你快回去看看吧！"

小蕾对一边的丈夫说："你帮我送送尚雨吧！"说罢便跑回了卧室。

尚雨对着小蕾丈夫说："请留步吧！不用送了。"

尚雨走出去的时候，门闭上了。进入黑暗中，他感觉一股凉气顺着后背涌了上来。

晚上的火车上人不多。坐上火车的时候，尚雨心想，小蕾肯定是抽不出时间去风筝都的，也许现在她还在家里忙碌着呢！

火车报了一次站，就到了风筝都，当他走下火车的时候，感觉两个城市的温度截然不同，就连城市的建筑和规模也大相径庭。

纵使尚雨对母亲说过自己今天可能不回来，可是母亲还是特意给他留了门。当他轻轻地打开门时，发现母亲竟然坐在客厅里看书。他不知道母亲什么时候开始有了看书的习惯。

"回来了？"母亲只是这样问道。

"嗯。"尚雨点了点头，将行李放进卧室，然后走出来坐在沙发上。

望着花瓶中的水仙花，尚雨没有开口问母亲为什么摆放这样的花。

"樱花开了吗？"母亲问。

"还没有，只有一些早樱，虽然盛开了，但是不怎么漂亮。"

似乎连母亲都知道了，尚雨有每年这个时候去青岛看樱花的习惯。

"今天我从尚真家回来的时候，在车上遇到那位小姐了。"

尚雨知道母亲说的小姐是指容凤。但尚雨没有开口。

"她拖着行李箱，似乎是要离开，也好像是刚从外面回来。"

"哦。"

尚雨想：难怪最近一段时间都联系不上她呢！也许她是故意不让自己联系她的。

"妈妈，你看的什么书？"

母亲从腿上拿起书给尚雨看了看，原来是过去父亲经常看的《宋史演义》。

"妈妈，我有点累了，先回去睡觉了。"

母亲没有应答。尚雨走进卧室，但是他却很难入眠。

不过后来好歹进入梦中，他竟然梦到自己走在满园盛开的樱花树下。不过更让他难以置信的是，容凤竟然在这飘落的樱花中行走，若隐若现，这种介于现实和虚幻中的感觉，伴随着海潮的声音，渐渐地沉寂下去。

三

尚雨刚到公司，就见桌子上已摆着结婚的请柬和喜糖。他朝旁边的同事问是谁结婚了，同事告诉他是市场部的一个同事。

尚雨坐在座位上，思索了半天还没有进入工作状态。他发觉花瓶中的百合花早已完全枯萎，于是他沥了沥水，将枯萎掉的花扔进了垃圾桶。

同事看到他的举动，对他笑了笑说：“还是我这样的花更好吧！”

同事的桌前放的是塑料制作的假花，虽然没有香气，但是一年四季都在绽放着。不过，有时候同事还会将香水洒在上面，可是熟悉的人都知道，香水和花香是截然不同的。

尚雨凝视着玻璃上的阳光，这样望着让他心里觉得踏实。

电话响了。响了好久，尚雨才接起来。

“尚雨先生，我是容凤。”

“啊？”尚雨大吃一惊。

“对不起，我昨天刚回来。”

“去哪儿了？”

“出去旅游了一趟，去了日照、威海、烟台还有青岛。”

“我昨天也刚从青岛回来呢！”

“啊？尚雨先生，您去青岛干吗了？”

“本来是想去看一看樱花，不过，樱花还没开放……”

“尚雨先生，你喜欢樱花啊！”

“不过，容凤小姐，真是对不起。”

“对不起？怎么了？”

“我昨天拿着你送我的风筝在青岛放飞的时候，风筝挂在树枝上了。”

“是在一个山上吗？”

“中山公园，那山上有个电视塔。”

“真的吗？”容凤的语气很活泼，“原来那是尚雨先生的风筝啊。”

“怎么了？你看到了吗？”

“是啊！当时我坐着车从那儿经过，看到山顶上有一只挂在树上的风筝在飘摇，我还以为是谁故意那样做的呢！但是我仔细看的时候，发现那风筝竟然和我送您的那只一样，我就想：世间竟然有这么巧合的事情。或许很多人都喜欢这种风筝吧！可是我没想到，这竟然是妈妈买的那只风筝。”

“真对不起，你将风筝送给我，我却将它遗失了。”

“尚雨先生，这才是风筝最好的归宿。当时我在车上的时候就这样想：如果挂在那儿的是妈妈的那只风筝就好了。那样妈妈也会安心呢！”

“哦……”

“尚雨先生那时候也在青岛吗？”容凤以爽朗的声音说，“也许我们就在那里擦肩而过呢！不过想想，如果我和尚雨先生在那样的场合见面，一定会感到特别惊奇。”

“有什么可惊奇的？”

“你想想，我们两个，都在远离风筝都的青岛，而青岛又那么大，在彼此都不知道的前提下能在一个地方偶遇，这样的几率也许比中彩票的几率都低呢！”

“呵呵，你说的也是。”

尚雨觉得，经过这次旅游，容凤的精神状态要比过去好多了。

“不过，我们幸好没遇上。”

“为什么？”

“假如我们能在那儿相遇的话，说不定命运会惩罚我们的。”

“什么命运不命运的，你竟然还相信这个。”

尚雨看了同事一眼，压低了声音问：“你搬家了吗？”

“是的。在旅行之前就将房子退掉了。”

“那你现在住在哪儿？”

“住在一个朋友那儿。”

“哦，还在上班吗？”

“嗯，前段时间一直向公司请的假。”

“哦，”尚雨顿了顿，“前段时间我一直给你打电话，可是打不通，后来我去你住的地方，发现门也锁了，我还以为这辈子再也见不到你了呢！”

“啊？太对不起了，尚雨先生。我本来想告诉你的，可是那时候心情特别差，也不知道该说什么好，所以就什么也没说，到第二天就收拾东西走了。”

“你应该告诉我的。”

“为什么？”

“你告诉了我，我可以请假和你一起去的。”

容凤心想：如果那样，不就成了情人之间的旅行了吗？

容凤若无其事地说：“尚雨先生，我回来突然想听一下你的声音，所以就打电话过来的。”

“哦，那也可以见一面嘛！”

“改天吧！因为最近刚刚回来，所以什么东西都没安排好，工作也比较忙，而且还住在朋友那儿……”

同事在叫尚雨。

“那好吧！我要先工作了，等抽空再说吧！”

“你在上班？哦，那么好吧！”

尚雨没想到容凤竟然能看到自己遗失掉的风筝，更令他吃惊的则是容凤的这种变化。

难道经过这次旅行，容凤已经从母亲去世的悲痛中走出来，重新变回了那个富有活力的少女？

可是眼下的容凤，已经失去了双亲，再没有任何亲人。在尚雨看来，他仿佛深深感受到从容凤身上流露出的一股悲哀。

不一会儿，天上下起了雨。尚雨伸长了脖颈，望着街道上流淌的雨水。许多人都因为突然下雨躲避到了商店里。

“尚雨先生，有位小姐找您。就在楼下。”公司的前台上来对尚雨说。

尚雨想：难道是容凤吗？难道她刚才就在附近打的电话？

可是走下去的时候，他发现坐在那里的竟然是肖雪。

“哦，你怎么来了？”

尚雨直勾勾地望着肖雪，想从她的脸上看出这段时间的变化。她的身形在墙上落下一道阴影。衣服上有些斑点，似乎是雨水的缘故。

“我正好经过这里，一想尚雨先生你就在这里上班，所以就进来看看。”

尚雨怀疑，她真的只是路过这里吗？不过看她的衣服，也许是真的，因为肖雪穿着一身公司的制服。

“很久不见了。”尚雨说。

“嗯。不过我觉得昨天还见过尚雨先生呢！”

“喔？”

“我是说感觉，呵呵！”说着肖雪笑了。肖雪笑起来的样子感觉很真实。

尚雨小心地看着肖雪，他害怕她带来的是肖静的消息。不过看她这样笑的时候，他也勉强地笑了笑。

“雨已经停了。”

尚雨看到聚集在门口的人已经散去了。是一场急来急去的雨。

“我们出去走一走吧！”尚雨说。

“你不是在上班吗？不要紧吗？”

“没事的，”尚雨说，“反正也没多少事情。”

大街上已经有些少女穿上裙子了。空气中可以嗅到一股潮湿的味道。

“下过雨的天空显得清新多了。”

“是啊！”肖雪望着天空中飞着的几只风筝说，“尚雨先生……”

“怎么了？”

“倘若某一天，你要结婚的话，一定会通知我的吧？”

“当然了，”尚雨说，“不过，你干吗问这样的话？”

“没什么。”肖雪模糊地说，“我结婚的时候也一定会通知尚雨先生的。”

“哦……”

“我过几天要去沂山看姐姐，你有什么话，或者是有什么东西要带给姐姐的吗？”

前些天通电话的时候，尚雨以为肖静已经从沂山回来了，但是针对这个问题，他没有问肖雪。难道肖静还是没有从沂山回来吗？

但是，肖雪要去看姐姐，为什么还要绕道过来问尚雨有什么话要对肖静说，她难道认为尚雨一定有话对肖静说吗？

“没有。”尚雨回答。

“什么东西也没有吗？哪怕是一句话？”肖雪感到很吃惊。

“是的，没有。”

“哦……既然这样……沂山上现在已经草木丰盛了吧？”

“应该是，现在这个时节，上面说不定有很多野花已经绽放了。”尚雨顺着肖雪说。

“上面都有些什么花呢？”

“这个……”尚雨尴尬地说，“我也不知道，上次我去的时候是秋天，什么花草都枯萎了，只看到一片片白花花的狗尾草。”

“沂山上有寺庙的吧？”

“好像是，不过已经没有和尚了。”

他们跨过了广场，来到人民公园的所在地。里面只有很稀少的人。

“风筝节开幕的时候，尚雨先生你有去吗？”

“我只在那逗留了一会儿，就离开了。你看到我了吗？”

“没有，因为是和别人一起去的？”

“是男朋友吗？”

“不是，”肖雪的脸上出现了绯红的颜色，“尚雨先生，瞧你说的，是高杉。”

“哦……和他一起去风筝会，感觉要比我好吧？”

“……”经尚雨这么一说，肖雪的脸更红了，连脖颈都变了颜色。

雨后的太阳光把肖雪的脸着上了更加朦胧的一种颜色。这让尚雨觉得可爱极了。

和肖雪告别后，尚雨直接坐车回了磨坊。

他看到庭院里的灌木丛长得乱七八糟的，于是走进屋子里找了一把大剪刀，修剪了一下灌木丛。

去年父亲栽种的菊花已经长出了新叶。不过，在众多的菊花中，尚雨看到一种不认识的花。他走过去细细地看，好像是石蒜。但是北方从来没有这种花，他不知道父亲是从哪儿移来的。

五月份，尚雨买定了房子。整个五月份，都在忙装修房子之类的事情了。

即使风筝会结束了，肖奉生还时常窝在屋子里绘画。近一年来，他绘制的图案不仅应用在风筝上面，还被应用在木版画上面。他甚至有想将此种才能应用在花灯上的想法。

月初的时候，他对妻子说：“我想去老家住一段时间，去那里找找灵感。”

虽然阿京什么也没说，但是她明白自己的丈夫。时隔几天，她还会去老家给肖奉生送顿饭。

这天，是肖雪去给父亲送的饭。肖雪将饭盒中的菜拿出来摆在桌子上。

“雪儿，你说我绘制的图案应用在衣服上怎么样？”

肖雪凑过来看了看，有菊花、杉木，还有一些异国的风景。

“当然很好，但是爸爸，您想从事服装这个行业吗？”

“没有。我只是这样认为，有些图案说不定在衣服上比在风筝和木版画上更合适。要是年轻二十岁的话，我就毫不犹豫地从事服装行业，可是现在……”

“爸爸，即使现在也可以啊！虽说这样的图案喜欢的人可能不多，可品格高雅的人都会喜欢的。”

“是啊，你说得对。中国现在似乎穿着打扮都和西方一样了，连设计师也都倾向于西方文化了，这可是种不好的倾向。”

“爸爸若是从事服装行业的话，一定是个非常好的设计师。”

“设计师？”肖奉生爽朗地笑了，“雪儿，你太抬举我了，像我这样的水平，怎么能跟人家设计师相比呢！我这纯粹是爱好。”

“爱好也好啊……”

肖奉生沉默了一会儿，肖雪望着父亲的额头，上面已经起了很多皱纹。

“雪儿，静儿说什么时候回来了吗？”

“没有。不过姐姐和姑妈住在一起氛围很融洽呢！”

“是吗？”肖奉生拿起毛笔，直接将自己刚才画的图案划掉了。

“是啊！”肖雪说，“虽然在沂山那样的地方生活很简单，可是姐姐似乎已经很适应了。姐姐穿着很朴素的衣服，不过显得更加漂亮了。”

“呵呵，静儿本来就是个美人坯子嘛！”肖奉生笑着。

吃过饭后，肖奉生站起来对肖雪说:“雪儿，你陪我到外面去走一走吧！”

回来的时候，经过尚雨家门口，肖雪本来想下车，可是犹豫的时候车子已经开了过去。

在家门口,肖雪看到一个卖花的姑娘,她手中的篮子里有很多白色、黄色、紫色的花。

其中一株上，竟然落着一只小小的白蝴蝶。肖雪被蝴蝶吸引着走过去，可是卖花姑娘似乎没注意到蝴蝶。当肖雪走到跟前的时候，蝴蝶从花上飞走了，但是她看了看四下，却没有找到它的踪迹。

“这株花叫什么名字？”

“苦菜花，不过，它是种野花。”卖花姑娘回答。

“那给我来一株苦菜花吧！”

肖雪将钱给姑娘，接过苦菜花，她望着小小的花朵，心想，这么小的花竟然能吸引蝴蝶。

阿京看到肖雪带回的花，问道：“这是从老家带回来的吗？”

“不是，是从门口一个卖花姑娘的手中买的。”

“哦，我还以为你是从老家带回来的呢！老家的那片地里有很多这种野花的。”

肖雪心想:那儿一定也有很多蝴蝶吧！不过,在城市中是很少见到蝴蝶的。

母亲一边端着菜从厨房出来，一边说：“雪儿，你爸爸有说什么时候回来吗？”

“没有。看样子爸爸有在那儿长住的想法呢！”

肖雪觉得人的心真是不同的，妈妈在担心着爸爸，而爸爸却在担心着姐姐，也许人的心就是这样子的吧！

“哦，你爸爸在那边都做什么？”

“绘画啦，练字啦，爸爸还有想从事服装行业的念头呢！”

“是吗？这个他倒是从来没有提起过。”

“也许是爸爸到了偏僻的农村，才突然萌生的念头。”肖雪说。

莫不如说是，肖奉生觉得太愁苦了，才借此转移自己的念头的。作为较大的风筝制作批发商，纵使做得不错，可是企业还是很难发展壮大。因为风筝这个行业，仅仅限定在一个很狭窄的范围，虽然说整个中国、整个世界都没有风筝商家可以同风筝都的相比，可是风筝都在风筝的发展上早就遇到了瓶颈，肖奉生一直想发展风筝的衍生品，这才从事了木版画，但是木版画只能作为一种传承的工艺，在市场上的认可度更小。至于他想过的发展服装行业，虽然也可以融合风筝都的观念，可是一想到偏离了原来的轨道，肖奉生就觉得连自己都难以接受。他还想过制作花灯，不过花灯都在春节期间使用，每个城市几乎都有从事的人，也很难去开拓市场，再说，春节期间他不想陷入没有头绪的繁忙中。虽然自己是个商人，但是他从骨子里厌恶商人行径。

“雪儿，”母亲平静地说，“如果哪一天你想结婚的话，完全不用考虑这些事情。”

“…………”

“如果一个女人放不下的东西太多，是很难获得幸福的。”

肖雪心想：难道妈妈是在说姐姐吗？但看妈妈的表情又像是在说她自己。

“真的，雪儿，静儿也好，你也罢，不要因为你爸爸经营的风筝生意受到影响才好，生意毕竟只是生意，即使做得再好或者再差，我想你爸爸也有这样的犹豫……我们家不做风筝，还有其他人在做风筝嘛！雪儿，你明白妈妈说的话吗？”

肖雪模糊不定地点了点头，对于母亲的话，她似懂非懂。

肖雪记得前不久去沂山见到姐姐时的情景。肖静穿着素色的衣服在山上走着，竟然像是不属于这个世界的人。她的表情倒是比过去从容了很多，好像一个出家人一样。和肖雪在一起走着，她还露出了真诚的笑容，让肖雪都觉得不胜惊奇。作为妹妹的肖雪也喜欢上了这样的肖静。

肖雪从二楼望着窗外的树木，高大的梧桐树伸展着叶子，在微风中晃动着。已经进入初夏时节了，晚上的温度，有时候已经高到了不用盖被子。

不过，在肖雪看来，夏天却是哀伤的。但是让她说怎么哀伤，她又说不清楚，她只是有这种感觉。

对着梳妆台，她用手摸着脖颈上的蓝宝石，过去她记得肖静说这颗宝石是炙热的，然而她却感觉贴在皮肤上很凉爽。莫非它戴在不同的人身上还会显示不同的温度吗？

她将项链摘下来，放在盒子中，然后坐在钢琴边，试着弹了几个音符，但是没有弹好。她摇了摇头，将钢琴的盖子合上。

她就势躺在床上，望着天花板，似乎觉得整个世界朝她扑了过来。

四

肖雪过去虽然去过沂山，但是却从来没有打量过沂山的样子。高中之前过年都会去姑妈家，但是之后就几乎没再去过了，一方面是因为学习太忙了，另一方面一个青春期的姑娘在乎的东西发生了变化。肖雪一直很不明白，作为父亲的姐姐，姑妈为什么要嫁到深山老林中去。据母亲说，姑妈年轻的时候比母亲还漂亮，可是姑妈却认定了姑父这样的人，哪怕嫁到贫穷的深山老林中也不后悔。当时气得爷爷奶奶差点和姑妈断绝关系。在肖雪看来，也许姑妈喜欢沂山那种环境，虽然没有城市中方便和繁荣，可是毕竟每天能与大自然接触，有许多不经意就能发现的惊喜。

肖雪在沂山门口下了车，她本来打算乘坐旅行车上山的，可是一想姑妈家就在山腰下，便步行朝那边走去。

这个季节可能是沂山最繁忙的旅游季节。她看到接连三辆车开到山上去了，沿着盘山公路向前走着，一会儿就不见了踪影。

路两边的野花都盛开了，肖雪都叫不上名字。突然，她看到两只小小的白蝴蝶从花丛中飞了出来。

“很久没见到蝴蝶了。”肖雪心想。

肖雪还没走到姑妈家门口的时候，就见姐姐在门口迎接着她。

“妈妈打电话过来说你要来，所以我一早就在这里等你了。”肖静望着肖雪诧异的表情说。

肖雪望着姐姐的装束，她穿着很朴素的衣服，就像是深山老林中的农村妇女的装束。但是这身衣服穿在肖静的身上，却产生了特殊的魅力。那不是一种华丽，而是一种很舒服的感觉。

“快进来吧！姑妈还在家里等着呢！”肖静拉着肖雪的手说。

肖雪急忙把挎在胳膊上的包拿下来。她城里人的这种装束，在肖静的面前竟然显得很局促。

姐妹两个走进屋子里，这是栋面积不大的房子，只有三间卧室，一间小的客厅和厨房，姑妈家的表妹在上大学所以不住在家中。看到肖雪，姑妈忙说：“小雪，你终于来了，你姐姐都等你一个多小时了。”

“姑妈好。”肖雪活泼地叫道。

“好啦！你们姐妹俩先聊吧！我一会儿要下山一趟，去买点菜。”

“不用啦！”肖雪说，但是她意识到这样说似乎不妥，于是问，“姑父呢？他不在家吗？”

“你姑父上班去啦！我下去的时候正好告诉他一声，说你来了，今天晚上就别走了，在这里住下吧！”

肖雪本想说自己明天还要上班，但肖静握着肖雪的手说：“是啊！今天晚上就住在这里吧！”肖雪很勉强地点了点头。

肖静拉着肖雪走进自己住的房间。房间里没有任何装饰品，墙上挂着一幅沂山的素描，不用说就知道是肖静画的。

“小雪，你收到我送到家里去的钢琴了吗？”

“收到了。不过，姐姐，你干吗要将钢琴送过去呢！难道你……”

“我已经放弃钢琴了，所以自然不需要钢琴了。”

“姐姐，我知道你是喜欢钢琴的，无论是过去还是现在，姐姐弹奏的钢琴都要比我好多了。”

“真的吗？”肖静反问道。

肖雪看着肖静，她的表情一点都不像是开玩笑的样子。

“当然啦！”肖雪回答。

“其实不是这样的。”肖静回过头，望着窗外山上的风景，“过去我也以为自己很喜欢钢琴，可是自从来了沂山以后，我才发现，在自然的声音面前，我们人类弹奏出来的声音是多么虚伪。”

“姐姐……”肖雪不知该说什么。

“当我放弃钢琴的时候，才发觉这是一件多么幸福的事情。原本我一直自以为很重视钢琴在自己心目中的地位，可是没想到这么简单就放弃了。”

在肖雪看来，姐姐在说钢琴，更像在说高岩。

“所以，就请你好好珍惜这架钢琴吧！”

“可是，这是姐夫送给姐姐的东西啊！”肖雪加重语气说。

“小雪，你看外面山上的树木，它们被风一吹，就像美丽的海浪一样，从山的这头，一直绵延到山的那头，是不是？”

肖雪狐疑地跟随着姐姐的视线，但是她发现事实真像姐姐说的那样。

“姐姐……”肖雪望着肖静的眼睛叫道。

“怎么了？”

“姐姐，你在这个地方，觉得寂寞吗？”

“怎么会寂寞呢！如果你在这里生活上一段时间，也会喜欢上这里的。”

“是吗？”

“当然了，虽然说现在的人都向往城市，可是我还是觉得生活在深山老林中更为幸福。”

“哦……”虽然肖雪这样应着，但是她的心里在想：看来姐姐有种很明显的厌世心理。

“小雪，你有很久没来姑妈家了吧？我带你出去看看吧！”

肖静拉着肖雪走到了外面，两个人顺着山路走到马路上，然后沿着山路向上走。

“姐姐，你看那边是什么花？”肖雪指着草丛中几朵粉色的小花问。

“那应该是野玫瑰吧！”肖静回答，“啊！那上面落着一只蝴蝶呢！你看见没？黄色的，有大大的翅膀。”

“对蝴蝶来说，花也许就是它的情人吧？”

肖静思索了一番，然后说：“也许吧！但是也许它们还互不相识呢！”

“互不相识？”

“是啊！虽然蝴蝶落在花上面，可是说不定它们都还彼此不相识呢！但是它们又互相离不开对方，这是多么美妙的一种爱恋啊！”

肖雪对于肖静的这番话不是很理解，但她还是说：“不论蝴蝶也好，花也罢，都是很漂亮的。”

肖雪听到有一股泉水流动的声音，细细地观察，原来在草丛中有一道浅浅的沟渠，一直汇集到山崖的瀑布上面去。

“姐姐，我们去瀑布那边去看看吧！”

“好啊！不过最近雨下得少，瀑布都变成小溪了，一点气势都没有，如果下一场雨再来的话，一定可以欣赏到气势磅礴的瀑布。”

瀑布下面有几朵小花，被水滴喷射得摇摇晃晃。肖静在路边脱下鞋子，拎在手中，然后朝瀑布走去，肖雪在后面喊道：“小心！”

肖静回答说：“没事的，你也过来吧！”于是，肖雪也脱了鞋子，跟着姐姐一同走到了瀑布附近。

肖静将脚伸进飞泻的瀑布中，但是很快就收了回来，她回头朝肖雪说：“水很凉呢！不过很舒服。”

在肖雪看来，姐姐简直像是与自然融合在了一起，甚至可以说，姐姐好像脱离整个人类社会而存在着，不过，莫不如说是，姐姐现在的样子，倒更像是人类该追求的生活。

“姐姐，你有考虑过什么时候回家吗？”

因为耳边有瀑布的声音，肖静没有听清楚。直到返回大路上，肖静才问肖雪刚才问了什么。

“姐姐，你也知道，爸爸妈妈都很担心你。他们希望你……”

没等肖雪说完，肖静就说：“小雪，我现在很好。”

“爸妈都希望你能寻找新的幸福，毕竟人生是个非常漫长的过程。”肖雪继续说着。

“小雪，”肖静说，“我也知道人生是个很漫长的过程，可是怎样算是幸福，我的心里清楚。也许在外人看来这不是幸福，但是在我看来，只要自己认为是幸福的就可以。我相信爸妈也会理解我的想法的。”

“难道姐姐不想再追求爱情了吗？”

“爱情？”

对于肖静来说，这个世界似乎已经成了静止的。对了，她还记得结婚之前自己和尚雨来往时有过的感觉，还有结婚后与高岩在一起的感觉，可是，现在对她来说，他们都太陌生了。

“是啊！”肖雪望着肖静的额头，“只要活着，难道不该追求爱情，追求自己想要的生活吗？”

“可是眼下就是我想要的生活啊！”

“姐姐，尚雨先生……”

“小雪，”肖静打断肖雪的话，“你眼中的幸福，可能与爱情有关联，但是，我总觉得，人生并不是这么简单的，甚至可以说，人生并不是这么复杂的吧！”

“姐姐，你说的话是什么意思，我一点都不明白。”

肖静将肖雪的手握在自己的手中，说：“小雪，我是希望你幸福的，你明白吗？”

肖雪点了点头，但是她不明白姐姐的心思，从群山周围的草木中，她可以深刻地感触到夏天的气息，但是从姐姐的身上，似乎完全看不到这种夏季的迹象。

“姐姐，你还记得我们小的时候吗？你采野花来戴在头上，我总是跟你抢，可是每次你都会给我，我总是把你的花抢得一干二净。那时候我真调皮，是吧？”

“你小时候的确顽皮，但是我从小就希望这样，我想尽力为妹妹做点什么，这样我才感到高兴。”

“姐姐，难道你一直有这样的想法吗？”

“小雪……”

“姐姐，我们是姐妹，你并不是妈妈，你不需要这么照顾我的。”肖雪强调道。

“作为姐姐，照顾你是应该的，还记得你上小学二年级生病的时候，我拿零花钱给你买了个水果罐头，看着你那时候的高兴劲儿，我觉得真幸福。”

“姐姐……”肖雪呼唤道，她这时才知道，姐姐身上的哀愁就像是瀑布一样，源头是无法找到的。

“小雪，你有考虑过结婚吗？”

“结婚？”肖雪惊诧地望着肖静。

“是啊！作为一个女孩子，你现在也到了适婚年龄了，倘若有自己喜欢的人，就考虑一下结婚吧！”

“可是我还不想结婚呢！”肖雪说。

“小雪，你觉得尚雨怎么样？”

“尚雨先生？”肖雪马上明白了肖静的意思，忙说，“姐姐，你误会了，尚雨先生虽然是个不错的男人，可是我明白尚雨先生的心。”

“人的心嘛，是个玄妙的东西，有时候我们可能自以为很清楚自己在做什么，可是时间过去了之后，又觉得非常模糊，特别是感情。所以说，你所谓的明白，也许只是你单方面的臆想。”

肖雪想说“尚雨先生的心完全扑在姐姐您的身上呢”,可是她没有说出口。

“我去年秋天的时候去看过红叶。”肖静望着群山，她的表情说不上是忧伤，还是高兴。

“是一个人去的吗？”肖雪问。

“嗯。我一个人走在红叶底下，树上的红叶随着风处处飘落，那时候我的心里有一个念头：人似乎根本不明白自己。就像红叶，在春天的时候是绿色的叶子，到了秋天却变成另外一种颜色，不过却更加美丽了。我觉得人生就像这叶子，根本不受我们自己控制。”

“姐姐，无论怎么说，我们还是要生活下去的。你就别总发这些忧伤的感慨了。”

“这不是忧伤的感慨，是事实……”

“姐姐，也许是待在山上的缘故吧，你的心思变得更加凌乱了。”

“不是这样的，”肖静反驳道，“来到山上的这一年，我觉得自己的心渐渐地平静了，过去许多看不开的事情都看开了。”

“姐姐，”肖雪抓着肖静的手臂，“你还是跟我一起回去吧！好吗？”

“不要这样，小雪，”肖静摆脱肖雪的手，“到该回去的时候，我自然就回去了。”

“那你总该告诉我一个确切的时间，要不然爸妈也会为你担心的。”

“爸妈的身体还好吗？”

“还好，就是爸爸有时候闷闷不乐，时常躲到农村去。”

“那你有空多去看看爸爸。”

“嗯。”

“小雪……”

“嗯？”

“到了秋天，我会给你答案的，到时候我也许就回去了。”

“是吗？”

“你要相信姐姐的话。”

肖雪点了点头。

肖静走进一边的草丛中，从里面采了一朵黄色的野花，回来插在肖雪的头发上。

“真漂亮。”

“姐姐才漂亮呢！”

两个人向前走着，似乎意识到已经出来太久了，肖静便对肖雪说：“姑妈也许已经回来了，我们下山去吧！”

肖雪说：“听说过段时间会来台风呢！你在这边没事吗？”

“不会的，即使有台风登陆，也不会吹到这个地方来的。”

“我记得去年台风来的时候，市里还死了好几个人呢！”

“过去台风是不在风筝都登陆的，基本上到了江浙一带就消失了。可是，近几年台风频频在风筝都登陆了。”

“这就是姐姐所说的变化啊！不仅人有变化，台风也是会变化的。”

肖静没有应答，径直朝山下走去。肖雪跟在她的身后，望着肖静的身影，甚至不能肯定这就是自己的姐姐。那种感觉就好像在晨雾中看一个人。

姑妈早已经开始准备晚饭了。姑父到了七点的时候才回家，对于肖雪的到来感到很意外。不过席间四个人交谈十分愉快。吃过晚饭后，肖静帮姑妈收拾东西，肖雪则在房间里望着外面的黑夜发呆。

不知道什么时候，肖静已经返回了房间，她的视线随着肖雪看着外面，可是外面漆黑一片，什么都看不清。

肖雪转过头来时，忙说：“姐姐什么时候进来的？”

“已经有一会儿了，看你在发呆，所以没打扰你。”

“喔……”

“有什么心事吗？”

“没什么，”肖雪说，继而又突然说，“姐姐，你有没有想过，某一天要离开风筝都呢？”

“离开？去哪儿呢？”

“去哪儿都可以啊！上海，北京，南京，西安，中国可去的地方很多啊！再说了，还可以去国外。我觉得在哪个地方生活都是一样的。”

“小雪，你是在想这样的问题吗？”

“也不是。我就是想，假如我不是出生在风筝都的话，我的人生会是什么样子的呢？”

“可能很多人都有你这样的假设，但是这种假设是不成立的。我们注定要出生在这里，注定要成为姐妹，这就是属于我们的人生。”

“姐姐，我知道的，我只不过想想而已嘛！”

“嗯。你啊！就该找个好的男人去呵护你，要不然你这幻想还指不定能到什么时候呢！”

“才不是呢！姐姐现在不还是这个样子嘛！”

“……”肖静一下子被肖雪的话给噎住了。

“所以说嘛！这是遗传。我们的身上流着相同的血液，所以才会这样子的。”

“小雪，我现在最期望的就是能参加你的婚礼。”

“我的婚礼？”

“是啊！对整个家庭来说，也许这是唯一一件值得期盼的事情了吧！”

“姐姐，你别再说这种话啦……我不是说过了嘛！我压根儿没想过结婚呢！即使结婚，也是未来很遥远的事情。”

肖雪正对着肖静的时候，竟发现肖静的眼中噙满了泪水，她也不知道发生了什么。

“姐姐，怎么了？难道我说错什么话了吗？”

“没什么。”

肖静说着用双手捂住了眼睛。过了好久，她才将双手放下来，但是眼睛红红的。她背对着肖雪，望着墙上的画，那是她闲来没事面对着整个群山画的，不过只画了一半，她在沂山的这一年中，觉得寂寞的时候就拿起画笔来画一点，但是现在看到这幅画，她竟然觉得自己从未做过这样的事情。

“姐姐，这是你画的吧？”肖雪在背后问。

“嗯，随便画的。”

肖雪望着肖静颤动的双肩，她不知道肖静是因为什么而落泪的，自己刚才也没说什么。不过，这样子的肖静，让人感觉更加美丽动人了。

虽然还不到盛夏，外面的树上已经能听到蝉的声音。但声音就像是从另一个世界传来的。

尚雨半夜从梦中惊醒，他摸了一下自己的床铺，已经被汗打湿了。

坐在床头，打开台灯，他望着墙上的风筝，心情久久不能平静。

在梦中，尚雨看到原本挂在墙上的风筝漂在小河中，他沿着河岸去追，可是怎么也追不上。

忽然，他听到耳边传来噼里啪啦的声音，原来是雨点敲打窗户的声音。

他走到窗户边上，撩开窗帘，雨点密密麻麻地落在玻璃上，顺着流下去。天空中时不时地还伴随着闪电。

“是来台风了吗？”尚雨趴在窗户上向外看着。

街道上只有几盏模糊的灯光，但是，十字路口边上，有两辆车撞在一起，只有废弃的车，没有见到人，也许早已经送医院了吧！

“沂山会不会发生泥石流呢？”尚雨心想。

他觉得这是不可能的，因为沂山是石头山，是不会出现这种情况的。

但是躺回床上，他却不能入眠，只是闭着眼静静地听着雨声。

五

下班的时候，肖雪路过一家花店。过去她是不怎么在意花的，但是这一次，她却走了进去。

花店的女孩立即迎了上来，在她身边询问：“小姐，您是要买花吗？准备买什么花？是送给男朋友的吗？”

肖雪没有回答，在一大堆百合花前停了下来。

“这是百合花吗？”肖雪问。

“是的。现在的花店，除了玫瑰，卖得最好的就是百合了，有些时候，百合卖得比玫瑰还好呢！”

“不是鸢尾花吗？”肖雪反问了一句。

“鸢尾花？”店员愣了一下，说，“我从来没见过这种花。”

“鸢尾花和百合长得可像了，我越往细了看越觉得像。”

“哦，这个我倒是不知道。难道鸢尾花是百合花的一种吗？”

“不是的，这是两种截然不同的花。”肖雪的目光离开了百合花，她回想起当初姐姐说这句话时的神态。

那是她和姐姐在沂山下山时的事情。在半山腰，长着一簇簇紫色的小花，漂亮极了，肖雪正好看到，就问姐姐那是什么花。

“鸢尾花。”肖静回答。

“难道不是百合花吗？”

“不是的，我起初也以为是紫色的百合花，后来姑妈告诉我那是鸢尾花，其实仔细看很明显的，虽然花瓣的构造很像，可是大小是差别很大的。”

“这么说来，鸢尾花就是野百合了？”

“不是的，这是两种截然不同的花。”肖静望着半山腰，鸢尾花正在风中微微晃动，她的脸上带着一丝微笑，但又显得很自然。

“鸢尾花、百合、野百合，其实是三种花，只不过它们长得有点相似罢了。”

“植物种类好复杂哦！我就只认得百合花，白色的那种。”肖雪说。

“其实嘛！这就和我们人类是一样的，我们人类也是长着不同的外表，有不同的内心，但是在很多人看来，人却是相同的，没什么区别。”

“姐姐，你看，鸢尾花上聚集了一群蝴蝶呢！”

肖静随着肖雪说的将目光移到半山腰，果然，有十几只小蝴蝶在花丛中翩翩起舞，白色的、粉色的、黄色的、紫色的……各式颜色的蝴蝶，因为正对着落日的余晖，翅膀上仿佛着了一层朦胧的外衣，美得就像一个梦境。

“姐姐，你说这样的话，这种花是不是该叫鸢尾蝶，是鸢尾花和蝴蝶的结合体？”

“也许吧！”肖静答道。

其实，在肖静的心里，再也没有比这种花更使人激动的了。而且她认为，这种花应该作为风筝都的市花，因为即使从没听过风筝都这个城市名字的人，从这个花上也可以看出这个城市所特有的文化——风筝、蝴蝶还有百合般的灵魂。但它却孤零零地开在沂山不为人知的角落里，完全被人遗忘了。

也许不是遗忘，而是人们从未认识过这样一种花吧！这么想的时候，肖静觉得无论是眼前的鸢尾花也好，蝴蝶也罢，都浸透着美丽的悲哀。

尚雨回到家中，看到桌子上放了几棵百合花，花瓶里也被换上了新的花。他朝着屋子里面喊了几声，但没有应答，原来母亲不在家，不用想就知道她又去尚真家了。

尚雨从窗口望着街道上穿梭而过的汽车。他将工作服脱下来，换上了在家穿的短裤。就在尚雨思索要不要出去逛一逛的时候，手机响了。

原来是肖雪，但尚雨还是若无其事地接起来说："喂，您好！"

"尚雨先生，我送过去的花，你收到了没有？"

"花？百合花吗？"

"是啊！下班路经花店的时候，不知道怎么的就走了进去，看着漂亮就买了。但是我一想，花是要送人的啊，自己买来放在家里也不符合逻辑啊！我也想不到还有其他的人可送，于是就送给尚雨先生你了。"

"哦！是这样子啊！我刚进门的时候，见到了桌子上的花，我还以为是母亲买来的呢！母亲还把其中的几棵插在了花瓶中呢！"

"那真的太不好意思了！"

尚雨为肖雪的道歉摸不到头脑，他更不明白，平白无故地，肖雪为什么要送花给他。

"尚雨先生，你见过一种叫作鸢尾花的花吗？"

"鸢尾花？"尚雨望着对面墙上的风景，心想，这种花是不是和风筝有关系呢？"没有见过。"

"是吗？前段时间我也是第一次见到这种花。"

"这种花是什么样子的呢？"尚雨问。

"和百合花很像的，如果不仔细看的话，也许会看错的呢！"

"你给我送来的花难道是鸢尾花？我还以为是百合花呢！"

"不是的，我送过去的花是百合花，鸢尾花花店里是没有的。"

"…………"

"那是我在沂山的时候看到的，因为上次去看姐姐……尚雨先生，你在沂山没看到这种花吗？"

尚雨听到肖雪提到肖静，心头好像掠过了一阵水雾一样，他握手机的手似乎出了汗，但他还是回答说："我上次去沂山的时候是秋冬之际，所以没有看到。"

"原来是这样子！"肖雪在电话那头反复重复了多次这句话，然后说，"那么，尚雨先生，我先挂了。"

尚雨匆忙地说："谢谢你送来的花。"

"不客气，快要七夕节了嘛！"

"七夕节？"

"是啊！尚雨先生打算怎么过七夕节？"

"不知道，我从来没想过要过这样的节日。"

“呵呵，我想也是……”

尚雨仿佛突然领悟了似的，说：“你是担心我七夕节孤零零的，所以才送花过来的吧！”

“我不是这个意思。”

“没事的，我说真的，肖雪小姐，像你这样好的女孩子，何必要将心思浪费在我这样的人身上呢！”

“……”肖雪在那边没有说什么。

“肖雪小姐，比起我这样的人来说，恐怕任何人都比我强多了。”

“尚雨先生……”

“我也知道，我不能给任何人幸福。有时候我自己也会想这个问题，倘若肖静没有和高岩结婚的话，我恐怕也不敢去想和肖静结婚的事情。也许，正是因为肖静和他人结婚了，我才觉得自己的爱更真实了，我也才更勇敢了吧！因为我知道，这样的爱是不需要我去给予幸福的。”

“尚雨先生，这是你的真心话吗？”

虽然刚才说了这样的话，但是说完之后尚雨才意识到自己说的是什么，他拿着手机，不知道该怎么说才好了。

“尚雨先生，先不说了，爸爸回来了，我要下去吃饭了。”

还没等尚雨反应过来，肖雪那边已经挂断了电话。

望着对面的风筝，尚雨怅然若失。他想肖雪也许会把今天的这番话说给肖静听，但是他又觉得自己好像是故意对肖雪这么说的，因为他知道，事情再怎样发展，对于肖静来说，他都只是一个尘世的幻影而已。他这么说，也许是为了让自己从幻想中觉醒过来吧！

尚雨没吃饭就上床睡觉了。直到下半夜的时候，母亲才回来。

他听到母亲开门的声音，于是就从床上下来，将客厅的灯打开了。

“你还没睡啊！”母亲说，“对了，下午的时候，有人送来了花，我看花瓶的花枯萎了，就将其中几棵抽出来放在花瓶中了。”

“对方已经给我打电话了。”

“是个女孩子吧？”

尚雨没有回答，转移了话题：“姐姐那边没什么事情吧？”

“今天有点胎动，我陪尚真去医院看了看。”

不知什么时候，外面划过了几道闪电，紧接着轰轰的雷声由远及近传了过来。

“幸好回来得及时。”母亲望着外面的天空说。

“没什么事情的话，就早点睡觉吧！”母亲说完返回了卧室。

尚雨的手臂正好划过百合花的花瓣，不过母亲说的也是，将花放在花瓶中漂亮多了。

外面传来了雨声，伴随着闪电和雷声，好像整个世界陷入了恐慌之中。

尚雨返回房间，在床上坐了好一会儿，终于拨通了肖雪的电话。

“哦，是尚雨先生啊！”肖雪的声音很清爽，似乎没有睡着。

“你还没有睡觉吗？”

“是啊！刚才弹了会儿钢琴。我怕影响父母休息，所以在他们睡着之后才轻轻地弹奏一下。”

“哦……”

“其实，这架钢琴是姐姐的，我还不怎么熟悉。”

“哦，我记得肖静过去是会弹钢琴的。”

“何止会弹，弹奏得要比我好多了。不过，这钢琴是结婚后姐夫买给姐姐的。”

“也许，像高岩这样的人，才是女人最理想的结婚对象。”尚雨自言自语道。

“尚雨先生，你说什么？”

尚雨回过神来，说：“没什么，没什么。”

“但是现在姐姐似乎决定放弃钢琴了，所以才将钢琴送给我了。”

“你那边没有下雨吗？”尚雨这样问道，以免肖雪继续说肖静的事情。

“这会儿才下。刚才电闪雷鸣的，好吓人啊！我差点儿都将放音乐的耳机塞在耳朵里。”

“呵呵，其实，我也是很害怕电闪雷鸣的，小时候一电闪雷鸣，我就往被窝里面钻。”

肖雪笑着说：“我小时候也是这样的。”

两人在电话中同时笑了，但接下来是一阵长长的沉默，尚雨似乎可以听到肖雪那边传来的雨声。

“肖雪小姐，今天晚上的话……”尚雨终于艰难地说着，“真对不起，连我自己都不知道自己说了些什么。”

“尚雨先生，你不必道歉。其实，每个人都有属于自己的人生，难道不是吗？”

“是的。”尚雨没有反对。

“尚雨先生，马上就要入秋了，到时候你有什么打算吗？”

“这个……那肖雪小姐你呢？你有什么打算？”

“我……我也许会结婚的。”

“什么？”听了肖雪刚才的这句话，尚雨大吃一惊，手机甚至差点儿从手中脱落。

“我是说真的。”

“肖雪小姐，无论怎样，我都希望你能幸福。”

“谢谢。”

从电话中，尚雨听到肖雪似乎哭了。

“尚雨先生，你也不要担心姐姐，她在沂山生活得很好，虽然姐姐说放弃了钢琴，但是姐姐在沂山学会了画画，姐姐还说，等到了秋天，也许就会回家了。”

“是吗？”尚雨像是在反问自己一样。

“尚雨先生……”

“嗯，怎么了？”

“如果我结婚的话，你会来参加我的结婚典礼吗？”

“啊！你是说真的吗？”

“呵呵，天色不早了，尚雨先生早点休息吧！”

肖雪若无其事地挂了电话。尚雨似乎还可以听到从肖雪家中传来的雨声。

对于夜雨，尚雨总有种缱绻的眷恋。不过他觉得肖雪刚才说的那番话，完全是受到夜雨的影响。毕竟在这样的夜晚，一个少女的心是凌乱而哀伤的。

不过肖雪说肖静会在秋天的时候回家，这一点也许是真的吧？在尚雨的心里，倒是希望肖静会一直在沂山待下去。因为在他看来，沂山保存了肖静的全部美丽，倘若下山的话，这种美丽就没有了。也许尚雨无法想象肖静下山后的生活，才这样期望的吧！

其实，尚雨害怕的是，肖静下山后也许会同其他人结婚。

在梦中，尚雨似乎看到了在山崖上被风吹得摇晃的鸢尾花。

一大早，尚雨就被蝉声吵醒了。天已经彻底晴了，树上的叶子似乎更绿了，从外面的街道上一点也看不出昨天下了暴雨的样子。空气变得更加清新了。

尚雨似乎一点也不为自己的工作感到担心。他也偶尔与同学联系，但是其他人都在努力工作，拼命向上爬。他对这种行为一点兴趣都没有，在他看来，钱只要够花就可以，其他事情随遇而安就可以了，但是与其说他对工作淡泊，倒不如说他缺乏进取心。

经过湿地公园的时候，尚雨想也许有空该和朋友去钓钓鱼，但是他又认为这不符合自己的个性。

坐在办公桌前，尚雨眺望着外面的街道。令他吃惊的是，对面的风筝铺已经装修一新，变成卖衣服的了，但是商店的牌子没换。

“对面的风筝铺变成服装店了吗？”尚雨问同事。

“是啊！上周就在那里乒乒乓乓地装修，好像是前天开业的吧！”

“还是原先的老板开的吗？”

“听说好像是，也许风筝不怎么挣钱吧，就改行做服装生意了。不过，我昨天走到那儿的时候进去看了，衣服的风格和其他店里不同，似乎都是自己设计的。”

“是吗？就和风筝一样吗？”

“不过，时下的年轻人是不会喜欢这样款式的衣服的。”

尚雨望着商店，只有很少的人进出。他正想事情的时候，突然传来了“尚雨，你的电话”的喊声。

针对肖奉生要做服装的想法，阿京和肖雪都认为他只不过是想想而已，但是没过多久，肖奉生就开始联系服装厂了。他将自己设计的衣服款式拿到服装厂订做了几件，然后穿在自己身上，询问阿京对衣服的评价，阿京没有回答，这反倒坚定了他要做服装的决心。于是他布置了一下，将闹市区的几个风筝店铺重新装修，改成卖衣服的商店。

肖雪回家的时候，和母亲说：“爸爸设计的衣服卖得并不好。”

阿京一点都不意外，她说：“我就说嘛！你爸爸根本就没必要做这些没用的东西，有风筝维持着公司就可以了。可你爸爸总想突破这个行业的瓶颈，说是要做出一种新颖的产品。我早就知道结果会是这样，现在的年轻人穿衣服都以简洁为主，不过，你爸爸就是这样的人，年轻的时候就这样，到老了就更加执拗了。”

服装已进入量产的阶段，但肖奉生还躲在乡下，继续设计新的衣服款式。

“小雪，”阿京说，“你上次去看静儿的时候，她是不是说秋天的时候回家？”

“也没明确地说是秋天，就说时机合适了就会回来。”

“静儿也许在做一个决定吧！”

“决定？什么决定？”肖雪问。

阿京笑了，说：“女人天生就是这样的，做什么事情之前都需要自己思索一番才能下定决心。静儿现在也许就处于这个阶段吧！”

“妈妈的意思是，只要姐姐下定决心下山了，就会同意再次结婚的？”

“嗯。”母亲点了点头，看了看表，然后走进厨房里做饭了。

“难道真像妈妈说的这样吗？”坐在钢琴前，肖雪思索着。

她照着曲谱弹着一首瓦格纳的曲子，可是在关键的音上怎么弹都弹不好。

“姐姐回家的话，爸妈一定会很高兴的，家里就不用像现在这么安静了……”

想着，她弹起了理查德·克莱德曼的《梦中的婚礼》，这样的乐曲，她弹得轻松多了。

风筝都的菊花已经依次绽放，过去尚雨还沿着道路观赏菊花，可是最近几年，风筝都的车辆越来越多，人也越来越拥挤了，他就失去了这样的心思。

在回家的路上，他看着白浪河上悬着的落日，这种景象让他觉得十分安心。

月末公司举行了一个集体聚会。同事对尚雨说：“那时候公司所有的美女都在呢！像你这样的单身汉，应该趁这机会赶紧结束自己的单身生涯。”

尚雨只是笑了笑。到了聚会的那天，刚走进大厅，尚雨就觉得不适应，他不喜欢待在人这么多的地方，再说穿了西装，觉得很难受。

八点的时候，尚雨偷偷溜了出去，信步走到白浪河的时候，他已经出了一身汗，于是将衬衣上面的扣子松开，把领带也扯了下来。

“尚雨先生……”

尚雨听到有人在喊他，回过头去，只见容凤从远处走了过来。

“你刚下班吗？”尚雨问。

“不是，刚刚和同事去逛了会儿街。尚雨先生怎么一个人在这个地方呢？”

“今天公司举行了个聚会，可是你也知道，我不喜欢那样的场合，所以就提前出来了。”

“原来是这样啊！怪不得您穿着西装呢！我从远处看到都以为看错人了呢！”

“你现在在哪儿上班？”

“在一家广告公司。”

“哦？”

“我学的专业就是平面设计，只不过一直没有机会做这样的工作。”

“哦，原来是这样啊！”

“不过，尚雨先生，能在这里遇到您，真的是太巧了。”

“呵呵，我也这样觉得。”

“您还记得吗？去年我们也在这里相遇过。”容凤笑着说。

尚雨还记得去年被思媛拉着参加了一场假面舞会。不过一想到思媛现在身在西藏，或是自己不知道的地方，他就感到什么东西朝自己的心脏压了过来。

第三章　秋之痕

一

记得去年的时候，尚雨自己一个人去观赏红叶。回来的路上，天空凝结着绚丽的黄昏之色，不过秋天的寒意已将这股温馨遮挡在阴影之后，无论走到哪儿，心里似乎都镶嵌着一种莫可名状的忧郁，但天空却清澈无比，仿佛过滤后的清泉。

“真美丽，没想到这里的秋天会这么美。”在去石门坊的路上，容凤对尚雨说。

尚雨自己也不明白为什么会约容凤来观赏红叶，只是上次分别的时候，尚雨望着白浪河发呆，突然心中蹦出了红叶满山的样子，就随口问容凤：“过些日子你有时间吗？如果有的话，我们一起去看红叶吧！”

“好啊！”令尚雨没想到的是，容凤这么轻易地就答应了。

与其说他在邀请容凤，倒不如说他是在邀请心灵中的自己，他只是为了确认心灵中另一个自己的存在，才果断地说出这样的话的。

回到家的时候，尚雨觉得和容凤去观赏红叶也不失为一个好主意。因为回想自己的处境，他很吃惊地发现身边竟然没有几个朋友，除了上班时和人打交道，其他时间都是孤零零地待着，越到了秋天，他的这种感觉就越明显，尚雨觉得若是和容凤一起的话，就可以摆脱这种感觉。

见到容凤的时候，尚雨对容凤的装束很吃惊：为了观赏红叶，她竟精心地打扮了一番，上身穿着一件黄色的外套，里面穿着一件白色的长袖衫，上面印着的图案，似乎是薰衣草，又好像是菊花。

观赏红叶的人不算多，也许是初次看到红叶的新鲜感，容凤一个人跑在前面，行为与眼神都像是一个十八九岁的少女。不过，这一幕令尚雨觉得很熟悉。在记忆中努力搜索时，他才记起，在夏天的时候他做过一个梦，看到容凤在樱花树下漫步，与这种景象太相似了，以至于使他产生一种错觉，似乎今天的事情已经发生过了。

不知什么时候，容凤出现在尚雨的面前，她的手中捧着一把栗子。

“原来这里有这么多栗子啊！真好。”容凤的脸上绽放着笑容。

“是啊！黄栌树中间有很多栗子树的，不过这些树一般无人照看，所以长得都比较小。”

“你的意思是，倘若有人照看的话，它们就会长成市场上卖的那些栗子了？”

“也许是吧！”尚雨也不确定，因为在他的心里一直有一种感觉——野生的东西要比人培育的东西长得好。

不过，看到容凤那难得真实的笑容，尚雨觉得不可思议。容凤一点都不像是失去双亲的孤儿，反而像是不谙世事的少女一样。

尚雨甚至胡思乱想道：像容凤这样的少女，未尝不是一个好的结婚对象。她没有多少朋友，更没有庞大的家族。倘若和容凤结婚的话，也许会是平平淡淡的婚姻生活。

尚雨朝捧着栗子的容凤说道：“不知道我父亲年轻的时候，是不是和你母亲走过这条道。”

连尚雨都不知道自己为什么问出这样的话。

容凤回过头，用认真的表情凝视着伸向远方的道路，两侧都积满了厚厚的落叶。

“也许走过。”容凤以认真的态度回答道。

“不过那时候这儿也许不是这样子的，时隔半个世纪，说不定什么事情都变了。”

“虽然时间过去了四五十年，可是山呀，树呀，还是没变的啊！你看这树木都有上百年的样子，在四五十年前，充其量也就是比现在细小一点而已。”容凤似乎很高兴，说起话来也滔滔不绝。

尚雨感到一股惆怅。若是真如容凤说的，父亲和容凤的母亲假若真的曾经从这条道上走过，而今天作为后代的他们又从这里走过，难道不是奇妙的缘分吗？

“我觉得今天来对了，谢谢您了，尚雨先生。”

“为什么呢？”尚雨不明白容凤为什么突然说这样的话。

“因为我觉得在这里，似乎理解了妈妈生活的时代。我的意思是，在城市中，几十年下来，什么东西都变了，我时常听到妈妈说这个地方过去是什么样子，可是我根本无法想象。在我看来，妈妈说的就像是她幻想中的东西一样，而在这里，我却实实在在地可以感受到与过去相同的事物。虽然现在妈妈已经去世，可是我觉得这本身不是活着与死亡的关系，红叶是永远存在的啊！从这种观点出发，我似乎理解了生命的意义。”

面对容凤这番有哲理性的话语，尚雨不知道该怎么说才好，但是他望着容凤的眼神，似乎感觉到一股柔情。

容凤笑了笑，对尚雨说：“刚才有点失礼了，真对不起。”

“没什么。”尚雨说。

尚雨觉得容凤身后的黄栌树就像油画中的旋涡。

尚雨和容凤坐车往回走的时候，起了很大的风。他们两个并排坐着，尚雨越过容凤的脸庞望着窗外，街道上的树木开满了红色的花儿，在风中摇晃着。

莫非是合欢花吗？可是此时早已过了合欢花盛开的时节。

尚雨朝窗户那边看的时候，容凤似乎猜透了尚雨的心思，她说道：“那是国槐。”

“国槐吗？我还以为是合欢花呢！”说着尚雨笑了。

尚雨记得从小到大最熟悉的就是国槐这种树木，此时竟然连它都认不出了。不过，他过去看到的是开黄色花儿的国槐。

尚雨回到家时，发现包里装满了栗子，于是他马上给容凤打了电话。

“我刚到家。”容凤说。

“我也刚到家，你的栗子都忘在我的包里了。”

“我自己留了一点的，我一个人也吃不了多少，我一想你家里人多，所以就放在你的包里了，当时没有和你说，真对不起。”

“哦，原来是这样啊！那谢谢你了。”尚雨说。

外面传来开门的声音，尚雨对容凤说：“妈妈回来了，如果没有其他事情的话我就挂了。”

“嗯，好的。”

母亲关上门，走进洗手间洗了下手，她说：“走的时候被小可尿了一身。”

小可是尚真的女儿。上周的时候刚过了一百天，当时尚雨和母亲一起去了那边，看着躺在床上的小孩，尚雨感觉很可爱。她虽然不会说话，也看不清什么，但是手却四处乱抓。

想到自己也是由这样的小孩长成的，尚雨就感觉不可思议。

尚雨记得小时候的屋檐下面都会有麻雀的巢穴，他和儿时的伙伴经常会爬梯子上去掏鸟蛋，他们还将鸟蛋用棉花包起来，等它自己孕育出小的麻雀来，他那时候感觉很新奇。在楼房上是没有麻雀的巢穴的，他望着远方，不知道怎么地好像看到了脑海中浮现的麻雀巢穴。

小可带给尚雨的感觉，就像是小时候鸟蛋孕育出小麻雀的欢乐。

母亲看到桌上的栗子，问道："你是在市场上买的吗？"

"不是买的，是在石门坊的红叶底下捡的。"

母亲拿起一颗看了看："石门坊还有长得这么大的栗子啊！"

"是啊！还有更大的呢！因为我们去得晚，所以就只剩下这么大小的了。"

"你们？你是和那位小姐去的吗？"

"你指的是容凤？"

"是啊！作为一个姑娘家，她虽然显得柔弱些，缺少一些北方姑娘的气概，但是，作为结婚对象，也未尝不是一个好的选择。"

"妈妈，瞧你说的，我们只不过是普通朋友。"

"你们这辈的感情我是弄不明白的。不过你也及早做安排，晚了好的姑娘都被挑没了。"

"你说的好像是选妃一样。事实根本不是这样子的。"

"在我看来，事情就是这样的，男人也好，女人也罢，都是趁着年轻恋爱结婚的好，有哪个好姑娘到了三十岁还不结婚呢？"

"我就听说很多好的姑娘到了三十多还不结婚。"

"那是那些姑娘要求高，殊不知是无知，作为女人，一过三十五岁，就知道自己的悲哀了。"

"其实，一个人生活也是蛮好的。"

"那是你根本没意识到独身的坏处。假若某一天我不在了，你就明白了，屋子里空荡荡的，一个人，连个开灯做饭的人都没有，想说话都不知道该对谁说，到那时候你就后悔了。"

"我才不后悔呢！"

"你要找个自己喜欢的姑娘，这我不反对。但是像婚姻这样的事情，不是像想象的那样美好，只要差不多合适就可以了。"母亲说着从桌子上拿起栗子，"好了，不说了，我去把栗子煮一煮。"

厨房里传来母亲洗栗子的声音。尚雨虽不以为然，但是被母亲这么一说，心里还是有种哀伤。他的脑海中浮现出肖静在沂山的瀑布下站立的情景。

"尚雨，你要吃红烧鲤鱼，还是糖醋鲤鱼？"母亲在厨房里问。

尚雨回过神来，回答道："什么都行。"

吃饭的时候，母亲对尚雨说："现在的姑娘都特别不靠谱，把物质看得太重了，过去的姑娘根本不是这样子的。"

“现实所迫，她们也是没办法吧！”

“不过，我看那位小姐似乎不是这样子的姑娘。”

“容凤吗？我不知道。”

“我可以看得出来的。”

“从哪儿看出来的？”尚雨问。

“这是我作为女人的直觉。我看她的眼神，哪怕是在偏僻的郊区生活，也是能吃得了苦的。”

“所以呢？”

“我是觉得该有个姑娘来照顾你。”

“妈妈，我很好。”尚雨说着站了起来，“我吃好了。”

尚雨走进了卧室。他望着窗台上放着的菊花，恍若菊花的图案就镶嵌在玻璃上面。

七月份的时候，尚雨让一个身在南京的朋友给他寄了一棵石蒜来。他知道这种花还叫作彼岸花，会在秋分左右盛开。但是寄到的时候，他发现花在路途中已经折断了。虽然以为它肯定活不了，但是他还是将花栽种在了花盆里，然后放在了阳台上，这天他在阳台上晒被子的时候，竟然发现那棵彼岸花不但没有死，反而开花了。

他俯下身子看了看，不但找不到当初折断的地方，连叶子都没有了。

他的耳边似乎传来了敲钟的声音，不是从屋子里传来的，而是从窗户外面传过来的。他站起来打开窗子，似乎是教堂里钟表的报时声。

天空中飞着一只鸢，围着城市盘旋着，飞得很高，只能看到伸展的双翅。

尚雨下了楼，在上班的路上，他朝天空中寻觅半天，却没有找到鸢的踪影。莫非是早上看错了吗？天空中飞着的不是鸢，而是被风吹起来的塑料袋？

不过，尚雨想，这个季节确是鸢飞翔的时节。

赶到公司的时候，隔壁的同事在不停地喝热水。尚雨问他发生了什么事情，同事回答说早上的时候在屋子的角落里发现了一只蛤蟆。

“蛤蟆怎么会爬上来的？”尚雨问。他所在的办公室在五楼。

“谁知道呢！反正它就是爬上来了。”同事说，“我早上来的时候，发现有个什么东西蜷缩在角落里，我还以为是老鼠什么的，结果过去一看，是只又大又丑的癞蛤蟆。我平生最害怕蛤蟆了，于是叫小张帮我拿出去，他过来看了看，然后走过去若无其事地用手将蛤蟆拿了起来，他拎着蛤蟆的腿，打开窗户扔了出去，只见蛤蟆在空中划了一个曲线就不见了。我还担心落在路上砸到行人呢！结果我在窗户边上看到蛤蟆落在了一辆汽车顶上，血顺着车子流到了地上。哇，那场景太恐怖了。”

说着，同事拿起水杯，将杯中的水一饮而尽。

尚雨根本想象不到在办公室里会有蛤蟆。但是经同事这么一说，他不禁走到窗户边上去看。地面上似乎真的有点血迹，不过他并不能确认是血迹还是其他什么东西。

一整天，尚雨的脑海中都盘绕着癞蛤蟆的景象，中午吃饭的时候，拿起筷子，他甚至都觉得毛骨悚然。

下了班，尚雨在楼下等公交车，但公交车到来的时候，他并没有上车，而是朝对面的服装店走去。

店里的衣服果然都是标新立异的，作为衣服来说，显然有点过于艺术化了，不太适合穿在身上。

店员看到尚雨走进来，忙走上前去讲解各种衣服。正当尚雨在听讲解的时候，他听到后面的店员说："肖雪小姐，您来了。"

尚雨回过头，见肖雪穿着的百合花图案的衣服，似乎就是这个商店里的衣服。不过这衣服穿在肖雪的身上，显得很有活力。

"啊！尚雨先生，你在这里啊！"

"下了班，顺便过来看看。"尚雨回答。

"你看我爸爸设计的衣服怎么样？"

"款式很新颖，不过就衣服来说，有点过分艺术化了，不太适合穿，不过我看到你穿上身的效果，还是很不错的。"

"呵呵，对我来说，穿什么样的衣服都是一样的。"

两人走向了不远处的一个咖啡馆。

"你父亲是个很有想法的人。"

"现在服装店多的是，爸爸只不过是小打小闹，我和妈妈都劝爸爸不要做服装，可是爸爸就是不听。爸爸就是这样一个人，从来不听别人的劝告，自己认定的事情就会去做。"

"像你父亲这样的人，是时下我们每个年轻人的榜样。"

"你太抬举爸爸了，他并不像你说的那样。"

"不，你父亲值得这样的赞誉，作为一个商人他是成功的，可是他不仅是个商人，更是一个艺术家。"

"谈不上艺术家。"肖雪说道。

"就拿这些衣服来说吧，很多年轻人不喜欢，是因为他们不懂得艺术，不懂得欣赏，可是穿在像你这样的少女身上，这些衣服的魅力才能显现出来，简直是那些庸俗的衣服所不能比的。”

“尚雨先生，你觉得在秋天结婚合适吗？”肖雪突然问。

“结婚？已经是秋风萧瑟时分了……”

“树木也好，建筑也罢，都显得很荒凉，可是我觉得在这样的时节结婚是最好的了。”

“是吗？”尚雨望着肖雪抿嘴的样子，觉得秋后的阳光很温馨。

咖啡馆吵吵闹闹的，走廊上的灯没开，尚雨和肖雪坐在最里面，朝外望去，走廊上漆黑一片，只有门口还有点亮光。

尚雨知道此时的沂山秋色已经显得有些凄凉了，不过他没有开口提起沂山来。

一过了红叶节，无论什么东西，似乎都显得冰冷了。

肖雪望着尚雨的眼睛，然后低下头，对想说的话有些踌躇。

“尚雨先生……”

“怎么了？”尚雨盯着肖雪，她显得心事重重。

“尚雨先生，”肖雪接着说，“记得上次我问你，我若是结婚的话你会不会来参加我的婚礼，这个你还记得吧？”

“记得。”

尚雨记得很清楚，当时自己还说希望肖雪不要将时间浪费在自己身上。

“我要结婚了，就在下个周末。”肖雪明确地说。

尚雨的心头仿佛被撞击了一下，突然一股悲伤之情涌了上来。

“是真的吗？”

肖雪点了点头，从包里拿出红色的请柬，递了过来。尚雨没接，于是她将请柬放在桌子的一边。

“新郎你不认识，不过我们并不是初识，他是我大学时的校友，比我高一级。”

尚雨甚至怀疑肖雪在恶作剧，但是请柬就放在一边，他不相信也不行了。再说，从肖雪的面容上，一点都看不出是在开玩笑。

“你是觉得有点突然吧？其实他已经向我求婚好久了，只不过我一直没答应。前段时间，我好像突然觉悟了，原来自己喜欢的人就在自己的身边，所以就决定结婚了。”

尚雨想起七夕节前对肖雪说过的话，难道说是因为自己对肖雪说了如此绝情的话，肖雪才果断选择结婚的吗？尚雨痛苦地闭上了眼睛。好在光线比较暗，肖雪看不清尚雨的表情。

在尚雨的心里，虽然自己并不爱肖雪，但是他常常把肖雪当成肖静。肖雪可能也知道这一点。尚雨一直以来故意与肖雪保持着距离，然而听到肖雪要结婚的消息，他仿佛感觉周围的世界都发生了变化，那种失落感一下子攫住了他的内心。

“我本来打算到明年结婚的，可是爸妈都劝我今年结婚，因为我结婚的话，姐姐就没有任何理由再拒绝下山了。”

“肖静会回来参加婚礼吗？”这个不用问，尚雨也知道，但他还是这样问道。

“昨天我给姐姐打电话了，她说会在我结婚的前一天回来。”

“哦……”

“到时候，你可以带着女朋友一起来的。”

“啊？”尚雨大吃一惊。

“总之，尚雨先生你也不能一直这样优柔寡断下去了，迟早要结婚的。”

“哦，我会去的。”尚雨说。

“那么——”肖雪站了起来，“我就先告辞了。”

肖雪刚要走，尚雨叫住了她。她在走廊上站住回过头，尚雨停顿了一下，说道：“祝你幸福。”

“谢谢。”

说着肖雪走出了咖啡厅，在夕阳余晖的照耀下，她的眼中似乎闪闪发亮。

二

尚雨望着桌子上的请柬，还是不相信肖雪要结婚的事实。他就这样慵懒地坐在床上发呆，眼睛不知道落在什么东西上面。他觉得这种感觉很不好受，但是他又不知道哪个地方不对劲儿。

新郎那一格里写着：王恩华。而看到一旁写的肖雪两个字，他觉得十分刺眼，甚至都不能直视。

“连肖雪都开始新的生活了……”

尚雨想着，觉得好像这个世界上只剩下了他一个人一样。

他走到阳台上，石蒜的花儿已经有点凋零了，他想，摆放这样的花在家里实在是显得太悲哀了，于是他用手抓起石蒜，将它连根拔起，拉开窗子扔了出去。

周六尚雨拿着风筝走到小区的广场上去放，秋天的风很大，但是风筝却飞不起来。尚雨把风筝放在一边，自己孤寂地坐在石礅上，他似乎看到天空中飞着一只看不见的鸢。

“还是不要去参加肖雪的婚礼吧！”

尚雨心想，就这样和肖雪永远地失去联系是最好的。再说，他也不想在结婚典礼上见到肖静。

中午，尚真抱着孩子和母亲一起回来了。尚雨回家的时候，她们已经做好了饭。

“你去哪儿了？刚才我们回来的时候你也不在房间，我还以为你去找朋友了呢！”母亲问。

“我在小区后面的运动场上坐了一会儿。”

母亲看到尚雨手中拿的风筝。

“都是深秋时节了，你还放什么风筝？”

“只是想放放，可是飞不起来，也许是很长时间不放了，不会放了。”

“尚真今天晚上要住在这里，小可也要一起住下。”母亲说。

吃饭的时候，尚雨才知道尚真和丈夫又闹翻了，照母亲的话说，事情很难挽回，也许会离婚。

尚雨为姐姐的处境感到悲伤。可是尚真抱着小可的认真样子，好像根本没有任何心事一样。

吃过饭，母亲帮尚真看着小可，尚雨端着盘子去厨房，可是他心不在焉，盘子一下子掉在地上摔碎了。

母亲抱着小可跑了过来。

“怎么了？”看到地上碎掉的盘子，母亲说，“发生什么事情了？你最近几天都没精打采的。”

尚雨没有回答，俯下身子捡着地上的碎片。母亲对他说：“好了，这个我来收拾吧！”

走进卧室的时候，尚雨的脑中突然产生一个念头：就这样销声匿迹的话，未尝不是一个好的办法。

尚雨觉得，在服装店与肖雪相遇不是巧合。那天她也许是要去公司给尚雨送请柬的，结果到了那边已经下班了，所以她就去服装店看了看。假如自己当时已经回家的话，那么他就不会知道肖雪要结婚的事情了，因为肖雪不一定会打电话通知他的。

尚雨记得，上个月某天下班回家的时候，从东苑公园那里经过，在黑暗中，他看到公园中星星点点，刚开始他以为是灯光，后来才知道是萤火虫。萤火虫在夜空中飞着，最后消失在丛林中。在都市中已经很难见到萤火虫了。

尚雨觉得自己的处境就像是萤火虫一样，特别是在这秋意萧瑟的时节，他觉得任何东西都好像是虚幻的,不真实的。所以说,肖雪和他说自己要结婚，他还以为是在梦中的事情，完全是自己幻想出来的，但是他的心灵还是隐隐作痛，那是介于失落的现实和梦幻破灭的痛苦。

小可晚上在隔壁房间一直哭，尚雨被惊醒了好几次。像姐姐这样的女人，尚雨觉得真可怜。

即使睡着，他也身处乱七八糟的梦中，一会儿梦到蝉声阵阵的盛夏，他在观赏合欢花的情景，一会儿梦到冬天整个城市安静的景象，而从雪地里蹦出来的一只蛤蟆，把他吓了一跳。

梦中的合欢花生长在尚雨大学时的宿舍楼前，当然东边的路上也有，到了盛夏就绽放出柔美的花瓣。就像精致的姑娘，每一个叶片都生长得很细腻。在家乡的某条街道上也有合欢花，尚雨乘车从那里经过几次，但都不是开花时节，而且后面的围墙很高，是一所监狱，所以尚雨觉得那里的合欢花不但不美，反倒像被舍弃的妇女。

第二天早上，尚真抱着孩子在阳台上玩，因为是周末，尚雨起得有点晚，看到尚雨走出来，尚真问 :“昨天晚上睡眠还好吧？”

“还行。小可昨天闹腾了一晚上吧？”

“是啊！听妈妈说，小孩子就是这样。”

“我们小的时候也是这样吗？”

“应该是吧！”

“那可够折腾人的！”尚雨笑着说，从衣架上取下外套穿上。

“姐姐，妈妈呢？”

“出去买早饭了。”

“哦，回来的时候你和她说，我去磨坊那边了。”

“去那边干吗啊？”

“也没什么事情，只不过想去逛逛。”

“哦，那早点回来。”

尚雨出了门，深秋的阳光虽然很艳丽，但是已经失去了温暖。

尚雨以为能获得内心的平静，到了那里，才发现完全是徒劳的。村里的大部分房屋都已经废弃了，他们的主人都像尚雨家一样，从农村搬到了城市居住。望着掉漆的木门，他想起父亲在世时的情景，还有磨坊响动的声音。他觉得父亲没有将磨坊发展成一个大的面粉厂，完全是由父亲的性格决定的。

不过，现在的尚雨，难道不是和父亲一样的吗？尚雨常常厌嫌自己，觉得自己不够坚强。

庭院中长满了杂草，差不多已经枯萎了，尚雨走上前尝试着将草拔出来，可是拔了没几棵就累得气喘吁吁，手上也划出了血痕。

“还不到三十岁……”尚雨觉得自己有点悲哀。

回到家中的时候，尚真对尚雨说：“今天中午有个叫肖静的女孩子来找你了。”

“肖静？”这是尚雨所未预料到的，肖静为什么来找他呢，他心里一点都搞不明白。

吃过晚饭，尚雨还是忍不住给肖静打了电话。

接电话的是肖静的姑妈，听说是找肖静，她朝屋子里喊肖静，尚雨在电话的这边心潮澎湃地等着，他听到耳边的声音说：“静儿可能出去了，要她回来给你回电话吗？”

“哦……”

还没等尚雨说什么，对方已经挂了电话。

外面传来敲门的声音，是母亲。

尚雨打开门，母亲对他说：“尚雨，你出来一下，有点事。”

只有尚真自己坐在沙发上，尚雨问：“小可呢？”

尚真指了指房间：“已经睡着了。”

三个人这样坐着，像是在开一个家庭会议，从爸爸死后，他们家就从未有过这样的时刻。

母亲沉默了一会儿，开口说道:“尚雨，尚真准备离婚，你是怎么看的？”

尚雨没有感觉太大的意外，他平静地说:“我没什么意见，只要姐姐愿意，怎么样都行。”

母亲说：“虽然我知道你姐夫他不是个东西，但是在我看来，这婚还是能不离就不离的好。”

“妈妈，我已经决定好了。”尚真说着，她的眼里噙满了泪水。

“好吧！既然你已经决定，那么我也就不反对了。”母亲声调平静，“只要你未来不后悔就行。一个过了三十的女人，还带着一个孩子，日子是相当难的。”

“妈妈你就放心吧！我一定会把小可抚养成人的。”

“尚雨，”母亲说，“如果下周有时间的话，你就陪尚真一起去办理一下手续吧！这方面我不懂。”

“嗯。”尚雨应道。

“尚真，”母亲说，“房子还是要据理力争的，在这段婚姻中，错不在你，要求房子是合情合理的事情。”

“妈妈，我不在乎什么房子。”尚真坚决地说。

“你口头上说不在乎，但是女人真的应该在乎房子。你想想，假如你真的离婚了，难道你要回到家里来住吗？虽说家里有空余房间，你和小可偶尔来住一次没事，倘若长住的话，别人一定会说闲话的。再者说，尚雨结婚的话，这个房子自然要作为婚房，所以……”

“妈妈，没事的，结婚不结婚的，这个我完全不在乎。”尚雨说。

“哦……”尚真显然是被母亲的一番话说动了。

返回房间的时候，尚雨感觉很惆怅。姐姐的婚姻坚持了这么久，最终还是以离婚作为结束。原来他一直以为姐姐能在婚姻中获得幸福，可是在今天看来，她的婚姻也同其他许多女人一样难以维系。

不过，现在他的痛楚更多地在其他方面，所以眼下也无暇去顾及姐姐的心情了。

尚雨坐在房间里，一直等待着肖静的电话，不过迟迟不来。他想，肖静也许不会打过来了，但是他还是一边看书一边望着手机。

九点的时候，电话终于响了。刚响过第一声，尚雨就接通了。

“你好，姑妈和姑父刚睡着。”

“哦，你是在客厅里吗？”

“嗯。”肖静小声应道。

“白天的时候我听说你来找我了？”

“嗯，其实也没什么事情。”

“我去了磨坊一趟，所以回来晚了。”

“去磨坊了？去那种地方，是为了怀旧吧！”

“不是，”尚雨笑了，“只是为了去散散心。”

“最近发生了什么事情吗？”肖静问。

“没什么事情。”尚雨答道，“听说肖雪要结婚了，是真的吗？”

“是真的，婚礼在下周末举行。”

“你要回来吗？”

“嗯。到时候姑妈一家也都会去。听起来你的声音似乎十分哀伤嘛！”

“没有，我只是觉得很突然。”

“说真的，其实我是希望妹妹能和你在一起的。”

“什么话嘛！风马牛不相及啊……”

“我是真心那样希望的，不过现在……妹妹的想法我也搞不清楚。”

“所以说嘛！人的心思都是很深的，谁都搞不明白对方在想什么，哪怕是亲姐妹。”

“也许吧！”肖静停顿了一下，“其实，最近我一直在想一件事情，觉得苦闷，所以今天才去找你的。就是想去找你聊会儿天。”

“那其他时间你也可以来嘛！”

“还是算了吧！”

“要不我去沂山找你吧？”

“你要来沂山？”肖静显得很意外。

“等我空出时间来吧！下周我要帮姐姐处理离婚的手续。”

“啊！真抱歉。”肖静的话仿佛是从山泉水的后面传过来的。

“没事，我倒是觉得姐姐离婚更好。倘若是一段不合适的婚姻，没必要苦苦坚持，还是早点结束的好。”

“说得也是。”

“办理离婚手续的话三四天应该够了，倘若对方要针对房子有所争议的话，那时间可能长一点。下周五的时候，你还在沂山吗？”

“应该在吧！我准备周六中午回家。”

“哦，那下周五的时候，我无论如何抽出时间来去沂山一趟。”

“周五不需要上班吗？”

“这个没事，我请假就可以了。”

“哦……”

尚雨听到肖静似乎离开了话筒，隐约还听到话筒那边传来对话。

“静儿，你还没睡觉啊？”

“马上就睡了。”

继而尚雨听到话筒中的肖静小声说道：“那么就这样吧！我先休息去了，晚安。”

肖静给尚雨打来电话是很反常的，不过尚雨不知道这种反常意味着什么。

肖静的状态比过去好多了，而尚雨却还沉浸在肖静过去哀伤的状态，他觉得这是一种病态的想法。

不知什么时候，隐隐约约传来了弹钢琴的声音，尚雨顺着声音去找，却没有找到，许是自己脑子里的声音吧！

而那个弹钢琴的人，是肖静还是肖雪，尚雨就分不清楚了。

尚雨以为离婚的手续很复杂，结果没有两天就办完了。那个男人没有要求房子的归属权，也许是觉得自己理亏，所以不想多说什么，他在离婚协议书上签了字，尚雨就陪同姐姐去了一趟民政局。

“谢谢你了，尚雨。”尚真说。

“姐姐，你这段时间就住在这里吧！等什么时候想回去了再回去。”

“尚雨，来这边坐。”尚真示意他坐在沙发的一边。

“尚雨，我听妈妈说你最近在和一个女孩约会，是吗？”

“没有的事，那只不过是一个朋友……”

“我记得过去不是有个叫肖雪的女孩吗？”

“姐姐，你误会了，肖雪这周末就要结婚了。”

“是吗？”尚真也不知道该说什么，“反正什么事情多用点心，不要像我一样就行了。”

肖雪的父母一直忙于肖雪的婚礼，不过，最让肖奉生感到高兴的是，肖静马上就回家了。

肖奉生对阿京说：“我想亲自设计小雪的结婚礼服。”

阿京对丈夫的话一点都不赞同。她说：“得了吧，现在的年轻人喜欢穿什么样的衣服你都不知道，还设计呢！即使你设计了，小雪也一定不会穿的。”

“这个倒不一定，说不定小雪很喜欢呢！我看小雪平时就穿了很多我设计的服装。”

“那是小雪怕你伤心，所以才穿给你看的。”

“胡说，你这老太婆一点情趣都不懂。”肖奉生气呼呼地说。

肖雪刚回到家，肖奉生就朝肖雪喊道：“小雪，你过来看一下，我给你设计了结婚礼服。”说着，肖奉生将图纸拿出来，放在肖雪的面前。

“爸爸，你用不着为我特意设计衣服的。”

“这是我的爱好嘛！再说，静儿结婚的时候我什么也没能为她做，现在你结婚了，我当然想为你做点什么了。”

肖奉生设计的是菊花和古松的图案。看到这幅图，肖雪的心里蓦然想起了在沂山看到鸢尾花的情景。

“爸爸，你可以给我设计鸢尾花的图案吗？”

“鸢尾花？”肖奉生疑惑地问道。

“是啊！鸢尾花，和百合花差不多的样子，明天下班，我给你带照片回来。”

“哦……那可以啊！”肖奉生爽朗地说，“雪儿想要鸢尾花图案的衣服，我当然会尽心的，你就等着吧！到婚礼上，你一定会惊艳全场的。”

“谢谢爸爸。”肖雪说。

“小雪，你姐姐是周六回来吗？”

“是啊！姐姐说周六中午回来。”

“哦，我知道了。”

阿京已经做好了晚饭，叫肖雪和肖奉生过去吃饭。

刚吃过晚饭,肖雪就返回了卧室。没过多久,从房间里传出弹钢琴的声音。

阿京对肖奉生说：“明天我想去佛堂一趟。”

“去佛堂干什么？”肖奉生感到很吃惊。阿京是个从来不信仰佛教的女人，在过去的几十年里，她都是一个时尚的人。

“小雪这不是要结婚了吗？静儿也马上要回家了。我的心里就突然产生这么个念头，顺便去帮她们求几个平安符之类的。”

“哦……”

“你有没有发现最近小雪的状态不好？”阿京压低了声音问。

“没有啊！”

“要不说你是男人呢！女孩子家的心思一点都不明白。”

“是吗？许是结婚之前的压力吧！很多女孩子结婚之前都是这样的啊！”

“不是这样的，我总感觉小雪好像有什么心事。”

“心事？是你多虑了。小雪都快结婚了，还能有什么心事啊！”

“你听听小雪弹的曲子，难道你听不出有什么不对吗？”

“听不出，这是什么曲子？”

“《水边的阿狄丽娜》。”

“水边的——阿——狄丽娜？那是什么曲子？”

“那是一个古希腊的神话故事，说是很久很久以前，有个孤独的国王，他雕刻了一个美丽的少女，每天对着她痴痴地看，最后不可避免地爱上了少女的雕像。于是他向众神祈祷赐予他爱情，最终他的真诚和执着感动了爱神，爱神赐予了雕像生命，于是他们得以幸福地生活在一起。”

“一个很美好的神话故事啊！”

“所以说，小雪都是快结婚的人了，干吗弹这样的曲子呢！”

“是你多虑了，小雪只不过随便弹弹罢了。再说，我也没看出她有什么不对劲的地方。倒是你最近越来越疑神疑鬼了。是更年期在作怪吗？”

“唉，你一点也不明白。”阿京说着去厨房收拾东西了。

肖奉生细细地听着曲子，不过他根本不懂得欣赏钢琴曲。

“曲子中流淌着一股哀伤……”肖奉生想，“但是那样美好的爱情，倒是值得人向往的。”

肖奉生一边听着曲子一边构思着给肖雪设计的结婚礼服图案。

三

上次尚雨去沂山的时候，季节要比现在更早一点。走到山脚下的时候，他发现山上已经是光秃秃一片了，道路两侧都是落叶。

尚雨刚要朝屋子里面走，就听到肖静在山腰上喊他的声音：“我在这里。”

肖静站在枯萎的山间，就像耸立的绽放的鲜花。

尚雨顺着路慢慢走了上去。

尚雨觉得今天看到的肖静，不像是结过婚的肖静，而像是没结婚之前的肖静。他望着她身后的丛林，在这样孤寂的山中，丝毫听不到任何声音。

他想象不到，这一年多来肖静是怎么度过的。

“已经过了山楂采摘的季节了啊！”尚雨这样说。实际上他是想唤醒去年的记忆。

“是啊！上个月的时候就采摘完了。”

“记得去年我来的时候你正好在山上采摘山楂。”

“嗯。”肖静点了点头。

“此时已经是深秋了……”

“是啊！”肖静望着远处说，“连瀑布也都断流了。”

“已经断流了吗？”

“嗯。过了雨季就断流了，刚开始是越流越小，到后来干脆一点也没有了。”

“真想去瀑布底下看看啊！”

“瀑布底下有什么可看的，都是岩石。”

“虽然没什么可看的，可是当时有瀑布的时候人根本不可能到下面去看。我想，有瀑布的时候和没瀑布的时候，下面应该是截然不同的两种景象吧！”

“这倒是。”肖静说，“那我和你一起去看看吧！”

说着肖静从上面的台阶下来，尚雨怕肖静摔倒，所以伸出手让她扶着。他以为肖静肯定会避免与他有肢体接触，结果肖静若无其事地扶着他的手走了下来。

肖静的手是温暖的，就像温泉的水一样。

一路上，两人都没有说话，因为尚雨不知道该说些什么好。他偷偷地看着肖静的脸，她的表情十分自然，一点也不像有事的样子。

到了瀑布下面，尚雨对肖静说：“你要下去看吗？”

“好的。”肖静回答。

尚雨先下去，然后接应着肖静。肖静向下走斜坡的时候，手只是轻轻地扶着尚雨。这种感觉就像是少女时期的肖静。

“果然是不一样的。”尚雨说，“平时从上面看下来，瀑布似乎很有气势，可是现在一点这种感觉都没有。”

“嗯。”肖静应着。

尚雨指着半山腰的寺庙问：“那寺庙还有人吗？”

“和尚倒是没有，只有三四个管理寺庙的人。初秋的时候很多人来这里上香的，此时就显得寂寥多了。”

“几百年前，这座寺庙也许还很兴盛吧。那时候这里一定有很多和尚，他们每天都会做功课，然后打水，出去采摘。这样大的山林，是可以自给自足的。”

“这些落叶没有人清扫吗？”尚雨问。

“当然没有了，这又不是在城市，再说也没有人会管理，沟渠中累积的落叶有厚厚的一层，今年的落叶压着去年的落叶，也许好多年前的落叶，还堆积在那里呢！”

听肖静这么说，尚雨的脑海中浮现出电影中的一幕：田野里漫山遍野都是红高粱。但是他从来没见过这种景象。

在瀑布下面待了一会儿，尚雨和肖静先后爬上去，他们坐在石桌旁边，旁边有一栋房子。

从房子里走出一个四十岁左右的妇女，她对肖静问道：“有朋友造访吗？”

“这是我的一个同学。”肖静介绍道。看来她和这个妇女已经很熟了。

尚雨朝妇女施了个礼，妇女说：“从下面走上来累了吧！在这里休息一下，我去给你们沏点茶喝吧！”

“谢谢阿姨。”肖静施礼说。

不一会儿，妇女就将茶水端了出来。

肖静对尚雨说：“这是山泉水，比在城市中喝的水要甘甜得多。”

尚雨拿起茶杯抿了一下，果然比城市中的水好喝多了。

从这里朝山下望去，山倒是显得不太高。山上本来整齐排列的树木从这里看过去显得杂乱无章。不过，肖静姑妈家的房子已经完全被树木遮挡了。

“你现在对山中的树木再熟悉不过了吧？”尚雨问。

“我也只是偶尔去树林中散步。不过我画过许多关于树木的画。”

“哦，你现在又开始画画了。”

“不过画得不好。”

“绘画一直是我最想拥有的技能之一，可惜我天生就注定了不能拥有这项技能。”尚雨笑着说。

“其实，绘画是很简单的，画实物，几乎每个人都可以画得很好，可是从精神层面上讲，就千差万别了。”

“对你来说绘画是很简单的事情，可是对我来说就像登天一样难。”

“…………”

“不过剪纸我倒是会的。记得小时候剪过，但是从来没剪过卖的那种木版画。”

“尚雨，妹妹结婚，你觉得难过吗？”肖静突然问道。

“什么？”尚雨不知道肖静为什么突然问这个，但他还是用变了声的语气说，“怎么可能呢！我从心底里祝福肖雪能够幸福。”

“真的吗？实话说，我听到妹妹跟我说这个消息的时候，着实吓了一跳。我没想到妹妹会这么快结婚。我原本以为妹妹会和你结婚呢！”

“肖静，你可别开这样的玩笑了。肖雪已经是个马上要结婚的人了。”

“妹妹结婚我倒是觉得挺遗憾的。”

“遗憾……为什么呢？”

“我也不知道，好像内心的某种希望落空了吧！”

“肖静，你自己也要幸福才行。”尚雨蓦然抓住了肖静的手，激动地说着。

肖静不但没挣扎，反而顺从了尚雨的动作。

“尚雨，我一直认为幸福不是建立在感情之上的。”

“不是建立在感情之上？那是建立在什么之上的呢？”

“心灵吧！”

被肖静这么一说，尚雨感到内心无能为力，他凝视着远方的群山。

不过尚雨认为肖静说的是对的，纵使有再好的感情归宿，可是内心的孤独和哀伤，却并不是其他东西就能驱走的。人天生就是这么一种动物，渴望美好，又自怜自艾。

尚雨望着天色说：“今天会下骤雨吗？”

肖静也望了望天。

“应该不会的。现在已经过了下骤雨的时节了。”

“我原本以为此生再也不见你了的。”尚雨突然说。

“啊？你怎么会有这样的想法呢？”

“也不是想法，我觉得我们还是不相见更好。就说肖雪吧！这次婚礼上我可能是和她最后一次见面了，从此以后我也不想再见面。”

“即使结婚了也没什么啊！毕竟生活在一个城市，说不定什么时候就会见面的。”

“我是不想见面，可是当你一通电话打过来，我还是毫不犹豫地来了。”

“…………”

“所以，我是很讨厌这样的自己的。”尚雨低垂着头，“肖静，你是打算回到城市生活吗？”

肖静没有正面回答，只是说：“每个人的人生都是无法预料的。”

“其实，我倒是很想像你现在这样，在大山里生活。”

“是吗？你怎么会有这样的想法的？”

“在这安静的山上，不用为任何事情烦恼，不是很好吗？”

“该烦恼的事情还是会烦恼的啊！这和在哪个地方没有关系。”

“是啊！所以我就下不了这样的决心。倘若我从一出生就在这里生活，那我一辈子也不会选择去往城市。”

“可是这是没法自己选择的事情啊！”肖静干脆地说。

“你姐姐的事情处理完了吗？”肖静问道。

“嗯，处理完了。我本来以为事情会很复杂的，结果很轻易就解决了。”

“你姐姐有孩子了吗？”

“嗯，有个女儿，还不到一岁。”

“这样对孩子岂不是太不公平了，从小就失去了父爱。”

“话虽如此，可是这也是没办法的事情啊！”尚雨摊开双手说。

“倘若知道会离婚，你说两个人还会不会结婚呢？”

“也许会吧！”

“明明知道离婚，还要结婚？”

“嗯。”尚雨点了点头，“人难道不就是这样子的吗？不到那一刻，根本不明白未来是什么样子，即使知道结果，也还是一样会那样选择。就像是飞蛾扑火，明明知道是火，扑过去的是自己的生命，可还是会向前扑。”

“哦……”

“所以人生才有悲欢离合嘛！倘若什么事情都是朝好的符合逻辑的方向发展，那还能称之为人生吗？”

“嗯。”

“反正我是喜欢这样的悲剧的。”

说出这句话来，尚雨觉得自己的思想似乎有点残忍。

下山的时候，尚雨在肖静姑妈的屋子前站了一会儿，他不知道该说什么了，只说：“那么我就此告辞了。”

“等一下。”肖静对他说。

屋子的大门锁着，肖静用钥匙将门打开，对尚雨说：“请进来吧！”

“喔？”尚雨感到很意外。

“我有些东西要送给你，请进来吧！”

尚雨跟随着肖静走进她的房间，他看到房间的墙上挂满了手绘画，基本上都是沂山的风景画，其中还有风筝都的某些标志性建筑和石门坊的红叶。

“你这一年画了这么多画啊！”

“嗯，虽然看起来很多，其实也没画几幅。”

尚雨的眼睛盯在墙壁右侧的一幅画上，画中是几棵长在悬崖上的花，阳光照射过来，背面留下深深的暗影，因为是用铅笔画的，所以阴影显得格外真实。花的四周飞舞着几只小蝴蝶。

“这是狗尾草吗？”尚雨问。

肖静走过来：“不是的，那是鸢尾花。”

“这样远远望去，我还以为是狗尾草呢！不过狗尾草长在悬崖上的意境倒真是这样的。”

“狗尾草现在还可以看到呢！风一吹的时候，白花花的一片随着风一起摇摆，就像是波浪一样。”

在肖静的阳台上，放着一个花盆，里面生长的像是野百合。

“这是你从外面移植过来的吗？”

“是啊！这就是鸢尾花。”

“啊！这不是百合花啊？我还以为这是野百合呢！”

“很多人都会将它误认作百合的，上次妹妹来的时候也以为是野百合。”

“哦，原来还有长得如此之像的两种花啊！”

“就跟人一样啊！”肖静说，她走到边上，“尚雨，你最喜欢这里面的哪幅画？”

“这幅鸢尾花就不错，那幅初秋景象的古松也不错。”

肖静小心地摘下那两幅画，卷了起来。

“你带回去吧！”肖静说。

“这两幅画，你要送给我吗？”

“嗯。反正我这里有这么多画，如果你还有什么喜欢的，可以一起带走。”

“这不是你辛辛苦苦画的吗？怎么会……”

“这些画挂在这里，总有一天会被人遗忘的。与其被人遗忘，还不如送给可以欣赏的人。对于画来说，这才是最好的归宿。”

“…………”

“没事的，我还想让你一并帮我照顾这盆鸢尾花呢！”

尚雨回头看着那盆花，不知什么时候，窗外飞过来一只蝴蝶，蝴蝶并不知道中间隔着层玻璃，还试图飞到鸢尾花的身边。这个时节，蝴蝶也存活不了太长时间了。

回到家中，尚雨就将肖静送给他的画挂在了墙上。他还思忖着是否该用相框装裱起来。

晚饭过后，容凤给他打来了电话。

“明天有时间吗？”容凤问。

“明天是星期六吧？有的，怎么了？”

“我们公司组织了一个活动，去参观美术馆。我想邀请你一起去。”

“哦，美术馆啊？我对美术也没什么造诣……”

“没关系啊！反正就是去看看嘛！”

“那好吧！”

尚雨醒来的时候就八点了，和容凤约定的时间是八点半，餐桌上放着母亲买回的油条，他拿起一根一边吃着一边朝外面走去。

参观美术馆，对尚雨来说还是头一遭，过去虽然也看过画展，可是都不是在美术馆里。天气倒是不错，他上车之前还特意朝天空看了看，最近一阵子都不像是有雨的天气。

深秋的气息笼罩着整个风筝都，连飞驰的汽车，都好像染上了深秋时节的忧伤。

尚雨到达美术馆门口的时候，容凤已经在那里等待了。看到尚雨走过来，她匆忙迎了上去。

“对不起，路上有点堵车，所以来晚了。”

“没关系。他们都已经进去了。我们进去吧！”

容凤拿着的小挎包似乎是去年冬天尚雨看到过的那个，他的心头只是划过这样一个印象。

美术馆倒是出乎意料的拥挤，不过都是参加活动的学生。

美术馆里陈列着郑板桥的真迹，还有仿品的《清明上河图》，因为张择端就是风筝都出生的人，所以《清明上河图》悬挂在显眼的位置，上面介绍说是清朝的一个一品大学士临摹的，那人也是风筝都人。

尚雨觉得这些画都是很普通的画而已，在他看来，肖静绘画的水平要超过其中很多人。但是为什么就只有这些画能成为几千年来被人传颂的名画呢？尚雨辨别不出画的灵魂，也许就如肖静说的，从精神层面上来说，这些画的意境是难以企及的。

尚雨觉得这些画还不如容凤更有看头，他望着走在前面的容凤。容凤倒是看得非常仔细，她耳畔后的汗毛在阳光下显得短小而清晰。

容凤回过头来对尚雨说："公司是为了让员工保持创作的灵感，才组织这样的活动的。"看到尚雨在望着她，她不好意思地低下了头。

"看这样的画能产生创作灵感吗？"尚雨问。

容凤摇了摇头。

"时代太久远了，也就是看看吧！像这样伟大的作品，我们怎么可能创作得出来呢？再说，现在企业要求的都是吸引人眼球的广告，根本不考虑太高深的艺术性。"

"我倒是认为，风筝都衰落了。在过去的历史长河中，风筝都出了很多历史名人，其中不乏军事家、政治家、画家、作家，可是近代风筝都不可避免地衰败了，好像再也没出过什么伟大的人物。"

"这个……你说得太远了。"容凤苦笑道。

"也许是现在的人变了吧！"尚雨又重复说道，"正是这样的。"

两个人向前走着，不一会儿就逛了一圈。遇到公司的同事，容凤都朝他们打招呼，不过和尚雨在一起，她显得不太好意思，每和人打过一次招呼，脸上都会现出绯红。天气不热，她反倒觉得身上出了汗。

走出美术馆的时候，容凤终于松了一口气。不一会儿，他们绕过街道，沿着白浪河走着，尚雨突然对容凤说："明天我要去参加一个婚礼，你可以和我一起去吗？"

"婚礼？是男士的还是女士的？"容凤问。

"我一个同学的妹妹。"

"哦，像婚礼这样的事情，干吗邀请我去呢？"

"因为对方说可以带女伴一起去，所以……"

"可是我们……"

"如果你不想去的话，我也不勉强。"

两个人又走了一会儿，容凤的脚步顿了顿，对继续走着的尚雨说："好吧！

我答应你。”

与其说尚雨想和容凤一起去参加肖雪的婚礼，倒不如说尚雨怕自己一个人去应付不来那样的场合，他也许害怕自己一个人去会失礼。

四

肖静回到家的时候，肖雪正在试穿父亲给她制作的结婚礼服。看到肖静回家，阿京忙从卧室里出来。

“静儿，你回来了。”

父亲肖奉生也走了过来，他打量着一年不见的女儿。肖静比过去消瘦了些，但是看上去似乎更健康了。

在这一年来，肖奉生多次想去沂山看望肖静，可是他一想即使自己去了也无济于事，所以只是背地里给姑妈一些钱，让他们给肖静增添点营养。

“姐姐，你回来了啊。”肖雪从二楼的楼梯上探出脑袋喊道。

“嗯。”肖静将拿来的东西放在桌子上，“爸爸，这是姑妈让我带的沂山的土特产。”

“你回来就好，还带什么东西呢！这一年真是麻烦你姑妈了。”肖奉生说。

“姐姐，你上来帮我看一下结婚礼服。”肖雪在上面喊道。

“爸爸，”肖静看了父亲一眼，“那么我先上去了。”

“好的。”

“看到姐姐，我真高兴，总感觉有好久没有见面了。”肖雪高兴地说。

看到肖雪身上穿的结婚礼服，肖静感觉出乎意料。因为肖雪穿的衣服图案是鸢尾花，周围还有飞着的蝴蝶图案，就像她昨天给尚雨的那幅画一样。

“这是爸爸设计的图案吗？”肖静问。

“嗯。我出的主意。因为我记得当时去沂山的时候看到这个景象，所以就请爸爸帮我设计了这件衣服，你觉得怎么样？”

“很适合你。”肖静不知道用什么更合适的词语来评价。

“姐姐，你过来一下。”

肖雪拉着肖静走进自己的房间，在钢琴前，肖雪指着琴谱问道：“姐姐，这首曲子有几个音我总是把握不准，你看一下是哪几个键。”

“这个……”面对着往昔的这架钢琴，肖静充满了愁容，但她还是弹出了这几个音。

“嗯，是这样的。”肖雪自言自语道，然后顺着刚才肖静弹的那几个键试了一下，“这就对了，还是姐姐厉害。”

肖静看到钢琴的一侧放着当初的碟片，但是她的视线没有停留在上面。

“小雪，结婚的时候你就打算穿这件礼服吗？”

“嗯，是呀！”

“你不觉得结婚这种场所，穿这样的礼服不太合适吗？”

“不合适吗？我觉得爸爸设计得很不错，颜色和图案都很优美。”

“我不是这个意思，我的意思是——这样穿太大胆了。在深秋时节穿着这样的礼服，显得太光彩夺目了。”

“哦，穿得太耀眼难道不好吗？”

“好是好，不过我记得小雪你过去从来不穿这样的衣服的。”

“哪有啊！最近一段时间我都穿爸爸设计的衣服呢！”

“既然你觉得合适就行。”肖静说着返回了自己的房间。

直到晚饭的时候，肖静才走出房间。

刚走进庭院，尚雨的目光就盯在杏树上。差不多两年前的春天，尚雨在这里参加肖静的婚礼，今天又在这里参加肖雪的婚礼，而那时候的尚雨和肖雪还不认识。一想到这些，尚雨就觉得心里一阵悲凉。

当年，尚雨看到绽放的杏花花瓣上沾满了雨珠。而现在的杏树，都已快落尽了叶子，只有树顶还有稀少的树叶，在风中微微晃动。

深秋的光从杏树上照过来，落在地面上，那景象不是斑斓，倒像是悲哀的颜色。

尚雨恍然看到两年前的春天自己站在这个庭院里时的景象。他的脑海里，记忆和现实的界限模糊了。已经有很长时间没有过这种感觉了。

来客不少，至少比肖静婚礼时的人多。也许是肖奉生的生意做得越来越大的缘故。不过，肖雪的社交面也要比肖静广得多。

容凤对尚雨说：“这是一个很好的庭院嘛！看上去有上百年的样子了。”

“人家是有钱人家嘛！”尚雨不无讽刺地说。

“尚雨，你看那棵杏树上，落着一只什么鸟呢？是麻雀，还是喜鹊？”

尚雨跟随着容凤的视线，刚才他竟然没发现，高大的杏树上确实落着一只鸟，在阳光下看不清楚它的样子，尚雨歪着头用手挡着阳光看了看。

“是鸢嘛！”

“是鸢吗？”

“嗯。”尚雨无比激动地说，前些时候，他还见到过在城市中高飞的鸢，可是当他走到街道上去寻找的时候，鸢却不见了踪影。

难道这只鸢就是当时看到的那只吗？不过尚雨觉得这根本不可能。

鸢落在光秃的杏树上，是在寻找食物呢，还是在休息呢？尚雨分不清楚。

也许它是知道有婚礼举行，才特意落在这里的吧？难道它也是为了一睹新娘子的风采吗？

容凤在一边拉着尚雨的衣服，对尚雨说："新娘子出来了。哇，是个美女呢！"

尚雨的目光从杏树的鸢上收回来，他看到肖雪正被伴娘陪着出来。

尚雨脸色苍白，向后退的时候，脚后跟磕在什么东西上面，险些摔倒。

"你怎么了？身体不舒服吗？脸色有点苍白。"容凤望着尚雨。

"没事的，昨天晚上睡得太晚了，没休息好。"尚雨边说着边摸自己的脸，难道自己的脸色真这么差吗？

不过，肖雪刚走出来的时候，确实把他吓了一跳，因为他看到了肖雪穿着的结婚礼服，竟然是鸢尾花和蝴蝶的图案，就和肖静刚刚送给他的那幅画一模一样。难道肖雪结婚礼服的设计是肖静出的主意吗？

倘若这真是肖静给肖雪出的主意，那么无疑说明肖静已从往事的阴影中摆脱出来了。这么想的时候，尚雨的心情好了点儿。可是看到肖雪穿着这样的礼服，他还是着实感到意外。

"新娘子穿的礼服是丝绸的吧？"容凤问。

"哦……"

"衣服上绣的是什么图案呢？菊花？白玉兰？还是百合啊？"

"是鸢尾花。"尚雨干脆地说。

"是吗？这件礼服实在是太漂亮了。我结婚的时候也想穿这样的礼服。"

尚雨望着肖雪的表情既不显得快乐，又不显得悲伤，他被一种脱离自己的感觉控制着，好像自己身处梦境中一样。不知怎么的，他想起夕阳落在街道上的景象，行人和汽车长长的影子拖在街道上。

"这么美的人一直就在你身边，难道你不曾喜欢过吗？"容凤问。

尚雨像是遭到了突然袭击，额头上冒出了汗，他用手擦着额头的汗，说："怎么可能呢？再说了，我从来没有这样的感觉。"

"是吗？一点感觉都没有吗？"容凤继续问。

"是啊！没感觉，不然我过去向她表白的机会不是多得是嘛！"

"真是太遗憾了。"容凤说。

"有什么可遗憾的？"

“如果我是男人的话，一定会喜欢上这样的女孩的。而你竟然一点感觉都没有，难道你不觉得遗憾吗？”

“没什么可遗憾的。”尚雨淡淡地笑了。

肖雪和新郎慢慢地从红色地毯上面走过，天空中飞舞的落叶不时地缠绕在他们的身边，让人有种身在旧电影的感觉。

结婚仪式有条不紊地进行着。肖雪从尚雨眼前走过的时候，用眼睛的余光瞄了尚雨一眼，但是一晃而过，没有停留在他的身上。

当司仪开始讲话的时候，尚雨才发现婚礼现场没有出现肖静的身影。

他寻觅四周，都没有找到肖静。难道肖静还待在沂山上没有回来吗？不过，周五他去沂山的时候，肖静说过她要参加妹妹的婚礼，也许她在内室默默地看着妹妹结婚吧！

新郎给肖雪戴戒指的时候，尚雨的目光试图寻找落在杏树上的鸢，可是那只鸢早已不见了踪影，不知道是什么时候飞走的。杏树枯萎的枝丫，在半空中随风摇晃着。

“尚雨，你在看什么呢？”容凤顺着尚雨的目光问。

“没什么。杏树上的那只鸢飞走了吗？”

“哦？”

“它是什么时候飞走的，你发现了吗？”

“没有。在朋友的结婚典礼上，你怎么能只看着鸢呢……”

“只是偶尔看看……”

“有这么漂亮的新娘子你不看，却去看一只鸟，真搞不明白你。”

“…………”

尚雨的目光落在礼台上的时候，新郎正在吻肖雪。尚雨感到冷空气蓦然吹进了自己的鼻孔，他猛吸了几口气。

不知什么时候，尚雨的手紧紧地攥住了容凤的手，可是他的手在不停地颤抖。

“怎么了？”容凤问。

“没什么。”尚雨回答。

容凤的眼睛直勾勾地望着尚雨，她似乎从尚雨的表情中隐隐感觉出了什么。

在返回的路上，尚雨对容凤说：“今天谢谢你了，能陪我一起来参加婚礼。”

“喔！”容凤没想到尚雨会这么说。

“那么就此拜别了。”

“你要回家吗？”容凤显得很意外。

“…………”

“要不我们一起去白浪河边上去逛逛吧！”

“悲凉的河面……那好吧！”尚雨僵硬的面容一下子放松下来了。

到了深秋，因为缺少补给的雨水，白浪河的水很浅，但是水很清澈，从水中游过的鱼儿都可以看得清楚。

有几个老头儿在河边垂钓。不远处，在夏天开放的喷泉已经停止喷射了。

“今天在结婚仪式上你说对新娘子一点感觉都没有，事实上，是骗人的，对吧？”容凤问。

尚雨顿了一刻，回答说：“没有的事，我确实没有……”

“那你的表情为何很失常？那神情就像是失去了自己的所爱。”

“我是因为其他的事情，不是因为肖雪。”

“哦，真是这样吗？”

“是啊！因为前些日子刚刚帮姐姐办理完离婚手续，所以来参加肖雪的婚礼，我的心头还不是那么明朗。我想不明白，人们为什么一定要结婚呢？倘若不是为了爱情，还会为了什么而结婚呢？或者说，结婚只不过是人生中一个重要的经历……”

“这是人类生存的方式吧！每个人都要结婚生子然后才能是完满的人生。倘若人人都不结婚的话，那人类岂不是要绝种了吗？”

“可是每个人倘若都要离婚的话，那不是一种很可怕的事情吗？”

“那倒也是。那就不像家庭了，社会就乱了。”

容凤说：“这样的事想想即可，还是不要挂念在心上的好。”

“嗯，听你这么说，我觉得心里轻松多了。”

尚雨望着河岸上的落日，说：“夕阳真美。”

“嗯，现在很多人都匆忙得忘记了欣赏夕阳的美丽。”

“脚步走得太快了，很多东西都忽略了。”

不知不觉间，他们已经走到了人民公园。尚雨还在犹豫是不是要走进去，容凤却径直朝里面走了过去。尚雨也跟了过去。

尚雨在往昔的梦中梦到过好几次人民公园，但不是盛夏就是冬季，从来没梦见过深秋的景象。不过，就深秋而言，人民公园并不怎么美，也没有多少游人。

去年冬天尚雨和容凤一起来人民公园，是因为尚雨父亲的去世。如今也快过去一年了。

两个人在公园里走着，看到有人在白浪河边拍结婚照。尚雨不禁想：已经到了深秋时节，还有这么多人着急结婚吗？

即使回到家中，尚雨也不知道该做什么好。走进厨房，发现上次和容凤捡的野栗子还有，于是他将野栗子清洗了，倒进锅里煮了。

尚雨觉得，深秋的氛围似乎在自己的心里划了一道重重的伤痕。不过，他根本不知道这伤痕的根源在哪里。

尚雨望着挂在墙上的鸢尾蝶画作，似乎分不清画与现实之间的界限。

不过，在肖雪的婚礼现场，自始至终都没见到肖静，这让尚雨十分遗憾。他本来以为会在婚礼现场见到肖静呢！

当时尚雨看着凋零的杏树，内心产生一种极其想见肖静的渴望。

即使和容凤在人民公园门口告别，乘车回家的时候，他还是很自然地在幽暗的车厢中寻找肖静的身影。可是一想到肖雪已结婚的事实，他的心里就悲伤得不能自已。

接下来的日子里，尚雨过得心不在焉。每天除了上下班，就是坐在白浪河边望着水流发呆。

夜里，他经常做一些乱七八糟的梦。他时常梦到自己还在几年前，他甚至梦到自己儿童时期的样子。不知怎么的，面对逐年增长的年岁，他开始越来越怀念过去。

容凤打过电话来,他也只是随意说上几句,然后就挂断。母亲回家的时候，告诉尚雨，尚真已经找到工作去上班了。孩子自然由母亲帮忙照看。

家里的日子已经紧迫到让刚生了孩子不到半年的尚真去上班了吗？尚雨向来不知道家里的财政情况，所以觉得很惊奇。

但是母亲说："尚真出去工作是为了新生活的开始，既然离婚了，也是改变自己的时候了，出去工作，多接触接触人，心情和精神状态或许会变好一点，再说，小可的年龄越大，需要的钱就越多，尚真不能不考虑这些现实的问题。"

母亲说的这番话让尚雨很窘迫，因为他从未想过这样的问题。

尚雨觉得肖静的绘画技巧比以前提高了很多，过去上学的时候，肖静绘画虽然不错，但不至于好到现在这个样子。也许是在沂山的这一年里，闲着无聊，绘画技巧才迅速地提高的吧！

肖静钢琴弹得不错，绘画也很有特色，而尚雨却什么也不会，这么想的时候，他就产生一种自怜的心理。他想缩进属于自己的空间里，什么都不让外人发觉。

一个傍晚，下起了毛毛细雨。吃过晚饭后，尚雨一个人撑着伞在白浪河边上走着，路边只有穿梭的汽车，很少有行人的踪影。

他站在一棵柳树下，望着灯光闪烁下凄迷的都市，心里一阵阵抽搐。

这时他的手机响了，他拿出来一看，原来是肖雪打来的电话。

她此时不应该在度蜜月吗？尚雨狐疑地想。

尚雨接通了电话。

“你好，我是尚雨。”

“尚雨先生，不好了……”

尚雨听到那边急促的声音。

“怎么了？发生什么事情了？”尚雨的心里一沉。

“你现在在哪里？”肖雪前言不搭后语地问。

“我在……”尚雨看了看四周，“风筝广场附近，白浪河的边上。”

“哦……怪不得我听到有雨声呢！你是在外面吧？”

“是啊！我出来逛逛。”

“是一个人吗？”

尚雨迟疑了一下，本想为了摆脱寂寞感说两个人，但是最终他还是说:“是的，只有我一个人。”

“姐姐……她……”尚雨听到那头的声音断断续续，好像有抽泣声。

“肖静她怎么了？”

“姐姐……过世了……”说完后，肖雪呜呜地哭了起来，她再也没说任何话。

尚雨觉得整个世界好像都崩塌了。他右手的手机不知道什么时候掉在了地上，左手拿着的伞也掉在了白浪河中，随着水流漂走了。

尚雨实在不敢相信这个消息，但是肖雪刚才说的话还在他的耳边响着。整个都市似乎都静止了。无论是雨水、闪烁的灯光、白浪河、汽车，还是周围的建筑，都仿佛消失了，尚雨掉进了一个无望的深渊里。

五

尚雨再次去肖家，是在肖静的葬礼上。

上次是来参加肖雪的婚礼，这次却是来参加肖静的葬礼，而且前后仅仅相差一周，这是尚雨所预想不到的。

尚雨来到灵堂门口。跪坐在两侧的是肖雪和她的丈夫。

肖雪抬头看了尚雨一眼，她的眼中充满了泪珠。尚雨把百合花放在灵堂前，肖雪双手支撑着向尚雨回礼，她的肩膀微微颤抖。

昨天夜里，尚雨一整夜都没睡着，因为他害怕失去肖静，可是他又想到明天醒来再也见不到肖静，她已经从这个世界上消失了。他一闭上眼睛心就止不住地剧烈跳动。不到五点钟的时候，他就从床上起来了，望着镜中的自己，胡子已经相当长了，他拿起剃须刀，放在自己的下巴上，可是刚打开开关，就觉得这种声音不能忍受，于是他将剃须刀扔在一边，然后自己打开门出去绕街走了很长时间。

肖静结婚后，尚雨虽然觉得忧伤，可是他知道，肖静以她自己的生活方式生活在某个他能想象得到的地方。哪怕高岩去世后，肖静一个人逃到沂山去，两个人在一年多的时间里只见了两次面，可至少他知道她在沂山生活得很好，或者，就算肖静不在沂山了，可是至少她还在这个世界上，某天他们还能见面，还能通电话。无论肖静发生了什么，想到她仍存在于这个世界上，尚雨就感到很欣慰。可是，眼下的肖静已离开这个世界，这么想的时候，尚雨感觉万分痛苦。

为了确认肖静已经去世的事实，在早上七点钟的时候，尚雨眼睛一直不动地盯着肖静送给他的那两幅画。就这样足足半个小时，他想和现实稍微做一下反抗。可是疼痛从他身体的某个角落里蔓延开来，他就那样站着，一点力气都没有，似乎连迈步都是十分困难的。

他不想去参加肖静的葬礼，因为他知道自己的心承受不来这种痛苦。可是一到了八点钟，他还是鬼使神差地迅速穿上衣服，朝葬礼现场赶去。

当他在一边站定，等待向肖静的遗体告别的时候，发现高杉也站在人群中。尚雨觉得此生从未度过如此漫长的时刻，时间仿佛停滞了，而痛苦却在逐渐增加。尚雨看见泪水从肖雪的脸上划过，还有肖静的父母，早已哭得不成样子，连站立都成问题了，被其他亲属搀扶着才能勉强坚持下去。尚雨觉得自己的泪水也从眼眶里涌出，视线都慢慢变得模糊了。

灵堂上放置的照片是肖静学生时期照的。也许是因为肖静毕业后很少照相，所以找不到合适的照片，才这样摆放的。

学生时期的肖静，和婚后是截然不同的两个人，那时候她还有开朗的笑容，富有活力。

肖静的死，让过去尚雨和肖静度过的简单时光，变成了弥足珍贵的东西。

吊唁完，大部分人都慢慢散去。灵堂前只留下了肖奉生家的亲戚，尚雨却没能迈开步子。

不知什么时候，几个人已经把肖静的棺材抬到了灵车上，当车子缓缓驶向火化场的时候，尚雨猛然朝车子追了过去。他想看看肖静的脸，哪怕只是一眼也好。

但是他没能追上车子。深秋的阳光，在地面上划出一道道印记，就像一道道伤口。

高杉用手拍了拍尚雨的肩膀，叹了口气，以哀伤的语调说："没想到会发生这样的事情。我本来以为嫂子能忘掉哥哥开始新的生活，可是……"

尚雨突然记起了前不久在沂山看到肖静时的神情。那时他以为肖静已经走出高岩去世的阴影，准备开始新的生活，所以显得开朗多了。现在回想起来，原来那时的肖静是因为要决心赴死，才显得那样豁达的。

一周后，尚雨在家里接受了肖雪的拜访。

她穿着一件素色的衣服，手中抱着一盆花。

"请进来吧！"尚雨说。

肖雪的脸上似乎还有泪痕，当她就座的时候，呆呆地望着墙上挂着的鸢尾蝶图案，她的眼中又湿润了。

"这是姐姐留给你的花。"说着，肖雪将那盆鸢尾花放在桌子上。

"喔……"望着这盆花，尚雨觉得不胜悲哀，他记得离开沂山的时候，肖静曾说要他照看这盆花的。

"本来有些画今天也要带过来的。但爸爸希望把那些画留在家里，因为那是姐姐留下的唯一东西。请你原谅。"

"没事的。那些画还是留在你们家的好，论起来，你父母肯定比我更适合拥有那些画。"

"尚雨先生……"肖雪的泪滴在地板上，"姐姐最终还是忍受不了……"

"也许这样的选择，肖静会觉得幸福吧！"尚雨喃喃自语道。

肖雪断断续续地说了肖静去世的经过："当天吃过晚饭后，姐姐让我到她的房间里坐坐，说有话要跟我说。我进去的时候，发现姐姐的脸色很差，似乎脸上带着泪迹，她对我说，以后要生活得幸福点，我不知道姐姐为什么这么说，接下来她又说希望以后多照顾一下爸妈，爸妈为我们俩操了一辈子心了，我点了点头，说知道了。后来，姐姐从口袋里掏出一张纸，说这是她作的一首曲子，希望我可以将它弹出来，之后我就走出了房间。当时我怎么也想不到姐姐是在向我交代后事，她跟爸妈一句话都没说。到第二天一早，妈妈到门口叫姐姐吃饭，好久都没有动静，后来我和恩华跑过去，才将门撞开，姐姐的身子已经僵硬了……"

肖雪一边说着一边哭，中间几乎泣不成声，平复了一会儿，才继续说："桌子上留了三张纸，其中一张是留给爸妈的，还有一张是留给我的，最后一张是留给你的，说这盆鸢尾花和她画的所有的画都交给你处理。或许在姐姐看来，把这些东西交给你是最好的归宿吧！"

尚雨用双手捂住了脸，可以看出他的整个身子在颤抖。

"这盆鸢尾花，就像你墙壁上挂的那幅画一样，柔弱地生长着……"肖雪说。

尚雨转过身，望了一眼画，对肖雪说："那是我上次去沂山，肖静送给我的。"

"你在之前见过姐姐吗？"

"在你结婚的前一天我去沂山看过肖静。"

"啊？"肖雪显得相当吃惊。

"因为之前肖静来这里找过我，当时我不在家，后来肖静打电话过来说想见一面，我就去了沂山。我怎么也想不到，原来肖静是在同我告别。"

肖雪以忧伤的语气说："原来是这样子的。"

"我也没想到会发生这样的事情。我在沂山见到肖静的时候，感觉她比过去开朗多了，我以为她已经为新的生活做好了准备，谁知……"

尚雨强忍着内心的悲痛，尽量保持平静的语调，可是他一看到眼前的这盆鸢尾花，就觉得不能克制了。

虽然尚雨不想再说什么，可面面相觑之下还是问道："你爸妈还好吧？"

"他们直到现在还沉浸在姐姐去世的悲痛中，今天早上，妈妈还哭晕过一回。"

尚雨想：受肖静去世的影响，肖雪的新婚也许没任何喜悦可言了吧！连蜜月之类的安排也全都泡汤了。

"葬礼的那天，我本来不想去的……"尚雨说。

肖雪抬头望着尚雨的眼睛，她哭丧着脸，但是并没有哭出声音。

"我知道。姐姐出事的那一刻，我不该打电话给你的，可是当时我第一时间想到的只有尚雨先生你，就打给你了。因为姐姐去世给你带来的悲伤，真是不好意思。"

尚雨忙说："我不是这个意思。我向来受不了那样的场合……"

"葬礼上来的人太多了，都是爸爸生意场上的朋友，太吵闹了。"

"嗯。我本来想对你说几句话的，可是看到那种场合，就什么都没有说。"

"说什么呢？"

“没什么特别的话，就是看到你那么悲伤，想劝你一下……”

“尚雨先生，难道你不觉得悲伤吗？”

“……”尚雨望着眼前的这盆花，仿佛看到肖静生前的样子，他将头扭向窗外。

“尚雨先生，有时候我觉得自己做错了……”

“喔？”尚雨感觉有点突然。

“我也不明白是怎么回事。”肖雪顿了一下，“我以为自己做的是对的，可是——我感觉，在灵魂存在的地方，我好像都做错了。”

肖雪说的话模模糊糊，尚雨只能猜测道：难道肖雪说的是自己的婚姻吗？倘若这么说的话，她又为什么选择结婚呢？尚雨想不明白。

“尚雨先生，你也想听一听姐姐创作的曲子吧？”

“喔？钢琴曲吗？”

“嗯。是姐姐临死前作的曲子。”

“我过去从来不知道肖静还会作钢琴曲。”

“我也不知道。尚雨先生，这里没有钢琴，等哪天你到我家一趟，我弹给你听吧！”

“这恐怕不太方便吧？”

“没什么不方便的。到时候你尽管来就行了。”

“我的意思是，你父母现在处于悲伤期间，我去造访恐怕……”

“没事的。爸妈今天已经搬到乡下去了。他们可能要去待一段时间。”

“你丈夫……”尚雨欲言又止。

“我会在家等着的，姐姐也希望你能听到这首曲子的吧？”

“哦……”尚雨从座位上站起来，说，“我去给你沏杯茶。”

“不用了，尚雨先生。”

虽然肖雪这样说，尚雨还是走进了厨房。

当他端着茶走进客厅的时候，母亲正好从外面回来，肖雪站起来行了个礼，然后对尚雨说：“那我就先告辞了，改天再见吧！”

等肖雪走后，母亲问道：“你把人家姑娘弄哭了？”

“不是因为我，她姐姐刚刚去世了。”尚雨辩解道。

“哦，怎么去世的啊？还很年轻吧！”

尚雨没有回答母亲的问话。他双手抱起桌子上的鸢尾花，朝卧室里走去。望着窗子上的玻璃，尚雨仿佛看到肖静在沂山哭倒的神情。

星期天，尚雨站在肖雪家门口的时候，不禁犹豫不决。他不知道该敲门还是离去。

但他还是走了过去。当他要敲门的时候，门正好打开了，肖雪站在门口。

“我刚要敲门。”尚雨说，“你是要出门吗？”

“不是，我仿佛听到门外有脚步声，所以才过来开门的。”

“哦？你丈夫在家吗？”

“他和爸妈都不在家，只有我一个人……”

“屋子里静悄悄的……”

“嗯，我躺在床上的时候，都可以听到从路边开过的汽车的声音。所以刚才你一到，我就听到了脚步声。”

肖雪施礼说：“请进来坐吧！”

尚雨随着肖雪走进屋子，他的眼睛一直望着肖雪的背影，他试图从肖雪的身上找出肖静的影子。

肖雪将茶端上来，尚雨望着她，她的眼睛四周一片乌青。

肖雪解释说：“最近睡眠一直不好，半夜总是被梦惊醒。”

“哦，你要多加休息。”尚雨说。

“尚雨先生……”肖雪叫道。

“喔？”

“有时候我会突然觉得很寂寞，固然结婚了，可是，姐姐的去世仿佛带走了生活中的一切欢乐，我甚至会想：像姐姐那样躲到沂山中去其实挺好的。”

“不要这样说，事情会变好的，一切都会好起来的。”

“会变好吗？”肖雪反问道。

其实，连尚雨自己也不知道事情会不会变好。

肖雪站了起来，说：“尚雨先生，我弹一下姐姐创作的曲子给你听吧！”

“哦……”尚雨低着头应着。

“钢琴在二楼。”

尚雨随着肖雪一起走上二楼，尚雨一直望着里面的那个房间，他知道那间房子是肖静的。

肖雪搬过来一个凳子让尚雨坐下，然后她坐回钢琴前，将曲谱放在钢琴前，双手放在钢琴键盘上，开始了弹奏。当肖雪弹完的时候，发现尚雨的眼泪顺着脸颊流着，而尚雨竟然不知道眼泪落在了手背上。

“尚雨先生，尚雨先生……”肖雪喊了好几遍，尚雨还沉浸在悲伤中。

“啊！对不起。”尚雨将脸转向一侧，用手擦去眼角的泪。

“你能听得出姐姐的心声吗？”

“抱歉，我对钢琴曲没什么研究，但一听到这首曲子，我内心仿佛陷入了无限的旋涡中。”

尚雨的视线落在钢琴的碟片上。

“那张碟片……”尚雨欲言又止。

“是的，这是当年尚雨先生送给姐姐的碟片，姐姐一直保存着，后来姐姐去了沂山，将它连同钢琴一起送给了我。”

尚雨的眼睛又湿润了，他仿佛看到了少女时期的肖静。

“尚雨先生，我总觉得姐姐的死与我有什么关系。”肖雪低垂着头说。

“怎么会呢？是你多虑了。”

“当初姐姐见到我穿那件鸢尾花的结婚礼服时，脸色就非常不好，她还劝我不要穿那件礼服……”

“……”尚雨感到相当意外，“难道那件衣服不是肖静设计的吗？”

“不是姐姐设计的，是我让爸爸给我设计的，因为我去沂山看姐姐的时候见过这种花，所以就央求爸爸设计出来当作我结婚时的礼服。姐姐好像很不喜欢这件衣服。”

“不会的。那件结婚礼服是很美的。我相信肖静也会这样认为的。她恐怕是有其他的考虑所以才脸色不好的吧！”

“那件衣服上的蝴蝶是对照着我用相机拍摄的真蝴蝶绣的。”

“哦……”尚雨的脑海中浮现出深秋的蝴蝶在鸢尾花四周翩翩起舞的景象。

“我结婚的那天，你带来的女孩子，是你的女朋友吧？”肖雪抬起了头。

“不是的，就是一个普通朋友。”

“外人很明显就可以看出来了的，那女孩喜欢你。”

“怎么会呢！你净瞎说。”

“我没有瞎说，从她的眼神中可以看得出她对你的喜欢。”

“…………”

“难道你不知道吗？”

“当初是你对我说，在你结婚的时候，我可以带一个人去，所以我才邀请她去的。”

“原来是这样子的。”肖雪自言自语道。

肖雪动了动身子，窗外的阳光透过玻璃窗照射在她的脸庞上，好像给她戴上了假面具一样。

尚雨痴痴地望着肖雪，在他的眼中，恍若回到三年前，肖静还在世的时候。

“不过，那件鸢尾蝶的礼服真的很漂亮。”

尚雨仿佛故意打破沉默的气氛，另一方面，他也是为了让自己确认坐在对面的人是肖雪。

“也许秋天穿起来不太合时宜吧！”

“没有,那件礼服就应该在这个时节穿的。若非你父亲是服装设计师的话，恐怕这样的礼服就不会诞生了。”

“即使没有爸爸的话，也可以定做嘛！”

“那不一样的。换了别的设计师的话，也许根本不可能给你做出来这样的礼服。”

“出钱也不行吗？”

“不是钱不钱的问题，目前的设计师根本没有这样的设计理念，他们是不会接受你这样的衣服设计的。”

肖雪耸起肩膀，手从钢琴上离开了。

“尚雨先生，这张碟片还是物归原主吧！”

尚雨没有去接碟片。

“既然我已经送给肖静了，那就不再是我的东西了。”

“可是姐姐现在已经不在了……”肖雪的声音低沉下来。

“还是留在你这里吧，要不然你可以把它处理掉，扔掉也可以……”

“那好吧。”肖雪没有再反对，将碟片放在钢琴上。

从侧面来看，这段时间肖雪消瘦了很多。原本在婚前体重增了不少的，可是经过肖静的事情，她的体重骤然降了下来。

“最近没有上班吗？”

尚雨望着肖雪的面容，她看上去似乎有点贫血。

“嗯。一方面担心父母的身体，另一方面……总是望着什么东西发呆，什么也不想干，也不知道该干什么。”

“……”尚雨请求道，“你再给我弹奏一遍肖静创作的曲子吧？”

“好的。”

肖雪在钢琴前坐正身子，她弹奏钢琴的样子仿佛忘却了悲伤，也正是因为如此，尚雨才要求她再弹奏一遍曲子的。

演奏完后，尚雨对肖雪说：“我可以去肖静的房间去看一看吗？”

肖雪犹豫了一下，说：“姐姐已经有一年多的时间没在家里住了，只有最近在家里住了两天……”

“我就想看一下肖静最后待过的地方。”

“那好吧！”

肖雪从抽屉里拿出钥匙，打开肖静生前的卧室。

刚打开门，尚雨就似乎闻到了肖静身上的味道。卧室里整整齐齐的，书架上摆放着几排书，被子叠好了放在床头，是很简单的装饰。

尚雨从肖静卧室的玻璃窗边看到外面的秋色，大部分树木的叶子都落光了，对面的大楼上闪耀着深秋的阳光。

“深秋的天空，真幽深啊！”尚雨说道。

肖雪也随着尚雨的视线向外望，她没发现尚雨的肩膀在微微颤动。

在这个深秋时节，尚雨不是在办公室里坐着发呆，就是坐在公交车上寻找往昔的回忆，他想从这个城市中寻找与肖静一起度过的那些欢乐的日子。无论是在车上，还是在大街小巷上，他都试图从行人中找出与肖静身形打扮相似的女子。整个深秋，他都游荡在风筝都的大街小巷，漫无目的地行走，忧伤地望着行人和高楼。

尚雨时常会停留在某个街角，因为他感觉肖静仿佛就在那条街道里，他驻足不动，想象这是一段美好的时光，可是回过神来之后，又明白这只不过是一条被风吹着落叶细细作响的街道。到了另一条街道，他又会认为肖静就站在不远处的路口，他甚至能从人群中看到她，可是走近了，什么东西都没有。他越来越多地走在街道上，发现肖静的幽灵越来越多地出没在街道上、白浪河边。每当坐上回家的公交车，他都不胜悲哀地用双手捂住脸。

第四章　春之舞

一

肖静七七的那天，尚雨刚下班就匆匆地朝墓地那边赶去。但还剩两个街区的时候，他却犹豫了。

他担心会在墓地里遇到其他人，所以提前两站下了车。树叶在路边簌簌地移动着，擦肩而过的人，有些盯着尚雨看，当尚雨察觉到这一点后，便将手中的百合花放在自己的身后。

穿过那些萧条的树林，墓地渐渐显现在眼前。墓地里空荡荡的，没有一个人的身影。

尚雨觉得如释重负，走了过去。

肖静的墓前放满了菊花，他将百合放在菊花丛中。他知道这个时节放菊花是更合适的，像百合这样娇嫩的花，用不了多长时间就会枯萎。

望着墓前肖静的照片，尚雨涌出一股极想见肖静的欲望。

墓地上洒下夕阳的最后一缕阳光，让尚雨觉得很虚幻。他觉得这种虚幻似乎缓解了他的悲伤。

当尚雨刚走出墓地的时候，突然听到后面有个声音在喊他："尚雨……"

那人好像是从墓地里走出来的，这让尚雨感到很意外，因为光线的缘故，他看不清那个人的面孔。

就在一霎间，尚雨还以为那是肖静呢！

走近了，他才看清那个人的面容，原来是容凤。

他没想到会在这里遇到容凤，刚才在墓地的时候，他没有发现墓地里有人。

这么说来，容凤也许看到他刚才在墓地里落泪了。

这么想着，尚雨心神不定地朝容凤走了过去。两人站在高大的榉树下面。

"你怎么会在这里？"尚雨问。

"我是来祭拜妈妈的。"

"哦，原来是这样……"

“那么，尚雨先生，你呢？你怎么会在这里啊？”

“一个朋友……”尚雨觉得自己难以说出肖静的名字。

“就是那个摆满菊花的墓碑吗？我走过去的时候留意过，还是个很年轻的女孩子啊！好像还不到三十岁。”

“她是我的同学……”

“哦，真抱歉。”

容凤望着尚雨的脸，尚雨含糊其词地说：“好了，我们一起走吧！”

路两侧的银杏树，渗透着深秋的阳光，看上去仿佛很遥远的样子。

“今年似乎过得格外慢，才阴历十月份呢！”尚雨说。

“那是因为闰二月的缘故嘛！”容凤回答道。

走到站牌下的时候，两人没有停下脚步，还是向前走着。

脚下到处都是焦黄的叶子。不知怎么的，尚雨的脑海中闪过那盆凄凉的鸢尾花。

“妈妈已经去世半年了，时间过得真快。”容凤边走边说。

但是尚雨从容凤的面容上，丝毫看不出悲伤之情，也许容凤天生就是个性格坚强的女孩子。

“肖静的死会不会很快也变成遥远的事情呢？”尚雨想着，朝后面的墓地望去，已经什么都看不到了。

他的眼睛上仿佛蒙着一层水雾，连近在眼前的容凤都看不清楚了。

“容凤，你现在有考虑过结婚吗？”尚雨望着容凤的秀发。

“这个嘛……我当然考虑过……妈妈也一直这么希望……可是……”容凤断断续续地说。

“人总是面临这样的处境，认为很简单却又感觉距离很遥远。有时候我会想：为什么有些人就可以那么轻松地结婚生子，而有的人就这么困难呢？”

“也许是追逐美的心在作怪吧！”容凤回答说，“人总是向往美的东西，可是感情这种东西，并非像想象的那样美。”

有那么一霎间，尚雨错把容凤当成了肖静，可是当他看清楚容凤的面容后，脸上又现出失落的神情。

公交车带着落叶停在路边的时候，尚雨上了车，容凤也跟了上去。

过了三个街区后，夕阳已经完全消失了。尚雨不经意地透过窗子朝外面看的时候，发现容凤的面容正好映在玻璃窗上，仿佛介于现实和虚幻之间。这种流动的感觉把他推向了远方。

回到家中，尚雨坐在窗边望着那盆鸢尾花。他似乎觉得鸢尾花的形象和容凤交织在了一起。一想起在回来的路上容凤说过的话，尚雨的额头就冒出了冷汗。

当时，容凤一边若无其事地走着，一边对尚雨说：“其实，在妈妈死后，有段时间特别寂寞，我甚至考虑是不是该离开。”

“离开？”尚雨诧异地问。

“永远地离开。”容凤目光笃定地回答。

尚雨突然明白了容凤说的“离开”，难道像容凤这样的女孩子都想到了死亡吗？

与其说肖静的死亡带给尚雨的是悲伤，倒不如说是一种虚幻的忧伤。

周末，尚雨独自去了云门山，望着凄凉的山头，似乎一股秋意掠过心头。

在风筝都的这个时节里，再也没有更好的去处。即使作为山峦，云门山也是很狭小的，它不像那些布满原始森林的高山般雄伟。不过山间的佛像到处可见，它们就像一种亘古不变的信念。

游客很少，尚雨一想到三年前与肖静一起漫步在云门山上的景象，就感觉悲伤不已。

一回到家中，尚雨就躲进了卧室里。母亲走进来，坐在床边，问道：“怎么了？”

“头有点疼。”尚雨背对着母亲。

“哦，”母亲将手放在尚雨的额头上，发觉温度不高，“那你好好休息一下吧！”

等母亲走了，尚雨从床上坐起来，凝望着墙上的沂山风景。

吃饭的时候，尚雨发现尚真正坐在客厅里给孩子喂奶。那丰硕的乳房就像秋天快要收获的果实。

“姐姐纵使离婚了，倒是一点看不出悲伤的样子。”尚雨心想，“也许姐姐天生就是这种性格的人吧！”

尚雨刚想出去散散步，尚真将怀里抱着的孩子放在沙发上，对尚雨说道：“你要出去吗？”

“嗯，出去散散步。”尚雨回答。

“外面下雨了，多穿件衣服。”

被姐姐这么一说，尚雨才发现外面真的在下雨，刚才一直沉浸在幻想的世界中，他完全没有发现这一点。于是他折回房间，换了件厚一点的外套。

一下雨，天气果然变得冷多了，冷气很自然地就往脖子里面钻，尚雨的身子颤抖了几下，将雨伞压得低低的。

花坛中还剩几朵没有凋谢的月季花，但是花色显得十分陈旧，仿佛塑料制作的假花。路边的路灯已经亮起。尚雨发现前面有个女子撑着一把红色的雨伞在路灯下徘徊着。

尚雨走过去的时候，发现那个女子竟然是肖雪。

他吃惊地问道："你怎么在这儿？"

"……"肖雪不知该如何回答，"天气有点冷了……"

"是啊！已经到了一年之中最安静的季节。"

肖雪从随身携带的包中拿出一个被小礼盒包装着的东西。

"这是什么东西？"尚雨问。

"碟片。"

"哦，"尚雨说，"上次我不是说过了吗？既然已经不是我的东西……"

"不是的，这是姐姐的那首曲子。我给录下来了。"

"啊？"尚雨望着肖雪的面容，肖雪的声音似乎都变了。

"那谢谢你了。"尚雨回答。

两人在人行道上走着，树上的雨点被风吹得簌簌坠落，啪啪地落在地上。

"姐姐七七的时候，你是不是去过了？"

"哦？"尚雨感到意外，"你怎么知道的？"

"我看到坟前的花就知道是你去过了。"

"我是下班后去的，当时天色已经黑了……"

"最近在忙什么？"尚雨问。

"没忙什么，从姐姐去世后就一直待在家里。"

"工作呢？"

"已经辞了。"

"待在家里够寂寞的吧？"

"嗯，在姐姐去世的这段时间里，我独自想了很多事情。爸妈已经回到乡下去了，而且爸爸打过电话来说自己再也不想回到城市中生活了。也许是姐姐的死让他们感到太悲伤了吧！不过，家里的风筝生意还是要照看的，虽然雇佣了职业经理人，可是……"

"你是打算接管家里的生意吗？"

"是的，固然姐姐带来的悲痛是巨大的，可我们活着的人还得继续活下去。爸爸刚把服装生意做起来，我不想让爸爸的心血就这么浪费掉。"

尚雨从伞的缝隙中望着肖雪的面容，难道肖雪真的能遗忘肖静而坚强地生活下去吗？

不过，最让尚雨感到疑惑的是，为什么肖雪从来不提自己的丈夫呢？

“尚雨先生，你有什么打算？”

“打算？”

“是啊！就是未来的打算。”

“我倒是无所谓，从来没做过什么打算。什么事情都是计划赶不上变化啊！不过，最近寂寞得不行，我正打算向一个朋友学习围棋。”

“你还是老样子。”

“是啊！我喜欢随遇而安的生活。”

尚雨躲开肖雪的目光，他怕再这样望下去，自己会忍不住落泪。

两人并肩走在雪松下面，路灯的灯光透过密密麻麻的树枝照射过来，地上的雨水亮闪闪。

“那盆鸢尾花还没有枯萎吧？”肖雪问。

“嗯。”尚雨应道，“虽然我不会养花，可是自从你送到家里后，它一直生长得很好，有时候我甚至产生一种错觉，还以为它快要到花期了呢！”

“哦，在温室里生长的花，也许到了冬天也会开花呢！”

“这个我知道，但是，像鸢尾这种花，难道一年可以开放两次吗？”

“应该会吧！”肖雪犹豫不决地说。

“照这样子说的话，人若是受到很好的呵护，是不是也可以得到幸福呢？”

“幸福……那应该是不一样的东西吧！”

“即使不是幸福，哪怕能像凤凰那样浴火重生，让人对生活充满希望也行啊！”

两个人不知不觉已经来到了风筝广场。尚雨望着白浪河面，当时也是这样的天色，尚雨收到了肖静去世的消息。

风筝广场上空笼罩着雨雾，远处的高楼隐映在黑夜之中，就像无止境的旋涡。

“尚雨先生，你会思念姐姐吗？”肖雪突然问道。

尚雨背过身子，面朝白浪河，他试图看清人民公园的样子，可是雾太大，什么都看不清楚。

“这样回想起来，姐姐的一生似乎什么事情都没做……”

肖雪这样说的时候，尚雨哭丧着脸望着远处的风景。

尚雨想起昨天做过的梦来。他梦到自己在一个山涧中，但不是沂山，周围遍植树木，好像是优美的杉木，树干笔挺地直插云霄。不远处有一大片红叶呈现一片“火海”。后面是一座山，海拔不算高，但是石头的颜色却是青的。

他就在其中走着，似乎永远都走不出来一样。

醒后尚雨没有仔细思考，刚才看到肖雪脖颈上戴着的蓝宝石项链，头脑中才蓦然闪过昨夜梦中的景象，他发现那座山原来就是宝石城的火山口，怪不得周围会是一片红叶，原来是它炙热的温度将树木染红了。

“不是这样的。”尚雨吸了口气说，“肖静虽然不在我们所在的世界了，可是她还是以她自己的方式在另一个世界生活。”

“尚雨先生……”肖雪直勾勾地望着尚雨的脸。

“你那条项链，”尚雨指着肖雪的脖颈说，“是团子山火山口出土的蓝宝石吧？”

“嗯。”肖雪点了点头。

“我想抽时间去火山口看一看。”

“看什么呢？”

“看看亿万年前遗留下来的火山口是什么样子的。”尚雨笑着说，“我也许会像恩培多克勒一样跳进火山口里看看里面是什么样子的。”

“里面也许是光秃秃的一片，除了石头什么东西都没有吧！”

“即使什么也没有，我也想去看一下，就是突然有这种欲望。”

“真好。”肖雪清脆地说。

“什么真好？”尚雨疑惑地问。

“你说的那种感觉真好。”

“其实也算不上感觉，也许还很累呢。我只不过想去看一下过去未看过的风景，走一下过去未走过的街道。”

一阵冷风吹过来，肖雪缩了缩脖子，然后抖了一下伞。

在内心里，肖雪是很向往尚雨的那种精神世界的。

对面的银座超市因为生意不好已经搬到其他地方去了，超市出口冷冷清清，只有一两个人的身影，出口处的灯光凄凉地闪耀着。

“我还记得第一次去你家的时候，当时我去还你丢失在姐姐婚礼上的衣服。现在回想起来好像就是发生在昨天的事情。”

“是啊！那时候你还是刚毕业的少女，而现在你都已经结婚了。”

“虽然结婚了，可是心还是没变的……”肖雪似乎意识到这么说不妥，后面的话就隐没了。

“当然了，作为一个女人，结婚是很简单的事情，只要想结就结了。可是作为一个男人……自从父亲去世以后，我总觉得心里特别别扭，好像肩上的压力一下子大了起来，家里只有我这一个男人，什么事情都要自己做决定。”

肖雪看了看表，意识到天色已经不早了，于是对尚雨说："那么我先告辞啦，再见。"

"再见。"

尚雨望着肖雪离去的背影，泪珠滚落了下来。

天气一转晴，母亲就将所有的被子都搬到了阳台上。太阳虽然很好，可是温度并不高，尚雨穿着睡衣走到阳台，立即感觉一股凉意，于是赶紧返回了卧室。

周末的时候，他就在桌子边上临摹墙上的画，可是没有一张画成的，他把肖雪交给他的曲子复制在电脑上，一遍一遍地放着。在这个小小的卧室里，他仿佛与外面的世界隔离开来，而这正是他所希望的。

对尚雨来说，肖静就像是生活在另一个世界中的人一样，即使肖静在世的时候，他也一直这样认为。让他感到最吃惊的是，肖静在二十六岁的时候以纯洁无瑕的身份离开这个世界，作为一个结过婚的女人来说，这简直是难以让人相信的。

当时肖雪对他这样说的时候，他还以为肖雪是开玩笑的，可是看肖雪的语气根本不像是开玩笑。不过这样子的肖静让他感觉更为遥远。如今，她就像永远遥不可及的影像一样，盘踞在他的脑中。

下班后，尚雨走进对面的服装店里。他发现店里挂出了新的衣服样式，款式和过去差别很大，那一定是肖雪设计的衣服，因为和过去肖奉生设计的衣服风格是截然不同的。观赏一番后，他买下了一件绘有郁金香图案的衣服。

走进小区的时候，尚雨看到姐姐的前夫正坐在楼房前面。他好像喝过酒，动作都是摇晃的。看到尚雨，他忙走了过来，一把抓住尚雨的胳膊说："尚雨，尚真在不在你这儿？"

"你找姐姐有什么事情？"

"尚雨，我知道自己不是个东西，你让我见你姐姐一面吧！"

"既然已经离婚了，还是各自相安吧！"尚雨说。

"尚雨，我求求你了，就让我见尚真一面吧！"

他竟然跪倒在尚雨的面前，这令尚雨觉得气不打一处来，本来想冷冷地说上两句话把他打发走，可是没想到他竟然纠缠起来。尚雨径直向前走，他用手拉着尚雨的胳膊，尚雨一把甩开了，回过头对他说："我不想再看到你。你给我滚。"

"尚雨，我知道尚真就在这里，你就让她出来见我一面吧！"

针对他的纠缠，尚雨回过头朝着他的脸揍了一拳，他躺在地上，嘴里仍嘟嘟囔囔的，尚雨快步走进了楼里。

母亲和尚真都坐在客厅里，看到尚雨回来，母亲说："他都在下面喊了半天了。"

尚雨走进洗手间洗了下手，他望着尚真说："姐姐，要不你还是出去一下吧！"

"我才不出去，对那样的人没什么话可说的。"

"无论怎样，至少先让他离开这儿，他在这里算怎么回事啊！"尚雨说，"你要是不想出去，我出去跟他说。"

尚雨刚要开门出去，尚真喊道："尚雨，你等一下。"

尚真将睡着的小可放回卧室，走出来说："不用你出去，我自己出去跟他说吧！"

尚雨望着自己的手背，上面有个地方擦破了一块皮，他分不清血迹是自己的还是那个男人的。不过想起来，尚雨很惊诧自己能出手伤人。

母亲若无其事地看着电视，一边织着手中的毛衣。去年织的毛衣尚雨都没有穿，还整齐地摆放在衣柜里面。

过了半个小时，尚真从楼下回来，没有和母亲、尚雨说一句话，就走进卧室里关上了门，没过多久，卧室里传来她趴在床上呜呜的哭声。

二

从团子山火山口回来之后，尚雨就和容凤结了婚。

冬天到来之际，新闻上说，大洋彼岸的美国遭遇了风暴，死了好几十人，有上百户人家断电。小时候尚雨经常从电视中看到这种新闻，不过好像是在夏季。

"万一来一场风暴，也许连树叶都看不到了，只剩下光秃秃的树干了。"尚雨心想。

本来尚雨是打算一个人去火山口的，可是望着外面娇艳的阳光，他觉得自己还是邀请个人一起去比较好。肖雪已经结婚自然不合适，所以他就邀请了容凤。

容凤很痛快地答应了。他们仍约在人民公园相见。

这次尚雨特意提前到达，他围着小小的公园转了一圈，在西式庭院前，他闭上眼睛回想着过去在这里的记忆。

“你在想什么呢？”

不知什么时候，容凤已经走到了尚雨的身旁。

尚雨睁开眼睛，忙说：“没什么。”

“没什么干吗闭着眼睛呢？你一定是在想某个人吧？”

“没有的事情。我在想我过去做过的一个梦。”

“是吗？”容凤问。

“嗯。我梦到过好几次人民公园的景象，每次都觉得很虚幻，可是又总试图在里面寻找自己熟悉的景物。”

尚雨望着不高的五角枫，树上还残留着部分叶子。

“你说，若是我母亲和你父亲不相识的话，我们还会认识吗？”

“这个……”尚雨犹豫着，“不过假设根本不成立嘛！毕竟我父亲和你母亲是相识的，再说，即使老辈相识，下一辈也不一定会认识的啊！我认为，既然我们相识，那即使没有老辈，我们也一样会以其他的方式相识的。”

“我倒是希望我们不是因为上一辈才认识的。”容凤一本正经地说。

“这还不是一样嘛！”

“不一样的，假如我们是通过其他途径相识的，那么上一辈就不会在心里留下痕迹。可是现在，你的父亲、我的母亲都先后去世，总觉得给我们的内心蒙上了一层挥之不去的阴影。”

“也许吧！”尚雨看了看天色，说，“已经不早了，我们出发吧！”

西行的汽车很空旷，车厢中只有寥寥四五个乘客。尚雨和容凤坐在后排的座位上，阳光洒在容凤的面颊上，她耳畔的汗毛清晰可见。

经过一片树林的时候，尚雨看到车窗上映出自己的面孔，可他觉得极其陌生，好像是一个完全不相识的人一样。

山上好像蒙着一层白白的雾气，阳光照射在山上的时候如同幻境。

容凤走在前面，尚雨跟在后面，他以为这么崎岖的路，容凤会有需要他帮助的地方，结果容凤毫不费力地就爬了上去，而且速度比他都快。

容凤在山顶呼了一口气，对尚雨说：“还是在这里感到舒畅，空气真好。”

“嗯，虽是深秋，可是爬了这一段路，身上热乎乎的了。”

容凤从包里拿出矿泉水递给尚雨。

爬的时候雾气还没散去，可是这会儿雾气已经完全散去了，极目望去，四周都是散落的石头，山下有些大型机器在采矿，跟蚂蚁差不多大小的人在下面行走着。

“那是采矿的机器吧？”容凤问。

“应该是吧！”尚雨回答，“不过听说蓝宝石已经被挖得差不多了。即使用采矿机，一年也挖不出几块有价值的宝石了。”

尚雨从山上朝下望的时候，心想：这里就是高岩生前工作的场所之一吧！

这里除了周围散落着一些村庄外，就是冰冷而坚硬的石头。

“我听说姜太公还到过这座山上呢！”容凤说。

“那都是传说，根本不可靠。”尚雨指着不远处的一座山峰说，“祖辈们都说姜太公的墓就在那座山上，还说当年俄罗斯人买下那个山头就是贪图姜太公墓地里的文物，不过没有人见过五千多年前的文物是什么样子的。”

“尚雨，你说，这个火山真有上百万年的时间了吗？”

“也许不止上百万年呢！甚至上亿年前就存在，据说上次喷发在几百万年前！”

“这么说来，我们站在这里，周围所有东西的寿命都是比我们长的。几百万年，对人类来说是个多遥远的数字啊！”

“是啊！什么水啊，石头啊，虽然平时觉得平平无奇，可是实际上它们已经在这个地球上存在了几亿年，树木的寿命虽短，可是没人砍伐的话也能活上上百甚至上千年，连这些小小的村庄，都存在了有上千年了吧！”

“这么说，人活着真是徒劳的存在啊！”

“是啊！不过即使是徒劳的，人类不是也在很努力地活着吗？虽然明明知道很多事情都没意义，可还是一样做。虽然人人都会死去，可是还是会对提前去世的人感到伤心……”

“尚雨，起风了，我们还是到下面去吧！”容凤提议道。

“嗯。”尚雨应道。

其实，火山口周围根本没任何风景可看，并不像尚雨梦中看到的那样，这次他来这里，也许就是为了追寻梦中所见到的东西才来的。

虽然这样，尚雨还是没有很失望。从山上眺望山下劳作的人们，他的内心充满了一种温馨感。

不过对于容凤，尚雨却觉得内疚，他仅仅是为了驱赶自己内心的寂寞，才让她一起陪同来的，只是他没想到容凤能答应。

一看到容凤的面容，尚雨就仿佛看到了容凤妈妈生前的样子。虽然她们带给尚雨的感觉是不同的，可是总给尚雨一种错觉：尚雨要求的事情她都会毫不犹豫地接受。

下山的时候，尚雨对容凤说：“今天还是早点回家吧。天气这么冷，说不定会下初雪的。”

“不会的，还不到十二月份嘛！”容凤说道。

但是在尚雨看来，虽然天气是晴朗的，可说不定冷空气什么时候就吹过来了。

“初冬的天气很难说的，说不定这会儿还暖和，下一刻就飘上了雪花。”

“即使会下雪，那也没事啊！我还一直期盼着今天的第一场雪呢！”

“不对，今年的第一场雪在春天的时候已经下过了。”

容凤当然记得，那是她母亲去世后，她正打算离开那个地方，一个人悄悄地躲到一个无人知道的地方生活，可葬礼后的第二天，尚雨正好来拜访。容凤虽然很吃惊，可还是招待了尚雨。在容凤看来，也许正是因为尚雨的到来，才让她重新恢复了对生活的信心。

那天尚雨留宿在容凤家，晚上飘起了小雪。结果到了第二天，地面上干干净净的，一点都不像下过雪的样子。

尚雨问容凤昨天晚上是不是下过雪了，容凤在厨房中没听到尚雨的问话。尚雨走到厨房一看，容凤的手正在流血。

“不小心被刀割到了。”容凤对尚雨说。

容凤将手放在水龙头下冲着，那红色的血丝顺着水流着，在阳光下显得明晃晃的。尚雨的心头涌起一股刺痛。

“需要我拿些什么东西吗？”尚雨问。

“客厅那个柜子里放着紫药水，你帮我拿过来吧，在第二层抽屉里面。”

“哦。”尚雨忙出去拉开柜子，拿出紫药水，返回厨房。

直到容凤用白布将自己的手指包起来，尚雨才觉得安心了。

“真对不起，让你担心了。”容凤说。

“你的手还疼吗？”尚雨问。

“不疼了。”容凤说着扬了扬包得鼓鼓的手指。

过了好长时间，尚雨的脑海中还浮现着容凤手指流血的景象。每当想起来，他都觉得毛骨悚然。

他们的身后传来轰轰的声音。似乎是放炮的声音。也许是为了开采宝石所采用的爆破手法吧！尚雨心想。

在回来路上，秋意的夕阳照在泛黄的白杨树上。尚雨就这样呆呆地望着白杨树的树梢。

下了车后，尚雨突然对容凤说：“我们一起看场电影吧！”

“看电影……”容凤犹豫着。

“是啊，我们还没有一起去看过电影呢！”

“那好吧！”容凤若有所思。

放映的电影是法国片，配音的声音挺怪的。尚雨很少来这种场合，前面密密麻麻的人，让他的呼吸变得紧促了。

电影放完的时候，尚雨才松了一口气。两人一起走出电影院，天色已经渐黑了。

周围的人纷纷从他们身边走过，容凤突然在门口停住了。尚雨望着容凤的脸，他发现容凤的脸色有些不好。

“怎么了？身体不舒服吗？”

“没什么。”容凤的声音变得有些颤抖，“尚雨，你可以陪我去拜祭一下母亲吗？”

“行啊！当然可以了。”

“就现在。”

“现在吗？”尚雨感到很吃惊，天色已经很晚了。

“嗯，我就想现在去，不知怎么的，刚才看完电影的时候，心里有一种离别的感觉，觉得特别难受，突然想见一下母亲。”

“那好吧！”尚雨应道。

虽然尚雨口头说得很情愿，其实他是不愿意去墓地的。从那次去拜谒肖静之后，他一直下决心，再也不会去那样的地方了，连父亲的墓地他都不想去。

公交车里很安静，穿过十字路口的时候，交通灯闪耀着红色的数字。尚雨和容凤都沉默着，望着窗外的景象，可实际上外面一片漆黑，什么东西都看不清。尚雨借着车窗望着容凤的表情，她显得很悲伤，不过他倒是被容凤这种表情给吸引了，就这样望着从她脸上流过的景物，他觉得心里很踏实。

墓地里没有灯光，只有从远处照射过来的路灯的光。要拜谒容凤母亲的话，必须要经过肖静的墓，但是尚雨没有停下，眼睛从那边扫过，发现前段时间摆放的花都已被清理了，墓前只放置着一小把秋菊。

墓地上摆放的是容凤母亲年轻时候的照片。看上去那张照片像是上个世纪拍摄的了，容凤妈妈穿着一身干练的蓝色衣服，就像是某个公司的工作服，她的头发留得很短，看起来很清爽。

容凤望着尚雨的目光，说：“这张照片是我整理母亲遗物的时候发现的，我想母亲也希望将这张照片摆放在她的墓碑上吧！”

“嗯，是张很好的照片。”尚雨说，“一看到这张照片，你母亲的音容笑貌就好像生动地浮现在眼前，宛如我们也生活在她的那个年代。”

“母亲生前特别喜欢梅兰竹菊，每到过年的时候，她都会剪一些梅兰竹菊的红色纸画贴在墙上。”

“这些在我家的院子里倒是都种了，竹子还是父亲让他的朋友从南方带回来的。不过这玩意儿不太适合生活在北方，不像梅花、兰花、菊花这三种花。”

“其实，”容凤望着墓碑上母亲的照片，“母亲喜欢梅兰竹菊，完全是受您父亲的影响。”

“啊？”尚雨相当吃惊。

“母亲和你父亲是初恋情人，这一点你父亲难道没有提过吗？”

“呃，呃，父亲从来不提自己感情方面的事情。”

“哦，”容凤应着，没有显出意外的神情，“我也是在母亲遗留下的日记中发现的。”

被容凤这么一说，尚雨感到很可怕。他从未想过父亲会以自己所不知道的一种方式展现在自己面前。

妈妈的日记中还记叙了时隔多年后在范公亭与尚年相遇的情景。虽然她没有用很暧昧的文字，可是容凤似乎已经察觉到了他们之间的关系。

但是一直以来，容凤都没有向尚雨说出这层关系来。这下子尚雨完全明白了容凤为什么会说出假如父亲和她母亲不相识的话来。

两个人就这样在墓地里沉默着站了一会儿。容凤用颤抖的声音说：“在你父亲死后，母亲曾经一度错把你当成你父亲……”

“可是……”尚雨望着容凤。

“自从你父亲死后，母亲就很自责，她总认为你父亲的去世是她一手造成的，经常睡觉到半夜就醒了，然后就坐在床前发呆。那时我不知道母亲发生了什么事情，可是我常常为不能为母亲分担而感到难过，我不知道自己该怎么办……”

容凤痛苦地闭上眼睛，她没说出尚雨的父亲是因为救她母亲才去世的事实来。

“母亲太思念你父亲，所以才产生精神错乱，以至于把你当成了年轻时的你父亲……”

“原来是这样子的。”尚雨喃喃自语道。怪不得见到容凤妈妈的时候，她总是对尚雨特别热情。

“你父亲和我母亲先后去世，而作为后代的我们……我总感觉特别虚幻……”

“没什么虚幻的，我们是实实在在的存在嘛！”

“有时候我感觉死就藏在我们身边，一这么想的时候，我就感觉特别害怕。”

容凤的身子颤抖着，尚雨望着远处黑漆漆一片的墓地，父亲的墓穴也在其中。

尚雨一声不语地走到肖静的墓前，他望了墓碑上肖静的照片有一分钟，然后从左手摘下自己的手表放在秋菊边上。

尚雨返回容凤妈妈墓前的时候，容凤的目光正迎着他。他似乎下了很大决心，走了过去。

“容凤，我们结婚吧！”

“什么？”容凤惊愕地望着尚雨。

尚雨猛地一手抓着容凤的肩膀，另一只手扶着她走出了墓地。

返回家中的时候，母亲还坐在客厅的沙发上织毛衣。

“妈妈，有件事我要和你说一下。”

“什么事？”母亲放下手中的针线活。

“我要结婚了。”尚雨平静地说。

“是那位小姐吗？”

“嗯，是容凤。”

“是吗？我终于盼到这一天了。只是你爸爸……他再也看不到了。”

“妈妈，别说这样的话了。”

“我知道了，我这就给尚真打电话过去，跟她说这个好消息。”

“妈妈，都这么晚了，还是明天说吧！”

“才九点半呢！尚真还睡不着。”母亲说着跑到电话机前，给尚真打了电话。

尚雨返回卧室，没听到母亲跟姐姐说的什么，反正听声音讲了好长时间。

挂完电话，母亲推开尚雨卧室的门，说：“我已经和尚真说了，她说明天带小可过来。”

“妈妈，姐姐的事情怎么样了？”尚雨问。

“反正就那样。复婚是不可能的了。你姐姐已经被他毁了一次了，难道还要被毁第二次吗？”

“哦，知道了。”

尚雨望着窗台上的鸢尾花，内心感觉很凄凉。他从床上爬起来，将墙上的画都拆下来，通通锁在了抽屉里面。

“是该开始新的生活了。”尚雨躺在床上望着天花板想道。

第二天一早，尚雨就给肖雪打了电话，请她帮忙做结婚礼服。

肖雪听到后相当吃惊，她反问道：“是尚雨先生你的吗？”

“是的。”尚雨回答，“就像你结婚时穿的礼服那种风格的。”

虽然得到了尚雨肯定的回答，但是肖雪还是不敢确认。她的脑海中浮现出结婚时见到的与尚雨在一起的那个女子。

可是，尚雨上次亲口说过与容凤不是那种关系。肖雪想着：难道因为姐姐的去世，尚雨才这么麻利地结婚的吗？

“怎么了？听你的语气似乎很吃惊的样子。”

“是有点。我只是没想到你会这么快结婚嘛，是那位小姐吗？”

“嗯，是容凤。”

肖雪抱着话筒沉默了一会儿，说话的时候声音有点变涩了：“是用鸢尾花做图案吗？”

“这个……”尚雨思忖着，“不要鸢尾花的图案，改成梅兰竹菊的，男士的礼服用竹菊作主要图案，女士的礼服用梅兰作主要图案，再点缀一些紫色的小蝴蝶……到时候我将大体构想做出来给你。”

“梅兰竹菊……”肖雪重复道。

“怎么了？难道很难做吗？”

“没有，我只是感到很突然。你真的打算用梅兰竹菊吗？”

“是的，除此之外我认为再没有更合适的图案了。”

“那好吧！你什么时候结婚？”

“下周末吧！在下周五之前将衣服送过来就可以。”

“这么快！”肖雪身体接着放松下来似的说，“那好吧！我催促一下。那你把尺寸报给我吧！”

“尺寸……”尚雨恍然大悟，他不好意思地说道，“对不起，这个我还没有问容凤呢！你等一下，我问过了之后再告诉你吧！要不我写下来送到你店里去吧！”

“好吧！”肖雪的办公室外传来敲门声，她说，“我这边还有事，先挂了。”

“好的，再见。”

肖雪挂断电话后，显得心事重重。她望着窗外的骄阳，初冬的阳光似乎有些落寞。

尚雨给容凤打电话的时候，容凤没坐在座位上，他听到接电话的人在办公室里喊着：“容凤，你的电话。”

尚雨等待着，过了一会儿，传来容凤小小的声音：“我是容凤。”

“容凤，你衣服的尺寸是多少，我要订做礼服，可是不知道你的尺寸。”

“哦……”容凤看了看周围办公室的同事，对尚雨说，“你等一下，我换手机打给你。”

容凤推开玻璃门，走到阳台上。

“好了，尚雨，你问我衣服的尺寸啊！”容凤想了一下，然后报给尚雨。

尚雨用笔记在纸上，说：“好的，我记下了。”

“礼服是什么样子的？”容凤停顿了一下，问道。

“图案是梅兰竹菊的，样式就像上次我们去参加婚礼时见到的新娘穿的礼服。当时你不是说喜欢那样的礼服吗？”

“我只不过随口说说……”

“难道不喜欢吗？”尚雨问。

“不是的，我很喜欢。”

容凤没想到尚雨能把她上次说过的话记得这么清楚。而且，她也知道尚雨用梅兰竹菊做礼服是有深刻含义的。她的眼中噙满了泪水。

“那就好，那样的话我就将尺寸送过去了。在下周五之前应该能做好，我直接放在我家里，到时候我打电话通知你来试吧！”

“好的。”

尚雨觉得同容凤通电话的感觉很奇怪，一想到自己马上就要和容凤结婚了，尚雨还是有点不敢相信。

下班后，尚雨走进公司对面的服装店。肖雪不在里面。尚雨径直走到柜台前，然后对柜台小姐说：“这是我要订做礼服的尺寸和设计图案、样式，请你帮我转交给肖雪小姐吧！我已经打电话通知过她了。”

“好的。”柜台小姐朝尚雨施了个礼，然后目送尚雨离开。

走出服装店的时候，夕阳的余晖落在尚雨脸上，尚雨感觉内心轻松多了。

三

礼服做好后，肖雪亲自将礼服送到了尚雨家。

尚雨打开门，让肖雪走进客厅。

“用不着你亲自跑一趟，随便叫个人送过来就可以了。”

“假如是别人的话，我就不用亲自跑一趟了，可是你的礼服，我哪能不亲自送过来呢！”肖雪说，“这礼服放在哪儿？”

“哦……”尚雨环视了一下屋子，说，“你把礼服交给我吧！”

尚雨将礼服放在卧室的床上，然后走了出来。

“这两套礼服多少钱？”尚雨问。

“这两套礼服就算我送给你的结婚礼物吧！”

“那怎么行呢？这可是两件价值不菲的礼服。”

肖雪苦笑着说：“正如尚雨你说的，这样的礼服在懂得欣赏的人看来是美的，可是在不懂的人看来只是很奇怪的衣服。再说了，图案、样式都是你亲自设计的，我只是照着图纸做的，就请你收下我的这番心意吧！”

尚雨知道再推托也没什么意思，便没再说什么。

“这是一门很好的亲事。”

肖雪突然说道，让尚雨觉得有点摸不着头脑。

“我前几天去拜谒姐姐的时候，发现坟墓前有块手表，那是尚雨你的吧？”

“嗯。是我的。”尚雨没有反对。

“当我看到那块手表的时候，我像是突然明白过来似的。也许吧！我们活着的人该与死去的人划清界线了，毕竟……”

“肖雪，不是你说的那样的。我只是想拿点东西拜祭肖静，没有其他的意思。”

“是吗？”肖雪的眼神望着窗外，思想好像游离在外，“不过这确实是一门很好的亲事啊！”

“每个人的婚姻都是一样的。”尚雨说道，“就像托尔斯泰说的那样：幸福的家庭都是相似的，不幸的家庭各有各的不幸。”

“结婚后会去新婚旅行吧？打算去哪个地方呢？”

“也许不会去吧！这个季节，说不定马上就会来一场雪，每个地方都冷飕飕的，还是等到以后有时间再出去吧！”

“你可以到海南去啊！也可以去新马泰，那边不冷的。”

“还是不了，没有那样的打算，太远了。”

肖雪望着尚雨，惨淡地笑了。

外面的天色不知道什么时候暗了下来，尚雨一边望着外面，一边想着今天早上做的梦。

那好像是发生在几年前的景象，白浪河的水还没有治理，臭气熏天，尚雨和一个少女一起走在岸边，但是她的相貌却无论如何都看不清楚。他们只是快步走着，谁也不说话，当穿过人民公园那一片的时候，尚雨透过树林可以看到河面，有几个小孩子在岸边的亭子里玩游戏。这样走着的时候，尚雨发现身边的少女突然不见了，紧接着听见扑通落水的声音，尚雨拨开灌木丛，跑到河边，而河面上除了波纹之外什么都看不到。

后来尚雨又做了另一个梦。场景是老家的磨坊，自己好像还不足十岁，在高粱地里和其他小伙伴穿梭时，他猛地发现一条带花纹的蛇从眼前迅速地爬过，这才知道刚才脚踩到的滑溜溜儿的东西原来是条蛇，后背不禁冒出了汗。

尚雨不明白自己为什么做这样的梦，但是这两个梦，反倒让尚雨想起了墓地。

尚雨这样望着窗外的时候，显得无精打采，一股倦意爬上了心头。

“在你结婚的那天，我发现有只鸢落在了庭院的杏树上……”尚雨也不知道自己怎么说起了鸢来。

“鸢？老鹰吗？”

“是啊！你结婚的时候，它就一直落在那棵杏树上，好像在参加你的婚礼一样。”

“你这说的倒像是魔幻主义了。不过你确认那是老鹰,而不是猫头鹰吗？”

“当然可以确认，从小我就能分辨老鹰和猫头鹰，不过老鹰见得多，猫头鹰倒是不怎么见。”

回答完的时候，尚雨才突然意识到肖雪为什么会这么问。因为在民间传说中，猫头鹰都是嗅着死亡的气味才来的。

“不过，在你婚礼开始的时候，鸢就已经不见了，或许是飞走了吧！容凤还说我是看花了眼，根本没有什么鸢落在院子里呢！”

“也许真是你看花了眼呢？那天我也没看到院子里有什么鸢落下来。”

“你当然不会在意了，你是新娘子嘛，怎么会在意这些东西。”

“会在意呢！”肖雪反驳了一句。

“肖静和你结婚都是在同一个院子里，季节却是在春天和秋天两个不同的时节，两次带给我的感觉也是截然不同的。”

“哦，怎么不一样呢？”

“这个……我也说不清楚，总之内心的感觉是迥异的，也许是因为季节的缘故吧！”

“尚雨先生，你是相信缘分的吧？”

“缘分？也许有点吧！不过我的运气不怎么好呢！”

“我也相信缘分。”肖雪出乎意料地说。

尚雨总有这么一种感觉，两人之间过去的所有记忆，都因为肖静的去世而被割断了。即使说到过去的事情，都小心翼翼的，害怕说到肖静。

两人面面相觑了一会儿，肖雪站起来说：“我还是就此告别吧！”

“再坐一会儿也可以嘛！”尚雨说。

“不用了。”

肖雪刚拿起包要走，突然倒在了沙发上。

尚雨还以为她被绊了一脚，忙上前问：“怎么了？没事吧？”

尚雨扶着肖雪起来的时候，才发现她用手捂着肚子，脸上冒着冷汗。

“肚子疼吗？”

“胃疼。”肖雪无力地说，“有点胸闷。”

尚雨忙跑到阳台上把窗子打开，风吹得窗帘一晃一晃的，冷风也钻进了屋子。

“这样好点了吗？”

“没事的，一会儿就好了。应该是胃痉挛。”肖雪用手按着肚子，倾斜着身子。

尚雨端过热水来放在桌子上：“喝点热水吧！”

肖雪双手抱着水杯，嘴唇轻轻地在杯上抿了抿。一阵冷风吹过来，她打了一个寒战。

尚雨又走到阳台上，把窗子关上了一大半，只留下一个小小的缝隙透气。

“现在好多了。”肖雪双手抱着杯子平放在自己的大腿上。

“刚才你把我吓了一跳。”尚雨心有余悸地说。

“真对不起……”

“就在那一霎间，我还以为……还以为你是怀孕了呢！”

“没有，也许是因为天气变冷的缘故吧，所以才导致的胃痉挛。”这么说的时候，肖雪的脸上浮现出羞涩的表情，连拿着水杯的手都泛红了。

其实，就在那一霎间，尚雨真的把肖雪当成了肖静，所以才显得慌里慌张的。

“姐姐没有孩子，这太可惜了，假如姐姐有一个孩子的话就好了。男孩也好，女孩也罢，都会受到大家的欢迎的。”

“肖静的孩子应该会很漂亮，招人喜欢的。”尚雨说。

“可是，没有爱情而诞生的孩子，对于孩子来说，难道不是一种残忍的行为吗？”

“大部分孩子难道不都是没有因为爱情而诞生的吗？你的想法好奇怪，假如不是因为爱情就不能生孩子的话，那么世上绝大部分人都断子绝孙了。”

“也许姐姐正是这样想的。”

面对肖雪的这种说法，尚雨觉得心里咯噔了一下。

“有时候我挺羡慕姐姐的。”肖雪说。

“羡慕……羡慕什么呢？”

“具体我也不知道什么，但是每当看到姐姐的时候，我都会觉得羡慕，我有时候甚至还想：假如我是姐姐的话就好了。”

“你怎么会有这种想法呢？”

肖雪将水杯放在桌子上，站起说：“我可以看一下那棵鸢尾花吗？”

“可以。”尚雨说着打开了卧室的门。

“在卧室的阳台上吗？”

“嗯。”尚雨指引着肖雪来到卧室里。结婚礼服整整齐齐地放在床上。

肖雪望着窗台上的鸢尾花，说：“生长得还很好嘛！我还以为叶子早枯萎了呢！没想到还有绿色。”

“嗯，我也没想到，也许到春天的时候它能再开一次花呢！”

“望着这棵鸢尾花，就像在和姐姐惜别……”肖雪喃喃自语道。

肖雪就势抬起头，瞟了尚雨一眼，然后很快将目光放在鸢尾花上。外面的天色阴沉沉的，对面的大楼显得很庄严。

肖雪的眼中噙满了泪水，但是她忍住没让眼泪流出来。她知道尚雨的目光正停留在自己身上，于是她转过身，用发涩的声音说：“我要走了。”

肖雪刚要迈开步子，尚雨僵硬的手蓦然抓住了肖雪的腰。他的身子颤抖着，仿佛中了魔一样。

肖雪没有反抗，就地蹲坐了下去，头伏在膝盖上呜呜地哭了起来。

在尚雨的内心里，还是错把肖雪当成了肖静。当肖雪默默地坐在床边的时候，尚雨才意识到她是肖雪。

结婚礼服已经散落在地上，尚雨没有去捡。

肖雪用发卡把凌乱的头发卡起来，站起来说：“再见了，尚雨先生。”

她慌乱地从客厅拿起手提包，拉开客厅的门朝外面跑去。开门的时候正遇到尚雨的母亲回来，肖雪差点撞在尚雨母亲的怀里，她用发红的眼睛望着尚雨母亲，施礼说：“伯母，您好，我是来给尚雨送结婚礼服的。”

“不再坐会儿了吗？”

“不用了，公司还有事情。再见，伯母。”

说着，肖雪用手捂着上衣的领口，乒乒乓乓地跑下了楼。

母亲用疑惑的眼神望着肖雪离开。走进屋子，尚雨正在床上叠结婚礼服。

“你又把人家姑娘弄哭了？”母亲问。

这次尚雨没有反驳，只是默默地叠着礼服。

“是什么样子的礼服？”母亲说着走了过来。

“是古代风格的啊。”母亲看到梅兰竹菊的图案时说。

“你们年轻人喜欢就行。”母亲说着走到了厨房里，看看还有什么菜准备做晚饭。

尚雨望着窗台上的鸢尾花，身上似乎还可以感受到肖雪肌肤的体温，他甚至还沉浸在这种柔情中不能自拔，于是他痛苦地闭上了眼睛。

五点的时候，尚雨给容凤打了电话，让她晚上来试穿一下结婚礼服。

“容凤要过来吗？”母亲在厨房里问，“那我多做一个人的饭。”

六点半的时候，容凤来了。走进屋子，她似乎还不怎么适应，她还没意识到，这马上就是她生活的地方。

容凤走进厨房想帮母亲的忙，可母亲说：“不用了，我自己做就可以了，你去房间里试一下结婚礼服吧！”

容凤将结婚礼服穿在身上，在梳妆镜前打量着自己的着装。尚雨悄悄地敲着门，问：“礼服觉得怎么样？”

容凤把门打开，尚雨蓦然发现眼前的容凤完全变了一个人。

“礼服很好。太漂亮了。”

“还合身吗？有没有需要改动的地方？”

“没有，挺合身的。”

“那就好。”

这时候，尚真带着女儿小可来了。

一进门，尚真就说：“今天的天气真冷。”小可的身上都穿上羽绒服了。

“也许要降温了。”尚雨说。

“啊！容凤已经到了啊！”尚真说着就抱着小可走了过去，“这是结婚礼服吗？真漂亮。”

容凤羞涩地低着头说：“这是尚雨定做的。”

母亲将菜端上了餐桌。容凤回房间将衣服重新换回来。

吃过饭后，容凤一直在客厅里和尚真聊天，逗小可玩。尚雨则一个人在卧室里发呆。

九点的时候，尚真喊道：“尚雨，容凤要走了。你出来送一下。”

尚雨忙走出卧室，容凤已经站在门前，穿好了外套。

“天气挺冷的，要不然你今晚就留下吧！”尚真说道。

尚真给尚雨使了个眼色，尚雨也说：“要不就留下吧！”

“不用了，我还是回去吧！”容凤这么说着，脸上显出一片绯红。

也许她是想婚后再正式地住过来吧！

“既然这样，那尚雨你去送送容凤吧！”尚真说。

尚雨和容凤默默无语地走了一段路，路灯寂寥地照在水泥地上。

“那么后天见了。”容凤在路口就地站住，对尚雨说。

尚雨将容凤的手提包交给容凤，说：“好的。”

两个人像是刚进入恋爱时期的恋人一样。

就在容凤走了没几步的时候，天上飘起了雪花。尚雨望着天空，雪花在路灯的照耀下漫天飞舞。

走在前面的容凤也停住了，一起望着天上飘着的雪花。

“啊！真的下雪了。”容凤喃喃自语道。

“我把你送到车站吧！”尚雨对着容凤喊道。

“不用了。”

虽然容凤这么说，尚雨还是快步跑到了容凤的面前。

于是，两人又静静地走了两个路口。尚雨想起去年岁末的时候在人民公园和容凤见面的情景。他特意望了望容凤的手提包，上面没有百合花的图案。

车子到站之后，容凤对尚雨说：“你回去吧！”

“我看着你离开再走。”

听尚雨这么说，容凤的脸上又出现了绯红的颜色。人们都上车之后，她也跟着上去，然后一直走到后面，对着尚雨挥别。

尚雨直到车子消失在视线中，才慢慢地往回走。

走到家里的时候，地上已经落了一层厚厚的雪，到处都被白色的雪花覆盖了，连路灯上面都是。

走进客厅，尚雨拍打着身上的雪，说：“下雪了。”

“是吗？天气预报没说要下雪啊！”尚真自言自语道。

借着阳台上的窗户，可以看到飘飘扬扬的雪花在顺着向下落。

“结婚的那天不会下雪吧？”母亲担心地说。

“应该不会的。这场雪到了明天也化得差不多了，毕竟是第一场雪嘛！气温还不是那么低，后天就应该一点都看不出下雪的样子了。”尚真说。

尚雨返回了卧室，坐在床上静静地望着鸢尾花后面的雪花。他觉得这种景象美极了。

他突然发觉床上有一根长长的头发，他用手拿起来对着灯光看了看。是容凤的头发呢，还是肖雪的头发呢？他分不清楚。

他的脑海中浮现出肖雪洁白的肌肤，起伏的胸脯，还有肖雪那少女般羞涩的眼神。当时，他甚至都把结婚礼服抛到了一边。

原本他以为肖雪会反抗的，可是肖雪没有抗拒，反而顺从着尚雨，就正对着窗台上肖静的遗物鸢尾花，两个人的身体融合在了一起。

此时的肖雪，应该躺在丈夫的怀里了吧！尚雨想道。

一想到自己后天就要结婚了，尚雨的内心产生一种罪恶感。他甚至不敢相信那是自己做的事情。

他好像隐藏在由自己编织的地下室里一样，帷幕挡住了他内心的思想。可是，一旦有所觉悟，他就像受到了审判一样浑身颤抖，望着夜空中的雪花，他的心一阵阵地剧痛。

雪花下了一夜，直到第二天早上才停止。

四

容凤下班的时候抱回来一只小狗。

她将小狗放在客厅里，对尚雨说："这只小狗在路边，看起来很可怜，所以我就将它抱回来了。"

"是公狗还是母狗？"尚雨问。

容凤抱起来看了看："是母狗。肚子鼓鼓的，好像是怀孕了呢！"

尚雨说："流浪猫一般比较多，狗是很少的，也许这只小狗是偷偷跑出来的，主人正忙着寻找呢！"

"会这样吗？"容凤歪着头，望着小狗。

"你看看不就知道了嘛！身上不脏，显然是经常打理的。"

"说得也对。"

"你还是将它送回去吧！"

"那好吧！"说着容凤穿上外套，抱着小狗出了门。

尚雨透过窗户看到容凤出了小区。

尚雨和容凤结婚的时候，肖雪没来参加婚礼。直到客人散去的时候，尚雨还在人群中寻找她的身影。

肖雪原本肯定是打算来的，可是两人发生那样的关系，或许她觉得无法再见面，才没有来参加婚礼。不过尚雨在上班的时候，倒是从窗户边看到肖雪出入对面的服装店。从上面眺望，肖雪似乎很匆忙的样子。

傍晚，容凤又将小狗抱回了家。

她将小狗放在地板上，对尚雨说："我在看到小狗的那地方等了半天，也没见到有人去找，便将它又带回来了。"

“你一直抱着小狗在那里等到现在吗？”尚雨很吃惊地问。

“是啊！我以为主人一定会来找的，可是没有人。”

“你是打算把它放在家里喂养吗？”尚雨问。

“只要你同意的话……”容凤抱着小狗望着尚雨。

尚雨躲避开容凤的目光，说：“当然可以了。只要你喜欢就可以。”

容凤抱着小狗走到阳台上，将它放在阳台上，然后关上阳台的推拉门。小狗在里面汪汪直叫。

“在阳台的角落里给它搭建个小棚子，你看好吗？”

“行啊！”尚雨说，他想起老家似乎有这样的狗棚，那时养的是只大的看门狗，后来老狗死去，换了一只小点的，整天在院子里瞎晃悠，不过人来时喊叫的声音倒不小。那都是多年前的事情了。

“我记得磨坊里还放着一个大大的鸟笼呢！那是爸爸生前养鸟用的，抽时间我可以拿过来当狗棚用，只要在笼子底下铺点海绵就可以。”

“嗯。”容凤用力点了点头，对着尚雨微笑着。

看到容凤的笑容，尚雨觉得不胜真实。想起容凤在外面抱着小狗等待一下午的情景，他的内心不禁觉得容凤可爱万分，那种感觉就像午后的阳光照在身上的样子。

母亲来电话告知晚上要住在尚真家里，于是，容凤下厨做了饭。两个人吃饭的时候面面相觑，也许是因为两个人性格都比较冷清的缘故吧！

尚雨在看书的时候，容凤推开卧室的门说：“洗澡水已经烧好了。”

“行，谢谢了。”尚雨看到容凤的手湿淋淋的，大概还在厨房里洗刷碗筷。

结婚已经近一个月了，尚雨对容凤还是很客气。他的心灵还未进入结婚的状态。

在静寂的黑暗中，尚雨感觉很落寞。即使容凤就躺在身边，触手可及，他还是感到很惆怅。听着容凤轻轻的呼吸声，尚雨不禁觉得自己是个不可饶恕的人。

当时肖雪问尚雨结婚旅行去哪儿的时候，尚雨毫不犹豫地说没考虑好，应该不去了。实际上，尚雨还有另外的考虑，就是家里新买了这栋房子后，手头的钱已经不宽裕了。尚雨在工作上不是一个特别努力的人，所以几年工作下来，还在原地踏步，只是工资提高了点，但那点收入，也只能维持很简单的开支。结婚之前，尚雨本来对母亲说装修一下房子，可母亲说房子刚买了没几个月，而且是刚刚装修过的，并不需要再特意装修了。容凤来的时候，母亲借口说结婚太匆忙了，没时间装修房子，而且天气已经到了冬季，不太适合装修。容凤倒是很通情达理地点了点头，实际上怎么回事，大家的心里都明白。在尚雨看来，也许母亲中意容凤的原因就是她没有太多的要求。婚礼也准备得很简单。除了老家来了几个人参加婚礼外，就是尚雨的同学和朋友，只在酒店里摆了不到十桌。婚礼后尚雨对容凤说对不起，容凤温顺地说自己本来不打算举行婚礼的，只要登记再简单地吃顿饭就可以了，话虽如此，尚雨也知道容凤是为他考虑。

尚雨还怀疑容凤是不是发现了自己在婚礼上的不对劲儿。当时，尚雨一直东张西望，寻找着肖雪的身影，全程都好像身处梦境中。

尚雨想了很多，还是不能入眠。容凤身上的气味飘到他的鼻中，他甚至有些沉浸在其中，他侧着脸借着微弱的星光看着容凤的脸庞，一想到容凤是自己的妻子，就感觉有些不可思议。

翌日是星期天，尚雨醒来的时候，发现太阳已经照射到卧室里来，容凤已经拉开了窗帘。

外面传来容凤打扫卫生的声音。

尚雨穿着睡衣走出来喝水，容凤抬起头，说："睡醒了？"

"几点了？你怎么没有叫我呢！"尚雨问。

"因为是周末嘛！看你睡得很香，所以我想还是让你多睡会儿吧！是不是我打扫卫生的声音太大把你吵醒了？"

尚雨看了看挂在客厅上方的表，已经八点半了。

"已经八点半了，啊！今天是好天气吧！"

"嗯，不过外面的气温很低。"

"零度以下吗？"

"嗯，也许有零下三四度呢！早上我在下面散了一会儿步，回来手都冰冷了。"

"你去散步了吗？"尚雨感到很吃惊。平时容凤是不是也有散步的习惯呢？尚雨没有发现。

"早上醒来觉得没事干，就出去散了会儿步，呼吸一下新鲜空气。"

"哦，这样子啊！下次你想去散步的话，可以叫着我一起啊！"

"嗯。"容凤说着脸上飞上一片红潮，她拿起扫帚继续打扫客厅。

尚雨到卧室里换上了厚一点的衣服。容凤看到他的这身装束，问道："是要出门吗？"

"嗯，出去一下。"

尚雨刚要开门，容凤说："等一下。"

她放下手中的东西，走到尚雨的身边，帮他整理了一下衣服的褶皱。

“啊！”尚雨没想到容凤叫他是因为这样的事情,他不禁激动地望着容凤。

“好了。”容凤说着。

尚雨本想说谢谢，可是没有说出口，他知道那样说的话会显得太客气，毕竟两人都是夫妻了。

尚雨十一点回来的时候，带回两个人。

尚雨对容凤说:“我今天闲着没事逛了一下灯具市场，看着灯的式样不错，于是买了几个回来。”

其实，尚雨这么做是想缓解自己对容凤的愧疚。顶灯安装完送走安装工人后，尚雨将灯打开看了看，他自言自语道 :“这样就好多了。”

吃午饭的时候，尚雨望着容凤的脸说 :“嫁给我真是委屈了你。”

“哪里的话，我喜欢你的嘛！哪里有什么委屈的，妈妈如果在世的话，也一定希望我嫁给你的。”

“会吗？”

“难道你不知道妈妈的心意吗？”容凤反问道。

尚雨记得过去容凤的母亲曾来到家里说过要将容凤嫁给他的话，当时她说还未跟容凤说，只是单方面来告知，看来她回到家之后，还是同容凤说了自己的想法吧！

不过，既然容凤知道母亲的心意，表面上还能当作没事一样，这实在让尚雨感到佩服，他一点都没看出来。也许在容凤看来，自己单方面说破不好，愿不愿意，主动权还在尚雨这边，倘若自己说了遭到尚雨的拒绝，那么脸面上反倒不好看。

十二月份的一个周日早上，尚雨被容凤从睡梦中叫醒了。

“怎么了？”尚雨从床上坐起来，睡眼蒙眬地望着站在门口的容凤。

“小狗下了两只小狗。”

容凤的两只手里各拿着一只刚出生不久的小狗，大小和老鼠差不多。

“原来这不是一只小狗，而是一只老狗，到我们家的时候，它就是个准妈妈了。怪不得看着肚子那么大呢！当时你说它怀孕的时候我还以为是开玩笑呢！”

“你准备怎么处理这两只小狗？”尚雨问。

“我想把它们养在家里。”

“这恐怕不太方便吧！三只小狗在家里，会很闹腾的，而且，那个鸟笼只能放一只小狗，放不了这么多。”

“那就把一只送给姐姐，另一只我们自己留下。”容凤歪着头说。

“两只狗在一起也会打架的。倘若在老家的院子里的话，那倒是没什么，可是楼房上……”尚雨说。

“那好吧！等我明天到公司的时候问问同事有没有喜欢小狗的，等大一点儿后，就送给他人。”容凤似乎有点失望，刚才的兴奋劲儿都没了。

“还要等大一点儿吗？”尚雨张着嘴巴，这就意味着三只小狗还要一起在家里生活一段时间。

“当然了，小狗刚刚出生，眼睛还没睁开呢！”容凤扬着一只手中的狗，“哎，这只狗的眼睛睁开了，刚才拿过来的时候还没睁开眼呢！总之，小狗才这么小，当然需要狗妈妈喂养一段时间，等身体结实一点了才能送给别人。”

容凤说的也是，尚雨觉得自己刚才那么说，似乎十分不通情达理。尚雨同意了容凤的观点。

容凤倒是坦诚地对尚雨说：“七点钟醒来我正在梳妆的时候，就听到阳台上有什么东西在叫唤，我以为小狗饿了呢！谁知道走过去一看，鸟笼里有三只小狗，而不是一只，刚开始我还以为进去了两只老鼠呢！后来一看才知道是狗妈妈刚刚生下来的孩子。我想拿出一只小狗看看，狗妈妈凶巴巴地看着我，还差点咬伤我的手，也许是因为刚刚生育完很累，狗妈妈没多久就睡着了，我才趁机把两只小狗拿了出来。”

容凤手中的两只小狗轻轻地呻吟着，样子像极了两只小老鼠。

容凤将小狗放回鸟笼里，回来对尚雨说：“我今天要去朋友的花店里帮忙，中午就不回来了。”

“哦，又到了卖花的旺季了吗？”尚雨随口问道。

“还没呢！圣诞节那会儿才到旺季呢！朋友只是很长时间没见我了，让我过去叙叙旧。”容凤显得有点不好意思。

“哦，原来如此，那你去吧！”

容凤穿上外衣，挎起小包，出了门。

尚雨望着门口的手提包。他不知道容凤有几个小包，还记得去年见过一个百合花图案的，可是最近都没见容凤拿，也许嫁过来的时候容凤没有带过来，而是处理掉了吧！

上午，尚雨在阳台上眺望外面的风景时，鸟笼里的两只小狗正嗷嗷直叫，在母狗的怀里找奶喝，但是母狗还在睡觉，乳房压在下面，两只小狗四处寻找，就是找不到母亲的乳房。尚雨看了一会儿，透过鸟笼，用手碰了碰母狗的耳朵，母狗抖了抖耳朵，身体没有动，尚雨便又用劲戳了一下，母狗睁开了眼睛，望着两只小狗，才明白两个孩子饿了，于是把身子侧过来，乳房朝着小狗，然后又倒下了。两只小狗闭着眼含着乳房吃着奶。尚雨的脸上露出了微笑。

还没有生育小狗之前的母狗是很活泼的，即使怀孕后，身子不那么灵巧，可是每天都醒得很早，容凤一打开鸟笼，它就跑出笼子在客厅里走个不停。容凤将一个旧的小盆子放在阳台的一角，母狗屙屎尿尿的时候都会跑到那里，准确无误地排泄在那个小盆子里。当时容凤还感到很意外，对尚雨说了这件事，尚雨回答说："这狗显然是受过专门训练的。"可是，令尚雨感到奇怪的是，眼下有了孩子的母狗，显得懒洋洋的，好像瞬间老了好几岁，它都不愿意站起来，在鸟笼的一角，还有一摊狗屎。尚雨心里想：女人是不是也是这样的呢？一旦生育了孩子，是不是也会瞬间老去？

肖静、肖雪虽然都先后结婚，但是都没有生育孩子，所以尚雨想象不出这种情景。要好的朋友里面，虽有人的妻子生育了孩子，但是尚雨都不熟悉，不知道生育前后所发生的变化。蓦然，他的脑海中出现容凤抱着孩子的景象，这把他吓了一跳。

冬季的风筝都没有什么节日，也没有什么活动，整个城市安安静静的，外面光秃秃的树木在风中微微晃着，使得人的内心一片寂凉。尚雨从楼上看到偶尔从街道上走过的行人都包裹得很严实。

容凤晚上回家的时候，带回了三棵白菊花。

"啊！这个时候还有这样的花啊！"尚雨吃惊地问。

"当然啦，你在外面虽然看不到，可是一到了花店里面，就什么花都看到了，什么玫瑰啦，百合啦，菊花啦，康乃馨啦，郁金香啦，都有。"

"那敢情好，在花店里还没有冬天的滋味呢！"

"也冷了呢！都开空调了。"

"哦，"尚雨望着那三棵白菊花，"色泽太白了，不如黄菊花好看。"

"可是人家买的都是白菊花呢！花店都没有黄菊花。"

"为什么没有呢？"

"因为没人买呗！"容凤干脆地说，"听朋友说进过一次，可是就卖出去了一束。"

尚雨感觉在客厅里同容凤谈论花，有种很幸福的感觉。

吃晚饭的时候，天空中传来轰轰的飞机飞行声音。

"莫不是要战争吧？"尚雨随口说道。

"最近飞机天天飞来飞去的，机场靠近市里太近了，据说现在正在搞演习呢！”

“是因为中国最近和日本闹得不好的关系吧！”尚雨说，不过又添了一句，“中国和美国也闹得不怎么好啊！”

尚雨知道，在不远处的山上，就驻扎着部队，有时候部队会出来操练，一辆接一辆的车从山里面开出来，有时候还有装甲车和坦克。

不过，尚雨觉得这不是自己担心的事情。即使战火真的燃烧到中国，他也不会觉得有什么大惊小怪的。

尚雨的心里倒突然涌现出一个欲望，就是想到外面去放一下风筝。

吃过晚饭后，尚雨从橱柜的底部拿出肖静送给他的那只蝴蝶风筝。容凤正在厨房里洗刷碗筷。

听到尚雨的脚步声，容凤从厨房里探出脑袋。

“你是要出门吗？”

“嗯，出去一下，我想到下面去放一下风筝。”

“天气太冷了。”

“没事的。”

“那多穿件衣服。”

来到外面，天气冷得手都很难伸出来，幸好尚雨戴了手套，不过戴着手套显得太笨拙了，放线都放不开，他索性将手套摘下来放在口袋中。把风筝的线松开后，他一边向上抛风筝一边向后跑，他以为风筝在这样的天气中会马上掉落下来，没想到它竟然越飞越高。他还记得上次出来放的时候，风筝只在空中划了几个圈，就跌落在地了。当线全松开后，望着高高的风筝，尚雨心想，这么高的风筝会不会触碰到飞机呢？也许会被当成无人机呢！空中的风筝双翅展开，就像一只流动的蝴蝶，不过在暗淡的空中来看，那花色显得不那么艳丽，放在橱柜里时间太久了，颜色都有点变了。尚雨在向后退的时候，脚碰在一棵树上，脚后跟硬生生地疼，可他还没来得及去触摸，就发现风筝的线断了，天上的风筝立即像失控的飞机一样向下坠去，但是风筝的重量毕竟轻，它在空中划着曲线，向远处飘去，尚雨望着天空中的风筝，向它下落的地方追去，追了两个路口后，他发现风筝已经不见了，找了半天也没找到。

推开门回家的时候，尚雨仍然很失望，脚后跟还很疼，走路都有点困难。容凤从卧室里跑了出来，她看到尚雨的样子，问：“放了这么长时间啊？”

“就放了一会儿，我向后倒的时候，脚碰在树上了，结果风筝的线断了，我又去找风筝，最后也没有找到。”

“哦，脚伤没事吧？”容凤说着走到尚雨面前，替他脱去外套，挂在衣架上。

当她的手触摸到尚雨的手时，才发现非常凉。于是她用双手捧起尚雨的手，一边搓着一边用嘴哈着热气。

“你不是戴手套出去了吗？怎么还会这么凉？”容凤表情焦急地说，“你看，手都冻红了。”

面对这样子的容凤，尚雨的心中涌出一股暖流，眼泪甚至都到眼眶了，但他忍住了。

“我去追风筝，就忘记戴手套了。”尚雨回答。

“不就一只风筝嘛！没了可以再买一只的嘛！”

尚雨听容凤这么说，心里一股难受。风筝丢了当然可以再买，可是那是肖静送给他的风筝，肖静现在已经去世，那只风筝就成了独一无二的。虽然当初带出去的时候，尚雨也曾有过那样的念头，让这只风筝飞走，自己和过去的肖静告别，但在风筝飞走的那一刻，尚雨又觉得十分悲痛。

睡觉之前，容凤用酒精帮尚雨的脚踝消毒，然后涂上了紫药水。尚雨望着容凤娴熟的动作，他想，容凤作为很小就失去父亲的独生女，在家里一定没少做这样的事情吧！

尚雨还记得前段时间去磨坊拿鸟笼时的情景。院子里的梅兰竹菊都乱七八糟的了，竹子倾斜了，兰花和菊花在草丛中压根儿都看不到身影。竹子的倾斜，也许是夏天来台风时吹的吧！有个地方墙上的砖块少了几块，应该是被贪玩的孩子拿去的。父亲还没去世的时候，这个院子还是很整洁的，花草树木都生长得很有秩序，可是仅仅一年没人料理，就变得像荒芜了几十年的样子。看到这种景象，尚雨特别伤心。

他推开西屋的门，鸟笼挂在梁顶上，笼子里小鸟残留下的食物。屋子的角落里放着些十几年没用的农具。

这些小时候看来特别亲切的东西，现在看起来竟这么陌生，尚雨心里很不是滋味。

五

春节就只有尚雨和容凤在一起过，母亲只是帮忙一起清理了卫生，并买回了些蔬菜和用品。结婚的第一年，她担心容凤不知道该买些什么，所以她同容凤一起上街买的。

买完东西之后，她就去了尚真那边。据容凤对尚雨说，母亲是觉得姐姐与小可两个人过年太寂寞才过去的。不过，母亲也是想给尚雨和容凤更多的二人空间。

尚雨不知道母亲是否发现了他们夫妻之间的秘密，但是面对容凤的若无其事，尚雨觉得充满了罪恶感。

正月十五，尚雨与容凤一起去欣赏灯会。容凤拉着灯笼上的谜语猜，尚雨也很勉强地笑着。

在穿过白浪河的拱桥时，尚雨与肖雪两对夫妻相遇了。

尚雨对着肖雪夫妻俩施了礼，说："你们也来看灯会了。"

肖雪的手挽着丈夫的胳膊，对着尚雨笑了笑，她看到一边的容凤，说："这是您妻子吧？您好啊！"

肖雪对着容凤施礼，容凤赶忙回礼，说："我叫容凤。你们结婚的时候我还去参加你们的婚礼了呢！"

"嗯，我记得。"

两个女人寒暄着，尚雨很勉强地朝肖雪的丈夫笑了笑，他也朝尚雨点了点头。

"我们要到风筝广场那边去，你们是要离开吗？"肖雪问。

"嗯，已经看过了。我和尚雨想去人民公园那边逛逛。"容凤回答。

"那么我们先过去了，再见。"

"再见！"容凤也说。

尚雨望着肖雪夫妻俩的背影消失，才转过身和容凤向前走。

他本来打算和肖雪说句话的，可是最终还是没能说出来。

尚雨将双手扶在栏杆上，望着河岸两边闪烁的灯光。灯光一直顺着河岸延伸到看不到的地方，四处喧闹声一片，整个冬季宛然已经结束了一样。

两个人默默地来到了人民公园，里面也有不少人，有些小孩子燃着手中的转动焰火，围着亭子跑着。

容凤摸着自己的脸对尚雨说："自从结婚后，我慢慢地变胖了。"

"是吗？"尚雨望着容凤的脸，在灯光下，她的脸显得很光滑，甚至还反射着可爱的灯光，不过纵使容凤每天晚上都睡在他的身边，他却分不清楚这一点。

"也许是因为冬天的缘故吧！锻炼少了。"

"嗯。"尚雨点了点头。

因为是十五，连平时停用的喷泉都启动了。不过好在气温比较高，白浪河中没有结冰。喷泉隔一段时间就会集中喷射一次，隔着泉水望着对面的灯会，好像闪耀着一道道美丽的彩虹，那种景象非常美丽，尚雨却觉得非常虚幻。

“我想去花店看看朋友。”容风突然说。

“现在吗？”尚雨显得很吃惊。

“嗯，朋友最近在前面那条街上开了个分店，刚才给我发短信过来说是在那个店里，让我过去坐一下。”

“哦，那要我陪你一起去吗？”

“不用了，我很快就回来了。你自己先逛一会儿吧！如果不想逛了，也可以先回家。”

“哦……”

尚雨望着容风离去，可是他没看到容风的眼睛，在灯光下正闪烁着泪珠的光芒。

尚雨围着公园慢慢地走着，在亭子里坐了一会儿，看着小孩子放焰火。他似乎想起了自己的童年，不禁笑了起来。

正当他起身准备离开的时候，发现肖雪正站在亭子外面，以忧伤的目光望着他。

他迟疑地走了过去，问道：“一个人吗？你丈夫呢？”

“他在风筝广场那边遇到了几个朋友，所以我说自己出来逛逛……”

“哦……”

“尚雨先生……”肖雪望着后面喷射的喷泉，喃喃地说，“在这种场合相遇，感觉真奇怪。”

“我也没想到能相遇。”

尚雨想到去年元宵节的时候，两个人都还没结婚，而现在，他已经身为丈夫，肖雪已经身为妻子，一想到这种变化，他就觉得时间有点不可思议。

“很高兴能看到你生活得这么幸福。”肖雪说道。她的眼睛望着尚雨的额头。

“你也是。”尚雨说。

“容风呢？刚才不是还和你在一起的吗？”

“哦……刚才她的一个朋友给她发短信，让她去坐一下，就在前面不远处的一条街上。”

肖雪淡淡地笑了，她说：“虽然我们两个都结婚了，可是没想到眼下还是两个人孤零零地站在河岸边。”

“呵呵，我也没想到。”尚雨与肖雪平站在白浪河边上，他的眼睛悄悄地望着一侧肖雪的脸。

两人默默无语地沿着河岸走着，身边时不时地有走过的行人。整个风筝都上空笼罩着暗黄的颜色。老远望去，蝴蝶形的路灯在街道上一直向远方延伸着。

在河岸边，有卖风筝、泥塑玩具、木版画和焰火的小摊，还有些卖新式玩具的，玩偶小人骑着自行车围着圆圈环行，发出轰鸣声的小火车穿过小巧的隧道。

一个孩子跑的时候撞在尚雨身上，尚雨蹲下摸了摸小孩的头，问道："有事吗？"

小孩摇了摇头，尚雨抚摸了一下孩子的头，孩子便一溜烟地跑掉了。

灯光下面有一株盛开的梅花。尚雨还以为是塑料的假花，结果走到那里用手拽的时候，几片花瓣被他拽了下来。

"这是真的花啊？"尚雨很吃惊地给肖雪看。

"嗯，是盛开比较早的梅花吧！"

尚雨透过白浪河，看到肖雪的丈夫在河岸对面跟朋友在嬉笑，一边说着一边还用手比画着。

"姐姐的鸢尾花还好吗？"肖雪突然问。

"这个……"尚雨哑火了，这段时间来他确实疏忽了那棵鸢尾花，不过，也许容凤还是定期给它浇水并放到外面的阳台上晒太阳的吧！

"难道已经不在了吗？"

"不是……因为最近的精力都放在小狗身上，所以没有仔细注意这棵鸢尾花。"

"原来尚雨先生养了小狗啊！"肖雪的声音蓦然提高了，让尚雨觉得很为难。

"小狗是容凤从外面捡来的，抱来的时候就怀孕了，年前的时候生了两只小狗，送给了姐姐一只，送给了容凤的朋友一只，我本来是想送给你一只的，可是容凤说……"

"我觉得尚雨先生在结婚后变化了很多。"

肖雪这样客气的话语，让尚雨不知如何应答，犹豫了半天，他只是说："而且，那时候我也不知该怎样同你联系……"

也许在肖雪看来，尚雨辜负了肖静让尚雨照看鸢尾花的一片心意。而在尚雨看来，却是想竭力躲避这棵花的。因为他和肖雪在鸢尾花面前发生了关系。事后，尚雨一看到鸢尾花，就仿佛看到肖静的面容一样，他不知如何应对，所以只能借小狗来分散自己的注意力。

"不过，看到今天的尚雨先生，我还是感到非常高兴。"肖雪的声音中伴随着加重的鼻音。

尚雨知道肖雪误解了他的冷漠，不过他不打算做出解释。倘若肖雪认定他遗忘掉肖静，是个无情的人的话，那就让肖雪误会好了。无论是故意将风筝遗失，还是故意忽略鸢尾花，都是尚雨想反抗自己的内心，因为他觉得实在太对不起容凤了，可是他反倒没做好，还伤了容凤的心，这让他十分为难。

“容凤小姐看上去是个很好的妻子。”肖雪抿着下嘴唇说。

“嗯。”尚雨说，“其实，容凤是一个孤儿，过去她一个人生活是很不容易的。”

“哦，是这样子的啊！那尚雨你更应该好好照顾她才对。”

尚雨点了点头。

尚雨看到肖雪的嘴张开，似乎要说什么，但是她又闭上了嘴巴。

这时候，不远处的河边开始了焰火表演，各式各样的焰火喷上了天空，在天空中绽放成美丽的图案。尚雨悄悄地望着肖雪的表情，她的样子既不高兴，又不悲伤。

焰火从天空中熄灭的间隙，肖雪转过身对尚雨说：“我要回那边的河岸了，再见了！”

尚雨想喊住肖雪，可是最终只说：“再见。”然后目送着她一直消失在人群中。

虽然焰火表演还在持续，可是尚雨已没有了心情。他折回人民公园，发现容凤还没有回来，便一个人朝家中走去。

当尚雨一个人坐在客厅里沉思的时候，传来了开门声，容凤说道：“我回来了。”

她打开客厅的灯，看到尚雨坐在客厅里，问道：“怎么没有开灯呢？”

“哦……”尚雨侧脸看了容凤一眼，没有说什么。

容凤走到电视边，将花瓶中枯萎的白菊花拿出来，扔进厨房的垃圾桶里，然后灌满了新的水，又将刚带回来的百合插进花瓶中，放回电视旁。

“你又带花回来了？”

“嗯，我说不要，朋友非得让我带回来。”

“是百合吧？”

“嗯，白百合。”

这时，尚雨才发现容凤的眼睛红红的，似乎哭过了，看到尚雨在看她，容凤忙走进了卧室里。

难道容凤去朋友那里是为了倾诉衷肠吗？也许容凤已经将他们夫妻之间

秘密说给她的朋友听了，尚雨这么想着。

没过多久，容凤就进入了卫生间洗澡，洗澡的时候，尚雨似乎听到容凤在里面哭了。他走到卫生间的门口，敲了敲玻璃，问道：“容凤，怎么了？”

“没事。”容凤从里面回答道。尚雨在那里站了一会儿，才离开。

容凤穿着睡衣走出来，擦着湿漉漉的头发，她的眼睛还红红的，她对尚雨说：“水正好热，你去洗澡吧！对了，我回来的时候给你买了护肤霜，就放在洗脸盆上面了。”

“嗯。”尚雨应了声，放下手中的书，朝卫生间走去。

尚雨走进卧室的时候，容凤正开着台灯在看服装搭配的书。

尚雨在床边坐下来，他转过身，向容凤问道：“容凤，你感觉幸福吗？”

“嗯。”容凤点着头，可表情似乎要哭出来了。

“容凤，我知道自己对不起你。”

“不要这么说，这是我自己的选择，在还没有结婚之前我就想过，我将来无论嫁给什么样子的人，都不会后悔的。”

尚雨望着容凤的表情，伸过手，跨过她的身子，将她拥抱在怀里。

“太紧了，不能呼吸了。”

尚雨这才意识到自己抱得太紧了，匆忙地松开容凤。

容凤的头发都被尚雨压得有点变形了。

“对不起了……”尚雨低着头。

尚雨走到窗台边上，从窗台上眺望着外面的夜景，除了盏盏灯光外，什么也看不到。那棵鸢尾花生长得很好，旧的叶子已经凋零了，但是新的叶子已经冒出来了，有几片冒着小小的嫩芽。

他似乎从窗户的玻璃上看到了肖雪的表情，于是他用力地将窗帘拉上，将鸢尾花盖了起来。

他的脑海中蓦然浮现出容凤在花店里的朋友面前哭倒的景象。也许容凤很多话没法对别人诉说，才去寻找朋友的吧！因为即使夫妻俩坐在一起，尚雨也仿佛充满了心事一样。

尚雨怀着负罪的心伸过胳膊，将一边的容凤搂在他的怀里。

他慢慢打开容凤的睡衣，可以听得到容凤怦怦的心跳声，当他的嘴唇与容凤的嘴唇触碰在一起的时候，容凤的眼泪顺着脸颊向下流着，尚雨舔着她发涩的泪水，用力地抱住了容凤的身子，仿佛她行将消失一般。

三月份的第二个周末，天气已经开始转暖。清早容凤就起床了，尚雨刚睁开迷糊的双眼，容凤在他的额头上吻了一下，说：“我去朋友的花店，你再多睡会儿吧！”

尚雨侧过身子，继续睡觉，他心想：容凤回来的时候一定会照例带回鲜花。

九点钟的时候，传来敲门的声音，尚雨看了看表，心想：也该起来了。

“难道是容凤出门忘了带钥匙吗？”尚雨穿着睡衣走到客厅开了门。

门外站着的是任思媛。这把尚雨吓了一跳。

“怎么会是你！”尚雨张着大大的嘴巴。

“怎么就不能是我呢！”任思媛笑着说。

“请进来坐吧！”尚雨说。

“还是不进去了。我们到外面的咖啡厅坐坐吧！我在这里等你，你回去换衣服吧！”

被她这么一说，尚雨才意识到自己还穿着睡衣，忙不好意思地用手握住睡衣的领子。

“那我一会儿就出来。”

尚雨换好衣服走出来的时候，才注意到任思媛的装束还是冬装，也许是刚从寒冷的地方回来吧！

“家里养着小狗吗？”任思媛问，“刚才我听到有小狗叫唤。”

“是啊！养着一只小狗。”尚雨说着，走到阳台上，将鸟笼放下来，在里面添了点狗粮。

“没想到你都养起了宠物。”

尚雨笑了笑，没有说什么。

两个人在路上走了一会儿，路过了好几处咖啡厅都没有走进去，直到走到一个红绿灯处的时候，两人才朝一家咖啡厅走去。

“两杯咖啡。”任思媛对服务员说。

“你刚刚从西藏回来吗？”尚雨问。

“嗯，刚回来。这不听说你结婚了，所以过来看看你。”

“我是去年深秋时节结的婚。”

“我听说了。没想到我离开一年，变化这么大。”

“变化大吗？”

“嗯，整个风筝都都变了，有些地方我都不敢认了。”

“这一年你都去了哪些地方？一直在西藏吗？”

“大部分时间在西藏，有时候也在新疆、青海、贵州、云南……”

“真羡慕你……”

“这有什么可羡慕的……”

“可以想去哪儿去哪儿啊！”

“你也可以啊！只要你愿意。”

“呵呵……”尚雨笑着说，“估计我很难去那么远的地方了。”

“这次回来是该准备结婚了吧？”尚雨问。

“这个嘛！”任思媛说，“那位学长早就结婚了。这一年来我也明白了很多事情。总之，我已经不再是一年前的那个我了。”

“变成熟了？”

“也算不上是成熟吧，不过在那样的环境中，人总是会成长一点的。”

“嗯，这一年来，你的父母可没少为你担心。”

“是啊！这次回来我才蓦然发现，父母一下子老了很多，刚进家门口的时候，妈妈还抱着我哭呢！”

“哦！你已经回过家了啊！”

“嗯，”任思媛看看自己的衣服，说，“刚回来，还没适应这里的环境。”

“刚才开门的时候，简直把我吓了一跳，我还以为这辈子再也见不到你了呢！”

“怎么会呢！”

“我曾经梦到过你好几次……”

“是吗？都是什么样的梦啊？”任思媛兴致勃勃地问着。

“什么样的都有，好像还有一次，我梦到在深秋季节遇到你，当时在一条街道上，我还以为认错了人，我把你叫住的时候，你还说根本不认识我，我仔细看，才知道你已经出家了。我说我是尚雨啊！可你说：尚雨是谁？在我的人生中，从来没有叫尚雨的这个人，再说，你能判断我就是你所认识的思媛吗？你这么一说，我就犹豫了，似乎那真的不是你，而是另外的人，你就那么走了，好像离开了这个世界一样。”

“你这说得太玄了。”思媛说，“不过，我真的考虑过出家。不过我的性格大概不适应那种环境吧！”

咖啡端上来，尚雨打量着思媛，她现在剪着简洁的短发，就像是少女一样。与一年前相比，确实变化很大，但是具体哪里变了，尚雨又说不清楚。

春日的阳光洒在咖啡馆里，让人感觉很舒服。尚雨贪恋着这阳光，眼下仿佛出现了两个世界，一个真实的，一个虚幻的，而眼前的思媛，尚雨认为是虚幻的，记忆中那个思媛才是属于真实世界的。

两人沉默了一会儿，思媛问：“你妻子叫什么？”

“容凤。”尚雨回答，“是父亲一个朋友的女儿。”

“哦，原来是这样啊！相亲认识的啊！”

“不是相亲。”尚雨说，“不过……”

“本来有很多话要对你说的，可是……现在不知道该说些什么了。”思媛尴尬地说。

“哦……”尚雨抿着咖啡。

“我在西藏的时候，经常想与你说会儿话，可是每次我都劝说自己不要打电话给你，要不然我的去向就被父母知道了。那时我都会把想说的话写下来，想等回来的时候说给你听，一年的时间记了足足有一大本子呢！可是，你站在眼前了，又不知道该说什么了，就说今天吧！就是怀着这种心情才找上门的，可是话到嘴边又忘记了……”

“哦，在西藏的时候很寂寞吧？”

“嗯，不过还好，那地方特宁静，日子虽然过得波澜不惊，却让人觉得很安心。”

“哪一天我也想去西藏待一段时间呢！”

“现在结了婚，恐怕不可能了吧！”

“结了婚也可以嘛！”

“那也是，把妻子一起带过去，两个人一起在那里……”

“自己也可以去嘛！”

“哦……”思媛的手机响了，但是被她按断了，她抬头说，“妈妈打电话叫我呢！那我先回去了。”

“嗯，既然你已经回来了，见面的时间以后有的是嘛！”

尚雨站了起来，和思媛一起走出咖啡厅。春日的太阳已经升起很高，尚雨甚至发现，树上已经开始有发芽的迹象。

“那再见了。”思媛回过头挥手作别。

“再见。”尚雨也同样挥手。望着思媛离去的身影，他的心里放松了一点，因为思媛毕竟没有出家，倘若真如梦中那样，他就不知该如何面对了。

尚雨看了一下表，已经十一点多了。他心想容凤也许回家了，于是便加快了往回走的步伐。

当走到一个街道的时候，尚雨突然看到一棵悬铃木上面挂着一个断了线的蝴蝶风筝。这不是上次遗失的肖静送给他的风筝吗？这简直出乎他的意料。

那天遗失的时候，他找了半天都没找到风筝，没想到竟然落在了这里。这对他来说简直是一种讽刺，在他已经放弃寻找的时候竟然意外地出现在眼前。他望着风筝还想：或许是其他人的，只不过同样是蝴蝶风筝罢了，因为风筝都的蝴蝶风筝比比皆是。

这时人行道上的路灯亮了，他一边扭头望着树上的风筝，一边朝前面走去。过了路口的时候，他猛然回过了头，像是下定了决心一样一直向前走。

回到家的时候，他敲了敲门，结果半天没有人来开门，原来容凤还没有回家。

自己这样站在客厅里，他觉得有点寂寞，返回卧室的时候，他蓦然发现窗台上的鸢尾花竟然开花了，有两朵大的，一朵小的，花色是紫色的，同百合花很相似。

这时口袋中的手机响了，他拿出来一看，原来是容凤打来的电话。

“你还没回来吗？”尚雨问。

“我现在在医院里。”容凤回答说，话筒里传来对面的声音。

“医院？”尚雨的心咯噔一下，“你怎么了？身体不舒服吗？”

“在朋友那里的时候，有点头晕，所以朋友陪我来一起看看。”容凤压低了声音，小声说，“也许是怀孕了呢！”

“是吗？”尚雨非常吃惊。

“现在还没有确诊呢！一会儿结果就出来了，过会儿我再给你打过去。”

“哦，那你自己注意身体。”尚雨说。

挂断电话，尚雨感觉有点头晕目眩。容凤带来的消息实在有点让他措手不及，他现在还没有做好准备迎接一个新生命的到来。

他的目光落在那棵鸢尾花上，窗外有只黄色的蝴蝶正拍打着翅膀努力朝着鸢尾花上面飞，它还不知道隔着一层玻璃，双翅在玻璃外面徒劳地拍打着。